通鉴载道
司马光传

江永红 著

作家出版社

中国历史文化名人传

组委会名单

主任：李　冰
委员：何建明　葛笑政

编委会名单

主任：何建明
委员：郑欣淼　李炳银　何西来　张　陵　张水舟　黄宾堂　张亚丽

文史组专家成员（按姓氏笔划为序）

王春瑜　王曾瑜　孙　郁　刘彦君　李　浩　何西来　郑欣淼
陶文鹏　党圣元　袁行霈　郭启宏　黄留珠　董乃斌

文学组专家成员（按姓氏笔划为序）

王必胜　白　烨　田珍颖　刘　茵　张　陵　张水舟　张亚丽
李炳银　贺绍俊　黄宾堂　程步涛

出版说明

　　中华民族五千年文明史中，涌现了一大批杰出的文化巨匠，他们如璀璨的群星，闪耀着思想和智慧的光芒。系统和本正地记录他们的人生轨迹与文化成就，无疑是一件十分有必要的事。为此，中国作家协会于2012年初作出决定，用五年左右时间，集中文学界和文化界的精兵强将，创作出版《中国历史文化名人传》大型丛书。这是一项重大的国家文化出版工程，它对形象化地诠释和反映中华民族文化的基本精神，继承发扬传统文化的精髓，对公民的历史文化普及和建设社会主义文化强国都具有重要而深远的意义。

　　这项原创的纪实体文学工程，预计出版120部左右。编委会与各方专家反复会商，遴选出在中国文化发展史上产生过重大影响的120余位历史文化名人。在作者选择上，我们采取专家推荐、主动约请及社会选拔的方式，选择有文史功底、有创作实绩并有较大社会影响，能胜任繁重的实地采访、文献查阅及长篇创作任务，擅长传记文学创作的作家。创作的总体要求是，必须在尊重史实基础上进行文学艺术创作，力求生动传神，追求本质的真实，塑造出饱满的人物形象，具有引人入胜的故事性和可读性；反对戏说、颠覆和凭空捏造，严禁抄袭；作家对传主要有客观的价值判断和对人物精神概括与提升的独到心得，要有新颖的艺术表现形式；新传水平应当高于已有同一人物的传记作品。

为了保证丛书的高品质，我们聘请了学有专长、卓有成就的史学和文学专家，对书稿的文史真伪、价值取向、人物刻画和文学表现等方面总体把关，并建立了严格的论证机制，从传主的选择、作者的认定、写作大纲论证、书稿专项审定直至编辑、出版等，层层论证把关，力图使丛书经得起时间的检验，从而达到传承中华文明和弘扬杰出文化人物精神之目的。丛书的封面设计，以中国历史长河为概念，取层层历史文化积淀与源远流长的宏大意象，采用各个历史时期最具代表性的文化符号与雅致温润的色条进行表达，意蕴深厚，庄重大气。内文的版式设计也尽可能做到精致、别具美感。

中华民族文化博大精深，这百位文化名人就是杰出代表。他们的灿烂人生就是中华文明历史的缩影；他们的思想智慧、精神气脉深深融入我们民族的血液中，成为代代相袭的中华魂魄。在实现"中国梦"的历史进程中，必定成为我们再出发的精神动力。

感谢关心、支持我们工作的中央有关部门和各级领导及专家们，更要感谢作者们呕心沥血的创作。由于该丛书工程浩大，人数众多，时间绵延较长，疏漏在所难免，期待各界有识之士提出宝贵的建设性意见，我们会努力做得更好。

《中国历史文化名人传》丛书编委会

2013 年 11 月

司马光

目录

前言

我的司马光

　　在历史的天空中，闪耀着无数颗璀璨的文化巨星。儒学如孔、孟，楚辞如屈、宋，唐诗如李、杜，宋词如苏、辛……星列河汉，看得见，数不清。他们的巨星地位由自己的杰出贡献而奠定，此固然也，但给其作传，为其扬名者，史家也。史笔恰似运载火箭，把卫星发射升空。没有《史记·屈原贾生列传》，我们将永远无法读懂《离骚》；没有《三国志》，我们就只知道戏台上的曹操……

　　史学家在为他人定位时，也把自己安放在历史的经纬度内。史学界历来有"两司马"之说，即《史记》的作者司马迁，《资治通鉴》的主编司马光。他们是中国史海之旗舰，史林之巨擘。司马迁开纪传体史书之先河，成正史编撰之圭臬，其后之《二十四史》无不遵之；司马光登编年体史书之顶峰（发端于《左传》），引发了编年体的写作热，后继者不乏其人，可惜只有望尘之憾。对"两司马"，许多人即使没有读过《史记》，至少也知道司马迁；而对后者，大多数人只知道"司马光砸缸"，至于他的《资治通鉴》，大抵没有走出学者的书斋，一些大官大款的书架上也摆着，附庸风雅而已。司马光先生，对不住了！现在是商品经济时代，互联网时代，快餐文化时代，没时间读您的大书了。况且，您的书能帮我赚钱吗？听到这些，老先生一定会一脸茫然。你对他有多么茫然，他对你就有多么茫然。

不错。司马光时代已远去九个多世纪，一切都不可同日而语了。要认识他，需要有人介绍。写作本书，就是想为介绍司马光尽绵薄之力。在本书动笔前，我曾到山西夏县司马光墓园凭吊。与一些热门旅游景点人头攒动、嘈杂喧嚣的情形不同，这里安静得让人仿佛一下变成了聋子。园外的停车场上，只有送我来的一辆车，园中的访客只有我和陪同我的一个人。我问工作人员，一直这样吗？答曰：放长假时人不少。国家投资重修了司马光墓园，意在传承历史文化，发展人文旅游，却门前冷落车马稀，咋啦？转念一想，倘使一个人连司马光是谁都不知道，他会"到此一游"吗？他也许宁愿去寻访所谓西门庆与潘金莲的幽会处，津津有味地听导游带咸味的瞎掰，兴奋地发出味味的傻笑，然后一步三回头地离开。我顿时感到，介绍司马光的责任好沉好沉……

《资治通鉴》是司马光进入中国百位历史文化名人殿堂的入场券。这部长达二百九十四卷、三百余万字的史学巨著，自北宋元丰七年（1084）修成，至今已印行七十余版，且形成了专门的通鉴学。共和国的开国领袖毛泽东读之入迷，一生通读达十七遍之多，乃至书页残破，且在书中留下不少批语。他曾多次向干部推荐这部书，对书中的史实更是能随手拈来为自己的观点服务。在与历史学家吴晗谈话时，他说："《资治通鉴》这部书写得好，尽管立场观点是封建统治阶级的，但叙事有法，历代兴衰治乱本末毕具。我们可以批判地读这部书，借以熟悉历史事件，从中汲取经验教训。"[1]

《资治通鉴》的主题思想（"天子之职莫大于礼"）与毛泽东思想格格不入，可毛泽东却说它写得好，理由是"叙事有法，历代兴衰治乱本末毕具"，一语中的，内行。我们知道，纪传体史书的优长在于写人，但要弄清某一事件的本末，须将多人的纪、传以及表、志反复对照，且因纪、传中往往时间概念模糊，屡有相互矛盾之处，要将清一件事谈

---

① 刘志清：《司马光修史独乐园》，远方出版社，2004。

何容易，此其所短。而纪传体之短正是编年体史书之长，它以时间为经，以事件为纬，来龙去脉，一清二楚，但其短处是人物不如纪传体完整。从三家分晋至北宋开国前（前403—959）的一千三百六十二年历史，纪传体的正史约有三千余万字，而《资治通鉴》用三百余万字淋漓尽致地展现出来，如此精炼，故事完整曲折，人物栩栩如生，难怪毛泽东要赞扬了。浓缩不易，在浓缩中增加信息量更是难能可贵。在《资治通鉴》中，南北朝部分新资料占十分之一，唐以后新资料占到一半，因此它绝非正史的改写版，而是再创作。据通鉴学者统计，除正史以外，司马光所参阅的野史、碑帖、家谱之类超过三百种以上，达三千余万字。而被他引用的书籍，今天大多已亡失。如此旁绍远求，细大不遗，却考证精当，前所未有。司马光是孔子的忠实信徒，而在修史上背弃了孔子"为尊者隐"的《春秋》笔法，对暴君、昏君秉笔直书，对明君如唐太宗的批评也直言不讳。总而言之，《资治通鉴》是一部文字最精炼、史料最丰富、考证最准确、叙事最生动的编年体通史。虽然以帝王为读者对象，但普通人也值得一读。为啥？它能让我们从历史经验中领悟上自国家兴替，下至为人处世的大智慧。大智慧是管小智慧的，没有大智慧的人终难摆脱浮躁与浅薄。

写司马光，自然要写他编撰《资治通鉴》的故事，但他不仅是史学家，还是政治家、思想家。如果不了解政治家、思想家司马光，就读不懂史学家司马光，甚至读不懂他的《资治通鉴》，特别是其中的史论——"臣光曰"。史书固然是写历史，但即使最严谨、最客观的史书，都不可避免地要打上治史者所处时代的或隐或显的印记。《资治通鉴》的绝大部分撰于宋神宗熙宁、元丰年间（1068—1085），这是一个风云变幻的年代，是变法与反变法生死较量的时期，而王安石和司马光分别是变法派和保守派这两个对立营垒的旗手。他俩从能在一起洗澡、能互相调侃的老朋友变成了无事不对立的老冤家，分别主导了王安石变法和清算变法的元祐更化这两大历史事件。司马光的后半生就是与王安石斗争的后半生，他作为政治家、思想家的主要活动就是与王安石做斗争。他俩死斗到死，斗到死后，功过是非，争论至今。

他俩都是北宋知识分子的精英。司马光考进士列甲科第六名，王安石礼部试第一（准状元），只因宋仁宗反感其试卷中有"孺子其朋"四字，降到第四名。他们都饱读诗书，才华横溢，少年得志，名声显赫，而生活简朴，私德高尚得近乎圣洁。仅举一例，他们的夫人都曾给他们买过妾，但都被果断拒绝，这在大官妻妾成群的宋代，恐怕神仙也难以做到。他们的性格一样的倔强，一个人称"司马牛"，一个被指"拗相公"。

按现在的说法，他们都是干部子弟，司马光是"官三代"，因父亲司马池官居四品（天章阁待制），可以靠"拼爹"恩荫当官，但恩荫的官因无功名（进士），被人鄙视，所以司马光与许多有志气的干部子弟一样，在恩荫得官后又参加了科举考试。王安石是"官二代"，父亲王益官衔只是从六品（都官员外郎），不够五品以上恩荫子弟的杠，他没法"拼爹"，要当官只能靠科举。在宋代，官员五品和六品虽只差一品，但六品是低级官员，着绿袍，五品是中级官员，着绯袍。这是关键的一级，升为五品标志着进入了特权阶层的行列。因此，司马光和王安石入仕前的生活环境包括家庭的社交圈是大不一样的。入仕后，他们的基层任职履历也差别较大。司马光只代理了几天县令，追随庞籍做过州通判，而王安石当知县政绩突出，不仅做过州通判，而且做过提点刑狱，对下情的了解更多。

司马光是北方人，任职基本在北方；王安石是南方人，入朝前任职一直在南方。宋朝士大夫中的南北矛盾由来已久。因赵氏皇帝起家于北方，加上有视中原政权为正统、而视南方割据政权为僭伪的传统观念，所以北宋官僚集团中北方人占优势，而且在南方人面前有一种征服者的优越感。科举考试中，南北方的录取标准区别很大。太宗时，开始是认分不认人，但中第者大多为南方人。北方河北、河东等五路（太宗时全国分十八路）几乎推了光头，举子因而敲登闻鼓请愿。太宗于是以北方拙于词令为由，令北五路单独再考，后来虽不另设考场，但把录取指标划拨到北五路。如此优待的结果是北五路的录取标准越来越低。熙宁三年（1070），也就是司马光的养子司马康以明经科登第的那年，神宗在殿试中看到第四甲党镨的卷子文句不通，不禁大笑说，这样的人是怎么通过的？考官答曰：五路人按分数取末名通过。五路有专用指标，管你合格不合格，录够指标为止。神宗也不便取消指标，只好将其降到第五甲。这个对北方的优惠政策一直实行到北宋灭亡。南北方的赋税标准也不一样，宋初为稳固窃取来的政权，大幅度减免后周规定的赋税，三亩按一亩征收，而新征服的南方在相当长的时间内，仍然按原割据政权的标准收税，实际上是南北两制，南方推后甚至没有享受到减赋的恩惠。故北方的大地主多，南方的中小地主多。这些对司马光和王安石的立场、观点不可能没有影响。

宋朝可以说是精英治国的朝代，知识分子的地位之高空前绝后。赵宋的皇冠强取于后周的孤儿寡母之手，为防止他人仿效，同时鉴于五代实行武人政治，致使兵连祸结的惨痛教训，赵匡胤通过杯酒释兵权、文臣知州事等举措，确立了重文抑武的基本国策，公开宣布"与士大夫治天下"，而且规定了不杀读书人和言事者的祖训。宋朝大兴科举，不问门第贫富，考取即授官。从太宗赵光义开始，录取率是唐代的数十倍以至百倍以上。"宰相须用读书人"（太祖语），历任宰相都是进士甲科出身。这是一个破天荒的历史性进步。对知识分子的尊重和优养，使历数千载的华夏文化，"造极于赵宋之世"（陈寅恪语），涌现了灿若星河的思想家、作家、艺术家和科学家。唐宋八大家，六个在北宋，且与司马光同时代。与他同时代的还有被称为道学"北宋五子"的著名思想家周敦颐①、邵雍、张载、程颢、程颐，著名教育家胡瑗，著名科学家毕升、沈括，诗词名家更是难以数计，总之是人文荟萃，济济焉，浩瀚焉。从太宗赵光义开始，历任皇帝几乎都是书法家，有的还是诗人、音乐家、画家，文臣与皇帝唱和诗词，交流艺术，歌舞升平，其乐融融。

然而，重文抑武在带来经济、文化空前繁荣的同时，却让宋朝患了软骨病。自赵光义收复幽州遭高粱河（今北京市内）之败后，宋便一蹶不振，再无国威军威可言。真宗赵恒畏敌如虎，在军事占主动的情况下

① 本名惇颐，南宋为避光宗讳，被改为此名。

与辽国签订了"澶渊盟誓"，每年对辽国输银十万两、绢二十万匹（庆历二年九月，又增岁赐银十万两，绢十万匹，合计五十万），不久后宋仁宗又承认了由节度使独立的西夏的国家地位，丢失大片土地，"岁赐"银、茶、绢二十五万五千（两、斤、匹）①。开始，士大夫除少数佞臣外，普遍都有耻辱感，但随着真宗伪造天书、东封泰山、西祀后土、大兴宫观的闹剧开演后，士大夫从中得到了苟安的"红利"，许多人就反过来为花钱买平安制造理论根据了。时间一长，身在耻中不知耻，形成了一种苟安文化。士大夫在歌舞升平中挥麈清谈，尽情享受。但辽国哼一声，宋就发抖；西夏一挑衅，宋就慌神。可惜危机一过，又复苟安。

苟安文化的基础是苟安的物质利益。真宗写《劝学诗》，公开以"黄金屋"、"千钟粟"、"颜如玉"来诱人读书。读书——当官——发财，是皇上指引的阳关大道。官员特别是高官的俸禄、赏赐优厚。宋代不禁止土地兼并，官员余钱主要投资田产，所以大地主几乎可以与大官画等号，即便本人不是大官，其父辈、祖辈必有大官。对他们来说，这样的日子太好了，要什么改革？要什么收复失地？到仁宗时，宋朝建国已近百年，沉疴在身，积重难返，最突出的问题是"三冗"：冗官、冗费、冗兵。"三冗"使国家财政捉襟见肘，寅吃卯粮，国家穷，平民穷，而大官僚地主富得流油。面对危机，范仲淹曾主持"庆历新政"，改革首先从冗官开刀，仅此一举，就激起既得利益集团的强烈反抗。仁宗妥协了，新政如昙花一现，刚刚起步便无疾而终。司马光和王安石就是在这期间高中进士，走上政治舞台的。

脱离了这幅北宋风俗画，就读不懂士大夫阶层，也就读不懂司马光和王安石。

他俩都以天下为己任，面对宋廷这个"病人"，都坚信自己是最好的"医生"，坚信只有按自己开的"药方"才能挽救朝廷。但两人开出

---

① 《长编·卷一五二·庆历四年十月己丑》。具体数目为：岁赐银五万两、绢十三万匹、茶二万斤。进奉乾之节（宋仁宗生日）回赐银一万两、绢一万匹、茶五千斤。贺正（元旦）贡献回赐银五千两、绢五千匹、茶五千斤。仲冬（冬至）赐时服银五千两、绢五千匹及赐元昊生日礼物银器二千两、细衣著一千匹、杂帛二千匹。

的"药方"正好相反。

王安石要变法。南宋朱熹说:"新法之行,诸公实共谋之,虽明道先生(程颢)不以为不是,盖那时也是合变时节。""熙宁变法,亦是势当如此,凡荆公(王安石)所变更者,东坡(苏轼)亦欲为之。及见荆公做得纷扰狼狈,却去攻他。"[①] 当时改革是大势所趋,王安石是一颗最耀眼的政治、学术新星,不只是程颢、苏轼,包括后来成为保守派中坚的吕公著、韩维等人开始也是支持变法的,但改革就意味着利益的调整,就会遭到既得利益者的拼死反抗,这一点王安石早有牺牲的思想准备,其他人却没有这个准备。而王安石的新法确实有些超前,如青苗法用金融借贷扶持贫穷农户,市易法用金融借贷扶持中小商户,这些都带有资本主义性质(黄仁宇语),把俗儒们惊得目瞪口呆,但他们很快就发现,王安石是要抑制大地主、大商人的兼并。于是乎,原来拥护变法的也倒向保守派,加入反变法的行列。他们联合宗室、后党向支持王安石的宋神宗施加压力,神宗让步了,变法派分裂了,王安石最后被外放金陵赋闲,但新法大多坚持下来。

按王安石的说法,"始终言新法不便者,司马光一人也"。不可否认,司马光是既得利益集团中的一员,但他不是那种靠兼并而富甲一方的豪强地主,而是一个学者。正因为此,他被保守派推到了旗手的地位。他固然是在维护自己的既得利益,但更是一个礼治的殉道者。他似乎是一个天生的反对派,变法前,他对社会弊端的抨击比王安石还要激烈,因为现实不符合他礼治理想;而变法开始后,他反对变法又比谁都积极,因为变法与他的礼治理想背道而驰。礼治的核心是等级制。与许多所谓纯儒一样,他企图在维持原有利益格局不变的前提下,靠皇帝和朝臣的道德示范和用君子、贬小人,达到等级有序、上下相安的太平盛世。他打着礼治的大旗,不经意间却为兼并辩护。所以王安石写《兼并》诗说:"俗儒不知变,兼并可无摧?"在王安石变法时,他拒绝了神宗任以执政大臣的"收买",辞掉了枢密副使这个士大夫梦寐以求的职务,

---

[①] 《朱子语类·卷一百三十·本朝四》。

最后到洛阳完成了他的《资治通鉴》。神宗逝世，高太后垂帘。奉高太后之召，他一手高举着反变法的旗帜，一手紧握着礼治之剑，杀气腾腾地回朝执政。在高太后的支持下，一年多时间就闪电似的废掉了新法。可惜，他的礼治之剑已锈迹斑斑，本人已病入膏肓，废新法废成了一锅"夹生饭"。

"文革"中"评法批儒"，司马光被作为儒家，王安石被作为法家，硬是把他们纳入儒法斗争的轨道。其实，他们都是儒家，其分歧不在儒法，而在对儒家经典的不同界定和解读，在如何发展儒学才能使之适应社会需要。王安石崇孟（子），司马光《疑孟》崇扬（雄）；司马光注古本《孝经》，王安石处处质疑。王安石吸收诸子百家的合理成分，完成了"荆公新学"，成为北宋之宋学中最大的学派，而司马光则成为"道学六先生"之一。他们的学术论战不仅与变法反变法的实践相始终，而且先于其前，延于其后，乃至于今。

王安石和司马光都逝于元祐元年（1086），司马光晚走四个多月。从表面上看，王安石死在失败的挽歌声中，司马光死在胜利的凯歌声中，其实他们都是在忧愁中带着遗憾走的。王安石之憾自不待言，司马光何忧？"元祐更化"前途未卜也。他们没有一个是赢家，给我们留下两个殉道者的故事，留下一场没有演完的时代悲剧。他俩逝世后仅四十年，北宋灭亡了。

对中晚期的北宋来说，不敢说改革就一定能复兴，而不改革则注定要灭亡，对改革进行反攻倒算必然加速其灭亡。

本书不是第一本写司马光的书，力求写出一个真实的我的司马光，而避免重复他人的司马光。

我的司马光是北宋特殊政治、文化氛围中的司马光。比如，常有人说，宋代士大夫最有气节。不错，但可别忘了，那是因为有"不杀读书人和言事者"的政策兜底。司马光以气节名世，屡与皇帝当面斗气、顶牛，若非北宋，不可想象。他是北宋社会风俗画的一部分，只有在这幅画中他才是"真"的"活"的。

我的司马光是一个以帝师为己任的司马光。"国之治乱，尽在人君"，是他政治观的核心，本着"责君严"和君臣相反相成、以成皇极的为臣之道，他几乎总是在"责君"。他官历四朝，仁宗、英宗、神宗，他都"责"了，唯有哲宗小皇帝和垂帘听政的高太后例外（恰恰是哲宗亲政后否了他的"元祐更化"）。即使在与王安石的搏杀中，也重在劝谏神宗。至于《资治通鉴》则事事着眼于教育皇帝。因此，他即使在著书立说时，也始终处于社会矛盾的冲突之中。

我的司马光是俯视下的司马光。好比一座雕像，仰视只能看到正面而看不到反面，只能看到表面而看不到里面。雕像是经过艺术处理的，有人仰视后自己也当开了化妆师和整容师，于是一个"高、大、全"的司马光出现在神坛上，而真实的司马光远去了。司马光著《资治通鉴》，对历史人物哪怕是明君贤臣也始终是俯视，而且手里拿着一把解剖刀。我写他，当然首先要向他学习。

因此，我的司马光，是一位伟大的顶尖历史学家，一位私德高尚、献身礼治理想的保守思想家，一位鞠躬尽瘁但不及格的政治家（更确切地说，是不及格的宰相）。这也许会让某些人感到不快，但观点可以争论，事实没法改变。司马光逝世后，有人对其高足刘安世说："三代以下，宰相学术，司马文正一人而已。"刘安世回答说："学术固也，如宰相之才，可以图回四海者，未敢以为第一。盖元祐大臣类丰于德，而廉于才智也。先人亦云：'司马公所谓惟大人能格君心之非者，以御史大夫、谏大夫执法殿中，劝讲经帷，用则前无古人矣。'"[1] 事实上，当宰相是司马光人生悲剧的高潮，不仅是因为"廉于才智"吧？

宋代营造了知识分子的"天堂"，而升入"天堂"的人们却亲手毁掉了这座"天堂"。不亦悲乎！

---

[1] 邵博：《邵氏闻见后录·卷第二十》。

第一章

金榜题名时

北宋。仁宗宝元元年（1038）三月。首都东京（又曰汴京，今河南省开封市）。

春风抚摸着汴河两岸的隋朝柳，摸出一片翠绿，柳枝软绵绵、娇滴滴、懒洋洋地卖弄着它的婀娜，远远望去，如烟如幻。河湖之畔，城墙内外，草色青青，百花竞放。碧桃红，红得妖；玉兰白，白得娇；连翘黄，黄得俏……各路花仙张开笑脸，敞开心扉，在向你招手；鸟儿双双，在空中追逐，在林间呢喃。喜鹊筑新巢，燕子衔新泥。开封的"市民（坊郭户）"有游春之俗，或坐车坐轿，或骑马骑驴，或安步当车，一团团，一伙伙，涌出城门，涌向郊外，投入春的怀抱。

大自然的春天令人陶醉，但这一年，还有另一个春天更令人神往。

文人的春天

本年是大宋王朝的科考之年，来自全国的数千名举子，此时已经过了礼部试，千余名通过者的名单新鲜出炉。虽然他们还只是准进士，但只要再过一关，即通过皇帝亲自主持的殿试（廷试），就正式成为进士了。

在唐朝、五代和北宋初年，殿试尚未成为定例，礼部试一榜定乾坤，因此，进士把主考官目为座师，官僚中也容易形成以座师为中心的小集团。有鉴于此，宋太祖从开宝五年（972）开始恢复殿试，目的是以此证明进士乃"天子门生"，而非座师学生也。宋代科举分三级：第一为发解试（相当于明、清之乡试），在各州或太学举行；录取者"发解"赴京参加礼部试（又称省试，相当于明清的会试）；录取者最后参加殿试。殿试只考"策"一道，除太祖曾淘汰过两人外，以后再没有一人被淘汰，但皇帝多半会找一个理由将礼部试的头名（省元）降等。总之，状元是要由皇帝钦点的。

本年是宋朝建国第七十八年，本届科考是第三十九届，是仁宗（赵祯）朝的第五次开科。我们的主人公司马光就在这批准进士之中。他二十岁，陕州（今山西夏县）人，今年首次参加科考。与他同时录取的还有范镇、石扬休、庞之道、吴充、孟翔等人。在礼部试与殿试之间，有近一个月的间隔。这段间隔正是游春赏景的大好时光，准进士们岂能放过！

种种原因让司马光、庞之道、范镇和石扬休等凑在一起，到哪里去玩呢？原后周宗室柴宗庆诗曰："曾观大海难为水，除却梁园总是村。"梁园是开封之代指（另指商丘），意思是与开封相比，其他地方再繁华也是村庄。《东京梦华录》的作者孟元老则用"花阵酒池，香山药海"来形容其市井之繁华。当时开封已有"十厢一百二十坊"（厢、坊为行政单位，约分别相当于今之区和街道），常住人口超过一百万，是中国和世界最大的城市，有的是好玩的去处。全城有八大瓦子，在瓦子里，可以召妓陪酒，欣赏"百戏"。宋代妓女有官妓（营妓）、民妓（私妓）之分。民妓档次较低，俗称"猱儿"（猴子名），只可骑驴而不可乘马、坐轿；官妓即"女伎"，是在官府注册了"乐籍"的歌舞演员，俗称"弟子"。"弟子"只为官府服务，但举子们只要发一个邀请函（"仰弟子某某到某处祗直本斋燕集"）就可随叫随到。因文人地位高，靓女傍文人恰似今之傍大款。当然，天下没有免费的午餐，"弟子"的要价之高，连宰相寇准的爱妾蒨桃也为之咋舌，作诗云："一曲轻歌一束绫，美人犹自意嫌轻。"所以，不掂量口袋里的银子，是不敢给"弟子"发请柬的。状元楼下的朱雀门至保康门一溜都是秦楼楚馆，一般的举子会去那里找"猱儿"。"猱儿"虽然价格便宜，但颇善解人意，很会看客唱曲，自从礼部之后，一阕《鹧鸪天》成为当家节目。词曰：

> 五百人中第一仙，等闲平步上青天。绿袍乍著君恩重，黄榜初开御墨鲜。
>
> 龙作马，玉为鞭。花如罗绮柳如绵。时人莫讶登科早，自是嫦娥爱少年。

成何体统？司马光对一些举子的放浪形骸而感到脸红。他在笔记《涑水记闻》中批评此年科考"举子多不如仪"。"不如仪"就是不讲规矩，除举子行为不端外，还有跨州"发解"（类似今之高考移民）的，有非举子硬闯考场的。

大相国寺也是文人常去的地方。此寺规模宏大，仁宗时有六十四院。去那里可参禅拜佛，可在幽静的单间品茶饮酒，还可逛全国最大的文化市场。新书出版最先在此上市。寺东"荣六郎印书馆"印书质量上乘，深受文士喜爱。但这里更像老北京的天桥，花鸟虫鱼，卖唱卖艺，卜卦算命，坑蒙拐骗，各色俱全，尤以小偷名冠天下。仁宗曹皇后来寺进香，刚上台阶，挂在脖子上的一串念珠竟不翼而飞。此物价值千缗，仁宗闻讯大怒，将皇后的随行人员全部抓捕，终未能破案。相国寺虽然好玩，但举子们考前去求过神，考上后去谢过神，不必再去了。眼看早发的红杏已开始凋零，落英纷纷，春光不等人，而殿试一过，大家就要各奔东西，这可是大家在一起的最后一个阳春。司马光等人决定去郊外踏青，登古吹台。

赏春古吹台

古吹台位于开封城东南三里处，高广均约十余丈。台为西汉梁孝王刘武（景帝弟）所筑，以延揽天下英才。著名文学家邹阳、枚乘、司马相如等先后投其幕下。这个典故吸引历代文人墨客前来登临怀古，以至有"不上吹台，枉来梁园"之说。

司马光一行出南薰门，由西向东，往吹台而去。前面有民居掩于茂林修竹之中。在一幢民舍的墙上，贴着一张《小儿击瓮图》。孟翔见到后不禁喊道："诸君请看，君实（司马光字）兄的故事贴在墙上。"这幅画画的是司马光砸缸救友。那是十三年前的事：几个小伙伴一起在院子里游戏，院中有一口装满水的消防大缸，一顽皮小子爬了上去，不慎掉进缸里。其他小朋友都吓跑了，七岁的司马光急中生智，搬起一块石头向缸砸去，于是缸破水泄，小孩得救。有画家据此画成《小儿击瓮图》，聪明的出版商将此图刻板印刷出售。司马光砸缸的故事因此广为流传，把他捧成了人人夸耀的"童星"。司马光说："击瓮救友，乃情急之中，发乎天性之举，未料却因此而为名所累。"的确，自从《小儿击瓮图》问世以后，但凡与生人交往，他一报姓名，人必惊曰："击瓮救友之司马光乎？"几个人正说着，突然从村舍中传来读书声，是学生跟着先生在念。读的据说是当今皇上之父、真宗赵恒写的《劝学诗》：

> 富家不用买良田，书中自有千钟粟。
>
> 家居不用架高堂，书中自有黄金屋。
>
> 出门莫恨无人随，书中车马多如簇。
>
> 娶妻莫恨无良媒，书中自有颜如玉。
>
> 男儿若遂平生志，六经勤向窗前读。

这是劝学，还是"诱学"？宋代许多人就是在这首《劝学诗》的"引诱"下寒窗苦读，从而金榜题名的。读书能当大官，始于宋朝。

孩子们的读书声渐渐远去，司马光一行来到吹台。对多情善感的文人来说，吹台的历史恰似一副催化剂，能激起胸中的千般情思，万顷波澜。唐代的三位大诗人，李白、杜甫和高适，曾在秋天同登吹台，留下了满腹不平的慷慨悲歌（明人建三贤祠以纪念）。最著名的是李白的《梁园吟》。不知是谁哼起了其中的句子：

> ……昔人豪贵信陵君，今人耕种信陵坟。荒城虚照碧山月，古木尽入苍梧云。梁王宫阙今安在？枚马先归不相待。舞影歌声散绿池，空馀汴水东流海。沉吟此事泪满衣，黄金买醉未能归……

李白在这里用了两个出自梁园的典故，第一个是信陵君广揽人才，善待夷门守侯嬴，后来侯嬴为之策划了窃符救赵的壮举；第二个就是梁孝王延揽枚乘、司马相如（枚马）的故事。可惜，眼下信陵君的坟已成耕地，梁孝王的事迹也随汴水东流入海。重视人才的君王走了，想起来就让人泪湿衣衫，还是花钱买醉吧！

一行人抚今追昔，不禁感慨系之。司马光说，高、李、杜同游吹台，乃惺惺相惜也。时为唐玄宗天宝三年（744）。高四十五岁，李四十四岁，杜三十三岁。三贤尚无功名，皆为布衣。李白辞官云游；杜甫应举落第。此后，高适五十岁方中进士，杜甫则从此不再应举，靠献诗赋以糊口，"朝扣富儿门，暮随肥马尘。残杯与冷炙，到处潜悲辛"[①]，真是满纸心酸事，读来泪沾襟……

司马光说完，石扬休接过话头说，大唐史称盛世，高、李、杜诸公，皆时贤英才，朝廷竟弃之如敝屣。若在唐季，类我者不堪矣！

没错。石扬休是四川眉州人，少年成名，十八岁乡试（考举人）第一；却大器晚成，四十三岁才考中进士。如在唐代，还须经过吏部试和

---

① 杜甫：《奉赠韦左丞丈二十二韵》。

铨选才能授官，他这一辈子也许当不上官了。

科举虽肇始于隋炀帝大业三年（607），但在隋唐两代，如无达官贵人推荐，士子是没法参加考试的，而且即使考中进士，还可能被吏部试和铨选挡在官门外。韩愈文章道德天下无双，先后四次参加科考，从十九岁考到二十五岁才考中进士，名列第十三，但九年后才成为命官。其间，他三次参加吏部试，均未通过；三次上书宰相，未得一字回音；三登权贵之门，均吃闭门羹。二十九岁时经董晋推荐任宣武节度使观察判官，但此官属招聘性质，非朝廷任命，他直到三十三岁时才通过吏部试，次年通过铨选，授国子监四门博士。宋与唐相比，科考有了五大显著变化：

第一，无须权贵推荐，不分贫富贵贱，均可参加科考。在本届科考前，已有如李迪、吴育、范仲淹、欧阳修等穷苦出身者高中进士，并位居宰相或执政大臣。

第二，赶考经费，凡"发解"之举子由各州补贴路费，有的州还派船（黄士船）、派车送举子赴京，而唐代完全由个人负担。

第三，进士录取的数量大大增加，唐每次录取数名至三十名，宋从太宗开始，每科录取数百上千。淳化三年（992）一科，参考一万七千三百人，录取一千三百余人，此后屡有超千人者（含诸科、恩科）。录取率高，相对好考。

第四，录取即授官，发给绿袍（九至六品之官服）、官帽、朝靴、笏板（官员上朝所持之长形记事板）。太宗在新科进士赴任时，每人赏钱二十万。王化基上书毛遂自荐，太宗临时开特科，命他与"嘉士"李沆、宋湜一起中书应试。试后各赏钱一百万，听说李沆家贫，又另赏三十万。据欧阳修说，初授官的待遇就超过一个中等地主。

第五，重用进士特别是甲科进士。太祖赵匡胤说"宰相当用读书人"。在司马光中第时，状元当宰相的先后有吕蒙正、王旦、李迪，不久后有宋庠，其中吕蒙正及第后仅十一年即当上了宰相，从他开始，所有宰相都是进士出身。穿绯色官服（四、五品）和紫色官服（三品以上）的文官多是进士，"满朝朱紫贵，尽是读书人"。"宠章殊遇，前所未有"。

因此，许多贫寒学子才有了出头之日，即使如司马光这样的"高干子弟"，也因此才有更光明的前途。宋代沿用了前代恩荫制，五品以上官员子弟可以"恩荫"，不经考试即可授官。庞之道和司马光十五岁就荫了官，但恩荫官因"无出身"而被人鄙视。唯有考中进士，才算"有出身"，才可飞黄腾达。故司马光诗曰："男儿努力平生志，肯使功名落草莱。"①"功名"者，进士也。

有比较才有鉴别。宋代的士大夫政治与前代相比，这是一个了不起的进步。唐代是门阀政治，唐末、五代是军阀政治，飞扬跋扈的藩镇公开叫嚣："天子，兵强马壮者当为之，宁有种耶？"②读书人如果不想终老山林，只有投靠在藩镇帐下摇尾乞怜。对读书人来说，唐是人间，五代是地狱，宋是天堂。所以，他们对朝廷有一颗感恩的心。司马光的一首《和孙器之清风楼诗》颇能表现当时的心情。诗曰：

> 贤侯宴枚马，歌鼓事繁华。晚吹来千里，清商落万家。平原转疏雨，远树隔残霞。宋玉虽能赋，还须念景差。

宋玉呀宋玉，如果你看到了我大宋美"景"，你的赋将是另一种样子啊！有人背出赵匡胤的名言："天下广大，卿等与朕共理"！司马光等人登高望远，颇有一种以天下为己任的责任感和自豪感。

他们走下吹台，东行数里，来到一湖边，见渔舟牧笛，鸟飞鱼游，野趣盎然。湖畔有村，村中酒旆招展。他们在酒家小憩后，出来坐船游湖。司马光的一阕《阮郎归》，或许是作于此时吧？

> 渔舟容易入春山，仙家日月闲。绮窗纱幌映朱颜。相逢醉梦间。松露冷，海霞殷。匆匆整棹还。落花寂寂水潺潺。重寻此路难。

（江少虞《宋朝事实类苑·歌曲艳丽》）

---

① 《和子渊除夜》。
② 《旧五代史·安重荣传》。

词中的"朱颜"是虚拟的美人还是实在的"弟子"，我们已不得而知。好了，玩够了，该回城了！

御赐琼林宴

范镇是本届礼部试的省元（第一名），但一路上心思重重。为啥？仁宗说了，要降他的等级。

他比司马光大十二岁，成都华阳人，父亲是个小吏，知州薛奎发现他文章写得好，特准他在府衙上学。薛奎调京任御史中丞（御史台之长），携之来京，有人问他从四川带回什么宝物，他说："唯带一伟人，当以文章名世。"他通过参知政事（副相）韩亿，以门下士的名义将范镇荐入太学，与韩亿的四个儿子一起读书。可本次科考伊始，就有人告御状，说开封府参加"锁厅试"（现任官考进士）的考生陈博古文理不通，必有猫腻，牵扯到韩亿。仁宗密诏，令将陈博古及韩亿四子并门下士范镇的考卷作废。但主考官、翰林学士丁度不干，上疏说："范镇文章久扬名场屋（学界），非依附权贵博取虚名者。"仁宗让步，说可不取消资格，但录取名次须降等。当时科考已实行糊名制，考官只能看到考卷而见不到考生姓名。主考丁度等人评卷结果，范镇名列第一。这简直有点跟皇帝对着干的味道。范镇有一个强烈的预感，主考官越是让他当第一，殿试后排名就越会往后靠。司马光不知该如何来开导他，给他讲了一个故事：

太祖时一年科考，王嗣宗与赵昌言考得都不错，两人在御前争当状元。太祖要他俩徒手搏斗，谁胜给谁。赵昌言秃发，王嗣宗猛地抓下他的幞头（头巾）扔在地上，上奏曰："臣胜。"太祖大笑，即以王嗣宗为状元，赵昌言为榜眼[①]。

---

① 司马光：《涑水记闻·卷三》。

范镇听罢，释然。赵昌言没当上状元，后来却当了副相。司马光是想告诉他，不必把名次看得太重。

三月十七日，宋仁宗亲临崇政殿，试礼部奏名进士；十八日，试诸科；十九日，试特奏名。仁宗时年二十九岁，本当精神焕发，但司马光远远望去，见他倦态明显，仿佛是睡眠不足。二十三日开进士榜，从头到尾唱名，听到唱名后，考生要答"到"，然后站入录取者行列（这个规矩后来有改变，考生无须到场，可派人看榜）。第一名（状元）："扬州吕溱"（姓名前加户贯，防同名同姓混淆）。唱过头三名，仍无范镇。身边人使劲推他，要他出来声辩。这是有先例可循的。天圣二年（1024）和五年（1027）科考，吴育和欧阳修分别考中"省元"，殿试后公榜，不在头三名中，他们都当场大声抗辩，被排在第四。范镇此刻却如无事一般，只是默默地听着。第六名点到了"陕州司马光"，却没人答"到"，重复三次后，他才站出来。他替范镇焦急，走神了。直至念到第七十九名时，才听到了"成都范镇"。省元被如此降等，前所未有；像范镇这样默不作声，也前所未有。他开了一个先例，此后开榜再无人声辩。司马光由此对范镇尤为敬重，成为终身朋友。

本届科考，进士：甲科（"进士及第"和"进士出身"）录二百名；乙科（"同进士出身"）录一百一十名；诸科：取五百七十九名；恩科（特奏名）九百八十四名[①]。以上共一千八百七十三名，都算金榜题名，但含金量区别大矣。最高的是进士甲科，最低的是恩科。恩科颇似体育比赛中的安慰奖，或因已连续考了十五次，或虽未满十五次但年龄已达六十岁，便自然录取。本届甲科进士，有两人后来当了宰相：吴充、司马光。但当时轮不到他们出风头，风头最劲的是状元吕溱，刚一公榜，御赐的车马、车夫就来了。此例为真宗所开。大中祥符八年（1015）科考，真宗见状元蔡齐一表人才，一时心血来潮，下诏金吾（皇家警卫部队）给他配"驺（车夫）从（随从）传呼（通信员）"，并着为令。现在，吕溱坐着御赐车马出来，引来万众瞩目。宋人田况在《儒林公议》中

---

① 数据采自《续资治通鉴长编》。

记载：

> 尔后状元登第者，不十余年皆望柄用……每殿庭胪传第一，则公卿以下无不耸观，虽至尊亦注视焉。自崇政殿出东华门，传呼甚宠。观者拥塞通衢，人摩肩不可过……至有登屋而下瞰者……洛阳人尹洙（名臣），意气横跞，好辩人也。尝曰："状元登第，虽将兵数十万，恢复幽蓟……凯歌劳还，献捷太庙，其荣亦不可及也。"

这段话说得很明白，即使你收复了燕云十六州（儿皇帝石敬瑭割给契丹之地），其荣耀也不抵状元及第。这就是宋朝，重文抑武的宋朝。不过，本届状元吕溱迂腐无能，后来未等发迹就病死了。

按照惯例，放榜后皇帝要在琼林苑设宴招待新科进士，是谓琼林宴，又称闻喜宴。上榜者一律换上绿色官袍，戴上官帽，穿上朝靴赴宴。琼林苑位于顺天门大街西北，与北面的金明池相对。琼林苑崇文，金明池演武，太祖以此彰显文武之道。但在真宗之后，金明池变成了水上表演场所，琼林苑周围被商家店铺所占满，苑内的牡丹园、樱桃园等也都成了酒家。仁宗设琼林宴，只能将桌子露天摆在草坪之上，花木之间。新科进士们或坐轿，或骑马赶往琼林苑，官帽上两根长长的帽翅前后抖动，抖得滋味十足。司马光的母亲本是要雇车送他去的，但他坚辞不坐，步行去了。琼林宴上，仁宗皇帝高坐在楼上，其他按年龄大小排座次（序齿），白胡子"恩科进士"坐在前面，排在最后的是司马光、吴充（不到十八岁），他们只能朦胧地瞅见仁宗的身影。按照司礼太监的号令，每饮酒一巡，则奏乐一段，司马光仔细地听着，有"宾兴贤能之乐"、"於乐辟雍之乐"、"乐且有仪之乐"……

酒过数巡，宴会结束，天子给新科进士赐花。宋人戴花，开风气之先的是赵匡胤，一次他在御花园中玩耍，见牡丹盛开，便赐嫔妃们一人一朵戴上，自己也戴了一朵。宫中呵口气，宫外一阵风。不分男女老幼，每逢节日喜庆，有条件的便都戴起花来。可惜此值三月，牡丹未开，所以赏给进士们的是红色绢花，每人两朵。司马光不喜戴花，有人提醒说，此乃皇上所赐，可不戴乎？他这才戴上了。

新科进士们走出琼林苑，一身锦绣官服，加上刚饮了几杯酒，脸上红扑扑的，更显得气宇轩昂，人见人爱。开封城万人空巷，争睹新贵风采。当然，他们关注的是那些美少年，而不是恩科的白胡子，更有猎头睁大了眼睛，在其中搜寻想要的"猎物"。

第二章

洞房花烛夜

　　紧接上章说猎头、猎物。宋人朱彧的《萍洲可谈》记载："本朝贵人家选婿，于科场年，择过省士人，不问阴阳吉凶及其家世，谓之'榜下捉婿'。亦有缗钱，谓之'系捉钱'。"在他们看来，新科进士是最大的潜力股，"榜下捉婿"是最便捷的控股手段。那么，"榜下捉婿"的是何等贵人呢？

"榜下捉婿"与榜前择婿

　　京剧《铡美案》家喻户晓，讲陈世美高中状元后不认发妻秦香莲，当了驸马，被包公依法铡了。其实，这是剧作家的虚构。宋代没有点状元召驸马之说。公主一般是嫁给诸如"左卫将军"、"右卫将军"之类的武官，如非将军，则封为驸马都尉。这些所谓将军、都尉其实手下无一兵一卒，官高禄厚却没有实权。他们多是前朝显赫家族的子弟。如投降的吴越王钱俶的后代，至少先后有两人成为驸马。把公主嫁给这些人，既可笼络世家大户，让公主不失荣华富贵，又让前朝遗老遗少无法干政。皇帝不召进士为驸马，进士也不愿当驸马，因为一当就无法干政了。

"榜下捉婿"的参与者是家中有小娘子未曾许配的官宦人家。北宋翁婿同为宰执（宰相、执政大臣）者，当为列朝之冠。上章讲到的赵昌言，在太宗朝任副相，其女婿王旦为真宗朝宰相；王旦四女，全部嫁给进士，均当高官，其中第一、第四女分别嫁韩亿和吕公著，先后为相。李虚己之婿晏殊，晏殊之婿富弼、杨察，富弼之婿冯京，陈尧咨之婿贾昌朝，除李虚己外，皆为宰执。上述女婿多为名臣，我们不能不佩服其丈人择婿的眼光。当然，他们并非都是榜下所"捉"之婿，不少是榜前所择之婿。朝廷重用进士，又出了这么多翁婿宰执，使"榜下捉婿"成为时髦。于是乎，"榜下捉婿"从官宦门第扩展到商贾之家。他们有的是钱却没有社会地位，便用"孔方兄"开路，"系捉钱"诱惑，动辄千缗以上，谈婚论"价"，斯文扫地，闹出了不少笑话。有个已婚进士被"捉"到某商贾家中，后面跟着一大群看热闹的人。商人高声宣称："本府富甲一方，有女及笄，貌似天仙，才气无双，若不嫌弃，愿择你为婿。"谁知进士不慌不忙地回答说："如此我求之不得，但得等我回家向妻子禀告一声。"于是一片哄堂大笑。还有更可恶的，竟有借新科进士之"种"者。某些达官贵人妻妾成群却无一人怀孕，便将新科进士诱入深宅大院，让一妾与之苟合，以求怀孕，然后威逼其三缄其口，甚至让其永远消失。被保守派视为奸臣的宰相章惇，中第后就有此遭遇，所幸遇到一好心仆人，给他找来一套仆人服装换上，乘着黎明前的黑暗，混进随从队伍中"虎口"脱险。

司马光本是"榜下捉婿"的热门对象，年轻帅气又名列甲科，但让"猎头"们失望了：第一，他虽是外省人，但父亲在朝为官，不好骗；第二，他在考试前就已经订了婚，榜前择婿者，时任度支副使张存也。

"副部长"的择婿标准

司马光的未婚妻是时任度支副使张存的三女儿。

　　度支副使是个什么官呢？北宋（神宗元丰改制前）沿袭五代，设置了一个凌驾于户部之上的财政总管机关，名曰三司，即盐铁司（专卖）、户部司（税务）、度支司（财务）之总和。领导编制为三司使一名，盐铁、户部、度支副使各一名，所以张存约相当于今之财政部副部长。张存是河北冀州人，字诚之，进士出身。真宗天禧年间，诏令"以身言书判取士"，"身"，身材容貌；"言"，言论；"书"，书法；"判"，办事能力，结果在全国才选到两人，其中之一就是张存。可见他是一个既有学问又有能力的帅哥。那时他才三十余岁，现在已五十四岁了。他有二子五女，对子女管教严格，近乎刻板。他选婿的标准颇高，长女嫁给了进士李殷，二女嫁给了供备库副使（武官），但他对这两个女婿不甚满意（后来大女婿李殷之弟李教酒后散布妖言，因惧法而自缢，有人说他没死，被张存转移到了贝州。虽查无实据，但仍然降了他的职）。其第三女长得最漂亮，又最懂事，是他最喜欢的，所以多少人上门做媒他均未应允。这天，他约庞籍来府。

　　庞籍是山东成武县人，字醇之，进士出身，刚升为天章阁待制。他比张存小四岁，两人既非同乡，亦非"同年"，也并未在一个系统任职，但关系非同一般，为啥？都是直言敢谏之士。张存敢说，但说了皇帝不听也就罢了；庞籍则不然，问题不解决硬是不依不饶。仁宗赵祯即位之初，只有十来岁，由章献刘太后（真宗之后，仁宗之"母"，己无出，将李贵妃之子据为己有）垂帘听政。章献太后死时，仁宗已经成年，但她留遗诏让章惠杨太后继续听政。这个遗诏体现了宰相吕夷简的意图，许多官员因此而沉默不语。庞籍当时为殿中侍御史，级别只不过七品，但勇敢地站出来反对，请求把垂帘的仪制烧毁，由仁宗亲政。由于庞籍等人的强烈反对，章惠太后未能垂帘。庞籍因此名声大震。不久，庞籍升为开封府判官，正受仁宗恩宠的尚美人派宦官来传"教旨"，命令免除工匠的"市租"（即劳役）。庞籍愤怒了，说，自祖宗开国以来，未有美人传旨干涉行政者，斗胆将传旨宦官痛打一顿，声言以后凡妄传宫中旨意者一概不饶，且上疏参劾。仁宗严责有关宦官，把心爱的美人也教育了一通。不久，他又参劾了自己的山东老乡、曾经的顶头上司、龙图阁学士范讽。范讽其实是个难得的好官,如在黄泛区划田界,青州遭蝗灾时开仓贷种,申请将宰相王曾家的存粮拿出来救济灾民等等都深得民心。玉清昭应宫失火后,太后大怒,要严惩宫人,重修宫殿,范讽上疏谏止,宫人免遭责罚,宫殿也不再修了。他在为开封尹(开封市市长)时,有人来告状,说儿媳妇才过门三天,宫中有人来传旨,带进宫中,半月音讯全无。范讽问,你如果没说假话,就在这里等我。说罢就紧急上殿,找仁宗要人。他对仁宗说:"陛下不迩声色,中外共知,岂宜有此?况民妇既成礼而强取之,何以示天下?"仁宗说:"皇后曾言,近有进一女,姿色颇得,朕犹未见也。"范讽说:"果如此,愿即付臣,勿为近习所欺,而怨谤归陛下。臣乞于榻前交割此女,归府面授诉者。不然陛下之谤难(不)户晓也。且臣适已许之矣。"于是,仁宗即刻下旨,将那个少妇交给范讽带走了。范讽这件事办得漂亮,有胆有识,有理有节。这么好的官,庞籍干吗要参他?范讽"性旷达豪放,任情不羁",不像个孔孟之徒,倒像是阮籍再世,士子争先与之交游,在山东形成了所谓"东州逸党"。庞籍弹劾无果,加上暗指仁宗好色,被贬出京城,出京之前继续上疏,说如不惩罚范讽,任其败乱风俗,必将不可收拾。最后,范讽受到处罚,庞籍也因以下犯上而再遭贬谪。半年后,仁宗意解,又将其召回。

说这一段似乎跑题了,其实不然。庞籍是司马光的偶像、恩师,以"庞叔"相称。他的价值取向和做派影响了司马光一生。在以后的章节中,我们可以随时从司马光身上看到庞籍的影子。庞籍与张存和司马家都是密友,这次张存请他来,是要托他做大媒的。寒暄一阵后,张存说到正题:我府中第三女年将及笄(十六岁),不知醇之(庞籍字)心中是否有合适少年,供我作东床之选?庞籍不假思索地回答:和中(司马池字)兄之次子司马光孝悌忠信,饱读诗书,少年老成,吾恐明年春闱(春天举行的科举考试)之后,诚之(张存字)兄再"榜下捉婿"将悔之晚矣!说罢两人一起哈哈大笑。

张存其实早就相中了司马光,只是不便主动说出。在封建社会,婚姻讲究门当户对,司马光之父司马池时任盐铁副使,张存是度支副使,官位相同，又是"同年"。张存先后向朝廷推荐了上百名干部，没有一个出问题的，也鲜见出类拔萃的，后来让他当吏部尚书，与此有关。他选人的标准是孔子的"礼"，"非礼勿视，非礼勿听，非礼勿言，非礼勿动"。在他看来，司马家是循礼之家，司马光是循礼之人。

司马光的祖父司马炫进士出身，当到县令便英年早逝，留下数十万家资，其子司马池将财产全部交给叔伯辈管理，自己专心侍候母亲，闭门读书。真宗景德二年（1005）他进京赶考，顺利通过了礼部试，在殿试当天迈进皇宫之前，却突然感到心口痛，因平时没有这个毛病，预感到也许是母亲病危的心理感应，便问一起赶考的同乡，是否有家书寄到？的确有一封关于他母亲病危的家书，同乡怕影响他考试便私扣下来，想等殿试后再给他。现在，司马池一问，同乡只好如实禀告，司马池一见家书，放声痛哭，回头就往家乡赶，放弃了殿试。这一年他二十七岁了，此时放弃，就得等到三年后的下一届。后来他考中进士，但进入仕途的时间已比同代人晚了。张存比他小五岁，庞籍比他小九岁，不仅与他同级，而且发展前途比他看好。司马池的孝悌让张存佩服，司马光的表现也让张存赞不绝口。

司马池有两个儿子，"恩荫"授官首先给了长子司马旦，第二个指标理所当然应给司马光。但他对父亲说，那么多叔伯兄弟还是"布衣"，何不把指标让给他们？朝廷的"恩荫"原则是先长后幼，先嫡后庶，先直系后旁系，司马光等于给老爸出了个难题。但通过一番周折，他这个愿望实现了。此事足见司马光之"悌"。这颇对张存的胃口，感到此子类己。张存在四川做官回乡时，带回了不少蜀锦，将其摆在桌子上，任凭兄弟们来挑选。或问，何不留给妻妾？答曰："兄弟，手足也；妻妾，外舍人耳。奈何先外人而后手足乎？"[1]

司马池喜作诗，在墙上题诗时，司马光就捧着砚台随侍身边。他任利州（今四川广元）转运使时到阆中南崖游览，在崖上题诗一首，末尾特注"君实捧砚"。大概因为此诗写得不怎么样，没能流传，而"君实

① 《宋史·张存传》。

捧砚"四字却扬名四海（宋人为之修捧砚亭以纪念，现存捧砚亭三字当是后人所写）。子为父捧砚，多有孝心啊！

张存"家居矜庄，子孙非正衣冠不见"①。他几次到司马家，见司马光在长辈面前，衣冠整齐，垂手侍立，听从呼唤，长辈不让坐不坐，长辈不让言不言，次次如此，"未尝有倾倚倦怠之色"。好！像我要的女婿。

司马池夫妇也早就看中了张存家的女儿，庞籍的话一传过来，立马应允。有了父母之命，媒妁之言，但如果儿女不满意，将来也是问题。于是商定由庞籍夫妇搭桥，让司马光与张氏女在庞籍家见面。

礼制下的婚姻

司马光专心准备科考，无意相亲，但父母、"庞叔"的话他是要听的。按约好的日期，司马光与张三小娘子在庞籍家见面。按今天的话说，他俩一个是帅哥，一个是靓妹，可这对青年男女的谈话不可能卿卿我我，只能是正儿八经、索然无味的，因为当时有教养的人必须如此。他们都出生于恪守礼教以至有些古板的家庭，双方都彬彬有礼，一切都中规中矩。张三小娘子说起司马光把"恩荫"让给族兄的事，称赞他孝悌。司马光接过话头说，"治家者必以礼为先"，"兄爱而友、弟敬而顺"（司马光《家范》），且七尺男儿，当自取功名。张三小娘子听着，频频点头，接着说："听家父言，君所作《铁界方铭》在太学传诵，可否说与听听？"司马光说："见笑了。时读孙之翰所作之《唐史记》，又看案上终日相伴之砚台，心潮难平，便作此铭。"说着，便摇头晃脑地背诵起来：

质重精刚，端平直方。进退无私，法度攸资。燥湿不渝，寒暑不殊。立身行道，是则是效。

①《宋史·张存传》。

如此这般，两人谈话渐渐自然。司马光问张三小娘子平日居家何干，答曰：平日居家谨遵母教，不出中门，或读《孝经》，或习女红。这个回答其实是标准答案，是封建礼教对未婚女子的要求。在家庭伦理关系中，司马光把男女之别摆到了与父子之别同等的地位。孔子曰："教令不出于闺门，事在供酒食而已。"[①]司马光则要求"凡为宫室，必辨内外，深宫固门，内外不共井，不共浴室，不共厕……男子昼无故不处私室。妇人无故不窥中门，有故出中门，必拥蔽其面。男子夜行以烛。男仆非有缮修，及有大故，……亦必以袖遮其面。女仆无故不出中门，有故出中门，亦必拥蔽其面"[②]。此等酷求，的确出自司马光的笔下。这是他后来写的，当时也不可能对张三小娘子宣讲这一套，但这套礼教在他的脑子里是根深蒂固的。如在今日，此等男人只能打光棍，但古今不同俗，当时的大家闺秀以遵从礼教为荣。

两人见面之后，司马光禀过父母，亲自写了准备送给张家的帖子，时曰"草帖"。"草帖"是竖排的规范性文书，有固定格式。"草帖"曰：

致此冀州张存度支副使大人官宅：

　　曾祖司马政，乡绅

　　祖司马炫，进士出身，官知县

　　父亲司马池，进士出身，官盐铁副使

　　本宅二舍（第二子，引者注。下同）司马光，真宗天禧三年（1019）十月十八日生

　　母聂氏

　　右见议亲次

　　　　　　　　景祐四年（1037）某月某日

---

① 《孔子家语·本命》。

② 《司马氏书仪·卷四》。

　　"草帖"应由媒婆送达女方。宋代有类似今天之婚姻介绍所，媒婆是一个法定职业，领有执照，上班要穿"工作服"。上等媒婆专为宗室服务，戴盖头，穿紫色背子（无领之过膝对襟袍，类似睡衣），只有数十人；中等的为官宦人家服务，戴冠子，黄色包髻，穿背子或裙子，手把青凉伞儿，皆两人同行；下等的为普通百姓服务，散在民间。在男女不能自由交往的封建社会，媒婆的社会地位是比较高的。固然有像《水浒传》中撮合西门庆与潘金莲的王婆，但上、中等的媒婆是要讲职业道德的，否则就会被吊销执照，丢了饭碗。司马光的朋友庞之道讲的一个故事把媒婆说"神"了：朝议大夫李冠卿扬州老宅的堂前有一棵老杏树，花繁茂但不结果。一媒婆见之，对主人说，来春我让它出嫁。深冬，媒婆抱来一坛酒，说是婚家送来的"撞门酒"，然后给杏树扎上一袭处女裙，奠酒辞祝，煞有介事，人皆笑其装神弄鬼，不料来年此树竟真的硕果累枝。庞之道言之凿凿，司马光却认为此乃"子不语怪力乱神"之属。他的大媒是庞籍夫妇，是否还要按习俗找媒婆呢？司马家没敢贸然，准备在送"草帖"时征求一下张家的意见。未料张存态度非常明确："不卜不媒"。就是不择日子，不找媒婆。虽然如此，但程序还得走。张家当即回了"草帖"，列出了女方的三代祖先及女之出生年月。这叫"小定"，又曰"文定"。接下来要先后立三道婚书，皆制式文书，然后立《聘定礼物状》，男方按此状约定送彩礼，女方回礼，这叫"大定"，等于签订了正式婚约，只等议定婚期了。司马光因要专心备考，这些事未曾与闻。现已高中进士，婚期在即，许多事就得他自己来办了。他无须为各种礼物操劳，最担心的是婚姻不可"非礼"。

　　马上要当新郎了，他却在一项一项地考证当时婚俗是否合礼。宋代的婚礼有许多讲究，说来相当繁冗，且不管它，只说司马光的考证，其中一个是"讲拜"（对拜）。按宋俗，新娘子娶回家后，要同拜祖先，然后男女家各出一彩缎绾成同心结，男搭于笏（有官者），女牵在手，男女相向，男倒行引女到新房对拜。如何拜法？司马光考证的结果是，女方的随从布席于新房门槛外，新娘向东立，男方的随从布席于西方，新郎新娘跨过门槛进入新房，新郎立东席，新娘立西席，新娘先拜，新郎答拜，是为古"侠拜"之礼。司马光考证清楚了，却屈从了"乡里旧俗"：女四拜男两拜。后来他在《婚仪·亲迎》中说："今世俗相见交拜，拜致恭，亦事理之宜，不可废也。"为啥不可废？古礼夫妻各一拜体现的是男女平等，而女四拜男两拜体现的是男尊女卑。此外，古有合卺之礼，就是新婚男女合饮一瓢（卺）酒，而宋朝改成了喝"交杯酒"，不是今天胳膊挽胳膊的"小交"，更非互相勾着脖子的"大交"，而是用彩色丝线将两只酒盏连接，夫妻各饮一盏。显然，合卺体现了亲密无间，而用丝线连盏交杯似乎是说，姻缘一线已牵上，男女有别不可忘。司马光没有要求合卺，而选择了喝"交杯酒"。

司马光的婚礼中规中矩，礼仪程序走完，已近夜半。礼网密密，但没有规定床第之礼。这对新人，男二十女十六，如何巫山云雨，不得而知。我们知道的是，从此有了一对按封建礼教堪称模范的夫妻，模范得让你挑不出毛病，但是否幸福，后面将会看到。

第三章

初任幕职官

一匹官马在陕西华州（今华县）至同州（今大荔县）的官道上飞驰，马背上的年轻官员身着绿袍，两脚紧蹬马镫，绿袍飘起来，像一朵翻滚的绿云。飙马者，司马光也。他要去同州见父母和新婚妻子。

宝元元年（1038）司马光中第后，授官奉礼郎，八月被任命为华州判官。宋代官制有官、职、差遣之分，官表示级别待遇，职"以待文学之选"，是给文臣的荣誉职务，差遣才是实职。具体到现在的司马光，太常寺奉礼郎是寄禄官，九品上；华州判官是差遣，幕职。

与司马光就任的同时，任盐铁副使的父亲司马池升任天章阁待制，知河中府。未及上任，又改知同州。同州与华州同属永兴军（治所今西安），紧挨着。司马光把新婚妻子放在同州父母身边，自己只身在华州履职。州里的判官不是判案的法官，而是知州的属官，叫你干啥就干啥，不叫你就啥也别干。因此，司马光随时可以请假去同州探亲。

同气相求，自费为颜回后裔出书

无巧不成书。司马光在同州巧遇"同年"石扬休，他正好在司马池手下当推官。京城一别，如在昨天，同州重逢，好不喜欢。

石扬休字昌言，虽与司马光"同年"，但差别大矣。他比司马光大二十三岁，年龄上隔了代；他出身贫寒，孤儿一个，因衣食无着，投靠亲戚十八年，而司马光一直生活在当官的父母身边，童年世界一个地一个天；他十八岁乡试第一，"名震西蜀"，考进士却屡试屡败，直到四十三岁才考中，而司马光少年得志，首次参考就马到成功，一逆一顺，运气迥异。有趣的是他俩始终相处融洽，友谊一直维系到石扬休去世。

宝元二年（1039）的一个春日，两人骑马来到了同州东山的龙兴寺游览。

龙兴，顾名思义，应是出了皇帝。谁? 隋文帝杨坚。这里是他的出生地，有他的故居。隋朝是个短命的王朝，国祚不足三十年。司马光和石扬休自然要议论一番。杨坚虽是外戚篡位，但他给西晋以来三百余年的分裂时期画上了句号。他在位二十年，厉行节俭，轻徭薄赋，使国家达到了空前的繁荣。可惜他一死，其子隋炀帝杨广就反其道而行之，骄奢淫逸，凶残暴戾，攻伐无休止，劳役不停息，终于激起全国性的农民起义，造成隋灭唐兴。石扬休说，可叹文帝鸿基伟业，转瞬间毁在孽子之手! 但文帝也难辞其咎，废太子杨勇，新立杨广，猜忌过度，必为奸臣所乘。司马光接着说：文帝猜忌苛察，信受谗言，功臣故旧，无始终保全者；乃至子弟，皆如仇敌。隋父子君臣之间，最缺者，乃一诚字。

龙兴寺内有不少碑刻，其中一篇碑文为隋朝历史学家李德林所撰。四百多年过去，碑上的文字已经模糊，难以句读，但这并不影响两人对作者的崇敬。李德林撰写《齐书》，书未终而人已逝，其子李百药继承其遗志，接着撰写，最终完成了父亲遗愿。成书时已是唐季，这就是流传下来的《北齐书》。龙兴寺还有一幅唐代著名画家吴道子没有画完的壁画。没有写完的《齐书》，没有画完的画，触动了石扬休敏感的神经，突然吟诵起谢灵运的《岁暮》来，司马光听了不觉一怔，安慰说：昌言兄如日中天，去岁科场名列（司马）光前，长风破浪，此其时也。石扬休长叹一声，说：可惜二十余年大好时光，尽耗在场屋中矣！

这番话让司马光不禁想起琼林宴上那些须发皆白的"恩科进士"。他们当中，有朽木不可雕者，也有如和氏璧而考官不识者。司马光说："昔日随家父在利州（广元），即闻昌言兄驰骋西蜀场屋之名，何以科场不顺？"一句"扬休不善'四六'"之后，他倒开了苦水：礼部考试，言必经义，终身死记；文必四六，因文害义。更有混账考官有意为难考生，竟出如此偏题：《尚书·尧典》"曰若稽古帝尧"句，孔颖达之《正义》多少字？不问原文之义，也不问注释之义，偏问注释有多少字？说罢，石扬休直摇头。

司马光也恨透了四六，只是为了取得功名，不得不拿起这块"敲门砖"。宋代的读书人无不拥护科举，但是考上考不上都骂考官。出题太偏太怪不说，主要还是不满唐末五代流行下来的"四六"文风。"四六"是骈体文的别称，滥觞于陆机，即所谓"骈四俪六"。第一句话前半句四个字，后半句六个字，第二句话也要如此与之对仗，还要讲究韵律。应该说，如果仅作为一种文体，它是无害的，其中不乏美文，但是如果把它作为文章的不二法门，问题就大了。科考作文要写"四六"，皇帝的诏书、臣下的奏疏要写"四六"，甚至审案的判决书也要写"四六"。司马光忧虑地说，"四六"夷陵文风，埋没人才，非国家之福。两人都知道欧阳修在提倡复古，复兴古文的写作，石扬休说，如欧阳先生当考官，必不以"四六"取人。他说得没错，欧阳修倡导的复古运动终于逼"四六"退下了"王位"。这是后话，回到现场，石扬休邀司马光去看一篇非"四六"的新碑文——《同州题名记》。

《同州题名记》刻在一块碑上，叙述了同州历代风云人物的事迹，文字清新，言之有物；主旨鲜明，弘扬德化。司马光看着连声叫好，见最后署名为颜太初，问："太初先生安在？昌言兄识否？"石扬休答："一个真儒者，可惜作古了。不堪回首也。"他与颜太初相识，是那年在京城赶考的时候。两个年轻人，一个来自四川，一个来自山东，互相都很好奇，便互问地方风物和家庭情况。石扬休由此得知他字醇之，乃颜回之后。读圣贤书，此人反对死抠章句，主张重在理解并身体力行。那年科考，颜太初一举登第，石扬休名落孙山，但两人结下的友谊没有中止，时有书信往来。五年前的景祐元年（1034），青州地方官员受龙图阁学士范讽的影响，在青州刮起了一股豪饮清谈、弹铗长啸之风，人称"东州逸党"。庞籍在京城弹劾范讽之后，颜太初在山东对"东州逸党"痛加鞭挞，所作《东州逸党诗》传到京城，流传街衢，"逸党"之首青州知府因而被解职。郓州府的一个县令因得罪知州，被陷害死于牢中，其妻告状无门，找到颜太初。他拟状为县令申冤，并写《哭友人诗》以造舆论。此诗情感天地，朝廷派人办案，知州之罪治，县令之冤申。颜太初名声大彰，小人却目之为寇仇，交相上章，指责他绌于行政，狂傲不群，以下犯上，博取虚名。颜太初官止于县主簿，死时年仅四十岁，留下百余篇诗文。

听了这些，司马光愤愤不已。但斯人已去，不可复生，其诗文犹在，当使之流传。司马光问：太初先生遗稿安在？石扬休说：敝处存其遗诗数十篇，皆其生前所寄。其余还须搜集。司马光说，太初先生真儒也，真儒精神岂可任其湮没，使后世无闻耶？我等应集其遗稿，汇编成书。石扬休自然赞成，但出书是要银子的，银从何来？司马光一拍胸脯：钱由我出！

书稿编成后，司马光写了《颜太初杂文序》，一并付印。这是他编的第一本书，第一次为一本书写序。

在华州和同州与石扬休游，正好一个春秋。这是司马光一生中最愉快的一年时光。父母慈爱、夫妻恩爱、"同年"友爱，他简直是掉在了爱的蜜罐之中，甜丝丝，美滋滋。这段美好时光让他念念不忘，多年后在写给石扬休的诗中说：回想那年的三月，春风卷起绿色的波浪，蛰龙腾空化作云雷。河流中的春水疾如飞矢，我俩在华州和同州同任幕职。潩泉流入奔腾的渭水，华山巍峨直耸云天。我到同州省亲前都给你写信，你每次都与我开怀畅饮。一起舞文弄墨，芝兰之室充满芬芳，盼着你来，我站在台阶上等待。我们一起品评吴道子未竟的画作，解读已被苔藓浸渍的隋碑。我们一起乘凉树下，快乐的气氛在田野弥漫。（原诗为文言文，作者译成白话。）

初闻边事，始知官场黑暗

司马光的这段日子过得太美了，可惜好景不长。西夏的元昊公开称帝，向宋朝发起了进攻，要准备打仗了！

元昊是谁？是西北党项羌的首领。他本姓拓跋。其先祖在唐安史之乱后，统一了党项羌八姓部落，在陕北地区建立了割据政权。唐朝因要镇压黄巢起义而无力他顾，便封拓跋思恭为夏国公，赐姓李，在陕北设立一个新行政单位——"定难军"，辖夏（今靖边）、绥（今绥德）、银（今米脂）、宥（今靖边东）四州八县。宋太宗太平兴国五年（980），在位的李继筠死，其弟李继捧袭职，发生内斗。李继捧于七年（982）举家来到开封，主动献出土地。太宗大喜，封他为彰德节度使，留居京师，派汝州团练使曹光实为定难巡检使去接收土地。李继捧的族弟李继迁反对纳地，率众出逃，在躲过曹光实的追杀后，利用民族矛盾逐渐壮大自己，成了宋朝的死敌。此后太宗用赵普之计，先后采取赐姓赵、以夷制夷、经济封锁、政治收买的策略，均告失败。雍熙二年（985）二月，继迁以诈降诱杀了曹光实，次年向辽称臣求婚，联辽反宋，大败宋军；淳化五年（994），太宗派马步军都指挥使李继隆率兵进讨，攻下了夏州，而继迁一面纳贡谢罪，一面转攻灵州（今宁夏宁武）；至道二年（996）宋派兵护送粮草四十万接济灵州，被继迁在浦洛河（今吴忠市南）截获，宋军溃散。恼羞成怒的太宗于是亲自部署五路大军讨伐，亲授阵图，企图毕其功于一役，但因其病笃而撤军。在他死前，西北乱局日甚一日。宋真宗继位后，对继迁一味妥协，下令弃守镇戎军（今宁夏固原），任其先后攻占了定州（威远军，今宁夏平罗姚伏镇）、怀远镇（今银川）、保静（今永宁）和永州（今银川市东），在战略要地灵州被围困时，真宗又下令弃守（知州死节）。继迁改灵州为西平府，作为临时都城，并向西进攻河西走廊。景德元年（1004）一月，继迁被潘罗支（藏族部落）一箭射成重伤致死，其子德明继位。宋真宗企图以官爵诱其归还灵州，可结果是寸土未收回，倒赔银帛十几万。景德元年（1004）底宋、辽签订澶渊之盟，德明看宋真宗窝囊到家，便乘机讹诈。景德三年（1006）九月，双方签署誓约。宋封其为定难节度使、西平王，岁赐银、帛、钱各四万（两、匹、缗），茶二万斤。他把都城从灵州迁到怀远镇（改名兴州，今银川）。至宋仁宗天圣九年（1031），表面和平维持了二十五年，宋朝以为从此万事大吉了，谁知德明死后，其子元昊即位后不久，公开宣称自己是"青天子"，宋帝是"黄天子"，自立年号为"显道"，下令全国秃发，不从者处死。元昊其实已经称帝，只差一个国号了，但宋仁宗和宰执大臣却无动于衷，照常按誓约一年十几万地进贡。元昊看清了宋朝"上下安于无事，武备废而不修，庙堂无谋臣，边鄙无勇将；将愚不识干戈，兵骄不知战阵；器械朽腐，城郭隳颓"的老底，于宝元元年（1038）十月筑坛受册，称"始文英武兴法建礼仁孝皇帝"，改年号为"天授礼法延祚元年"，定国号为大夏（史称西夏），所辖共十八州，东据黄河（对岸为山西），西至玉门，南临萧关（关中北门），北抵大漠。这标志着在中国的版图上从宋、辽对峙变成了辽、宋、夏三足鼎立，一部后三国演义已经拉开了帷幕。而宋朝苟安麻痹，元昊反了的消息，直到十二月，鄜（今富县）延（今延安）路钤辖司才报上来。该怎么办？

从唐到宋，定难军党项羌政权的性质均为藩镇（节度使），属少数民族羁縻军、州，由其民族首领治理，朝廷不收赋税，但必须服从朝廷的命令。在元昊称帝前，宋廷与定难军的关系是中央政府与少数民族自治地区的关系，属内政，羁縻地区首领叛乱称帝，对任何一个中央政府来说都是不可容忍的。仁宗决定平叛，任命三司使、户部尚书夏竦为奉宁节度使、知永兴军（今西安）兼环（今甘肃环县）庆（今庆阳）路都部署（司令员）；任命资政殿学士、吏部侍郎、知河南府范雍为振武节度使，知延州（今延安）兼鄜延路都部署，任命殿前都虞候刘平为鄜延路副都部署。文官（或者宦官）当司令，武官当副司令，体现了宋朝重文抑武的基本国策。

对宋夏关系的这段历史，二十一岁的司马光当时还不甚了了。他的成长期正与宋夏表面和平期重合，不识兵戈。在宋仁宗任命上述三人挂帅后，宋廷大多数人认为重臣出马，消灭元昊易如反掌，只有个别有识之士认为用非其人，凶多吉少。不久，司马光的岳父张存调任陕西都转运使，他的恩师庞籍也调任陕西安抚使。司马光还有着少年书生的天真，跟父亲要求去永兴军（今西安）拜访他们。司马池却双眉紧锁，沉默不语。他有满腹心事，但不知是否该告诉还不知官场险恶的儿子。犹豫再三，他还是忍不住开口了："你庞叔牵涉到开封府的一件官司，正被弹劾，而凡遭弹劾，应主动请辞，接受调查。"司马光惊讶得瞪大了眼睛，司马池接着说，"你岳父此来，乃为大军筹措粮草，而陕西府库空虚，为不得已扰民而发愁，而且他正和枢密院较着劲，要求换掉刘平。"刘平号称"诗书之将"，在朝廷中声望很高，岳父怎么就觉得他不行呢？见儿子一脸迷茫，司马池说："不光你岳父说他不行，我也看他不行。离京前，我就上疏说了，刘平夸夸其谈，实为赵括之流。可没人听我们的。"司马池说罢，一声叹息。

司马光见父亲心情沉重，安慰说，刘平虽非良将，但夏竦、范雍二公权高望重，定能节制。司马池摇了摇头，沉默半天才说：吾儿毕竟年轻，未经沧海。相比武臣，此次所用文臣更堪忧也。罢，罢，罢，你不知也罢。司马光不再追问，后来他才明白父亲为啥连说三个罢。

先说夏竦，因是所谓"潜邸从龙之人"，即仁宗当太子时的老师，便恃宠而骄。他为人奸邪，擅长钻营，生活腐化，妻妾成群，蓄养女伎，纸醉金迷。受命之后，不是考虑如何战胜元昊，而首先向皇帝提出预支俸禄，理由是置办行李用度大。仁宗居然同意他先预支一个季度。预支的钱干啥呢？带着成群的妻妾美女去上任。在西安，他像在京城一样，天天曼舞，夜夜笙歌，下部队时也带着美女歌儿，险些激起兵变。他贴出告示："有得元昊头者，赏钱五百万贯，爵西平王。"元昊派侦察员假装来卖芦席，在一家饭馆吃饭后遗席而去，饭店老板展开席子，见内贴元昊的告示:"有得夏竦头者,赏钱两贯文。"夏竦得报,命令封锁这个消息,可已经在军民中传播开了。在元昊眼里,夏竦就值两串钱,对其何等轻蔑?

再说范雍,在河南虽有政声,但非统御之才,到延州后,外表威严而色厉内荏,平日狂妄,遇事慌张,被讥为"'菜州'节度使"(意同今之"菜鸟")。某日宴会,杂剧演员助兴,来了一段脱口秀。甲说,参军梦见一黄瓜,长一丈多,预兆何等好事?乙说,黄瓜有刺,要提黄州刺史啊!甲给乙一巴掌,说,要是梦见帅府中长萝卜,那不就是"'菜州'节度使"吗?范雍听出这是在讽刺他为萝卜,是人家的一盘菜,把两个演员痛打一顿,但"'菜州'节度使"的名声不翼而飞。

国难思良将,为什么还用非其人呢?其源在枢密使夏守赟用私人。枢密院是朝廷最高军事机关,负责选帅命将。此前,枢密使本为王德用,是一位有谋略有战功的武将,但遭御史以荒唐的理由弹劾,被贬出朝廷,空位由夏守赟填补。夏守赟也是所谓"潜邸旧人",便起用同类。

此前司马光是两耳不闻窗外事,一心只读圣贤书,现在一接触窗外事,始知官场黑暗。他的恩师庞籍是受仁宗之命来敦促夏竦拿御敌之策的。经敦促,夏竦陈"御敌十策",其中第六条为"募土人为兵,号神虎保捷,州各一二千人,以代东兵(从东边调来的禁军)";第七条为"增置弓手、壮丁、猎户,以备城守"。夏竦十策被仁宗批准,一时间陕西开始到处找弓手,抓壮丁。司马池、司马光所在同州、华州当然也不例外。这时,庞籍因遭弹劾被免了职,司马池因升任知杭州也要离开了。

在离开同州时,司马池对前来送行的司马光说:按朝廷惯例,年老官员可让一子就近任职,以便照顾,我已提出申请。康定元年(1040)春天,司马光被任命为平江军(今苏州)节度判官公事。他要离开陕西了。

第四章

代父草谏章

西京洛阳。北邙山。按堪舆之学，北邙是理想的"上吉阴宅"，故有"生在苏杭，死葬北邙"之说，墓葬之密，竟至"无卧牛之地"。但经过唐末五代的战乱，昔日帝王将相的豪华陵寝已是野兽出没的荒冢。

司马光从华州调任苏州，最理想的行进路线是：先骑马到洛阳，再坐船即可到达苏州。洛阳瀍河口之西，就是连接汴河（蒗荡古渠）的码头，曾是隋炀帝南巡龙舟的停泊处。康定元年（1040）春天，司马光来到洛阳，等待搭乘官船。

从洛阳到苏州

当年司马池任西京留守司通判，司马光随父在洛阳开蒙读书，留下了击瓮救友的故事。此次故地重游，昔日的黄口稚儿已是朝廷命官，一连几日与一帮发小策马到邙山围猎，暂时忘却了陕西的乱象，又陶醉于桃花春风之中，情之所至，写下了《洛阳少年行》①：

> 铜驼陌上桃花红，洛阳无处无春风。青丝结尾连钱骢，相
> 从射猎北邙东。东鞭纵镝未云毕，青山围围载红日。云分电散
> 无影迹，黄鸡示鸣已复出。

诗中之铜驼陌代指洛阳，因东汉立铜驼于此道而得名。一群少年，骑着快马去北邙山射猎，昨天日落后才回城，今日公鸡还未打鸣，又出发了。司马光也许未曾想到，这是他一生中最后一次无忧无虑地尽情潇洒了。

司马光告别洛阳，坐官船先到睢阳（今商丘南）。这里是北宋的南京应天府，太祖赵匡胤的龙兴之地，春秋时宋国首都，汉代梁孝王的国都。但他只是走马观花地看了一下，便继续南行，不日来到宿州（今安徽同名市）。"同年"吴充在此为官，他中第时还不到十八岁，但比司马光还要少年老成。吴充之兄吴育，时任右正言、直集贤院，是当时与韩琦、富弼齐名的直臣，对如何处置元昊称帝有独特的见解。两兄弟之间常有书信往来，吴充因此对时政比司马光更了解。他邀请司马光在宿州停留，一是叙旧，二是游览。宿州一马平川，但居江淮之要冲，自古为四战之地，唐末五代更是战乱无虚日，血流成河，白骨累累。进入宋代后，经半个多世纪的和平建设，已是一幅田园牧歌式的图画。两人"撙罍且为乐，携手登高楼"，谈古论今，煞是投机，然而，当司马光说起陕北前线的情况时，吴充却沉默了。他已经知道，因延州（今延安）统帅范雍懦弱无能，延州危矣。

在元昊宣称进攻延安时，范雍吓得六神无主，毫无办法。为迷惑范雍，元昊派人向宋军诈降，说夏军军心不稳，官兵皆不愿叛宋。范雍一听，又从极端恐惧变成盲目自信，以为元昊不足为虑。延安以北筑有金明寨、塞门寨、安远寨等三十六个寨堡，是抵御西夏的第一线阵地。这

---

① 《传家集·卷五》。

些寨堡虽有城池，但孤悬在外，兵力分散，无力互相支援，容易被各个击破。诸寨之中，以金明寨（今安塞东南）最大，寨主李士彬实行全民皆兵，号称"铁壁相公"，西夏多次进犯均被击败。元昊称帝前，曾派人来游说他倒戈，被他杀了。此次元昊派兵来诈降，李士彬为防诈而拒不接纳。元昊于是将部队化装成"边民"来降，李士彬接纳后向范雍建议：为防止"边民"充当敌之内应，应将他们移入内地分散安置。范雍指示说："讨而擒之，孰若招而致之？"要求敞开接收诈降的"边民"，并把他们编入军中。过去夜不解甲的李士彬也放松了警惕，解甲睡觉了。趁范雍、李士彬麻痹之机，元昊用声东击西的战术，明打保安寨（今志丹县），实攻金明寨，里应外合，一举得逞，李士彬被俘。这样，进攻延安的通道被打开，延安陷入重围。后来司马光在《涑水记闻》中，追记了《李士彬被擒》（第三百三十三条）、《李士彬》（第三百五十三条）。

吴充本不想将这些告诉司马光，这里远离前线，而且，小小幕职官，轮不到说话的份儿。说出来只会扫"同年"相聚之兴。果然，司马光听到后马上面露忧色，沉默了。两个未来宰相的相聚结束了。司马光告别吴充，匆匆往苏州而去。

积极征"弓手"，背后有猫腻

司马光到苏州上任后不久，他便急忙请假去杭州看望父母。当时的苏杭还没有后世的"天堂"之誉，但已经相当繁华。特别是杭州，经五代吴越国钱氏政权的建设，在东南已是仅次于金陵（今南京）的大都市。司马光在杭州见到父母，分别半年，自有话说，不提。杭州时为两浙路（相当于省，辖浙江和苏南）首府，是转运使司衙门所在地。司马池不仅是杭州知府，还兼任提举苏杭一路兵甲巡检公事和两浙西路兵马钤辖（省军区司令）。他不想让儿子过多地看到官场的黑暗，对公事一字不提，要他多看看杭州的湖光山色。司马光看了美丽的西湖，看了庄严的广岩寺，看了白浪排空的钱塘潮……写了不少纪游诗，不赘。只说这一天他回到州衙，见父亲面有愠色，连说两声："岂有此理！"怪了！父亲修养深厚，喜怒不形于色。今天是怎么啦？

由于范雍的昏庸和刘平的轻敌，导致宋军在延州大败。元昊夺取金明寨后，一面用部分兵力对延安展开进攻，一面以主力在宋军援兵的必经之路三川口（今安塞县东）设伏，意在围点打援。范雍不知是计，急令刘平和石元孙两员大将经安塞北之土门赶来救援延安，结果在三川口陷入重围。激战中，监军宦官黄德和率部临阵脱逃，刘平、石元孙受伤被俘，刘平不降骂敌而死。元昊乘胜猛攻延安，因天降大雪，未能攻克，撤围而去，一路攻克宋军多个寨堡，毙伤宋将多名。战败了，范雍把责任推给了刘平，而把保住延安的功劳据为己有，上奏说因他祈祷于嘉岭山神，元昊当夜便见城头有鬼兵参战，于是惊恐而退。仁宗居然信了他的鬼话，下诏封山神为威显公，建庙以祀。监军宦官黄德和临阵脱逃，战后又用威逼利诱的手段让人作伪证，制造了刘平、石元孙降敌冤案，谎称自己孤军奋战，苦战得脱。仁宗轻信其谎言，派兵包围了二将在京宅邸，欲全族收监远流，幸亏有延安军民来京投诉，朝廷才决定派文彦博去查实（查实后黄德和被腰斩）。这段史实，我们应该感谢司马光，是他事后在《涑水记闻》中详细记录了《三川口之战》，使后人得以了解战役经过和上述诸人的表现。

司马光的岳父张存在陕西上疏明确表示，刘平是为国捐躯，应予褒奖；黄德和临阵脱逃，应依法斩首。司马池虽远离前线，也表达了相同的观点。战前他们都认为刘平不堪为将，但在他死节后，又为他说公道话。

延安战败和战后的乱象让人生气，但最让司马池生气的是，战前朝中普遍认为元昊小丑，剿灭易如反掌；而在三川口之败后，又惊慌失措，全国动员。他刚刚接到的朝廷诏书，要求两浙路征发"弓手"，说是维护治安，说不定哪天就调往前线。司马池作为地方官，朝廷有命令，照办就行了，何苦生那么大的气？要弄清个中原因，必须对北宋的兵制有所了解。

北宋承唐末五代之习，军民分途，兵是兵籍，民是民籍，户口登记是绝然分开的。宋军全部是职业兵，脸上刺字，分禁军与厢兵两大类。禁军是主力军，待遇比厢军高，由朝廷直接掌握，一半驻扎在京师，哪里战事紧张就调到哪里；厢军是地方军，由身高、体力、技艺不够禁军标准的人组成，待遇很低，只能担任勤务和生产任务。宋初打仗靠禁军，但在长期的和平环境下腐败了，官骄兵惰，纪律涣散，几乎屡战屡败。因此，在与辽国交界的河北、河东（今山西）和与西夏交界的陕、甘，出现了各种人民自发组织起来的抗敌土著武装，如乡兵、土兵等。他们熟悉地形，吃苦耐劳，战斗力远胜于禁军，于是前线指挥官请示朝廷批准，将这些人刺字，编入禁军，番号叫"保捷"。同时，又在民间征集壮丁、弓箭手，手臂刺字，编为类似民兵的准部队，名曰"强壮"，按军事编制，派军官指挥训练。明文规定"强壮"、"弓手"不离本土，不刺军，只负维护本地治安之责。但战事一紧，官府就食言了，将这些人也强行脸上刺字，编入"保捷"军。原本有战斗力的乡兵、土兵一旦被刺军，就变得没有战斗力了；由"强壮"、"弓手"强刺之军，更是一群乌合之众。第一是政治原因，这些人是被强迫参军的，而宋代军人地位低下，脸上一刺字，马上就如罪犯一样被人瞧不起，由民籍变军籍，等于降了一个阶级，而且一旦加入军籍，子孙后代都难以脱籍。第二是经济原因，新刺之军，虽名为禁军，但待遇比正牌禁军差得老远，十个新刺之兵的粮饷相当于养一个外来禁军。而军籍之家，全靠兵士的工资养家糊口，工资太少，养不活家人，他还会安心吗？在与辽、夏交界的地区强征"弓手"刺军，尚且于事无补，在内地、在南方强征，结果会如何呢？

这就是司马池最担心的事。见父亲为此生气，司马光说："父亲何不与同僚一起上奏，请朝廷收回成命？"司马池摇了摇头，说："你到底年轻啊！我说不能强征，有人却盼着强征。"对这份棘手的诏书，司马池使了一招"太极拳"，在召集官员宣读、说了一通套话后，要求官员们征求民意，然后再研究如何执行，意在用民意堵住某些官员的嘴。他对司马光说，你明天就回苏州，摸清民意后，来杭州告我。

司马光一回到苏州，新结识的朋友李子仪便来拜访。李子仪当时还未考中进士，他不仅有真才实学，而且对苏州的民情非常了解。后来司马光向人推荐他时，说，人才难两全，学问深的办事不行，办事行的学问一般，李子仪可谓两全，我没法与他比。两年后，李子仪考中进士，又五年后，与司马光同在太学任教。好了，回到眼前，司马光问他民间对征发"弓手"的意见，他马上回答："有百害而无一利，万不可行！"

李子仪告诉司马光：两浙路要征发"弓手"的事，民间刚有耳闻，就有不少青壮年因害怕被征而逃进山林湖泊之中，甚至有故意自残的。两浙从吴越王钱镠割据后，大兴水利，发展农桑；在对外关系上，他自诩为孙仲谋，在群雄争霸的夹缝中谋取和平。宋初削除割据政权剿灭诸国，吴越王钱俶审时度势，主动献出所属十四州（军）八十六县，史称"吴越归地"。此举让吴越人民免遭涂炭，钱氏也因此得以保全。从钱镠封王算起，两浙已经一百二十余年不识兵戈了。现在如强行征发"弓手"，必然引起人心浮动。司马光问：既然如此，地方官中为什么有人盼着征发呢？李子仪笑了笑说，君实兄读圣贤书，与君子游，不知世间阴暗、其中奥妙。有人盼着征发，是盼"孔方兄"也。要征你当"弓手"，你不愿意，那好，拿钱来，没有钱的也会借钱拿来，这样官员不就发财了吗？那完不成指标咋办？有办法糊弄，各地的户口其实是两本账，对朝廷的一本小，自己掌握的一本大，平时靠这个吃差额，征发时也可靠这个多勒索。都出了钱，人数还不够，那就谁出的钱少谁去，势必大家比着多出钱。最后征到的是实在拿不出钱的人，还有乞丐、流氓、无赖之类。将这些人集中起来进行训练，学会了舞枪弄棒，恐怕上不了战阵，而民间又多了一害。另外，还有一些为逃避征发而潜入山林的良民，因断了生计，难免被迫为盗寇……司马光听了，茅塞顿开，又通过李子仪征求了一些民间人士的意见。

谏章走红了，父亲降职了

司马光带着调查情况来杭州向父亲复命。司马池告诉他，其他官员调查的结果，大多都说民间反对征发。但有人强调，朝廷诏书不可违，否则就是"抗命"。谁都清楚，一旦摊上"抗命"的罪名，轻则受贬，重则撤职。如之奈何？当着儿子司马光面前，司马池突然站起来，手持笏板，面向北方，高声说："为人臣者，当直言敢谏；为父母官者，当为民请命。光儿！代父草谏章。"

司马光佩服父亲的胆识，遵命拿起笔来。这是他第一次给皇帝写奏章，虽然是为父代笔，未免有点不知如何下笔，但一想父亲的话，便杂念全无，挥洒自如了。一个晚上，一份《论两浙不宜添置弓手状》出来了。奏章说，"臣职忝密近，官备藩方，不敢默默，理须上列"，接着列举了不宜添置弓手的五条理由：

第一，有宋以来，两浙从无调发"弓手"之事，此次消息传出，"群情鼎沸，至欲毁体捐生，窜匿山泽"，"诚恐差点之后，摇动生扰"。

第二，吴越民素不习武，故强盗亦少，征发"弓手"，为逃避征发而匿于山泽者，迫于生计，必然投靠贩卖私盐私茶之犯罪团伙，盗贼会因此增加，"积微至著，渐不可久"。

第三，地方"版籍差异，户口异同"，征发"弓手"，更予贪官污吏敲诈民财之机，这些人为"厚利所诱，死亦冒之"。

第四，农民习未耜而不识兵戈，征发为兵，"徒烦教调，终无所成"，"虚有烦费而与不添置无异"。

第五，历史上吴人跋扈"乐乱"，经我朝八十年"敦化"，"暴乱之风，移变无迹"，若大规模强征"弓手"，恐"生奸回之心，启祸患之兆"。

五条理由，头四条是近忧，第五条是远虑。司马光写完，做了一个深呼吸。他意识到，从这份奏章开始，他已经卷入到政治的漩涡中了。虽然这份奏章的后果完全由父亲承担，但父子的命运是联系在一起的。司马池次日看过奏章，连连点头，高兴地夸奖司马光："是吾儿也，是吾儿也！"未加修改，即誊写后上奏。他让司马光在杭州好好陪陪母亲，然后回苏州。

司马光的母亲聂氏是秘阁校理聂震之女。聂震学富五车，曾参与《册府元龟》的预修。聂氏受家庭熏陶，"才淑之誉，孝睦之行，著于闺门，而称于乡党焉"。她生了司马旦、司马光两个儿子，现在正盼着光儿给她添孙子，孙子没盼着，自己却被南方潮湿的气候击倒了。自打到杭州之后，她就感到胸闷气短，浑身难受，竟至于食无味，寝难眠，度日如年。有司马光陪着，母亲的心情好了许多，变得有说有笑了。司马光想让妻子来杭州陪伴她，她坚决不肯，她不愿儿子放单。司马光是在母亲高高兴兴的时候回苏州的，想着下次带着妻子一起来看她老人家。然而，他万万没有想到，这次分别竟是与母亲的永诀。他回到苏州不久，就接到了母亲去世的噩耗。按照宋代的规矩，他必须马上辞官，守孝三年。为母守孝谓"丁内艰"，为父守孝谓"丁外艰"。

司马光辞职"丁内艰"了，扶着母亲的灵柩回到故乡夏县。他还没有从失去母亲的悲痛中走出来，又传来一个坏消息。

九月九日，重阳节。一个尊老敬贤的日子。这一天，杭州府的官员郊游聚会，登高望远，赏菊品茗，向六十二岁的长者、知府司马池祝福。但恰在这天，圣旨来了：天章阁待制司马池降知虢州（今河南灵宝县）。

杭州、虢州都是州，差别大了。对于降职，司马池早有准备，《论两浙不宜添置弓手状》上奏之后，在京城传开，庞籍得知是司马光代父起草的之后，夸奖说，写此奏章者有宰相之才。奏章越是走红，司马池就越感危险。果然，他被人弹劾了。弹劾他的人，一个叫江均，一个叫张从革，均为两浙路转运使。转运使比今天的省长权力还大，代表朝廷理财，还代表朝廷考核干部，集财权、人权于一身。他们的官阶比司马池低，但职权比司马池大，行政上是上级。他俩都积极主张征发"弓手"，百分之百地执行朝廷诏令，可司马池一道奏章，朝廷决定两浙路暂缓征发。贪官于是傻眼了。官要贪财，无非两条道，一靠卖官鬻爵，二靠假公济私。假者，假借也。有的贪官有公必济私，没有公也要没事找事，生出一个公来济私。征发"弓手"，绝好的一个假公济私的机会，却被你司马池搅黄了。你断我财路，我断你官路。他们给司马池列了两条罪状，一曰"决事不当"，二曰"稽留德音"。第一条是一顶松紧带做的帽子，可以给任何人戴上，司马池听不懂浙江方言，又不任繁剧，难免有决事不当之处。但这一条还不足以打倒他，关键是第二条"稽留德音"。所谓"德音"，就是皇帝关于特赦罪犯、减免税收的诏令。宋仁宗的"德音"特别多，遇到皇太后、皇帝、皇后的生日，或者日食、月食之类的自然现象，还有遇到地震及水旱灾害，他往往要降"德音"，动不动就"死罪减一等，死罪以下免"。因为他特赦过于频繁，以至于许多惯犯"三进宫"、"四进宫"也毫不在乎，反正坐不了几天牢就会被特赦。对此，朝廷内已有不少异议。司马池在接到"德音"后，有些罪犯没有及时被放出。更要命的是，这些罪犯中，有的人的后台就是现任官员。

司马池被弹劾走了，但弹劾他的人很快就露出了狐狸尾巴。江均手下一吏员偷窃官府银器，被杭州府抓到，供称其为江均管理私厨，说江均生活奢侈，膳食讲究，比规定超支一半。又有越州（今绍兴）通判私运禁物，偷漏税款，案发后供认，此事乃张从革的亲家所托办。这时，司马池还没到虢州上任，很多人劝他乘机反戈一击，弹劾江、张二人公报私仇。司马池说了句"吾不为也"，处之淡然。时人称赞他有长者之风。

司马池在赴虢州上任途中，又被改知晋州（今山西临汾）。

康定元年（1040）对宋朝来说，是一个倒霉的年头，在西北被西夏打得大败。对司马光来说，这一年也是个倒霉的年头，母亲去世了，父亲被降了。他很受伤，但他还不知道，一个新的打击已经在等着他。

第五章

慈孝父子情

晋州（临汾）与夏县同属晋南，离得不远，生活习惯包括方言几无区别。司马池到晋州任知州，也算回到了家乡，应该感到故土乡情的温暖，然而他的心情只有孤独与忧愁。丧妻的伤口还未愈合，而儿子要守孝不能来看他，但最让他发愁的是，他不得不干一件他最反对的事——征发"弓手"。在杭州，这件事因他的奏章而免了，可到了晋州，他躲都躲不掉了。

国丧师，家丧父

宋与西夏的战争，主战场在今之陕甘宁交界地区，但山、陕只隔一条黄河，山西负有提供战略支援和西渡黄河配合作战的任务。于是，山西也与陕西一样进入了战时状态。在司马池到晋州上任时，宋朝继康定元年（1040）三川口大败之后，又在好水川（今宁夏隆德西北）吃了一次开战以来最大的败仗，死者一万余名①。正史上多把失败的责任归咎于武将任福的轻敌，其实第一责任人应是大名鼎鼎的韩琦。在三川口大败后，宋廷不停地走马换将，最后终于形成了这样的指挥格局：以夏竦为陕西都部署兼经略安抚使（总司令），韩琦、范仲淹分别为泾（甘肃泾川）原（宁夏固原）路、鄜（陕西富县）延（延安）路都部署兼经略安抚使，即分别为甘肃方向和陕北方向的方面军司令员。韩、范可以说是当时宋朝所能找到的最优秀的统帅人才，时二人齐名，但韩琦的军事才能远在范仲淹之下。范仲淹主动要求兼知延州，到延安后发现宋军屡战屡败的一个重要原因是兵权高度分散，且兵不知将，将不知兵，这是宋朝对将领"事为之防，预为之制"的必然产物。当时诏书规定，部署领一万人，钤辖领五千人，都监领三千人。作战时，就像现在打扑克"斗地主"，先出小牌，谁职务低谁先去。范仲淹大胆行使朝廷授予的临敌机断之权，进行兵制改革，将州兵分为六将（单位名，约相当于今之旅），每将三千人，命一将领之，训练作战合一。起用能战者为将，而把那些职位很高的无能之辈留在司令部赋闲。后来成为名将的狄青就是这样从士兵中选拔出来的。起用人才，满盘皆活。范仲淹指挥部队收复了范雍丢失的金明寨等十二寨，还收复了延安东北一百公里的故宥州，筑城成功，赐名青涧（今清涧县）。延安的防御态势大大改善。西夏官兵相诫曰："无以延州为意，今小范老子（范仲淹）胸中自有数万兵甲，不比大范老子（指范雍）可欺也。"应该说，范仲淹基本找到了把入侵者挤出去的办法，那就是步步为营，筑城一处巩固一地。但仁宗嫌这个办法太慢了，几次派员到西北催促，诏鄜延、泾原会兵进讨，以庆历元年（1041）正月为期。对此，范仲淹连上六道奏章提出异议，而韩琦对范仲淹的意见颇为恼怒，断言我"若大军并出，鼓行而前，乘敌骄惰，破之必矣！"并且说"凡战，必置胜负于度外。"庆历元年（1041）二月，元昊声称进攻渭州（今甘肃平凉），韩琦尽调镇戎军（今甘肃固原）

---

① 司马光在《涑水记闻·卷十二》中的相关记载有《好水川之战》《任福袭取白豹城》《任福》。

人马，并紧急招募勇士一万八千名，命大将任福带领出击，企图一举消灭元昊，结果在好水川被元昊十万大军包围，被歼一万余人，任福父子及数十将领战死。元昊的狗头军师张元，是陕西华县一个屡试不第而叛逃的举人，看到好水川满是尸体，题诗曰："夏竦何曾耸，韩琦未足奇。满川龙虎辈，犹自说兵机。"韩琦在回渭州城途中，被数千阵亡烈士遗属包围，他们拿着亲人生前穿过的衣服，撒着纸钱，号啕大哭，焚香招魂："汝昔从招讨（指韩琦）出征，今招讨归而汝死矣，汝之魂亦能从招讨以归乎？"烈属拦着他的马头，他寸步难行。消息传到延安，范仲淹说："当是时难置胜负于度外也！"韩、范之争竟以万余烈士的生命来做结论，代价太大了，暂且撇下，只说好水川大败后，进一步加大了征发"弓手"的力度，山西也和陕西一样，村村躲抓丁，户户有哭声。

看到征发"弓手"闹得乡村鸡犬不宁，司马池心如刀绞，却又无能为力。晋州不是杭州，紧邻战区，实行战时法令，他不便再谏。宋军紧邻山西的麟（今陕西神木北）、府（今府谷）二州打了胜仗，这是一场难得一见的胜利，本应该高兴，应该好好奖励有功之臣。可非常遗憾，此役贡献最大的四名功臣，都监王凯、都钤辖张亢，还有两名士兵出身的英雄张岊和王吉，都没有给予重奖。朝野舆论都认为功大赏薄，朝廷却不以为然（北宋官史对张岊和王吉竟无一句记载，多亏司马光在《涑水记闻》中追记了他们的事迹）。前线官兵浴血奋战，"未尝有特恩殊命及之者"，那朝廷在奖赏什么人呢？时任宰相吕夷简上任的头五十天，就有二十名宦官、外戚、医官之类被破格提拔，大则为刺史、防御使、观察使（高级武官），小的也用在要害部门。皇亲国戚和文武高官奏荫子孙弟侄，吕夷简都做好人，即使是稚儿，是痴呆，一概批准，多的一家一二十个，少的也五到七个。他的心思都用到巩固权位，排除异己上了。副相宋庠与吕夷简是对头，在范仲淹的问题上却落入了他的圈套。战前，元昊曾遗书范仲淹，诡言议和，范仲淹复信，要求他废除僭号，俯首称臣，停止侵略。在好水川之战后，元昊派人送来一封二十六页的长信，自称"兀卒"（即单于、可汗），言语狂谬。范仲淹觉得此等狂语不应上达天听，将信烧毁，自做摘录上报。吕夷简对宋庠说："人臣无外交，希文（范仲淹字）何敢如此？"宋庠未加思考，对仁宗说，"仲淹可斩也"。仁宗大怒，枢密副使杜衍为范仲淹辩护，谏官孙沔等也上疏求情。仁宗问吕夷简怎么办，宋庠万没想到，他反过来支持杜衍了。结果范仲淹被降了一级，宋庠也因被群臣指责为不厚道而被贬知扬州。吕夷简一箭双雕，既警告了范仲淹，又除掉了宋庠。另一位枢密副使任布不依附吕夷简，他竟然唆使其傻儿子任逊上书弹劾其父，许以谏官。结果任布被贬出朝，傻小子也因以子告父被罢。朝廷如此，前线又将如何？

司马池既忧民，又忧君，万般忧愁，又无人诉说，终于在忧愤中倒下，于庆历元年（1041）十一月逝世，享年六十三岁。

母亲去世才一年多，父亲就跟着去了。司马光和兄长司马旦哭成了泪人，立马赶到晋州，护送父亲的灵柩回到故乡。

父亲的遗产

宋廷规定，丁内、外艰各需三年，但像司马光这样内、外艰碰到一起的，合并守孝五年，实际守满五十四个月（四年半）后可复职为官，后逝者"大祥"（二十四个月）后方可外出。在这二十四个月中，必须素衣素食，安葬前守灵柩，安葬后守墓园。司马光请庞籍为父亲写了墓志铭，于庆历二年（1042）十一月，将父母合葬于涑水南原之鸣条岗祖茔。双亲入土为安了，他的悲痛才有所缓解，想起父亲的教诲，翻出了自己写的一帖条幅：

> 光年五六岁，弄青胡桃，女兄欲为脱其皮，不得。女兄去，一婢子以汤脱之。女兄复来，问脱胡桃皮者，光曰："自脱也。"先公适见，诃之曰："小子何得谩语！"光自是不敢谩语。
>
> （《邵氏闻见后录》）

怎么回事呢？姐姐为他脱青核桃皮，没脱成，走了，一个丫鬟用开水烫，成功脱皮，姐姐回来问他是谁脱的皮，他说是自己。此事正好被父亲瞅见，呵斥说："小孩子怎么能说假话！"司马光从此再不敢说一句假话。

在司马光的记忆中，这是父亲对他最严厉的一次训斥。所以，他特地写成条幅，时刻警示自己。

父亲留给他的最大财富，是诚实正直的品德，尊礼简朴的家风。司马光出生在河南光山县县衙里，故取名曰光。父亲任光山知县的时间不长，却赢得了人民的爱戴，将县衙的井命名为司马井，并修了一座司马亭来纪念他。这些，还有父亲感知祖母病危而放弃殿试（见第二章）的事，是听母亲和叔叔说的。在他儿时的记忆中，是父亲严格的家教。男女七岁"不同席，不共食"；"八岁，出入门户，及即席饮食，必后长者，始教之以谦让"；"女子不出中门"，只能在内院活动[1]。父亲好客，"客至未尝不置酒，或三行，五行，多不过七行。酒酤于市，果止于梨、栗、枣、柿之类，肴止于脯醢、菜羹，器用瓷漆"[2]。司马光一生简朴得近乎"抠门"，与此家风有关。随着年龄的增长，他眼中父亲的形象从家中扩大到社会。

父亲能从洛阳到京城任群牧司判官，得益于枢密使曹利用的推荐。曹利用是宋辽缔结澶渊之盟的谈判代表，靠媾和有功而大红大紫，最后当到了枢密使。父亲到群牧司上任不久，曹利用要求清理拖欠马价。群牧司的马都是军马，但有不少大臣占用，又不愿买单，马价一直欠着。父亲在调查后发现，带头拖欠的就是曹利用自己。这咋办？母亲提醒说，曹枢相是我们的恩人，而且拖欠马价的事，谁都知道但谁也不说，你要出头，人家就会说咱忘恩负义。父亲不为所动，对曹利用说："拖欠的马价收不上来，是因为上行下效，您欠得最多。"曹利用大惊，说，底下告诉我不欠马价。父亲拿出账本，曹利用看后，补上了欠款。后来，曹利用因事被贬，原来巴结他的人为洗清自己，一个个站出来揭

---

① 《司马氏书仪·卷四》。
② 《传家集·卷六七·训俭示康》。

发，甚至不惜诬陷，唯有父亲一人站出来为他辩冤。

章献太后宫里的宦官皇甫继明兼管估马司，仗着有太后当后台，他居然上表虚报政绩，请求升官。为把假话说"真"，他胁迫群牧司官员在他的奏疏上签名附议，有人屈从了，而父亲不仅拒绝，还斥责其欺君之罪，马上尝到了得罪宦官的苦果。仁宗签署了提拔父亲为开封府推官的敕书（任职命令），这是一个前途无量的关键岗位，但在敕书下到吏部就要公布时，皇甫继明派人把敕书追了回来，改为知耀州（今陕西耀县）。父亲从此又离开了京城，先后任知耀州、利州路（今四川广元）转运使和知凤翔府（今陕西同名县）。

在凤翔时，父亲接到回朝任知谏院（约相当于参议长）的命令，这是一个许多人梦寐以求的职务，但父亲上表辞让，态度坚决。仁宗皇帝说："现在，人想升官都成了瘾，而司马池主动退让，难能可贵呀！"于是，给父亲加了一个直史馆的荣誉职务，继续知凤翔府。其间，凤翔府的一个案件被刑部驳回，所涉官员吓得夜不成眠，父亲上表说，因我是一府之长，此案若有问题，责任由我承担。后来，案件厘清，仁宗批示，不再追究。

这就是父亲，公而忘私的父亲，刚正不阿的父亲，宽恕待人的父亲……

父亲第二次进京，担任的第一个职务是侍御史知杂事（御史台副长官），负有匡正朝廷得失的重任。当时，朝廷任命刘平为镇守陕西的大将。当时众口一词看好这位"诗书之将"，父亲却说："刘平好自用而少智谋，必误大事。"可惜没人听他的，结果却被他不幸而言中……

夏县县尉孟翔是司马光的"同年"，两人从京城科考后分手，至今已有近四年。见司马光守孝守得形销骨立，便以东道主的身份请他游览家乡风光。司马光一直跟随父亲在外，对祖籍夏县并不熟悉，孟翔虽在夏县任职时间不长，但已经成了"活地图"，山川河流，集镇村落，户口钱粮，无不烂熟于胸。两人走在路上，很多路人都主动与他打招呼，他也能叫出对方的姓名，了解他的籍贯和职业。这让司马光极为佩服，认为如此人才只当一个县尉太屈才了，好比是"激疾风以振鸿毛，委洪波以灭炬火"①。涑水司马氏是夏县望族，孟翔当然也很了解。两人一起翻阅县志的有关记载，让司马光对自己的家族史有了更全面的了解。

涑水司马氏与陕西韩城司马氏（司马迁家族）是同一个祖先。在五帝之一的颛顼时代，重黎氏乃司天司地之官。一直世袭到西周初年，重黎休父被封为伯爵，封地为程（今陕西咸阳东），故以封地为姓，称程伯休父。这就是司马光后来以此四字为闲章、自称程秀才的来由。大约到周宣王时，程氏由司天司地之官改作司马（主管军事的大臣），从此以官为姓。到周惠王、周襄王时，发生了子颓和叔带之乱，司马氏家族被卷入，便逃出程地，分散到今陕西、山西、河北、河南等地。其中在韩城的一支因出了著名史家司马迁，人称韩城司马氏。司马光与司马迁不是一个支系，其祖谱中记载的最显赫人物是晋安平献王司马孚。司马孚是司马懿之弟，《晋书》卷三十七有传，不赘。他是个儒者，在与邻国的关系上，他主张要有"怀远之义"，对夷狄"不以诸夏礼责也"，后来司马光的外交思想明显有这位祖先的影子。司马孚之孙司马阳带兵经过今涑水鸣条岗，爱上了这个地方，遗嘱死后葬此。于是乎，其家族便迁居于鸣条岗下的坡底村（今司马村）。这就是涑水司马氏的来历。"八王之乱"后西晋灭，司马氏又从贵族变成了平民。东晋、南北朝、隋、唐、五代的六百余年中，涑水司马氏湮灭无闻。直到北宋初期，司马光的祖父司马炫考中进士，才门楣重光。到司马光时，已是三代进士出身。

司马光的家史表明，其家族两次由贵族变为平民，均是因为内乱。这对司马光可谓刻骨铭心，对他保守思想的形成不无关系。现在，司马家族第三次回到统治阶级行列，应该何等珍惜啊！

儒生批贾生

孟翔有空就来陪司马光，但有时十天半月也难见一面。孟翔在忙什

---

① 《送孟翔宰宜君序》。

么呢？征召"弓手"。朝廷明确规定不论贫富等级，"三丁抽一"，弄得老百姓呼天号地。此事之所以越催越紧，是因为前线又打了败仗。

宋军在庆历元年（1041）好水川惨败后，从此对西夏完全陷入被动。将陕西划为鄜延、环庆、泾原、秦凤四路，令庞籍知延州（延安），范仲淹知庆州（甘肃庆阳），王沿知渭州（平凉），韩琦知秦州（天水）。四路之中，最弱的是刚经好水川之败的泾原路，而宋廷偏偏用了一个迂腐的《春秋》学家王沿挂帅。其武职副手葛怀敏是真宗朝大将葛霸之子，无寸功而靠"拼爹"居高位，但他"通时事，善候人意，故多以才荐之"。韩琦、范仲淹都"言其滑懦不知兵"，让他靠边，却被王沿当成宝贝要到泾原。西夏军师张元瞅准了这对软柿子，鼓动元昊集兵十万，于庆历二年（1042）九月分两路钳击镇戎军，王沿令葛怀敏自渭州出兵阻击，闰九月二十一日，在定川砦钻进了元昊的包围圈，战至二十二日黎明，葛怀敏等十六将被杀，官兵九千四百人被歼。元昊得胜后长驱直入，烧杀抢掠，纵横六七百里，听说范仲淹率军从环庆来援，撤走。司马光后来引用张景的口述，在《涑水记闻》中记录了《定川砦之战》（第一百三十条）。

此时，宋军在陕西（含甘、宁）屯兵近四十万，新刺的"保捷"、"宣毅"军二十五万，结果于事无补，还是出现了定川砦惨败。司马光依稀感到，如此一败再败，是否朝廷的战略决策有问题？守丧期间不能干政，他除了应邀为县学讲课外，一头扎进了历史的海洋，写了读书札记《十哲论》《四豪论》和《贾生论》等，标志着他已开始独立思考了。三论都是质疑、批判性的，最有代表性的是《贾生论》[①]。

贾生，即西汉的贾谊。他写给文帝的《治安策》（又名《论政事疏》）是一篇流传千古的政论，历代评论不绝于书。主流观点认为，贾生识见远大，可惜生不逢时，否则，三代可复。司马光却在《贾生论》中批评贾谊虽有才华但学术不纯，是申商之术，若用以治国，非国之祥。贾谊认为"可痛哭者"乃诸侯太强，"一胫之大几如要（小腿几乎粗于腰），

---

① 《传家集·卷六五》。

一指之大几如股（脚趾粗得像大腿）"认为汉朝当时患了足肿病，如不赶快医治，将来扁鹊再世也没法救了。司马光持相反观点：治国安邦，患政刑不立，而不患诸侯太强。贾谊认为"可流涕者"乃匈奴不服，司马光则认为荒外之国与禽兽无异，"不服无损圣王之德，得之不增圣王之功"。总而言之，"治天下之本，莫先于礼仪；安天下之本，莫大于嗣君"。贾生却"舍国家之纪纲，遗天下之大本，顾切切然以列国（诸侯）外夷（外国）为虑，皆涕泣之，可谓悖本末之统，谬缓急之序，谓之知治体何哉"。

他是在批评贾谊，更像是在批评朝廷，言外之意是对夏战争就不该打。《贾生论》颇有股迂儒气，如果让太祖赵匡胤看到，是肯定会扔到地下的。因为这与宋朝"守内虚外"、"强干弱枝"的基本国策相抵牾。"守内虚外"，在外交上，宋朝为内，邻国为外；在内政上，朝廷为内，州郡为外；"强干弱枝"，朝廷为干，州郡为枝。可惜，宋太祖早已死去，其雄才大略早已被他的继任者们抛到脑后，而沉溺于苟安之中，类似于司马光《贾生论》中观点在士大夫中还是很有市场的。当然也有例外，王安石就是一个。当时，司马光和王安石还不认识，甚至还互不知姓名，可对贾生的评价却针锋相对。王安石的《贾生》诗曰："汉有洛阳子，少年明是非。所论多感慨，自信肯依违？死者若可作，今人谁与归？应须蹈东海，不但涕沾衣。"（《王安石诗文编年选释》）贾谊若活到今天，谁会听他的？恐怕只有蹈东海而死，而不止是痛哭流涕了。这话简直就像在批司马光的《贾生论》。当时，他们固然不可能看到对方的大作，但思想的分歧从年轻时就存在了。

《贾生论》是司马光二十五岁时的不成熟言论。他在晚年编撰《资治通鉴》时，将贾谊的《治安策》全文照录，而未加评论，也许因为汉初的历史证实了贾谊的预言吧？不过，"治天下之本，莫先于礼仪"的儒家礼治观，他是一以贯之的，追求儒家本本所描绘的礼治社会的美妙理想，他是从未放弃的。他不愧是一个纯儒，追随孔子追寻连孔子本人也没有见到的"圣王"，企图通过自己的努力培养出一个"圣王"来，孔子的努力失败了，司马光又将如何呢？

第六章

练政在滑州

严格按礼仪守丧是很折磨人的。司马光"执丧累年，毁瘠如礼"。庆历四年（1044）春天，他为双亲守孝已满四十八个月，可以出远门了。恩师庞籍时知延州兼鄜延路马步军都部署，他决定去延安拜访。

延安访庞叔

从夏县去延安，要先到蒲中（今山西永济）过黄河进入陕西，然后向北而行。在北行的路上，司马光沿途碰到南来北往的"保捷"军士兵。"保捷"是将"弓手"刺字后新编成的禁军，无论是开往前线的还是撤回后方的，一个个都面有忧色。司马光一直反对征发"弓手"，父亲又因此抑郁而死，现在看到这一张张忧郁的脸，心里很不是滋味。路上有一座相思亭，建在一架山梁下，两条河流在此汇合。司马光驻足亭上，感物伤情，仿《诗经》"东山采薇之义"，一连赋诗五首：

岭上双流水，犹知会合时。行人过于此，那得不相思？

偃塞登修阪，高侵云日间。几人征戎客，跋马望家山。

塞下春寒在，东风雪满须。河阳机上妇，知我苦辛无？

柳似妖饶舞，花如烂漫妆。那堪陇头水，呜咽断人肠。

空外游丝转，飘扬似妾心。别来今几日，仿佛近雕阴。

（《传家集·卷七》）

借男女相思来反映民间疾苦，表现反战主题，是中国诗歌的传统之一。这五首诗也许算不上是上品，却是司马光真情实感的流露。

司马光来到延安，庞籍大喜。他对司马光爱之如子，希望他在延安多住些日子，多走走看看。

此时，宋夏战事进入对峙状态，宋方占据了主动。庆历二年（1042）泾原方向定川寨大败后，范仲淹上疏，自请与韩琦一起去收拾残局，仍兼原职，且让鄜延路庞籍兼领环庆，如此则四路连为一体，仁宗于是任命韩、范、庞三人同为陕西安抚经略招讨使，开府泾州（今甘肃泾川），统帅四路。人用对了，边防形势大为改观。民谣曰："军中有一韩，西贼闻之心胆寒；军中有一范，西贼闻之惊破胆。"按范仲淹的计划，三五年间，即可平定西夏之乱。元昊意识到以西夏之国力无法与宋朝长期作战，便通过辽国传话给宋廷，希望和谈，未料宋仁宗比元昊还急，马上密诏在延安的庞籍派人招纳元昊。

庞籍带着司马光游览了延安城，告诉他，原先丢失的堡寨已全部收复，但对和谈之事守口如瓶。因公务繁忙，他安排幕僚何涉全程陪同司马光。何涉是四川南充人，博闻强记，谋略过人，先后为范仲淹和庞籍所赏识，成为他们知延州时的得力助手。他与司马光十分投机，一来二去，向司马光透露了庞籍的苦恼：和谈。

和谈，休战，好啊！何必为此而苦恼？司马光是反战的，对恩师的苦恼不甚理解。何涉问道："君实可知范（仲淹）经略在延安险些被冤杀？"（见上章）司马光说，略知一二。何涉告诉他，延州是宋夏外交的窗口，来往文书都由延州转呈，双方使节都要在延安停留，等待指示，所以延州统帅同时肩负着外交使命。现在庞大人知延州，时刻都如临深渊。不仅要对付敌方，更害怕朝廷内的陷阱。何涉又给他讲了富弼出使辽国的故事：

在元昊进攻宋朝连连得手后，辽国趁火打劫，扬言出兵收复关南（指涿县瓦桥关以南的十县之地，为周世宗柴荣收复）。仁宗吓破了胆，指示，只要不割土地，其他都可同意。满朝官员谁也不敢去谈判，宰相吕夷简与知制诰富弼有隙，想整垮富弼却抓不到辫子，便派他去谈判，在谈判中，富弼义正词严地驳斥了辽国索要关南地的无理要求，迫使辽国退而求其次，提出两个条件：一、嫁公主给辽皇为妃；二、增加"岁币"。仁宗全部答应了，让富弼持国书再使辽国。富弼走到河北乐寿（今献县），突然想到宰相吕夷简所写的国书没让他看，万一与皇上说的不一样，岂不坏了大事！打开一看，果不其然，不得不返回再换国书。富弼经艰苦谈判，最后和亲之议作罢，谈成岁增银、绢各十万（两、匹）。原来每年给三十万，现在增加二十万，共五十万。那这种送钱的方式叫啥呢？双方在草拟条约时发生争论，富弼说应叫"增"，辽国说应叫"纳"，富弼宁死不从。好，不跟你吵了，由你们朝廷决断。结果呢？富弼的岳丈、枢密使晏殊竟然屈从了辽国，正式《誓书》中写成了"纳"。当年澶渊之盟，岁出银帛三十万，好歹还把辽国坚持要用的"输"、"贡"、"献"等字换成为"助"字，现在人家要"纳"你就"纳"，等于承认辽是宗主国了。辽国为此勒碑纪功。吕夷简想害富弼没害成，但富弼以这次谈判为耻。

讲完以上故事，何涉说，外交甚至比打仗更充满风险。此前，庞经略按照仁宗的密旨，派扣押在延州的西夏官员李文贵回去传话，只要元昊去掉僭号，一切好谈。可元昊却摆开架子说：我"如日方中，止可顺天西行，安可逆天东下？"不削帝号就没法谈，庞籍不敢做主。仁宗下诏让庞籍复书元昊，不设先决条件即可开谈。于是，元昊派使者贺从勖到延州上书，书曰："男邦泥定国兀卒曩霄，上书父大宋皇帝"。称儿而不称臣。"兀卒"即单于、可汗，汉译"青天子"。庞籍说，名位未正，不敢上报。可仁宗派人到延州，让庞籍允许贺从勗来京师。此举遭到韩琦、范仲淹、富弼、欧阳修等的一致反对，仁宗一概置若罔闻。倒是辽国不干了，原先他支持元昊，只是想把他当一颗与宋朝博弈的棋子，而非让他坐大，在得到新增二十万岁币的渔翁之利后，见元昊又取得定川寨大捷，现在宋仁宗居然无条件与之和谈，等于让他与我大辽平起平坐了。所以，辽国急派使者要求宋朝"请勿纳元昊"。仁宗一下没了主意，礼部郎中吴育分析辽国意图后，建议回书说："已诏元昊，如能投谢辕门，即听内附；犹若坚拒，当为讨之。"保证把元昊称臣作为谈判的先决条件，庞籍这才放西夏使者贺从勗去京师……

老实说，司马光还是第一次了解到朝廷竟如此复杂，才明白庞叔有如此之难。他在延州期间，元昊使者贺从勗在开封没谈成，仁宗派著作佐郎邵良佐代表朝廷经延安去夏州（今陕西靖边北）谈判，最后达成协议：宋岁赐西夏绢、银、茶共二十五点五万（匹、两、斤），元昊接受宋朝册封的夏国主称号，即放弃帝号而称臣（这一条元昊没有履行，只在对宋朝的外交文书中称夏国主，在内部仍称帝，使用自己的年号天授礼法延祚）。虽然这又是一个屈辱的条约，但毕竟可以让宋朝喘口气了。作为主和派，司马光是乐见其成的。

何涉见和议已成，要求回家乡任职以便孝敬双亲，被改任为眉州（今四川眉山市）通判。司马光与之相处了四五个月，难舍难分，写诗为之送行。

潇洒似神仙

送走何涉后不久，司马光丁忧期满，庆历四年（1044）深秋，被任命为签书武成军（今河南滑县东）判官公事。这时，"庆历新政"已无疾而终，主持新政的范仲淹离开了朝廷。

　　"庆历新政"是北宋历史上的一件大事，是王安石变法之前的一次重大改革实践。在庞籍在延安经营与西夏和谈时，仁宗将韩琦、范仲淹召回朝廷任枢密副使，不久又提拔范仲淹为参知政事。当时，辽、夏夹攻，外患未已；士兵叛乱，内忧又起。京东沂州（今山东临沂）的虎翼军战士王伦聚集五十余人造反，杀了巡检使朱进，然后转战江淮地区，如入无人之境。所到之处，巡检、县尉不敢抵抗，反而将衣甲器械束手相送。南京（应天府，今商丘）是天子之别都，王伦竟斩关入城，堂皇而出。此外，还有京西、陕西、江南、广西等地的造反队伍，从数十人到六七百人不等，规模虽不大，却可横行州府。朝廷担心国家之患不在夷狄，而起于封城之内。仁宗所以急于求和，这也是一个重要原因。仁宗想太平，当权的吕夷简、晏殊、夏竦这些人便用报喜不报忧的办法粉饰太平。在发现问题后，仁宗不得已起用韩琦、范仲淹、富弼等人，希望他们拿出新政，以致太平。范仲淹、富弼针对"三冗"（冗官、冗兵、冗费）问题，提出了以整顿吏治为核心的十项新政，经仁宗批准后实行，是谓"庆历新政"。宋朝的干部升迁制度，文资三年一迁，武资五年一迁，谓之磨勘。不限内外，不问劳逸，贤不肖并进。新政改磨勘制为按察制，以政绩选人；对"恩荫"授官的数量、范围、年龄做了限制，以杜绝高官子弟还在襁褓之中，就已当官的怪象；禁止权贵子弟充馆阁之臣，高等第进士亦须先任地方官，等等。这让那些习惯了苟安而尸位素餐的官员恨之入骨，但对新政又没法正面攻击，便使开了阴招。国子监直讲石介曾写《庆历圣德诗》，在赞美范、富等人的同时，不点名地斥责夏竦为大奸。范仲淹当时就对富弼说，事情要毁在这个书呆子手里。果然，夏竦让其女奴模仿石介笔迹，将石介写给富弼的信中之"行伊（尹）、周（公）之事"改为"行伊、霍（光）之事"（因霍光废立皇帝，一字之改，居心险恶），而且伪作了一篇废仁宗而另立新帝的诏书，说是石介替富弼起草的。谣言散布开来，京师沸沸扬扬。仁宗虽然不信，但也不能不疑，范仲淹、富弼不能自安，自请外放了。于是，改革措施全部废止……

　　范仲淹这样一个文武全才，在西北战场上唯一保持不败纪录的儒将，元昊的多少阴谋诡计都被他识破了，却在官场遭人暗算。朝廷险恶啊！

司马光到滑州（武成军）上任时，已是庆历五年（1045）春天，新政已废，一切照旧。范仲淹和支持新政的人都被贬出朝廷，按御史中丞王拱辰的话说："吾一举网尽矣。"尽管朝廷中波谲云诡，但滑州却风平浪静。滑州是个小州，又非要地，新政的风还没有吹来就止息了。对新政敏感的是权贵，而对一般官员来说，新政旧政无所谓。滑州本来就公务不多，作为幕职官的司马光就更清闲了。一天早晨，他来到州城外的黄河边散步，不由哼出一首《河边晓望》①来：

> 高浪崩奔卷白沙，悠悠极望入天涯。
> 谁能脱落尘中意，乘兴东游坐石槎②。

与其说他是想超脱凡尘，东流到海当神仙了，还不如说当时滑州官员的日子过得像神仙。先后知滑州的是翰林侍读学士张锡与郭劝，都是文学儒雅之士，处理完不多的公务后，便与属官寓情山水。滑州的名胜古迹都游了个遍，甚至一场瑞雪，一弯冷月，一枝腊梅，都是聚会的由头。这些书生官员在一起饮酒作乐，诗词唱和，物我两忘。一个冬日，他们到白马津览胜。站在河亭之上，远眺太行白雪，近看黄河冰凌，然后豪饮狂啸，一个个喝得酩酊大醉，直至日落西山仍不肯罢休。司马光后来追忆此事，写诗曰：

> 畴昔追清景，狂吟忘苦寒。河冰塞津口，山雪照林端。健
> 笔千篇富，醇醪一醉欢。困犹挥落尘，暝不顾归鞍。
>
> （《传家集·卷九》）

---

① 《传家集·卷七》。
② 槎即船、筏。

也许是太清闲了，有个同僚泡上了营妓。一次在寺庙僧舍幽会，被司马光撞上，营妓慌不择路，逾墙而逃。同僚见秘密暴露，对司马光实话实说，请他保密。司马光应允，但赠其打油诗一首，用游戏笔墨予善意告诫：

> 年去年来来去忙，暂偷闲卧老僧床。惊回一觉游仙梦，又逐流莺过短墙。

（《宋人轶事汇编·卷一一》）

滑州的官员只有一件事是硬指标，那就是黄河防汛。庆历五年（1045）春，滑州遭遇凌汛，河水漫堤，司马光上堤督役抢险，吃住都在堤上。僚友出远差，他也无暇下堤相送。"索居如几日，河草已芳菲"。"遂令枯槁余，稍复苏阳春"。这是他当官以来第一次做实际工作，看来是基本称职的。

"鄙哉陶彭泽"

同年夏，司马光代理韦城县（今滑县东南）县令。恰逢大旱，禾苗枯槁，而县里粮仓空虚。那年头，皇帝和各级官员常用的办法就是敬龙王求雨。司马光上任后，即带领县里的官员、士绅和百姓，抬着牺牲祭品，来到蓁龙庙求雨。面对神祇，他抑扬顿挫地朗诵自己精心写作的《祈雨文》[①]：

> 民实神主，神实民休。百姓不粒，谁供神役。邑长有罪，神当罚之。百姓无辜，神当爱之。天有甘泽，龙实司之。以时宣施，神寔使之。槁者以荣，死者以生，旱气消除，化为丰

[①] 《传家集·卷八》。

登。然后自迩及远，粢盛牲酒，以承事神。永永无致，伏惟尚飨！

这篇《祈雨文》充满了爱民之心，是"越级"献给管龙王的神的，颇似一篇利益交换的文书：神啊！百姓富足了您才能富足，您富足了百姓才能休养生息。现在百姓因干旱没有收成，谁能拿出东西来祭祀您呢？官员有罪，您尽管惩罚，百姓无辜，您应该爱护。龙王管降雨的事，而龙王归您管，您就命令龙王赶紧下雨吧！让枯槁的禾苗返青生长，让死去的庄稼起死回生，旱象解除，五谷丰登。果能如此，自今往后，我们将给您更加丰盛的祭品，并且世世代代，永无悔意。神啊！祭品就摆在这里，您快来享用吧！

这次求雨"灵验"了。二十五年后，司马光路过韦城，回忆此事，赋诗一首：

> 二十五年南北走，遗爱寂然民记否？昔日婴儿今壮夫，昔日壮夫今老叟。
>
> （《传家集·卷三》）

难怪他对这件事念念不忘，他当代理县令才两个来月，主要就做了这件事，没等到秋收就被调走了。但他是很看重这个职务和这段经历的，写诗曰：

> 百里有民社，古为子男国。苟有爱物心，稚老皆蒙德。为身不为人，鄙哉陶彭泽……
>
> （《传家集·卷五·和聂之美鸡泽官舍》）

东晋的陶潜不为五斗米折腰，只当了五十八天的彭泽县令，便自摘乌纱，归去来兮，"采菊东篱下，悠然见南山"，追寻他心中的"桃花源"。其道德文章，历来为人景仰。司马光却批评他"为身不为人"，因而要"鄙哉陶彭泽"。东晋不是北宋，士大夫地位低下，一个县令五斗米，不贪污就维持不了一家人生存。宋人不知晋人苦，朝阳不解夕阳愁。二十七岁的宋人司马光虽已朦胧地看到了官场的黑暗，但仍然踌躇满志，充满理想。

在滑州的这一年多时间，也许是司马光最感惬意的一段人生，他过的是一种典型的北宋士大夫的生活。宋朝分别给辽、夏增加了"岁币"，花钱买到了暂时的平安，另外，庆历四年至庆历五年（1044—1045），辽夏战争爆发，两国都无暇顾及宋朝。仗不用打了，"庆历新政"不搞了，官员们例行完不多的公事之后，干什么呢？聚会饮酒，赋诗唱和。只要是个官，都会哼几句。业余时间太多了，司马光一头扎进历史的海洋，博览群书，辨别扬弃，写了不少史论。

管仲是春秋时期的著名政治家，辅佐齐桓公成就了霸业。荀子认为"修礼者王，为政者强，取民者安，聚敛者亡"，而管仲为政"未及修礼也"，意即他虽能使齐国强天下，但不能使齐国王天下。司马光赞成荀子的评论，在《管仲论》中，提出治国"必以礼乐正天下，使纲纪文章粲然，有万世之安，岂直一时之功名而已邪？"① 意思是管仲只不过有一时功名，未能使齐国有万世之安，是因为未以礼乐正天下。这一观点与他守丧期间所写的《贾生论》一样，都是坚持一个信念：以礼治国，天下无敌。

廉颇、蔺相如一将一相，是战国时期赵国的栋梁之臣。司马迁的《史记·廉颇蔺相如列传》脍炙人口，万口流传，许多人读后往往发扬蔺抑廉之论。不然！司马光在《廉颇论》中说："世称蔺优于廉，非通论也。"认为，时强秦不敢侮赵，若无廉颇所率之大军，凭蔺相如的口舌岂能建功？对完璧归赵，他认为和氏璧不过一玩物而已，得之不足为重，失之不足为轻。蔺相如不惜以颈血溅秦王前，是一种可能给赵王带来危险的举动，有失人臣爱君之体。至于逼秦王为赵王击缶，更不值得称道。作为宰相，他应辅佐赵王示弱以使秦骄，忍耻以使赵怒，崇政修

① 《资治通鉴·卷四·周赧王三十二年》。

德，等待时机，不是没有可能消灭秦国。蔺相如唯一可称道的是胸怀较大，在廉颇与之争高下时主动避让，让廉颇感动而负荆请罪。

管仲、蔺相如都是先秦的名相，用礼治的标准，司马光给他们打的分都不高。他心目中的理想宰相，不是管仲、蔺相如，更不是商鞅，而是制定周礼的周公。周公辅成王，把成王的两个叔叔管、蔡杀了，那不是戮亲吗？司马光在《机权论》中说："戮亲之嫌小，而倾覆周室之害大，故弃彼而取此也。"根据何在？"取舍去就之间，不离于道，乃所谓权也。然则机者仁之端也，权者义之平也。"二十七岁的他显然已有宰相当如周公的理念，为他后来进行"元祐更化"准备了思想武器。

司马光在滑州的重要篇章还有《邴吉论》《才德论》《史评十八首》等。其中的《才德论》主张，如才德"不能两全，宁舍才而取德"。此论后来经他修改，放在《资治通鉴》卷一周烈王二十三年赵襄子灭智伯之后：

臣光曰：智伯之亡也，才胜德也。夫才与德异，而世俗莫之能辨，通谓之贤，此其所以失人也。夫聪察强毅之谓才，正直中和之谓德。才者，德之资也；德者，才之帅也……才德全尽谓之圣人，才德兼亡谓之愚人；德胜才谓之君子，才胜德谓之小人。凡取人之术，苟不得圣人，君子而与之。与其得小人，不若得愚人。何则？君子挟才以为善，小人挟才以为恶。挟才以为善者，善无不至矣；挟才以为恶者，恶无不至矣。愚者虽欲为不善，智不能周，力不能胜，譬如乳狗搏人，人得而制之。小人智足以遂其奸，勇足以决其暴，是虎而翼者也，其为害岂不多哉！夫德者人之所严，而才者人之所爱，爱者易亲，严者易疏，是以察者多蔽于才而遗于德。自古昔以来，国之乱臣，家之败子，才有馀而德不足，以至于颠覆者多矣，岂特智伯哉！故为国为家者苟能审于才德之分而知所先后，又何失人之足患哉！

《才德论》是司马光的干部选拔标准，与唯才是举的人才观水火不容，与唐太宗"乱世唯求其才，不顾其行。太平之时，必须才行俱兼，始可任用"的观点也有很大区别，显然有偏颇之处，且实际操作不好掌握，后来他当宰相时也一度错把蔡京当君子。暂且不说，只说他在滑州的读书写作，为日后编史、从政准备了思想武器。《才德论》中"正直中和谓之德"的定义，是他哲学思想的核心——中和论之滥觞。在他启程入京前，滑州同僚设宴送别，一个个喝得东倒西歪，司马光有诗为证：

> 空府同来贤大夫，短亭门外即长涂。不辞烂醉樽前倒，明日此欢重得无？
>
> （《传家集·卷九·留别东郡诸僚友》）

虽有离别的惆怅，有宦海险恶之类的告诫，但司马光充满了驾长风破万里浪的豪情：

> 际日浮空涨海流，虫沙龙蜃各优游。津涯浩荡虽难测，不见惊澜曾覆舟。
>
> （《传家集·卷九·留别东郡诸僚友》）

第七章

法官与校勘

滑州的冬天，朔风呼号，沙尘蔽天。枯草在寒风中抖动。饥饿的羊群在荒野里觅食，厚厚的羊毛不时被吹得翻转过来，但仍然顽强地拱着地皮，啃着草根。偶尔传来一阵乌鸦凄厉的叫声，让人心惊。在滑州至开封的路上，司马光所骑的瘦马举步维艰，一遇疾风就止步不前，牵马的仆人两只手插在袖筒里，机械地迈着步子。"古道，西风，瘦马"，但司马光一点也没有"断肠人在天涯"的伤感，有的是"不见惊澜曾覆舟"的壮志豪情。

司马光赶到京城，兴冲冲地去吏部报到，"等着吧！"迎接他的是一条冷板凳，而且这条冷板凳一坐就坐了半年多。从庆历五年（1045）底到庆历六年（1046）六月，司马光有官而无差遣（岗位），处于"待业"状态。

梅尧臣的"粉丝"

"待业"初期，司马光并未在意，乐得有段空闲，去拜访京师名流。

当时，最有名的诗人是苏舜钦和梅尧臣，并称苏、梅。苏舜钦因支持范仲淹的"庆历新政"而被除名，告别亲友，远离朝廷，一叶扁舟，划到苏州，修沧浪亭，誓不回朝，司马光无缘得见。梅尧臣（圣俞）没能考中进士，但独步诗坛，连欧阳修也说自己不能及。每逢朝廷举行大的祭祀活动，仁宗便召他当场赋诗。司马光像如今的追星族一样，以能见梅尧臣一面，讨得片纸为荣。他所以成为梅的"粉丝"，是觉得与他心心相通。司马光在杭州代父草谏章，反对征"弓手"，梅尧臣时任襄县令，写了《田家语》一诗，反映征发"弓手"给农民带来的苦难，"搜索稚与艾，唯存跛无目"①；"南亩焉可事？买箭卖牛犊"。再次征发，他又写了《汝坟贫女》，序中说："时再点弓手，老幼俱集。大雨甚寒，道死者百余人，自壤河至昆阳老牛陂，僵尸相继。"因为他是大诗人，这两首诗流传甚广。司马光佩服他的诗歌，还有他的诗论。他论诗注重政治内容，同情民间疾苦，艺术上主张"状难写之景，如在目前；含不尽之意，见于言外"，风格力求平淡，反对靡丽之风。梅家贫，爱饮酒，拜访他的人都要自带酒菜登门，边饮边谈笑，终日不倦。司马光经人介绍前来拜访，两人从下午一直谈到夜晚。跟他来的仆人在外面饥肠辘辘，冻得瑟瑟发抖，待他出来时大发牢骚，但司马光毫不在意，因为他终于得到了梅大诗人写给他的诗。他在《投梅圣俞》②一诗中写道：

> 归来面扬扬，气若饫粱肉。累累数十字，疏淡不满幅。自谓获至珍，呼儿谨藏蓄。

瞧他高兴的，脸上神采飞扬，像刚刚饱食（饫）了酒肉出来一样。

拜访名人、游览名胜的经历是愉快的，但迟迟等不到任命，"待业"的烦恼搅得他寝食难安。庆历六年（1046）的春天来了，仍然没有一点

---

① 连小孩与老人也不放过，只剩下跛子和瞎子。

② 《传家集·卷二》。

消息。与他的"同年"们相比，因为他守丧五年，职务已经落下了一截。去冬告别滑州同僚时，他是何等的自信啊？"不见惊澜曾覆舟"。现在呢？"久负入关意，空为同舍羞"。大自然的春天来了，我的春天什么时候来呢？"应恨春来晚，烟林已数游"①。他的恩师庞籍早他入京，担任枢密副使，是两府重臣，但他不便轻易找庞叔帮忙，只好耐心等待。想到在滑州时的意气飞扬，他情绪低落，又写下了《去岁与东郡幕府诸君同游河亭望太行雪饮酒赋诗今冬罢归京邑怅然有怀》②：

多是光阴驶，离群会合难。谁知尘满袖，今日客长安③。

苦不堪言的法官

他望眼欲穿，好不容易在庆历六年六月等到了一个差遣——大理评事。

这是一个从八品的官职。在太宗、真宗朝，是进士甲科的初任职位，司马光中第八年后才得到，算是"晚点"了。但这个岗位对培养官员来说至关重要，知县、知州的一项重要职责是断案，而大理评事约相当于最高法院的审判员，负责复审底下报上来的疑案大案。在这里学会了断案，当个知县、知州就不成问题了。

大理寺的案件堆积如山，大理评事都得超负荷运转。司马光谈起儒学、谈起历史滔滔不绝，法律审判却是"老外"。他原以为读通了儒家经典，其余如断案、理财之类便可以触类旁通，不足为难，现在却是一声叹息，难矣！吕不韦曾用《春秋》断案，但《春秋》不能代替法律。司马光只能临阵磨枪，边学边干，日以继夜，上班时晨星做伴，下班

① 《传家集·卷七·早春寄东郡旧同僚》。
② 《传家集·卷九》。
③ 长安代指汴京。

时灯笼引路。"朝讯狱中囚，暮省案前文"① 如此日复一日，便感到身心俱疲，厚厚的案卷看得他头昏脑涨，犯人受刑时的惨叫让他于心不忍。"贱生参府僚，勉强逾半岁。终非性所好，出入意如醉。"② 他终于发现自己根本不是一块当法官的料。

境由心造，心情一烦，看一切都烦。春天来了，他吟出的却是"春风连夜恶，闻道落花多"③。好不容易有一天旬休，他擦拭房间里一张蒙满灰尘的藤床。这张藤床是预备读书、工作累了躺上去小憩的，可自从当了大理评事，他还一次也没有沾边。今天终于躺上去了，脑子却没法休息，想起一年前代理韦城县令时，曾经写下了"鄙哉陶彭泽"的句子，现在他也想学陶渊明，去享受"菊畦亲灌浸，茶器自涓涤"的闲适。他在给犯人判刑，突然觉得自己也坐在"牢房"中。一天夜里，他刚要入睡又被蚊子叮醒，睡不成，干脆爬起来，挑灯夜坐，写下《夜坐》一诗：

> 嗟嗟宦游子，何异鱼入罾。夺其性所乐，强以所不能。人生本不劳，苦被外物绳。坐愁清旦出，文墨来相仍。吏徒纷四集，仆仆如秋蝇。烦中剧沸鼎，入骨真可憎。安得插六翮④，适意高飞腾。

他把自己比作是一条落网之鱼，想插上翅膀飞出去，奔向自由。他曾写诗向自己的诗歌偶像梅尧臣倾诉，梅尧臣作《次韵和司马学士虑囚》，劝他不要轻视大理评事的工作，很多因错判的"非罪之人"要靠最后一关来洗清罪名，"愿言保兢慎，切勿厌此役"。但是，司马光做不到了。

真正了解他的是恩师庞籍。似乎应了"有其父必有其子"这句老话，

① 《传家集·卷二·和钱君倚藤床十二韵》。
② 《传家集·卷二·二月中旬虑问过景灵宫门始见花卉呈钱君倚》。
③ 《传家集·卷八·同僚有独游东园者小诗寄之三首》。
④ 鸟翅膀。

司马池是一个"不任繁剧"的人，其子司马光也不是个能员干吏的坯子。庞籍想帮他跳出"苦海"，推荐他入馆阁，可惜未能成功。

恰在这时，发生了两件相关的冤案。第一件，那个当年狂热拥护新政写《庆历圣德诗》的石介在山东死了，而枢密使夏竦非说他是诈死，硬要开棺验尸。验尸法官和宦官派去了，因一名当地官员以全家性命作保而未竟。恰巧这时徐州有一狂人声言造反，从他家搜出了石介的诗作。夏竦臆断说，石介是为富弼传信，相约同时起兵。朝廷宁可信其有，解除了范仲淹、富弼等新政派在河北的兵权，调任他郡。司马光的岳父张存在河北，也被解除兵权。韩琦说了几句公道话，立即被贬出朝廷。翰林学士欧阳修一针见血地指出，这是奸臣以清"朋党"为名对忠臣的迫害。宰相贾昌朝和枢密使夏竦因而恨之入骨，怂恿曾遭欧阳修弹劾的权知开封府杨日严借机报仇。正好欧阳家的一件民事案在开封府诉讼：欧阳修的妹夫张龟正死了，无子，仅留下前妻所生一女。欧妹携女改嫁。张女长大，嫁欧阳修侄子，与一奴仆通奸，当休。就这么回事，杨日严却让狱吏做假案，污欧阳修贪图张家财产，用张女的陪嫁买地，田契上写着欧阳氏。一时御史弹劾，朝议沸腾，欧阳修被弄得声名狼藉，有口难辩。仁宗让太常博士、代理户部判官苏安世和入内供奉官王昭明复核此案。两人顶着压力秉公复核，发现所有加给欧阳修的罪名均无证据。但最后朝廷仍将欧阳修贬知滁州（因此才有《醉翁亭记》），两位复核官也被降职外放，理由是他们不经请示就直接调阅案卷、传询证人。

司马光当然没有参加审判此类敏感案件的资格，但如此把办案变成打击政敌的手段，让他愤怒不已，心烦意乱。在他烦到决心辞职时，朝廷任命他兼国子监直讲，即国家大学教授。

亲历郊祭大礼

宋代的国子监和太学是国家最高学府，本是两个机构，国子监招收七品以上官员子弟，太学招收七品以下官员子弟。后来著名教育家胡瑷被范仲淹推荐到太学任教，采用先进的分斋教学法，因人施教，太学考进士的录取率大大超过了国子监，于是国子监和太学就逐渐合二为一了。司马光现在可以与胡瑷先生共事了。

不当法官当教授，没权了，在今天看来，似乎是亏大了。但彼时非此时，宋代的国子监直讲虽然清贫，却可以直接给皇帝上疏，参与国家大政的讨论，而且直讲均为饱学之士，学术地位和社会地位都很高。正像司马光的诗句所说"人生无苦乐，适意即为美"。他从大理寺的"罾"中逃出，兴奋地在国子监这片"海洋"里遨游。与他同任直讲的，有他在苏州结识的老朋友李子仪，还有当年名震江南的"神童"邵亢（未经科考，由范仲淹推荐特试入官），大家亲密无间，一起谈文论道，结伴郊游，无拘无束，乐翻了天。在太学期间，司马光写了不少纪游诗，心里一片阳光。某晚，他在太学值班，写下了《和邵兴宗（亢字）秋夜学舍宿直》[1]：

> 直舍逍遥度清夜，暂投逢掖[2]解儒冠。高楼影背星河转，疏竹气兼风露寒。篱下黄花新蕊乱，门边碧柳旧株残。折腰把板今无有，勿似陶潜遂弃官。

从"鄙哉陶彭泽"到想学陶渊明，再到"勿似陶潜遂弃官"，司马光的心迹袒露无遗。他只是不愿做政务繁剧的官，而想做一个既有官员待遇又能自由做学问的官。这种好事哪有？宋代。

在宋代，冬至是一个可与春节比肩的节日。如逢每三年举行一次的皇帝亲祭圜丘大礼，其隆重热闹的程度大大超过春节。庆历七年（1047）十一月冬至，正逢大礼。司马光虽然级别不高，但也有幸参加。郊祭的繁文缛节难以细说，只说护驾的马步军就有十几万人，不同建制穿不同

---

① 《传家集·卷一一》。

② 代指官服。

的衣服，五彩缤纷；乐队乐手多达一千二百七十五人；仪仗威武浩荡，其中还有七头披红挂彩的大象；皇帝的五辂（车）——玉辂、金辂、象辂、革辂、木辂——全部亮相，另加一辆指南车；从皇帝到官员都按等级着法衣法冠。冬至前三日，皇帝率臣僚数万人夜宿大庆殿，次日五更即起，千乘万骑，出宣德门（皇城南门）到景灵宫、太庙祭祀祖先，夜宿太庙；又次日出南熏门（京城南门）赴"青城"（用青布围起来的野营地，后徽宗建小城）驻跸。冬至日，赴郊坛（高三层七十二级）行圜丘之礼祭天。

这是郊祭的核心内容，但肃穆而不热闹。最热闹的场面在祭祀之后，御道（南熏门至圜丘）、御街（宣德门至南熏门）两旁，人山人海，"万岁"之声此起彼伏，不绝于耳。郊祭队伍在排山倒海的"万岁"声中回城。皇帝和随从登上宣德门城楼，举行大赦仪式。楼前有数面大旗，其中最高的一面叫"盖天旗"，与宣德楼等高；次高的一面叫"次黄旗"，代表皇帝在此；余旗又低于"次黄旗"，各有寓意。音乐起，乐声中树起一根高十几丈的木杆，杆顶有一木盘，盘上有一金鸡，金鸡嘴衔一红锦，上书"皇帝万岁"四字。突然从盘底掉下四条用布拧成的彩色绳索，四个头戴红巾者争先攀索而上，捷足先登者可摘取金鸡嘴中写有"皇帝万岁"的红锦。胜者大声谢恩，众呼"皇帝万岁"。宣德门下临时搭建了一座彩台，有通事舍人立于台上。这时，只见宣德楼上一条红锦索向彩台抛下，锦索头系一只金凤凰，金凤凰嘴里叼着皇帝赦书。通事舍人接书宣读，台下大理寺、开封府所管罪犯穿着黄布衫，一排排跪在地上，狱吏身着新衣，头戴花朵，听赦书宣读完毕，鼓声阵阵响起，狱吏打开罪犯枷锁，罪犯谢恩，如鸟兽散……

司马光在太学读书时曾见过郊祭大礼，但那是站在街边上瞧热闹，此次亲历大礼全过程，特别是看了大赦仪式后，心潮难平，写下了《庆历七年祀南郊礼毕贺赦》①：

---

① 《传家集·卷十一》。

雷鼓千通破大幽，天开狱钥纵累囚。驿书散出先飞鸟，一日恩流四百州。

但在郊祭中得到最大实惠的不是囚犯，不是百姓，而是官员，因为郊祭之后皇帝要给官员和军队赏赐，中级以上官员赐银、绢、银鞍勒马、袭衣、金带等，以下赐现钱和绢。按等级，最高能得到银、绢、钱八千（两、匹、贯），最低的是军士，赐钱三百文。这是一笔相当巨大的开支，太宗时一次郊祭赏赐为五百余万贯，真宗时超过六百万贯。仁宗庆历年间的大祀赏赐，总数超过真宗时期，而官员所得减少了，因为与西夏的战争使国家财政出现巨大赤字，加上官员数量恶性膨胀（比真宗朝增加了百分之八十），所以赏赐不得不打折，名义上是受赏者主动捐出一部分，实际是强行扣除，原赏银、绢、钱三千至四千的捐一千，赏一千的捐三百，赏三百的捐一百二十，著为令。官员所得虽然少了，但仍然是一笔可观的收入。因此，官员赞郊祭，盼大礼，也与自身利益有关。司马光因为级别低，所得赏赐就十来贯。撇开赏钱，作为坚定的"礼治"主义者，他必然要赞颂郊祭大赦，因为祭祀是礼中最重要的内容。

然而，当他吟出"驿书散出先飞鸟，一日恩流四百州"的诗句时，首先惊起飞鸟的不是传递大赦诏书的使臣，而是报告贝州（今河北省清河县）兵变的驿马。就在冬至这一天，禁军小校王则在贝州称王了。

从教授到校勘

王则本涿州人，因穷困潦倒，辞母出外谋生，母亲在其背上刺一"福"字，以便将来相认。他流浪到贝州，自卖为人牧羊，逢朝廷刺"宣毅"军，他被刺为兵，与州衙吏张峦、卜吉等人混成了哥们儿。他声称其背上"福"字是突然长出来的，怎么回事呢？佛国释迦牟尼失势了，弥勒佛掌权，这个"福"字就是弥勒佛传的信号。佛国都变天了，那人间当然也得变天。在张、卜等人的参谋下，他以诵《五龙滴泪经》为纽带，党徒发展到河北、山东诸州，只待时机成熟便同时起事。只因其信徒潘方净带刀去见北京（大名）留守贾昌朝时被抓，密泄，王则便提前于冬至日行动。知州张得一是个未经科举而靠"拼爹"得官的公子哥儿，当时正领着官属谒天庆观，闻变急逃南关保捷营，叛军焚门而入，将他抓住。王则要"借"其州印，他伏地作揖，老实奉上，对王则一口一个"大王"。贾昌朝派三班奉职马遂进城劝降，密谈时室内仅王、马、张三人，马遂用眼神示意张得一后，猛然掐住了王则的喉咙，掐得他鼻子嘴巴流血，只要张得一出援手，王则必死无疑，但张得一袖手旁观。搏斗惊动门外卫兵，马遂被砍掉一只胳膊，死之。

时夏竦为枢密使，庞籍为副使，得报后立即部署平叛。司马光是太学教授，轮不到发言。但他觉得这是一个报答恩师的机会，连夜给庞籍写下《上庞枢密论贝州事宜书》[①]，提出了平叛的思路："发近郡之兵，堑环其郭（外城），勿攻勿战，使不得出。而又阴以重赏募人入城，焚其积蓄，坏其所恃，使逃无所出，守无所资。然后命重臣素仁厚为士卒所信爱者，奉明诏以临之。谕以胁从之人，有能捕斩首恶若唱先出降者，待以不次之赏。其始虽与谋，而能翻然悔过从善者，亦除其罪，待以不死。或为恶不变，敢拒官军者，戮及妻子，无有所赦。如是不过旬月，逆卒之首，必函致于阙下矣！"

他的建议是否起了作用，不得而知，后来的平叛比他设想的复杂得多。朝廷始令枢密直学士、权知开封府明镐当总指挥。司马光一直关注这件事，在《涑水记闻·卷九》第二百五十四条中对平叛过程记录得相当生动：

> （庆历）八年正月丁丑，以（文）彦博为河北宣抚使，监诸将讨贝州。时枢密使夏竦恶（明）镐，凡镐所奏请，多从中沮，唯恐其成功。彦博奏："今在军中，请得便宜从事，不中

---

① 《传家集·卷五八》。

覆。"上许之。

　　闰月庚子朔，克贝州，擒王则。初，彦博至贝州，与明镐督诸将筑距闉（与城墙等高的塔台）以攻城，旬余不下，有牢城卒董秀、刘炳请穴地（挖地道）以攻城，彦博许之。贝州城南临御河，秀等夜于岸下潜穿穴，弃土于水，昼匿穴中，城上不之见也。久之，穴成，自教场中出。秀等以褐袍塞之，走白彦博，选敢死士二百，命指使将之，衔枚自穴入。有帐前虞候杨遂请行，许之。遂曰："军士中有病咳者数人，此不可去，请易之"，从之。既出穴，登城杀守者，垂绠以引城下之人，城中惊扰。贼以火牛突登城者，登城者不能拒，颇引却。杨遂力虎，身被十余创，援枪刺牛，牛却走践贼，贼遂溃。王则、张峦、卜吉与其党突围走，至村舍，官军追围之，则犹着花幞头，军士争趣之，部署王信恐则死无以辨，以身覆其上，遂生擒之……

　　司马光的这条记录没有注明消息来源，大概是根据风闻所记，记录的时间应在平叛刚结束时。因为具体情况还不清楚，所以他的记录与事实有较大出入。在文彦博到贝州之前，明镐已筑距闉供士兵登城，被王则一把火烧了个干净。其间城内有百姓把书信用箭射出，告诉明镐已组织了内应，夜间可把官军用绳子吊上去。官军上去了数百人，领头的想独占功劳，竟砍断绳索，不让后续部队上。登城者因寡不敌众，又用绳索溜了回来。李焘在编《长编》时对照《实录》考证，发现建议挖地道的不是《记闻》所说的牢城卒董秀、刘炳，而是刘遵，且董秀不是牢城卒，而是右班殿直。带敢死队从地道入城的不是杨遂，而是曹竭。刺中火牛鼻子的杨遂是跟随曹竭入城者。另外，挖地道在文彦博到达贝州之前已经开始，而非文彦博的决策。司马光作《记闻》是为编当代史准备素材，素材是要经过考证后才能写入史稿的，所以我们无权因为这条记闻有差错而指责他，不过倒是可以从中发现一个问题，即当时朝廷中的传闻大多是扬文（彦博）抑明（镐）的，把明镐的的事都安到了文彦博头上。因此，才有了司马光的这条记闻，而文彦博传采用了司马光的记闻，与《实录》相悖。

平贝州叛用了六十五天，其中教训很多。但叛平之后，朝廷忙着论功行赏，文彦博升任宰相，明镐升任端明殿学士、给事中，京朝官及选人被提拔者六十人，中级军官以下至士卒立功受赏者八千四百余人，皆大欢喜，就是没人总结经验教训。在龙图阁，仁宗让两府大臣和御史中丞以上官员论朝政得失，并发给纸笔，要他们当场写下上呈，可一个个都推说要回去以后想好再写，不了了之。他们在干什么呢？钩心斗角。不久，副相丁度（司马光榜的主考官）因与陈执中、夏竦势不两立而辞职，由庞籍升任。庞籍再次推荐司马光入馆阁。司马光被召试学士院，顺利通过，被任命为馆阁校勘。

宋代的馆阁是对三馆和三阁的简称。三馆：昭文馆、史馆、集贤院（因均在崇文院内，故总称崇文院）；三阁：秘阁（藏国家秘籍）、龙图阁（藏太宗图籍）、天章阁（藏真宗图籍）。司马光所任之校勘，是馆职中的最低级别，但"一经此职，遂为名流"，进入了皇帝的"储才之地"，被目为"清要之选"。宋代的两府大臣大多是馆职出身，并以终身兼任馆职为荣。馆阁之臣摆脱了官场事务，可以读到外面读不到的书籍和档案，还可以经常与皇帝面对面交流。司马光三十岁就进馆阁，实属罕见，能被破格提拔，全靠恩师庞籍。他深感"倏夫蓬蒿，颉颃霄汉。荣耀过分，不寒而栗"，先后写了《谢校勘启》《再谢校勘启》，对庞叔感激涕零，表示"敢不夙夜刻砺，梦寐训辞，进益所长，攻去所短，冀不忝前人之教诲，羞知己之称论，以负明诏之收擢而已，过此以往，不知所为"！

受人之恩，感谢的话要说到位，感谢的事更要做到位。司马光现在要做的，首先是要拿出"硬货"来，以证明自己是货真价实的，而不是靠庞籍"走后门"。一年后，他拿出了《古文〈孝经〉指解》，一炮打红，引起朝野轰动。

他所以选择这个课题，原因是非常现实的。在司马光看来，王则发动贝州兵变，是对礼治的挑战，是对孝道的背叛。母亲在他背上刺"福"

字，是期盼福佑我儿，日后相认，有个盼头，他却犯上作乱，最后被斩首示众，让母亲老无所养且丢尽了脸，何其不孝也！宋靠政变窃国，不敢奢谈忠字，而以孝治天下，以为孝子即忠臣，不孝即不忠。《孝经》的地位仅次于《论语》（《孟子》排不上位），是科考必考的科目，属显学。宋代奖励孝子比如今表彰学雷锋典型还要隆重，还要经常，发现孝子是官员一项职责，一旦被推荐为孝子典型，立马名利双收。诏书旌表，通报全国，奖励钱、谷，动辄千、万，一下就成了大地主，且不须科考就直接授官（做官后未见有作为者，而出洋相者很多）。《孝经》是孔子与学生曾参论孝的言论集，秦始皇焚书后失传。宋初流行的是今本《孝经》（十八章本），据说是西汉颜芝之子得到后经儒生用隶书传抄下来的。今本《孝经》流行后，反将在孔府"鲁壁"中发现的古本《孝经》（二十二章本）冷落了，甚至有人视今本为真，古本为伪。司马光的《古文〈孝经〉指解》一书的问世，为古本《孝经》正了名，暂时终结了古本今本的真伪之辩。

此外，他还完成了一本辞书《名苑》，促成了《荀子》与扬雄的《法言》的出版，他在馆阁中的学术地位得以奠定。一晃进馆阁三年多了，已六年没有回乡省亲，皇祐二年（1050）初春，他获准回乡为父母扫墓。

第八章

卫礼在礼院

　　这天，司马光携夫人张氏出了京城，信马由缰地向家乡而去。扬名京师后衣锦还乡，他情不自禁地吟道："扬鞭出都门，旷若解徽绋（捆绑）……徐驱款段（缓行）马，放辔不呵咄。与尔同逍遥，红尘免蓬勃。"①

　　司马光一路逍遥，但走到山西境内的车辋谷时，逍遥不成了。这里山高坡陡，羊肠小道贴山临崖，只能下马攀登。往昔过此，他能一口气爬上长七里的盐南坡，而现在没走儿步就汗流浃背，爬一段就得坐在石头上休息。想到自己才三十出头，体力便如此不济，未免悲从中来，吟道："人逾三十只有老，后时过此当如何？云泉佳处须速去，登山筋力行蹉跎。"②

　　回到老家，他发现已经有了十四个侄儿，成了名副其实的长辈。应兄嫂们的要求，他给侄儿们一一起了名和字，特别撰文记述此事，最后一节为："呜呼！朝夕不离口耳者，名字而已。尔曹苟能言其名，求其

---

① 《传家集·卷二·出都日涂中成》。
② 《传家集·卷二·重经车辋谷》。

义；闻其字，念其道，庶几吾宗其犹不为人后乎！"在为祖先扫墓后，他去汾阴看望了在那里为官的兄长司马旦，然后就回家修房子。新宅建起来了，他将书房命名为"南斋"，一头扎进书房里当了"书虫"，直到初秋。

休假结束，司马光回到京城，不久被升为集贤校理兼史馆检讨，预修日历（参与逐日记载皇帝和朝廷大事）。他一当史馆检讨，就与顶头上司史馆修撰孙抃发生了冲突。在翻阅日历时，司马光发现本朝的两件大事居然没有记录。第一件是元昊称帝，第二件是契丹（辽）求割关南地（见第六章）。作为一个严肃的历史学家，司马光要求将这两件事补上，而孙抃以"国恶不书"为名而拒绝。我们今天能够读到关于这两件事的记录，司马光功不可没，是他记在了笔记《涑水记闻》中，后来李焘引述至《续资治通鉴长编》。这是后话，只说司马光来不及与孙抃在修史观上展开论争，当年（皇祐二年）九月就被升任同知太常礼院。

仁宗用卤簿为宦官治丧

太常礼院是一个负责礼乐、祭祀、爵号、谥号、封袭、继嗣等工作的机关，虽隶太常寺，但可独立呈文。在今天看来，这是个边缘化的清水衙门，但在封建社会，"国之大事，惟祀与戎"，太常礼院管"祀"，地位崇高。司马光刚升任，就遇到了一件棘手事。

大宦官麦允言死了。死了就有一个享受何等哀荣的问题。按宋代的规矩，大官死了，一是要赠官，封一个比生前更大的官；二是三品以上的要给谥，以表达对他一生的褒贬；三是葬礼的规格，是否用卤簿（军乐队和仪仗队）送葬，皇帝是否派宦官和臣僚做代表护葬。至于悼词、墓志铭之类，朝廷不管，由家属请人写。麦允言是宦官，不可给谥号，但可赠官。仁宗念其在身边服侍日久，便以感情代替了政策，决定赠其为司徒（三公之一，官阶一品）、安武节度使（武官最高职位），犹嫌不够，特下诏准卤簿送葬。卤簿分大驾和法驾两个规格。仁宗皇祐二年

（1050）所定卤簿，法驾用一万一千零八十八人。麦允言当然不可能用皇帝用的法驾，但即使只用十分之一，也是一支一千余人的队伍。

如此礼制安在？司马光气得站了起来，在办公室里来回疾走。仁宗的决定有悖于礼，但朝臣大多装聋作哑。不就是赠个官、用卤簿热闹一下吗？何必为此得罪皇帝？但维护礼制是太常礼院的职责，司马光感到，现在不站出来说话，那就是失职，将来就会有人说你阿谀。他拿起笔来，写下了《论麦允言给卤簿状》①。

他首先讲了一个典故，春秋时期，有个叫仲叔于奚的人有功于卫国，卫国公于是允许他繁缨来朝。繁缨又称樊缨，繁通鞶，鞶为马腹带，缨为马颈带。按照《周礼·春官·巾车》之规定，只有诸侯的车辂才可享受繁缨的待遇。也就是说卫国公让仲叔享受了诸侯待遇。对此，孔子评论说："惜也！不如多与之邑（封邑）。惟器与名，不可以假人。"这是孔子的一段名言，司马光在引用后解释说："夫爵位尊卑之谓名，车服等威之谓器。二者人主所以保畜其臣而安治其国家，不可忽也。"名是用以标识人之尊卑的爵位，器是与之相应的车马、服饰等方面的待遇。意思是你可以多给他钱和田，不能随便给他名和器。回到麦允言身上，司马光说："今允言近习之臣（宦官），非有元勋大劳过绝于人，赠以三公之官，给以一品卤簿，其为繁缨，不亦大乎。陛下虽欲宠秩其人，而适足以增其罪累也。何则？三公之官，鼎足承君，上应三台。卤簿者，所以褒赏元功，皆非近习之臣所当得者。陛下念允言服勤左右，生已极其富贵，死又以三事之礼为之送终，鼓吹箫铙，烜赫道路，是则扬僭侈之罪，使天下侧目扼腕而疾之，非所以为荣也。"他希望仁宗记住上述典故和孔子的话，以及唐代的故事，只有为国立大功的人，婚丧时才给卤簿，其余职位再高也不在此列，请仁宗收回成命。

司马光的奏疏是否被采纳，连著《长编》的李焘也不知道，留下一个注："当考"。估计他是白说了。孤掌难鸣，无人响应，反惹得宰相文彦博、枢密使夏竦非常不悦。仁宗所以要给麦允言卤簿，公开理由是平贝

---

① 《长编·卷一百六十九》。

州兵变有功。功在哪里？夏竦提议让内臣监军，他跟着文彦博去走了一趟。而文彦博是一个比夏竦更会利用宦官和外戚的人。仅此一件事，上述三人的利益就联系在一起。所以司马光面对的，不是一个死了的麦允言，也不是仁宗皇帝一个人，而是一群与之利益相关的人。司马光一个人根本没有取胜的可能，不过他并没有因此而气馁，很快又披挂上阵了。

靠裙带关系高升的权贵

这一次，他惹的是一个正大红大紫的活人。他叫张尧佐，是仁宗最宠的张贵妃的伯父，皇亲国戚也。

好色的仁宗后宠轮流转，这一阵宠上了四川美女张贵妃，先是一下将张尧佐从一个小州知州越级提拔为主管财政的三司使，引起朝野一片哗然。偏偏他不是块理财的料，上任后民赋加重，国库空虚，日甚一日，怨声鼎沸。仁宗置舆情于不顾，在皇祐二年（1050）闰十一月，又在他原官的基础上加封其为宣徽南院使、淮康节度使、景灵宫使、群牧制置使，被称为"一日加四使"。加上原官三司使，等于一身兼五使。这五使中，三司使和群牧制置使是实职，另外三个虽非实职，但地位崇高，宣徽使、节度使都是武臣最高官位。而且，宋代不比现在，兼职多少都只拿一份工资，而是每兼一职就多一份俸禄或补贴，兼任越多，待遇越高。张尧佐肥老了！

第一个站出来反对的是包拯，就是戏台上的那个"黑脸包公"，他当时的职务是知谏院。包拯上疏直指"张尧佐凡庸之人"，靠裙带关系"骤阶显列"，乃"是非倒置"。侍御史知杂事何郯也是弹劾者之一，仁宗故意问他：过去有御史为谏诤而碎头者，卿敢碎头吗？何郯机智地说，那是因为他们遇到了暴君，而陛下英明，从谏如流，勿须臣碎头。但他还是被吓住了，以母老为名，请求外放。仁宗乐得批准，新任命一向沉默寡言的王举正为御史中丞，哪知包拯用激将法激得王举正热血沸腾。十五日这天，他带领一群御史、谏官上殿对着御座急谏，非要仁宗给一个答复不可。仁宗大怒，拂袖而去。但王举正等将朝臣堵在朝堂，指出执政（暗指文彦博）与此事也脱不了干系。次日，仁宗传旨：今后御史上殿必须报告宰相批准。这是一条违反宋朝政治制度的圣旨。朝廷设御史、设谏官，就是为了匡正皇帝和执政的得失，御史台和谏院是独立于政府之外的监督机关，如果御史上殿要经宰相批准，那就等于让被监督者来管监督者。这是仁宗在盛怒之下做出的错误决定，表明了他在张尧佐问题上决不让步的立场，加上已有何郯被外放的先例，朝堂一下沉默了。

司马光本埋头于修订雅乐之中，原以为有包公带头进谏，轮不到他这个小官说话，未料到仁宗不但不省悟，反而把许多人吓得缄口不言了。司马光觉得，越是在大家沉默的时候，自己越是要站出来。他认为包拯进谏失败的原因是不讲策略，让仁宗不好下台；另外同时扯到文彦博，只会促使皇帝与宰相合力对抗御史。虽然他对文彦博与张贵妃的关系有所耳闻，但觉得应该先解决张尧佐的问题。在朝堂一片沉寂的时候，司马光精心写作的《论张尧佐除宣徽使状》①呈了上来。

一看又是论张尧佐，仁宗气得差点把他的奏疏扔了，但他还是想看看是谁现在还如此大胆。看着看着，他渐渐觉得这个司马光说得不无道理。当时，开封的天气是雾霾加冻雨。司马光知道，皇帝自诩天子，最怕什么？怕天变，怕老天惩罚，就是孔子说的"畏天命"。自古以来，儒臣利用自然灾害和异常天象来劝谏君王，是一个屡试不爽的手段。所以他的奏章先从天变说起：近日京师及邻近地区"阴雾冥冥，跬步相失，寒冰著木，终日不解"，这是什么原因造成的呢？臣以为，这是因为阴气太盛，阳明被遮，上下闭塞，滞滞不决。陛下平时虚心纳谏，从善如流，还有很多人因害怕触犯龙颜而不敢出声，像现在这样镇之以威、压之以重，臣下一个个战战兢兢，势必三缄其口，唯恐大祸临头。而听不到臣僚的声音，就会闭目塞听，君臣相隔，要想天下太平，不可能。在讲了这么一通"畏天命"大道理后，司马光接着讲了一个寓言故事：有

① 《传家集·卷十八》。

个农夫特别爱自己的瓜秧，在太阳当头的时候也去浇水，结果把瓜秧浇蔫了。农夫本是一片好心，怕太阳晒坏了瓜秧，因为爱的方法不当，反而害了瓜秧。陛下加爱张尧佐，此乃人之常情，但越级提拔，引起公愤，陛下非但不听，反而加授四使，拒绝纳谏，这就与中午浇水的农夫害了瓜秧一样，反会害了张尧佐。最后，他向仁宗指出，如果这件事处理不好，今后遇到比这更大的事，就不会有人给陛下进言了，遗害之大，望陛下三思！

从这篇奏疏中，我们可以看到历史智慧的光芒，看到《战国策》中《触龙说赵太后》的影子。那么多人劝赵太后送爱子长安君到齐国为人质，以换取齐国出兵共抗强秦，全被赵太后愤怒斥责，而触龙从爱长安君的角度来劝，获得成功。司马光不着重讲张尧佐的问题，而从爱张尧佐的角度进谏，终于打动了仁宗。张尧佐也主动请求辞去部分官职。最后，仁宗批准他辞去宣徽南院使和景灵宫使，离开京城到外地任职。

张尧佐走了，宰相文彦博的问题慢慢浮出水面。他在知成都时极尽奢华，被人传到仁宗耳朵里，正好御史何圣从要回四川探亲，仁宗让他顺便核实。他尚未出发，文彦博就得到了消息。其一幕下客张少愚与何圣从是同学，文彦博秘密交代一番，让他前去迎接。在汉中的驿站里，张少愚接到了何御史，大摆宴席，让营妓歌舞助兴。一妓善舞，何御史与之调情，问其姓，答曰"姓杨"。何曰，那就是杨台柳了。张少愚见状，马上摘下舞女的头帕，请御史题诗。何御史乘着酒兴，题诗曰："蜀国佳人号细腰，东台御史惜妖娆。从今唤作杨台柳，舞尽东风万万条。"写毕，让舞女演唱。何御史在张少愚陪同下到了成都，正襟危坐，准备查案。文彦博设宴款待，何御史突然听到有营妓唱他在汉中写的歌词，仔细一看，大吃一惊，原来就是那位汉中舞女。她是怎么来的？不用说也明白。就这一下，何御史被文彦博镇住了，回京尽讲他的好话。

那么，文彦博是怎么知道仁宗要查他的消息的？有张贵妃做内应也。他所以能当宰相，多亏了张贵妃；张尧佐所以能一日加四使，得益于文彦博的投桃报李。文彦博始知成都时，张美人（尚未升贵妃）之父张尧封是他的门客，美人因而叫文彦博为"伯"。春节前，张美人令成都织异锦以献。这是明显违规的，我们在第二章已见庞籍任开封府判官时，痛打为尚美人传旨的宦官的事，但文彦博不是庞籍，不但不抵制，反而当成机遇，令工人织出了金线灯笼锦绣、莲花锦等，还有一副秋千，一并上贡。张美人穿着用特贡锦所做的衣服，仁宗惊讶地问："何处有此锦？"答曰："去年让成都文彦博织来，因他与妾父有旧。但妾哪能支使呢？那是他贡给陛下的。"仁宗喜甚，从此留意文彦博。文彦博从成都回朝，不久就升任参知政事。上章讲到派文彦博去平贝州兵变，其中也有猫腻。在明镐挖地道即将挖通时，夏竦怕明镐得了全功，便向仁宗建议派一个执政去挂帅。仁宗在后宫叹息说，可惜无执政愿为朕分忧！日日上殿也没人说讨贼的事。张美人秘密派人告诉文彦博，让他次日主动请缨。文彦博依计而行，加上夏竦推荐，仁宗于是任命其为统帅。其实他不去叛乱照平，此举完全出于政治投机。他投机成功了，升任宰相。张美人简直就是他平步青云的梯子，他怎能不报答？对张尧佐，那么多朝臣都搬不动，宰相也是一张保护伞。张尧佐出京后，监察御史唐介将文彦博给张贵妃送异锦的事抖搂出来，并且要他在朝堂上当面对质。文彦博还算不错，承认了。仁宗爱莫能助，只好让他守本官出知许州（今许昌）。司马光没有弹劾文彦博，因为他不了解情况。但这件事在他的心中打下了很深烙印，虽然后来文彦博与他站在同一战壕里反对王安石变法，但他们的关系始终谈不上亲密。

文彦博下去了，宰相空缺，由庞籍继任。时为皇祐三年（1051）。

面对恩师的恩人

庞籍是司马光的恩师，而夏竦是庞籍的恩人。

夏竦知蕲州（今湖北蕲春县）时，新科进士庞籍奉派去蕲州任判官。夏竦是个释迦、黄老、巫医、堪舆、考古之学无所不通的人。庞籍参见之后，夏竦为他看手相，看罢，惊讶曰：来日宰相也！有天晚上，州史突然来报，说庞籍死了。夏竦说，不可能，未来宰相怎么会死？便亲自去看。他用蜡烛照了照庞籍的脸，对医生说：人还没死，这是阳证伤寒，你们不懂，用错了药。他马上亲自开了药方，熬药灌下，庞籍果然复苏。夏竦不但救了庞籍的命，而且庞籍的升迁也与夏竦的大力推荐有关。夏竦非科举出身，因父亲在抵抗契丹的侵略中牺牲，以烈士之子荫了个武职。有天他执勤，宰相李沆路过，他拦住马头，献诗一首，李沆读其诗，爱上了其中的两句："山势蜂腰断，溪流燕尾分。"问其献诗何意？曰，父死家贫，欲换文职。宋代官员文武两途，但允许换职。不过，因以文换武会失去文官的特权，极少有人愿换，范仲淹初知延州时，才是个员外郎，拟让他换高级武职第二级观察使，他坚决不干。而武职换文职因要经过文化考试，更是十分罕见。夏竦就靠这一首诗达到了目的，换职为金坛县主簿。文职是换成了，但要想高升，非进士出身的他还必须经过制科考试。共考六道策论，五篇通过为合格。他做完试卷，突然一阵大风，把卷子吹得没影了。要一般人早慌了神，他居然从容不迫，从头再来，按时完成考试，获得通过。有一老考官觉得惊奇，拿出一方苏州丝帕，请他题诗为纪，他笔走龙蛇，一挥而就。诗曰："帘内衮衣明日月，殿前旌旆动龙蛇。纵横落笔三千字，独对丹墀日未斜。"他的诗名日高，真宗每宴会，必派宦者促其作诗助兴，他只须问一下宴会的地点和主旨，便能随口吟来，宦者立等可取。真宗美其才，令为太子（即仁宗）师，夏竦于是成了"从龙之人"。仁宗对他这位老师呵护备至，官爵金钱，各种赏赐，从不吝啬。在地方官的岗位上，他是个能员干吏，也为老百姓做过一些好事，遇到灾荒往往不待批复就开仓放粮，维持治安也很有一套。但是此人性贪鄙，习阴谋，为升官晋爵不择手段，贪财好色无度。他妻妾成群，又不断"扩编"，管理成了问题，便采取分而治之、让她们互相告状的办法来控制。其结发妻子终于忍无可忍，闹上朝堂，大曝其丑闻，成为朝野谈资。

此前，司马光已经知道：他为陕西帅臣，元昊曾出告示曰"有得夏竦头者，赏钱两贯文"（第三章）；他让女奴模仿石介笔迹伪造文书加害范仲淹、富弼（第六章、第七章）。贝州兵变后，司马光进一步看清了他的奸诈。贝州兵变平息不久，十月十八日半夜，发生了皇宫卫士企图谋杀仁宗的事变。崇政殿亲从官顾秀、郭逵、王胜、孙利等四人，趁夜杀了哨兵，闯进仁宗寝宫，砍伤了值班宫女。传说当晚是张美人侍寝（实为曹后，为何移花接木？详情留第十四章再说），听到动静，急令紧闭宫门并让宫女报警，皇城司卫士赶来，杀了其中三人，王胜溜走，第二天在宫中搜了一整天才找到，立马被肢解。因没留一个活口，成了一桩无头案。谁是主使？动机何在？为啥不留活口？全成了谜。事后皇城司的其他官员均被落职外放，独有当夜值班宦官、勾管皇城司的杨怀敏，只被免去入内副都知的官职，仍留宫中差遣。为啥？有夏竦保他。早在夏竦知并州（太原）时，便与杨怀敏拉上了关系。并州历来无走马承受（宦官监军），夏竦却主动请求配走马承受，这正中宦官杨怀敏之下怀，两人从此狼狈为奸。庆历新政失败，夏竦当了枢密使，便让杨怀敏统领河北雄州、高阳关军事。宦官当统帅，又不懂军政，频遭弹劾，那就调回朝廷勾管皇城司。皇城司负责皇宫警卫，属枢密院管，此案要真查，他与杨怀敏都难辞其咎。而案子总得查，关键是谁来查。朝臣要求由御史办案，夏竦却以事涉机密为由，主张由宦官衙门来办，最后仁宗听了他的。夏竦不愧为一个化危机为机遇的高手，听说张美人有护驾之功，马上就揣摩到皇帝的心思。当时，仁宗的最大心病是膝下无子，指望张美人给他生太子。他与宰相文彦博一起，怂恿仁宗升其为贵妃，并加恩其父张尧佐，这就生出了上面所说的张尧佐"一日除四使"的事来。经包拯、司马光领头的两个进谏波冲击，最后张尧佐辞去了其中两使，夏竦似乎是失败了，其实不然，张尧佐的去留一下转移了朝臣的注意力，再也没人提谋杀仁宗的案件了。夏竦不但没受追查，反而因立张贵妃更受恩宠。这就是夏竦，浑身心计，人莫能测。

对夏竦，作为史学家的司马光态度是客观的。在《涑水记闻》中，就有关于他幼时聪明好学的记载。但按照他《才德论》的观点，夏竦之类有才无德者，危害最大，不若用愚人。尽管夏竦是自己恩师的恩人，他也不能容忍。皇祐四年（1052），夏竦死了。他是一品大员，爵为英国公，职为使相（宰相兼节度使），必须给谥。谥号是盖棺之论，因而最被看重。不过，夏竦教子无方，其子夏子期来京奔丧，居然哭无一声，泪无一滴，也不引导客人到灵堂悼念，却与人谈笑如常，无事一般。他担心的是老爹那么多的财产和妻妾该如何处置，而根本不关心给什么谥号的问题。倒是仁宗念旧，急急忙忙地决定给夏竦谥"文正"。

谥号归太常礼院管，司马光正在为给夏竦什么谥号而发愁。他万万没有想到，皇上竟会钦定给他谥"文正"。宋朝开国至当时，被谥"文正"者只有三人，李昉、王旦、王曾（后有范仲淹、司马光，共五人），都是德高望重的正人君子。按《谥法》，"文正"属最高一等，"道德博闻谓之文，恪尽职守谓之正"。夏竦有才无德，奸邪好色，不配这个谥号。而且仁宗宫中传旨给谥，不合程序。《谥法》规定，三品以上大臣死后，先由熟悉的人写一份《行状》，报考功司审核后，送太常礼院议谥，再报中书省审定，最后经皇帝批准公布。司马光以为是考功司越过太常礼院直接报了中书，便亲自跑去找判考功司（司长）刘敞。刘敞（字原父）与其弟刘攽（字贡父）乃庆历同榜进士，以才学一流扬名于世，后来均为名臣，见司马光怒气冲冲，先已猜到几分，笑问道："君实面有愠色，莫非为夏英公《行状》而来？"司马光也不客气，说："正是。可有？"刘敞回答："然。"司马光紧接着追问："原父兄何以不送太常礼院？"刘敞回答："未等考功审定和移送礼院，皇上就下旨了。考功以为礼院不待《行状》，便议定谥号上报中书了。"弄了半天，一场误会。事已至此，如何是好？刘敞主动提出，两人联名上疏，反对给夏竦谥"文正"。司马光想了想，说，考功、礼院不同系统，还是分别上疏为好。于是分头行动。

司马光率礼院同僚上《论夏竦谥状》，首先引用《大戴礼》关于谥的定义："谥者行之迹也"。行由己出，名由人生。赐谥是为了扬善抑恶，事关社会风化，不可不慎。"文正"二字，谥中至美，虽周公之才，不敢兼取，何况夏竦？其心不正，其行不端，人所共知，谥其"文正"，名实不符，谥行相悖，何以劝天下？天下之人，耳目昭昭，见夏竦受非分之谥，必议朝堂不以国家名器为意，而私夏竦……

刘敞也上疏说，授谥号是有关部门的职责。夏竦的行为不值得后人效法，现在有关部门均坚持原则，陛下违背程序给他赐谥，是"侵臣官"，即干涉臣下行使职权。他打的是程序"官司"。

疏上，不报。司马光进而想到，夏竦的劣迹皇上知道，谥号名不副实皇上知道，此举有悖程序皇上也知道，为什么非要坚持不可呢？只能说明一个问题，皇上想借此树立一个榜样，传达一个信号，朝廷需要夏竦这样的臣子。果真如是，将会是奸佞小人得志，正人君子靠边。想到这里，他觉得有必要向皇上说明给夏竦"文正"谥号的严重后果，与刘敞沟通后，他上了《论夏竦谥第二状》，刘敞也连续上了两状。在司马光和刘敞的带头下，朝臣上疏日众。仁宗迫于压力，终于让步，改夏竦谥为"文庄"。虽然仁宗只是让了一小步，夏竦仍然名不副实，但这多少是对夏竦式人物的警告，也算是一个不小的胜利。

第九章

出朝随恩师

为维护礼法，司马光敢于犯颜直谏，不怕得罪权贵，名声大噪。而一旦名气变大，求文的人就找上门来了。秀州（嘉兴）的清辩和尚新修一座真如院，大老远地跑到开封，请司马光写一篇《秀州真如院法堂记》。他写了，文中批判了某些僧侣假佛敛财的丑恶现象，希望真如院能"明佛之道"，"深思于本源而勿放荡于末流"。这篇记比《岳阳楼记》《醉翁亭记》稍晚，基本属同一时代，却湮没无闻。为啥？范仲淹、欧阳修当时都是被贬之人，真情实感，流淌笔端；而司马光虽是晚辈却风头正劲，未免居高临下，有了教师爷的口吻。在馆阁和太常礼院的五年时间，司马光如鱼得水，他概括为两句话："缣素轫充，率多未见。英豪坌集，叨与并游。"第一句，缣素是记载诏令、奏章的白绢，轫充即充满，意思是汗牛充栋的文献是他过去从未见过的。第二句，坌集即云集，叨在这里做谦词用，意思是英豪云集，我有幸与他们交游。此时的司马光高朋满座，与交游者，非宿儒名流，即青年才俊，是否有点飘了？

然而，一个案件改变了他的人生轨迹。

庞籍的良苦用心

待漏院是百官等待上朝的地方，信息集散地。皇祐五年（1053）春，有个布衣硬闯进来，要找宰相庞籍。他叫皇甫渊，齐州（今济南）人，因捕盗有功，依法应受物质奖励。但他不要钱，要官。为能当官，到处找关系。道士赵清贶是庞籍外甥，胡吹可帮忙搞定，与相府一堂吏一起收了贿赂，让他等消息。可他左等右等，杳无音信，上书查询，无人理睬，急了，便闯进待漏院，将前因后果和盘托出。庞籍一直被蒙在鼓里，下令将他勒解回原籍，而相府一小吏证明皇甫渊所说为实，便将赵清贶和堂吏送开封府追查。开封府判二人刺配岭南，赵清贶死于流放路上。谏官韩绛上疏说，赵清贶之死，乃庞籍为杀人灭口，暗示开封府所为。虽言之无据，但庞籍的宰相当不成了。是年七月，庞籍被贬知郓州（山东东平县）兼京东西路安抚使。

庞籍是法律专家，办案能手，却两次因涉案被贬（其实另有政治斗争原因，这里不展开）。第一次是受府中差役参与贩卖妇女案牵连，这一次又受外甥和堂吏牵连。离京前，他点名要司马光为通判。通判，宋人又称州"倅"，意即知州辅佐。其实，宋太祖设立此职的初衷是监督知州。通判的品级远低于知州，但享有与知州同样的权力，可直接给皇帝打报告。

对恩师的召唤，司马光不会犹豫。问题是，司马光发展势头正旺，庞籍怎么会让他跟随自己去贬所呢？姜还是老的辣。"峣峣者易缺，皦皦者易污"。在一个人扬鞭跃马、纵横驰骋之际，是很难意识到潜伏的危险的。司马光在论张尧佐和夏竦时，已经卷进了政治漩涡。如果不缓一缓，一直这么下去，必然会被人"惦记"。此其一，爱护。

其次，司马光虽然代理了两个月的知县，但对州县工作只知皮毛。将军拔于卒伍，宰相起于州县。如果不补上这一课，对他的发展前途是有影响的。当时，司马光还不能完全了解恩师的良苦用心，但二话不说就跟着走，为报恩也。他接到出发通知时，因老友邵必被贬泉州，他正在欢送宴会上，酒才喝了一半，不得不提前离席，回家收拾行李。

司马光随庞籍在郓州两年差一个月。庞籍因要统领京东西路军政，便把郓州州务委托给司马光。关于处理州务的情形，他在诗中如此描述：

> 去秋随相车，沿牒来东方。……行行到官下，日积簿领忙。文书拥笔端，胥史森如墙。况当三伏深，沾汗尤淋浪。细蝇绕眉睫，驱赫不可攘。涔涔头目昏，始觉冠带妨。诚知才智微，吏治非所长。惧贻知己羞，敢不益自强。
>
> （《传家集·卷二·和吴冲卿崇文宿直睹壁上题名见寄并寄邵不疑》）

开始，他这个通判当得很狼狈。堆积如山的公文要处理，如狼似虎的胥吏等着你断案。三伏天的深夜还在忙碌，汗流浃背，蝇蚊在身上叮咬，赶也赶不走。累得头昏脑涨，真想脱下这身官服挂冠而去了。这时候，才深知自己的才疏学浅，吏治不是我的强项。但是，知耻而后勇，我当更加发奋图强。

也许在这个时候，司马光才初步理解了恩师的良苦用心。他是要把一个志满意得的司马光，变成一个"惧贻知己羞"的司马光。对少年得志者，这至关重要。在代理韦城县令时恰逢干旱，他一篇《祈雨文》就迎来了一场甘霖。现在，郓州又遇到干旱，他写了若干篇祈雨文，神求了，佛拜了，龙王也祭了，老天就是不下雨，最后竟然求到黄石公，一个先秦的军事理论家，仍然白搭。当时，京东、京西大面积干旱，仁宗也在开封求雨，老天不应，十月又出现日食。司马光觉得，求雨不灵是上天的惩罚，日食出现是皇帝受了蒙蔽，朝政出了问题。

时任宰相陈执中和梁适，都是貌似公正实则奸佞之辈。司马光在笔记中引述了赵抃弹劾陈执中的奏章："陈相不学亡术，措置颠倒，引用邪佞，招延卜祝，私雠嫌隙，排斥良善，很愎任情，家声狼藉"，并且每一条下都做了注释①。其中"很愎任情，家声狼藉"怎么回事呢？陈颀多内宠，嬖妾张氏，恃宠而骄，竟将侍女银儿鞭挞致死，另一侍女海棠被打后上吊自杀。因她为陈执中生下独子世儒，便护着她，对调查此案的给事中崔峄谎称此婢不守妇道，笞之死，非张氏之过。崔峄就此结案，马上升官。这是司马光当时已经知道的。若干年后，张氏遭到"报应"，这里也顺便一说。陈死后，张氏为避祸出家为尼，其子世儒长大，将其接回。世儒膏粱子弟，离京任太湖县令，感到如下牢狱，为回到京城，竟想出一个先弄死母亲再丁母忧的毒招。他与妻子李氏胁迫婢女给母亲下毒，未毒死，又用钉子钉其头，活活钉死。于是发丧，丁忧，回京。谁知一小婢良心未泯，将此事告发，世儒及妻子被处极刑，弃市。

再说梁适，他是靠巴结宦官耍阴谋挤走庞籍当上宰相的。怕庞籍起死回生，继续追查赵清贶案，将不愿顺从的御史和开封府判官、推官统统贬谪。

离京前，司马光颇以论张尧佐获胜为荣，未想到自己离京才几个月，张尧佐又恢复原职，回到朝廷。

朝中的另一件大事是张贵妃死了。仁宗封其为皇后，在宰相陈执中、梁适，判太常寺王拱辰、王洙迎合下，赐谥温成，要百官为之送葬，且令忌日罢朝悼念，哀荣大大超越前代皇后，严重违背了祖制。在她的葬礼上，仁宗令枢密副使孙沔读悼词。宋朝开国以来，为已故皇后念悼词的是翰林学士、知制诰一级的官员，没有两府大臣念悼词的先例。孙沔抗争说，陛下让孙沔念悼词则可，但让枢密副使念悼词则不可。说罢，放下悼词就走。好，你枢密副使不念，我宰相来念。陈执中主动上去念了……

对此，司马光在笔记中做了详细记录②，却没有上疏。这有点不符合他的性格，但通判非言路之官，非奉旨不便议论朝政。

经过近两年的磨练，他基本熟悉了州一级的行政工作，结交了许多

---

① 《涑水记闻·卷四》。

② 《涑水记闻·卷八·第二三一条》。

下层的朋友。他爱上了郓州,写诗曰:

> 千岩秀色拥晴川,万顷波光上下天。委地鱼盐随处市,蔽空桑柘不容田。讼庭虚静官曹乐,儒服宽长邑里贤。不为从知方负羽,独乘鱼艇老风烟。

(《传家集·卷九·奉和始平公忆东平二首》之二)

永远的丧子之痛

他爱上了郓州,但是,时事的变化需要他离开了。梁适、陈执中相继遭弹劾罢相,文彦博、富弼同时入相。仁宗想起庞籍,召其入对。庞籍文武全才,在西北与韩琦、范仲淹齐名,罢相后放在郓州,纯属大材小用。而并州(太原)北与辽、西与夏对峙,需一大员坐镇。于是庞籍以昭德节度使知并州兼河东经略安抚使、马步军都部署(司令员)。司马光继续追随恩师,改任并州通判。

北宋时期是我国历史上气温偏低的年代,并州是宋的北部边城,苦寒之地。至和二年(1055)冬,司马光带着妻儿从郓州赴并州,把路上和上任初的艰辛,记录在《苦寒行》[①]一诗中。

> 穷冬北上太行岭,霰雪纠结风峥嵘。熊潜豹伏飞鸟绝,一径仅可通人行。童饥马羸石磴滑,战栗流汗皆成冰。妻愁儿号强相逐,万险历尽方到并。
>
> 并州从来号惨烈,今日乃信非虚名。阴烟苦雾朝不散,旭日不复能精明。跨鞍揽辔趋上府,发拳须磔指欲零[②]。炭炉炙砚汤涉笔,重复画字终难成[③]。谁言醇醪能独立,壶腹迸裂无

---

① 《传家集·卷五》。
② 头发冻卷,似乎胡子要冻断、指头要冻掉。
③ 毛笔被冻住,写不了字。

由倾^①。石脂装火近不热，蓬勃气入头颅腥^②。仰惭鸿雁得自适，随阳南去何溟溟。又惭鳦鸟^③识时节，岩穴足以潜微形。

并州如此严寒，让他想学南飞的大雁和藏入岩洞的燕子，但是他不能离开庞籍：

我来盖欲报恩分，契阔^④非徇利与荣。古人有为知己死，只恐冻骨埋边庭。中朝故人岂念我，重裘厚履飘华缨。传闻此北更寒极，不知彼民何以生。

冬天难熬，春天姗姗来迟。"上国花应烂，边城柳未黄"^⑤。三月以后，并州的杏花终于开放。"田家繁杏压枝红，远胜桃夭与李秾"。司马光送别客人，在杏花林下饮酒，高兴之余，突然又伤感起来："会待重来醉嘉树，只愁风雨不相容"^⑥。从他在并州的诗作中，我们只能读到他短暂的欢愉，其他都弥漫着伤感。在他寓所的北窗外，有一株老杏树，树干十围，花却只开一朵，这一奇特景象拨动了他敏感的神经，吟诗两首。

先看《北轩老杏其大十围春色向晚止开一花悯其憔悴作诗嘲之》^⑦：

春木争秀发，嗟君独不材。须惭一花少，强逐众芳开。顽艳人谁采，微香蝶不来。直为无用物，空尔费栽培。

这是在嘲杏树，还是在嘲自己？显然他是以老杏自况了。再看下一

---

① 酒也被冻住，酒壶被冻裂，宋无高度酒。
② 石蜡点不然，尽冒烟。
③ 鳦鸟：燕子。
④ 契阔：聚散。
⑤ 《传家集·卷七·晋阳三月未有春色》。
⑥ 《传家集·卷七·和道矩送客汾西村舍杏花盛开置酒其下》。
⑦ 《传家集·卷七》。

首《杏解嘲》①：

> 造物本非我，荣枯那足言。但余良干在，何必艳花繁。壮
> 丽华林苑，欢娱梓泽园。芳菲如可采，岂得侍君轩？

如果我繁花似锦，就会待在华林苑和梓泽园，还会在这儿侍候您吗？这不是杏解嘲，而分明是自我解嘲。

联系到《苦寒行》的"中朝故人岂念我"之句，司马光是把京城的故人比作"华林苑"的花朵，而把自己当作了边地老杏。以"同年"好友为例，范镇时任知谏院，已名震京师；石扬休也已从知县调回京城任度支判官。但反过来想一想，如果他不随庞籍离京，又将如何？接替他任同知太常礼院的吴充可作参照。张贵妃死后，他因为反对给其享受越礼之哀荣，被贬知高邮军（今江苏同名市）。司马光若仍在礼院，下场肯定比他还惨。

因此，司马光理解恩师的苦心，也懂得"天将降大任于斯人也"的道理，但他付出的代价远远超出了"苦其心志，劳其筋骨，空乏其身"，他的付出是中年丧子，就两个孩子，全没了！

就是在并州，其子司马童、司马唐相继夭折。夭折的原因我们已无从考证，但当与边地的恶劣气候和艰苦条件有关。失去孩子，全家都沉浸在悲痛中，生活也乱套了。下班后，司马光把自己关在书房里，呆坐到深夜。夫人张氏也变得木讷了。晚上，侍女给她端洗脚水。按老习惯，先倒开水，再添冷水，将水温调好后，再让放脚。这天不知为什么，刚倒进开水，张氏的脚就放了进去，被烫得大声尖叫。侍女正要解释，一记耳光就打了过来。须知，张氏是个对下人特别爱护的人，别说从没打过下人，甚至连一句狠话也不说的，今天这是怎么啦？一切都变得紊乱不堪。侍女吓得跪在地下，流泪求饶，张氏也泪水涟涟，最后原谅了她，还向她道了歉。她满脚燎泡，治了一个多月才好。丧子对司马光的

---

① 《传家集·卷七》。

打击终身无法抹去，二十年后梦见稚子，写下了读之令人心酸的诗篇：

穷泉纤骨已成尘，幽草闲花二十春。昔日相逢犹是梦，今宵梦里更非真。

（《传家集·卷八·梦稚子》）

也许是过分的悲痛引起了内分泌紊乱，司马光夫妇当时才三十六七的年龄，却再也没法怀孕。不孝有三，无后为大。张氏急了，去找庞夫人。两人商量，决定给司马光纳妾，并报告庞籍。庞籍沉思良久，说，若明说纳妾，他将死拒，得另想办法。商量的结果：找一个初通文墨的十六至十八岁的女子，先以侍女身份服侍他，待他们产生感情，就顺水推舟了。于是依计而行。买来的女子先放在庞籍家调教，然后由张氏领回家中。这天是个假日，张氏如此这般给她交代一番，便与庞夫人一起郊游去了。"侍女"端着茶走进了司马光的书房，司马光见到这么个打扮入时的美人儿，先是一怔，接着厉声问道："夫人不在，汝来何干？""侍女"答："奉夫人之命，来侍候老爷。"司马光说："我勿须侍候，赶紧出去！"后来她又按张氏授意来到书房，拿一本书走近司马光身旁，问："老爷！此是何书？"司马光接过书，以书遮面，说"尚书"。张氏想尽了办法，司马光油盐不进，无奈，只好打发她走了。在宋代，官员纳妾是司空见惯的事。司马光恪守一夫一妻制，实属难得。那"无后"的问题怎么解决呢？司马光说服兄长司马旦，将其一子司马康过继为养子。

庞籍多次当着僚属盛赞司马光贤。对这个品德高尚的人，他更要刻意培养，决定让他参与军事。

屈野河败绩之羞

沧溟浴日照春台，组练光中玉帐开。汾水腾凌金鼓震，西山宛转旆旌回。逍遥静散晴空雨，叱咤横飞迥野雷。坐镇四夷真汉相，武侯空复道英才。

（《传家集·卷七·从始平公城西大阅》）

　　朝阳从幽远的天空升起，照亮大地，阳光下，军士的甲胄闪闪发光，统帅升帐，开始检阅。震天的金鼓声把汾河之水也腾起波浪，队伍随着旌旗在西山宛转出没。隐蔽起来如晴天之雨，无影无踪；喊杀之声如虎啸雷鸣，足以让天际的积雪飞扬。坐镇的统帅真乃丞相，诸葛亮也别再称英才了。

　　这是司马光第一次接触军队。外行看热闹，阅兵让他兴奋不已。到了秋天，边境摩擦不断，宋军分成小股轮番巡逻逐敌。"剑客苍鹰队，将军白虎牙。分兵逻圌水（今陕北秃尾河），纵骑猎鸣沙。"战场的气氛感染了他，激起他的爱国情怀，写出了在他的诗作中难得一见的有唐之遗风的诗句：

未得西羌灭，终为大汉羞。惭非班定远，弃笔取封侯。

（《传家集·卷七·塞上四首》）

　　西夏不平，终是宋朝的耻辱。他惭愧自己不能像汉代的定远侯班超，投笔从戎，建功边疆。那好，庞籍给了他立功的机会。陕北的麟州（今神木县北）、府州（今府谷）和丰州（今府谷西北）与并州隔黄河相望，是并州的重要屏障，属河东经略安抚司管辖。庆历初，元昊攻麟、府未下，但将丰州夷为平地。嘉祐元年（1056），议复丰州，庞籍派司马光去现地考察。站在丰州故址四望，数十里杳无人烟，只见滚滚沙尘，累累白骨，唯有白榆、红柳在风中顽强挣扎，显示着这方土地还有生机。面对这一片凄凉，司马光忍不住大声质问：丰州至此，谁之罪耶？然而，在这种情况下重建丰州是不现实的。因此，司马光建议选择可耕之地、险要之处，构筑堡垒，任能员为将，招募人民，发展农耕，待达到一定规模时，再复建丰州。此议为庞籍采纳，也算他为边防建设立了一功。

　　麟、府二州孤悬河外，人员、物资全靠河东补给，这是一个沉重的负担。麟州境内之屈野河（今窟野河）以西有百里沃野，适合农耕，本是宋故有之地，但因仁宗对西夏一味妥协，害怕边境生事，严令不准宋方军民越过屈野河，该地便被西夏逐步蚕食，以至其公开宣称宋夏以屈野河为界。如果再不采取措施，这块土地就将彻底丢失。庞籍请示朝廷后，一面实行经济制裁，关闭和市（边贸），同时派司马光去麟州考察，希望拿出一个解决办法。嘉祐二年（1057）四月，司马光到麟州后，知麟州武戡、通判夏倚和勾管麟府军马司（分区司令）郭恩等人向他汇报说，屈野河以西目前处于拉锯状态，我军去巡逻，夏军就抵抗，抵抗不住便撤退，我军一撤回，他便卷土重来。他们认为，夏人之所以敢于蚕食这块土地，因我在河西无常驻兵力，无常驻兵力又因无立足之点，因此要巩固这一地区，最好的办法是筑堡。去年已筑一堡，效果很好，一是情报灵通了，敌军动向可随时报回；二是有堡寨为依托，敌人不敢轻易进攻；三是保护了周围的农耕，可就地解决粮草。那为什么不继续呢？因为今年敌骑遍于河西，经略司指示先停下来。现在，敌骑已经全部撤走，正是恢复建堡寨的大好机会。司马光一听有理，便给庞籍打报告，请求立即在河西再筑两座堡寨。

　　不过，能提建议、当参谋是一回事，能否把建议落实是另一回事。司马光没有军事经验，也没有到屈野河以西去实地侦察，这份建议中忽略了一个重要问题：河西敌骑真的全部撤走了吗？事后证明，敌骑并未全部撤走，而是隐蔽起来了。五月，庞籍收到司马光的报告，上报朝廷，未等批复就命令麟州筑堡。筑堡对他来说，是轻车熟路，在接替范仲淹知延州时，他就用这个办法收复了全部失地。但这一回，他犯经验主义错误了。麟州非延州，此时非彼时。延州的部队是经范仲淹改编成的训战合一的"将"，将领都是由范仲淹考核选拔的能战之将，行动中将领说了算，且有便宜之权；而麟州的部队未经改革，勾管军马司、知州、走马承受（监军宦官）等各带一部分，多头指挥，一盘散沙，又互相牵制。麟州接筑堡令后，勾管军马司郭恩、走马承受黄道元、知州武戡等率领一千余人，带着建筑工具和酒食出发，准备去施工。越过屈野河，走到沙乑浪，发现夏军并未撤走，就在十五里范围内。郭恩和武戡觉得应该先撤回去再说，而走马承受黄道元不干，威胁要以违抗军令论处，于是硬着头皮继续前进。次日凌晨，部队到达忽里堆，陷入敌围，战斗结果，郭恩、黄道元被俘，武戡率小部逃脱。

败讯传到并州时，司马光已接到调令，回朝任祠部员外郎、直秘阁、判吏部南曹（低级官员管理部门）。朝廷派侍御史张伯玉前来查处屈野河案。在御史到来之前，庞籍催司马光快走，并把所有与他有关的文件、信件全部藏匿起来，叮嘱说："此事与你无关。我是统帅，一切由我承担。"这让司马光想起了已逝的父亲，在知凤翔府时，有案件被刑部驳回，下属吓得寝食不安，父亲说，"我是知府，一切由我承担"。恩师越是爱护自己，司马光心里越是难受。他生平第一次违抗恩师了，说："问题出在我的那份报告，御史不来我不走。"庞籍发火了："你犟什么？人家是冲我来的，你搭进去，能救了我吗？"无论庞籍怎么劝，他还是等来了张伯玉，主动向他说明真相，愿意承担首要责任，但诚如庞籍所料，张伯玉对他这只"小虾"毫无兴趣，麟州的事与你并州通判何干？他急于成名，而要成名就要抓庞籍这条"大鱼"，于是猛追其擅自发兵的责任。最后，庞籍被革去节度使，改知青州（今山东同名市）；知麟州武戡以临阵脱逃罪被削职为民；麟州通判夏倚被降为边地税务官。

相关官员都受到处罚，唯司马光例外。这时，他已回到京师，总觉得人们在用异样的眼神看他，在无声指责他卖友自脱。他宁愿受处罚，也不愿被人误解，接连上《论屈野河西修堡状》《论屈野河西修堡第二状》，认为忽里堆之败，是由于郭恩轻敌冒进和宦官黄道元强行干军所致，若朝廷认为修堡有错，那自己是首谋，应该从重治罪。两状均无批复，司马光只好在上朝时向朝臣们逐个解释，"言之切至，口几流血"①。最后，他直接跑到中书省和枢密院找执政大臣，要求对自己重则处斩、

---

① 《与夏秘丞（倚）书》。

中则流放、轻则发配边地州县任职，但答复是：御史并未给你定罪，何言降谪？老友石扬休劝他说，再如此下去，恐有沽名之嫌矣。他这才沉默了，但一想到这件事，吃饭时他会扔掉筷子离席，晚上无法入睡，猛拍床板，如疯了一般。他在给友人的信中说，如今虽强颜出入，但见人不敢抬头，深感上累知己，下累朋友。"终身慊慊，不可湔洗。若贮瓦石在于胸中，无时可吐。"①

---

① 《与夏秘丞（倚）书》。

第十章

谁解升官愁

判吏部南曹是个清闲的差遣，例行公事即可。但是，愁城偏困有闲人。愈是公事清闲，司马光愈是愁眉不展，屈野河之败的阴影像一个鬼魂，死死缠住他不肯离去。

他发愁，白发愁上头。有天下班回家，夫人张氏发现他有了白发，便要为他拔掉。他对镜一看，未免唏嘘，作感怀诗曰：

> 万物壮必老，性理之自然。我年垂四十，安得无华颠。所悲道业寡，汩没无佗贤。深惧岁月颓，宿心空弃捐。视此足自儆，拔之乃违天。留为鉴中铭，晨夕思乾乾。
>
> （《传家集·卷二·初见白发慨然感怀》）

他发出了"所悲道业寡，汩没无佗贤"的叹息，要留着白发以"自儆"。看来，他已慢慢从屈野河之败的阴影中走出来，想用加倍的努力来弥补对恩师的亏欠。然而，一纸新的升迁命令又让他陷入深深的愧疚之中。

沉重的绯袍

司马光判吏部南曹不到一年，升为开封府推官，赐五品服。

五品服就是绯色官袍，赐，表示提前给你，即六品官穿五品服。穿上绯袍，标志着从常调官进入了非常调官的行列。北宋元丰以前官员分九品，品分正、从，自正四品以降又分上、下二等。绿、绯、紫三色官服是初、中、高三级官员的标志。六品以下着绿，四、五两品着绯，三品以上着紫。宋朝实行"有事用才，平时用资"的干部路线，只要能熬，熬一身绯袍问题不是太大，但要穿上紫袍，那就非有多次越级晋升不可。开封府推官作为知府的主要助手，约相当于市长助理兼法院院长，几乎没有不升官的。朝中两府大臣大多经历过这个岗位。也就是说，司马光得到了一个极有发展前途的肥缺。

宋代官员升降，不像我们今天这样开干部大会宣布命令，对中高级官员（非常调官），都是通进银台司派宦官到官员府邸宣读皇帝敕令，同时在邸报上公布。官员要跪着接旨谢恩。司马光还是第一次享受这一待遇，在宦官宣读完敕令后，他竟然没有谢恩，更不敢接那件绯色官袍，冒出一句"臣不敢受"。宦官只好留下敕令和官袍走了。

升官、发财是士大夫的两大幸事。司马光不是视功名利禄如粪土的"处士"，曾写下"男儿努力平生志，肯使功名落草莱"的诗句。此时，他并非故作清高，而是真的感到受之有愧。屈野河之败，众皆受贬，唯我幸免，亏欠感还未完全消逝，又赐五品服，这是自己现在该得的吗？等于在尚未封闭的心理伤口上又撒下一把盐。他心痛，痛得难以化解。可又有谁能理解呢？从来只有为不升官发愁的，没有为升官发愁的。

他想到了父亲司马池，也许他能理解儿子。他想回到离家乡近些的地方，让他随时有机会去祖茔向父亲倾诉。他连夜写下了《乞虢州第一状》^①，要求朝廷收回他开封府推官的任命，改命他知虢州（今河南灵宝）或知庆成军（今山西万荣县境）。两地均离夏县很近，而且当年父亲从杭州贬知虢州，未及上任而改知同州，去虢州也算是去替父亲看看这个地方。他列举的第一条理由是守孝结束后的十多年，只请假回去扫过一次墓，到虢州任职，便于"近便洒扫先茔"；其次是"禀赋愚暗，不闲吏事，临繁处剧，实非所长"。这两条理由都很实在，但最主要的理由他没有说出来，那就是他想通过自我放逐，以减轻内心的愧疚。

天亮了，奏状送走了，一夜未眠的他突然感到一颗病牙摇摇晃晃，疼得厉害，便含着凉水止痛。凉水一冰，疼得好点了，猛地吐水，那颗病牙也被吐了出来，掉在铜盂里"叮当"作响。唉！他无可奈何地摇了摇头。他没有去开封府上班，在家里等着仁宗对他奏状的批复。他想起了表弟聂之美，给他写诗。"去岁双毛白，今春一齿零"，双鬓白了，牙齿又掉了一颗。他想逃避，"何当占箕颍，萧散并柴扃"^②，就是像古代隐士许由那样，到箕山之下，颍水之滨，去过洒扫柴门的日子。然而，这只是痛苦中对亲友的一番倾诉，是为减轻痛苦的一声呻吟。他不可能当许由。

宋代官员升任重要职务后，一般都要真真假假地推辞一番，否则，就会引来物议。仁宗大概认为司马光也随俗套，在《乞虢州第一状》上御批四字："不许辞免"。司马光只得穿上绯袍到开封府上任。

半年后，他听说知虢州一职出缺，马上又上《乞虢州第二状》^③，除了重申了第一状中的两条理由外，又加了一条"体素多病，牵强不前"。如果知虢州"或已除人，即乞候主判登闻鼓院、尚书省闲慢司局，有阙日差除一处"。登闻鼓院大约相当于今之信访办，臣民有重大案情要向皇帝申诉，就到朝堂外敲登闻鼓，这种事一年碰不到几次，甚至一次也没有。登闻鼓院，属于尚书省的闲慢司局之一，判院一般安排老弱。司马光想着为心理平衡而自我放逐，仁宗却在为培养后备宰辅而操

① 《传家集·卷十九》。
② 《传家集·卷七·寄聂之美》。
③ 《传家集·卷十九》。

心。司马光当时还不知道的是，早在五年前的皇祐四年（1052），范仲淹在逝世前向仁宗推荐宰辅之才，他被名列其中。仁宗虽然有时糊涂，但没有忘记范仲淹的遗言。

第二状又被否决了。一年多后的嘉祐四年（1059），司马光又被提拔为判三司度支勾院。三司被称为"计府"，国家财政总管，度支司管财政预算拨款等，度支勾院管财政监察。这又是一个要职。他立即写了《乞虢州第三状》[①]。他不要升官，要还"债"，要心理平衡。然而，第三状又被驳回。想到被贬到青州的恩师庞籍，想到曾经与自己同为通判被贬到边地监酒税的夏倚，不知他们何日才能翻身，他"求归未能得，朝莫肠百结"[②]。沉重的五品绯服，压得他喘不过气来。

交趾进贡的"麒麟"

司马光这样一种精神状态，还能干好工作吗？他的自我评价是："赖依僚友贤，剸裂沛余地。自知虽寄名，不足系轩轾。"[③]僚友把工作都包了，我不过是挂名而已，没法和他们比较。这首诗是写给他尊敬的大教育家胡瑗的，并非自谦。开封府推官管断案，判三司度支勾院管审计，从他的此段生平中，我们没法找到一件与本职工作相关的事迹。倒是在本职之外，他做了一件令人佩服的"大事"。

这件"大事"今天看来十分可笑，当时却事关朝廷脸面，闹得惊天动地。嘉祐三年（1058）六月，交趾（今越南的一部分）给宋朝上贡两头称之为麟的异兽，状似水牛，浑身肉甲，鼻端生一独角，以青草和瓜果为食，但要用木棍打它后才肯吃。这真是传说中的瑞兽麒麟吗？

有人说"是"，理由：四川荣州（今荣县）杨氏家的水牛生了一头异兽，据说是母牛在水中与龙交媾后怀孕而生，此二兽与其形状相似。

① 《传家集·卷十九》。
② 《传家集·卷二·和张仲通追赋陪资政侍郎吴公临虚亭燕集寄呈陕府祖择之学士》。
③ 《传家集·卷二·酬胡侍讲先生（瑗）见寄》。

这是典型的以讹证讹，母牛与龙交媾没谱，所生异兽是麒麟没谱，拿没谱的东西做标准来比照，只能是更加没谱。

有人认为不是麒麟，理由:《符瑞图》曰，麟，仁兽，獐身牛尾，有一角，角端有肉。而此异兽非獐身，且有甲。这其实也是以讹证讹，编《符瑞图》的人见过麒麟吗? 凤凰、麒麟、龙，都是人们想象中的瑞禽瑞兽，谁也没有真见过，自称见过的人不是在梦中就是故意编造神话。

谁也不认识这两头异兽，难坏了管军事和外交的枢密院。枢密使田况翻遍了有关书籍，也没有找到能与之对比的参照物，感到受了交趾的骗，但不是麒麟又是什么? 按照外交礼仪，外国使臣带着国书来给你进贡，必须给人家一个答复的诏书。知虔州（今江西赣州）杜植上疏说，在广州曾有外国商人辨认，称其为山犀。因此，他建议回书不要轻易称麒麟，而只称异兽，否则，就会贻笑于交趾。但如果按杜植说的写回书，万一是麒麟而你却称异兽，人家也会嘲笑你不识货。

咋办? 仁宗希望它真是瑞兽，但又怕弄错了，下诏让朝廷饱学之士都来辨认。于是，儒家教育将自然科学排除在外的尴尬上演了，满朝读书人，竟无一人能辨。当时最著名的科学家非沈括莫属，连他也不认识，后来他查阅了大量资料，在《梦溪笔谈》中判定这两头异兽是"天禄"。根据《汉书》记载，东汉"灵帝中平三年（186），铸天禄、虾蟆于平津门外"。也就是说，"天禄"是一尊动物塑像的名字。二十多年后，沈括到邓州（今河南同名市）实地考察，发现"天禄"是雕刻的石像而非铸像，将石像与异兽图像比较，极其相像，从而判定。但雕像是艺术品而非实物，所以很难说沈括的结论是正确的。如果真有"天禄"，只能说明它早已灭绝了。后话打住，当时朝廷的燃眉之急是如何给交趾使臣写书。这时，司马光登场了。

司马光本对异兽不感兴趣，八月二十五日接到圣旨后才去崇政殿观看。他当然也不可能认识，问题是，在不认识的前提下该怎么办? 想去想来，与其兴师动众地找人来辨认，不如原物奉还，反而可以变被动为主动。二十七日，他精心写作了一篇《交趾献奇兽赋》①。这么严肃的事，为什么写赋呢？仁宗之所以再三请人辨认，因为心里头总希望这两头异兽就是麒麟；而许多拍马屁的朝臣也希望真是麒麟，甚至不惜以假当真，像所谓凤凰来仪一样，通过瑞物来粉饰太平。诗赋作为文学作品呈给皇帝，意在讽喻，即让皇帝从中悟出道理，自己做出正确的决定。在描写了异兽的形状和群臣盲目的追捧之后，赋中的"皇帝"说：

今邦虽康，未能复汉唐之宇；俗虽阜，未能追尧舜之时。况物尚疵疠（灾害疫病）而民犹怨咨，朕何敢以未治而忘乱，未安而忘危，享四方之献，当三灵（天地人）之厘（通"赉"）。且是兽也，生岭峤（五岭）之外，出沮泽之湄，得其来，吾德不为之大；纵其去，吾德不为之亏，奈何贪其琛赆之美，悦其麟介之奇，容其欺绐之语，听其诡谀之辞，以惑远近之望，以为蛮夷之嗤？不若以迎兽之劳，为迎士之用；养兽之费，为养贤之资，使功烈烜赫，声明葳蕤，废耳目一日之玩，为子孙万世之规，岂不美欤！

其实，话已经说得非常明白了，似乎是怕仁宗不重视，又写了《进交趾献奇兽赋表》②，于九月三日呈上。表中说，圣人说麒麟是瑞兽，但圣人后再没有人见到。经书上有名无图，传记上虽然有图，但作图时距圣人已十分久远，是否是真，也许只有圣人才能识别。瑞兽之所以瑞，是因王者道盛德至，感动了神灵，所以不召而至，不羁而来。而交趾所贡之奇兽是用铁链锁着，载之囚笼送来的，即使真是麒麟，也不称其为瑞。现在满朝陷入真假麒麟之争，失策之甚。怎么办呢？"不作无益害有益"，马上召见交趾使者，赐予诏书、金帛，谢其好意，而将奇兽退回。然后，选贤明之士，"修政治之实"，让人们安居乐业，国家礼兴乐

---

① 《传家集·卷一》。
② 《传家集·卷十七》。

行，届时瑞兽会不召自来。

这当然也是不可能的，但司马光用中国式思维解决了一个中国式难题。仁宗明白过来，退回了所谓"麒麟"，一个外交难题就此解决。

孤独的咏叹

处理奇兽问题为司马光赢得了声誉，但再大的声誉也无法赶走屈野河之败在他心中的阴影，无法抵消因升官而愈来愈重的愧疚感。寸心能有几人知？在京城，能够听他倾诉的朋友越来越少了。

第一个离他而去的是"同年"好友石扬休（字昌言）。司马光从并州回到京城时，石扬休曾在家中为之设宴接风。关于他俩的友谊，我们在第一章和第三章已经见过，他们在一起时亲如家人，不在一起时诗文往来不断。司马光此次进京时，石扬休任祠部员外郎、修起居注，两人不时相聚，互诉衷肠。说来也怪，这两个年龄相差二十三岁、家庭出身和性格迥异的人，竟然能成为终身朋友。石扬休是孤儿，从小受尽富人的欺凌，对社会底层了如指掌。他在任中牟（今河南省同名县）县令时，发现赋税沉重，一查，原来有许多免税户，他们该交的赋税全部转嫁给了守法户。中牟因离京城开封很近，有门道的人纷纷与朝廷衙门挂钩，以讨来一张保护伞，挂靠上了，就不用纳税和服劳役了，仅挂靠太常寺的假"乐户"就有六十余户地主。石扬休上疏揭露，经批准后出重拳打假，追回了税收，减轻了守法户的负担。他恨富人，恨那些只知为富人说话的官员，因此，他几乎没有朋友，而以宠物为伴。他养了许多宠物，如猴子、仙鹤、猫、狗之类，下班后以逗宠物为娱而不接待客人，唯有司马光例外。嘉祐四年（1059）冬天某日，有人来说石扬休得了急病，司马光因前几天刚去看过他，六十四岁的他明明非常健康，便没有马上去探望，不料第二天就传来了他逝世的噩耗。石扬休的遗像下摆着香案，这地方正是他招待司马光时摆宴席的地方，正是他亲自给司马光斟酒的地方。司马光睹物思人，后悔莫及，泪如泉涌，写下了《石昌言哀辞》①：

> 冥冥不可求兮，杳杳不可追。独行过门兮，恍焉自疑。车
> 马不见兮，远行何之？忽思长逝兮，涕下交颐。寒暑回薄兮，
> 宿草离离。哭也有终兮，忘也无时。

送走石扬休半年后，嘉祐五年（1060）四至五月，京城暴发瘟疫，接着发生地震，地震之后，瘟疫更甚。开封城里，纸钱蔽天，哭声动地，死者数以十万计。不到一个月时间，与司马光"平日之游，晨往夕来"的江休复、梅尧臣、韩宗彦相继去世。三人皆当时名流（《宋史》均有传），司马光不能接受这一事实，悲痛地写下了《和吴冲卿三哀诗》②，诗中问道：

> 天生千万人，中有一隽杰。奈何丧三贤，前后才期月？

一千万人中才出一个俊杰之士，怎忍一个月就失去了三个呢？逝者的音容笑貌走马灯似的浮现在他的眼前，先说江休复（字邻几）：

> 邻几任天资，浮饰耻澡刷。朝市等山林，衣冠同布褐。外
> 无泾渭分，内有淄渑别。逢时敢危言，慷慨谁能夺！

江休复在生活上颇似王安石，不修边幅，不爱洗澡，衣服脏兮兮的也不洗刷，所不同的是，王安石滴酒不沾，而江休复嗜酒如命。他进了京城还像在农村一样，穿着老百姓的布衣。按现在的网络语言，他是一个读书"控"，进京之前官不大，"骑驴之官"而已。他骑在驴背上看书，任凭驴走，屡屡走至迷路，需要家人到处去找。从表面上看，这个

---

① 《传家集·卷七十九》。
② 《传家集·卷三》。

人似乎没有是非，泾渭不分，但内心里爱憎分明，淄水、渑水分得很清楚。关键时刻他敢于言人所不敢言，慷慨陈词，无人敢挡。司马光与他是三司的僚友，同时又是诗友。司马光以为，也许是不讲卫生的毛病害了他。再说梅尧臣（字圣俞）：

> 圣俞诗七千，历历尽精绝。初无追琢勤，气质禀清洁。负兹惊世才，未尝自标揭。鞠躬随众后，侧足畏蹉跌。

我们已经在第七章看到，司马光是梅尧臣的"粉丝"，后来发展成亦师亦友的关系。这里，头四句是对梅诗的评价，七千首诗，篇篇精绝，不事雕琢，发乎自然。后四句是对其人品的评价，有惊世之才，从不自我标榜，谦虚谨慎，乐居人后，置足诗坛，如履薄冰。看来，司马光对梅尧臣的诗品人品是全方位的"粉"。最后忆韩宗彦（字钦圣）：

> 钦圣渥洼驹，初生已汗血。虽有绝尘踪，不失和鸾节……

韩宗彦是名臣韩亿之孙，韩纲之子，与司马光是三司同僚。他的经历与司马光有相同之处，都是先蒙恩荫，后中进士甲科。他没有什么诗名，与梅尧臣、江休复不可同日而语，而司马光把他比作神马"渥洼驹"（汗血马），说他虽有奔跑如飞的本领，却"不失和鸾节"，即中规中矩，不违驾驭，这是为什么？因仁宗年高无子，在司马光与范镇一起谏立储君（此事留后再说）时，江休复和韩宗彦都给予有力声援。江休复著《神告》，以赵氏祖宗的口吻告诫仁宗立嗣；而韩宗彦的奏疏更是高人一筹，说汉章帝下诏给天下怀孕者赐"养胎谷"，每人三斗，一年为限，著为令。此令下达后，汉章帝先后添了八个儿子。因此，"人君务藩毓（保卫、养育）其民，则天亦昌衍（多繁衍）其子孙也"。按现代科学，这句话没有道理，但在生育科学不发达的古代，是能让人信的。韩宗彦把立嗣问题自然上升到爱民政策，让司马光自愧弗如。

诵君三哀诗，终篇涕如雪。眉目尚昭晰，笑言犹髣髴。肃然来悲风，四望气萧瑟。

能同声相应、同气相求的朋友死的死了，走的走了，司马光"四望气萧瑟"，陷入了空前的孤独。

让他从孤独中走出来的，不是他的尊师故友，而是他日后的最大政敌王安石。

第十一章

结识王安石

嘉祐五年（1060）五月，京师可怕的瘟疫终于走了，王安石终于要来了！

这个消息让士大夫们无比兴奋，无不希望早日目睹王安石的风采。他的名气太大了，大到了读书人几乎无人不知的地步。

先声夺人王安石

王安石，字介甫，祖籍江西抚州临川，出生于金陵（今南京），庆历二年（1042）进士甲科。至今十八年了，自进士及第后他一次也没有到过京城。此番进京，是从提点江东刑狱（衙门设饶州，今江西省鄱阳县）调任三司度支判官。他长期在州县任职，名气怎么会这样大呢？

第一当然是有学问。他"少好读书，一过目终身不忘。其属文动笔如飞，初若不经意，既成，见者皆服其精妙"①。宋人王铚的《默记》中

---

① 《宋史·王安石传》。

记录有他参加科考的轶事：当时晏殊为枢密使，其婿杨察之弟杨寘自诩能当状元，在发榜之前托晏殊打听礼部试排名情况，发现杨寘排在第四。杨寘很不服气，在与朋友的宴会上大骂说："不知哪个卫子（乡巴佬）夺吾状元矣！"唱名这天，仁宗反复阅读准状元（礼部试第一名）的卷子，见其中有"孺子其朋"四字，心中不悦，说，这句话犯忌（朋党），不可以魁天下。再看第二名王珪，第三名韩绛，因他们已是官员，原则上不可当状元，便将第四名杨寘拔为状元，而将原第一变为第四，此人就是王安石。本是第一，就因一个"朋"字变成了第四，亏不？但王安石把这件事看得很淡，终身不提。场屋美谈只是过眼烟云，而学术成就才是不朽丰碑。北宋的一代文宗欧阳修倡导古文写作，王安石是最早的追随者，对改变不良文风做出贡献，成为唐宋八大家之一。北宋兴起新儒学，即宋学，一反以章句训诂为特征的汉学，而"以通今学古为高，以救世行道为贤，以犯颜纳说为忠"（苏轼语）。宋史泰斗漆侠先生说："从宋仁宗嘉祐初（1056）到宋神宗元丰末（1085）的三十年间，是宋学的兴盛时期。""在这个兴盛时期，先后形成了四个学派，即以王安石为首的荆公学派，以司马光为首的温公学派，以苏洵、苏轼、苏辙为核心的苏蜀学派，以张载、二程（程颢、程颐）为代表的关、洛学派。在这四个学派中，由于荆公学派在政治上得到变法派支持，称之为官学，自熙丰以来'独行于世者六十年'。"①他的学说成为官学是熙丰时的事，但在嘉祐时，其代表作《淮南杂说》《洪范传》已经粲然出世，在士大夫中有众多"粉丝"。

王安石出名的第二个原因是有政绩，特别是在任鄞县（今浙江省宁波市东南）县令时，他"起堤堰，决陂塘，为水陆之利；贷谷与民，出息以偿，俾新陈相易，邑人便之"②。一是兴修水利，二是粮食借贷。这后一件事，实乃他后来在变法中所推行的青苗法之滥觞。就是在青黄不接的时候政府把粮食借给缺粮户，等秋收后借粮者连本带息还给政府，

---

① 漆侠:《宋学的发展和演变》，人民出版社，2011 第一版，第281页。
② 《宋史·王安石传》。

鄞县的老百姓感到很方便。

第三个原因是屡辞京城美官，甘愿任职基层，满朝赞其澹泊名利。他中第后初任签书淮南判官，按规定任满之后可以献文自荐求试馆职，这是一条升官的终南捷径，但王安石偏不走，被调任鄞县令，再调任舒州（今安徽省潜山县）通判。宰相文彦博非常欣赏他的低调、"恬退"，建议仁宗破格提拔，以抑制那种削尖脑袋找路子升官的"奔竞之风"。按现在的话说，就是想让王安石当一个澹泊名利的典型，于是召试馆职，谁知王安石竟不领情，拒不来京。接着，知谏院欧阳修推荐他为谏官，王安石又以祖母年高需要照顾为由拒绝。欧阳修觉得越是澹泊名利的人朝廷越不能让他吃亏，建议授之以群牧判官之职，王安石不愿来京城任职，请改知常州（今江苏同名市），后改任提点江东刑狱。宋代士大夫中，虽不乏为升官而不择手段的无耻之徒，但一般来说比较讲究气节，像王安石这样屡辞美官者被认为是有气节的表现，辞职次数越多，威望也就越高。

京城的士大夫恨不识其面，而王安石千呼万唤始出来。当时，大名鼎鼎的包拯是权三司使，有心网罗天下人才。时俊如司马光、吕公著、韩维之辈都在三司，就等王安石来了，包拯让司马光代表三司去汴河码头迎接。

牡丹宴与《明妃曲》

司马光早闻王安石大名，也听了不少关于他的传说。有的讲得很神，比如说他牛耳虎头，目光如炬，看书的时候，有光射纸上。又如说，王安石皮肤粗糙如蛇皮，其舅家在进贤县，姓饶，饶家人看不起这个蛇皮郎，觉得再怎么用功读书也白搭，挖苦说："行货亦欲求售耶？"王安石中进士高第后，给舅家寄去一首诗："世人莫笑老蛇皮，已化龙鳞衣锦归。传语进贤饶八舅，如今行货正当时。"又如说，王安石皮肤黝黑，常年不洗脸，衣服脏兮兮的。

在汴河码头上，前来迎接王安石的人肩摩毂击，司马光见到了一位紫袍高官，欧阳修也。这个近视眼老头儿爱才如命，苏轼、苏辙兄弟就是他主考录取的，包括司马光在内的许多人才，都得益于他的推荐。王安石更是被他称为"无施不可者"（用到哪里都称职）。司马光赶快迎上前去行礼，问道：欧阳公亲至码头，莫非是为王介甫吗？欧阳修道：正是。你们三司的包公广揽天下人才，王介甫谁也请不动，却被他弄去了。司马光说：那也得益于欧阳公的大力推荐。近日三司衙门内牡丹盛开，包公要开牡丹宴为王介甫接风，先生可否赏光？欧阳修摆摆手，说：老朽就不去了。司马光这才想起来，朝廷有规定，谏官、御史不可与宰相、枢密使、三司使私下往来。他刚才的邀请贸然了。正感懊悔，不知是谁叫道：来了！来了！

王安石乘坐的官船靠岸了。大家都是来迎接王安石的，但没几个人认识王安石。只见一个蓬头垢面的中年人走向欧阳修行礼，说：晚生来京，岂敢劳欧阳公大驾！欧阳修牵着他的手说，修老矣，就看你们这些青年才俊了！说着，把司马光介绍给他：这位是司马君实，奉包公之命，来迎接你。司马光与王安石相互拱手行礼，他们虽然从未谋面，但互相是知名的，不能说一见如故，但有一种相见恨晚之感。码头上人多眼杂，两人来不及叙谈，司马光叫衙役把马车赶来，帮助王安石搬运行李，送他们一家上车而去，约好晚上牡丹宴上见。

与王安石分手后，想到那些关于他的传说，司马光不禁哑然失笑。牛耳虎头？全是扯淡。目光如炬，还算靠谱。皮肤黝黑是真，浑身蛇皮是假。不过，此人实在太不讲整洁了，衣服脏得都有臭味。对一贯注重仪表、讲究体面的司马光来说，两人生活习惯上的差异形同水火。

当晚，包拯在三司衙门举行牡丹宴为王安石接风。园中牡丹怒放，满座天下才俊，包拯兴致很高，喝开了大酒。他连饮三大杯，劝大家开怀畅饮。吕公著、韩维都一饮而尽。司马光不善饮酒，也顾及包公的面子，喝了下去。王安石是今天宴会的主角，却死活不端杯，说不喝就不喝，弄得包拯很没面子，喜气洋洋的场面陷入尴尬。包拯只好说，介甫不饮，我等痛饮。直到席散，王安石始终没有喝一滴酒。司马光后来与邵雍父子谈起这次牡丹宴，说："介甫终席不饮，包公不能强也。某以此知其不屈。"① 虽然王安石扫了大家的兴，但这并没有影响他们之间的友谊。

在三司任职期间，王安石屡有诗作问世，新诗一出，往往轰动京城，最著名的是《明妃曲二首》：

一

明妃初出汉宫时，泪湿春风鬓脚垂。低徊顾影无颜色，尚得君王不自持。归来却怪丹青手，入眼平生几曾有。意态由来画不成，当时枉杀毛延寿。一去心知更不归，可怜着尽汉宫衣。寄声欲问塞南事，只有年年鸿雁飞。家人万里传消息，好在毡城莫相忆。君不见咫尺长门闭阿娇，人生失意无南北。

二

明妃初嫁与胡儿，毡车百辆皆胡姬。含情欲语独无处，传与琵琶心自知。黄金杆拨春风手，弹看飞鸿劝胡酒。汉宫侍女暗垂泪，沙上行人却回首。汉恩自浅胡恩深，人生乐在相知心。可怜青冢已芜没，尚有哀弦留至今。

（选自《王安石诗文编年选释》）

诗中的明妃即王嫱王昭君。昭君变成明妃是晋朝的事，避司马昭之讳也。昭君出塞是国人耳熟能详的典故，且不重复。只说王安石一反历代文人把昭君出塞归罪于画家毛延寿的思维定势，在描写了昭君复杂的心情后，把批判的矛头指向了君王。你平时看都不看她一眼，在她要走的时候，你才发现她的美貌，你才后悔得不能自持，冤杀了画家毛延寿。此诗立意之新，前所未有，体现了王安石的与众不同。但其一的最后四句，即家人安慰昭君的话，特别是其二的"汉恩自浅胡恩深，人生

----

① 邵伯温：《邵氏闻见录》。

乐在相知心"两句，本是昭君在痛苦中的自我安慰，在南宋却被范冲①
斥之为"坏天下人心术"，"以胡虏有恩，而遂忘君父，非禽兽而何？"
把和亲女子的自我开解上升为叛国，看来搞无限上纲在中国是有传统
的。不过在王安石写此诗的嘉祐四年（1059），不但没有人给他戴大帽
子，而且士大夫争相与之唱和。作《和王介甫〈明妃曲〉》的有欧阳修、
曾巩、刘敞等名家，当然还有司马光。司马光的和诗为：

> 胡雏上马唱胡歌，锦车已驾白橐驼。明妃挥泪辞汉主，汉
> 主伤心知奈何。宫门铜环双兽面，回首何时复来见？自嗟不若
> 住巫山，布袖蒿簪嫁乡县。万里寒沙草木稀，居延塞外使人
> 归。旧来相识更无物，只有云边秋雁飞。愁坐泠泠调四弦，曲
> 终掩面向胡天。侍儿不解汉家语，指下哀声犹可传。传遍胡人
> 到中土，万一他年流乐府。妾身生死知不归，妾意终期寤人
> 主。目前美丑良易知，咫尺掖庭犹可欺。君不见白头萧太傅，
> 被谗仰药更无疑。
>
> （《传家集·卷五》）

千百年来，"明妃"成了诗人的"传声筒"，借她的口传出自己的声
音。客观地说，再伟大的诗人也没法真正反映王昭君的心声。

很显然，司马光与王安石的见解是有很大区别的。王安石诗中的昭
君父母和她本人都颇有现代味，父母让她"好在毡城莫相忆"，理由呢？
"君不见咫尺长门闭阿娇，人生失意无南北。"与其像阿娇那样在汉宫
中守活寡，还不如嫁一个爱你的外国人。这多少还显得有些无奈，而昭
君似乎比父母更想得开，"人生乐在相知心"。

司马光笔下的昭君完全不一样了，她虽然被君王冷落进而被抛弃，
在胡地受尽思乡之苦，但仍然对君王忠心耿耿，毫无怨言，"妾意终期
寤人主"，想通过琵琶奏出的音乐来劝谏君王，不可被谗言所误。点明

---

① 参与编撰《资治通鉴》的范祖禹之子。

主题的是最后四句,我与您近在咫尺,您尚且被画家骗了,"君不见白头萧太傅,被谗仰药更无疑"。萧太傅即西汉名臣萧望之,被谗言所害,饮鸩自尽。

王安石的诗更接近人性,司马光的诗更强调忠君。但在当时,也许司马光的观点更有市场。北宋的国际环境与西汉有相似之处,外交政策也与西汉的文景时期有相似之处。为换取边境安宁,汉靠和亲,宋靠输银。辽国几次提出联姻要求,均被宋拒绝,宁可多输金帛,也不愿嫁一皇室女子。

当时,王安石与司马光的不同见解限制在学术范围,是一种心平气和的你来我往,非但没有交恶,而且加深了友谊。王安石、司马光、吕公著、韩维四人,人称"嘉祐四友",经常到大相国寺的僧房里闭门饮茶,高谈阔论,终日不散。后来前三位先后成为宰相,后三位均与王安石为政敌。当时他们都谈了些什么?不得而知。我们知道的是,他们是互相推崇的,亲密无间的。其亲密程度,举一例可证。因为王安石不讲卫生,身上长虱子,韩维等朋友便每隔一段时间请他到定力院去洗浴。朋友们轮流带一套新衣服去,在他洗澡时把他的脏衣服收去浣洗,他洗完后见到新衣就穿,也不问从何而来。朋友们以此种方式委婉地规劝他要讲卫生,但收效甚微。他被虱子咬得不行,便脱下衣服捉虱子,然后扔到火盆里烧得"啪啪"作响。作为士大夫,实在有失体面,而王安石毫不在意,竟然写了一首《烘虱》诗。司马光看到后,写下《和王介甫〈烘虱〉》①,以调侃的语气对他进行善意的批评:

> 天生万物名品夥,嗟尔为生至幺么。依人自活反食人,性喜覆藏便垢涴(沾上油污)。晨朝生子暮生孙,不日蕃滋逾万个。透疏缘隙巧百端,通夕爬搔不能卧。我归彼出疲奔命,备北惊南厌搜逻。所擒至少所失多,舍置薰烧无术奈。加之炭上犹晏然,相顾未知亡族祸。大者洋洋迷所适,奔走未停身已堕。细

---

① 《传家集·卷三》。

者懦怯但深潜，干死缝中谁复课？黑者抱发亦忧疑，逃入帻头
（头巾）默相贺。腥烟腾起远袭人，袖拥鼻端时一唾。初虽快
意终自咎，致尔歼夷非尔过。吾家篋笥本自贫，况复为人苦慵
惰。体生鳞甲未能浴，衣不离身成脆破。朽绨坏絮为渊薮，如
麦如麻浸肥大。虚肠不免须侵人，肯学夷齐甘死饿？醯酸蚋聚
理固然，尔辈披攘我当坐。但思努力自洁清，群虱皆当远迩播。

诗中的虱子被描写得非常生动，烧虱的场面令人恶心。只有无话不
说的好朋友，才能如此直言不讳。

两个人的"辞职竞赛"

王安石虽然一身臭味，但内在的"香"超过了外在的臭。那时，司
马光从心眼里佩服他的道德文章。

司马光在太原时，妻子张氏为他买了一妾，被他拒绝，被传为佳
话（见第九章）。无独有偶，王安石的妻子吴氏也为他买了一妾，问曰：
"何物女子？"答曰："夫人令执事。"又问："汝谁氏？"答："妾之夫
为军将，运米失舟，家资尽没，犹不足，又卖妾以偿。"王安石顿时心
情沉重，问："夫人用钱几何得汝？"答："九十万。"王安石令人将其丈
夫找来，让他们夫妻重聚而去。同样是不近女色，拒绝纳妾，司马
光拒绝就完了，而王安石拒绝后还多了一分对下层人民的关怀。所以，司马
光说他是"今之德行文辞为人信者"。

他这句话是对死去的堂伯父司马沂说的，应该不是虚套。司马沂
不到三十岁就死了，其妻李氏青年守寡，含辛茹苦，将儿子司马及抚养
成人，高中进士，还常年照顾瘫痪的姑母。嘉祐五年（1060），李氏去
世，与司马沂合葬。司马光写了《故处士赠都官郎中司马君行状》[①]，其

---

① 《传家集·卷七十九》。

中说，请来为之作墓表者，乃"今之德行文辞为人信者"。此人就是王安石。我们知道，有社会地位者请人为逝去的亲人写墓志铭，是不可以像做买卖一样随便用钱交易的，作者不仅要有名气，而且要与主人的关系密切。司马光请王安石为堂伯父作墓志铭，本身就说明了两人的关系非同一般。

嘉祐五年（1060）底，王安石、司马光同时接到了新的任命：同修起居注。此官是负责记录朝廷日志的秘书，记录皇帝的言行，群臣的进对与任免，制度的变革，州县的废置，气候的变化，户口、财赋的增减，等等。修起居注相当于隋唐的起居郎、起居舍人，属于中书门下之舍人院，在北宋是所谓清华之选。一般情况下，任满即可升知制诰、翰林学士，然后便可进入执政行列。对这个许多人求之不得的职务，王安石和司马光不约而同地选择了请辞，两人无意中展开了一场"辞职竞赛"。

王安石连上奏章请辞，仁宗只好令阁门使（为皇帝传达命令的官员）将敕告（任职命令）直接送到三司，王安石躲在厕所里，拒不出来接受敕告。阁门使无奈，干脆将敕告放在三司衙门的书案上，扭头就走。王安石派人追上去，又将敕告还给了阁门使，接着又上章请辞。他前后上了八九道奏章，最后实在推辞不掉，才接受了任命。

司马光连上三章请辞，在《辞修起居注第三状》①中说：

> 臣虽愚陋，岂不知非常之恩不可轻得，诏命之严不可屡违，所以冒犯雷霆，祈请不已者，诚以人臣之义，陈力就列，不能者止。臣自释褐（脱掉布衣，任官）从仕，佩服斯言，奉以周旋，不敢失坠。仕进本末，皆可覆按。乡者承上庠之乏，充文馆之员，补奉常之属，给太史之役，未尝敢以片言避免烦浼朝廷，盖以简摘章句，校雠文字，考寻仪典，编次简牍，苟策励疲驽，庶几可以逃于罪戾，是以闻命之始，即时就职。至

---

① 《传家集·卷十九》。

于修起居注，自祖宗以来，皆慎择馆阁之士，必得文采闳富，可以润色诏命者，然后为之。臣自幼及长，虽粗能诵习经传，涉猎史籍，至于属文，实非所长，虽欲力自切劘，求及等辈，性有常分，不可强勉。傥不自惟忖，贪冒荣宠，异时驱策有所不称，使四方之人环视讥笑，以为盛明之朝容有窃位之人，其为圣化之累，岂云细哉！如是则虽伏质横分，不足以补塞无状。此臣所以夙夜惶悸，欲止不能者也。

这段话的中心意思是，当官的一定要有自知之明，如果自己的能力不能胜任某项职务，即使这项职务再荣耀，也应该止步。我做一个史官也许可以，所以任职史馆时没有推辞；而修起居注必须文采闳富，此非我所长，如果勉强为之，将来出了差错，就会贻笑天下，即使把我杀了，也弥补不了朝廷的损失。司马光并非为作秀而故作谦虚，说的是实在话。所谓事不过三，宋代官员上辞呈，一般以三次为度。但司马光听说王安石连上了七八道辞呈，马上又上了第四、第五状。在第四状中，王安石成了他请辞的参照物。"况王安石文辞闳富，当世少伦，四方士大夫素所推服，授以此职，犹恳恻固让，终不肯为，如臣空疏，何足称道，比于安石，相去远甚，乃敢不自愧耻，以当非常之命乎？使臣之才，得及安石之一二，则臣闻命之日，受而不辞。"①这里司马光对王安石的评价可谓无以复加。意思是，王安石的水平那么高，尚且不敢受命，何况我呢？

两个人比着请辞，结果都是一样，被"逼"着当了修起居注。嘉祐六年（1061），在他俩就任同修起居注不久，王安石被提拔为知制诰，司马光被提拔为知谏院。有意思的是，这次他俩都没有请辞，愉快地接受了。事先没有商量，举动却如此一致，说明两人的性格有相同之处。

---

① 《传家集·卷一九》。

第十二章 分道未扬镳

王安石刚当知制诰，就把执政大臣和仁宗皇帝给得罪了。司马光对王安石的举动，有赞成的，有不赞成的。

友情依旧，识见各异

嘉祐六年（1061）六月，仁宗下了一道诏书："令今后舍人院不得请除改文字。"

修起居注、知制诰都属舍人院，是皇帝的近臣。知制诰为朝廷起草诏令（外制），有"封还辞头"或曰"封驳"之权。就是认为朝廷的指示不正确，可以打回去，或建议修改。仁宗的这条诏令剥夺了知制诰的"封驳"之权，王安石于是率领同僚上章"抗议"，矛头直指执政大臣。奏章说，近年来，陛下将天下大事都交给执政大臣，而执政大臣中的"弱者""专为持禄保位之谋"，"强者""则挟圣旨造法令，恣行所欲，不择义之是非，而谏官、御史亦无敢忤其意者"，"陛下"却"听其所为而无所问。安有朝廷如此而能旷日持久而无乱者乎？"如果陛下认为我们说得对，那就先废了这道诏令；否则，"当明加贬斥，以惩妄言之罪"，另择高人来代替我们。①

司马光赞成王安石的上述观点，不过，他明显地感到，王安石疏中所说的执政指的就是宰相韩琦，他这位朋友又与韩琦较劲了。

韩琦与王安石"议论素不合"。关于他们的关系，司马光在笔记②中写道：

> 韩魏公（琦）知扬州，介甫以新进士签书判官事，韩公虽重其文学，而不以吏事许之。介甫数引古义争公事，其言迂阔，韩公多不从。介甫秩满去，会有上韩公书者，多用古字，韩公笑而谓僚属曰："惜乎王廷评（安石）不在此，此人颇识难字。"介甫闻之，以韩公为轻己，由是怨之。及介甫知制诰，言事复多为韩公所沮……

其实，两人在扬州一开始就产生了误解。王安石看书常常通宵达旦，天快亮时打打瞌睡，早晨来不及梳洗就慌慌张张地赶去上班。韩琦以为他是纵情夜饮，好心规劝说：你年轻，不要废书，别自己耽误自己。王安石也不解释，私下说，"韩公非知我者"③。

本来就不对劲，现在王安石的这道奏疏更让韩琦十分恼火，两人从此成了死对头，暂且不说。只说仁宗看后也相当不悦，因疏中有段话戳到了他的痛处：

> 自古乱之所生，不必君臣为大恶，但无至诚恻怛求治之心，择厉害不审，辨是非不早，以小失为无伤而不改，以小善为无补而不为，以阿谀顺己为悦而其说用，以直谅逆己为讳而其言废，积事之不当而失人心者众矣，乃所以为乱也。

---

① 《长编·卷一百九十三·仁宗嘉祐六年六月戊寅》。
② 《涑水记闻·卷十六》。
③ 《邵氏闻见录·卷九》。

这段话非常深刻，远超出了舍人院不得除改文字一事。宋代无暴君而不乏庸君、昏君，虽没有大的恶行，但内忧外患，日积月累，国力日戚，国威日降。王安石说"自古乱之所生，不必君臣为大恶"，对苟且偷安、以太平盛世而自居的仁宗不啻一声断喝。

仁宗并非听不得刺耳之言的人，他对王安石没有好感，还缘于其直观印象。那是在皇城的赏花钓鱼宴上。钓鱼宴是有很多讲究的，皇帝不开竿，臣下钓到了鱼也不可先起竿。皇帝钓到后，起鱼用红抄子，其他人用黑抄子，不可逾矩，否则就是不敬。当时，太监用金盘子给每人端来一盘鱼饵，王安石不知哪根神经搭错了，竟把鱼饵当点心来吃，最后吃得一颗不剩。当时仁宗没说什么，但次日对执政大臣说："王安石诈人也。使误食钓饵，一粒则止矣；食之尽，不情也。"① 这句话等于给王安石定了性，注定了他在仁宗朝不可能得志。

虽然宰相和仁宗都不喜欢王安石，但司马光与他友情依旧。他们都看到了朝廷的弊端，还有共同语言，但在治国思路上，两个人实际上已经是两股道了。

一个病症，两个"处方"

嘉祐六年（1061），从五月二十八日至十二月十八日，半年多时间，司马光上了至少三十二道奏章（据年谱），其中最有代表性的是长达近五千字的《进五规状》②。哪"五规"？"保业"、"惜时"、"远谋"、"重微"、"务实"。他纵论东周至宋仁宗嘉祐年间历代的兴衰史，指出："由是观之，上下一千七百余年，天下一统者，五百余年而已，其间时时小有祸乱，不可悉数。国家（宋朝）自平河东（北汉）以来，八十余年内

---

① 《邵氏闻见录·卷二》。
② 《长编·卷一百九十四·仁宗嘉祐六年八月丁卯》。

外无事，然则三代以来，治平之世未有若今之盛者也"，而越是在太平盛世，越要防止"泰极则否"。

与此同时，王安石也给仁宗一道《上时政疏》①，同样论历史经验，但没有像司马光那样纵论一千七百年，只说了三个皇帝："臣窃观自古人主享国日久，无至诚恻怛忧天下之心，虽无暴政虐刑加于百姓，而天下未尝不乱。自秦已下，享国日久者，有晋之武帝、梁之武帝、唐之明皇。此三帝者，皆聪明智略有功之主也。享国日久，内外无患，因循苟且，无至诚恻怛忧天下之心，趋过目前，而不为久远之计，自以祸灾可以无及其身，往往身遇灾祸而悔无所及。"晋武帝司马炎在位二十六年（265—290），大封同姓诸侯王，偷合苟容，他一死就发生"八王之乱"，西晋灭亡。南朝梁武帝萧衍在位四十八年（502—549），笃信佛教，把政务交给士族，结果被叛臣侯景攻破都城，饥病而死。唐明皇李隆基，在位四十五年（712—756），晚年荒淫无度，苟且偷安，结果爆发安史之乱，亡命四川。到嘉祐六年（1061）时，宋仁宗登基已三十八年，王安石讲上述三帝，特别指出，"夫因循苟且，逸豫而无为，可侥幸一时，而不可旷日持久"，显然比司马光的泛泛而谈针对性更强。

司马光所论"五规"，头四"规"都讲得比较抽象，第五"规"——"务实"——讲得最尖锐最生动。首先指出："为国家者，先实而后文也。夫安国家，利百姓，仁之实也；保基绪，传子孙，孝之实也；辨贵贱，立纲纪，礼之实也；和上下，亲远迩，乐之实也；决是非，明好恶，政之实也；诘奸邪，禁暴乱，刑之实也；察言行，试政事，求贤之实也；量材能，谋功状，审官之实也；询安危，访治乱，纳谏之实也；选勇果，习战斗，治兵之实也。实之不存，虽文之盛美，无益也。"这里的"文"非文化之文，而是文过饰非之文，粉饰也。这段话目标直指热衷于搞形式主义的宋仁宗，接着一口气指出了十个方面文而不实的问题：

　　臣窃见方今远方穷黎转死沟壑，而屡赦有罪，循门散钱，

―――――――――
① 《王安石诗文编年选释》。

其于仁也，不亦远乎？本根不固，有识寒心，而道宫、佛庙，修广御容，其于孝也，不亦远乎？统纪不明，祭器紊乱，而雕缋文物，修饰容貌，其于礼也，不亦远乎？群心乖戾，元元愁苦，而断竹数黍，敲叩古器，其于乐也，不亦远乎？是非错谬，贤不肖混淆，而钩校簿书，访寻比例，其于政也，不亦远乎？奸暴不诛，冤结不理，而拘泥微文，纠摘细过，其于刑也，不亦远乎？行能之士，沉沦草野，而考校文辞，指抉声病，其于求贤，不亦远乎？材任相违，职业废弛，而拣勘出身，比类资序，其于审官，不亦远乎？久大之谋，弃而不省，浅近之言，应时施行，其于纳谏，不亦远乎？将帅不良，士卒不精，而广聚虚数，徒取外观，其于治兵，不亦远乎？凡此十者，皆文具而实亡，本失而末在。譬犹胶板为舟，抟土为楫，败布为帆，朽索为维，画以丹青，衣以文绣，使偶人驾之，而履其上，以之居平陆，则焕然信可观矣，若以涉江河，犯风涛，岂不危哉！

他把仁宗时期的大宋王朝喻为一艘文而不实的船。这艘船的船体是用胶粘的（胶舟沉楚王之典故），桨是用泥巴做的，帆用的是败布，纤绳用的是朽索，上面画着美丽的图画，蒙着锦缎，由木偶驾驶。坐这艘船，如果是在陆地上，还真是美轮美奂，而一旦入江河，遇风浪，难道不危险吗？

大宋王朝病了，病因在哪？司马光诊断为"文具而实亡，本失而末在"，按现在的话说就是形式主义，绣花枕头；而王安石的诊断为"因循苟且，逸豫而无为"。显然，司马光是对照儒家仁、孝、礼、乐的理论来找差距，有点停留于表象，而王安石是透过现象看本质，一针见血。

宋仁宗之所以庙号为"仁"，一个主要原因是大肚能容，能臣、庸臣、忠臣、奸臣都能容。有容乃大，好哇！但一旦容到了昏庸的程度，"大"就变成了泡沫。庆历元年（1041），宋军在好水川大败于西夏，损兵万余，折大将任福，边报上来一个月了，仁宗还不知道。有天他去成化殿，听到一个扫地的老兵唉声叹气地说："可惜任（福）太尉！"仁宗问，何出此言？老兵从怀中取出一封信，说，皇上还不知道任太尉在好水川没了吗？我女婿所在的虎翼军一个营全没了。这封信就是其家人给我的。仁宗赶紧找宰相吕夷简、枢密使晏殊来问，回答说，确有此事。为什么不报告？答曰，怕不确实，想把情况核实后再报告，以让圣上宽心。仁宗不满地说，情况都这样了，还说让我宽心，你们真是忍人啊！讲得很严肃，但一个人也没有处理，因为他"仁"。他不是没有看到朝廷的问题，外有契丹（辽）、西夏的武力压迫，内有几乎年年不断的自然灾害，有虽规模不大但时有发生的兵变、民变，一次宫内的兵变甚至差点把他杀了。冗官、冗兵、冗费让朝廷财政捉襟见肘，以至官员、军士的工资不得不打折，而恶性膨胀的军队几乎逢战必败，等等。他曾经试图改革，起用范仲淹实行"庆历新政"，然而一遇到阻力，他就反过来支持保守派了，弄得范仲淹等赶紧辞职请外，以求自保。他是一个典型的得过且过、因循苟且之人，贪图安乐而不作为的皇帝（后世有人把他说成是宋朝最好的皇帝，也许正是因为看中了他的不作为）。

大宋王朝病了，病得不轻。司马光与王安石对病根的诊断已不一致，开出的药方更是南辕北辙。

司马光在《进五规状》中说："夫继体之君，谨守祖宗之成法，苟不瀸之以逸欲，败之以谗谄，则世世相承，无有穷期。及夫逸欲以瀸之，谗谄以败之，神怒于上，民怨于下，一旦焕然而去之，则虽有仁智恭俭之君，焦心劳力，犹不能救陵夷之运，遂至于颠沛而不振。"这个药方很明白："谨守祖宗之成法"。

王安石在《上时政疏》说："盖夫天下至大器也，非大明法度，不足以维持；非众建贤才，不足以保守。苟无至诚恻怛忧天下之心，则不能询考贤才，讲求法度。贤才不用，法度不修，偷假岁月，则幸或可以无他，旷日持久，则未尚不终于大乱。"这个药方也很明白：大明法度，众建贤才。

司马光和王安石虽然在九年后的熙宁三年（1070）才彻底"拜拜"，但在嘉祐六年（1061）实际上已经是两股道了，分道而未扬镳，因为都想为大宋的长治久安建言献策，而王安石的改革思路还没有具体化，只要不接触具体问题，两个人还不至于各走各的。

对苏辙试卷的相反评判

这一年的八月二十五日，仁宗御崇政殿，策试贤良方正能直言极谏科。

宋代科举分进士、诸科、制科。贤良方正能直言极谏，属于制科中的一科，意在选拔这方面的优秀人才。参加这次考试的考生总共只有三名，著作左郎王介、福昌县（今河南宜阳县西）主簿苏轼、渑池县（今河南同名县）主簿苏辙。苏轼、苏辙兄弟是欧阳修以古文主考录取的第一批进士，为什么还要来考？因为他俩中的是乙科，而乙科和甲科在仕途上的前景差别是很大的，如不再通过制科考试，也许就难有出头之日。而一旦通过，能马上升官。为防止考官偏袒，试卷分别以一个字作为代号。为叙述方便，我们下面直接用姓名。答卷完毕，初试官三司使蔡襄、翰林学士胡宿把苏轼定为第三等（宋朝开国以来，一、二等一直空缺），王介定为第四等，而对苏辙的取舍发生激烈争论。苏辙的试卷语言尖刻，矛头直指仁宗皇帝。诸如："自西方解兵（指与西夏签约），陛下弃置忧惧之心二十年矣。"一下揭了仁宗的老疮疤，而且一否就否了二十年。他还毫不留情地指责仁宗好色："陛下无谓好色于内，不害外事也。"又说："宫中赐予无艺（准则），所欲则给，大臣不敢谏，司会（指三司）不敢争。国家内有养士、养兵之费，外有北狄、西戎之奉（向契丹、西夏输银共近八十万，用"奉"字很伤朝廷面子），海内穷困，而陛下又自为一阱（自己挖了一个陷阱），以耗其遗余。"特别是他引唐穆宗、唐恭宗故事来类比今日，等于置仁宗于昏君行列①。蔡襄说，苏辙在试卷中讲道"司会不敢争"，我是三司使，感到羞愧而不敢有怨

---

① 《长编·卷一百九十四·仁宗嘉祐六年八月乙亥》。

言，意思是不反对录取。而胡宿坚决主张淘汰，理由是苏辙的试卷文不对题，尤其不该用唐穆宗和恭宗来类比当今盛世。的确，苏辙的类比并非无懈可击。唐穆宗李恒好色，宠信宦官，在一次宫廷游乐中中风而死，仅在位四年，死时才三十岁。唐恭宗李重茂登基才一个月，就被李隆基（唐玄宗）推翻了。初试官的意见交给复试官司马光和范镇，这两个"同年"好友的意见也不完全一致。司马光认为在同科三人中，苏辙"独有爱君忧国之心，不可不收"，建议定为三等，范镇同意录取，但认为试卷中确实有瑕疵，主张定为第四等。然而，这个结论遭到初试官胡宿的强烈反对。因为初试、复试的意见相左，朝廷另派人详定，详定官最后否定了司马光的意见而赞成胡宿，而且得到了执政大臣的支持。

眼看苏辙要被淘汰，司马光急忙给仁宗上《论制策等第状》[1]，中心意思为：某字卷（即苏辙卷）指陈朝廷得失，无所顾虑，如果不予录取，恐怕天下人都会说直言极谏科不过是虚设而已。某字卷以直言被黜，从此四方必以直言为讳，这将损害圣王仁爱宽明的品德。而录取了他，天下人都会说，此人的答卷虽有疏漏，但圣上特谅其切直而录取了他，这将成为天下美谈。

司马光的这道奏章救了苏辙。在执政大臣陈述不取苏辙的理由时，仁宗说："求直言而以直弃之，天下其谓我何？"于是一锤定音，定苏辙为第四等次。

事情圆满结束了，不料王安石出来打了一横炮。制科入等后，按例要马上授官。朝廷决定授苏轼大理评事、签书凤翔府判官事，王介为秘书丞、知静海县，苏辙为商州军事推官。而任职命令即所谓"告身"必须由知制诰来写。知制诰王安石欣然写了苏轼的"告身"，而拒绝为苏辙起草。为啥？他说苏辙是谷永式的人物，尊宰相而专攻皇帝。谷永是汉成帝的光禄大夫，一生上了四十多道奏章，不说别的，专批皇帝的私生活。宰相韩琦笑着说，苏辙的卷子里说"宰相不足用"，要换娄师德[2]、

---

① 《传家集·卷二十二》。
② 娄师德：名将、唐中宗朝贤相，留下受唾自干的典故。

郝处俊^①那样的人来当，你还怀疑他庇护宰相吗？但王安石就是王安石，说不写就不写。韩琦摇了摇头，只好随他，另找一个叫沈遘的知制诰来写了"告身"。

在这件事上，司马光结了恩，王安石结了怨。"三苏"后来与司马光亲，与王安石疏，苏洵、苏辙甚至视之若仇雠，此乃原因之一。其实，王安石拒绝给苏辙写"告身"，与司马光千方百计要录取苏辙一样，都非针对苏辙个人，而出于各自的政治取向。司马光是为了鼓励犯颜直谏，王安石不反对犯颜直谏，但反对单纯以犯颜而求直名的倾向。应该说，王安石的这一横炮是误打，苏辙制策的主旨其实与他的《上时政疏》一样，都是批评仁宗苟安，将苏辙类比谷永也不恰当。司马光对此大为不满，似乎为了进一步证明苏辙的策论正确，又连上两章。第一章为《乞施行制策劄子》^②，再次强调苏辙等人的制策关乎国家大体，社稷至计，希望仁宗将正本常置左右，数加省览，以为儆戒（即当座右铭），而将副本送中书省，择其可行者立即施行。第二章为《论燕饮状》^③，在简述灾害频仍、民有菜色后说："而道路流言，陛下近日宫中燕饮，微有过差，赏赉之费，动以万计，耗散府库，调敛细民"，要仁宗在此时"悉罢燕饮，安神养气，后宫妃嫔进见有时，左右小臣赏赉有节"。仁宗"嘉纳之"。此章除引用了"道路流言"外，几乎就是苏辙试卷中相关内容的重复。在某种意义上说，司马光的这两道奏章也是写给王安石看的。

两人的共同语言越来越少了。王安石兼任纠察在京刑狱，负责纠察开封府、三司、三衙（禁军殿前司、马军司、步军司）所判处徒刑以上的案件，且录问复核死刑犯。嘉祐七年（1062），开封发生了一起因一只鹌鹑而杀人的案件。当时，开封斗鸡、跑狗、斗鹰、斗蟋蟀者无所不有，也有斗鹌鹑的。甲的一只斗鹑，战绩不错，乙想要，甲不肯给，乙仗着平日都是玩伴，不经允许，强行将斗鹑取走。甲追上讨还，乙不

---

① 郝处俊：唐高宗时宰相，阻止高宗让位于武则天。
② 《传家集·卷二十一》。
③ 《长编·卷一百九十四》。

还，甲一气之下，飞起一脚误将乙踢死。开封府判处甲死刑。王安石复核认为："按律，公取、窃取皆为盗，此不与而乃强携以去，乃盗也；此追而殴之，是捕盗也。虽死，当勿论。府司失入平民为死罪。"开封府不服，与王安石形成僵持，案件移大理寺、审刑院复核，两家都支持开封府。王安石的意见被大理寺、审刑院否决，是纠错而犯错，应算有罪。仁宗开恩，下诏"放罪"。按规矩，这时王安石应该到殿门谢主隆恩。可他偏不，坚持自己没错，是按律办案。司马光料到了王安石会拒不认错，但没有想到他竟然会拒不谢恩，无奈地摇了摇头。王安石不谢恩，按理将受到严厉处置，但执政大臣看在他名气太大的分上，只免除了他纠察在京刑狱的兼职，而改为兼任同勾当三班院（管理预备军官）。

与王安石的不顺相反，司马光这一段特顺。他们还能坐在一起饮茶吃饭，神侃闲聊。在一次司马光做东的宴会结束后，其他人都告辞了，苏洵留了下来，问司马光："适坐有囚首丧面者何人？"答曰："王介甫也，文行之士，子不闻之乎？"苏洵说："以某观之，此人异时必乱天下，使其得志立朝，虽聪明之主，亦将为其诳惑。内翰何为与之游乎？"① 司马光当时作何反应？当是惊愕。

顺便交代一下，世传苏洵有先见之明，在王安石尚未发迹时就写了《辩奸论》②，对王安石极尽诋毁丑化。但此论恐为伪作，时间应在王安石变法失败之后，苏洵时已作古。故本书不予采信。

① 方勺：《泊宅编（三卷本）·卷上》。
② 《长编·卷二百八·治平三年六月》。

第十三章

建储立奇功

前面说到，司马光接到任同知谏院的命令后，一点没有推辞便欣然上任。谏官即言官，责在建言献策，匡正得失，这正对他的胃口。正如他在《陈三德上殿劄子》[①] 中所说：

> 臣自幼学先王之道，意欲有益于当时，是以虽在外方为他官，犹愿竭其愚心陈国家之所急，况今立陛下之左右，以言事为职。陛下仁盛聪明，求谏不倦。群臣虽有狂狷愚妄，触犯忌悔，陛下皆含容宽贷，未尝加罪。诚微臣千载难逢之际，苟不以此时倾输胸腹之所有，以副陛下延纳之意，则不可以自比于人，死有余罪矣。

他是要准备大展身手了，在给知谏院杨畋（杨业之侄孙，字乐道）的诗中写道：

> 丹心终夜苦，白发诘朝生。恩与乾坤大，身如草木轻。何

---

① 《传家集·卷二十》。

阶见明主，垂拱视升平。

（《传家集·卷八·秋夕不寐呈谏长乐道龙图》）

在谏院五年，他上了一百七十余道奏章，平均每月接近三章，全面阐述了他的治国思想。其核心是"国之治乱，尽在人君"，即人治；而"国家之治本于礼"，即礼治。对这一套，他是相当自信的，可惜当时仁宗正为生儿子而奋斗，悠悠万事，唯此为大，无暇其他；宰相韩琦提拔他同知谏院，也不是想听他的治国之策，而是希望他在建储问题上帮忙。

为立储君，韩琦借重司马光

嘉祐六年（1061），仁宗赵祯五十二岁了，但还没有儿子。他成群的后妃一共为他生了十三个女儿（其中九个早夭），三个儿子（昉、昕、曦），一个没养活。上天似乎故意和他过不去，他越想要儿子却越是生不出儿子。既然生不出儿子，那就得从宗室中找一个侄子来过继，充当储君。可偏偏他是根独苗，其父真宗赵恒六个儿子，活到成年的就他一个。所以，只能从其祖父太宗赵光义的重孙中去选。太宗有九个儿子，重孙子多的是。嘉祐三年（1058），新任宰相韩琦就向仁宗提出立储问题。仁宗笑着说，别急，后宫有人怀孕，不久就将生产。那意思很明白，他盼着让自己的儿子来接班。听了这话，谁也不便再说什么。可是，两年中，宫中先后有五个嫔妃生产，生出来的全是女孩。他已经年过半百了，虽已力不从心，但仍不甘心，把日渐稀少且活力锐减的"种子"无限稀释，企图广种薄收，不仅没有收获，还严重损害了自己的健康。韩琦急坏了，如果再不立储，哪天仁宗驾崩，将会引起朝廷大乱。而他已经提了十几次建议，仁宗不是面露愠色，就是做痛苦状。于是他想借助谏官的力量来完成这件大事。找谁来？司马光。为什么是他？

早在嘉祐元年（至和三年，1056），时任并州通判的司马光就连上了三道请建储君的奏章，给韩琦留下了深刻印象。

这年的正月初一，正旦节，仁宗在大庆殿接受百官朝贺，辽国、西夏、高丽等国的使节和各路举人的解首（第一名）也参加。突然，他脑袋一歪，皇冠耷拉下来，面色惨白，牙关紧闭，把满朝文武全吓傻了。匆忙赶来的太医抠开他的嘴，他吐出一摊涎水，才苏醒过来。隆重的元旦朝贺就此草草收场。因为他是在朝会上犯病，所以消息没法封锁，宫中只好发了一个声明，说因天气连续阴雪，皇帝为祈天放晴，深夜赤脚祷告，偶感风寒，现已无大碍。但这个声明显然是忽悠。四天后，正月初五，仁宗在紫宸殿宴请辽国使节，表情木讷。宰相文彦博给他敬酒，他莫名其妙地说了句"不乐耶？"弄得八面玲珑的文彦博也不知如何回答。正月初七，两府（政府、枢府）两制（翰林院、舍人院）大臣进宫问候病情，仁宗大吼大叫，赤脚冲出门外，满地疯跑。他病得不轻，大约是中风了。这一年，仁宗四十六岁。他病了，接班人的问题变得非常迫切。远在并州的庞籍上疏请建储，司马光紧随恩师之后，上《请建储副或进用宗室第一状》[1]。状中说："试以前古之事质之，治乱安危之几，何尝不由继嗣哉？得其人则治，不得其人则乱；分先定则安，不先定则危。此明白之理，皎如日月，得失之机，间不容发。"最后说明了自己上疏的动因："臣诚知言责不在臣，言之适足自祸。然而必言者，万一冀陛下采而听之，则臣于国家，譬如蝼蚁，而为陛下建万世无穷之基，救四海生民之命，臣荣多矣。"这几句话不知是否打动了仁宗，但起码是打动了韩琦。

接着，他又上了第二状、第三状，均无音讯。他对此感到愤怒，怀疑根本就没有送到皇帝的案头。宋朝专设言官，谏院、御史台和馆阁之臣是也，逐渐形成了言事者不治事、治事者不言事的格局，所以正史上记录的大多是言官的论奏。司马光时任通判，属于治事者而非言事者，人微言轻，其言论可能会被忽视。因此，他把以上三状的副本寄给时在京师的"同年"范镇，请他代为转呈。他如此执着，虽然没有盼到仁宗

[1]《传家集·卷十九》。

的片语朱批，但让时任枢密使的韩琦深以为然。韩琦综合群臣所议，向仁宗建议在宫中设立内学，选宗室中的优秀子弟来读书，从中发现可担大任者立为储君。仁宗采纳了建立内学的意见，却迟迟不立储君。因为他不甘心皇位落入非嫡子之手，随着中风有所好转，又想努力"制造"一个儿子来接班。此事拖到了嘉祐六年（1061），仁宗的身体已经拖得弱不禁风，不能再拖了。要完成建储这件大事，韩琦寄希望于司马光。当年他在边地当通判，无言责，尚且连上三章，现在让他当谏官，他一定会冲锋陷阵。

史家出马，一个典故惊仁宗

果然如此。司马光七月份接受同知谏院的任命，八月就在《进五规状》（见上章）中批评仁宗不孝："本根不固，有识寒心，而道宫、佛庙，修广御容，其于孝也，不亦远乎？"这里所说的"本根"就是指储君。你不定接班人，而把道观、佛庙修得漂漂亮亮，这与真正的孝道离得太远了！紧接着，他在闰八月上《乞建储上殿劄子》①，请求仁宗将他在并州所上的三道奏章拿出来看一看，因为那里面已经把建储的理由讲清楚了。劄子说，那时我非言官，还三建立储之议，现在身为谏官，如果不谈此至大至急之事，那就是奸邪不忠，罪该万死。现在就等皇上一句话，以取进止。大有逼着仁宗马上决定的意味。

司马光在上了劄子后，又上殿向仁宗当面陈述。此时，仁宗的身体已相当虚弱，平日大臣奏事，他没有一句话的指示，如果同意，点头而已。

司马光见仁宗面色黯淡，了无生气，更感建储问题刻不容缓，直截了当地说：请陛下早定继嗣，国家至大至急之务，无急于此。

仁宗半天沉默不语，司马光未免紧张起来。封建王朝家天下，谁

---

① 《传家集·卷二十二》。

继承皇位，那是皇帝的家事，我家的事轮得着你外姓人来管吗？另一方面，建储又是国家大事，关系着政权的平稳过渡，关系着许多大臣的命运。自古以来，在储君问题上，各派政治力量无不打着为皇帝延社稷的旗号，图谋推出自己的代理人，因掺和到建储斗争中而身首异处者不可胜数。

作为历史学家，司马光不会不知道面临的危险。他甚至做好了受死的准备，默默地看着毫无表情的仁宗，良久，仁宗终于慢吞吞地说："你不是想选宗室为继嗣吗？这是忠臣之言，只不过别人不敢提及罢了。"司马光一颗悬着的心放了下来，说："臣以为言此必死，未想到陛下竟然容纳。"仁宗瞅了瞅司马光，说："这有什么关系，此类事古今都有。"是的。古的不说，只说仁宗本人出生之前，其父真宗见五个儿子都死去（最大的一个赵祐活了九岁），便把乃弟元份之子允让接到宫中抚养，准备作为皇储。仁宗出生（排行第六，么子）后，才把他送回去。如仿效此例，则进退自如，父皇最后不是又得了朕吗？仁宗也许真的想通了，让司马光将奏疏送到政事堂交宰相处理。司马光觉得如此后患难料，说："此事重大，奏疏给了宰相，宰相也不敢处理。还得陛下直接给宰相交代。"

这天，仁宗与司马光还谈到了江淮盐贼的事，必须向宰相韩琦汇报。说完盐贼的事，韩琦问司马光："与陛下还谈什么了？"司马光回答："国家宗庙社稷大事也。"韩琦心领神会，满心欢喜，但不再往下问。韩琦是个老谋深算的人，处处防患于未然。他提拔司马光当谏官，就是想要他在建储问题上打头阵，但他的意图是隐藏着的，绝不会明说。因为他知道，凭司马光的人格、性格，他非出来打头阵不可。现在司马光的头阵打了，韩琦等着仁宗把司马光的奏章批下来，可等了快一个月，动静全无，而宗室之中谣言纷起，后宫、宦官蠢蠢欲动。

韩琦着急了，还得让司马光出马，但又不能直接联系，按宋朝制度，宰相不可与谏官私下来往。怎么办呢？殿中侍御史里行陈洙与司马光是朋友，正好朝廷要论证行户制度，韩琦便推荐了他俩。在明堂举行大享祭祀时，韩琦为主祭，陈洙为监祭，祭祀毕，韩琦悄悄对陈洙说：

"听说你与司马光是挚友，司马光前些日子上了关于立储的奏章，可没有送到中书省来，我要说这件事，也找不到由头。论证行户利弊，其实用不着你操心，主要是请你向司马光转达此意。"乖乖！陈洙是个胆小的人，深知此事攸关身家性命，惊愕得伸出了舌头。在韩琦严厉的目光注视下，他点了点头。

陈洙转达了韩琦的话，司马光才知仁宗根本没有把自己的奏章批给中书。他向陈洙简单介绍了事情经过，希望他也能参与进来，助一臂之力。送走陈洙，他马上上《乞建储上殿第二劄子》①，说：臣前一段请求陛下早下建储决心，陛下听从了，当时所下的指示，让臣感动，深感是天地神祇保佑皇家，乃万世无疆之福。臣天天等着陛下诏书，让执政大臣施行此事，可等了整整一个月，却没有听到陛下的指示。我不知道是陛下觉得此事重大，一时难以确定人选，还是宫中有人阻扰。当年汉成帝即位二十五年，年龄四十五岁，没有继嗣，便立弟弟的儿子定陶王刘欣为太子。现在陛下即位的时间和年龄都大大超过了汉成帝，怎么能不提前为宗庙社稷着想呢？臣并非让陛下马上立太子，只是想让陛下亲自选择宗室中的仁孝聪明者，接进宫中，给予特殊待遇，天下一看就知道陛下已意有所属，人心就定了。将来如果有了皇子，再把他送出去，这又有什么不好的呢？请陛下早下决断。

司马光已经说得很明白了，但有些不便行诸文字的话，还须当面向仁宗说。仁宗召见，他直截了当地说："陛下所以犹像不决，我看一定是有小人在迷惑圣上。他们会说，陛下春秋鼎盛，子孙当有千亿，何必匆匆忙忙地做这种不祥的事呢？这些人甜言蜜语，其实不为社稷着想，而是想着到时候拥立他们自己的人。"有这么严重吗？司马光发挥了他的史家优势，说："唐代自文宗以后，立嗣都是出自皇帝左右之人的意愿，以至于有所谓'定策国老'、'门生天子'之说，这样的祸害不可胜言。"此言一出，仁宗一下惊呆了！

时间倒退至一个多世纪前的唐末。唐僖宗李儇驾崩，大宦官杨复恭

---

① 《传家集·卷二十二》。

拥立寿王李晔为帝，是为昭宗。昭宗即位后他独掌禁军，控制朝政，后来令其出朝到凤翔监军，他便投其养子为叛，恨恨地说："竟然废定策国老，有如此负心的门生天子吗？"最后杨复恭虽被处死，但已让朝廷伤筋动骨，很快走向灭亡。

有时候，反面警示的作用比正面教育的作用更大。对重蹈覆辙的恐惧促使优柔寡断的仁宗早做决断。

仁宗思索良久，突然开口，三个字："送中书。"

司马光将奏疏送到中书省，见宰相韩琦、曾公亮，副相欧阳修，说："诸公如果现在不赶紧拿主意，到时候宫中出片纸说立某人为储君，天下就谁也不敢说一个不字了。"韩琦等连连点头称是。

再说陈洙在传话之后，自己也写了一份关于早建储君的奏章。在奏章送走之前，他对家人说，我今天要上奏一本，讲的是社稷大计。如果得罪，大则死，小则流放，你们要有思想准备。结果，奏章还没有送达，他就被吓死了（一说饮鸩自尽）。

与此同时，知江州（今九江）吕诲也为立储上疏。

韩琦等见仁宗于垂拱殿，将司马光和吕诲两份奏章读罢，正要开口，仁宗说："朕早有此意，只是宗室中没有找到合适人选。"接着问，"你们看选谁合适呀？"这可不是一个臣下敢回答的问题，韩琦马上说："此事非臣等可议，得圣上亲自决定。"稍停，仁宗说："宫中曾养二子，小的很纯朴，但近乎傻，大的可以。"韩琦请问姓名，仁宗说："叫宗实，已过三十岁了。"这就等于定了，但韩琦仍怕仁宗反悔，奏道："此事至大，臣等不敢马上施行，请陛下再熟虑一夜，臣等明日再来取旨。"韩琦之所以如此，是因为嘉祐初仁宗中风后，曾经答应建储，可病刚好一点，他就不认账了。第二天，原班君臣，还是在垂拱殿，仁宗说："已确定无疑了。"于是商议出一个循序渐进的办法。宗实当时官为右卫大将军、岳州团练使，正为父亲濮王允让居丧，决定起复其为秦州观察使（武职第二等），知宗正寺。宗正寺是管理宗室即皇族的权力机关，这项任命是一个明确的信号：此人将成为太子。既已商定，即可执行，而韩琦想到，虽然宗实是曹皇后的亲姨侄女婿，但如果仁宗没与皇后统一意见，将来还会有麻烦，所以他希望仁宗从宫中批出，然后中书执行。仁宗说："如此至大之事，岂可令妇人知？中书施行即可。"

功在社稷，四十四岁穿紫袍

建储大事终于眉目清晰，大家都松了一口气。然而，十一月十三日，当任命敕书下达之后，宗实却反复辞让，不肯就职。按规矩，碰到这类好事，辞让三次是必须的。不过，宗实并非虚应故事，而是不敢受命。如前述，其父允让曾被作为储君迎进宫中，仁宗出生后又被送了回来。景祐三年（1036），四岁的他也被接到宫中，庆历七年（1047），因仁宗生了儿子，十二岁的他便被送了出来。父子都有同样的经历，对宫中险恶心知肚明。而且，他正为父守孝，三年未满，宋以孝治天下，这个理由堂而皇之。他连上四表请求终丧，仁宗同意了。到嘉祐七年（1062）初，宗实终丧，可他仍不愿接受任命。仁宗派人将敕书送到他府上，他躲了起来，宦官只好将敕书强行留下。三月，他上疏请求交还敕书，仁宗不准，拖了两个月后，竟自行将敕书退回了大宗正寺。一直到七月二十三日，他不停地写辞职报告，把自己关在府中，不出大门一步，也不接见任何客人。当然他自会有消息来源。自从仁宗任命其为知宗正寺后，宫中就再没有平静过，总有人想着换人。后妃、宦官无不各显其能，以动摇仁宗的决心。宗实越是反复辞职，那些人活动得越厉害。仁宗耳根子软是出了名的，这次也不例外，在枕头风、耳边风面前，又动摇了，而他的动摇更促使宗实坚决辞让。

司马光在去年十一月见大局已定，觉得自己的任务已经完成，便不停地上疏阐述他的治国思想。且按下不表，单说其间还写了九篇辞职报告，是辞知制诰的。知制诰属中书省。王安石当知制诰，处处与韩琦闹别扭，韩琦于是想用自己人，将司马光、吕公著分别召试中书，让他们试写朝廷诏令。司马光赴试合格，立即被任命为知制诰。在按例写了三道辞呈后，准备上任了，得知吕公著根本没去参加考试，便接着写辞呈。这让韩琦大失所望。在司马光连上九道辞呈后，只好准辞。但韩琦没有忘记司马光在建储上的功劳，经仁宗批准，任命司马光为起居舍人，天章阁待制兼侍讲，仍知谏院，赐三品服，让他提前穿上了三品以上的紫色官袍。

看一看司马光的任职履历，从中进士穿上绿袍到穿绯袍（低级干部到中级干部），二十至四十岁，花了二十年时间（含丁忧五年）；而从穿绯袍到穿紫袍（中级干部到高级干部），四十至四十四岁，只花了四年时间，按现在的话说，简直就是坐直升机了。一再越级提升，贵人相助，个人优秀，都是原因，赐紫袍则缘于推动建储之功。此时，他从韩琦口中始知仁宗在建储问题上又开始动摇，心急如焚，于七月二十七日上《乞召皇侄就职上殿劄子》[①]。

劄子针对仁宗的动摇，阐述了不可动摇的道理。首先指出：陛下亲自选定皇侄宗实为知宗正寺，天下欢欣鼓舞，认为陛下睿智聪明，深谋远虑，是大仁大孝的表现。其次强调，宗实长达十个月的反复辞让，是品质高尚的体现。官位、爵禄，人之所贪，许多人趋之若鹜，不顾廉耻，而宗实受陛下隆恩，却以荣为惧，可见其操行远在常人之上，更证明了陛下的知人之明。最后建议：陛下于宗实，论辈分为父，论尊卑是君。父召子，子不得违抗；君召臣，臣不得推诿。请陛下以手诏促其就任，他当不敢不就。这样，陛下的大仁大孝就进一步昭告天下了。希望陛下守之益坚，行之不倦。

在没有选定宗实之前，因论建储而吓死了一个陈洙，而仁宗在选定宗实之后的犹豫，让群臣人人考虑私利，唯恐见疑获罪，无不哑口不言。敢于出来说话的只有司马光和右正言王陶两个人。

司马光、王陶的谏章促使仁宗再次直面储君问题。他召见宰相韩琦、副相欧阳修，说："他（宗实）既然反复辞让，是否就这样算了？"这把韩琦吓了一跳，赶紧说："此事决不可半途而废。愿陛下赐与手诏，他绝不敢不从命。"这句话与司马光说的一样。然而，仁宗的手诏也没

---

① 《传家集·卷二十六》。

有能请动宗实，他躲在府内坚卧不起。韩琦与欧阳修商量，认为宗实不敢就职的原因就是前途的不确定性，害怕弄得不好登不了大位不说，反而掉了脑袋。所以，不如一步到位，先免除其官，然后……这时，仁宗不知怎么又想通了，主动说："不要再考虑给他什么官，马上立为皇子，现在就在明堂下了结。只要皇位还姓赵就行。"这句话似乎在暗示皇位有落入外姓的危险。韩琦令人将枢密使张昇找来，让仁宗告知原委，然后让翰林学士王珪起草诏书。王珪不敢，要面见仁宗确认，仁宗指着胸口对他说："此决出自朕怀，非由大臣之言也。不如此，众心不安。卿何疑焉？"

　　八月初五，立宗实为皇子的诏书公布了；九日，改宗实之名为（赵）曙，群臣称贺。可赵曙依旧不停地辞让。司马光忍不住了，于八月二十七日上《请早令皇子入内劄子》[①]，指出，负责传达诏书的内臣徒劳往返，这是失职，应与惩办。而皇子的名分不是官职，可以辞让。赵曙既为皇子，理应朝夕定省（早晚问候），岂可久处外宅？仁宗看了司马光的劄子后，令宗正寺促其进宫，并在皇宫为他收拾好宫殿，如若不从，便强行用轿子把他抬进来。为宗实写辞呈的是一个叫孟阳的人，每写一道辞呈，得钱一百贯，他一共写了十八道，得钱一千八百贯。在得知司马光的劄子已有对赵曙的责备之意，虽许以重赏，他也不敢再写了。赵曙说，我不愿进宫，不是摆谱，而是避祸。孟阳说，你再推辞，群臣就会另立他人，到时候你的祸能躲过去吗？赵曙这才进宫了。

---

① 《传家集·卷二十六》。

第十四章

忧在萧墙内

立赵曙为皇储，司马光冒了风险立了功，颇以尽到了谏官职责为荣。

谏院中有包拯立的三块碑，上面刻着唐代魏征的三篇奏疏。包公在知谏院时得罪了权贵，特立碑以明志。每看到这三块碑，司马光都不禁心潮起伏。宋代以当谏官为荣，历任谏官的签名留在谏院的一块木板上，始于庆历六年（1046）知谏院钱明逸。嘉祐八年（1063）初，司马光觉得木板上的签名难以长久保留，应该立碑刻石，想起三年前王安石写过一篇《度支副使厅壁题名记》，曾轰动一时，他决定亲撰《谏院题名记》①，文曰：

> 古者谏无官，自公卿大夫至于工商，无不得谏者。汉兴以来，始置官。夫以天下之政，四海之众，得失利病，萃于一官使言之，其为任亦重矣。居是官者，常志其大，舍其细，先其急，后其缓，专利国家，而不为身谋。彼汲汲于名者，犹汲汲于利也。其间相去何远哉？天禧初，真宗诏置谏官六员，责

① 《温国文正司马公文集·卷六十六》。

其职事。庆历中，钱君始书其名于版。光恐久而漫灭，嘉祐八
年，刻著于石。后之人将历指其名而议之曰：某也忠，某也诈，
某也直，某也曲。呜呼！可不惧哉！

这也许是司马光写得最好的一篇散文，被清人收进了《古文观止》。
只说他在题名记中对谏官提出的要求，首先要考验他自己了。他满怀希
望呼唤出来的储君赵曙，给他打开的是一座失望之门。

老皇帝死了，新皇帝疯了

嘉祐八年（1063）三月，皇子赵曙进宫四个月，仁宗病入膏肓了。
司马光与仁宗的最后一次见面，是在本年科考的殿试上。他与翰林
学士范镇同知贡举，主持了进士与诸科的礼部试，他们录取的第一名是
孔武仲，还须仁宗亲自主持殿试，才能最后定案。或许是回光返照吧，
仁宗在殿试中脸色红润，思维清晰，与一年前在宣德门观看妇人裸戏时
的情形相仿。那一次，司马光与仁宗坐得很近，但没有感到幸运，而是
感到忧虑。每年的上元节（正月十五），除了放灯外，开封府都要把全
市最好的游艺节目集中到宣德门（皇宫南门）城楼下展示，连续十来天
观众如潮，热闹非凡。各种游艺节目不必细说，只说有一项名为妇人裸
戏，就是女子相扑，年轻女子赤裸着摔跤角力，比今天的三点式还少两
点。司马光觉得有伤风化，曾上《论上元游幸劄子》[①]，劝仁宗以龙体
为重，不可连日游幸。仁宗没有批复，但在观看妇人裸戏时，他故意
对近臣说，有人劝朕不要游幸，朕非游幸，是与民同乐也。这明显是针
对司马光的劄子说的，用与民同乐做幌子，为"寡人之疾"打掩护。司
马光偏不识趣，又上《论上元令妇人相扑状》[②]，批评妇人裸戏有悖礼

---

① 《传家集·卷二十三》。
② 同上。

法，会为外方所讥，引诱陛下观看的奸佞之臣应受惩处。仁宗照旧没有批复，但在连日游幸后不久，他就病情加重，不能上朝。这一次主持殿试，仁宗兴奋异常，钦点许将为状元。虽然主持殿试与观看裸戏性质截然不同，但司马光同样有一种不祥之感，皇帝亢奋过头，绝非吉兆。果然，就在主持殿试之后，仁宗半夜驾崩了。

四月初一，赵曙即位，是为英宗，时年三十二岁。

赵曙即位的头三天，面对群臣奏事，问得非常详细，答复得有条有理，满朝庆幸立了一位贤明的君主，可第四天（初四）就突然病了。病得语无伦次，分不出张三李四。有个小插曲耐人寻味，仁宗死后，朝廷怪罪于为他治病的几位太医，将他们统统流放。这些医生正在赴流放地的路上，英宗病了，赶紧又派人将他们快马追回。初八日，仁宗大殓，英宗狂呼奔走，疯了，致使礼仪没法举行。宰相韩琦急了，扔掉拐杖，掀开帘子，抱住英宗，按在椅子上，令内侍好生侍候。司马光也许没有想到，自己冒着杀头的风险而呼唤出来的储君，即位后竟是这个样子。

国不可一日无君，于是按照惯例，把皇太后即仁宗曹皇后抬出来垂帘听政，暂代皇帝处理政务。这就出现了一个非正常的上朝形式，群臣先到柔仪殿东阁的西室向正在服药的英宗皇帝问安，报告工作，再到东室向皇太后请示报告。

从上章我们知道，仁宗立宗实为嗣，一直就受到干扰，几度犹豫才最后定下来。在被立嗣前，他是装病，在继位后，他是真病。一个三十出头的人，头三天还好好的，第四天就病得不能临朝，第八天竟然疯了，蹊跷！

英宗继位时，进宫才四个月，对宫中的情形两眼一抹黑，宦官、宫女都是太后的人，他的病与太后的猜忌有关。英宗的原配高氏（四月底立为皇后）之母是曹太后的亲姊，按娘家的辈分，英宗是太后的姨侄女婿；而按皇家的继统，英宗算是太后的"儿子"。说来亲上加亲，但毕竟不是亲生，且权力斗争是不认亲的。曹太后是宋初大将曹彬的孙女，是仁宗的第二任皇后，她没能给仁宗生下一男半女，却能稳稳把持后宫的权位，手段好生了得。仁宗的第一任皇后郭氏，因出言不谨得罪了宰相吕夷简，又因吃醋打尚、杨二美人误打在仁宗额头，被废。也许是汲取了前任教训，曹后在宫中亲自种谷、养蚕，生活节俭，自塑后德典范，表率百宫。前面第八章讲到，庆历八年（1048）十月发生了皇宫卫士企图谋杀仁宗的事变，当时传说是张美人侍寝。其实，当晚真正侍寝的是曹后，听到动静后，仁宗想跑出去，曹后关好门并将他抱住，派宫人驰召入内都知王守忠以兵入卫。她料定叛卒必纵火，让宫人预备好水，果然叛卒以蜡烛点门帘，随即被浇灭。她亲自指挥宦官护驾，亲手给每人剪下头发一撮，说："贼平加赏，以此为证。"所以一个个拼死战斗，让仁宗化险为夷。这么大的功劳被安在张美人头上，她甘心吗？不但甘心，而且暗喜。为啥？在自己宫中发生惊天事变，绝非光彩之事，怎么也不能说完全没有干系，弄得不好，皇帝可能一怒之下，废了她的后位。而故意让仁宗正宠的张美人掠美，仁宗会认为她后德高尚，反而能保住后位。有个叫王贽的谏官打探到事变真相，上疏言及，仁宗找御史何郯来商量对策，何郯说，此乃奸人想废皇后也。王贽从此销声匿迹。张美人无功受赏，升为贵妃，名声大坏而不自知，竟然要借皇后卤簿（军乐队、仪仗队）外出。仁宗要她直接去找曹后，曹后满口答应，她满脸堆笑地报告仁宗，仁宗说，你僭越使用皇后卤簿，外廷将如何看你？否了。有个宫女与卫士通奸，事发，托仁宗所宠之姬求情，仁宗令免其死。曹后正装来见，要求依法处死，说，否则无以正禁掖。仁宗让她坐，她始终站着，一直站了几个时辰，直到仁宗同意。曹后其人，简单地说，我可以给你宠爱的女人让床、让功，但绝不让皇后的位子和权力。

英宗在宫中与这个浑身心计的太后相处，明显处于弱势。司马光觉得有必要给曹太后打打预防针，敲敲警钟了，在十三日即英宗即位的第十三天呈《上皇太后疏》①。疏曰，殿下（皇太后）垂帘乃因皇帝（英宗）哀毁成疾，不得已而为之，一旦皇帝康复，殿下必"推而不居"。这是用戴高帽子的办法将皇太后的军。在讲了一通治国御下的大道理后，回忆仁宗即位之初，"章献明肃皇太后保护圣躬，纲纪四方，进贤退奸，

① 《长编·卷一百九十八·仁宗嘉祐八年四月甲申》。

镇抚中外，于赵氏实有大功。但以自奉之礼或尊崇太过，外亲鄙猥之人或忝污官职，左右谗谄之臣或窃弄权柄，此所以负谤于天下也。"

这里所说的明肃皇太后是真宗的刘后，即戏剧《狸猫换太子》中的主人公，仁宗本李宸妃所生，她恃宠据为己有。仁宗即位时才十二岁，她垂帘听政，有人劝她效法武则天，被她斥责，所以司马光说她有功于赵氏。她垂帘十一年直至死去，重用宦官、佞臣，封后党数十人，突破皇后尊号不超两字的祖制，变成"章献明肃"四字。这些使之"负谤于天下"。司马光希望曹太后以刘太后为诫：

> 臣闻妇人内夫家而外父母家，况后妃与国同体，休戚如一。若赵氏安，则百姓皆安，况于曹氏，必世世长享富贵明矣。赵氏不安，则百姓涂地，曹氏虽欲独安，其可得乎？

这段话是点题之笔，潜台词是：如果能辅佐赵氏皇帝，曹氏就世代富贵，而如果想学武则天，曹氏就休想平安。

劝了太后劝皇帝

司马光的忧虑是否多余？非也！三天后，即十六日，英宗康复。翰林学士王珪请皇太后撤帘还政，诏书已经写好，曹太后却不干。她担心一下让出权力，会受英宗迫害。

一个巴掌拍不响。两宫矛盾，皇上也有责任。司马光于二十七日呈《上皇帝疏》[①]，提醒英宗"奉事皇太后孝谨"，应"夙夜匪解，谨终如始"；今年要沿用先帝年号，不要中途改元；子为父守孝三年，君民一样，虽然皇帝以日代月，二十七日可脱孝服（庶人三年守孝期实际执行二十七个月），但希望皇上三年之内禁止宫中一切音乐、游宴、喜庆活

---

① 《长编·卷一百九十八·仁宗嘉祐八年四月戊戌》。

动，以尽孝道；"为人后者为人子"，皇上继仁宗之大统，应"承重于大宗"（仁宗一脉），"宜降于小宗"（亲生父亲濮王一脉），"专志于所奉而不敢顾私亲也"。这最后一条英宗很不爱听，后来闹出一场大风波。

司马光劝了太后劝皇上，效果甚微。到六月，英宗又病得厉害了，且拒绝服药。其病因在于"忧疑"，而拒绝服药是怕药中有毒。他对宦官没好脸，宦官都向着太后，说他的坏话。太后在见执政大臣时屡有不平之语，矛盾公开化了。司马光感到，要调停两宫矛盾，有必要把话说得更透彻一些。他在二十三日的《上两宫疏》①中说："先帝属籍之亲（宗室）凡数百人，独以天下之业传之圣明（指英宗），皇太后承顾命之际，镇抚中外，决定大疑，其恩德隆厚，逾于天地，何可胜言！"这是要英宗懂得知恩、感恩。"今日之事，皇帝非皇太后无以君天下，皇太后非皇帝无以安天下"。两句话，言简意赅，点明了两宫谁也离不开谁的利害关系。

不知这两句话是否打动了皇太后，但肯定给宰相韩琦以极大启发。在太后向执政抱怨皇帝时，韩琦说："臣等只在外面见得官家（宋人对皇帝的称呼），内中保护，全在太后。若官家失照管，太后亦未安稳。"曹太后听后大惊失色，说："相公是何言！自家更切用心。"那好！韩琦说："太后照管，则众人自然照管矣。"韩琦的这段话史称"危言"，当时在场者都被吓得大气不敢出。其实，他表达的就是司马光奏疏的意思："皇太后非皇帝无以安天下"。

两宫矛盾被暂时"压制"，但没有缓和。英宗开始临朝，但登极五个多月了，竟没说一句话，如泥塑一般。他不接见来给宋仁宗吊丧的西夏使节，不出席给仁宗招魂的重大典礼——"虞祭"。就是将神主（"虞"，死者的木头雕像）从陵寝迎回太庙，共须进行九次典礼（九"虞"），其中路途五次，抵京后四次。英宗的失礼行为气得太后无可奈何，问宰相韩琦：效昌邑王事如何？昌邑王刘贺是汉武帝的孙子，汉昭帝的侄子，因昭帝无子，驾崩后被皇太后和宰相霍光拥立为帝。但他荒淫无道，仅

---

① 《长编·卷一百九十八·仁宗嘉祐八年六月癸巳》。

在位二十七天即被废,是谓"汉废帝"。显然,曹太后是要韩琦将英宗废了。她还送给韩琦一封信,里面装着英宗在宫中所写的歌词及其种种不是的记录。在见到韩琦等执政大臣时,她一把鼻涕一把泪地控诉英宗,最后说:"老身殆无所容!"(已经没法再容忍了)"请为媪妇做主。"而英宗也有一肚子气,对韩琦等人说:"太后待我无恩。"韩琦不是霍光,宋代不是汉代,要行废立,既无此胆也无此力,所以只有一个选择,那就是继续调和两宫矛盾。但因涉及个人命运,敢于出来调停的人寥寥无几,而司马光是最先站出来且坚持不懈的调停者。

在英宗拒绝参加"虞祭"时,司马光先后上了《言谴奠劄子》《论虞祭劄子》等,指出"虞者孝子之事",不可让人代替,否则就有亏于孝道。仁宗神主入太庙的最后一次"虞祭",英宗参加了,但没有哭,美其名曰"卒哭"。"卒哭"就是哭之终止,过去无此一说,算是祭礼上的"新发明"。这让太后怒形于色,几乎当场发作。司马光马上分别呈《上皇太后疏》[1]和《上皇帝疏》[2],在这两份奏章中讲了同一个故事:"昔(东)汉明德马皇后无子,明帝使养贾贵人之子(刘)炟以为太子,且谓之曰:'人不必自生子,但患爱养不至耳。'(皇)后于是尽心抚育,劳悴过于所生。及明帝崩,太子即位,是为章帝。章帝亦孝性淳笃,恩性天至,母子慈爱,终始无纤介之间,前史载之,以为美谈。"他用这个故事劝太后不可"效常人之家,争语言细故,故有丝毫之隙,以为宗庙社稷之忧"。他希望英宗像汉章帝那样,像孝顺亲生父母一样孝顺太后,亲自到太后处"克己自责,以谢前失,温恭朝夕,侍养左右,先意承志,动无违礼"。在司马光和韩琦、欧阳修的调停下,太后与英宗的关系有所改善。

此后,司马光又给英宗连上四疏专谈对太后的奉养[3],指出太后对陛下有三德:"先帝立陛下为嗣,皇太后有居中之助,一也;及先帝晏驾之夜,皇太后决定大策,迎立圣明,二也;陛下践祚数日而得疾不省人事,

---

① 《传家集·卷二十九》。
② 同上。
③ 见《传家集·卷三十》中《言奉养上殿劄子》至《言奉养上殿第四劄子》。

中外众心，惶惑失措，皇太后为陛下摄理万几，镇安中外，以俟痊复，三也。"希望英宗能"以大德灭小怨"，按现在的话说，就是以大局为重，奉养太后如亲生父母。

司马光为调停两宫关系所上的奏疏有十数道，对于他所作的贡献，副相欧阳修的评价是"于国有功，为不浅矣"。

治平元年（1064）五月，宰相韩琦拿十余件事向英宗取旨，英宗的答复都很妥当。韩琦再向太后汇报，太后连连称善。韩琦于是向太后提出辞职，太后说，相公不可去，倒是我应该居于深宫了。说着便站了起来，韩琦于是大声喊："撤帘！"帘子撤下了，还能看见太后的背影……

驱除弄权宦官

太后被迫撤帘了，但与英宗的矛盾并没有随撤帘而去。他们的矛盾难以弥合，一个原因是有宦官从中挑拨，为首者乃权宦任守忠。

司马光称宦官为"近习之臣"，对宦官害政高度警惕。从皇祐二年（1050）上《论麦允言给卤簿状》（见第八章）开始，论宦官的奏状就一直没有停。先后被他弹劾的有炙手可热的权宦苏安静和张茂则等，最著名的奏疏有要求取消寄资的《论御药寄资劄子》（寄资即高职低配）和《论臣僚上殿屏人劄子》。后一劄子要求按祖宗规矩，皇上与臣僚谈话时，宦官应退到板障以外，如果发现偷听，应论罪量刑。好了，只说他现在要弹劾的任守忠官居宣政使、入内都知、安静军（治所在今四川梓潼县境）留后。对他的职位，有必要解释一下。宋代宦官分两省，内侍省（简称前省，宫外当差）、入内侍省（后省，宫内当差）。不用说，最有权力的是入内侍省。任守忠所领入内都知是该省的最高职务，就是大内总管；宣政使是宦官的最高品级，正六品；留后全称为节度观察留后，正三品。宣政使已经是宦官最高品级，为什么还给他一个留后呢？这就是所谓的"寄资"，是皇帝对宦官的额外开恩。奴才在身边服侍久了，便有了感情，宦官职位到顶了，便给他挂一个武职继续往上升。这是一方面。另一方面，皇帝身居宫内，孤家寡人，再英明的主子也免不了靠宦官来刺探外情，监督臣下，特别是掌握军队的武臣，于是乎，诸如钤辖、监军以至刺史、观察使等高级武职便落到宦官头上。至于让宦官童贯当枢密使，那是后来宋徽宗干的事，此前尚无。

回到任守忠身上，司马光在调解两宫矛盾时，就已经不点名地指出："宫省之内，必有谗邪之人，造饰语言，互相间构"①，不点任守忠的名是不想激化矛盾。曹太后撤帘后，他觉得应该打开窗子说亮话了。从七月十八日至八月二十二日，司马光三上奏章，弹劾任守忠。

任守忠是"俳优"（演员）出身，因善于讨主子欢心，混到了勾当御药院这个要害职务，但他与教坊使田敏勾结犯罪，被真宗刘太后判杖二十，发配岳州（今岳阳）。经其父任文庆找关系说情，杖刑后免于发配，留在开封做生意。他用金钱买通御药宦官江德明，重入宫中，在仁宗朝一步步当上宦官押班。嘉祐年间，司马光力谏仁宗立宗室子为嗣，仁宗倾向于宗实，任守忠竭力阻扰；仁宗决定立宗实后令其宣召，他躲避而不肯行。仁宗逝世，皇太后垂帘听政，任守忠在太后面前诋毁英宗，使两宫关系愈来愈僵。在讨论太后的出入礼仪时，任守忠竭力主张沿用乾兴之例，即仁宗即位初期刘太后听政所享受的与皇帝一样的礼仪。这不仅是拍太后的马屁，而且包藏着另立新主的祸心。好在曹太后还算清醒，没有完全听他的，出入不鸣鞭，仪卫减半。太后撤帘还政，任守忠看大局已定，便转而巴结英宗高皇后，私拿内藏库价值数万的珠宝以献，自己也从中大捞了一把。在他掌管的内省，宦官只惧任守忠而不知惧皇帝。

七月十八日，司马光上《言任守忠劄子》②，历数其上述罪行，请求皇上将其"明正典刑，以示天下"。然而，任守忠是太后的腹心，又拍上了皇后，岂是你司马光一道奏章就能扳倒的？此疏上去，如泥牛入海。司马光接着又上《言任守忠第二劄子》③，指出，任守忠久任宫禁，

① 《传家集·卷三十一·上皇太后疏》。
② 《传家集·卷三十二》。
③ 同上。

一手遮天，如不早除，必有后患。可惜，此疏又打了水漂。是自己没有讲清他的罪行，还是皇上没有认识到他的危害？不搬掉这个皇宫内的奸宦，司马光如芒在背，如鲠在喉，于八月二十二日又上《言任守忠第三劄子》①，列举了任守忠的十大罪状，按时间顺序，重点揭露了他阻止立英宗为嗣，以及危害英宗执政的问题，最后说："守忠有大罪十，皆陛下所亲见，众人所共知……诚国之大贼，人之巨蠹。伏望陛下尽发守忠之罪，明示四方，斩于都市，以惩奸慝。"这一次，英宗终于下决心，批给中书处理。

宰相韩琦坐在政事堂，拿来一张空白敕书，先让副相欧阳修签字，再让副相赵槩签字。赵槩感到为难，欧阳修说，你尽管签，韩公自有处分。赵槩签字后，韩琦把任守忠叫来，厉声说，你犯的罪当死，特贬你为蕲州（今湖北蕲春县）节度副使，不可擅离安置地。宋代的节度使是最高武职，但节度副使啥也不是，无任何职权，也不给工资，是安置贬官的空头职务。韩琦当着任守忠的面签发了敕书，令人立即将他押解上路。如此处理有悖常规，而之所以如此，实出无奈，如按常规办理，宫中很可能传出新的旨意，那就流放不成了。

此前，谁也不敢得罪任守忠，司马光因扳倒了任守忠而名声大震。

任守忠既逐，英宗当朝宣布："内臣差遣并一切委之于都知司。"司马光当即出班奏道："此令不妥。"

怎么回事呢？都知司是宦官管理衙门，都知是其首长。如果大小宦官的任职都由都知说了算，这会形成以都知为核心的利益集团。如果这一制度不变，扳倒了一个任守忠，还会出现新的任守忠。次日，司马光又上《言内侍上殿差遣劄子》②，建议皇帝将高级宦官（都知，副都知，押班、东头、西头供奉官，均为六品）和重要部门（如勾当御药院，供奉龙图阁、天章阁）宦官任免权收回，亲自任命，而都知司只管一般宦官的任命。司马光一片拳拳之心，可惜于事无补，只要封建皇帝存在，

① 《传家集·卷三十二》。
② 同上。

就离不开宦官，无论宦官由谁来任命，都摆脱不了宦官干政，只有轻重不同而已。

从立英宗为嗣到驱逐任守忠，司马光与宰相韩琦可以说配合得天衣无缝。韩琦对司马光欣赏有加，司马光也对韩琦敬佩不已。然而，司马光很快发现，作为谏官，自己不过是执政大臣手中的一颗棋子而已。韩琦也发现，司马光并非自己的驯服工具。

第十五章

谏官的悲哀

治平元年（1064）秋，宋英宗亲政还不到半年，西北就传来警报：西夏国王谅祚派兵对宋朝发起进攻，杀戮和掠走的人、畜数以万计。

而此前，陕西都转运使刘述古给朝廷的报告却是"边鄙宁静，不足为虑"。

言边两劄子，无人理睬

刘述古的报告是答复朝廷催问的。西夏派来吊唁仁宗逝世、祝贺英宗登基的使团在国宾馆议论衅边，被接待人员听到，报告了枢密院，故有是问。使节如此，有悖常理，但宋、夏外交一直就没有常理可言。按惯例，夏使来宋先到延州，听候指示，再由延州派引伴使护送至京师。当时没有专职外交官，有事临时指定，往往用非其人。此次西夏使团的团长是吴宗，宋引伴使为指使高宜，两个糊涂，一对呆瓜。一路上，吴宗出言狂谬，贬损宋朝，高宜动怒，与之争吵。吵到开封，要进顺天门，吴宗要求戴佩鱼，用西夏礼仪，这是公然挑衅，高宜劝阻不听，一气之下把他们关进马棚，关了一夜，不给饭吃。吴宗抗议，扬言报复，高宜说，我雄兵百万，捣你贺兰巢穴。使团在开封待了很久英宗才接见，吴宗当面告了高宜。英宗指示，高宜是延州属官，令延州通判审理。

此事在朝廷传开，司马光当即写割子，要求审判高宜，治其罪以平息纠纷，不报。

延州通判审理此案。吴宗说，高宜讲雄兵百万，捣贺兰巢穴，此话怎讲？通判说，你是否说过你们的国主是少主（谅祚时未成年），太后当家？吴宗唯唯。通判于是判决：因你错在先，高宜才有此言。

吴宗对判决未持异议，但回国之后西夏却以此为借口发动了战争。西夏摸清了宋朝的底细：在仁宗逝世、英宗接班期间，朝廷一片乱象，而边防松弛，将帅无能。陕西转运使刘述古靠"拼爹"当官，文不能安民，武不能上阵，却有一套欺上瞒下的本事。副都部署（副司令）刘几发现他谎报"边鄙宁静"的军情，请他重写，他以报告不可前后不一为由而拒绝，刘几不干，要单独写报告。刘述古恼羞成怒，借故将刘几调到凤翔，脱离前线。刘几刚被调走，西夏便动手了。

宋廷接到警报，决定派文思副使（中级武官）王无忌带着诏书去"诘问"。失策！司马光觉得，战争已经打开了，当务之急是备边，而非遣使诘问。他飞快地写出了《言备边割子》[1]，开章明义地说：

> 闻《周书》称文王之德曰："大邦畏其力，小邦怀其德。"盖言诸侯傲狠不宾则诛讨之，从顺柔服则保全之。不避强，不陵弱，此王者所以为政于天下也。

这段话可视为司马光外交思想的核心。他接着说：去年西夏使团来吊丧，引伴使高宜侮辱人家，我说要治他的罪，朝廷不当回事；现在西夏打上门来，朝廷却派人去"抚谕"，这正好与文王之道相反，是"从顺则侮之，傲狠则畏之"。"方今公私困竭，士卒骄惰，将帅乏人，而

---

[1] 《传家集·卷三十三》。

戎狄犯边，事之可忧，孰大于此？而朝廷上下晏然若无事者，其故何哉？""臣不胜愤懑。"望皇上召集群臣，讨论救边之策。

对司马光的批评，宰相韩琦视之为书生之见而未曾在意。他资格老，有经验，在派使者去西夏的同时，采取了多项战备措施，其中一项就是"刺义勇"。

义勇约相当于今之民兵，刺就是刺字。宋军士兵脸上刺字，而义勇只刺手臂。为此，韩琦上疏说："三代、汉、唐以来，皆籍民为兵，故其数虽多而赡养至薄，所以维制万方而威服四夷，又非近世所蓄冗兵可及也。唐置府兵，最为近古，天宝已后，废不能复，因循至于五代，广募长征之兵，故困天下而不能给。"这里，他简要地回顾了中国兵制从府兵制向募兵制的发展过程，企图回到府兵制上去。但是，府兵制为募兵制所代替，是历史之必然，因为募兵制使军队专业化，战斗力超过了亦民亦兵的府兵。问题不在于专业化，而在于军队如何精干、管用，恰恰在这个问题上，宋代以文抑武的根本制度使之成为一个解不开的死结。文官、宦官当统帅，对军队一无所知，却自以为是；武官靠恩荫，实为世袭，多是纨绔子；士兵脸上刺字，形同奴隶，一入军籍，世代难脱。士兵成分有四：职业兵痞；刺配的罪犯；因灾荒而流离失所的农民；由弓手、强壮、义勇等民兵而升格的正兵。官兵素质和指挥体制的天然弱点，使宋军几乎逢战必败。相反，倒是边境上的弓手、强壮等民兵性质的部队有点战斗力。韩琦说："今之义勇，河北几十五万，河东几八万，勇悍纯实，生于天性，而有物力资产、父母妻子之所系，若稍加简练，亦唐之府兵也。陕西当西事之初，亦尝三丁选一丁为弓手，其后刺为保捷（禁军番号）正军，及夏国纳款，朝廷拣放，至今所存者无几……今若于陕西诸州亦点义勇，止刺手背，知不复刺面，可无惊骇……一时不无小扰，而终成长利。"① 枢密副使胡宿建议先刺缘边州县，英宗皇帝说，不如一下全刺。于是乎，从十一月十四日开始，陕西除商（商洛）、虢（河南灵宝）二州外均刺义勇。按照三丁刺一的原则，

---

① 《长编·卷二百三·治平元年十一月乙亥》。

年龄二十至五十岁，共得十五万六千八百七十三名。

司马光连上两劄言边事，都无答复不说，而朝廷却按韩琦的主意刺开了义勇。他震惊了，愤怒了！不仅因为自尊心受到了伤害，而且因为这与他心目中的王者之政背道而驰。

半月六道疏，面质宰相

刺义勇的事，司马光是在诏令下达八天后才听说的。他义愤填膺，写下了《乞罢陕西义勇劄子》①。在回顾了康定、庆历年间陕西刺弓手进而被编入保捷军的历史，指出陕西自西事以来，民力已减耗三分之二，又连年遭灾，今年收成不错，农民指望歇歇肩膀，偏又下诏刺义勇。陕西官军甚多，为何还做这种有害无益之事？

司马光愤怒不已，韩琦却不以为然。他何尝不知道陕西屯兵不下三十万（最多时超过四十万），但夏军视"东兵"（从东边调来的禁军）为绵羊，而对缘边"熟户"（靠拢宋的少数民族）、弓手却畏惧三分。不刺义勇，你又有什么好办法？

有。司马光接着上《乞罢陕西义勇第二上殿劄子》②，指出，加强军备不仅是要添屯军队、积蓄粮草，更在择将帅、修军政。如果将帅得人，训练有素，不要说抵御入侵，"则虽欲取银、夏而税其地，擒赵谅祚而制其命，有何所难！"至于怎么选将帅？选谁做将帅？他没有说，而继续描绘当年陕西刺弓手的惨状："闾阎之间如人人有丧，户户被掠……往往逃避于外，官中縻其父母妻子，急加追捕，鬻卖田园以充购赏。暨刺面之后，人员教头利其家富，百端诛剥，衣粮不足以自赡，须至取于私家；或屯戍在边，则更须千里供送，祖父财产日销月铄，以至于尽。"总之，刺义勇"有害无益，显然明白……伏望陛下轸念生民……

① 《传家集·卷三十四》。
② 同上。

早赐寝罢。"

这一次，司马光在上疏的同时当面向英宗陈述，讲得慷慨激昂，英宗似乎为其感动，答复：送中书、枢密院议处。司马光来到中书省和枢密院，接待他的堂后官（高级胥吏）说，刺义勇的工作已全面铺开。要停下来，须皇上下令，且诏令岂可朝令夕改？司马光气得胡子发抖，刺义勇这么大的事，怎能一两个大臣就定了，而不让百官与闻？回到谏院，他马上又上《乞罢刺陕西义勇第三劄子》①，提了两项要求，一、收回成命；二、公布朝堂，让百官讨论。

刺义勇是韩琦的主意，必须批倒他的理论，才有可能说服皇帝。于是又上了《乞罢刺陕西义勇第四劄子》②《乞罢刺陕西义勇第五上殿劄子》③，批判的矛头直指韩琦。

韩琦说，刺义勇"于民无大害，于国有大利"。司马光说，"于民有世世之害，于国无分毫之利"。刺义勇给老百姓增加了负担，要么赶紧分家以逃避三丁刺一，要么卖掉田产而当游民。而刺字之后，还要受头领的剥削。义勇定编后，差额要补齐，等于让三分之一的百姓子子孙孙为兵。太祖、太宗时没有义勇，"一统天下如振槁拾遗"，而后来"朝廷竭天下之力以奉边鄙"，"正军不足，益以乡兵，外府（三司国库）不足，继以内帑（内藏库）"，"而不免含垢忍耻，假以宠名，诱以重赂，仅得无事"。"三路新置乡兵共数十万，何尝得一人之力乎？以此观之，义勇无用，亦可知矣。"

韩琦说，义勇近古之府兵。司马光说：今非昔比，义勇不是府兵，而是儿戏。三代之时，"用井田之法以出士卒车马"，行政编制与军事编制相统一，各级行政官员即为军官，由卿、士、大夫统帅；"唐初府兵，各有营府，不属州县，有将军、郎将、折冲、果毅以相统摄，是以令下之日，数万之众可以立具，无敢逃亡避匿者"。而现在的义勇"虽有军员节级之名，皆其乡党族姻，平居相与拍肩把袂，饮博斗殴之人"，平

---

① 《传家集·卷三十四》。
② 同上。
③ 同上。

时操练似乎像回事，而一遇战阵，军员节级带头逃跑，自顾不暇，哪还有一个人为国家御敌？"以臣观之，此正如儿戏而已。"①

在第五劄子中，司马光发出血泪呼声：陛下"何忍以十余万无罪之赤子，尽刺以为无用之兵乎？"并且当面与英宗摊牌：如果认为我的意见是"孟浪迂阔，不可施行"，那么，我"更不可久污谏诤之列，……别择贤才而代之"。他不惜以辞职来阻止刺义勇，但没能感动皇帝。英宗答复说："命令已行，不可更改。"

这是什么话？他连夜写了第六劄子，开头就说，臣"终夕不寐，深痛陛下此言之失"。"自古明圣之君，闻一善言立为之变更号令者多矣，不可悉数。惟近岁大臣自知思虑不熟，号令已失，无以抑夺台谏之言，则云命令已行，难以更改，此乃遂非拒谏之辞。"他把批评的锋芒从皇帝转向以韩琦为首的执政，"今国家凡有大政，惟两府大臣数人相与议论，深严秘密，外廷之臣无一人知者，及诏敕已下，然后台谏之官始得与知。或事有未当，须至论列，又云命令已行，难以更改，则是国家凡有失政，皆不可复救也"。这就远远超出了刺义勇这件事本身，批到朝廷议事规程上来了。他再次请求英宗"二选一"：要么收回成命，要么撤他职。

宋朝的制度设计相对来说是比较科学的，"两府"，政府管行政，枢府管军政，但命令要发出去，在皇帝批准后，还必须通过"两制"，即翰林学士和知制诰来起草，他们若认为不合适，可以退回去。除"两府"、"两制"互相制约外，谏官、御史有监督的权力。韩琦也曾经当过谏官，而且是以直谏出的名，然而，一坐上宰相的位置，特别是在册立英宗和太后还政上建功之后，颇有点以周公自居，未免有些专横。不行！在第六劄子没有答复的情况下，司马光决定去政事堂，找韩琦当面理论。

韩琦一见司马光，就明白他是来说刺义勇的事了，所以首先以前辈军事家的口吻说："君实啊！军事上讲究先声后实，现在谅祚正桀骜不驯，听说陕西一下子增兵二十万，岂不受到震慑？"司马光说："兵贵先声不错，可惜有虚无实，可以欺敌于一日之间而已。过不了几天，敌人知道

① 见《传家集·卷三十四·乞罢刺陕西义勇第四劄子》。

了我之实情，就一点不灵了。现在，我们是增加了兵力二十万，问题是不管用，敌人知道后，还会害怕吗？"韩琦跳开这个问题，说："我知道你是担心又像庆历年间那样，先集乡兵后刺正军，现在已经下达敕令，与民相约，永不充军戍边。"司马光说："我表示怀疑。"韩琦说："我在这里，你担心啥？"司马光说："我还是不信，不仅我不信，恐怕您也不信吧！"韩琦终于忍不住发火了，问道："你凭什么这样轻视我？"司马光也激动地说："您如果长期坐在这里也许没问题，但如果换了别人，您的承诺还能算数吗？现成的兵他还会不用吗？"韩琦一下没话说了。司马光悻悻然走了，他的话在十年后得到应验，义勇运粮、戍边成为常事。

连续六请辞，告假回乡

司马光觉得应该重新认识自己曾经非常尊重的韩琦了。想想在谏院近四年，从四十三岁到四十六岁，一时记不清写了多少奏章，真正被采纳的有多少呢？正如他在一篇奏疏中所说："自陛下践祚以来，臣不自知其狂愚，见朝廷政令有未便，差除有未当，屡献瞽言，渎渎天听。陛下未尝为之变一政令，改一差除。"[1] 这与其说是生病的英宗不采纳，不如说是掌权的韩琦不同意。仔细想想，他们的默契似乎只在立英宗为嗣和调解两宫矛盾时存在，而一接触到施政的具体问题，司马光就成为多余了。

英宗即位伊始，宣布文武百官每人进官一等，赐新官服一套，优赏诸军，一切如乾兴故事，即按真宗逝世、仁宗继位的乾兴元年（1022）之标准。这是一笔巨大的开支，共一千一百余万（贯、匹、两）。另外，两府大臣、宗室、近臣、主兵官等，还可以得到大行（逝世）皇帝的遗物，这也是一个很大的数目。司马光时为四品官，遗赐的珠宝和金帛价值一千余贯。越往上越多，至两府大臣，何止数万！当时，文彦博、富弼两位原宰相正在守丧，也分到了遗赐。如此大规模地撒钱，是为了表

---

[1] 《长编·卷二百四·英宗治平二年正月壬午》。

示皇恩浩荡，"浩荡"到了每一个官员，却"扫荡"了老百姓。京城官员的奖赏由国库拨钱，各州、军没有这笔预算，朝廷又不拨给，明文规定向民间借贷。朝廷硬撑着按乾兴标准，可惜已力不从心。乾兴时给殿前司禁军的食物中包着金子，而这次没有，引起部队一片喧哗，险些酿成兵变。司马光看着分给他的珠宝和金帛，心里很不是滋味。国家财政困难，寅吃卯粮，而此次仁宗逝世，加官、赏赐和陵墓等各项开支合计接近两千万贯，平均到每个老百姓头上负担近一贯。如果遇到大面积的灾害，或者遭到外敌的大规模入侵，国家拿什么来救灾和充当军饷？他忧心忡忡，睡不着觉了，怎么也觉得这笔遗赐应该退回去。四月十五日，他上呈《言遗赐劄子》①说：

> 臣伏睹圣恩颁赐群臣以大行皇帝遗留物，如臣所得已近千缗，况名位渐高，必沾赉愈厚，举朝之内，所费何啻巨万！窃以国家用度素窘，复遭大丧，累世所藏，几乎扫地。传闻外州、军（行政区划名）官库无钱之处，或借贷民钱，以供赏给，一朝取办，逼以捶楚（即棰楚，杖刑）。当此之际，群臣何心以当厚赐！

为给官员发赏钱，用打老百姓屁股的办法筹集资金，这样得赏钱，群臣还能忍心吗？司马光这一问，应该让官员们脸红。但有人说，这不过是沿用乾兴故事，你瞎操什么心？

> 臣诚知乾兴之际，曾有此例，亦恐当时所赐，不至如此之多。况当时帑藏最为富实，今事力耗竭，十无一二，岂可但云旧例，不思损益？况委质为臣，共图国事，股肱耳目，譬犹一体，安则俱安，危则俱危，岂待多得金珠，然后输忠尽力？恐非所以遇士大夫之道也。

---
① 《传家集·卷二十七》。

此时非彼时，不可照搬旧例。士大夫与皇帝安危与共，难道非要得到金珠才输忠尽力吗？因此，司马光倡议：

> 今天崩地坼，率土哀摧，群臣各迁一官，不隔磨勘，恩泽已厚，诚不忍更受赐物，因公家之祸，为私家之利。伏望圣慈许令侍从之臣，各随其意进奉金帛钱物，以助供山陵之费。如此则君恩下流，臣诚上达，上下相爱，洽于至和，既可以少纾民力，又不至有伤国体。

司马光这一倡议考虑很全面。群臣已凭空官升一级，皇帝对大伙儿够意思了，捐出遗赐等于是对升官的报答。司马光带着谏院的同事来到朝堂，准备在进呈劄子时，带头将遗赐捐出。可答复是："乾兴无此例，不准。"他以为是太后和皇帝不便恩准，接着上了一则《申堂状》①，说，既然"主上谦让，未欲开允"，那么，"伏望参政、侍郎（副部长以上），集贤相公、昭文相公（两馆学士）表率百僚，率先进献"，这样，"天下生民，不胜幸甚"。

宰相韩琦等两府大臣所得赏赐最多，司马光以为他们一定会带头，而事实却让他大失所望，于是再上《言遗赐第二劄子》②，质问说："州县鞭挞平民，逼取钱物，以济一时之急，不知乾兴年中何尝有此例也？"朝廷此举在收买官心，但"士众（普通官员）必曰：'我辈劳苦，而所得微薄，群臣安坐，而专享厚利。'其心安得不怨？百姓亦曰：'我辈剥肤椎髓，以供赋敛，而浩浩入群臣之家，如泥沙不惜。'其心安得不怨？近者怨，远者怒，为国计者，可以不深思远虑乎？"如果群臣稍有"廉耻之心"，又"何面目以自安？"他问得义正词严，但没有得到一句话的答复。无奈，他将所得之珠玉捐给谏院作为办公经费，而把金帛送给了舅家。

---

① 《传家集·卷六十三》。
② 《传家集·卷二十七》。

英宗登基后不久，各路转运使、提点刑狱，各知州（军），都派亲属到京城送贺表，朝廷不问青红皂白，给送贺表者一律封官。这样一下就凭空新增数百名官员。司马光上疏指出："此盖国初承五代姑息藩镇之弊"，而"大臣因循故事，不能革正"。现在，官员比国初多了十倍，如此滥封，冗官更多。他建议朝廷对送贺表者详加甄别，如是五服之内的亲属，可给一官，否则给点金帛以示奖赏即可[1]。他并没有要全部废除这一陋习，只是希望改良一下，但同样是说了白说。

回想自己在写《谏院题名记》时，那是何等的踌躇满志啊！现在他却在问自己：谏官算什么？

他突然发现，自己引以为豪的谏官，在执政大臣需要时被视之为利器，而在不需要时却被弃之如敝屣。他灰心极了，决心辞职。回到家中，他准备写辞职报告，可砚台里的墨汁冻成了冰，他突然双手拍桌，长叹一声，吟起《诗经》中的句子："式微，式微，胡不归？"心有灵犀一点通，夫人张氏马上给他端来热水，亲手磨好墨，说，写吧！辞了官咱们回老家。夫人的理解让他感到了温暖，他写下了《乞降黜状》。虽然在刺义勇的问题上，他曾两次要求英宗"二选一"，不惜辞职，但这是他的第一份正式辞职报告。报告还没写完，家中的报晓鸡"喔喔"地叫了。他突然觉得自己就是这只笼中的鸡，不禁吟出一首七言诗来：

羽短笼深不得飞，久留宁为稻粱肥？胶胶风雨鸣何苦，满室高眠正掩扉。

你忠于职守按时打鸣，而酣睡的主人却讨厌你打扰了他的好梦！第一份报告送上去，未被批准，他接着写，直写了六份，仍未批准。不准辞职，难道还不准告假吗？从皇祐二年（1050）他守孝期满复出，至今十六年了，其间他只请假回过一次家乡，给父母扫了一次墓，该回去和他们谈谈心了！治平二年（1065）三月，朝廷批准他回乡祭祖。

---

[1]《长编·卷一百九十九·嘉祐八年七月辛亥》。

第十六章 「濮议」战宰执

"十年一展墓，旬浃复东旋。"司马光此次回乡，仅只停留了十天，本是"顺途歌《式微》"回来的，为什么又匆忙回朝？"岂负襁褓受，横遭章绶（官服）缠。"他在扫墓时所作的这首诗说明了原因。思想是怎么转变的？

白说也要说

在鸣条岗祖茔父亲司马池的墓前，父子进行了一次心灵"对话"。他问父亲，儿身为谏官，每见政令有失，用人不当，便不避斧钺，直言进谏，但几无一言被采纳，如此谏官，不当也罢。他似乎听到了父亲的回答，说一不二的是权臣，顺竿爬的是佞臣，犯颜直谏的是诤臣。为臣当为国尽忠，岂可一言不被采纳，就弃君而去？

他越想越是这个理，可父亲不是也辞过谏官吗？而且正是以此为仁宗所知。不过，父亲辞谏官，是因为认为谏官不适合自己。自己呢？自认为谏官很对胃口，毫不推辞就高高兴兴地上任了。只因遇到了挫折，就心灰意冷了。他对父亲说，儿最恨奸佞小人，见之则痛加搏击，先后弹劾了知寿州张叔鲁，知莱州王迷，荆湖南路提点刑狱张田，陕西都转运使陈述古，朝廷大臣张方平、程戡、贾黯，边帅施昌言、孙长卿，等等，甚至还包括英宗的藩邸旧人王广渊，至于宦官就更不用说了，小人太多，都弹劾不过来了。坟墓里仿佛传出了父亲的声音：水至清则无鱼，人至察则无友。直言进谏，要讲国家大事；待人处事，要有长者之风。是啊！他想起了父亲在杭州被转运使江均、张从革诬陷而降知虔州，还没离任，江、张贪赃事发，人劝父亲反戈一击，父亲说，乘人之危，吾不为也。人称父亲有长者之风。

　　父亲有长者之风，恩师庞籍也有长者之风。可惜，两年前他先仁宗而去了。司马光没能去山东向恩师告别，在京师写下了《祭庞颍公文》《太子太保庞公墓志铭》，以寄托自己的哀思。二十七前与他一起金榜题名的"同年"好友，已经过世了两个，石扬休与庞之道，自己已四十七岁了，应该像个长者了。

　　扫墓之后，司马光去了一趟魏云夫山庄。所谓山庄，其实是一座庙宇，据说是宋初一个叫魏云夫的和尚化缘修建的，建在中条山东麓的白云深处。他去山庄，是想求一份暂时的清静。爬上山峰，进得山门，小沙弥将他引进大雄宝殿。只见长老坐在蒲团上，微闭双眼，双手合十，正在念经。司马光不敢打扰，静静地站在一旁，突听长老问道："施主莫非司马谏院吗？"司马光拱手回答："正是，涑水司马光。"长老微睁慧眼，也不转身，说道："施主面藏隐忧，乃为是非所困。"司马光说："愿赐教。"长老说："俗人谓是，其实为非，俗人谓非，其实为是。走出三界，便无是非。"司马光知道长老所说之三界，天、地、人也。这涉及到不同的哲学思想，司马光是儒者，但也吸收佛、道之精华，认为"物出于无，复归于无"[①]，"人之生，本于虚……业终，则返于虚"[②]，在这个意义上说，人死了就走出了三界。但与佛家的"出世"观相反，他

① 《道德真经论·卷一》。
② 《潜虚·名图说》。

是坚定的"入世"派，"天者不为而自成，人者为之然后成"①。他没有与长老论争，但长老从他的沉默中已经明白了一切，说道：世俗之人，自有世俗之烦恼。说罢，自顾念经，置司马光于无。

长老说得没错。他因想逃避朝廷中的烦恼而回乡，而回乡后又遇到乡下的烦恼。"青松敝庐在，白首故人稀。"回乡扫墓自然要见亲人和乡亲，两杯浊酒下肚，"白首故人"们向他诉说起民间疾苦。曾几何时，司马氏所居之坡底村还是个富裕的村子。这得益于其堂伯司马浩，他说服县官，在涑水下游筑了一座坝，使乡人尽得灌溉之利。但近几年来，灾害频仍，先是洪水冲垮水坝，接着干旱让涑水断流，再后来蝗虫吃光了庄稼，去年好不容易获得一个好收成，偏偏遇到刺义勇，三丁刺一，没有刺的也要出钱。因刺一丁补贴二千文，上头没拨，全靠老百姓分摊。君实啊！你是朝廷大官，回去得给皇上说说呀，老百姓的日子没法过呢。他们哪里知道，司马光就是因反对刺义勇而气着请假回乡的。他不能给乡亲们讲这些，但为民请命的激情像一把火，烧得他坐卧不宁。在乡间故居里，他写出了《言钱粮上殿劄子》，要求废止给人民的额外负担。尽管他知道这多半也是白说，但白说也要说。他决定尽快回京，回去参加战斗。

挑战欧阳修

司马光回到京城，刺义勇的事情，已经被一件士大夫们认为更大的事所掩盖。一场史称"濮议"的礼法大论战开始了。

所谓"濮议"，即关于英宗的生父濮王赵允让该怎么称呼的争论。从第十三章我们知道，因仁宗无子，便立堂兄濮王之子宗实为皇子，改名赵曙，继承皇位。在今人看来，"濮议"非常无聊，甚至无理。允让是英宗的生父，当然要称父，死后要称"考"。但按封建礼法和春秋大

---

① 《扬子法言·卷四·问神》。

义，英宗是被仁宗立为皇子后才继承皇位的，应称仁宗为父皇，那生父允让该怎么称呼呢？问题就来了。一个是血缘关系上的理，一个是封建礼法中的礼，两相冲突。

司马光早就估计到英宗继位后会追尊生父，在嘉祐八年（1063）四月调解两宫矛盾时，就在《上皇帝疏》中提出了"重于大宗则宜降其小宗"观点。仁宗和濮王允让虽然都是太宗赵光义的孙子，但仁宗为大宗，濮王为小宗。重大宗、降小宗的意思很明白，就是应称仁宗为父，而不可再称生父允让为父。根据何在？有史为证："汉宣帝为孝昭后，终不追尊卫太子（汉武帝之被废太子、汉宣帝之祖父）、史皇孙（卫太子之子，汉宣帝之父）；（汉）光武上继元帝，亦不追尊钜鹿（钜鹿都尉，刘秀祖父）、南顿君（刘秀生父）。此万世法也。"[①] 至于汉代的哀、安、桓、灵四个皇帝，从旁亲入继大统，追尊其祖、父，这不是孝，而是犯义侵礼，是昏君所为。司马光希望英宗深以为鉴。在司马光上疏后，宰相韩琦等也建议："礼不忘本，濮安懿王德盛位隆，所宜尊礼，请下有司议。王及夫人王氏、韩氏、仙游县君任氏（英宗生母）合行典礼，用宜称情。"就是让有关部门拿出一个意见，如何称谓濮王和他的三位夫人，他们应该享受什么待遇。当时，英宗指示，此事要等仁宗"大祥"（死后二十四个月）之后再议。到治平二年（1065）四月，"大祥"日已过，此事被提上议事日程，英宗下诏，让礼官与待制以上讨论，拿出具体意见来。

面对皇帝的诏书，翰林学士王珪等人都吓得不敢吱声，因此事历来敏感，弄得不好，轻则丢官，重则丢命。司马光刚刚从老家扫墓回来，见大家噤若寒蝉，果断拿起笔来，写道：

> 为人后者（过继给人）为之子，不敢复顾私亲。圣人制礼，尊无二上。若恭爱之心，分施于彼，则不得专壹于此故也。是以秦汉以来，帝王有自旁支入承大统者，或推尊父母以为帝后

[①]《宋史纪事本末·濮议》。

皆见非当时，取讥后世，臣等不敢引以为圣朝法。况前代入继者多宫车晏驾（老皇帝死了）之后，援立之策，或出母后，或出臣下，非如仁宗皇帝年龄未衰，深惟宗庙之重，祗承天地之意，于宗室众多之中，简拔圣明，授以大业。陛下亲为先帝之子，然后继体承祧，光有天下。濮安懿王虽于陛下有天性之亲，顾复之恩，而陛下所以负扆端冕，富有四海，子子孙孙，万世相承者，皆先帝之德也。臣等愚浅，不达古今，窃以谓今日所以崇奉濮安懿王典礼，宜一准先朝封赠期亲尊属故事，高官大国，极其尊荣。谯国太夫人、襄国太夫人、仙游县君亦改封太国太夫人。考之古今，实为宜称。

（《传家集·卷三五·与翰林
学士王珪等议濮安懿王典礼状》）

这里面的要害是"尊无二上"四字。在亲生父母和入继父母之间，只能尊一而不能尊二。

司马光起草后，"两制"（翰林学士、知制诰）和台谏（御史台、谏院）官都愿附议。王珪犹豫了一个多月，终于让人抄录，以二十名"两制"和台谏官名义上呈。就这样，司马光成了台谏派的旗手。韩琦等执政大臣看后，认为此状没有明确回答濮王"当称何亲（称谓），名与不名（是否存其父子关系）"。司马光、王珪等议定：濮王于仁宗为兄，英宗"宜称皇伯而不名"（不存其父子关系）。但是，副相欧阳修作《为后或问》上篇①，提出了与司马光"尊无二上"相反的观点——"降而不绝"：

"为人后者不绝其所生之亲，可乎？"曰："可矣，古之人不绝也而降之。""何以知之？"曰："于《经》见之。""何谓降而不绝？"曰："降者所以不绝，若绝则不待降也。所谓降而不绝者，《礼》'为人后者降其所生父母三年之服以为期，而不

———————
① 《宋史纪事本末·濮议》。

改其父母之名'者是也。"问者曰："今之议者以谓，为人后者必使视其所生，若未尝生己者，一以所后父为尊卑疏戚，若于所后父为兄，则以为伯父；为弟，则以为叔父。如此，则如之何？"馀曰："吾不知其何所稽也……"

欧阳修认为司马光等人的观点没有根据，特别是"改称皇伯，历考前世，皆无典据"，然后引经据典，论证"降而不绝"："亲不可降，降者降其外物尔，丧服是也。"降丧服即不用穿三年孝服，而在心里守孝三年。之所以要降，是因为已为人后，以表示重大宗。

父子之道，天性也，临之以大义，有可以降其外物，而本之于至仁，则不可绝其天性。绝人道而灭天理，此不仁者之或不为也。故圣人之于制服也，为降三年以为期，而不没其父母之名，以著于《六经》曰："为人后者为其父母报。"以见服可降而父母之名不可没也……

这样就有了两种不同的观点。曹太后听说欧阳修提出了"降而不绝"论，派人送来手诏，严厉责问执政大臣：究竟想干什么？太后的介入使这场礼法之争的火药味一下子变浓，等于逼着朝臣必须在太后和英宗之间选边站。英宗不得不下令暂停，让相关部门广泛搜集典故，但争论既已展开就很难停下来了。

侍御史知杂事吕诲、判太常寺范镇、道学先生程颢等参与进来，支持"尊无二上"论。司马光更是觉得这场争论关系到大宋的皇统，绝不可妥协。名不正则言不顺，言不顺则事不成。英宗之所以能继位，因为他是仁宗立的"皇子"，若无"皇子"身份，而是濮王之子，能继位吗？追尊濮王，那就会影响继位的合法性。因此，他挑头与欧阳修论战。

八月十七日，司马光上《言濮王典礼劄子》[①]，要求英宗采纳大多

---

① 《传家集·卷三十六》。

数人的意见，认为执政大臣意在尊濮王为"皇考"，以"巧饰词说，误惑圣听，不顾先王大典，蔑弃天下公议"。

> 政府言：《仪礼》、令文、《五服年月敕》皆云为人后者为其父母，即出继之子于所继所生皆称父母。臣按礼法必须指事立文，使人晓解，今欲言为人后者为其父母之服，若不谓之父母，不知如何立文。此乃政府欺罔天下之人，谓其皆不识文理也。又言：汉宣帝、光武皆称其父为皇考。臣按宣帝承昭帝之后，以孙继祖，故尊其父为皇考，而不敢尊其祖为皇祖考，以其与昭帝昭穆同故也，光武起布衣，诛王莽，亲冒矢石以得天下，名为中兴，其实创业。虽立七庙，犹非太过，况但称皇考，其谦损甚矣。今陛下亲为仁宗之子以承大业，《传》曰："国无二君，家无二尊。"若复尊濮王为皇考，则置仁宗于何地乎？……设使仁宗尚御天下，濮王亦万福，当是之时，命陛下为皇子，则不知谓濮王为父为伯？若先帝在则称伯，没则称父，臣计陛下必不为此行也。以此言之，濮王当称皇伯，又何疑矣……

坦白地说，此奏足以表明司马光维护礼法的赤诚，但不足以驳倒欧阳修的观点，特别是关于汉宣帝和汉光武的史实引用前后说法不一，这是硬伤。欧阳修接着写了《为后或问》下篇：

> "子不能绝其所生，见于《经》，见于《通礼》，见于《五服之图》，见于律，见于令，其文则明矣。其所以不绝之意，如之何？"曰："圣人以人情而制礼者也。"问者曰："事有不能两得，势有不能两遂，为子于此则不得为子于彼，此岂非人情乎？"曰："是众人之论也，是不知仁义者也。圣人之于人情也，一本于仁义，故能两得而两遂，此所以异乎众人而为圣人也。所以贵乎圣人而为众人法也。父子之道，正也，所谓天性

之至者，仁之道也。为人后者，权也，权而适宜者，义之制也。恩莫重于所生，义莫重于所后，仁与义，二者常相为用而未尝相害也，故人情莫厚于其亲。抑而降其外物者，迫于大义也，降而不绝于其心者，存乎至仁也。抑而降则仁不害乎义，降而不绝则义不害乎仁，此圣人能以仁义而相为用也……"

欧阳修条分缕析，讲得头头是道，但似乎只有他的学生曾巩一个人公开响应。在争论不休的时候，开封发生了严重的水患，淹死人、畜无数。皇宫内也一片汪洋，洪水冲垮了侍卫部队的营房，死者知姓名者有一千五百八十八人。司马光觉得"灾异应时君之德"①，借机上疏说，"大臣专权，甚于先朝"，天下失望，暗示追尊濮王是灾异发生的原因，劝英宗虚怀纳谏，潜心修德。这场天灾带来一阵上疏高潮，无非是借天说事。

输了辩论赢得名

转眼到了治平三年（1066）正月，"濮议"仍然没有结论，最后完全演变成政治斗争。韩琦等人执政太久了，太后垂帘也好，英宗亲政也好，其实是宰执当家。台谏派最担心的正是这一点。在他们看来，宰执为英宗尊崇亲生父母寻找理论根据，是投其所好，意在控制英宗，巩固自己的地位。主张"降而不绝"的是"两府"大臣，才五六个人；而主张"尊无二上"的是"两制"与台谏，二十多人。争到后来，已经没有什么道理好讲了。司马光打起了"多数"牌，说如果三个人有两种意见，一个人应该听两个人的，少数服从多数。

但执政不比台谏，想说什么就说什么，他们必须着眼现实，稳定政局。英宗与太后本已互相猜忌，好不容易太后才被迫撤帘还政，现在如

————————
① 《扬子法言·卷一〇·孝至》。

果按司马光所议，剥夺英宗对生身父母称亲的权利，两宫矛盾必将再次激化，以至于不可收拾。韩琦、欧阳修也想赶快结束这场愈来愈情绪化的争论，想出一个主意：先动员太后出手诏，追尊濮王为皇，夫人为后，显示太后之慈以安慰英宗；然后由英宗降旨谦让，显示英宗之孝以安慰太后。如此这般后，双方各退一步，按欧阳修的"降而不绝"方案处理。在韩琦等秘密游说两宫时，不知怎么风声传了出来。

司马光听到这个"闻诸道路，未知信否"的消息，马上上《论追尊濮安懿王为安懿皇劄子》①，质问道："今臣不知陛下之意，故欲追尊濮王者，欲以为荣邪？以为利邪？以为有益于濮王邪？"他分析说：

第一，于皇上不足为荣。"前世帝王以旁支入继追尊其父为皇者，自汉哀帝为始。其后安帝、桓帝、灵帝亦为之。哀帝追尊其父定陶恭王为恭皇，今若追尊濮安懿王为安懿皇，是正用哀帝之法也。陛下有尧、舜、禹、汤，不以为法，而法汉之昏主，安足以为荣乎？"

第二，于皇上不足为利。"海内之心所以归附陛下者，为亲受仁宗之命为之子也。今陛下既得天下，乃加尊号与濮王，海内闻之，孰不解体，又安足以为利乎？"

第三，于濮王也无益。"陛下不忘濮王之恩，在陛下之中心，不在此外饰虚名也。孝子爱亲，则祭之以礼。今以非礼之虚名，加于濮王而祭之，其于濮王果有何益乎？"

结论："三者无一可，而陛下行之"，是上了一二执政大臣的当，他们只能自欺，骗不了天下人，希望陛下速罢此议。

韩琦等执政没有理会司马光，仍按原计划行动，最后决定，对濮王和夫人，不受尊号（即不称皇），只称亲（父母亲）；在濮王陵园立庙，封其子赵宗朴为濮国公，负责祭祀；令臣民避濮王名（允让），讳"让"字。

这等于宣布：欧阳修的"降而不绝"论胜，司马光的"尊无二上"论败。

这一"判决"遭到台谏官集体抵制，侍御史知杂事吕诲带头上缴告

---

① 《传家集·卷三十七》。

敕（委任状），英宗派人送回，吕诲不接，声言与宰执势不两立。欧阳修被台谏官视为"首起邪说"的奸佞，成了"箭靶子"。一看事情闹到这个地步，他对英宗说，台谏既然与辅臣势难两立，若臣等有罪，请陛下出臣等而留台谏，反之，也请降圣旨。

两派都以辞职相威胁，英宗不得不"二选一"，犹豫再三，最后决定留执政而出台谏，吕诲、范纯仁（范仲淹子）、吕大防被外放，谏官赵鼎、赵瞻、傅尧俞出使辽国回来，说曾与吕诲联名上疏，请求同贬，也被外放。

司马光首提"尊无二上"论，输掉了辩论，却赢得了名声。眼下他的命运又将如何呢？

第十七章

奉旨开书局

司马光在"濮议"中打了败仗，败得很惨，"尊无二上"论没被采纳不说，而且再一次被韩琦"耍"了。

同侪皆贬，旗手独留

话接上章，吕诲、傅尧俞等台谏官相继被贬后，英宗让大臣举荐新的台谏官。治平三年（1066）三月四日，因皇子颖王赵顼（后来之神宗）纳妃，英宗大宴群臣于皇家园林。在宴会上，司马光碰到了知制诰韩维。韩维告诉他，所有举荐新台谏的奏章都被他扣下了，已上奏要求将吕诲等人召回。司马光说，他已上《留吕诲等劄子》①，要皇上收回成命。

司马光在劄子中说，"忠直敢言之臣"是"国家之至宝"。现在将吕诲等贬谪，恐怕将来陛下听不到直言了。"今陛下徇政府一二人之情，违举朝公议，尊崇濮王过于礼制。天下之人，已知陛下为仁宗后，志意

---

① 《传家集·卷三十七》。

不专，怅然失望。今又取言事之臣，群辈逐之，臣恐累于圣德，所损不细。闾里之间，腹非窃叹者多矣"，最后要求"令诲等还台供职"。

这个劄子没起作用，司马光又上《留傅尧俞等劄子》①，猛攻政府，说，濮议所以闹成这样，贬谪台谏，"盖政府欲闭塞来者，使皆不敢言，然后得专秉大权，逞其胸臆"。陛下"今日独取拒谏之名，受孤恩之谤，违天下之望，失人主之权，止于遂政府数人狠心而已。不知于陛下有何所利而为之"。如果陛下召回傅尧俞等，并下诏对濮王不称亲，则可使天下的诽谤变为讴歌，愤懑变为欢欣。

司马光慷慨激昂，矛头直指执政大臣，而老谋深算的韩琦却在暗暗发笑。这一切都在他的意料之中，甚至可以说是他"导演"的。英宗以宗室子继位，一开始就存在一个如何对待生父濮王的问题。当时，韩琦征求司马光的意见，司马光随口说，仁宗新逝，不宜议此，应待仁宗大祥之后，讲求典礼，追崇本亲。那好，你就帮我写个报告吧。司马光按上述意见写了。他未曾想到，"追崇本亲"四个字，后来给他带来了极大的被动。仁宗大祥后，"濮议"开始，司马光起草的《与翰林学士王珪等议濮安懿王典礼状》主张不可称亲。所以，英宗下手诏指责台谏派"前后之言，自相抵牾"②。

司马光被当头敲了一棒。孔子曰："道不行，乘桴浮于海。"不赞成我的主张，我就走人。司马光于是上《乞与傅尧俞等同责降上殿劄子》、第二劄子、第三劄子③。英宗全部留中而不送中书，司马光不领情，自己抄录副本送到了中书，而韩琦看都懒得看。为啥不贬你？因为你已经不是台谏官。

在官场斗争中，司马光根本不是韩琦的对手。在"濮议"如火如荼的治平二年（1065）十月四日，朝廷下了一道告敕：以天章阁待制、知谏院司马光为龙图阁直学士兼侍讲。这似乎很反常，一个挑头与宰执作对的人反而升了官，而且升的是非常关键的一级。其原官天章阁待制是

---

① 《传家集·卷三十七》。
② 《长编·卷二百七·治平三年三月辛未》。
③ 《传家集·卷三十七》。

四品，虽已"赐三品服"，但那是"赐"，官袍"升"了官职依旧；新官龙图阁直学士是从三品，是名副其实的紫袍官。韩琦料定司马光一定会请辞，司马光果然反复上疏请辞，要求外放任知州。好！韩琦顺水推舟，批准他辞去知谏院一职，而保留其他职务。这就是政治的奥妙。在"濮议"中，司马光是台谏派的"领头羊"，所以能领头，知谏院这个职务是关键。一旦他离开这个岗位，他就不能再挑头了，也不便事事发言了。这样，韩琦"巧妙"地达到了削弱台谏派的目的，而且谁也说不出啥来。司马光书生气重，还以为真的是对自己的重用。当侍讲，为皇帝经筵讲课，这是何等荣耀！等他回过神来，才发现自己没有跳出韩琦的手掌心，心里要多难受有多难受，只好接着写《乞责降第四劄子》①，说，是我最先提出"为人后者为人子"，"臣又独为众人手撰奏章。若治其罪，臣当为首"。"今尧俞等六人尽已外补，独臣一人尚留阙下，使天下之人皆谓臣始则倡率众人，共为正论，终则顾惜禄位，苟免刑章，臣虽至愚，粗惜名节，受此指目，何以为人？"最后写到当时的心情："昼则忘餐，夜则忘寝，入则愧朝廷之士，出则惭道路之人，藐然一身，措之无地。"他感到无地自容了，把自己关在家里，大有不责降就不出来的劲头。

但是，英宗派宦官把他叫到迩英殿，当面谕令他出来供职，他只得从命。韩琦脸上露出一丝不易觉察的笑来。

初为帝师，礼治为纲

韩琦之所以笑，是因为他的目的全部达到了。司马光跟他斗，还嫩了点，不过他始终对司马光是爱护的，爱护是为了更好地利用。英宗不是一盏省油的灯，在处理与太后的关系上时常意气用事，不顾大局，对稳固政局来说，这很危险。英宗因当"皇子"的时间太短，没有时间接

---

① 《长编·卷二百七·治平三年三月辛酉》。

受太子应接受的系统教育，需要靠经筵来补课。其他授课者只会子曰诗云，干巴巴地说理，英宗听着打瞌睡，而司马光懂历史，他讲课英宗肯定会爱听。果然，司马光一改以往那种一味解释经义的授课方法，而通过讲历史故事来阐发经义，让英宗听得兴趣盎然。开篇从周威烈王二十三年（前 403）三家分晋讲起。在讲到周威烈王承认晋大夫魏斯、赵籍、韩虔为诸侯后，他发了一通宏论。这是他作为历史学家的史论总纲，作为思想家的理论基础，作为政治家的施政纲领，是他经过长期思考的结果。后来写在《资治通鉴》的开头，是为全书之总纲。

> 臣光曰：臣闻天子之职莫大于礼，礼莫大于分，分莫大于名。何谓礼？纪纲是也。何谓分？君臣是也。何谓名？公、侯、卿、大夫是也。

啥意思？天子的职责莫大于维护礼治，礼就是纲纪；礼的核心莫大于把人分为等级，首先是君臣之分；分等级莫大于标志等级的名，如公、侯、卿、大夫等。简单地说，礼就是等级制，礼治就是用等级制治理国家。司马光在提出了这三个"莫大于"的观点后，接着逐一展开阐述：

> 夫以四海之广，兆民之众，受制于一人，虽有绝伦之力，高世之智，莫不奔走而服役者，岂非以礼为之纲纪哉！是故天子统三公，三公率诸侯，诸侯制卿大夫，卿大夫治士庶人。贵以临贱，贱以承贵，上之使下，犹心腹之运手足，根本之制支叶，下之事上，犹手足之卫心腹，支叶之庇本根，然后能上下相保而国家治安。故曰：天子之职莫大于礼也。
>
> 文王序《易》，以乾、坤为首。孔子系之曰："天尊地卑，乾坤定矣。卑高以陈（从低往高排列），贵贱位矣。"言君臣之位，犹天地之不可易也。《春秋》抑诸侯，尊周室，王人虽微，序于诸侯之上，以是见圣人于君臣之际，未尝不惓惓也。非有桀、纣之暴，汤、武之仁，人归之，天命之，君臣之分，当守

168

节伏死而已矣。是故以微子（商纣王弟，贤人）而代纣，则成汤配天矣（成汤创立的商朝就会像天一样长久）；以季札而君吴（国），则（开国诸侯）太伯血食矣（永远有人祭祀）。然二子（微子、季札）宁亡国而不为者，诚以礼之大节不可乱也。故曰：礼莫大于分也。

夫礼，辨贵贱，序亲疏，裁群物，制庶事。非名（身份称谓：包括爵位、名号、谥号等）不著，非器（从宫殿、车马到日常用品包括食具、饮具、寝具、饰物、礼器等直至死后的墓制、冥器）不形。名以命之，器以别之，然后上下粲然有伦，此礼之大经也。名器既亡，则礼安得独在哉？昔仲叔于奚有功于卫，辞（城）邑而请繁缨（天子、诸侯辂马的带具上的饰物），孔子以为不如多与之邑。惟器与名，不可以假人，君之所司也。政亡，则国家从之。卫（国）君待孔子而为政，孔子欲先正名，以为名不正则民无所措手足。夫繁缨，小物也，而孔子惜之；正名，细务也，而孔子先之。诚以名器既乱，则上下无以相有故也。夫事未有不生于微而成于著。圣人之虑远，故能谨其微而治之；众人之识近，故必待其著而后救之。治其微，则用力寡而功多，救起著，则竭力而不能及也。《易》曰："履霜，坚冰至"，《书》曰："一日二日万几（机）"，谓此类也。故曰：分莫大于名也。

接下来他简要回顾了春秋时期的历史，认为春秋时期虽"周道日衰，纲纪散坏，下陵上替，诸侯专征，大夫擅政，礼之大体，什丧七八矣，然文、武之祀犹绵绵相属者，盖以周之子孙尚能守其名分故也"。春秋诸侯称霸，都假借周天子的旗号，不是他们的力量不足以抛开周天子，也不是他们有怜悯之心，而是"畏奸名犯分而天下共诛之也"。现在，晋国三个大夫把晋国瓜分了，周天子既没有力量讨伐，又纵容他们，封他们为诸侯，"是区区之名分复不能守而并弃之也。先王之礼于斯尽矣"。这意思很明显，周天子连最后的一点名分都守不住了，所以礼就一点也不存在了。

有人说，当时周室衰微，天子自身难保，就是想不答应，能做到吗？司马光说："是大不然。夫三晋虽强，苟不顾天下之诛而犯义侵礼，则不请于天子而自立矣。不请于天子而自立，则为悖逆之臣。天下苟有（齐）桓、（晋）文之君，必奉礼仪而征之。今请于天子而天子许之，是受天子之命而为诸侯也，谁得而讨之！故三晋之列于诸侯，非三晋之坏礼，乃天子自坏之也。"

我们不在这里辩论司马光观点的正误，只说英宗听了还是颇以为然的，不过他未必听懂了司马光的弦外之音。当时"濮议"正争得势不两立，司马光是在用历史提醒他，别以为是否追尊濮王是小事，是"惟器与名，不可以假人"的大问题。要当心"名器既乱，则上下无以相有"的后果。

司马光在辞去谏官后，不像过去那样有"言论自由"了，便用历史来表达自己的观点。历经仁宗、英宗两朝，他更加明显地感到，明君是千载难逢的，而中等的、平庸的君主要保住江山，是需要贤臣来辅佐和教导的。换句话说，皇帝也是要老师用正道来指引的。经筵是为皇帝上课的好机会，但经筵不常开，天气太热或太冷，皇帝身体欠佳，等等原因都可以成为取消的理由。因此，应该为皇帝编一本教科书，让他懂得兴衰治乱之道。而要如此，最好是通过历史来表达，让皇帝以史为鉴。

官修《通鉴》，书局开张

这天，青年历史学家刘恕来访。他是司马光当考官时录取的进士，两人几句寒暄后就谈到历史上来。

司马光说："吾儿时读唐人高峻之《高氏小史》，受益匪浅，好一本历史启蒙书。"

刘恕说："《高氏小史》为少年所著，未免简略。先生若能效《左氏春秋》和荀悦之《汉纪》，修一部通史，实乃功德无量。"

司马光说："此乃吾之所愿也。吾观正史自司马迁之《史记》至刘昫之《旧唐书》，卷帙浩繁，人毕其一生亦难以遍读，理解尤难，帝王君临天下，最应懂史，却日理万机，无暇遍览，所以应有一部删繁就简，以记录国之兴衰治乱为主的简明通史。"

刘恕问是否从上古写到（宋朝）国初，司马光说："《春秋》为孔子所著，吾岂敢动一字。准备从周威烈王二十三年三家分晋写起，写到后周显德六年（前 403—959）止，共一千三百六十二年。"

刘恕说："从来治史，有所谓才、学、识三长之说，其中尤以史识最难。《左传》有'君子曰'，《史记》有'太史公曰'，汉书有'赞'。先生三长兼具，也应有'曰'。"司马光告诉刘恕，将效"太史公曰"为"臣光曰"，书名暂定为《通志》。真宗时王钦若等人修《册府元龟》（类书）只采正史，而正史并非全可信，杂史并非全不可信。《通志》将广采博取，疑者疑之，信者信之，成一部信史。

大约在这次谈话前后，司马光开始了《通志》的编撰工作。他在经筵上给英宗讲课时，已经完成了从战国至秦朝一百八十余年的编年史，即《通志》的前八卷。他讲课受到欢迎，便决定先将前八卷上呈，其《进〈通志〉表》[①]说：

> 臣光言：臣闻治乱之原，古今同体，载在方册，不可不思。臣少好史学，病其烦冗，常欲删取其要，为编年一书，力薄道悠，久而未就。今兹伏遇皇帝陛下丕承基绪，留意艺文，开延儒臣，讲求古训，臣有先所述《通志》八卷，起周威烈王二十三年（前 403），尽秦二世三年，《史记》之外，参以他书，于七国兴亡之迹，大略可见，文理迂疏，无足观采，不敢自匿，谨缮写随表上进。

这八卷《通志》，英宗应该是看了的。治平三年（1066）四月十八

---

① 《传家集·卷十七》。

日，英宗发布诏令：命龙图阁直学士兼侍讲司马光编历代君臣事迹。这表明，英宗所以不批准他与台谏官同贬，要留下他讲课和编书也是原因之一。但是，上述诏令有点令人犯糊涂，搞不清是接着《通志》前八卷续编，还是另外再编一部历代君臣事迹？

因此，司马光上奏说，臣窃不自量力，常想上自战国，下至五代，正史之外，旁采他书，凡关国家盛衰，系生民休戚，善可为法，恶可为戒，帝王应该知道的，略依《左氏春秋传》体例，修一部编年体史书，名曰《通志》，其余多余文字，全部删去不载。希望或听或读都不辛苦，就可以博闻广见。接着他提出了两个问题：第一，是续编《通志》还是另起炉灶？第二，如果续编，则私家区区，无力办到，非愚臣所能单独完成。翁源县令、广南西路经略安抚司勾当公事刘恕，将作监主簿赵君锡，都是公认的历史学家，请调此二人与臣同撰，这样就可以快点成书，且不至于疏略。

司马光的奏章以往多如白云黄鹤，而这个关于修书的请示，英宗批准得迅速痛快，让他大喜过望：第一，是续编《通志》而非另著新书，待书成后，再赐书名。第二，所请调二人，照准。第三，在崇文院设书局，专办此事。

先说调人。刘恕接到调令，便赶回了京城。他是筠州（今江西省高安市）人氏，字道原，时年三十四岁。其父亲刘焕与欧阳修是"同年"，进士及第后官至安徽颍上县令，因不愿屈节侍奉上司，便学陶渊明弃官而去，上庐山隐居。欧阳修佩其高节，为之赋《庐山高》一诗。刘焕穷得家徒四壁，令人羡慕的唯有其"神童"儿子刘恕。他八岁时，听来客说孔子无兄弟，他冷不丁地冒出一句："以其兄之子妻之。"① 举座皆惊。十三岁时，他为准备制科考试，向人借阅《汉书》和《唐书》，过目不忘，一个月就还书了。宰相晏殊要考考这位"神童"，把他召到府上，反复诘问，没能难着他，反而被他的"请教"难住了。后来，晏殊专门请他到府上讲解《春秋》。他十八岁（皇祐二年，1050）参加科考，司

---

① 《论语·公冶长》载，孔子将侄女嫁给了南容。

马光是考官之一。仁宗有诏，将通经义者之名单独奏上。在应诏者中，刘恕名列第一。其诗、赋、论也被列为上等。可在殿试中，他被判为不中格，又令其到国子监试讲，再次被评为第一，这才被赐进士出身。他先任钜鹿主簿，后任和川（今山西安泽县北）县令，颇有政声，但他最擅长的还是史学，上自太史公所记，下至后周，正史野史，他都烂熟于心，以至司马光后来说，编《资治通鉴》"凡数年间，史事之纷错难治者，则以委之道原（刘恕字），光受成而已"。这虽是自谦，但绝非溢美。

刘恕来了，赵君锡却来不了。他父亲逝世，要"丁忧"三年，只好换人。换谁好呢？刘恕提醒司马光："先生读过《东汉勘误》吧！"此书是刘敞、刘攽、刘奉世（世人称之为"三刘"）叔侄所著，司马光当然读过。"三刘"是临江新喻（今江西新余市）人，均是出色史家，但刘敞年龄偏大，刘奉世年资偏浅，刘攽不到四十岁，正好。不过，司马光一本正经，而刘攽诙谐幽默，两人性格迥异。他爱给人取外号，与之同在三馆的孙觉高大肥胖，孙洙羸弱瘦小，因为同姓同官，送信件的小史常常搞错，刘攽便给孙觉取外号为"大猢狲"，孙洙为"小猢狲"，说这样就不会搞错了。他初任馆职时，骑一匹骒马上下班，有人说他"怪异"，你就不担心那一群公马把你顶翻吗？他说，我自有办法。人问："什么办法？"他说，我买一块青布做一个兜兜挂在马屁股上。请其详解，他说，我初任馆职，薪俸微薄，柴火费、烤火费什么也没有我的，不得已买这匹廉价的马代步，而众人则说我怪异，我就用这个兜兜堵住他们的嘴。他与王汾同在馆阁，两人常互相取笑。王汾是个官迷，有一天，刘攽突然对他表示祝贺，问何贺之有？刘说，祝贺你要改章服了（换官袍，标志升官）。王说，未见命令。刘说，早晨听到阁门使传报，要不你去打听一下。王汾真去打听了，结果是："有旨诸王坟得以红泥涂之。"王汾因此被"王坟"了一回。御史马默弹劾他"玩侮无度"，好，那就先"玩"你一把："既称马默，何用驴鸣？"随口就是一篇《马默驴鸣赋》，其中有"冀北群空，黔南技止"之句，讽马默为黔驴。刘攽与苏东坡、王安石都是好友，常互相"开涮"。老实说，司马光不喜欢这类没正经的人，但在治汉史上，全国无人望其项背，便将他调到书局，负责汉代部分。

　　书局在崇文院正式开张了。从此，中国历史上最恢弘的编年体史书《资治通鉴》（当时暂名《通志》）从私修（前八卷）变成了官修。英宗给了书局最好的待遇。崇文院内有皇家图书馆龙图阁、天章阁；有国家档案馆秘阁和史馆；有国家图书馆昭文馆，所有书籍和文件编撰者都可以借阅。英宗亲自交代，书局待遇与皇宫同，从大内派出一班宦官以供差遣。写书用的是御笔、御墨和御用缯帛；吃的饭菜出自御厨之手，喝的是御酒；饮食起居，送信跑腿，一切杂务，都由宦官侍候。此外，还有一笔供编撰者零花的"御前钱"。这样的待遇，即使是明代修《永乐大典》，清代修《四库全书》的编撰们也不敢奢望。

第十八章

没读懂神宗

宋英宗赵曙在位不满四年，其实就干了"濮议"一件事。他胜利了，为自己争取到了称生身父母为"亲"的权利，但建在父王陵寝上的庙宇刚刚完工，他就病倒了。弥留之际，他急召太子颍王赵顼。太子赶到时，他已不能言语，只是一个劲地流泪。他才三十五岁，他不想死，他舍不下皇位，但正如宰相韩琦在召太子时所说，他就是活过来，也只能当太上皇了。治平四年（1067）正月初八，他死了，二十岁的赵顼登基，是为神宗。

四年时间不到，宋朝连死了两个皇帝（仁宗、英宗），财力已经经不起国丧了，赏赐只好从简。不过，许多朝臣更关心的不是帝国的财政，而是权力的再分配。所谓一朝天子一朝臣，宰相韩琦、副相欧阳修等已是两朝顾命大臣，三朝元老，也应该让别人干干了，有的人已经等得着急了。

欧阳修离朝前的推荐

自成立书局后，司马光就一头扎在崇文院里编书。另外，他已奉命当本年科考的主考官。一当考官，就得被封闭在礼部的考试院里，不得与外界接触。让他失望的英宗走了，新登基的神宗是个什么样？他不了解，也不知道外面的情况。此时，考试院外一场以扳倒韩琦、欧阳修为目的的倒阁大戏开锣了。

第一个遭到弹劾的是欧阳修。英宗的遗体停在福临殿，群臣丧服吊唁。监察御史刘庠发现，欧阳修的丧服下露出紫衣一角，于是弹劾其犯了"大不敬"罪。在封建社会，"大不敬"属十恶不赦之列，若罪名成立，是要杀头的。欧阳修衣着上的不谨慎，足见其有点飘了。神宗网开一面，未予深究，但御史们岂肯就此罢休？在"濮议"中，欧阳修首倡"降而不绝"论，把台谏派得罪光了，加上他心直口快，往往面折人短，因之积怨甚多。御史中丞彭思永还差一步就可进入执政之列，早就想轰走欧阳修取而代之。"大不敬"罪名没安上，又找到了一个新的突破口。欧阳修妻子的从弟名叫薛良孺，因犯举官不实（推荐干部弄虚作假）而受停职处分，神宗即位，照例大赦，薛良孺可被赦免而复官。欧阳修说，不能因为我的原因而原谅他，一句话让他复官无望，因此恨得咬牙切齿。他造谣说，欧阳修与儿媳吴氏关系暧昧。吴氏乃盐铁副使吴充（司马光的"同年"，后为宰相）之女，嫁给欧阳修的长子欧阳发。集贤校理刘瑾因仕途不顺也恨欧阳修，便将薛良孺的谣言到处散布。彭思永听到后告诉了属下蒋之奇。蒋之奇在"濮议"中支持欧阳修，由欧阳修推荐当了御史，见欧阳修在台谏派中如众矢之的，便想与之划清界限，于是弹劾欧阳修"帷幕不谨"，并要求公布于众。一时间，朝堂沸沸扬扬，昨日还是文坛领袖，今日变为"禽兽不如"。欧阳修无端被扣上屎盆子，急忙上章自辩，要求朝廷核实。如是真，自当伏诛；如是假，当黜御史。一查，蒋之奇供出消息来源是自己的长官彭思永，但彭思永死活不交代所从何来，说御史有风闻言事之权，如果要求每件事都有根据，那就没有人敢说话了。如此几个回合下来，还僵在那儿，神宗只好将彭思永、蒋之奇贬外。贬谪令下，侍御史知杂事苏寀、御史吴申等人为他俩大鸣不平，说从此将堵塞言路，且将欧阳修在"濮议"中"首倡邪说"之事重新倒腾出来，闹得欧阳修无法在朝廷立足，主动要求外放，被贬知亳州（今安徽同名市）。六十岁的他连上六章要求退休，未获准。

这场闹剧似乎是彭思永导演的，其实不然，真正的导演是神宗。新继位的他不满韩琦、欧阳修等大臣专权，私下有所流露。嗅觉灵敏的御史们于是抓紧跳出来表演，以邀宠升官。蒋之奇被贬后，神宗对新任副相吴奎说："蒋之奇敢言，而所言暧昧，既罪其妄，欲赏其敢。"此事因吴奎说"赏罚难两行"而作罢，但明显看出神宗是支持御史的。

在攻走欧阳修的闹剧中，司马光不是"演员"，甚至连"观众"也没能当上。在他作为主考官录取的三百零五名进士名单（其中有王安石之子王雱）上奏后，才知道欧阳修已被贬走了。他未曾想到的是，这个在"濮议"中被他戴上"巧饰邪说"帽子的近视眼老头，在离开朝廷前，向神宗慎重推荐了他：

> 臣伏见龙图阁直学士司马光，德性淳正，学术通明，自列侍从，久司谏诤，谠言嘉话，著在两朝。自仁宗至和（1054—1055）服药之后，群臣便以皇嗣为言，五六年间，未有定议。最后光敷陈激切，感动上听。仁宗豁然开悟，遂决不疑。由是先帝（英宗）选自宗藩，入为皇子……今以圣继圣，遂传陛下。由是言之，光于国有功为不浅矣。而其识虑深远，性尤慎密。光既不自言，故人亦无所知者。今虽侍从，日承眷待，而其忠国大节，隐而未彰。臣忝在政府，详知其事，不敢不奏。

（清·顾栋高《司马太师温国文正公年谱·卷四》）

欧阳公，长者风。不知是否因为他的推荐，反正司马光很快被提升为翰林学士。

宋朝的翰林学士由皇帝直接指挥，故被称为"内制"（知制诰属中书省，称"外制"），"掌制、诰、诏、令撰述之事"；"乘舆行幸，则侍从以备顾问"[1]，是皇帝的私人秘书兼顾问，是正副宰相、枢密使副使的

---

[1] 《宋史·卷一百六十二·职官二》。

后备人选。据宋人李心传在《朝野杂记》中的统计，北宋自太祖至神宗，共任命翰林学士一百零八人，做到宰相的有二十一人，二者之比，真宗朝，十五比四；仁宗朝，五十二比九。如果加上参知政事（副相）和枢密使副使等执政大臣，这个比例高达百分之八十以上。

逼鸭子上架的翰林学士

然而，司马光却诚惶诚恐了。闰三月二十九日，他上《辞翰林学士第一状》①。状中首先表明了自己做官的信条："陈力就列，不能者止"。这句话，五年前他在《辞知制诰状》中用过，当时连上九章坚辞，最后仁宗同意了。在追述此事后，他说："今翰林学士比于知制诰，职任尤重，固非愚臣所能堪称，闻命震骇，无地自处……臣虽顽鄙，粗能自知，非分之荣，必不敢受。"

第一状上去没反应，于是又上第二状②，神宗认为他不过是按例自谦，仍没反应。其实，司马光并非全是自谦，还真有点没底。石扬休和范镇是他的"同年"好友。石扬休任知制诰，起草的制辞多遭人诟病，被认为不称职；范镇任翰林学士，因在起草诏书时将韩琦喻为周公，被贬出朝廷。朝廷的制、诰、诏、令，虽然都是用"四六句"写的官样文章，但一个典故、一句经义、一个字运用不当，都非同小可。至于那些涉及官员褒贬的敕令，起草者再谨慎，也难免会得罪人。翰林学士有封还词头的权力，以司马光的性格，将会有多少词头被他封还？所以，他又接着上了《辞免翰林学士上殿劄子》③。所谓上殿劄子，就是请求上殿向皇帝当面陈述。劄子中，他认为自己"若使之解经述史，或粗有所长，至于代言视草，最其所短"。陛下如准臣辞免，就是"掩臣所短，全臣所长"。

神宗传他上殿。坐在龙椅上的神宗英姿焕发，他的年龄正好与司马

---

① 《传家集·卷三十七》。

② 同上。

③ 同上。

光高中进士时的年龄相等，虚岁二十。"国之治乱，尽在人君。"眼下的神宗如此年轻，司马光作为侍讲和《通志》(《资治通鉴》)的总撰，深感有责任将他培养成有德的明君。神宗仔细瞅着司马光，见他才四十出头，却已须发皆白，未免唏嘘。对司马光的忠诚和学识，他是了解的，任命他为翰林学士，就是想把他放在身边，以资顾问。

神宗首先开口："古之君子，或学而不文，或文而不学，惟董仲舒、扬雄兼之。卿有文学，尚何辞？"你既有学问，又有文采，还有什么推辞的理由？

司马光回答："臣不能为四六。"

宋朝的制诏要用"四六句"写，而汉朝是不用的，神宗说："如两汉制诏可也。"

司马光说："本朝事不可。"

神宗反问道："卿能举进士高第（第六名），而不能为四六，何也？"

司马光一时无言以对，扭头开溜。神宗笑了，派宦官追到门口，强迫他接受告敕，司马光却拜而不受，神宗见状，高声说："司马光还不回来谢恩！"他不得不回来，照样拜而不受，神宗命令宦官，"塞到他怀里去"。这样，他这个翰林学士不当也得当了。

被迫当了个不想当的美官，司马光心里怎么也美不起来。而一个昔日同僚的遭遇，又揭开了十年前的旧伤疤。此人是夏倚。当时，司马光追随恩师庞籍任并州通判，夏倚是麟州通判。屈野河之败，夏倚被贬到远地当税务官，司马光因有庞籍庇护不降反升（见第九章）。夏倚苦苦熬了十年，当到屯田员外郎，由欧阳修推荐召试馆职，而御史却说他"素无学术"，且重翻屈野河的旧账，硬把这事搅黄了，被放到江南西路任转运判官。这对夏倚不公，司马光却帮不上忙。他离京时没与司马光告别，当年的同级，现在一个已穿紫袍，一个还穿绿袍，唉！

此时，司马光想的与神宗想的完全不一样。如前所说，神宗是"倒阁"大戏的导演，欧阳修被贬只是个序幕，重头戏还在后头，就是免掉宰相韩琦。韩琦因担任英宗的山陵使，暂时得放一放。现在，陵寝已经规划妥当，该向他动手了。神宗提拔司马光当翰林学士，放在身边，是要他为"倒阁"大戏服务。

一个没读剧本的"演员"

第一个向韩琦发难的是御史中丞王陶。他原是东宫属官太子詹事，所谓从龙之人，彭思永攻欧阳修两败俱伤后，他接替了彭的职务。因他也曾上疏要求仁宗早立储君，所以司马光对他印象不错，以为是敢言之士。

四月初五，朝廷下了一道诏令，召陕西宣抚使、判渭州郭逵签书枢密院事。王陶上疏说："韩琦引（郭）逵（到）二府，至用太祖出师故事（太祖用武将为帅）劫制人主，琦必有奸言惑乱圣聪，愿罢逵为渭州。"①

王陶捅的是宋朝的一根敏感神经，即武将任职枢密院的问题。为防止重演五代武人专政的悲剧，宋朝最高军事指挥机关枢密院的首长（枢密使、副使、签书枢密院事）一般不用武臣，偶尔文武杂用，也会引起轩然大波。后人评论宋代"北宋无将，南宋无相"。北宋在仁宗后，差强人意可称名将的只有两人，一个狄青，一个郭逵。两人都是士兵出身，都是范仲淹培养提拔起来的。这里不说他们的功劳，只说狄青当枢密使后，一直就是文臣的"箭靶子"，最后被贬到外地后还隔三岔五地派宦官去"问安"，活活把他吓死了。郭逵实际在英宗时就已经被任命为签书枢密院事，在文臣的汹汹议论中，英宗没敢让他到职，令其以本职为陕西宣抚使、判渭州。现在神宗召他回朝，王陶便借此危言耸听，攻击韩琦。王陶的这一"箭"射得很有力量，但未能中的。神宗说，郭逵是先帝所用，如果罢他的官，等于是说先帝用错了人。

第一"箭"没射准，王陶又从故纸堆里找到了武器。翻阅《皇祐编敕》，见上面规定常朝日，宰相应轮流一员押班，而韩琦等从不押班。于是以御史台的名义给中书省发函，在引述以上规定后，问后来是否又

---

① 《续资治通鉴·卷六十五·治平四年四月》。

有新的规定。这明显是无事生非。宰相常朝日押班其实只在真宗大中祥符初年实行过，因为难以坚持，便废而不行，至今已经六十年了。北宋皇帝与宰执研究国务是在垂拱殿（内朝），而每日例行的百官朝会（常朝）是在文德殿（外朝），所谓宰相押班即外朝押班。因皇上要在内朝与执政大臣议事，所以每日的文德殿常朝不一定能见到皇上，只有五天一次在垂拱殿举行的"百官大起居"，皇上才不会缺席。如果要宰相每日到外朝押班，就会影响在内朝议事。王陶见中书省未予答复，于初八日上疏弹劾宰相韩琦、曾公亮不押班，"至谓（韩）琦跋扈，引霍光、梁冀专恣事为喻"。霍光、梁冀是汉代能操废立之柄的权臣，王陶把韩琦与他俩相提并论，意图不言自明。神宗将王陶的弹状给韩琦看，韩琦说，王陶说我跋扈，陛下派一个小宦官来，就可将我绑去。神宗听了未免心动。尽管韩琦、曾公亮已上表谢罪，但王陶仍然接二连三地弹劾。本来有不少人对韩琦的专权不满，但王陶的无限上纲反而引起人们对韩琦的同情。特别是王陶能有今天，多亏了韩琦的推荐。神宗在颍王邸为太子时，英宗让韩琦推荐太子詹事（太子府总管），韩琦推荐了他。文彦博提醒韩琦，此人浮躁，须防其见利忘义。韩琦当时不以为然，现在悔之莫及。神宗看形势不利，便想"暂停"。

司马光本与这场大戏无关，神宗的"暂停"却把他卷了进来。为宽慰韩琦，神宗决定将司马光的职务与王陶对调，就是让司马光权御史中丞，王陶任翰林学士。这很对司马光的胃口，在进宫谢恩时，他对神宗说："自顷宰相权重，今（王）陶以论宰相罢，则中丞不可复为。臣愿俟宰相押班然后就职。"意思是，王陶因为弹劾宰相而被罢官，以后御史中丞就没法干了，等宰相押班后我再上任。他显然是站在王陶一边了，目的是抑制宰相的权力。神宗同意了他的请求，但遭到中书省的强硬抵制。

司马光权御史中丞的告敕发出来了，而王陶任翰林学士的告敕被压了下来。因韩琦告假，参知政事吴奎、赵概面见神宗，坚决要求将王陶外放，神宗不准，不得已而求其次，拟任其为群牧使。这也是个肥缺，神宗同意了。可吴奎、赵概刚回中书省，神宗就变卦了，派人送来批示，仍要授王陶翰林学士。吴奎一看火了，马上上疏说，当年唐德宗疑大臣，信群小，被称为昏君。"今（王）陶挟持旧恩，排抑端良。如韩琦、曾公亮不押班事，盖以向来相承，非由二臣所废。今若又行内批，除陶翰林学士，则是因其过恶，更获美迁，天下待陛下为何如主哉！陶不黜，陛下无以责内外大臣展布四体。"奏折递上去后，吴奎称病不出，请求免职。

年轻的神宗急于树立自己的权威，想不到事情会僵到如此地步。二十一日，正好司马光上殿言事，神宗与他谈起此事，问他对王陶是仍授翰林学士好，还是该授侍读为好？司马光一时也不知如何是好，答应次日书面汇报。他想了一夜，觉得神宗登基才三个多月，朝廷应以安定为好。他本来是向着王陶的，但这个时候不做出让步，就难以安抚吴奎。二十二日，他上《乞王陶只除旧职劄子》①，指出：翰林学士与侍读是资质相等的职务，无论给王陶哪个职务，都属于提升，这样吴奎就肯定还会称病不出，王陶也不好意思接受。建议给王陶只授旧职（即任御史中丞前的职务：枢密直学士、礼部郎中），这样吴奎有了面子，就会出来上班，而王陶也无话可说。否则，直性子的吴奎可能还会有过激行为，陛下只能将其免职外放。而其他人不知缘由，误以为陛下驱逐大臣，就会纷纷求去，这有损陛下的形象和朝廷的工作。

然而，司马光的心是白操了。

神宗在征求司马光意见的同时，把吴奎的奏章给王陶看了。王陶心领神会，立即弹劾吴奎目无君主，阿附宰相，以欺天下，一下给他列了六条罪状。御史吴申、吕景与之呼应，弹劾吴奎有五大罪。神宗让知制诰邵亢起草王陶任翰林学士的告敕，邵亢说："御史中丞职在弹劾，阴阳不和，咎由执政。（吴）奎所言颠倒，失大臣体。"神宗听了这话，决定将吴奎贬逐出朝。但曾与王陶同为东宫属官的龙图阁直学士韩维持相反观点，说：如果宰相真的跋扈，按王法得杀头。王陶如说得对，宰相难逃其罪；要说错了，那就不是免除御史台职务的问题。现在让他当翰

---

① 《传家集·卷三十七》。

林学士，是升官。不如将此事公布于朝，让群臣讨论。

神宗明白，如在朝廷讨论，王陶多半占不到便宜，所以决定以各打五十大板的办法来平息事态。二十三日，他批示中书省：王陶、吴申、吕景过毁大臣，王陶出知陈州（今河南淮阳），吴申、吕景各罚铜二十斤；吴奎身为执政而弹劾御史中丞，把手诏当内批，说没有法律效力，扣押三天，罢知青州（今山东同名市）。

司马光一看，着急了，于二十四日上《留吴奎劄子》①，说，陛下因王陶而免了吴奎，处罚太重，造成满朝惊骇，应收回成命，以慰士大夫之望，安大臣之心。吴奎因违诏而受罚，又因率直而被留，必然感恩戴德，慑服陛下英德。

神宗驱逐吴奎，准备用三司使张方平接替，谁知在向他告知这一喜讯时，他拒绝接受，说："韩琦告假，若罢吴奎，韩琦必定不出。韩琦对皇室有功，应手诏褒奖，使之善始善终。"现在，神宗又看了司马光的劄子，开始回心转意。当日，曾公亮入对，所言如司马光。于是，神宗于二十五日召见吴奎，给他官复原职，安慰说："成王岂不疑周公邪？"如此这般，终于将执政大臣稳定下来。

再说王陶被贬知陈州后，仍然不断上疏弹劾宰执，中书省非常恼火，准备再予贬谪。司马光感到这样后果将会很严重，立即上《乞更不责降王陶劄子》②，指出，自仁宗以来，台谏官遭贬，很少因为犯颜直谏，而是因为得罪了宰执大臣，因而威福之柄下移，宰辅之权太重，今王陶已受贬谪，如果再贬，我怕从此人君之权益去，大臣之势遂成。皇帝最怕的就是这个，神宗虽然处罚了王陶，可心是向着他的。执政大臣还是不想放过王陶，司马光对他们说，皇上都屈己容人，独中书不能容吗？这才作罢。

闹腾至此，又回到宰相押班的问题上来。五月初四日，宰相韩琦、曾公亮请下太常礼院详议。司马光觉得这个问题已经没有必要讨论，上

① 《传家集·卷三十八》。
② 同上。

《乞罢详定宰臣押班劄子》，请神宗下诏，让宰臣依国朝旧制押班，勿须下礼院详定。初六日，神宗下诏，自今往后，昼刻辰正（七至九时），垂拱殿奏事未毕，宰相可不赴文德殿押班，令御史台宣布散朝；未及辰正，按祥符敕令押班，永为定制。

这个规定等于是说宰相不必押班了。因为宰相在垂拱殿奏事，几乎没有不超过辰时的。司马光不觉深感失望。书生气十足的他此时还不知道，所有这些，都是"倒阁"大戏的一部分，而他不知不觉地在剧中当了演员。五个月后的九月，英宗的梓宫放入永厚陵，韩琦的山陵使任务完成，神宗一下解除了韩琦、吴奎、郭逵、陈升之（旭）四名宰辅的职务。王陶虽然摸准了神宗的意图，但因急登重位而不讲策略，乱打一气，戏没演完就被赶下了舞台。

韩琦被解职了，一个重要人物就要出场了，他就是司马光的老朋友王安石。

司马光也许未曾想到，从此，与王安石唱对台戏会成为他的全部余生。

第十九章

面授御制序

治平四年（1067）九月，神宗任命王安石为翰林学士。满朝都以为他会像以往一样辞而不受，可这一次他二话没说就应诏了。在离开江宁时，他吟出一首《出金陵》①：

> 白石冈头草木深，春风相与散衣襟。浮云映郭留佳气，飞鸟随人作好音。

王安石对神宗寄予厚望，司马光也对神宗寄予厚望。在王安石到达京师之前，他就以帝师的身份开始塑造这位新皇帝了。

老臣的夙愿和新君的期盼

神宗刚登基不久，司马光就上疏，论皇帝"修身之要三，曰仁，曰

---

① 《王安石诗文编年选释》。

明，曰武"；"治国之要三：曰官人，曰信赏，曰必罚"。"臣昔为谏官，即以此六言献仁宗，其后以献英宗。今以献陛下。平生力学所得，尽在是矣。"① 怎么当一个好皇帝？司马光归纳平生所学，就在这六点。

前三点，他在六年前任谏官时向仁宗进谏时称之为人君"三德"。具体解释为：

"仁者非妪煦姑息之谓也。兴教化，修政治，养百姓，利万物，此人君之仁也。"

"明者非烦苛伺察之谓也。知道义，识安危，别贤愚，辨是非，此人君之明也。"

"武者非强亢暴戾之谓也。惟道所在，断之不疑，奸不能惑，佞不能移，此人君之武也。"②

司马光认为，人君有此"三德"，加上三条"治国之要"，即任人唯贤（官人），赏罚必信（信赏、必罚），当皇帝就没有什么难的。但仁宗让他失望了，英宗也让他失望了，现在神宗又将如何呢？

神宗导演的"倒阁"行动虽然把司马光蒙在鼓里，但在许多事情上，对司马光的意见相当器重。

新皇登基，百官皆升一级，宦官也不例外。但宦官一旦升到常朝官的级别，就不能再留在内侍省。勾当御药院高居简被提拔为供备库使，而神宗仍留他在身边。司马光立即上疏，历数其恶行，要求神宗明治其罪。神宗答应等先帝下葬后再处理，司马光说："闺闱小臣，何系山陵先后？"神宗听了他的，让高居简出宫。

这年六月，河北大旱，大量饥民涌到京城开封，朝廷拿出仓库的陈米赈济灾民，规定每户二石，实际按大人一斗，小孩五升发给。司马光上《言赈赡流民劄子》③，认为这样"欲以为恤民之名，掩人耳目则可矣，其实恐有损无益"。因为结果只会招来更多的流民，京师之米有限而流民无限，最后还得饿死。他认为，解决流民问题的关键是得人，即用干

① 《续资治通鉴·卷六十五·治平四年四月》。
② 《传家集·卷二十·陈三德上殿劄子》。
③ 《传家集·卷三十九》。

部，派公正得力的人当河北监司，让他察访所属州县，撤换不称职的官员，然后各州县就地多方筹集粮食，贷给饥民，包括由政府担保让富户贷粮，届时由政府负责帮助收回本金及利息。如果粮食有限，那就先救土著居民，土著有了活路，流民就会回乡。因有政府担保，以后农民就会争先储粮，若县县如此，哪里还会有流民？老实说，他的意见不错，但远水不解近渴。神宗按他的意见下了诏书，但最后解决问题还是靠救济以及太祖发明的老办法，召饥民为兵。

非常明显，司马光想用自己的观点来塑造神宗，而神宗在对司马光的器重中考察他。

神宗即位后求治心切，让内外官员上封事（封起来的奏章）直陈得失，提出意见和建议。这么多的封事，皇帝当然看不过来，神宗让司马光和三司使张方平详定封事，把好的建议梳理出来交给中书省，研究实行。一次在延和殿议事，司马光对神宗说，底下好的建议，陛下应下决心实行。神宗说，可大臣多不想实行。司马光不假思索地说："陛下询刍荛（割草的人）以广聪明，斯乃社稷之福，而非大臣之利也。"这话神宗爱听，所以很快下诏，封事所言之事，如果中书认为难以实行，要找详定官去商量，详细说明利害，向我报告。

宋朝农民的负担很重，税负之外，"害农之弊，无甚差役之法"。在诸多差役中，最重的是所谓衙前役，顾名思义就是在衙门前服役。北宋州县衙门有官无吏更无职员，怎么办呢？主要是靠农民来服衙前役，包括收税、捕盗、官物运输以及一切衙前差遣。有点文化的可以像《水浒传》中的宋江那样当个押司之类的吏，但大多只能跑腿。在官府跑腿多好啊，须知那是没有工资的，要自带口粮，而且如果丢失官物，就得全额赔偿，许多农民因此而倾家荡产。谁去服衙前役呢？开始是实行"里正衙前"。里正约相当于如今的村长，村长很乐意收税，因为中间有赚头，而不愿衙前差遣，因为一旦丢失官物就会破产，所以弄得谁也不愿当村长。宰相韩琦发现这个问题后，将"里正衙前"改为"乡户衙前"。这里的乡户特指本乡本里的富户，每年从一富户抽一丁去服衙前役。这样一来，便户户装穷，设法变穷，如兄弟分家、父子分居摊薄财产等，有一富户父子两人须抽一人服役，父亲对儿子说，我死了就可给你留条活路，竟然上吊自杀了。又因各地收入水平不同，穷地方稍有积蓄者便羊群跑马，成了富户，所以越是穷的地方越是比着穷，谁也不敢发家，严重影响生产力发展。因此，神宗令朝臣讨论，有什么能减轻农民差役负担的办法都说出来。司马光赞成改革衙前役，但不主张全国统一立法。在《论衙前劄子》①中，他回顾了从"里正衙前"到"乡户衙前"的历史及其危害，建议神宗下诏，让各地比较两种衙前的利弊，详奏以闻，各随所便，另立新法，让老百姓敢于致富。建议不错！很好！但究竟有什么办法？司马光没说。

经过半年多时间的相互观察，司马光对神宗的感觉良好，他的奏章除了请辞翰林学士没被批准外，其余差不多都被神宗接受。神宗对司马光也有了初步印象：一个正直而有些迂腐的人。他不会见风使舵，趋炎附势，对执政包括对皇帝也敢于犯颜直谏而绝不阿谀。他的正直缘于对其所学的绝对自信，用其所学衡量一切，显出几分唯学是从的迂腐。作为老臣，他的夙愿是要用其所学塑造出一个他心目中的明君；而作为新君，当务之急是要解决内政外交上堆积如山的现实问题，国弱民贫，谈何明君？因此，对司马光可用其正直，而避其迂腐，但二者在他身上是紧密联系在一起的。如何分得开？

与神宗的第一次正面冲突

不错。司马光的正直与迂腐很快就让神宗感到非常难受。

陕北绥州（今绥德）陷于西夏数十年了。当地少数民族首领嵬名山、嵬夷山兄弟不满西夏国王谅祚的统治，与宋朝的青涧守将种谔约降。夹在宋朝与西夏之间的少数民族英勇善战，历来是双方争夺的焦点，均采取封以官衔、赏赐金帛的办法，争取为我所用。宋朝习惯将靠拢自己的

① 《传家集·卷四十一》。

少数民族部落称为熟户，否则称为生户。如果真能招降嵬名山兄弟，宋朝等于多了一点五万余熟户，而且能相机收复绥州。陕西转运使薛向支持种谔，奏曰可行。神宗专门把他召到京城，听取汇报，批准了他们的招降计划。这事进行得很秘密，由神宗亲自掌握，连中书省和枢密院都瞒着。司马光不知从哪儿听到了消息，于九月十七日上《言横山劄子》①。横山地区位于宋、夏边界，即今陕北榆林与宁夏、内蒙古交界地区，谁控制了横山谁就掌握了战略主动。他反对招纳嵬名山，理由：一、"陛下初承宝命，公私困匮，军政未讲"；二、"谅祚虽内怀桀骜，而外存臣礼，方遣使者，奉表吊祭（英宗），尚未还国，而遽令边臣诱纳其亡叛之民，臣恐未足以亏损谅祚，而失王者之体多矣。"劄子上去，神宗未予答复。他觉得也许自己没说清楚，又于二十四日上了二千余言的《论横山疏》②，强调"王者之于戎狄，或怀之以德，或震之以威，要在使之不犯边境，中国获安，则善矣"，不必像汉武帝那样，非擒颉利不可。"夷狄之俗，自为儿童，则习骑射，父子兄弟，相与群处，未尝讲仁义礼乐之言也，唯以诈谋攻战相尚而已。故其民习于用兵，善忍饥渴，能受辛苦，乐斗死，而耻病终。此中国之民所不能为也。"在分析了民风的差异后，他回顾了从太宗开始的宋夏战争史，宋朝几无胜利，而每战必耗尽国力，苛敛百姓，"白骨敝野，号哭满道，长老至今言之，犹嘘唏酸鼻"。真宗到仁宗明道年间的四十年双方相安无事，"关中户口滋息，农桑丰富"。仁宗屈己赐元昊为国主，赐岁币二十五万，"岂以其罪不足诛，而其功可赏哉？计不得已也"。他要告诉神宗，由于民风的差异，我们打不赢西夏，仁宗是迫不得已才花钱买平安的。现在若诱降其叛臣，激怒谅祚，是"常欲其叛，而不欲其服也！信义赏罚，将安在乎"。这些话神宗肯定不爱听。西夏从李继迁叛宋闹独立开始，逐渐占领了宋朝的大量土地，建立起雄踞于西北的独立王国，而且几乎年年侵边犯境，杀我边民，掠我财物，而你司马光却口口声声要我要讲"王者

① 《传家集·卷四十一》。
② 同上。

之体"，不可像"闾阎小人"那样"以牙还牙，以眼还眼"，什么道理嘛？司马光打了个比方："譬如邻人窃己之财，己以正议责之可也，岂可复窃彼之财以相报邪？"什么比喻？神宗认为：从我手里抢去的东西，我把它要回来，天经地义。司马光预测招降嵬名山无论是否成功，都将引起宋夏大战，贻害无穷。他告诫神宗，欲立功于外，必先治其内，要从政治军事八个方面着手：举百职（选贤），修庶政，安百姓，实仓库，选将帅，立军法，练士卒，精器械。而现在八者不具其一，开战必败，"然后忍耻以招之，卑辞以谕之，尊其名以悦之，增其赂以求之，其为损也，不亦多乎？"

神宗不想与司马光较真，佯称无招降之事。司马光觉得神宗是有意回避，九月二十七日再上《言横山上殿劄子》，警告说："陛下独不见侯景之乱乎？"梁武帝萧衍太清二年（548），东魏降梁将领侯景勾结觊觎皇位的皇侄萧正德发动叛乱，占领京城建康（今南京），萧衍被围困于皇城中饿死。显然，司马光是把嵬名山比作侯景，那萧正德又是谁呢？这的确有点危言耸听了。他要求上殿陈述，神宗于延和殿召见，于是有了君臣第一次很不愉快的对话。

司马光就是为说边事来的，神宗一句"此外人妄传"，想转移话题。

司马光问："陛下知薛向之为人否？"薛向即支持种谔招降的陕西转运使。他是靠蒙祖父之荫而当的官，因此被科举出身的人看不起，但他是一个不可多得的干吏，尤善理财，为朝廷解决了许多难题。

神宗说："固非端方之士也，徒以其知钱谷及边事耳。"神宗的评价是准确的，因他长期在缘边地区工作，对边事比朝廷诸公清楚得多。比如，陕西骑兵的马，过去靠自己养，养出来的马不胜战斗，而且年年亏损，他通过边境食盐贸易，用其所赚买西夏的马，一年就给部队补充了一万余匹优良战马。

司马光反驳说："钱谷诚知之，边事则未也。"

神宗不想与他争论，再争下去，他秘密指挥招降的事就露馅了，便将话题转移到拟任参知政事的张方平身上。司马光上章反对提拔他，说他除了"文章之外，别无所长"，"奸邪、贪婪、鄙陋"，现在又当着神宗的面说他"奸邪贪猥"。神宗有点不耐烦地问："有何实据？"

司马光说："请言臣所目见者。"

不等司马光继续说下去，神宗勃然作色，说："每有除拜，众言辄纷纷，非朝廷美事也。"

司马光见神宗发了火，也来了脾气，针锋相对地说："此乃朝廷美事也。知人，帝尧难之，况陛下新即位，万一用一奸邪，若台谏循默不言，陛下从何知之？"

沉默半晌，神宗大概在猜想司马光"所目见者"为何事，琢磨他为什么要给张方平戴"奸邪贪猥"的帽子。在神宗眼里，张方平是个难得的人才，曾在他的奏章上批了这样一段十分罕见的话："卿文章典雅，焕然有三代风，又善以丰为约，意博而辞寡，虽《书》之训诰，殆无加也。"①神宗想来想去，觉得司马光大概是说他迎合人主，怀有私心。因国库空虚，英宗的陵寝已无钱讲排场，神宗想降低标准，节省开支，召张方平问："奉先（帝）可损乎？"张方平回答："遗制故云，以先志行之，可谓孝矣。"先帝遗言讲要节省，按先帝的遗志办，就是孝。在以孝治天下的宋朝，别的方面可以省，先帝的陵寝是不敢省的，否则就是不孝，而新帝不孝就会危及统治地位。满朝文武，谁都知道没有钱建豪华陵墓，谁也不敢说这事儿。神宗自己说了，张方平为他找了理论根据，这当然也是一种迎合，但对朝廷对黎民都有益处。

想到这里，神宗冷不丁地问："吴奎附宰相否？"司马光回答："不知也。"神宗这一问明显是指在王陶弹劾韩琦时，吴奎跳出来维护韩琦，反过来弹劾王陶的事（见上章）。他接着问："结宰相与结人主孰贤？"这个选择题是个陷阱，司马光没有上当，回答说："结宰相为奸邪，然希意迎合，观人主趋向而顺之者，亦奸邪也。"

神宗没话了。谈话不欢而散。大概在这次对话后，神宗对司马光的认识又深了一层：这是一个天生的反对派。

① 《宋史·卷三百一十八·张方平传》。

御赐《资治通鉴》书名和御制序

在第二天宣布的大臣任免名单中，翰林学士承旨张方平升参知政事，司马光由权御史中丞改任翰林学士兼侍读学士。

被司马光弹劾的张方平照当副相，而自己却从御史中丞改任翰林学士，虽是平职调动，但隐约透出贬意。干脆，翰林学士俺也不干了！他上《乞罢翰林学士劄子》①抗议说，我昨天弹劾张方平，今天就被换职，既然意见不被采纳，新的任命我不敢接受。他的好友吕公著时任翰林学士兼知通进银台司（职能类似今之办公厅），将他的任职命令上缴以示声援。神宗于是给司马光写了一道手诏："朕以卿经术行义，为世所推，今将开迩英之席（迩英殿开经筵），欲得卿朝夕讨论，敷陈治道，以箴遗阙，故换卿禁林（翰林），复兼劝讲，非为前日论奏张方平也。吕公著封还，盖不知此意也。"

神宗玩的是帝王术，但说的也是实话，你不是凡事以经术来对照吗？那就让你专治经术好了。他越过通进银台司，让阁门将任职命令直接交给司马光，要他接受。这违背了办事程序。吕公著以辞职表示抗议：任命书不经过本司，等于封驳之权因我而废。神宗安慰他说，等迩英殿开讲，你就明白我的意思了。

然而，神宗的安慰并没有使事态平息，司马光又上《除兼侍读学士乞先次上殿劄子》②，说："臣虽木石，亦将开悟，况含气血，得为人类！"他开悟了什么呢？皇上不就是要我讲经术，而不要掺和时政吗？那好，翰林学士我也不当，就专职当侍读学士好了。他还有一个私人请求，希望面见神宗，当面陈述。

他这个私人要求，就是摆脱翰林学士的公务，专心修《资治通鉴》。

---

① 《传家集·卷四十一》。
② 同上。

此前，神宗已经告诉他，拟将他主编的《通志》命名为《资治通鉴》，并将亲自为之作序。老实说，他这个私人请求正中神宗下怀，但作为皇帝，却不能答应他，否则将会造成很不好的政治影响。因为在官场看来，一个高官没有其他职务而专遣编书，会被视为是贬谪。

司马光、吕公著等越与神宗闹别扭，神宗越是盼着王安石早日到京。韩琦罢相离京判相州（今河南安阳），神宗与之挥泪告别，问："卿去，谁可属国者？王安石何如？"韩琦当即表示："安石为翰林学士则有余，处辅弼之地则不可。"为什么不可？他没有说，神宗也没有再问，大概在想，这两句话用在司马光头上挺合适的。

司马光确实太书生气了。他在那里用儒家经典对照皇上，对照大臣，却看不清政治大势。神宗锐意改革，他首先必须搭起改革的新班底，把有碍改革的老臣换下来。司马光的耿直和书生气，有时却在无意中帮神宗的忙。比如，前面神宗让他当封事详定官，很明显，神宗是想打民意牌为改革造舆论，司马光不明就里，对神宗说："陛下询刍荛以广聪明，斯乃社稷之福，而非大臣之利也。"当时御史正在猛攻韩琦，司马光的这番话不也是在攻韩琦吗？倒是被他弹劾的张方平比他清醒，已经意识到朝廷所有一切人事变动，都是为了给王安石上台铺路。他任副相不几天，父亲死了，要回去丁忧，临走时还不忘坚决反对起用王安石。

十月初四，迩英殿开经筵，卜课后，神宗专门留下吕公著，对他说："朕以司马光道德学问，欲常在左右，非以其言不当也。"但几天后，他就透露了变动司马光职务的真正原因。他问吕公著："（司马）光方直，如迂阔何？"吕公著回答说："孔子上圣，子路犹谓之迂；孟轲大贤，时人亦谓之迂。况（司马）光者，岂免此名！大抵虑事深远，则近于迂矣，愿陛下更察之！"到底是虑事深远近乎迂？还是泥古不变谓之迂？两人说不到一块，吕公著仍然坚决要求辞去知通进银台司的职务，神宗答应了。既然你吕公著把司马光比之孔孟，那我让他干孔孟的事——编书讲学。

十月初九，司马光在迩英殿进读开讲。神宗宣布，赐书名为《资治通鉴》(以下简称《通鉴》),并将自己亲自写作、书写的序言面授司马光,令书成后写入,还将颍邸(颍王府,神宗做太子时为颍王)藏书四千四百零二卷捐给司马光的书局。御制序曰:

朕惟君子多识前言往行以畜其德,故能刚健笃实,辉光日新。《书》亦曰:"王,人求多闻,时惟建事。"《诗》《书》《春秋》,皆所以明乎得失之迹,存王道之正,垂鉴于后世者也。

汉司马迁绌(缀辑)石室金匮(皇家所藏)之书,据左氏《国语》,推《世本》《战国策》《楚汉春秋》,采经摭传,罔罗天下放失旧闻,考之行事,驰骋上下数千载间,首记轩辕,至于麟止,作为纪、表、世家、书、传,后之述者不能易此体也。惟其是非不谬于圣人,褒贬出于至当,则良史之材矣。

若稽古英考(英宗),留神载籍,万机之下,未尝废卷。尚命龙图阁直学士司马光论次历代君臣事迹,俾就秘阁翻阅,给吏史笔札,起周威烈王,讫于五代。(司马)光之志以为周积衰,王室微,礼乐征伐自诸侯出,平王东迁,齐、楚、秦、晋始大,(齐)桓、(晋)文更霸,犹托尊王为辞以服天下。威烈王自陪臣命韩、赵、魏为诸侯,周虽未灭,王制尽矣!此亦古人述作造端立意之所繇(本)也。其所载明君、良臣,切摩治道,议论之精语,德刑之善制,天人相与之际,休咎庶证之原,威福盛衰之本,规模利害之效,良将之方略,循吏之条教,断之以邪正,要之于治忽,辞令渊厚之体,箴谏深切之义,良谓备焉。凡十六代,勒成二百九十六卷(实为二百九十四卷),列于户牖之间而尽古今之统,博而得其要,简而周于事,是亦典刑之总会,策牍之渊林矣。

荀卿有言:"欲观圣人之迹,则于其灿然者矣,后王是也。"若夫汉之文(帝)、宣(帝),唐之太宗,孔子所谓"吾无间焉"者,自余(其余)治世盛王,有惨怛(忧伤)之爱,有忠利之教,或知人善任,恭俭勤畏,亦各得圣贤之一体,孟轲所谓"吾于《武成》取二三策而已"。至于荒坠颠危,可见前车之失,乱贼奸宄(坏人),厥有履霜之渐。《诗》云:"商鉴不远,在夏后之世。"故赐其书名曰《资治通鉴》,以著朕之志焉耳。

这里,神宗把司马光与司马迁相提并论,说《通鉴》"尽古今之统,博而得其要,简而周于事,是亦典刑之总会,册牍之渊林",评价之高,高到了无以复加。司马光在《涑水记闻·附录二》中明确记载,这篇序是"(皇)上自制自书"的,在他进读三家分晋后,神宗"顾禹玉(王珪字)等,称美久之"。

神宗在经筵上给了司马光崇高的礼遇,这让他暂时忘却了官场上的不快。他重新满怀信心,要通过讲《通鉴》,把年轻的皇帝培养成一代明君。

第二十章

朝堂两杆旗

司马光真的一头扎进了《通鉴》中。为阻止种谔招降嵬名山的计划，他曾与神宗当面争得不欢而散。这件事一个月后有了结果。

十月二十八日，青涧守将种谔成功招降嵬名山部，得一点五万帐，骑兵一万余。西夏集中四万兵力反扑，被种谔击退，并趁势收复绥州（今绥德），筑城以守。西夏未能夺回绥州，以会商边事为名，诱杀宋知保安军（今志丹县）杨定等人。于是朝议纷纷，要诛种谔，还绥州。种谔是种世衡之子。当年，种世衡在范仲淹的支持下筑成青涧城，成为抵御西夏侵略的重要堡垒；种谔守卫青涧有劳，收复绥州有功。为什么要杀他？宋代对武将的防范到了神经质的地步，从太宗赵光义开始，打仗要颁布阵图，如何排兵布阵都给你规定死了。违背阵图，打了胜仗也要杀头；反之，打了败仗也没责任。种谔的招降行动虽是神宗支持并秘密指挥的，但他没有请示上级就提前行动了，自然该杀。那为什么要还绥州呢？上章司马光的三个言横山劄子可以说代表了大多数朝臣的意见，各种冠冕堂皇的理由归结到一点，就是一个怕字。怕西夏以此为借口大举入侵，怕加重国家和人民负担，怕战争引起内乱。他们并非"怕"得没道理，因为自宋夏作战以来，打败仗不是新闻，打胜仗才是新闻。历任文人统帅（武将不能当），除了范仲淹没有打过败仗外，其余包括大名鼎鼎的韩琦，无不都吃过败仗。越败越怕，越怕越败，怎么办呢？割地赔款，以求苟安。雄心勃勃的神宗一看西夏诱杀了杨定，群臣一致要求杀种谔，还绥州，一下也乱了方寸，转了个一百八十度的大弯，下令逮捕种谔下狱，归还绥州。但是，知延州的枢密副使郭逵反对说："贼既杀王官（杨定等），而又弃绥（州）不守，见弱已甚。且嵬名山举族来归，当何以处之？"有个叫景询的官员投降了西夏，西夏提出用他来交换嵬名山。郭逵说，景询一庸人而已，投降西夏也起不了什么作用，而换走了嵬名山，将来西夏方面谁还敢投奔宋朝？郭逵拒绝了西夏的建议，要求西夏杀掉诱杀杨定的首领以谢罪。朝廷软，郭逵硬，意见相反。神宗决定派刚被免职的原宰相韩琦去知永兴军（西安）兼陕西经略安抚使，主持大计。出发前，韩琦是主张放弃绥州的，而到陕西调查后观点改变，说"绥州不可弃"。正在这时，年仅二十一岁的西夏王谅祚死了，由其七岁的儿子秉常继位，韩琦报告说："当此变故，尤非弃绥之时。"朝廷诸公批他出尔反尔，枢密使文彦博、吕公弼觉得中途改变弃绥的决定，有损朝廷颜面，督促韩琦赶紧弃绥。韩琦反复陈述，最后神宗下诏，按韩琦意见办。绥州保住了，收复绥州的种谔被连降四级，发配随州编管。西夏使团来报谅祚丧，神宗问起诱杀杨定事，这才弄清了事情的原委：杨定出使西夏，拜谅祚称臣，并答应带沿边"熟户"归顺西夏，谅祚赐其宝剑、宝鉴及金银；回来后，他上交了宝剑、宝鉴，而私吞了金银，谎称可策反刺杀谅祚，神宗大喜，令其知保安军。种谔招降嵬名山、收复绥州后，夏人觉得上了杨定的当，便诱杀他以泄恨。在郭逵的压力下，杀人凶手已正法，郭逵派人持凶手画像与囚徒对照，验明无误。

"老师"讲德治，"学生"要治术

招降嵬名山，没有出现司马光所预见的结果。但他没有再说话，不是他的观点有了改变，而是因为忙于著《通鉴》而无暇顾及。

他按照神宗开经筵的时间表，准时在迩英殿进读他的大作。在熙宁元年（1068）二月的一次经筵上，司马光进读的内容是苏秦、张仪的合纵连横。讲罢历史故事，他引用孟子和扬雄的话，对纵横家全盘否定：

> 孟子论之曰：或问："公孙衍（纵横家之一）、张仪岂不大丈夫哉！一怒而诸侯惧，安居而天下熄。"孟子曰："是恶足为大丈夫哉！君子立天下以正位，行天下以正道，得志则与民由之，不得志则独行其道，富贵不能淫，贫贱不能移，威武不能诎（屈），是之谓大丈夫。"
>
> 扬子《法言》曰：或问："（张）仪、（苏）秦学乎鬼谷术而习乎纵横言，安中国者各十余年，是夫？"曰："诈人也，圣人恶诸（厌恶他们）。"曰："孔子读而仪、秦行（读孔子书而像张仪、苏秦那样行为），何如也？"曰："甚矣凤鸣而鸷翰也（这比鸣唱着凤音却披着猛禽的羽毛还要糟糕）！""然则子贡不为欤？"曰："乱而不解，子贡耻诸；说而不富贵，仪、秦耻诸。"或曰："仪、秦其才矣乎，迹不蹈已（前无古人）？"曰："昔在任人，帝而难之，不以才乎？才乎才，非吾徒之才也。"
>
> （《通鉴·卷三·周赧王五年》）

任何古代史都是当代史。借古讽今也好，古为今用也好，都是为当代政治服务的。司马光引用孟轲、扬雄的话来评论张仪、苏秦，导向很明显，就是强调德，而排斥包括纵横家在内的术和才。张仪、苏秦为富贵而游说，因动机不纯，不是才而是奸。

司马光讲罢，神宗问："苏秦、张仪掉三寸舌，乃能如是乎？"司马光说："纵横之术，无益于治。臣所以存其事于书者，欲见当时风俗，专以辩说相高，人君悉国而听之，此所谓利口覆邦者也。"[1]

---

[1]　《续资治通鉴·卷六十六》。

"学生"神宗对"老师"司马光说:"闻卿进读,终日忘倦。"说"终日忘倦",而不说终身受益,是否因为他并不同意"老师"的观点?

登基不久的神宗固然需要道德说教,同样迫切需要治国治军之术。熙宁元年(1068)是宋朝建国一百周年,弊端丛生,迫切需要解决。神宗想从经筵上找到思想武器和治国之术,但帝师司马光对术的态度是排斥与否定。就在这次听讲结束后,其他人都走了,执政大臣被留下来。神宗对枢密使文彦博说:"天下敝事至多,不可不革。"文彦博说:"譬如琴瑟不调,必解而更张之。"他说要重新调弦,似乎是支持神宗进行改革。其实他是没有理解神宗改革的内容,后来变成了反对派。

六天后,神宗又对文彦博等人说:"当今理财最为急务,养兵备边,府库不可不丰,大臣宜共留意节用。"帝国的财政已经到了捉襟见肘的地步。别的且不说,只说英宗的陵寝,建到一半时,居然因缺少五十万资金而没法封顶,最后是陕西转运使薛向设法解决的。救灾款没着落,不得不靠卖官、卖度牒(和尚执照)来筹集部分资金。一个连父皇都没法体面安葬、灾民也都无法救济的继位者,他自然要把理财视为"最为急务"。他心急如焚,但大臣们没人给他拿出解决的办法,唠叨的多是德治的抽象说教。

富弼因不满韩琦而一直养病,现改判汝州,临别时,神宗与他谈了大半天,请教治道。富弼是北宋名臣,范仲淹推行"庆历新政"的主要助手,现在,神宗是诚心要听他对改革的建议。然而,今日之富弼已非昔日之富弼了,他先后出任宰相、枢密使,现在是以"使相"(宰相级节度使)身份判汝州,已位极人臣,屁股决定脑袋,他最担心的就是神宗搞改革。他对神宗说:"人君好恶,不可令人窥测,可窥测则奸人得以傅(附)会其义……"这意思很明白,陛下您想改革,奸臣就会顺着您的意图来。反过来说,拥护改革的就是奸臣。神宗又问边事,富弼说:"陛下临御未久,当先布德泽。愿二十年口不言兵,亦不宜重赏边功。干戈一起,所系祸福不细。"以德服夷是儒家的经典外交思想,但如果撇开了国家利益,抽象地讲以德服夷,就可能变成一种无可奈何的自我安慰,甚至成为一块丧权辱国的遮羞布。富弼这段话还暗藏着对收复绥州的批评。神宗沉思许久，没有说话。最后，神宗问求治以何为先？富弼说："阜安宇内为先。"① 对这句话，神宗称"善"，但两人的理解也许不同，富弼的意思是一切政策不要动，神宗的意思是先把国内的事办好。

望眼欲穿，盼来王安石

　　神宗所要的术，在司马光那里没有找到，在文彦博、富弼那里也没有找到，在王安石那里能找到吗？他虽然从未见过王安石，但在当太子时就与之有神交。韩维、韩绛兄弟及吕公著等人，兼任太子宫，时与他讨论学术和治道，每有高论，韩维便说，这不是我们的观点，是我们的朋友王安石的观点。所以神宗登基伊始，就想见王安石。现在王安石快要来了，他甚至有点像盼星星，盼月亮。

　　王安石自嘉祐八年（1063）八月丁母忧后，终英宗之世，屡召不起，隐居于金陵讲学，完善了他的新学。神宗继位后，初召被拒，而此次奉召，却面有得色。他隐居时的好朋友王介写诗曰："草庐三顾动幽蛰，蕙帐一空生晓寒"，讽刺他是假隐士。第一句是说，诸葛亮是蛰龙，刘备三顾茅庐才出来，而你是一召唤就上路。第二句是讽刺他不过是南齐的周颙而已。周颙隐居钟山，应诏入仕，其友孔稚圭写下著名的《北山移文》，借山灵之口，拒绝他再来钟山。其中的名句"蕙帐空兮夜鹤怨，山人去兮晓猿寒"常常被人引来讽刺假隐士。王安石回赠他一首《松间》②：

　　　　偶向松间觅旧题，野人休诵北山移。丈夫出处非无意，猿鹤从来不自知。

---

① 《续资治通鉴·卷六十六》。
② 《王安石诗文编年选释》。

　　这里，王安石巧用本朝的一个故事回答了朋友。隐士种放赴朝后回陕西，大臣奉命赋诗送行，翰林学士杜镐借口不会作诗，背诵《北山移文》讽刺他。种放很不高兴，说："野人焉知大丈夫之出处哉！"现在，王安石"丈夫出处非无意"，意在哪里？变法也。他从神宗的身上看到了改革的希望，同样预料到了此行的风险。在另一首诗中，他以《孤桐》自喻，表达了"明时思解愠，愿斫五弦琴"的心愿。意即愿像梧桐那样献出自己的身躯，斫成五弦琴，让明君奏出为民解愠的美妙乐章。

　　他来了。八年前包拯手下的"嘉祐四友"，司马光、王安石、吕公著、韩维，现在又在京师凑齐了。当年的中级官员如今都穿上了紫袍，而且都是翰林学士，又与当年一样同在一个部门，然而当年的亲密无间却再也找不回来了。那时，大家可以拉着不讲卫生的王安石一起去澡堂子里洗澡，可以就王安石的《明妃曲》互相唱和。现在呢？翻阅正史、野史，我们都找不到他们工作以外的聚会了，昔日的朋友兼同僚只剩下同僚关系，而且很快就要壁垒分明了。

　　王安石一到京城，四月四日，神宗就迫不及待地召他越次入对，开门见山地问"为治所先？"王安石不假思索地回答："择术为先。"

　　神宗到处在找治理之术，不仅没人给他，而且还否定术的重要性，唯有王安石说"择术为先"，这自然会让神宗兴致盎然。两人越谈越投机。谈到唐太宗时，神宗问评价如何？王安石说："陛下当法尧、舜，何以太宗为哉！尧、舜之道，至简而不烦，至要而不迂，至易而不难，但末世学者不能通知，以为高不可及耳。"神宗说："你这是为难帝王了。"王安石要改革，但也必须打尧、舜之道的旗号，否则，不但什么事也办不成，还会被当成"异教徒"被"烧死"。谈到最后，神宗问："祖宗守天下，能百年无大变，粗致太平，以何道也？"王安石请求回去后写成奏章回答。这就有了《本朝百年无事劄子》。

　　劄子把北宋百年无事归结为两大原因，第一，由于太祖、太宗打下了良好的基础，真宗、仁宗、英宗又没有失德。在历数"本朝累世因循末俗之弊"后，指出第二个原因："赖非夷狄昌炽之时，又无尧、汤水旱之变，故天下无事过于百年，虽曰人事，亦天助也。"这第二条讲得非常深刻，而且此前没有人讲过。辽自萧太后之后，就没有出一个有雄才大略的皇帝，他们滋润地享受着宋朝所"助"之银帛，不思进取了，而且内乱不断。西夏元昊大败宋朝之后，国力耗尽，且荒淫无度，造成贵族之间残忍杀戮。这就是王安石所说的"赖非夷狄昌炽之时"。另外，国内虽灾害频仍，但都是局部的，没有全国性的大灾大难。所以王安石说"虽曰人事，亦天助也"。他在劄子的最后劝神宗："伏惟陛下知天助之不可常，知人事之不可急，则大有为之时，正在今日！"

王安石的劄子递上去，神宗连夜阅读，次日便急急忙忙地把他找来，问："昨天读你的奏书，上面所指出的种种问题，你想必已有深思熟虑，赶快给我说说具体纠正的办法。"王安石回答说："一下子说不完。希望陛下注意讲学，讲学弄清了道理，方法就不言而喻了。"

面对火急火燎要变法的神宗，王安石给他讲要"知人事之不可急"，要先从讲学开始，可惜神宗没有听进去。在变法的程序上，两人分歧巨大，这一点被不少研究者所忽视。

因一个女囚，分两个营垒

讲学是司马光的强项，通过进读《通鉴》，宣扬礼治。现在，王安石也要通过讲学，为变法造舆论。如此这般，在经筵上出现了两种声音。好在是各讲各的，暂时还没有出现掐架的情形，但在经筵之外，两人为一个女囚的量刑问题开战了。他俩是翰林学士，不是法官，怎么管开了案件？

登州（今山东蓬莱）少女阿云，在为母守孝期间，"被"与韦阿大订婚。阿云嫌他相貌丑陋，趁他在地头窝棚熟睡之机，连砍其十刀，致其重伤。案发，阿云被捕，如实招供。案情并不复杂，但按照宋代法律，判决却有难度。《刑统》（刑法）有关条文为："谋杀人者徒三年，已伤者绞，已杀者斩。""于人损伤，不在自首之例"，注曰"因犯杀伤而自首，得免所因之罪，仍从故杀伤法"。这里所说的"故杀伤"，不是我们今天所说的故意伤害，而是指的没有原因的公开杀人。我们这里不讨论上述法条是否合理，只说司法实践中的分歧就出在对"因犯杀伤"究竟该如何理解上。法律条文的过分简略概括，不要说让我们今天理解起来颇感困难，就是当时的士大夫也难免感到云山雾罩。

知登州许遵是个进士出身的法律专家，当时正拟升任判大理寺（最高法院院长），拟给阿云减罪二等。根据：一、阿云虽已订婚但未出嫁，不能算妻杀夫（妻杀夫如子弑父，斩首没商量），而是一般杀人案件；二、阿云为母守孝期间被许配韦阿大，违背礼教，婚约无效；三、阿云首问即承，符合"按问"的从轻条款（颇似今日之坦白从宽）。此案上报后，大理寺、审刑院的判决是：阿云谋杀已伤，应处绞刑，但因其订婚非法，可减轻一等，即流放编管。这一判决被刑部认可。宋代最后审判权在皇帝，杀人案、疑难案均须御批。神宗批示，阿云"贷命编管"（流放）。这就等于说许遵判错了案，御史就此弹劾，许遵被判罚铜。但此案并未就此画上句号。许遵一面被罚款，一面升任判大理寺，他不服已经神宗批准的判决，请下"两制"（翰林学士、知制诰）详谳。神宗于是让司马光和王安石复审此案，拿出意见。结果是司马光赞成司法部门的意见，而王安石站在许遵一边，针锋相对，互不相让，没法拿出统一的意见，只好各自单独上疏，看似在说阿云案，其实是一场司法论战。

元代马端临的《文献通考》卷一百七十《刑九》比较详细地记录了这场论争，为方便读者，作者用白话文简要介绍。

首先，两人对"因犯杀伤"的理解分歧极大。司马光认为，"因犯杀伤"之因，是指本无意杀人，在犯盗窃、抢掠、拐卖人口等罪的过程中，因情急之下杀人。这类罪犯可自首之所因，盗窃之类的罪可免，按故杀论罪。谋杀与故杀，谋杀是有预谋的，故杀是没有预谋、直情径行地公然杀害。前者为重，后者为轻。"因犯杀伤"者自首后，若按谋杀判偏重，按斗杀罪判偏轻，所以法律规定"仍从故杀伤法"。因此，阿云案不属于"因犯杀伤"，"不在自首之例"。王安石对"因犯杀伤"之因的理解，除了司马光所说的情况外，还包括杀伤的原因，即我们今天所说的动机。刑法既然说"因犯"而不说"别因",而且谋杀罪分谋、伤、死三等,分处徒、绞、斩刑,可见谋杀之谋也属于所因的范畴。这样,阿云因守孝期间被强迫订婚,就可以作为"因犯杀伤而自首"而从宽处理。司马光认为这样理解是荒谬的,是把谋与杀当成了两回事,"谋字只因杀字生文",不可另作所因之罪。

具体到阿云的定罪上,司马光说,阿云本不值得怜悯,皇上定为"贷死编管"已是最大仁慈。王安石主张"谋杀已伤,按问欲举(首问即承)、自首,合(合并两个减刑因素)从谋杀减二等论",就是只判徒刑。

其次,关于此案对法治建设的影响。司马光认为,如果对类似阿云的罪犯减二等判决,"窃恐不足劝善,而无以惩恶,开巧伪之路,长贼杀之原,奸邪得志,良民受弊"。王安石认为,司法部门所以死咬着"谋杀已伤不许首免"不放,是因为《律疏》在解释"因犯杀伤"时,举例说"假有因盗杀伤,盗罪得免,故杀伤罪仍科",便以为所因之罪只有盗窃等,这是对法律的片面理解。他驳斥了如果开了谋杀自首的先例,将鼓励奸人的说法,指出"若舍法以论罪,则法乱于下,人无所措手足矣"。

神宗采纳了王安石的意见,按其意下了诏。但法官们不服,御史中丞滕甫请求另选官再议,翰林学士吕公著、韩维和知制诰钱公辅奉命复议。三人复议后联名上奏:"臣等以为宜如安石所议便。"在这个问题上,昔日的"嘉祐四友",王、吕、韩三人站在了一边,而司马光一个人站在一边。但他一点也不孤立,司法部门包括御史台的官员都支持他。

阿云案的争论远超出了案件本身,标志着礼治与法制、革新与保守的公开较量开始了。

司马光打着礼治的大纛。现行的法律和判例本来好好的,你王介甫偏偏跳出来,在司法解释中标新立异,你到底想干什么?难道想变法吗?

王安石打着法制的大纛。对不合时宜的法应该改变,但他暂时还没有力量变法,只能在司法解释上做文章。

两人还在学士院共事,但已经各自打起了自己的旗帜,虽还没有撕破脸皮,却已是方枘圆凿了。

第二十一章 御前论理财

司马光和王安石关于阿云案的争论没有完，另一场关于理财的争论又开始了。

坚辞"钱谷差遣"

神宗明确指示"当今理财最为急务"。对帝国的财政紧张状况，司马光和王安石都一清二楚。六年前的嘉祐七年（1062）七月，司马光上《论财利疏》①，指出财政状况已捉襟见肘，问仁宗：如果遇到大灾和外敌大举犯边，"将以何道救之乎？"他开了三剂"药方"："随才用人而久任之"，"养其本原而徐取之"，"减省浮冗而省用之"。六年过去，仁宗、英宗先后归天，财政状况如王小二过年。国库空虚，内库（皇帝私人仓库）如何？神宗组织了一个班子清仓查库，结果吓了一跳，所剩无几了。熙宁元年（1068）六至八月，京师、河朔先后地震，震后暴雨，

---

① 《传家集·卷二十五》。

河北黄河泛滥，灾民嗷嗷待哺，朝廷却拿不出钱来。救灾大臣是拿着"空名敕"下去的。所谓"空名敕"就是空名的委任状，谁能拿出一定数目的粮食，就填上谁的名字，说白了就是为救灾而卖官。怎么办？司马光再次呼吁裁减冗费，好！神宗设想成立一个专门负责裁减国用的机构，由司马光来负责。可他却毫不犹豫地拒绝了神宗的这一安排。

我们知道，宋朝的最高财政机关是三司（计府），再成立一个新机构，职能就会与三司重叠。但宋朝中央机关重复设置的情况是司空见惯的，如枢密院与兵部，审官院与吏部，审刑院与大理寺、刑部，三司与户部，都是叠床架屋，中书省的吏、户、礼、兵、刑、工六部形同虚设，成了官员挂职的空衔。三司已将户部架空，再设立一个精简节约领导小组，就会与三司打架，有必要吗？神宗完全是出于无奈，旧机构如同大象屁股——推不动，指望他们改革，指望不上。他希望司马光来为他办成这件大事，司马光口头请辞未准，七月初三日又上《辞免裁减国用劄子》[①] 说：

> 臣近曾乞别选差官，裁减国用，奉圣旨不许辞免。臣以非才，叨忝美职，月受厚俸，常自愧恐，无所报称，若果能有益于国，臣何敢辞？
>
> 窃惟方今国用所以不足者，在于用度太奢，赏赐不节，宗室繁多，官职冗滥，军旅不精。此五者，必须陛下与两府大臣及三司官吏，深思其患，力救其弊，积以岁月，庶几有效，固非愚臣一朝一夕所能裁减也……
>
> 臣愚以为不必更差官置局，专领此事。
>
> 况臣所修《资治通鉴》，委实文字浩大，朝夕少暇，难以更兼钱谷差遣。

请辞的理由一是干不了，二是没时间干。那谁来干呢？"陛下与两

---

① 《传家集·卷四十二》。

府大臣及三司官吏"来干，不必另"差官设局"。看了这个报告，神宗肯定是不高兴的，给你球，你不接，又给我踢回来了！

司马光的确是不想干，不想干是因为干不了。熟知历史的他对庆历年间的裁减冗费和实行新政的情况了然于心。庆历二年（1042），仁宗令御史中丞贾昌朝等裁减冗费，制度定出来了，却因阻力重重而不了了之。接着依靠范仲淹实行新政，其中最主要的是裁减冗官和更换尸位素餐的官员。范仲淹将不称职官员的名字一笔勾掉，富弼说："一笔勾之甚易，焉知一家哭矣。"范仲淹回答："一家哭，何如一路哭邪！"态度非常坚决，可吕夷简、晏殊、夏竦等权臣以朋党论为武器，欲置范仲淹于死地。仁宗最怕朋党，支持新政的立场动摇。范仲淹、富弼赶紧以加强边防为名，主动请外，庆历新政就此如白云黄鹤。司马光能超越范仲淹吗？不可能。虽然他只是要求在五个方面裁减冗费，与王安石的财政改革思路相距甚远，但要实行，每一步都要得罪人，而且不是一般的人。以他个人的力量，那是鸡蛋碰石头，唯有皇帝和两府大臣团结一致，才有可能动得了。

在司马光坚辞之下，这个拟议中的精简节约领导小组胎死腹中。

"桑弘羊第二"的政治帽子

熙宁元年（1068）是三年一次的皇帝南郊祭祀之年。按照惯例，郊祭之后，皇帝要给官员和军队赏赐。对此，我们在第七章已有叙述，不赘，只说因财政困难，这次赏赐的标准已经大打折扣，过去两府大臣一人最高可得银、绢、钱八千（两、匹、贯），这次十几个人（原任亦在内）加起来才给两万，其中宰相三千，其余人不到一千。宰相曾公亮等执政大臣联合上了一道奏疏，说："河朔灾伤，国用不足，乞今岁亲郊，两府不赐金帛。"神宗将这份奏疏批给学士院，要求翰林学士们拿出一个答复意见。未料在学士院讨论时，只有司马光一人赞成，王安石和其他人都反对。我们在前面第十五章已经看到，治平元年（1064）司马光要把赏赐的仁宗遗物（折合一千余贯）捐出，并且倡议两府大臣、副部长以上带头捐出，但无人响应，令他十分沮丧。现在，两府大臣主动提出辞免所赐，难道还不该赞成鼓励吗？而反对意见认为，区区两万，辞免了也是杯水车薪，于事无补，相反却显得皇帝礼薄恩寡，有损国体。于是，司马光只好单独上《乞听宰臣等辞免郊赐劄子》[①]。

劄子在讲了国家财政困难的情况后说，当此之际，朝廷上下应同心协力，痛加裁减，以救一方之急。凡布施恩泽，应从下开始；而裁减用度，应从上开始。臣以前讲的赏赐不节，这就是表现之一。即使执政不辞，也应裁减，况且已辞，裁之何损？

针对裁减显得礼薄的说法，他说，君子尚义，小人重利。治国者应以义褒奖君子，而以利取悦小人。如今大臣因为灾害，辞赏以救百姓之急，其义可褒；陛下因而听从，是厚遇而非刻薄。他提出了一个折中的方案：但公卿大臣也不可全无赐予。文臣自两府以上，武臣及宗室自正刺史（宋代四等高级武官的最低一级，分实任与遥领两类，实任称正）以上，内臣（宦官）押班以上，所赐减半，而以下一概不减。他最后说，我也知道裁减这点不能富国，但希望以此为起点，带动各方面裁减冗费。

神宗是要学士院拿出一个批复意见，现在只看到了司马光个人的奏章。一次迩英殿进读完毕，神宗问司马光：执政请辞郊赐的批复意见为什么不报上来？答曰：有人请假了。他没有说王安石。又问：你看应如何处理？答曰：臣的意见已经写在奏章里，请陛下广泛征求意见，亲自决定。神宗听出话中有话，问：有谁不同意？答：除了臣，其他都不同意。神宗有点激动了，说：朕赞同你的意见，准许辞赏，是成其美，而非刻薄。但减其半不合适，既然大臣恳辞，不如全免了。

神宗似乎已经下决心了。八月十一日，经筵结束后，翰林学士承旨王珪和王安石、司马光一起来到延和殿，汇报批复曾公亮等恳辞郊赏的事。王安石和司马光当着神宗的面争论起来。关于这次争论，《续资治通鉴》卷六十六和《传家集》卷四十二《迩英奏对》的记载大同小异。

---

① 《传家集·卷四十二》。

司马光言："救灾节用，宜自贵近始，可听两府辞赐。"

王安石曰："昔常衮辞堂馔（唐代宗每日让御厨给宰相供膳，宰相常衮请免），时议以为衮自知不能，当辞位，不当辞禄。今两府辞郊赉，正与此同耳。且国用不足，非方今之急务也。"

光曰："衮辞禄，犹贤于持禄固位者。国用不足真急务，安石言非是。"

安石曰："所以不足者，由未得善理财之人耳。"

光曰："善理财之人，不过徒会箕敛以尽民财。民穷为盗，非国家之福。"

安石曰："不然，善理财者，不加赋而国用足。"

光曰："天地所生财货百物，止有此数，不在民则在官，譬若雨泽，夏涝则秋旱。不加赋而国用足，不过设法以阴夺民利，其害甚于加赋。此乃桑弘羊欺汉武帝之言，史迁（司马迁）书之，以见其不明耳。"

司马迁没有单独为桑弘羊立传，但在《平准书》中介绍了他的生平事迹。"民不益赋而天下用饶"，是司马迁对他的评价。桑弘羊为汉武帝理财，怎么能民不加赋（农业税）而国用足呢？主要措施有：第一，设立"中央造币局"，把铸钱权即货币发行权从诸侯、豪强手里收归朝廷，开中国历史之先河。第二，实行盐铁专卖。第三，实行均输法，简单地说就是赚差价，各地所收的实物赋，过去一律上送，用不完的出售给商贾，改为允许官府将多余实物运到价格高的地方去卖，买回当地所缺又价格便宜的物资。第四，严课工商税（算缗），每赚二千者征税二百，中小工商业者减半，如有瞒报，鼓励检举（告缗），一经核实，检举者获偷漏税款一半之奖励，被检举者没收全部资产。第五，征车船运输税。第六，征高消费税，非官员或军人坐马车要交税。第七，实行常平法，丰年谷贱，国家以高于市场价的价格收购，灾年谷贵，国家以低于市场价的价格出售。第八，移民六十万屯垦戍边。等等。对此，王安石的评价是："摧抑兼并，均济贫乏，变通天下之财，后世唯桑弘羊、刘宴（中唐著名理财家）粗合此义。"他觉得，太史公客观记录桑弘羊的言行，看不出其中有贬义。

对王安石的论点，司马光愤怒了，说："果如所言，武帝末年安得群盗蜂起，遣绣衣使者逐捕之乎？非民疲极而为盗邪？此言（民不加赋而国用足）岂可据以为实！"

汉武帝逐匈奴于漠北，洗涤了西汉忍了六七十年的屈辱，但造成国力耗费过度，人民生活困苦，末年群盗蜂起，这是事实，但这难道是桑弘羊造成的吗？也许王安石觉得一下与他争论不清楚，回到了宰相辞赏的问题上来："太祖时，赵普等为相，赏赉或以万数，今郊赉匹、两（帛论匹、银论两）不过三千，岂足为多？"

光曰："（赵）普等运筹帷幄，平定诸国，赏以万数，不亦宜乎？今两府助祭，不过奏中严外，办沃盥（端洗脸水），奉帨巾（递毛巾），有何功勤，而得与普等乎？"

两个人互不相让，争论继续。司马光已经顾不得斯文，用手指着王安石，痛斥不已。他敏锐地觉察到，王安石是要当"桑弘羊第二"，要改变朝廷法度了！他明知说服不了王安石，但希望能说服神宗，让他打消对王安石的支持。延和殿内的气氛相当紧张，神宗和其他人都没有插话，静听他俩你来我往。在皇帝面前，总不能这么无休止地争论下去吧？作为学士院首长（翰林学士承旨），王珪不得不出面叫停。作为一个老官僚，他深知一旦表态出错，就会影响前程，所以来了个两不得罪："君实说裁减冗费从贵近始，有道理；介甫说有伤国体，也有道理，请陛下裁定。"

神宗终于发话了，却是一条自相矛盾的指示："朕意与光同，今且以不允答之。"我同意司马光的意见，但暂按王安石的意见批复。这天学士院正好该王安石当班，他在批复中引用了上述常衮辞馔的典故，暗示执政大臣，没本事干就辞职，别用辞赏来沽名钓誉。看了这个批复，他们再也不提辞赏的事了。

第一个"炮手"倒下之后

这场延和殿之争，司马光得势不得分，王安石正好相反。但神宗在别的方面给了他很大的面子。在请他推荐谏官人选时，他推荐了吕诲和吴景。从前面第十七章我们知道，吕诲是因在"濮议"中得罪了英宗而被贬的。司马光的推荐词为："凡择言官，当以三事为先：第一不爱富贵，次则重惜名节，次则晓知治体。具此三者，诚亦难得。"吕诲、吴景"堪其选也"。这等于翻了"濮议"的案，但神宗听了司马光的，任命吕诲知谏院。

神宗还交给司马光一件大事，那就是治河。熙宁元年（1068）六月至七月，黄河先后在河北多地决口、漫溢。黄河桀骜不驯，动辄改道。当时的黄河是八年前形成的。嘉祐五年（1060）河决大名，形成了一条经大名、恩州（今河北清河）、博州（今山东聊城）、德州（今河北陵县），至沧州入海的新河道，史称东流或二股河。旧河道经恩州、冀州（今河北同名市），至乾宁军（今河北青县）入海，史称北流。此次泛滥的是北流。该如何治理？都水监（水利部）内部意见不一。都水监丞（副部长）李立之提出在河北筑新堤三百六十七里，但工程量大，又值灾年，河北转运司（省政府）不同意；另一都水监丞宋昌言提出逐渐塞北流而疏东流的方案，使二流归一，御河、胡卢河各复故道。此方案的好处是工程量较小，且可调剂御河水量，有利京师漕运。而提举河渠事（河渠局局长）王亚提出反对意见，认为北流使宋辽界河水流湍急，成为天然国防屏障，塞北流则失之矣。究竟怎么办？神宗让司马光与都水监商议，拿出方案。

这既是对司马光的高度信任，又给他出了个大难题。关于治河，欧阳修曾上疏说："（黄）河本泥沙，无不淤之理。淤常先下流，下流淤高，水行渐壅，乃决上流之低处，此势之常也。"因此，"开河如放火，不开如失火"。意思是宁可救火，不可放火。十一月十八日，神宗让司马光与宦官张茂则乘驿站车马往河北现地考察。辞行时，司马光提出辞职，要求回山西去当地方官。神宗说："汲黯在朝，淮南寝谋，卿未可去也！"汲黯是汉景帝的御史，因有他在朝，淮南王刘安不敢谋反。神宗给他戴这么大的"高帽子"，帝王术也。二十五日，司马光和张茂则从开封出发，走到长垣（今属河南），司马光吟出一首《长垣道中作》：

极目王畿四坦然，方舆如地盖如天。始知恃险不如德，去杀胜残已百年。

这首诗似乎与治河无关，讲的是北宋首都开封虽是四战之地，四野平坦，无险可守，而王朝却百年平安，这充分说明了国家的安危"在德不在险"。这句话最早出自先秦著名军事家吴起之口，但吴起只是反对依赖险要地形而高枕无忧的倾向，并没有否定险要对安全的作用，而宋朝君臣把它绝对化了。正因为开封无险可守，不得不以兵为长城，驻军竟占全国的一半。太祖赵匡胤已看到这个问题，提出要迁都洛阳，据山河之险，以减少兵员，减轻人民负担，但开封的漕运之利和赵光义的一句"在德不在险"，使之动摇了决心，无可奈何地说，吾民将困于役也！他说得一点没错，宋朝老百姓不怕税，就怕役，差役、劳役，没完没了。这是一首政治诗，是司马光儒家思想的自然流露，但又仿佛是吟给王安石听的。王安石在《本朝百年无事劄子》中把"赖非夷狄昌炽之时"作为一条重要原因，认为"天下无事过于百年，虽曰人事，亦天助也"。（见上章）司马光视察了一个多月，于次年正月回来复命，支持宋昌言的方案，塞北流而疏东流。简言之，就是在河上建"约"，即修上下两个丁字坝，控制流向，加大东流流量，使河床疏通变深；减少北流流量，使之逐渐淤塞，经过两三年时间，待东流畅通，再彻底关闭北流。

反对这个方案的人很多，但王安石赞成司马光。神宗于是拍板，同意塞北流疏东流方案。

然而，这似乎是司马光和王安石在工作中唯一的意见一致（后在截流时间上有分歧），可谓绝响。此时，关于阿云案的争论早已超出法理范畴，涉及到政治方向和用人问题了。神宗锐意改革，起用王安石为执政的意图已很明显，而保守派却否定王安石，抬出司马光。在神宗征求提拔王安石的意见时，执政大臣中只有宰相曾公亮一人赞成。参知政事唐介公开说，王安石不可大任。神宗问，你是说他"文学不可任邪？经术不可任邪？吏事不可任邪？"唐介回答说："安石好学而泥古，议论迂阔，若使为政，恐多变更。"神宗问侍读孙固："安石可相否？"答曰："安石文行甚高，处侍从献纳之地可矣，宰相自有度，安石狷狭少容，必欲求贤相，吕公著、司马光、韩维其人也。"先后问了四次，他都不改口。原宰相韩琦、文彦博、富弼等也都看好司马光和吕公著，而否定王安石。

神宗顶住保守派的压力，任命王安石为参知政事。王安石于是成为朝臣褒贬的中心，褒者誉之为"当世孔子"，贬者视之为祸国奸佞。

一天，司马光从迩英殿前往资善堂，路上遇到奉召去见神宗的御史中丞吕诲，悄声问："今日请对，欲言何事？"吕诲说："袖中弹文，乃新参也。"意即要弹劾新任参知政事王安石。司马光感到愕然，问："众谓得人，奈何论之？"吕诲说："君实亦为是言邪（你也这么说吗）？安石虽有时名，然好执偏见，不通物情，轻信奸回，喜人佞己，听其言则美，施于用则疏，若在侍从，犹或可容，置之宰辅，天下必受其祸。"司马光说："今未有显迹，盖待他日？"但吕诲已经迫不及待了，说："上新嗣位，富于春秋，所以朝夕谋议者，二三大臣而已，苟非其人，将败国事。此乃心腹之疾，治之唯恐不逮，顾可缓邪？"① 司马光和吕诲经常并肩作战，且司马光于之有保荐之德，所以吕诲就直言不讳了。但有一点吕诲没说，就是著作佐郎章辟光的案子。神宗继位后，章辟光上疏请岐王赵颢（神宗弟）出宫外居。他是在维护礼仪，哪有兄长当了皇帝，弟弟还住在宫中的道理？但皇太后大怒，说他"离间母子关系"，要有司定罪。吕诲请将章辟光交司法部门审理，而王安石认为章辟光无罪，予以拒绝。吕诲一怒之下，便要弹劾。

① 《续资治通鉴·卷六十六·熙宁二年六月》。

吕诲弹劾王安石"外示朴野，中藏巧诈，骄蹇慢上，阴贼害物"。所列十大罪状，除了把"鹌鹑案"、"阿云案"的旧账翻出来无限上纲外，其余多属捕风捉影，猜测臆断，如第二条说："安石任小官，每一迁转，逊避不已；自为翰林学士，不闻固辞。先帝临朝，则有山林独往之思；陛下即位，乃有金銮侍从之乐。何慢于前而恭于后？好名欲进也。"章辟光案被列为第九条，妄说章辟光乃是受王安石、吕惠卿指使。弹状被神宗退回，吕诲于是请辞。神宗担心准其辞职会引起王安石的不安，哪知王安石说："臣以身许国，陛下处之有义，臣何敢以形迹自嫌，苟为去就！"于是贬吕诲出知邓州（今河南同名市）。翰林学士苏颂在写贬辞时，宰相曾公亮对他说："（章）辟光治平四年上书时，安石在金陵，惠卿监杭州酒税，安得而教之？"所以制词说他"党小人交谮（污蔑、诽谤）之言，肆罔上无根之语"。

司马光反对贬吕诲出朝，但觉得像他这样从个人品德上攻击王安石是徒劳的，要击倒他，必须从思想理论上入手。他要披挂上阵，冲上前线了。

第二十二章

举旗论『体要』

吕诲只是被贬出朝的官员之一。在他之前，已有知开封府滕甫，翰林学士郑獬，宣徽北院使王拱辰，知谏院钱公辅等。他们中除王拱辰外，都是言官或刚由言官改任他职。短短两三个月内，就有如此多的言官被贬，仅次于四年前的"濮议"。在"濮议"中，是司马光打出了"尊无二上"的理论旗帜。而这一次，保守派官员凭直觉感觉到王安石像幽灵一样来者不善，便仓促促发起攻击，随便抓起一块污泥，企图把他涂抹成奸邪模样。看似热闹，却没有理论的武器。举旗责任，又要落在司马光头上了。

为什么是司马光举旗?

保守派中的大人物多的是，似乎轮不到司马光来扛旗，但人家却认准了这位旗手。这是因为：第一，他敢言，在知谏院和任御史中丞期间，被他弹劾的有两府大臣，有皇亲国戚，有宦官近幸，有封疆大吏，从仁宗到神宗三代皇帝，他都有劝谏和批评；第二，他有学识、有理论，可与王安石对垒，在御前与王安石论理财时，针锋相对，头头是道；第三，他特立独行，无朋党之嫌；第四，他品德高尚，两袖清风，无辫子可抓；第五，他性格偏强，直来直去，死不回头，视名节重于生命，容易被利用。在建储之议中，在"濮议"中，韩琦成功地把他当枪使，现在，想利用他的人多的是。

神宗在任命王安石为参知政事的同时，任命三朝元老富弼为宰相，加上原来的宰相曾公亮，参知政事唐介和赵抃，正副宰相变成了五位。五位当中，曾公亮以年老请卸任，富弼请病假不上班，坚持上班的是三位副相。三人中，王安石与唐介每事必争，争得水火不容，赵抃在中间和稀泥，打圆场。唐介曾为言官，在先朝就直声显赫，令人畏惧。在王安石还没进政府时，执政请示工作，神宗屡问："安石怎么看？"唐介直通通地说："动辄问安石，那就让他来干，先把我免了。"他没有被免，但王安石上来了。两人遇事必争，唐介辩不过王安石，官司打到神宗那儿，而神宗又站在王安石一边。唐介因此气得背部生疮而死。因此，朝臣用"生老病死苦"来形容政府："生"，王安石；"老"，曾公亮；"病"，富弼；"死"，唐介；"苦"，赵抃。保守派将唐介之死归咎于王安石，吕诲列之为十大罪状之一。

用唐介的死做"罪证"是扳不倒王安石的，但从"生老病死苦"中，司马光却有"重大发现"：威福下移！就是皇帝的权力被王安石假借了。

五个宰辅，四个"老病死苦"，就王安石一个生气勃勃，他主导了政府，在某些方面当了皇帝的家。证据呢？有。郑獬等三人被贬，因他们的身份在"两制"以上，按规定应由宰相起草敕令。当时，两个宰相，富弼告假养病，曾公亮出使辽国，王安石便代行宰相职权，起草了敕令。这是严重的越权行为。可御史没有弹劾他越权，而是讲贬谪三人不公。你说不公，王安石却说，我现在还后悔，不该给他们留面子，应该把他们的罪行全部抖搂出来，以儆戒朝中小人。司马光一贯主张言者无罪，当然也愿为郑獬等三人开脱，但与其争论三人该不该贬，不如先追究此事办得是否有违政体。就像打官司，如果程序违法，就得从头再来。有人会说，既然神宗已有意贬郑獬等人，换谁起草敕令不是一样吗？不。在宋代，"两制"都有封还词头的权力，何况宰相？具体到这件事，如果让曾公亮起草，他会犹豫不决；如果让富弼来起草，他会断然拒绝。郑獬等人就可能留下来了。司马光就是司马光，一下抓住了这件事的要害。王安石也觉察到此事办得鲁莽，有越权之嫌，上疏请辞，神宗不准。

恰在这时，神宗决定成立一个新的机构，名曰制置三司条例司。对此，神宗考虑了很久，早在王安石入朝之前，他就想设立一个领导裁减国用的专门机构，并且准备让司马光来负责（见上章）。王安石任参知政事不几天，这个编外机构不仅设立起来，而且其职能远远超出了裁减国用的范畴，成为一个制定经济法规并监督执行的权力机关。其地位之重要，看其负责人的级别即可一目了然。神宗让两府各出一人共领，具体为参知政事王安石、枢密副使陈升之（旭）。两个执政大臣领导一个部门，宋代史无前例。神宗让司马光当裁减国用的负责人时，司马光反对另设机构，只是考虑到不可侵了三司的权，未料到今日的条例司俨然像一个二政府。神宗与王安石当然知道，设立条例司会侵了三司的权，但现存的国家机关老气横秋，因循苟且，何谈改革？而且，要改革就得起用一批新人，而拥护改革的多是中下级官员，资历不够，是进不了三司机关的，只有设立一个新机构，调人方可只问需要而不问级别。

事实正是如此。吕惠卿本是真州（今河北正定）推官（法官），调京编校集贤殿书籍，一个着绿袍的从七品芝麻官，如果按阶梯一级一级上，猴年马月才能进入决策层。而有了条例司，便可以任命他为条例司检详文字，级别很低，差遣却相当于办公厅主任，实际主持条例司的日常工作。改革是要干实事的，条例司推荐的官员多为能员干吏。用能员干吏，好啊！好个鬼！儒臣大多长于议论而"不任繁剧"，能员干吏用多了，儒臣自然就用得少了。而且一旦成为用人导向，儒臣地位就会下降。在第十九章我们已见过陕西转运使薛向，司马光曾当着神宗的面说他晓钱谷而未必晓边事。他积极支持种谔收复了绥州，后种谔被连降四级，随州编管（见第二十章）。薛向因说过愿与种谔连坐，也被贬。墙倒众人推，接任的陕西转运使张靖弹劾他在陕西制置盐、马有问题。哪知神宗较了真，让他俩各摆事实，在朝堂辩论，在事实面前，张靖被驳得哑口无言，获罪。薛向的理财办法与桑弘羊差不多，民不加赋而用度足。这一点与王安石的思路完全一致。所以，神宗任命他为江、浙、荆、淮等路发运使，统管六路经济。于是重用钱谷俗吏的议论出来了，把他多年前受处分的事也翻腾出来了。他到陕西赴任时，夜至灵宝县，在驿站与客商崔令孙争房子，崔有病，受惊吓而死，薛向因此而被贬知汝州，数月后复职。侍御史刘琦、监察御史里行钱颢攻击薛向为"小人"，说他在陕西理财侵犯了商贾之利。两人赢得了儒臣的喝彩，结果却一个被贬到处州监酒税，一个被贬到衢州监盐税，而薛向被提拔为天章阁待制，神宗以手诏慰勉。

司马光这次没有参与对薛向的攻击，一是他认为薛向确实知钱谷，二是他十分明白，条例司是改革指挥部，要害是要端掉条例司。把这座"庙"撤了，"长老""和尚"就得散伙，变法就会作罢。而条例司是个非编机构，是违背祖制的，是有伤政体的。皇帝最怕什么？最怕大权旁落，最怕政体有变，要端掉条例司，阻止王安石，这就是突破口。

选准了突破口，却未能突破

经过几个月的考虑，司马光于熙宁二年（1069）八月初五日亮出了反变法之剑，树起了保守派的理论旗帜，这就是《上体要疏》①。

他开宗明义："臣闻为政有体，治事有要。自古圣明帝王，垂拱无为而天下大治者，凡用此道也。"

何谓"为政有体"？"古之王者，设三公、九卿、二十七大夫、八十一元士，以纲纪其内。设方伯、州牧、卒正、连帅、属长，以纲纪其外。尊卑有叙（序），若身之使臂，臂之使指，莫不率从，此为政之体也。"

---

① 《传家集·卷四十三》。

看了这段政体论，我们有一种似曾相识的感觉，不错，这是司马光礼治思想的又一种表达，与《通鉴》的第一则"臣光曰"对"天子之职莫大于礼"的论述是一致的。现在，他要用这一理论向条例司发起攻击了：本朝祖宗内设中书、枢密院、御史台、三司、审官院、审刑院等中央政府机构，外设转运使、知州、知县等一套地方行政监察体系，这就是纲纪。而陛下在此之外另设置三司条例司，使两府大臣"悉取三司条例，别置一局，聚文士数人，与之谋议，改更制置，三司皆不与闻"。如此做法，"考古则不合，适今则非宜"，"臣窃恐似未得其体也"。就是说，设立条例司不合政体，乱了纲纪。还有，根据条例司的请求，朝廷派刘彝、谢卿才等八名官员巡视诸路，考察农田水利及赋税。这是另设使者取代地方将帅、监司、守宰，同样是乱了纲纪。内外纲纪都乱了，则国家危险了。

政府机构设置虽受政治体制制约，但不属于政治体制范畴。概念边界模糊是国学的一块短板。司马光在这里讲的是政府编制的事，上的是政治体制的纲。虽有点牵强，但同样会触动宋朝君臣的敏感神经。宋代为防止大臣专权，"事为之防，预为之制"，中书宰相是政府首脑，却不管军事、外交和财政，军事、外交另设枢密院（枢府）管理，财政则另设三司（计府）管理。现在另设三司条例司，由两府（政府、枢府）各一员首长负责，有两府插手财政之嫌；同时，政府、三司的有关经济的指示要经过条例司"检详"之后方可行文，故司马光指斥为"大臣夺小臣之事，小臣侵大臣之职"。

好。就算你批评得完全正确，国家财政困难明摆在那儿，说说你有什么高招化解吧？司马光又重复了他此前《论财利疏》（见上章）的观点，认为，正确的做法是精选知晓钱粮、忧公忘私之人，任为三司使、副、判官、诸路转运使，"各使久于其任，以尽其能，有功则进，无功则退，名不能乱实，伪不能掩真，安民无扰，使之自富，处之有道，用之有节，何患财利不丰哉！"简单地说，就是现有体制不要变，现有制度不必改，只要干部用对了，就不愁财利不丰。

说罢"为政有体"，再说"治事有要"。"王者之职，在于量才任人，赏罚功罪而已。苟能谨择公卿牧伯而属任之，则其余不待择而精矣。谨察公卿牧伯之贤愚善恶而进退诛赏之，则其余不待进退诛赏而治矣。然则王者所择之人不为多，所察之事不为烦，此治事之要也。"因此，国家大事，应与公卿商议，而不应让小人参与；四方之事，应交牧伯，而不应使左右窥探。若公卿牧伯尚不能选到贤者，小臣、左右就能够吗？万一不贤，则险诐私谒，无不为己。如今陛下好于禁中出手诏指挥外事，非公卿所举荐，非牧伯所纠劾，或越次提拔，或无故罢免，外人疑骇，不知所从。对此，有人阿谀陛下，说这叫"聪明刚断，威福在己"，陛下或许信了，我却以为不然。公卿牧伯之举荐、纠劾不是没有错的时候，"或谓之贤而不贤，谓之有罪而无罪"，但都迹有所循，责有所归，所以不敢过分欺罔。而奸臣密告陛下，陛下按其意实行，外人以为是陛下的意志，"则威福集于私门，怨谤归于陛下矣"。此前，陛下所任免的官员，未必都出自圣意吧？陛下要想真正威福在己，何如谨择公卿牧伯，明正忠信者留，愚昧阿私者去，使在位者皆得其人，然后，凡办一事，"则与之公议于朝，使各言其志；陛下清心平虑，择其是者而行之，非者不得复夺也"。凡除一官，"亦与之公议于朝，使各举所知，……择其贤者而用之，不肖者不能复争也"。如此，虽谋者、举者是公卿大臣，而行之、用之皆在陛下，这才叫威福在己。"陛下此之不为，而顾彼之久行，臣窃恐似未得其要也！"

在这里，司马光表面上讲的是治事有要，实质上讲的是威福下移，而要不威福下移，就得按我以上所说的，每办一事，每除一官，与公卿牧伯即内外大官公议于朝，而不可让小人参与。很显然，他所说的小人、小臣（在此疏中，二者为同一概念）就是指吕惠卿。

我们还记得司马光在反对张方平任参知政事时，与神宗当面争论。神宗板着面孔说："每有除拜，众言辄纷纷，非朝廷美事也。"司马光针锋相对地回敬说："此乃朝廷美事也。知人，帝尧难之，况陛下新即位，万一用一奸邪，若台谏循默不言，陛下从何知之？"（见第十九章）他是一贯主张广开言路，言者无罪，鼓励议论纷纷的。王安石入朝后，朝廷内有关革新与保守的辩论方兴未艾，日甚一日，有些问题争得旷日持久，未有穷期。这让司马光着急了。在此疏中，他说："夫人心不同，如其面焉"，自古而然，不足为怪。他并不反对各抒己见，问题是人君到时要决是非。三人群居，无法统一，不散则乱，所以立人君以统治；群臣百姓，势均力敌，彼此不能管理，所以由人君来决断。古人曰，谋之在多，断之在独。谋之多，可看出利弊之极致；断之独，可定天下之是非。知谋而不知断，则群臣各逞私志，那是衰乱之政。今陛下听群臣议事，使各尽其情，善则善矣，然陛下不肯以圣意裁决，遂使臣下有好胜者"以巧文相攻，辩口相挤，至于再，至于三，互相反覆，无有限极"，朝堂恰似辩论场。这样有损朝廷政体，有损陛下明德，让邻国轻视，非国家之福也。大家说得都有道理，皇帝该怎么决断？司马光开出了标准：天下事有难断的，以先王之道度之，就好比"权衡之于轻重，规矩之于方圆，锱铢毫忽，不可欺矣"。

看到这里，年轻的神宗也许明白了，司马光这位老师，讲为政有体也好，说治事有要也罢，是要以先王之道作为检验一切的度量衡，作为施政的出发点和归宿点。那问题又来了，你司马光讲先王之道，王安石也讲先王之道。王安石的意思是"当法其意而已"，而"法其意"是为了"改易更革"，你司马光的意思究竟是什么？他似乎又糊涂了。

他糊涂了，司马光却很明白。他以阿云案为例，来说明他的先王之道其实就是一个字：礼。他说，近有登州妇人阿云，谋杀丈夫（实为非法婚约之未婚夫，见第二十章），重伤垂死，情无可悯，在理甚明……可争论纵横，至今未决。田舍一妇人有罪，相对四海之广，万几之众，其事之小，"何啻秋毫之末？"要办此案，派一法吏足矣，何必满朝纷争不已？若碰到比这大的案子，又将如何决断？"执条据例"办案是法官的事，"原情制义"才是君相的事。"分争辨讼，非礼不决，礼之所去，刑之所取也。"礼是法的根本，法是礼的枝叶。陛下试以礼察之，此案岂有难断之处？（法不能断，就用礼来断，将会产生如董仲舒以《春秋》判案的严重后果）况且，"此苛察缴绕之论，乃文法俗吏之所争，岂明君贤相所当留意邪？"可惜争论逾年而后成法（指判杀人案要考虑杀人动机的司法解释），"终于弃百代之常典，悖三纲之大义，使良善无告，奸凶得志",岂非求枝叶而忘根本所致哉?从阿云案,我看陛下似乎没有抓住治事之要。这有两个方面的含义,第一,皇帝根本就不该关心这种本该"文法俗吏"来管的小事;第二,朝廷没有做到"非礼不决",不讲礼而论法,本末倒置。

这篇《上体要疏》,亦可称之为"体要论",通篇始终没有提到王安石,只是在最后讲阿云案时有所侧击,但明眼人一看就知道,他是在明谏神宗帝,暗批王安石。从此,"体要论"成为保守派的理论旗帜,成为反变法的理论武器。诸如不合礼制,违背祖制,有损政体,有悖先王之道,万箭齐发,其源盖出于此。

第二十三章 『治人』与『治法』

在司马光《上体要疏》之前，其实只颁布了一个新法，即熙宁二年（1069）七月颁布的均输法。案《宋史·食货志下八·均输》：过去各地所收的实物税全部输送京师，改为以朝廷支出所需决定调运的数量，未调用的物资可"徙贵就贱，用近易远"，"从便变易蓄买"，达到"便转输，省劳费，去重敛，宽农民"的目的。显然这是汉代桑弘羊均输法的翻版。

王安石变法的策略是先易后难。均输法好处明显，只是对倒买倒卖的商人利益有所影响，所以推行得比较顺利。但接下来准备实行的青苗法一开头就遇到重重阻力。

试行青苗法，朝堂炸了锅

青苗法因以农户田里的青苗做抵押向国家贷款，故名；又因以常平仓和广惠仓的钱粮做资本，故又称常平法或常平新法。常平仓类似如今国家粮食储备库，丰年谷贱，国家以高于市场价的价格收购粮食；灾年谷贵，国家以低于市场价的价格出售粮食。这本是一项千年惠政，但只有遇到大灾经朝廷批准才能平粜，以至于粮食陈腐浪费。且平粜实际上只能惠及坊郭户（市民），因为农村灾民根本无钱购买，只能向富户借高利贷，以至于土地被兼并，儿女卖为奴。更有官仓硕鼠与奸商勾结，平价卖给奸商，再让奸商高价出售，甚至粮不出库就能做成售旧购新的假账，赚取差价。广惠仓是仁宗朝根据宰相韩琦提议建立的，因各地均有地主死亡后无继承人的无主土地，便收归政府，雇人耕种，所得租子放入广惠仓，用于救济穷人。但与常平仓一样，很快就成了官商勾结牟利的工具。王安石曾任知县、知府，对此中弊端了如指掌，在任鄞县令时就成功推行了青苗法（时称"和买"）。在他之前，有个县令叫王丝，景祐初年（1034）歉收，他贷给贫家每户一千文，约定次年夏以一匹绢还清，让贫民渡过了难关，人称德政。现在，王安石想将这种贷款的办法逐步推行全国，以各路常平仓、广惠仓所存之一千七百万钱、谷做本钱，在正月、五月，按自愿原则，向困难农户放贷钱、谷，在夏收、秋收时分两次偿还，加利息二分，遇重大灾害允许延期偿还。其目的是："广储积，平物价，使农人有以赴时趋事，而兼并不得乘其急。"

尽管有成功的先例，但王安石推行青苗法是相当谨慎的。在一个县可行，推广于一州、一路可行吗？一州、一路可行，推广于全国能行吗？他有点拿不准。在征求条例司检详文字苏辙的意见时，苏辙说："以钱贷民，使出息二分，本为救民，非为利也。然出纳之际，吏缘为奸，法不能禁。钱入民手，虽良民不免妄用，及其纳钱，虽富民不免逾限，恐鞭笞必用，州县之事不胜烦矣。唐刘晏掌国计，未尝有所假贷，有尤（批评）之者，晏曰：'使民侥幸得钱，非国之福；使吏倚法督责，非民之便。吾虽未尝假贷，而四方丰凶贵贱，知之未尝逾时，有贱必籴，有贵必粜，以此四方无甚贵甚贱之病，安用贷为？'晏之所言，汉常平法耳。今此法俱在，而患不修；公诚有意于民，举而行之，晏之功可立俟也。"听了苏辙的意见，王安石说："君言诚有理，当徐思之。"他觉得苏辙说得很有道理，他要慢慢考虑，因而有近一个月不谈青苗法的事。

但有两份材料促使他打消了顾虑。第一份材料讲陕西转运使李参为解决陕西历来粮储不足问题，实行青苗法后数年，仓廪丰实，有了余粮。第二份是京东路转运使王广渊打的一个报告，说每到春天青黄不接之时，农民苦乏，兼并之家乘机放高利贷，请求从上缴税费中留下钱、帛共五十万，贷给贫民，一年可获利息二十五万。这个利息达到五分，与王安石设想的二分大多了，且本钱的来源也不一样。在召他进京面议后，王安石决定先在河北、京东、淮南三路试行青苗法，每路派一名官员专督此事，各州由通判、幕职官一员具体负责，待三路见效后再逐步推开。

与试行青苗法几乎同时实行的是农田水利法，奖励各地"开垦荒田，兴修水利"，由受益农户按户等出工出料，不足部分依照青苗法借贷，再不足则向富户借贷，到时由官府负责催还。对农田水利，王安石在鄞县做得卓有成效，有现存的经验，所以对此法的推行颇为自信。

然而，青苗法的试点刚一开始，朝堂就炸了锅。保守派慷慨激昂，众口一词：朝廷言利，非社稷之福。苏轼上了一篇洋洋七千言的奏章，批评神宗不该"以万乘之主而言利"，"国家之所以存亡者，在道德之浅深，不在乎强与弱；历数之所以长短者，在风俗之厚薄，不在乎富与贫。陛下应崇道德而厚风俗，不当急功利而贪富强"①。神宗支持王安石变法的目的是"修吾政刑，使将吏称职，财谷富，兵强而已"，苏轼的观点正好与之相反，可称之为"道德风俗决定论"，与司马光的人治、德治理论是完全一致的。

神宗对苏轼相当器重，尤喜其文章，虽然不赞成他"不在乎强与弱"、"不在乎富与贫"的观点，但他的观点在朝臣中受到一片喝彩，神宗不能不认真考虑。

司马光没有上疏直接反对青苗法，但按照他的"体要论"，不仅青苗法要废，一切变法的想法都不该有。他拿着历史的武器参加了战斗。

① 《续资治通鉴·卷六十七》。

讲萧规曹随，说守成之道

十一月十七日，迩英殿开经筵，读到曹参代萧何为相[①]：

> （曹）参代（萧）何为相，举事无所变更，一遵何约束。择郡国吏木讷于文辞，重厚长者，即召除为丞相史；吏之言文刻深，欲务声名者，辄斥之去。日夜饮醇酒，卿、大夫以下吏及宾客见参不事事，来者皆欲有言，参辄饮以醇酒，间欲有所言，复饮之，醉而后去，终莫得开说，以为常。见人有细过，专掩匿覆盖之，府中无事。
>
> 参子窋为中大夫，帝（刘盈）怪相国不治事，以为"岂少朕与？"（难道是嫌我年轻吗？）使窋归，以其私问参。参怒，笞窋二百，曰："趣入侍！天下事非若所当言也！"至朝时，帝让（责备）参曰："乃者我使谏君也。"参免冠谢曰："陛下自察圣武孰与高帝？"上曰："朕乃安敢望先帝！"又曰："陛下观臣能孰与萧何贤？"上曰："君似不及也。"参曰："陛下言之是也，高帝与萧何定天下，法令既明。今陛下垂拱（袖手），参等守职，遵而勿失，不亦可乎？"帝曰："善。"
>
> 参为相国，出入三年，百姓歌之曰："萧何为法，较若画一；曹参代之，守而勿失；载其清净，民以宁壹。"

这就是萧规曹随的典故。源自《史记》卷五十四《曹相国世家》和《汉书》卷三十九《萧何曹参列传》，只是文字稍有删节。司马光读罢，评论道："曹参不变萧何之法，深得守成之道，所以在惠帝、高后（吕雉）

---

① 《通鉴·卷十二·汉惠帝二年七月》。

时天下晏然，衣食滋殖。"① 这一评论没有用"臣光曰"的形式写在《通鉴》中，完全是有感而发，与司马迁和班固的相关评论区别甚大。

《史记》之"太史公曰"："（曹）参为汉相国，清净极言合道。然百姓离秦之酷后，参与休息无为，故天下极称其美矣。"

《汉书》之"赞曰"："天下既定，因民之疾秦法，顺流与之更始，（萧何与曹参）二人同心，遂安海内。"

司马迁和班固是说萧何、曹参顺应人心，改变秦朝酷法，清净无为，与民休息，故受到人民高度赞扬。他们的着重点显然不在萧规曹随上，更没有像司马光这样把它上升到普遍规律，提高到"深得守成之道"的地位。曹参当丞相只有三年。三年不变成法比较正常，百年不变能行吗？此时，宋朝建国已一百零一年了。正在积极推行变法的神宗听了司马光的评论，问道："汉常守萧何之法不变，可乎？"

司马光回答说："何独汉也！使三代（夏商周）之君常守禹、汤、文、武之法，虽至今存可也。"他解释说，武王灭商，"乃反（返回）商政，政由旧"。《（尚）书》曰："无作聪明，乱旧章。"《诗（经）》曰："不愆不忘（不缺不漏，可理解为不折不扣），率由旧章。"祖宗旧法，如何可废？汉武帝听了张汤的，多改旧法，汲黯面斥张汤说，高祖成法，你竟敢纷更？汉武帝晚年，盗贼蜂起，即因法令繁苛。汉宣帝沿用高祖旧法，只选良吏治民，天下大治。汉元帝采纳臣僚建议，大改宣帝旧政，丞相匡衡说：此乃舍国家之大好功业，做徒劳之变更。在陛下看来，宣帝与元帝治国，哪个更好？不等神宗回答，他做出结论：荀子曰："有治人，无治法。"治国在于得人，而不在变法。

但司马光并没有说服神宗，神宗说：人与法也互为表里。

司马光说：若得其人，不愁法不好；不得其人，即使有好法，实行起来也会颠倒变形。因此，应急于求人，缓于立法。②

① 《续资治通鉴·卷六十七》。
② 以上对话见李裕民《司马光日记校注·手录·卷一·迩英读〈资治通鉴〉录》。

吕惠卿叫板司马光

司马光这一课借古讽今，以萧规曹随的典故，暗批王安石变法。朝廷之中，有人喝彩，有人愤怒。年轻气盛的吕惠卿感到忍无可忍，决定与司马光来一场公开辩论。他前不久被王安石推荐为崇政殿说书，也有了上经筵讲课的权力。于是在迩英殿上，一场激烈的辩论当着神宗的面展开了。司马光的《日记·吕惠卿讲"咸有一德"录》对此有比较详细的记录。

十一月十九日，吕惠卿、王珪、司马光，三人侍讲。吕惠卿首先讲《尚书》"咸有一德"，讲着讲着，矛头直对司马光：

> 先王之法，有一岁一变者，《月令》"季冬饰国典以待来岁之宜"，《周礼》"正月始和，布法于象魏（宫廷外的两座高大建筑，用于公告律令）"是也。有数岁一变者，唐、虞"五载修五礼"，《周礼》"十一岁修法则"是也。有一世一变者，"刑罚世轻、世重"是也……有虽百世不变者，尊尊、亲亲、贵贵、长长、尊贤、使能使也。臣前见司马光以为汉初之治皆守萧何之法。臣案何虽约法三章，其后乃为九章，则何已不能自守其法矣。惠帝除挟书律（私藏《诗》《书》罪）、三族令（灭父、母、妻三族），文帝除诽谤、妖言，除秘祝法（一种巫蛊术），皆萧何法中所有，而惠与文除之，景帝又从而因之，则非守萧何之法而治也。

吕惠卿接着简要叙述了汉代从惠帝至元帝的治乱情况，指出，汉之衰，非因变法。弊则必变，岂可坐视？《书》曰，"无作聪明，乱旧章"，不是说旧章不可变，而是说不可自作聪明地乱改。然后，他指着司马光说，司马光借古讽今的用意，一是反对现在进行的变法，二是因为我制置三司条例，是针对我的。因此，请陛下召司马光诘问，明确孰是孰非，使议论归一。

神宗于是问司马光：吕惠卿的话，卿听见了吗？感到如何？

在司马光眼中，吕惠卿是"小人"，是"奸邪"。两人的级别也差得太远，一个七品，一个三品。现在，吕惠卿这个愣头青居然咄咄逼人，反守为攻，这是司马光始料不及的。他很恼怒，但一个三品大员岂可与小人物计较？他镇静地站起来，不慌不忙地回答神宗的问题。他说：

吕惠卿所说的关于汉惠帝至元帝时期的治乱情况是对的，但是，说先王之法，有一年一变，数年一变，一世一变的，这就不对了。《周礼》"正月始和，布法于象魏"，布告的是旧章，而非一年一变的新法。就像州长（五党为一州）、党正（五百家为一党，设正为长）、族师（长），每年岁首要召集百姓宣讲旧章一样。天子五年一巡视，并非五年一变法，而是担心诸侯变礼乐，坏旧章，下来检查督促，纠正偏差……

司马光是历史学家，吕惠卿和他玩历史，等于是以短击长，一下就处于下风了。但关于对《诗（经）》"率由旧章"的理解，司马光因为上次在讲萧规曹随时，把话说得太绝对，有漏洞，现在不得不加以补充：

"率由旧章"，不是说要坐视旧法之弊而不可变更。我确实说过，"道，万世无弊。禹、汤、文、武之法，皆合于道"。后世子孙逐渐变革，遂至失道。及遇中兴之君，必应变更后世所变，恢复到禹、汤、文、武之治，使之合于道为止。这就是"率由旧章"。至于挟书令、妖言令，又怎能奉行不变？"故变法者，变以从是也，旧法非则变之，是则不变也。若是无是无非，一皆变之，以示聪明，此所谓作聪明，乱旧章也。"

当时王安石不在经筵上，否则，他也许会笑出声来。因为司马光现在毕竟承认了"道"与"法"是两个概念，承认了"变以从是"，"非则变之"，变到哪里去？使之合于道。而王安石恰恰是打着法尧舜之道的旗号变法的，也就是说，他只变法，不变道。司马光发现自己为了弥补上次的理论漏洞，险些绕到王安石的观点上去，马上话锋一转，提出了一个"修补论"，否定变法：

"譬之于宅，居之既久，屋瓦漏则整之，圩墁（墙壁）缺则补之，梁柱倾则正之"，修补后房子还可以住。如果不是大坏，难道非要毁掉另造不成？即使要另造，也须有良匠，还须有良材，然后可为。今既无良匠，又无良材，就要全毁另造，我担心没有地方避风雨。况且，变法岂是易事？《周易·革》："巳日乃孚，元亨利贞，悔亡。""元者，善之长也，亨者，嘉之会也，利者，义之和也，贞者，事之干也，具此四德，然后革而悔亡，苟若不具，则未尝无悔也。""汉元帝数更法令，随辄复改，不能无悔故也。"

这里，司马光说四德俱备，方可言变革，而按他开列的标准，不要说四德俱备，就是一德也难言达到，所以变革的机会就永远不会到来。而且四德俱备了，改革也是要后悔的。神宗当时也许和今天的我们一样，会听得一头雾水。倒是他的"修补论"通俗易懂，意即宋朝这幢大房子还没有大坏，修修补补就行了，没必要另造。

他否认借古讽今，针对吕惠卿，回应说：臣供职经筵，只知读经史，希望对圣德有所裨益，无意讥讽吕惠卿和制置三司条例司，而吕惠卿说我是在讥讽他，今天就当着参加经筵的群臣之面，请问陛下：条例司究竟该设还是不该设？

这个问题让经筵的气氛更加紧张，司马光重申了他反对设条例司的观点，最后再次声明，我前日在经筵所言，完全无意讥讽吕惠卿。这个结束语引来一阵笑声。

吕惠卿被笑得脸红了。他太愣了，本来不该捅破的那层窗户纸被他冒失地捅破了，反而给自己造成了被动。他很不理智地发难说："司马光备位侍从，见朝廷事有未便，即当论列。有官守者，不能守则去；有言责者，不得其言则去，岂可惮己？"

司马光也气得失去了冷静，首先问神宗：前者，臣上疏指陈朝廷得失（指《上体要疏》），包括不该设条例司的事尽在其中，不知是否已达圣听？

神宗说，看过了。

司马光愤愤然，接着说，臣并非没有说，至于说了不被采纳而不辞职，这的确是臣的罪过。吕惠卿责备我，我不敢逃避。

神宗一看两个人都红了眼，互相指着对方的鼻子，赶紧制止说："相与讲论是非耳，何至乃尔？"

翰林学士承旨王珪出来打圆场，示意司马光退下。讲授得以继续进行，王珪讲罢《史记》，司马光接着进读《通鉴》。刚经历了一场面红耳赤的争论，经筵上相当沉闷，一贯喜欢提问的神宗竟无一次提问。

"有治人无治法"？

经筵结束，其他人走了，神宗把几位侍讲叫到御座前，赐座，三番辞谢后，终于坐下。神宗提出了一个十分尖锐的问题：朝廷每改一事，则举国汹汹，皆以为不可，又不能指明不便之处，究竟为什么？

对这个问题，谁也不会直接回答他。此中奥妙，我们留在后面分析，只说当时被问的人，王珪要开了滑头，说，臣等疏贱，朝廷之外的事不能尽知，一些道听途说，又不辨虚实。神宗说，那就说说你们的见闻吧。王珪在躲闪，司马光却接过话茬说开了。《宋会要辑稿·食货四》之十八记录如下：

> 光曰："朝廷散青苗，兹事非便。今闾里富民乘贫者乏无之际，出息钱以贷之，俟其收获，责以谷麦。贫者寒耕热耘，仅得斗斛之收，未离场圃，已尽为富室夺去，彼皆编户齐民（他们都是老百姓），非有上下之势、刑罚之威，徒以富有之故，尚能蚕食细民，使之困瘁，况县官督责之严乎？此孟子所谓又称贷而益之者也，臣恐细民将不聊生矣。"
>
> 吕惠卿曰："（司马）光不知，此事彼富室为之，则害民；今县官为之，乃所以利民也。昨者，青苗钱令民愿取者则与之，不愿者不强焉。收获之际，令以中价折纳谷麦，此所以救贫者之无，息富人之贪暴也。今常平仓元价甚贵，经十余年乃一籴（粜之误），或腐朽以害主吏，或价贵人不能籴，故不若

散青苗钱之为利也。"

　　光曰："臣闻作法于凉（薄），其弊犹贪；作法于贪，弊将若何（语出《左传·昭公四年》）？彼常平仓者，谷贱不伤农，谷贵不伤民，公私俱利，法之至善者乎。及其弊也，吏不得人，谷贱不籴，谷贵不粜，反为民害。况青苗钱之法不及常平远乎？昔太宗平河东，轻民租税，而戍兵甚众，令和籴粮草以给之。当是时，人希（稀）物贱，米一斗十余钱，草一围八钱，民皆乐与官为市，不以为病。其后，人益众，物益贵，而转运司常守旧价，不肯复增。或更折以茶、布，或复支移、折变，岁饥租税皆免，而和籴不免，至今为膏肓之疾。朝廷虽知其害民，而用度乏而不能救也。臣恐异日之青苗之害亦如河东之和籴也。"

　　上（皇帝）曰："闻陕西先以行之久矣，民不以为病也。"

　　光曰："臣家陕西（夏县时属陕西），有自乡里来者，皆言去岁转运司擅散青苗钱与民，今夏麦不甚熟，即督责严急，民不胜愁苦。况今朝廷明有指挥，彼得公然行之乎！转运司本以聚敛为职，取之无名，犹欲掊刻，况今取之有名乎？彼干当青苗钱者，至陛下前云，百姓欣然赖此钱以为生者，皆由其口所言耳，臣所言者民间实事也。"

　　惠卿曰："光所言者，皆吏不得人，故为民害耳。若使转运司、州县皆得其人，安有此弊？"

　　光曰："如惠卿之言，乃臣前日所谓有治人无治法，国家当急于求人、缓于立法者也。"

　　这时，司马光脸上当是一片灿烂，吕惠卿被他七绕八绕，给绕进去了。但是，对司马光的上述言论，勿须细读，就可发现其逻辑上的混乱，特别是所举河东的和籴法从利民到害民的问题，恰恰说明了祖宗之法要因时而变，恰恰说明了无治法就无治人。

　　但是，在封建专制统治下，"治法"也好，"治人"也罢，都不过是幻想而已。什么是最大的法，皇帝的圣旨是最大的法，你制定了再好的"治法"，皇帝一句话就可以化为乌有。谁是"治人"？皇帝是第一"治人"，臣下即使有天大的本事，皇帝不用你，你就啥也做不成，而且一旦你的政绩和名声让皇帝警惕，你就危险了。因此，吕惠卿和司马光其实都是在做皇帝的工作，唯有仰仗皇帝，才能实行自己的主张。

吕惠卿和司马光的对话结束，神宗没有表态，但听了司马光的高论后，他推行青苗法的立场开始动摇了。

第二十四章 『惟见此一人』

青苗法还要继续推行吗？在司马光提出"有治人无治法"的理论之后，神宗犹豫了，犹豫了一个多月。

时光走到熙宁三年（1070）正月二十一日，他下诏说，青苗法本为抑制兼并，救助贫民，未料官吏"追呼均配、抑勒，反成搔扰"[①]。此诏本为纠偏，但被许多人理解为要取消青苗法了。

从政见分歧到政治搏杀

司马光先后提出了"体要论"、"修补论"、"有治人无治法论"，企图筑起一座座理论"堤坝"，挡住变法的"洪水猛兽"。而保守派真正的大佬们躲在"堤坝"的后面，看着司马光冲在最前面摇旗呐喊。在神宗的上述诏书发布后，已外放两年的三朝宰相、河北安抚使韩琦，不安于当"观众"了。对司马光冲锋在前的表现，他很满意，但老谋深算的他

---

① 《续资治通鉴长编拾补·卷七》。

明白：要彻底动摇神宗，驳倒王安石，最重要的是拿事实说话。去年九月，青苗法刚在河北试行时，他沉住气，耐心等待着问题暴露。四个月后，问题暴露出来了，他毅然打破沉默，于二月初一日上疏，指出了四大问题：

第一，"抑配"，即摊派。官府规定了五等户（宋朝农户有产者由富至贫分五等）借贷数额，且越富数额越大，甚至摊派到坊郭户（市民），已不是抑兼并、济贫民，而是一种敛财手段。

第二，把散青苗钱当作了考核官员的标准。对不愿贷青苗钱的，各县须结罪申报，如果常平司派人查出其中有愿意者，则处分县官。各县怕受处分，宁可强行摊派。

第三，为了保证利息能收回，官吏将富户贫户混编为保，由富户为甲头。一保之内，富户不愿贷，贫户贷了无力还，到时若有贫户无法偿还贷款时，难免甲头代赔，全保遭殃。

第四，利息不是规定的二分，而是三分。

结论："陛下励精求治，若但躬行节俭以先天下，自然国用不乏，何必使兴利之臣，纷纷四出，以致远迩之疑哉！乞尽罢诸路提举官，依常平旧法施行。"

到底姜还是老的辣，韩琦讲的尽管是片面的事实，但已经打动了神宗。初二日，在召见宰执时，他从袖中取出韩琦的奏章，要他们都看一看，说："琦真忠臣，虽在外，不忘王室。（青苗法）朕始谓可以利民，不意乃害民如此！且坊郭安得青苗，而亦强与之乎！"

王安石看了韩琦的奏章，怒形于色，接着神宗话说："苟从其欲，虽坊郭何害？"韩琦把推行青苗法的提举官称为"兴利之臣"，他反驳说："陛下修常平法以助民，至于收息，亦周公遗法也[1]。如桑弘羊笼天下货财以奉人主私用，乃可谓兴利之臣。今抑兼并，振贫弱，置官理财，非以佐私欲，安可谓兴利之臣乎？"

见神宗实际上表了态，曾公亮、陈升之两个宰相马上顺竿爬，指斥

---

[1] 《周礼》有泉府之官"榷制兼并"，《春秋传》有泉府赊贷之记载。

王安石非是。陈升之本为枢密副使，在与王安石同领条例司时，处处迎合王安石。神宗欲在二人中拔一人为宰相，王安石极力推荐他，希望两人能在政府中联手推动变法。谁知他一当宰相就反戈一击，提出撤销条例司。王安石没有看透陈升之，司马光也把陈升之看扁了。在提拔陈升之为宰相后，神宗曾经问他外面的反映如何，司马光回答说："闽人狡险，楚人轻易。今二相皆闽人，二参政皆楚人（赵抃为浙江人，王安石为江西人，两省战国时属楚），必将援引乡党之士，充塞朝廷，风俗何以更得淳厚。"① 且不说司马光对南方人的偏见，只说陈升之和赵抃都坚决反对变法，在神宗面前与王安石激辩。

对他们的辩论，神宗虽未置评，但态度从一开始就是明朗的。第二天王安石"病"了，不来上班，并且打了辞职报告，请求放外任。神宗不准，让司马光草拟批复。司马光本就窝着一肚子火，火气自然流于笔端：

> 今士夫沸腾，黎民骚动，乃欲委还事任，退取便安。卿之私谋，固为无憾，朕之所望，将与委谁？

神宗是要挽留王安石，但司马光起草的这个批复，似乎不是要留人而是在赶人。果然王安石立即上章自辩，去意更坚。神宗慌了，不得不写手诏给王安石道歉："诏中二语，失于详阅，今览之甚愧。"又派吕惠卿去传达御旨："不可去职。"一个坚决要辞，一个坚决不准，如此僵持了十八天，直到二十一日，王安石才出门上班。

促使他来上班的原因，不是神宗的道歉，也不是吕惠卿的劝说，而是一个消息。在他告病期间，神宗指示中书拟旨，废除青苗法。宰相曾公亮、陈升之要立即奉诏，而参知政事赵抃说，此法乃王安石所定，还是等他上班后自己废除为好。王安石听说后，"病"马上就好了，上班的第一件事就是让条例司逐条批驳韩琦的奏章。不说赵抃因此后悔不

---

① 《通鉴易知录·卷七十》。

选，只说这么一批驳，本已想废除青苗法的神宗又回心转意了。和历史上的封建皇帝一样，在臣僚意见相反时便求助于宦官，他派了两个宦官去河北考察。司马光《温公日记》第八条[1]记载：

> 赵阅道（赵抃）曰：介甫（王安石）每有中使宣召，及赐予所赠之物，常倍旧例，阴结内侍都知张若水、押班蓝元振，因能固上之宠。上使中使二人潜察府界青苗，还，皆言民便乐之，故上坚行，盛崇介甫，用之不疑。

听了两个宦官的报告，神宗于是召见王安石，说："青苗法，朕诚为众论所惑。寒食假中，静思此事，一无所害。极不过少（稍）失陷钱物，亦何足恤？"王安石说："但力行之，不叫小人故意坏法，必无失钱物之理。"因此，青苗法咸鱼翻身了，而王安石与司马光的分歧，也从政见之争演变成了政治搏杀了。

有我没新法，有新法没我

在青苗法起死回生的过程中，司马光被任命为枢密副使，这标志着他将进入执政大臣的行列。

他阻止青苗法推行的努力失败了，怎么反而升了官？宋朝皇帝遵循"异论相搅"的原则，让不同政治派别相互牵制。现在，神宗的想法是，王安石在政府（中书省），让他改革行政，发展经济，而让司马光在枢府（枢密院）掌握军队。这样即使有什么不测，他也能进退自如。王安石是副相，那就任命司马光为枢密副使。在他征求王安石的意见时，王安石毫不客气地说："（司马）光外托劘上（敢于批评皇帝）之名，内怀附下（迎合保守派）之实，所言皆害政之事，所与尽害政之人，而欲置

---

① 《涑水记闻·附录二》。

之左右，使预国政，是为异论者立赤帜也。"① 其实，不论他当不当枢密副使，这面保守派大旗早已立起来了。

进入执政大臣行列，按司马光的说法，"何异于自地升天"。此时让他当枢密副使，固然可以表明神宗对保守派的大度与包容，但同时又可能传达出另一个信号：司马光向改革派妥协了。他生怕这一美职玷污了他的旗手地位，不惜以辞职来表明其绝不妥协的立场。

二月十二日，宦官陈承礼来到司马光府邸宣布敕令，传达神宗御旨：令即日领受敕告。司马光跪而不谢，拒接敕令。他让陈承礼转告皇上："陛下诚能罢制置条例司，追还提举官，不行青苗、助役等法，虽不用臣，臣受赐多矣。"公开表示我不要官，只要废新法。

次日，他上呈《辞枢密副使劄子》②，神宗又派宦官黎永德来宣布敕令，令其入见，司马光仍不接敕令，拒绝入见。

十五日，司马光上《辞枢密副使第二劄子》③，十九日上第三劄子，说自己之所以不接受任命，不是如外界所传的"不慕荣贵"，或者是"饰诈邀名"，而是"正欲辞所不能而已"。臣"素有目疾，不能远视"，近又"颇多健忘"，日常供职"犹惧废阙"，何能担此大任？

这里所说的近视眼、健忘症都不过是虚晃一枪，倒是在他二十日所上的《乞罢条例司常平使疏》④ 中，道出了辞职的真正意图。在这个劄子中，他认为青苗法将使民间普遍贫穷，而国家的投入也将血本无归，"十年之外，贫者既尽，富者亦贫，常平又废，加之以师旅，因之以饥馑，民之羸者必委死沟壑，壮者必聚而为盗贼，此事之必至者也"。所以，"臣愿尽纳官爵，但得为天平之民，以终余年，其幸甚矣！苟言不足采，陛下虽引而寘（填）诸二府，徒使天下指臣为贪荣冒宠之人，未审陛下当何所用之？"他似乎完全是在为民请命，为国分忧，其实这个劄子中的一段十分要害的话屡屡被人故意"隐匿"了。这段话是：

---

① 《续资治通鉴·卷六十七》。
② 《传家集·卷四十三》。
③ 同上。
④ 《传家集·卷四十四》。

　　夫民之所以有贫富者，由其材性愚智不同，富者智识差长，忧深思远，宁苦劳筋骨，恶衣菲食，终不肯取债于人，故其家常有赢余，而不致狼狈也。贫者呰窳（懒惰）偷生，不为远虑，一醉日富，无复赢余，急则取债于人，积不能偿，至于鬻妻卖子，冻馁填沟壑，而不知自悔也。是以富者常假贷贫民以自饶，而贫者常假贷富民以自存，虽苦乐不均，然犹彼此相资以保其生。

对这一奏章，宋史泰斗漆侠先生如此评论：

　　司马光的这篇鸿文，似乎炙手可热，使20世纪80年代以来那些吹捧司马光的学者们"望望然而去"，不敢正视，其所以如此，原因在于被这些学者们吹捧为为国为民的伟大人物的司马光，居然成为豪强兼并势力的辩护师。[1]

毋庸讳言，司马光是站在大地主的立场上论证高利贷的合理性。他反对变法，是要维护现存的"虽苦乐不均，然犹彼此相资以保其生"的贫富关系。

神宗见此疏后，派宦官陈承礼传宣，令其入见。司马光再次拒绝，于次日（二十一日）上《乞辞枢密副使第四劄子》，说，如今为害天下的，唯有条例司和提举常平使者，"若陛下朝发一诏以罢之，则夕无事矣！"若陛下以臣言为是，盼早施行；若以为非，臣则为"狂愚之人"，"岂不为圣政之累也"！

神宗又派宦官李舜举向他传达圣旨，开导说，枢密院乃本兵之地，与中书各有职分，不得再以他事推辞。而司马光于二十二日又上《乞辞枢密副使第五劄子》，针对神宗的旨意再次申述：如果臣接受了任命，因枢密院只管军事，臣若再谈政事就是越职言事，所以只能闭嘴，而如

① 《宋学的发展与演变》，河北人民出版社，2002版，第385—386页。

今位备侍从，对朝廷缺失，无不可言。而且，臣关于废除青苗法、召回常平使者二事，未被采纳，臣怎敢接受新恩？至于不奉召入见，是因臣膝盖生疮，没法拜起。待稍有好转，自乞入见。

他的膝盖的确生疮了，神宗自然不好强迫，只好等着。

二十七日，神宗派宦官刘有方前来慰问，并问何日可入见，请早。这时，韩琦从大名专门派人送来亲笔信。信中说："主上倚重之厚，庶几行道。道或不行，然后去之可也，似不须坚让。"司马光长叹一声，回信说"自古被这般官爵引得坏了名节为不少矣"①。为了名节，他再上《乞辞枢密副使第六劄子》，说膝疮仍未痊愈，有碍拜起，不能确定入见时间，再次申述：臣乞罢条例司、罢提举常平使者，"若臣言果是，乞早赐施行；若臣言果非，乞更不差使臣宣召，早收还枢密副使敕告，治臣妄言及违慢之罪，明正刑书，庶使是非不至混淆，微臣进退有地，不为天下人所疑怪"。

这不像是在请辞，而分明是在与神宗叫板：要用我，你就废新法，不废新法就别烦我。

像司马光这样公开将皇帝的军的情况，只有在宋代才有可能。宋代言官的地位之崇高，言论之自由，即使是唐代的贞观之治也是无法比拟的。宋太祖留下的"不杀言事者和读书人"的祖制，一直被严格遵守着，只要不谋逆，即使犯上也没有死罪。一般是贬出朝廷任地方官，最坏的结果是流放，流放地一般在南方的两湖、两广的某个州，给你一个节度副使或团练副使之类的无俸禄的空衔，在当地政府的编管下当员外。当然，也有要你一去不返的流放地，春州（今广东阳春）是也。宋初权知开封府李台符，在赵普与卢多逊的权力斗争中使阴招助赵倒卢，卢败，李台符献媚赵普，建议把他流放春州，赵普默而未语。后来李台符贪腐罪发，赵普将他流放春州，刚到不久就染瘴气而死。有意思的是，偏偏是被保守派视为恶魔的王安石，将春州改为阳春县，因流放到州而不到县，春州从此在流放地目录中消失。正是因为言官无死罪，所以能较好

① 《宋朝事实类苑·卷十四》。

履行监督职能，但同时带来另一方面的问题，就是有的人言之无据，一味以敢于犯颜来博取"直"名。司马光要名，更要实，要实实在在地把青苗法废了。他已经写了六道辞呈，八次拒绝了皇帝的召见，宋神宗不是汉武帝，也不是唐太宗，不可能在盛怒之下，将其投入囹圄，他甚至没有生气，耐心地等着司马光膝疮的痊愈。

枢密副使辞掉了，旗手威信更高了

三月初八日，神宗又派宦官刘有方来请司马光履职并入见。算起来，这是神宗第九次派宦官来请他了，而且他的膝疮已经好了，再不奉召，皇帝颜面何在？于是，司马光奉召来到崇政殿，觐见礼毕，几句寒暄之后，君臣之间有了一次十分别扭的对话①：

> 上（神宗）曰："此命（枢密副使的命令）尚未罢也，朕特加卿，卿何为抗命不受？"
>
> 光曰："臣自知无力于朝廷，故不敢受，抗命之罪小，尸禄之罪大，故也。"
>
> 上曰："卿受之而振职，则不为尸禄矣。"
>
> 光曰："今朝廷所行与臣言相反，臣安得免为尸禄之人？"
>
> 上曰："相反者何事？"
>
> 光曰："臣言条例司不当置，又言不宜多遣使者外挠监司，又言放青苗钱害民，岂非相反？"
>
> 上曰："今士大夫汹汹，皆为此言，卿为侍从臣，闻之不得不言于朕耳！"
>
> 光曰："不然。向者初议，臣在经筵，与吕惠卿争议论，以为果行之，必致天下汹汹。当时士大夫往往未知，百姓则固未

---

① 《续资治通鉴长编拾补·卷七》。

知非，迫于浮议而言也。"（我不是随波逐流，跟着起哄，而是响鞭先着，首倡正论）

上曰："言者皆云（不管是首倡还是人云亦云）法非不善，但所遣非其人耳。"

光曰："以臣观之，法亦不善，所遣亦非其人也。"

上曰："卿见元敕否？"

光曰："不见。"

上曰："元敕不令抑勒。宿州（今安徽同名市）强以陈小麦配民，卫州（今河南汲县）留滞不散，朝廷已令取勘违敕强民者，朝廷固不容也。"

光曰："敕虽不令抑勒，而所遣使者皆讽令抑配。如开封府界十七县，惟陈留（开封县）姜潜（县令）张敕榜县门（县衙大门）及四（城）门，听民自来请则给之，卒无一人来请。以此观之，十六县恐皆不免于抑勒也。"（姜潜其实是做表面文章来抵制青苗法，在条例司追查邻县阻扰新法时，他自知难免，挂冠而去，回山东徂徕山建"读易堂"聚众讲学，成为著名隐士）

上曰："卿告敕尚在禁中（皇宫），朕欲再降出，卿当受之，勿复辞也。"

光曰："陛下果能行臣之言，臣不敢不受。不能行臣之言，臣以死守之，必不敢受。且诏令数下，而臣数拒违，于臣之罪益重，于陛下威令亦为不行，上下俱有所损，愿陛下勿降出也！"

上曰："卿何必如此专徇虚名。"

光对曰："凡群臣得为两府，何异自地升天？臣与其徇虚名，孰若享实利，顾不敢无功而受禄耳！"

上曰："卿所言，皆非卿之职也。"

光对曰："臣惟恐受敕告，则不能言职外之事。今者不受，为贪陈国家之急务耳，非为身也。"

上敦谕再三，光再三固辞。

上曰："当更思之！"

既然不废新法，司马光就宁死不肯受命，神宗思考再三，只好同意他辞枢密副使，满足他"贪陈国家之急务"的要求，在其原职上加右谏议大夫。但新的敕令被司马光的"同年"好友、判通进银台司范镇封还，再送，又被封还，无奈，神宗只好越过银台司，将命令直接交给司马光。范镇一气之下，上疏说："由臣不才，使陛下废法，有司失职，乞解银台司。"①

替神宗想想，在与士大夫治天下的政治体制下，他这个皇帝也不好当。司马光宁死不接受枢密副使的任命，与他拧劲；同意他辞职了，范镇又出来拧劲，真是左也难，右也难。他知道，之所以难，都是改革惹的祸。司马光和范镇看似在与皇帝闹别扭，其实是在和王安石掰手腕，目的是阻止变法。在神宗看来，保守派也是忠臣，朝廷不能失去这些人，但他又不能因此而停止变法，只好让他们"异论相搅"，自己在中间搞平衡。神宗同时也明白，司马光虽然没有达到废除新法的目的，但得分的是他，特别是在名气的提升上，那将是爆炸性的。

不错。在保守派眼中，司马光辞枢密副使，无异于一声炸雷，无异于天空中升起了一颗耀眼的星，闪耀着道德的光芒。他不仅是放弃了令人垂涎的权力地位，而且放弃了唾手可得的真金白银。枢密副使的俸钱是二百千，而翰林学士的职钱是五十千。因此，保守派的大佬们一个个抑制不住内心的激动而发表评论，韩琦写信称赞他"恳辞枢弼（枢密副使），必冀感动，大忠大义，充塞天地，横绝古今"。"音问罕逢，阙于致问。但与天下之人钦企高谊，同有执鞭（愿为你赶马车）忻慕之意，未尝少忘也。"韩琦是三朝宰相，无论资历、职务都比司马光高得多，现在一下子放低身段，愿意为他赶马车了，为啥？因为司马光在为他们的利益而战斗。在共同利益面前，保守派团结起来了，把个人恩怨都抛弃了。另一位大佬文彦博对司马光辞枢密副使的评价是："君实作事，

---

① 《宋史·卷三百三十七·范镇传》。

今人所不可及，须求之古人。"

那么，神宗对司马光怎么看呢？其反变法的顽固立场让他烦心，而"公而忘私"的节操又让他欣赏，把他看作是社稷之臣，如汉武帝时的金日磾，有变能立大节，可托幼主。十五年后，尚书左丞蒲宗孟说，人才半为司马光邪说所坏。神宗听了半晌没出声，突然厉声道："蒲宗孟乃不取司马光邪！未论别事，只辞枢密一节，朕自即位以来，惟见此一人。他人，虽迫之使去，亦不肯矣。"①

---

① 《宋史·卷三百二十八·蒲宗孟传》。

第二十五章

绝交王安石

　　又是一个阳春三月，开封的春色与三十三年前司马光金榜题名时几乎别无二致，但他的心情却恍若隔世了。当年，他与"同年"一起郊游，吟出了"宋玉虽能赋，还须念景差"的诗句，寄托着对大宋江山的无限热爱。而如今，青丝变成了白发，眼睛里仿佛有几只蚊子在不停地飞来飞去，看什么都模糊起来，牙齿也残缺不全了。朝政越来越让他失望，但他反变法的斗志却愈挫愈坚。

　　三月二日，他刚看了王安石给他的回信，气得不停地在书房里转圈，他膝盖上的疮还没有全好，走起来一瘸一拐的。"这个王介甫！这个王介甫！"司马光大声地自言自语，惊动了在后院的张夫人。她走进书房，劝道：介甫是夫君的老友，何必如此动气？不错，他们是老朋友，"嘉祐四友"之间是何等亲密啊！司马光对王安石的道德文章极其推崇，请他为伯父写墓志；王安石也对司马光的德行风节心悦诚服，要儿子选住处要与司马光当邻居。据《宋稗类钞》卷八：熙宁中，神宗召王安石，问，安石来否？其子王雱说，父亲不敢不来，但还没找到住处。又说，住处何难？王雱说，不然。父亲交代，"欲与司马十二丈（司马光）卜邻，以其修身、齐家，事事可为子弟法也。"然而，两个好朋友在生活习惯上弄不到一块，王安石不讲卫生，不计较饮食，在笔墨纸砚上却特别讲究，司马光有什么纸就用什么纸，而王安石只用小竹纸，别的纸一概不用，这些都可以互相包容，问题是在学术上在政见上两个人变得势不两立了。司马光从桌子上抓起王安石的回信，说，他竟然称变法是行孟子的仁义之道，简直是辱没孟子！我把他当朋友，给他写了三千多字，他全给戗回来了……

《与王介甫书》——讨伐变法派的檄文

司马光所说的三千余字是指二月二十七日他写给王安石的第一封信①。从上章我们知道，这一天，神宗派宦官刘有方来慰问司马光，他还收到了韩琦派人送来的亲笔信。在给韩琦回信后，他写了《辞枢密副使第六劄子》。写罢劄子，他觉得皇上之所以对变法愈来愈坚定，是因为对王安石言听计从，决定以老朋友的身份给王安石写信，规劝他改弦易辙。他知道王安石与他一样固执，但还是想试一试。

王安石自任参知政事后，办公地点由学士院搬到了政事堂，司马光与他就再也没有在朝堂外见面。所以这封信的开头说："光居尝无事，不敢涉两府之门，是以久不得通名于将命者。"解释完原因，回忆昔日交情："孔子曰，益者三友，损者三友。光不材，不足以辱介甫为友。然自接待以来，十有余年，屡尝同僚（先后同为群牧判官、知制诰、翰林学士），亦不可谓之无一日之雅也。虽愧多闻，至于直谅（正直、诚信），不敢不勉，若乃便辟（谄媚）、善柔（阿谀）、便佞（逢迎），则固不敢为也。"

引经据典是司马光行文的一贯风格，这里所引孔子的话出自《论语·季氏》。"益者三友"："友直，友谅，友多闻，益矣"；"损者三友"："友便辟，友善柔，友便佞，损矣。"

① 《传家集·卷六十·与王介甫书》。

"向者与介甫议论朝廷事，数相违戾，未知介甫之察不察，然于光向慕之心，未始变移也。窃见介甫独负天下大名三十余年，才高而学富，难进而易退；远近之士，识与不识，咸谓介甫不起而已，起则太平可立致，生民咸被其泽矣。天子用此起介甫于不可起之中，引参大政，岂非亦欲望众人之所望于介甫邪？"写希望是为了说失望，希望值越高，失望感越强。"今介甫从政始期年，而士大夫在朝廷及四方来者，莫不非议介甫，如出一口，下至闾阎细民小吏走卒，亦窃窃怨叹，人人归咎于介甫。……介甫固大贤，其失在于用心太过，自信太厚而已。"

接着分析"用心太过"：自古圣贤治国，"不过使百官各称其职，委任而责成功也"；养民"不过轻租税，薄赋敛、已逋责（蠲免欠赋）也"，而你却把这些当成"腐儒之常谈"。"财利不以委三司而自治之"，设立制置三司条例司，"聚文章之士及晓财利之人，使之讲利"，言利之人，骤得美官，而"大抵所利不能补其所伤，所得不能偿其所亡，徒欲别出新意，以自为功名耳"。又派遣提举常平使者，先推行青苗钱，次行助役法，次行农田水利法，所派虽选择才俊，但其中有"轻佻狂躁之人"，他们欺压州县，骚扰百姓，引起"士大夫不服，农商丧业，谤议沸腾，怨嗟盈路"。"夫侵官乱政也，介甫更以为治术而先施之；贷息钱（青苗法）鄙事也，介甫更以为王政而力行之；徭役自古皆从民出，介甫更欲敛民钱，顾市佣而使之（助役法）。"以上三者，常人都认为不可以，独你介甫以为可以，"直欲求非常之功，而忽常人之所知也"，这就是我说的"用心太过"。

为啥说你"自信太厚"呢？自古人臣才智出众，无过周公、孔子，即便周公、孔子也未尝无过，无不虚心求教。你介甫虽是大贤，能超过周公、孔子吗？无论是在皇帝面前议事，还是朋友在私室讨论，你都"不少降辞气，视斧钺鼎镬无如也"。"则唯希意迎合，曲从如流者，亲而礼之"。与你的意见稍有不同，你不等人把话讲完，"或垢詈（臭骂）以辱之，或言于上而逐之"，这就是我所说的"自信太厚"。

指出两大问题之后，接着上纲为违背了孟子、老子之道。孟子主张仁义，而你推行均输法，"欲尽夺商贾之利"；推行青苗法，收取利息，"使人愁痛，父子不相见，兄弟妻子离散"。老子主张无为，而你尽变祖宗旧法，"矻矻焉穷日力，继之以夜而不得息"，"使上自朝廷，下至田野，内起京师，外周四海，士吏兵农工商僧道，无一人得袭故而守常者，纷纷扰扰，莫安其居"。"何介甫总角（童子头上之发髻）读书，白头秉政，乃尽弃其所学，而从今世浅丈夫（指吕惠卿）之谋乎？"

批完了，下面解释他二月初起草的那个对王安石辞职报告的批复（见上章）："光被旨为批答，见士民方不安如此，而介甫乃欲辞位而去，殆非明主所以拔擢委任之意，故直叙其事，以义责介甫，意欲介甫早出视事，更新令之不便于民者，以福天下，其辞虽朴拙，然无一字不得其实者。"接着坦白地通报了自己坚辞枢密副使的原因，就是要撤销条例司，召回常平使者，但"主上以介甫为心，未肯俯从"。

终于说到写此信的目的："光窃念主上亲重介甫，中外群臣无能及者，动静取舍，唯介甫之为信。介甫曰可罢，则天下之人咸被其泽；曰不可罢，则天下之人咸被其害。方今生民之忧乐，国家之安危，唯系介甫之一言，介甫何忍必遂己意而不恤乎？"是泽天下还是害天下，你选择吧！

信写到这里，本应该结束了，但似乎是怕王安石为顾全面子而不肯废新法，他讲了一通君子闻过则改的大道理。接着再次强调两人的关系是君子和而不同："光今所言，正逆介甫之意，明知其不合也。然光与介甫趣向虽殊，大归则同——介甫方欲得位以行其道，泽天下之民；光方欲辞位以行其志，救天下之民，此所谓和而不同者也。故敢一陈其志，以自达于介甫，以终益友之义。其舍之取之，则在介甫也。"和而不同，很好啊！可他来了一段刺激性十足的结束语："国武子（春秋时齐国大夫）好尽言以招人之过，卒不得其死，光常自病似之，而不能改也。""介甫其受而听之，与罪而绝之，或垢詈而辱之，与言于上而逐之，无不可者，光俟命而已。"

信送出后，司马光是准备王安石或不予理睬，或痛骂侮辱的，未料王安石不仅回了信，而且语气非常温和，他以行孟子的仁义之道为变法辩护，指出司马光所说的使"父子不相见，兄弟妻子离散"的情况不存在。这让司马光大为光火，出现了本章开头的那一幕。他不顾膝盖生疮的疼痛，连夜写了《与王介甫第二书》①。

《答司马谏议书》——回击保守派的宣言

将孔孟并列，称孔孟之道，是王安石变法以后的事。在变法之前，孟子的地位低下，连在文庙配享孔子的"权利"都没有。宋以政变篡位，无以言忠，便以孝治天下，所以在文庙中配享孔子的是仁的代表颜渊和孝的代表曾参。孟子得以进文庙配享孔子，得益于王安石和宋神宗。元丰七年（1084）孟子被封为邹国公，进文庙配享孔子，位居颜渊之后，曾参、子思（孔伋）之前。在熙宁三年（1070）司马光与王安石论战时，认真研究过孟子的也许只有王安石。王安石"著《〈淮南〉杂说》数万言，其言与孟轲相上下"，极其推崇孟子的民本思想，作《孟子》诗曰："沉魂浮魄不可招，遗篇一读想风标。何妨举世嫌迂阔，故有斯人慰寂寥。"而司马光是所谓"纯儒"，尊孔而轻孟，此前他还没有认真读过孟子。他写《疑孟》是在十几年后，即他逝世前四年，是为了批王安石。

所以，司马光在第二封信中说："光虽未尽晓孟子，至于义利之说，殊为明白。介甫或更有他解，亦恐似用心太过也。"王安石在回信中没有与之辩孟子，只说新法使"父子不相见，兄弟妻子离散"不是事实，司马光回应说："今四方丰稔，县官复散钱与之（青苗钱），安有父子不相见，兄弟离散之事？光所言者，乃在数年之后，常平法既坏，内藏库又空，百姓家家于常赋之外，更增息钱、役钱，又言利者见前人以聚敛得好官，后来者必竞生新意，以朘（搜刮）民之膏泽，日甚一日，民产既竭，小值水旱，则光所言者，介甫且亲见之，知其不为过论也。当是之时，愿毋罪岁（把问题推给自然灾害）而已。"

① 《传家集·卷六十》。

王安石说他讲的不是事实，一句话就让他转攻为守了。也许王安石觉得再这么争下去已经没有意义，他在三月三日收到了司马光的第二封信后，四日便写了回信，这就是著名的《答司马谏议书》①：

> 某启：昨日蒙教。窃以为与君实游处相好之日久，而议事每不合，所操之术多异故也……
>
> 盖儒者所争，尤在于名实（孔子曰"正名"，孟子曰"先名实"，荀子曰"制名以指实"）。名实已明，而天下之理得矣。今君实所以见教者，以为侵官、生事、征利、拒谏，以致天下怨谤也。某则以谓：受命于人主，议法度而修之于朝廷，以授之于有司，不为侵官；举先王之政，以兴利除弊，不为生事；为天下理财，不为征利；辟邪说，难壬人（佞人），不为拒谏。至于怨谤之多，则固前知其如此也。人习于苟且非一日，士大夫多以不恤国事、同俗自媚于众为善。上（皇帝）乃欲变此，而某不量敌之众寡，欲出力助上以抗之，则众何为不汹汹然？盘庚之迁（商王盘庚迁都安阳，以避水灾），胥怨者民也，非特朝廷士大夫而已。盘庚不为怨者故改其度（计划），度义而后动，是而不见可悔故也。
>
> 如君实责我以在位久，未能助上大有为，以膏泽斯民（给人民带来恩惠），则某知罪矣。如曰今日当一切不事事，守前所为而已，则非某之所敢知……

这封信司马光看了好几遍，愈看愈感到受到了羞辱。其实他早就应该明白，他与王安石已经无法"和而不同"，而是"道不同不相为谋"了。从政治上说，王安石是个"援法入儒"的人物，而在学问上，他是一个将儒释道三家融合的人。"善学者，读其书惟理之求，有合吾心者，

① 录自《王安石诗文编年选释》。

则樵牧之言犹不废；言而无理，周（公）、孔（子）所不敢从。"① 在司马光看来，这是学术不纯，是"尽弃其所学"，是不可容忍的。司马光在任馆阁校勘时，写了一部《古文〈孝经〉指解》，曾轰动一时，自己也颇以为意，可王安石在经筵上讲《孝经》时却处处诘难，甚至怀疑根本就是一部伪书，弄得神宗不得不令经筵停讲《孝经》。在王安石看来，司马光之类的纯儒，未免狭隘。

尽管两人已失去了对话的基础，但对王安石的《答司马谏议书》，司马光还是写了回信《与王介甫第三书》②，从侵官、生事、征利、拒谏四个方面逐条阐述了自己的观点。

夫议法度以授有司，此诚执政事也。然当举其大而略其细，存其善而革其弊，不当无大无小，尽变旧法以为新奇也。且人存则政举，介甫诚能择良有司而任之，弊法自去，苟有司非其人，虽日授以善法，终无益也。

介甫所谓先王之政者，岂非泉府赊贷之事乎？窃观其意，似与今日散青苗之意异也。且先王之善政多矣，顾以此独为先务乎？

今之青苗钱者，无问民之贫富，愿与不愿，强抑与之，岁收其什四之息，谓之不征利，光不信也。

至于辟邪说，难壬人，果能如是，乃国家、生民之福也。但恐介甫之座，日相与变法而讲利者，邪说、壬人为不少矣。彼颂德赞功，希意迎合者，皆是也。介甫偶未之察耳！

……盘庚遇水灾而迁都，臣民有从者，有违者，盘庚不忍胁以威刑，故勤劳晓解。其卒也，皆化而从之。非谓废弃天下人之言而独行己志也。

光岂劝介甫不恤国事，而同俗自媚哉？盖谓天下异同之

① ［宋］·释惠洪：《冷斋夜话·卷六》。
② 《传家集·卷六十》。

议，亦当少垂意采察而已。

我们可以明显看到，司马光的三封信，第一封是兴师问罪，显得杀气腾腾，但后两封反而从进攻变成了自我辩护。王安石觉得该说的他已经说了，对此信未予回复。因此，《与王介甫第三书》成为两人交往的绝响，从此再无片纸只言之往来。

"三不足"——藏在试卷中的冷箭

上章写到的司马光与神宗关于辞枢密副使的别扭对话，就是在他与王安石绝交后两天发生的。他以辞却美官为代价，孤注一掷，赢得了保守派的满堂喝彩，取得了舆论上的胜利。

朝廷的舆论阵地还掌握在保守派手里。这一点，王安石从一开始就洞若观火，熙宁二年（1069）二月，他在与神宗交谈时说："臣所以来事陛下，固愿助陛下有所为，然天下风俗、法度一切颓坏。在廷少善人、君子，庸人则安常习故而无所知，奸人则恶直丑正而有所忌。有所忌者，倡之于前，而无所知者，和之于后，虽有昭然独见，恐未及效功而为异论所胜。陛下诚欲用臣，恐不宜遽谓（着急），宜先讲学，使于臣所学本末不疑然后用，庶几能粗有所成。"[1] 显然，他是主张先通过讲学造舆论，待大家赞成其学说后再变法的。但年轻的神宗因不谙时事而等不及了，在舆论准备不足的情况下就仓促开始变法，所以一开始就陷入舆论围剿。讲学的经筵变成辩论场所，舆论阵地上飘扬着司马光的旗帜。

司马光没能阻止神宗变法的脚步，但神宗也无意拔掉这面反变法的大旗。

就在司马光辞掉枢密副使后不几天，有人来告诉他，王安石提出了

---

[1] 《续资治通鉴长编拾补·卷四》。

一个"三不足"的观点:"天命不足畏,祖宗不足法,流俗不足恤。"真有此言?来人说,从去年就传开了,现在满朝都知道,原宰相富弼气愤地说:"人君所畏惟天,若不畏天,何事不可为者?去乱亡无几矣!此必奸臣欲进邪说,故先导上无所畏,使谏诤之臣无复施。"好,一针见血!司马光听罢,决心抓住这三句话,给王安石以致命一击。恰在这时,神宗让学士院策试李清臣(韩琦侄女婿)等人,由翰林学士司马光拟题。他抓住这个机会,拟题为:

> 今之论者,或曰:"天地与人了不相关,薄食、震摇,皆有常数,不足畏忌。祖宗之法未必尽善,可革则革,不足循守。庸人之情,喜因循而惮改为,可与乐成,难与虑始,纷纭之议不足听采"……愿闻所以辨之。
>
> (《传家集·卷七五·学士院试李清臣等策问一首》)

无疑,司马光是想要考生在策问中批判王安石。然而,当试题送给神宗审阅时,神宗令人将题目用纸糊起来,批示:"别出策目,试清臣等。"

第二天,神宗召见王安石,问:"听说'三不足'之说否?"王安石答:"未听说。"神宗告诉他:"陈荐(御史)说:'外间传说如今朝廷以为天变不足畏,人言不足恤,祖宗之法不足守。'昨天学士院送来的策问专以此三事为题,这是何缘故?朝廷何尝有此说法?已另拟策问了。"王安石听了先是大吃一惊,但马上明白了,这是保守派射向自己的冷箭。

这"三不足"中,第一条"天命不足畏"最有杀伤力。在自然科学不发达的古代,天被视为主宰一切的神灵。皇帝是天子,君权乃神授。但不论皇帝和儒臣是否真的信天,天都是他们用来为自己利益服务的工具。他们把天玩在股掌之中,把天作为对付愚民的"天牌"。而在封建专制统治下,儒臣能够吓唬皇帝的唯一武器就是天。一出现水、旱、地震灾害,或是日、月食,彗星等自然天象,他们便以天谴来告诫皇帝省身修己，布施仁政。司马光把天人关系列入到了儒家礼制之中："天者，万物之父也。父之命，子不敢逆；君之言，臣不敢违。父曰前，子不敢不前；父曰止，子不敢不止。臣之于君亦然。故违君之言，臣不顺也；逆父之命，子不孝也。不顺不孝者，人得而刑之；顺且孝者，人得而赏之。违天之命者，天得而刑之；顺天之命者，天得而赏之。"① 虽然这段话是他在十几年后写的，但这一观点不是后来才有的。他此时竖起"天命不足畏"的靶子，势必会引来万箭齐发，王安石不死也会是浑身"窟窿"。

也许在这一刻，王安石对司马光的感情发生了质的变化，刚给我写了信，怎么能一边写信一边放暗箭呢？但此时他顾不得去想司马光，得认真回答神宗的问题。他说：

> 陛下躬亲庶政，无流连之乐、荒亡之行，每事惟恐伤民，此亦是惧天变。陛下询纳人言，无小大，惟言之从，岂是不恤人言？然人言固有不足恤者。苟当于理义，则人言何足恤？故《传》称"礼义不愆，何恤于人言"！郑庄公以"人之多言，亦足畏矣"，故小不忍致大乱（郑伯克段于鄢之典故），乃诗人所刺（《诗经》《郑风·将仲子》），则以人言为不足恤，未过也。至于祖宗之法不足守，则固当如此。且仁宗在位四十年，凡数次修敕，若法一定，子孙当世世守之，则祖宗何故屡自变改？
>
> （《续资治通鉴长编纪事本末·卷五九·王安石事迹上》）

司马光费心出了一回策问题，结果最后"应试"的只有王安石这一个"考生"。面对这三支箭，第一支"天变不足畏"，王安石躲过去了，而对第二支"人言不足恤"和第三支"祖宗不足法"，则勇敢地接在手里，将其"折断"。他之所以不接第一支箭而躲过去，是因为在当时，"天命不足畏"这句话太雷人了，即使是王安石，也得委婉地讲。这句

---

① 《迂书·二则》。

话，是保守派抓住他的另一句话上纲上出来的，即"灾异皆天数，非人事所致"。"不曰天之有某变，必以我为某事而至也，亦以天下之正理考吾之失而已矣。"① 显然，这与司马光"天之祸福，必因人事之得失"② 的观点大相径庭，更与司马光把天人关系纳入礼的范畴的研究方法格格不入，如果撇开政治，两人还可以"和而不同"，而一旦学术服务于政治，只能是水火不容了。

---

① 《洪范传》。
② 《扬子法言·卷第十四·重黎卷第十》。

第二十六章　愤然离京师

司马光虽没能阻止变法的车轮向前，但在舆论阵地上，他反变法的旗帜仍在高高飘扬。

自变法开始以来，朝廷每办一事，每任一人，无不满朝汹汹，对此，神宗也开始不满意了。熙宁三年（1070）三月十八日，他单独会见王安石，两人有以下对话：

王安石问："陛下知今日所以纷纷否？"

神宗说："此由朕置台谏非其人。"

王安石说："陛下遇群臣无术，数失事机，别置台谏官，但恐如今措置，亦不能免其纷纷也。"

那为什么即使换人也不能"免其纷纷"呢？神宗在条例司多用变法派，而台谏官多用保守派，就是要故意让下面对立，最后由他来平衡。现在看来，如果台谏官一起反对变法，变法将难以继续。大概从这时开始，神宗和王安石开始对台谏动手术了。

两个"大胡子"之贬

手术首先动在了两个"大胡子"头上。

第一个是"孙大胡子"孙觉。神宗初即位，他为右正言，机密之事也与之商量。枢密副使邵亢无所作为，神宗欲以陈升之取而代之，孙觉上疏如神宗所言。神宗以此误认为他是希意迎合，令降其两级，但北宋谏官历来只有外放之贬，而无降级之罚，孙觉反复请求外放，遂外放为越州（绍兴）通判，不久改知通州（南通）。王安石执政后，于熙宁二年（1069）将其调回，任知谏院，想让他控制谏院，从舆论上支持变法。谁知他一回京，就与王安石唱开了反调。王安石说青苗法是复《周官》泉府赊贷之法，他却说《周官》对此语焉不详，后人注释多为"疑文虚说"，不可为据。保守派反变法的一张"王牌"，就是强迫摊派青苗钱。陈留县令姜潜张榜三日，无一人请贷，被作为典型事例（见第二十四章）。情况到底如何？王安石派孙觉去调查，他还没去，就上疏说此事假不了，用不着调查，应赶紧废除青苗法。其实，姜潜这时因害怕调查，已挂冠而去了。一看实在没法合作，王安石将孙觉贬知广德军（安徽广德县）。

"孙大胡子"被贬走了，他留下的一句狠话却连累了"吕大胡子"吕公著。说起来，王安石能参大政，与吕公著的推荐不无关系，而吕公著能当上御史中丞，又多亏王安石举荐。他反对提拔吕惠卿，反对青苗法，但贬他的理由却是神宗的一个误记忆。韩琦上疏反对青苗法被条例司批驳，"孙大胡子"说："今藩镇大臣如此论列而遭挫折，若当唐末、五代之际，必有兴晋阳之甲以除君侧之恶者矣。"因孙觉与吕公著都是大胡子，神宗搞混了，安到了吕公著头上。"兴晋阳之甲"、"清君侧"都是指藩镇兴兵问罪中央，碰到了赵氏皇帝最敏感的神经。王安石正愁找不到理由贬吕公著，于是靠坡骑驴，将他贬知颍州。他传达圣旨，要求在贬敕中明书其罪，但宰相曾公亮、陈升之怕因此引起地方长官的不安，只同意写"敷陈失实，援据失当"，一直争到日落，最后王安石妥协，便以此八字为贬辞。已辞河北安抚使、改知相州（安阳）的韩琦听说朝廷有人传他要兴晋阳之甲，未免吓出一身冷汗，赶紧打报告，请从相州改知徐州。因相州屯有重兵，而徐州兵力很小。

得知吕公著因言"藩镇欲兴晋阳之甲"被贬，司马光霍地站起来，大声说，这不可能！他相信一向稳重的吕公著不会讲如此鲁莽的话。冷静一想，记起来了：孙觉在议青苗法时，曾说"韩琦欲兴晋阳之甲以讨新执政"。他要还吕公著一个公道，但又不能把孙觉卖了，陷入两难。

吕公著被贬走不几天，一个小人物来到京城，引起满朝哗然。

此人乃秀州（今浙江嘉兴）军事推官李定，是王安石的学生，因孙觉此前极力推荐而被召。李定来京，首先去拜访他景仰的右正言、知谏院李常。李常问："你从南方来，百姓对青苗法如何看？"李定说："皆便之，无不善者。"李常关心地说："今朝廷方争此，君见人切勿为此言也。"他接着又去拜访王安石，说："我就知据实而言，不知京师不得言青苗之便也。"王安石听罢大喜，密荐于神宗，请神宗召见。神宗听了李定的"据实而言"，龙心大悦，批示中书，要提拔他知谏院（自从八品至四品）。宰相曾公亮、陈升之认为没有这么越级的，坚决抵制，最后达成妥协，准备改任监察御史里行。就这还是越了级（自从八品到从七品）。右谏议大夫、知制诰宋敏求拒绝起草敕告，上奏说，按规矩，当御史必须太常博士经历两任通判，后因合乎规定者少，便许选通判未满任者。李定现在不过是个幕职官，直接当御史，破坏了朝廷官制。他封还词头，并请求辞职。神宗在他的辞呈上批示：敏求"文字荒疏，旷其职业，不能者止，其义可从"。知制诰李大临、苏颂前赴后继，也被罢免。这就是"熙宁三舍人"事件。

紧接着，知谏院李常，监察御史里行程颢、张戬、王子韶，侍御史知杂事陈襄，接二连三，纷纷被贬。司马光感到舆论阵地就要丢失了，而一旦台谏为王安石所掌握，变法就会像脱缰的野马四处狂奔。他要奋起保卫舆论阵地了。

经筵——最后的舆论阵地

四月二十六日，是开经筵的日子，由司马光进读《通鉴》。这次要读的是贾山上疏。贾山是汉文帝的御史，其名言"为人臣者，以直谏王，不避死亡之诛"被历代谏臣奉为圭臬。读罢贾山上疏，他借题发挥说："秦皇帝居灭绝之中而不自知"，接着便大讲帝王从谏之美，拒谏之祸，给神宗来了一段含沙射影的谆谆教导：

> 晏子曰："和与同异（和与同是不同的两个概念），水火、醢（醋）醢（酱）、盐梅，皆相反之物，宰夫济其不及以泄其过（厨师调味，补其不足之味而使过重之味减轻），若羹已咸，复济以盐；已酸，复济以梅，何可食也？"伊尹（商代名相）戒太甲（第五位商王）有言："逆于汝心，必求诸道"。人之情，谁不欲顺己而恶其逆，惟圣贤知顺之损，知逆之益。譬如酒醴虽适口而醉人，药物虽苦口而除病。是以臣之于君，刚则和之，柔则掖之，明则晦之，晦则明之。非故相反，欲裁其有余，补其不足，以就皇极（帝王统治的准则）耳。若逆己者即黜降，顺己者即不次拔擢，则谄谀日进，忠正日疏，非庙社之福也。
>
> （《长编·卷二百十·熙宁三年四月甲申》）

这段话司马光没有写在《通鉴》中，似乎是对晏子观点的即兴发挥，其实不然，这是他对自己为臣之道的集中表述，即君臣相反相成，以成就皇极；同时也是他的哲学思想——中和论的必然反映。为什么他总是像一个天生的反对派？我们可以从这里找到答案。当然，他今天不是为了表白自己，而是在批评神宗贬谪台谏官。神宗不傻，一听就明白，插话说："舜'堲（疾）谗说殄行'（即挑拨离间的言论和残暴的行为。语出《书·尧典》）。若台谏欺罔为逸，安得不黜！"司马光不想在经筵上与神宗争论，说："臣因进读及之耳，时事臣不敢尽论也。"越是否认越说明还有话说，所以在经筵结束后，神宗把司马光留下来，君臣有一段坦诚但不欢而散的对话。

神宗说："吕公著言藩镇欲兴晋阳之甲，岂非谗说殄行？"司马光一直想要找机会为吕公著正名，神宗主动说起了吕公著，司马光却不便说出真相，只好说："公著平居与侪辈言，犹三思而发，何故上前轻发乃尔？外人多疑其不然。"[1]

你怀疑搞错了，我不这么认为。神宗说："此所谓'静言庸违'者也。"静言庸违的意思是嘉言戾行，言是行非，语出《尚书·尧典》，是尧评价共工的话。司马光看神宗对"欲兴晋阳之甲"这句话耿耿于怀，便将话题转移到变法上来，说："公著诚有罪，不在今日。向者（过去）朝廷委公著专举台官（御史和谏官），公著乃尽举条例司之人，与条例司互相表里，使炽张如此。逼于公议，始言其非，所谓有罪也。公著与韩琦亲（姻亲），何故以险语谗之？"这一反问有道理，神宗说："非谗（韩）琦也，志在君侧之人耳。"

不错。司马光马上接过话题说，吕公著的罪状，贬敕上说是挑拨韩琦与朝廷的关系，但外人都说真正的罪状是请求撤销条例司，是斥责吕惠卿为奸邪。神宗说，王安石不好官职，奉养甚严，可谓贤者。的确，在廉洁自律上，反对他的人也找不出任何毛病。司马光只好接话说："安石诚贤，但性不晓事而愎，此其短也。又不当信任吕惠卿，惠卿奸邪，而为安石谋主，安石为之力行，故天下并指安石为奸邪也。"

这段话让神宗笑起来。是赞赏的笑，还是讥讽的笑？司马光顾不上去考虑，一心想着要借这个机会说服神宗，把王安石新调来的台谏官搞下去，而把被贬谪的自己人保回来，便开始主动出击，问神宗：李定有什么特殊才能，为什么越级提拔？神宗回答说，孙觉推荐，邵亢也说他有文学，澹泊名利，我与他谈话，发现他确有经术，所以放在言路试用。司马光又问，宋敏求封还词头，为什么撤职？神宗说，撤宋敏求不

---

① 《长编·卷二百十·熙宁三年四月甲申》。

是因为封还词头，而是他在起草贬谪吕公著的告敕时对抗圣旨。司马光在极力为宋敏求辩护后，又谈到李常。

李常与孙觉在言路齐名。他不让李定反映南方实行青苗法的实情，却上疏说："散常平钱流毒四海，又州县有钱未尝出而徒使民出息者。"钱未贷就收利息？神宗较了真，要他拿出实据，以便查处，而他以台谏官风闻言事为挡箭牌，拒绝回答。对此，宰相曾公亮表示支持，认为要他说出违法者姓名，有碍风闻言事。神宗说：并没有要追究他的责任，为什么不肯？王安石说，所谓风闻言事，就是不问其言从何来，也不必要求讲的都是实情。如果一般官员上疏，所言不实，就犯了诬告或上书不实罪，而台谏官不加罪，这就是许风闻言事。现在皇上不过是要查处违法官员，怎么能说有碍风闻言事呢？神宗又拿出李常的另一奏疏，疏中批评神宗："陛下一宫殿之费百余万，一宴游之费十余万，乃令大臣剥肤椎髓搰敛百姓。"神宗忍不住大笑说："今闻人谤如此，乃是（李）常疏中语。"其实神宗继位三年，除了修缮太皇太后、皇太后宫殿外，别无修建，也无宴游。于是，神宗以"言事反复，专为诋欺"为由，将李常贬为太常博士，通判滑州。现在司马光既然又说到他，神宗说，李常不是一个品德高尚的人。王安石称病居家时，他多次请求召见，当着我的面极力赞美王安石，说朝廷不可一日无安石，并且说，我虽然反对青苗法，但陛下宁可贬我出朝，也不能罢免王安石。从我这里出去后，他又去王安石家通报情况以卖恩。这番话将司马光的嘴堵住了。

神宗接着说："有诈为谤书，动摇军众，且曰'天不祐陛下，致圣嗣不育（时神宗尚无子）'。或云卿所上书。"保守派为阻止变法，借司马光的嘴，诅咒神宗生不出儿子。司马光说，我所上疏，陛下都见过，而且我的奏章没给外人看过。神宗说，你的奏章外人没看过，但台谏的奏章，我还没看到，就满朝遍知了。

冷场，司马光沉默，神宗概括说："今天下汹汹者，孙叔敖所谓'国之有是，众之所恶'也。"孙叔敖是春秋时楚国名相，著名改革家，就是他使原本落后的楚国迅速崛起，成为春秋五霸之一。神宗这句话等于给反变法的议论定了性。司马光当即反驳说："然。陛下当察其是非，然后守之。今条例司所为，独安石、韩绛、吕惠卿以为是，天下皆以为非也。陛下岂能独与三人共为天下耶？"

这次单独召见不欢而散。第二天接着开经筵，司马光继续进读《通鉴》，读到张释之论啬夫利口。汉文帝去上林苑视察，在虎园问上林尉（苑长）养有多少猛兽，尉一问三不知，但他手下的啬夫（吏员）却回答得清清楚楚，与猛兽禽簿的记载完全一致。视察结束，文帝指示给啬夫升官，而陪同视察的廷尉张释之不同意，他举周勃等虽言语木讷却是社稷之臣为例，说啬夫利口，不可开了以能说会道升官的先例。文帝曰"善"。司马光讲解说：这就是孔子所说的"恶利口之覆邦家者"（语出《论语·阳货》）。"利口何至覆邦家？"他把目光射向吕惠卿，大声说："盖其人能以是为非，以非为是，以贤为不肖，以不肖为贤。"他又把头转向神宗，接着说，人主信用其言，"则邦家之覆，诚不难矣"。①

司马光以经筵为阵地，不放过任何一次机会，利用历史武器向变法派展开进攻。

求去，换个阵地反变法

司马光的努力并非没有收获。他如鲠在喉的条例司，神宗在五月下诏撤销了，其职能并入司农寺，由吕惠卿负责。虽说是换汤不换药，但毕竟名正言顺了。还有，被王安石重用的李定终于被扳倒了。

为扳倒李定，司马光冲锋在前，但火力不足，掐到李定"死穴"的是御史陈荐。他揭发李定在任泾县主簿时，得知母亲仇氏病故，隐匿不为奔丧。在以孝治天下的宋朝，这可是滔天大罪。于是，中书省立即让扬州（李定家乡）、宣州（今安徽宣城，辖泾县）调查核实。宣州报告，李定当时以父老需奉养为名请假，而未言母亲去世。仇氏是妾而非妻，

---

① 《长编·卷二百十·熙宁三年四月乙酉》。

李定辩称自己不知实为仇氏所生。宰相曾公亮提出要他补服丧三年，王安石认为他实际已服了丧。但这样的人不可能再任监察御史，王安石拟改任其为崇政殿说书。御史林旦、薛昌朝上疏说，不孝之人，怎能为皇上说书？王安石包庇李定有罪，应罢黜。李定心虚，请求解职，最后以集贤校理同判太常寺。李定被扳倒了，御史陈荐、林旦、薛昌朝也被借故外放。但保守派赢得了道义上的胜利，等于对外宣告：王安石重用的是不孝之人。抓住这个机会，保守派针锋相对地树立了一个孝子典型——朱寿昌。其父朱巽在京兆为官时，将怀孕之妾刘氏赶出家门，刘氏在外生寿昌，寿昌数年后归家，母子不相见五十余年。听说母亲到了陕西，他弃官入秦寻母，终于在同州找到了已七十多岁的母亲。保守派纷纷写诗赞美他，让神宗召见，并通报全国。

在变法与反变法之间，朝臣必须站队了。任何时代，真正为理想而不惜牺牲的人是少数，绝大多数人考虑的是利益。眼下对立的两位旗手，一个王安石，一个司马光，都是理想派。其他人呢？宋代自澶渊之盟数十年来，士大夫们尽情享受着国家花钱买来的平安，饮酒吟诗，轻歌曼舞，何等巴适！王安石变法把一潭死水搅得波滚浪翻，一时间，朋友反目，兄弟翻脸，两边押注，朝秦暮楚，形形色色的现象，甚至连王安石和司马光都有些看不懂了。当年的"嘉祐四友"，在阿云案上，吕公著、韩维站在王安石一边，可随着变法的深入，他们又站到了司马光一边。韩维、韩绛兄弟，一个跟司马光反变法，一个成了王安石的盟友。王安石之弟王安国，站到他的对立面。王广渊由其兄王子韶推荐给王安石，是推行青苗法的得力干将，而王子韶却竭力反对青苗法，说他推荐其弟有罪。枢密副使吕公弼写了一份弹劾王安石的劄子，还没上呈，却被其从孙吕嘉问偷出来给了王安石……

变法派与保守派互相攻伐，一片混乱，真假难辨。苏轼之父苏洵逝世后，朝廷赠银助葬，因苏洵非进士，官职只是县主簿，苏轼提出不要赠银而改赠功名，另韩琦赠银三百两，欧阳修赠银二百两，苏轼均谢绝。此事已过去几年，而侍御史知杂事谢景温弹劾苏轼当年护送父亲灵柩回川安葬，用官船私贩食盐和苏木（专卖物资）。于是成立专案组，抓船夫，逮随从，闹得鸡犬不宁。

手术很快就动到了司马光编《通鉴》的书局头上。刘攽是司马光编书的助手。他与王安石是老朋友，常拿他"开涮"。推行水利法，有人给王安石出点子：把梁山水泊排干，可得万顷良田。王安石"嗯"了一声，又突然问：排出的水装哪？刘攽说，好办，那就在旁边挖一个同样大小的水泊。大家哄堂大笑，笑得王安石很尴尬。熙宁三年（1070）的进士考试，吕惠卿是初试官，把在策论中拥护变法的叶祖洽定为第一；刘攽是复试官，反了过来，把暗讽变法的上官均列为第一。最后，主考李大临、苏轼来了个折中，将上官均排第一，叶祖洽排第二。殿试时，神宗让宰相陈升之读试卷，钦定叶祖洽为状元。事情似乎结束了，不料苏轼不服，作《进士策》一篇进献。神宗交给王安石看，他看后大为恼怒，遂有逐苏轼、刘攽之意。苏轼的案子还没结束，刘攽就被贬为泰州通判，等于给司马光的书局拆台。

司马光越来越感到，朝廷已不是自己该待的地方了。八月八日，在垂拱殿上，司马光向神宗请求外放知许州（许昌）或任西京（洛阳）留司御史台。北宋初就在西京设留守司，王安石为安置老朽官员和反对变法者，又在北京（大名）、南京（应天府，商丘）设留守司。如被安排到留守司，就等于赋闲了。据《长编·卷二百十四》记载，此次君臣对话如下：

> 上曰："卿何得出外，朕欲申卿前命（枢密副使），卿且受之。"
> 光曰："臣旧职且不能供，况当进用？"
> 上曰："何故？"
> 光曰："臣必不敢留。"
> 上沉吟久之，曰："王安石素与卿善，何自疑？"
> 光曰："臣素与安石善，但自其执政，违迕甚多。今迕安石者如苏轼辈，皆毁其素履（清白之行），中以危法（通过陷害欲判其重罪）。臣不敢避削黜，但欲苟全素履。臣善安石，岂如吕公著？安石初举公著云何，后毁之云何，彼一人之身何

前是而后非？必有不信者矣。"

上曰："安石与公著如胶漆，及其有罪不敢隐，乃安石之
至公也。"

上又曰："青苗已有显效。"

光曰："兹事天下知其非，独安石之党以为是尔。"

上又曰："苏轼非佳士，卿误知之。鲜于侁在远，轼以奏
藁传之，韩琦赠银三百两而不受，乃贩盐及苏木、瓷器。"（时
苏案未结，最后审查结果，属子虚乌有）

光曰："凡责人当察其情。（苏）轼贩鬻之利，岂能及所赠
之银乎？安石素恶轼，陛下岂不知？以姻家谢景温为鹰犬，使
攻之。臣岂能自保，不可不去也。且轼虽不佳，岂不贤于李定
不服母丧，禽兽之不如，安石喜之，乃欲用为台官。"

总而言之，与其被王安石找茬贬走，还不如自己主动要求走。在这
次对话后不久，神宗对王安石说："司马光言方今是非淆乱。"王安石说：
"以先王法言考之，以事实验之，则是非亦不可诬。且如司马光言不当
令薛向徙贵就贱，用近易远，以先王之法言考之，则'懋迁有无化居'
（语出《书·益稷》，意为鼓励贸易互通有无），有何不可？又言薛向必
陷官物，以事实验之，向果失陷，即光言为是，向果无失陷而于官物
更能蓄息，即光言为非。他皆仿此。"最后谈到朋党问题，王安石认为：
"今侍从有实材可用者极少，而其相阿党不修职事趣功实者则如一焉。"
神宗于是想以朋党来治反变法派，王安石以为不必，认为异论纷纷的原
因是神宗"刚健不足，未能一道德以变风俗"，"若能力行不倦，每事断
以义理，则人情久自当变矣"。他不无骄傲地说："陛下观今秋人情已与
春时不类，即可以知其渐变甚明。"①

在这次谈话后，神宗决定不再挽留司马光。九月二十三日，在延和
殿，当司马光再次面请外放时，神宗问，必须许州吗？司马光回答，臣

---

① 《长编·卷二百六十五·熙宁三年九月己丑》。

哪敢必须，只要离家乡近一点，就是臣的幸运。神宗又问，西京如何？司马光回答，那恐怕非才士不可，若朝廷差遣，不敢辞。看来神宗是要把他放到洛阳了，不久便传出了令其知河南府的消息，但情况又发生了变化。推行均输法的主将薛向，负责陕西边防供应，与知永兴军王陶矛盾难解，他宁要司马光来，也要将王陶撵走。十月初五日，王陶改知河南府，司马光知永兴军，兼永兴一路都总管、安抚使，统管陕西十个腹地州、军。

第二十七章　究竟为什么

司马光就要离开待了十四年的京城了，他的心情袒露在《秋怀呈范景仁》[①] 一诗中：

> 畴昔共登仕，尔来三十秋。常晞丝绳直，窃耻鸱夷柔。蹄
> 涔学钜海，蚁垤依崇丘。行之不自疑，亲寡憎怨稠。于今不亟
> 去，沦胥恐同流。努力买良田，远追沮溺游。

诗中讽刺牛脚印中的一泡水（蹄涔）竟然冒充大海（钜海），蚁垤也自以为是高山（崇丘）。"蹄涔"、"蚁垤"何指，不言自明。他不愿同流合污，决定到乡下多买良田，去追随春秋隐士长沮与桀溺。

他真的要隐了吗？牢骚话，不可当真。"蹄涔"、"蚁垤"让他耿耿于怀，无可奈何，又欲罢不能。

他指责王安石变法是兴利敛财，是"欲求近功，忘其旧学"。"孔子罕言利，孟轲亦曰何必曰利"，载之经典，你还有何话可说？不料王安

---

① 《传家集·卷三》。

石却抬出了周公。你不是言必称孔子吗？孔子所祖述的圣人是谁呀？是制礼作乐的周公。我变法的依据就是《周礼》。置条例司，是依据《周礼》有泉府之官"榷制兼并"，是"修泉府之法"；青苗收息，是"周公遗法"；免役、均输等法，也都"出于周官"。"理财乃所谓义也。一部《周礼》，理财居其半，周公岂为利哉？"你说他是"操管、商之术"，他居然敢于承认，自称"某自百家诸子之书，至于《难经》《素问》《本草》诸小说无所不读，农夫女工，无所不问"。"岂特孔子一人之力哉"？你用"天下汹汹"来警告他，他却处之泰然，作《众人》诗曰："众人纷纷何足竞，是非吾喜非吾病。颂声交作莽（王莽）岂贤？四国流言旦（周公）犹圣。"公开说："吾之所存，固无以媚斯世，而不能合乎流俗。"在学术论战上，司马光没有占到便宜。

此番出京，他不是去隐，而是暂时从朝廷撤退，到地方去继续与王安石较量。

连放三通"起身炮"

司马光在向神宗告别时，两人的对话相当别扭：

> 上谕光曰："今委卿长安，边鄙动静皆以闻。"
> 光曰："臣守长安，安知边鄙？"
> 上曰："先帝时，王陶在长安，夏人犯大顺，赖陶得其实。"
> 光曰："陶耳目心力过人，臣不敢知职外事。"
> 上曰："本路民间利病当以闻。"
> 光曰："谨奉诏。"光言青苗、助役为陕西之患。
> 上曰："助役惟行京东、两浙耳。雇人充役，越州已行矣。"
> （《长编·卷二百十五·熙宁三年九月癸丑》）

告别谈话后，司马光并未立即赴任，在京师连上了三个劄子。

十一月初二日，他上了第一个劄子——《乞免永兴路苗役钱劄子》。苗役钱是青苗钱和免役钱的合称。青苗法前已述，免役法王安石叫助役，曾布改称免役。免役是相对差役而言。关于差役从"里正衙前"到"乡户衙前"的转变及其之害，司马光在治平四年（1067）所上的《论衙前劄子》中已分析得淋漓尽致（见第十九章），认为最大的弊端是不平等："盖由衙前以该差遣，不以家业所直（值）为准。若使直千贯者应副十分重难，直百贯者应副一分重难，则自然均平。"免役法农民按田亩数出免役钱，解决平均负担问题；官府另外雇人服役，解决衙役专业化的问题。可以说，这正好回答了司马光提出的问题。但是，这个"答案"完全超出了出题者司马光的想象力。他的《论衙前劄子》，企图在维护差役不变的前提下，比较已有的办法，从而找出一个平均负担的办法来，而不走出差役的圈子，就只能是缘木求鱼。王安石改差役而免役，是一种制度创新，是司马光从未见过的"幽灵"。免役法最大的受益者是中小地主，最大的受害者是大地主。实行差役时，乡村五等户中，原则上由上三等户服衙前役，其实真正服役的根本没有一等户，因为他们大都有官员背景，服役的是没有背景的二、三等户，即中小地主。而免役法按田亩收免役钱，出钱最多的是一等户，官员的庄田也要出钱。他们嗷嗷叫，司马光冲在前面放"大炮"。现在，他又在《乞免永兴路苗役钱劄子》中说，"人户均定免役钱，随二税（夏秋）送纳，乃至单丁、女户、客户、寺观等，并令均出"（实际不出），"若果行此法，其危害必又甚于青苗钱。何则？上等人户自来更互充役，有时休息，今岁岁出钱，是常无休息之期也（逻辑不通）。下等人户及单丁、女户等从来无役，今尽使之出钱，是孤贫鳏寡之人俱不免役也"。陕西自绥州之战以来，已有不少供应前方的摊派，加上遭受旱灾，许多人流离失所，如推行免役法，百姓"横出数倍之税，民安有不困蹙者哉？"因此，他请求朝廷批准在永兴一路不实行青苗法和免役法。

紧接着，司马光又上《乞不令陕西义勇戍边及刺充正兵劄子》和《乞留诸州屯兵劄子》。司马光一贯反对刺义勇，不刺义勇，毗邻边境的内地由谁来保卫呢？《乞留诸州屯兵劄子》要求在其总管的十州各留禁军一指挥（一指挥编制五百人），永兴军为关中根本，应留两指挥。如朝廷派不出来，应从现屯陕西腹地就粮的部队中拨出，并且不准调往前线。这明显有悖宋代的祖宗成法，即藩镇不可请兵权。

三通"起身炮"，一炮没打响，他黯然离京了。

"为与士大夫治天下"

此前的熙宁二年（1069）十一月十九日，神宗曾在经筵上提出了一个十分尖锐的问题：朝廷每改一事，则举国汹汹，皆以为不可，又不能指明不便之处，究竟为什么？当时，司马光的回答有点隔靴搔痒。一年过去了，上述神宗之问的答案，越来越清楚了。

"天下熙熙，皆为利来；天下攘攘，皆为利往。"《史记·货殖列传》中引用的这句谚语，保守派的士大夫们肯定是读过的，但他们反对变法，总是打着为民请命的旗号，而对自身利益讳莫如深。这又是为什么？

要弄清变法反变法论争的实质，我们必须对宋代的经济社会结构有所了解。宋代农户分为主户和客户两大类，有田产者为主户，无田产者为客户（佃农）。主户按田产多寡分为五等，一、二、三等户为上户（其中二、三等户又称中户），一等户有田数十顷（一顷等于一百亩）至百顷以上，是大地主，二、三等户为中小地主；四、五等户又称下户，为自耕农，其中五等户是贫农。宋初废除了唐代的官给田制度，土地兼并主要通过买卖，不限兼并。《水浒传》中不时出现诸如宋家庄、祝家庄之类的庄名，所说之庄不是村庄之庄，而是庄园之庄，某庄即某地主之庄园，其田地称为庄田。庄非宋代才有，但在宋代才大量出现。宋初"隐士"种放的庄田，囊括陕西华山周围数百里。汜县的李诚庄方圆十余里，中贯河道，地极肥沃，有佃户百余家。庄主李诚只不过是汜县的一个酒务官。官员不可能都像李诚那样营造大庄园，但大庄园无不有官的背景。宗室、外戚、勋臣自不必说，中高级官员丰厚的俸禄和赏赐大多投在田产上。在司马光离京时，官员工资津贴标准执行的是仁宗嘉祐年间公布的《禄令》：

一、俸钱：京朝官宰相、枢密使钱每月三百千，春、冬服各绫二十四匹，绢三十四，绵一百两；参知政事、枢密副使每月二百千，绫十四，绢三十四；以下递减。

二、禄粟：宰相、枢密使每月一百石，权三司使七十石，以下递减。

三、职钱：六曹尚书、御史大夫六十千，翰林学士五十千，以下递减。

此外，还有"茶、酒、厨料（米、面）之给"和"薪、蒿、炭、盐诸物之给"，简单地说，高中级官员的一切生活所需，包括夏天驱蚊的蒿都给你发，而且用不完，仅酒每日就给一至五升，盐一年给二石，谁有这么大的胃口？

宋代高官除了上述固定收入，还有各种赏赐，如郊祭大赏，一次就相当于甚至超过一年的工资。这么多钱主要是买田，田产像滚雪球一样越滚越大。第一是地租剥削，客户租种其土地，所交租金占收获量的百分之五十至七十。第二就是高利贷，贫苦农民每到青黄不接时或遇到特殊困难，不得已向地主举债，地主收取二至三倍的利息。到时不能还本付息，便用土地甚至儿女抵债。王安石推行青苗法的出发点，就是为了解脱农民的高利贷之苦，抑制大户兼并。青苗法断了大户放高利贷的财路，他能不反抗吗？

宋朝的官员可以随意购买土地成为大小地主，地主通过科举成为大小官员，官员、地主合为一体。宋代科举虽然不问门第，但经济的不平等必然导致教育的不平等，这是常识。的确有像宋庠（郊）、宋祁兄弟，范仲淹，欧阳修这样的贫寒子弟考上进士的，但是进士绝大多数是地主家庭出身且相当一部分是官二代、官三代。与司马光同一届中第者，见于《宋史》的贫寒出身者不过石扬休一人。贫寒出身的官员，像范仲淹那样买田置义庄救济本族贫寒者如凤毛麟角，大多是一阔脸就变。宋庠、宋祁兄弟少年贫寒，两人同年登第，宋庠为状元，仁宗时为宰相，宋祁为翰林学士（后为副相）。某晚大雪，宋祁在官邸高照华灯，拥妓狂饮，兄长宋庠次日让亲信传口信批评说："相公寄语学士，闻昨夜烧灯夜燕，穷极奢侈，不知记得某年上元同在某州州学内吃齑煮饭时否？"你还记得碎咸菜就饭的日子吗？宋祁听后笑了，让来人传话回去："却须寄语相公，不知某年同某处吃齑煮饭是为甚底？"[1] 就像宋真宗那首《劝学诗》所说，读书科考不就是为了黄金屋、千钟粟、颜如玉吗？吕蒙正虽是"官三代"，但因父亲抛弃其母子，儿时苦不堪言，考中状元，当了宰相后变了，他爱吃鸡舌，吃了多少不知道，只知鸡毛埋出一座小山。其侄子吕夷简为相，家中有族人、奴仆共二千余人，宰相的俸禄固然很多，但怎么也养不活这么多人，得有庄田，得做生意。因此，士大夫为大地主说话其实是为自己说话。他们是既得利益集团，根本不想有任何变动。

王安石也许真有点自不量力了，他面对的是一个官僚与地主合为一体的强大的既得利益集团。宋朝建国百年时，形成了数十个能够影响朝廷政治的世家大族，包括诗书家族、军功家族、外戚家族、潜邸家族，还有先朝遗族。诗书家族靠科举起家，然后子孙世代入仕为官，其中以真定韩氏（从韩亿发端）、莱州吕氏（从吕蒙正发端）两家最为显赫。北方士子，不出于韩门，即出于吕门。这些世家大族又以婚姻、同僚等各种纽带编织成盘根错节的利益共同体。请看宰相韩琦的孙媳妇文氏的来历：她是文彦博（先后任宰相、枢密使）的孙女，是吕公弼（枢密副使）的外孙，吕夷简（宰相）的曾外孙，是鲁宗道（参知政事）的外曾孙。娶一个孙媳妇，就与文、吕、鲁三大家族绑在一起了，再加上韩家原有的关系，这一家究竟连着多少家？恐怕得专门研究。在这种既得利益的蛛网内，即使有一两个赞成变法的，也会被作为叛徒网死。吕公弼的从孙吕嘉问跟王安石推行市易法，气得他大骂其为贼子，要把他开除出吕家。

对反变法的实质，司马光在《乞罢条例司常平使疏》中曾经为高利贷辩护，但枢密使文彦博的回答比他更为直率。稍后的熙宁四年

---

[1] ［宋］钱世昭:《钱氏私志》。

（1071），他与神宗有如下对话：

> 文彦博曰：祖宗法制俱在，不须更张，以失人心。
> 上曰：更张法制，与士大夫诚多不悦，然于百姓何所不便？
> 彦博曰：为与士大夫治天下，非与百姓治天下也。
> （《长编·卷二百二十一·熙宁四年三月戊子》）

司马光是士大夫中的一员，同样享受着高官的特权。比如，在其故乡夏县鸣条岗司马氏墓地，建有一座余庆禅院（现存，属重建），这座家庙就是公款所建。英宗时，时任龙图阁直学士、右谏议大夫兼侍讲的司马光上疏说，臣等因要侍候皇上，没法每年都回乡祭祖，忠孝难以两全，乞朝廷为臣等祖茔建家庙，让僧人为臣等守护先陵，代为尽孝。英宗于是下令修了这座家庙，后神宗命名为余庆禅院。建了庙，就得有和尚，有寺产，颁发度牒，划拨田产，都是公家来办，司马光不用出一分钱。司马光家的田产有多少？作者没有找到数据。其田产由叔父管理，差役是摊不到他们头上的。不过，司马家不是那种广置田庄，大放高利贷的人。一直到他后来当了宰相，他家所在的坡底村也没有变成司马庄。在宋代高官中，司马光无疑是生活简朴的典范，但在维护自身利益上，简朴者往往毫不逊于奢侈者，甚至更锱铢必较。

按照司马光的政治观和学术观，"天子之职莫大于礼，礼莫大于分，分莫大于名"，高下、贵贱、富贫，这些都是礼之所分，分之所名，天经地义。因此，地主向农民放高利贷是合"礼"的，兼并是合"礼"的，农民无偿服役也是合"礼"的，而只有合"礼"才能长久。程颢说，当代（北宋）学人中，只有司马光、邵雍、张载学术"不杂"。"不杂"就是纯。而在王安石眼里，纯儒就是俗儒。他在《兼并》一诗中说："俗儒不知变，兼并可无摧？"司马光带着纯儒的理想，带着对王安石的满腹块垒，赴西安上任。

五个月的知府

司马光是十一月四日到西安的。十天后，他写下了《知永兴军谢上表》。表中说三秦大地"廪食一空，家乏盖藏之粟；襁负相属，道有流离之人。老弱怀沟壑之忧，奸猾蓄萑蒲（草寇）之志"。因此，正确的施政方针是："正宜安静，不可动摇。譬诸烹鱼，勿烦扰则免于糜烂；如彼种木，任生殖则自然蕃滋。"同日，他抽闲游览了长安见山楼，随口吟道：

到官今十日，才得一朝闲。岁晚愁云合，登楼不见山。

（《传家集·卷九·登长安见山楼》）

他满腹惆怅，看不到前途。他想安静为政，可上面却让他一刻也不得安静。在他府衙的办公桌上，摆着接连收到的四份文件。第一份是陕西都转运司转发的陕西宣抚使司的文件，命令陕西各州、军加紧制造干粮、䴵饭，以供调发；第二份是制造的标准，一斗（宋制一斗约六千七百毫升）稻谷变造干粮五斤，并酌给柴钱，即官给原粮和柴钱，老百姓加工；第三份是中书省奉圣旨行文要求，今后调发义勇赴边要自带一个月的口粮（七点五斗），将来从二税中扣除，如本人无粮，由官府预支；第四份是宣抚司依朝旨规定，今后义勇轮番戍守，令附带干粮一秤（宋制一秤等于十五斤，一斤约五百三十三克）。

胡来！司马光一边翻文件一边批驳：一个人带一个月的口粮，一秤干粮，加上武器、衣物，挑得动吗？制造干粮、䴵饭，骚扰百姓！官仓粮食不多，造了干粮，明年春荒拿什么救济……

"公文都下发了吗？"司马光问衙吏，衙吏点头。司马光命令，"立即知会所属各州，停止制造干粮、䴵饭！"见下属面有难色，他一拍桌子，厉声说："按本官说的办。违令之责我一人担。"

这一回，他顶的不是王安石，而是宋神宗。对西夏的战事，是神宗亲自掌握的。王安石变法，在富国强兵的关系和次序上与神宗分歧较大。他主张先理财，未理财而举事则事不济，"天下事如弈棋，以下子先后当否为胜负"。但神宗一心想着雪数十年退让妥协之耻，复汉唐故地，主张"先措置得兵，乃及农"，把军事摆在优先地位。宋军在绥德获胜后，熙宁三年（1070）四月西夏举国出动转而进攻庆州，宋军败绩。八月，神宗令韩绛为陕西、河东经略使，准备在陕北向西夏进攻。司马光接到这许多文件，其源盖出于此。

转眼就到熙宁四年（1071）的春节。春节前，王安石由副相升为宰相，在中书省的墙壁上，他题诗曰：

> 夜开金钥诏词臣，对御抽毫草帝纶。须信朝家重儒术，一时同榜用三人。

（《王安石诗文编年选释》）

诗中所说的三人，是指他以及与他同时被任命为宰相的韩绛、副相王珪。他们是庆历二年（1042）的同榜进士，状元杨寘早死，王珪、韩绛、王安石分别为第二、第三、第四名。

与王安石神采飞扬地在壁上题诗相反，在长安的司马光却愁眉不展。正月初一，他写下了《谏西征疏》[①]。疏中再次描述了陕西的灾情，反对向西夏开战。这篇奏疏如石沉大海，另一件挠头事又来了。去年十一月初七日，枢密院指示，奉圣旨，要求陕西、河东宣抚司督促腹地各州、县加固城壁（墙），修筑楼橹（望楼），准备作战器械。一防西夏军队突入内地，二防盗寇（农民起义）。各州、军拖拖拉拉，动作迟缓，现在上头又催促来了。怎么办？在所属各州请示时，司马光的答复是：不办！他上《乞罢修腹内城壁楼橹及器械状》[②]，指出所属各州城墙大多很薄，根本没法在上面修望楼，要修必须加厚城墙，而各州全无劳

---

① 《传家集·卷四十五》。
② 同上。

役厢军，禁军均为路过，而且官府又拿不出钱来买建材，如此势必兴劳役、刮百姓，陕西遭灾，百姓再经不起劳役和搜刮了。这一状他上准了，神宗下旨"依奏"。

不用加修城墙了，可添屯的禁军又要来了。正月初七日，宣抚司通知，将于永兴军、邠州（今彬县）、河中府粮草易得处，添屯兵马，由本司所委都钤辖和知府、知州共同负责训练，调动权在宣抚司，各地不得差遣。其中，永兴军新添禁军十四指挥共五千余人，都钤辖为庄宅使（中级武官）赵瑜。初八日，司马光上《乞不添屯军马》①，理由是永兴军的粮食维持现有军队、官吏只够十三个半月至十七个半月，还要救济灾民，不是粮草易得处。建议朝廷先摸清各州粮草的底数，有多少粮草就派多少军队，实在因前线需要，那就平均分散到各州去，不要集中在上述三个地方。从军事上讲，这是外行话。朝廷没有理睬，赵瑜照旧带着部队来了。按照上级要求，司马光应与赵瑜共同训练部队，他却上《奏罢兵官与赵瑜同训练驻泊兵士状》，说自己一介书生，军旅之事，素所不知，且"每日自旦至暮，未尝暂闲"，没有时间去训练兵马，故派本路钤辖刘斌和路分都监李应之代替。

司马光是所谓"不任繁剧"的儒臣，把做经济工作、司法工作的官员视为"俗吏"。昔日任大理评事，他如坐针毡；任群牧判官，他假手同僚。如今知永兴军，他完全可以将行政工作交给通判，却一反常态，不嫌繁剧，也当开了"俗吏"。

青苗法在推行过程中有不少毛病。陕西的常平使者为了多获利，竟然利用粮价差来盘剥百姓。因去年遭灾，陕西粮价飞涨，若为百姓着想，此时应给其贷粮，到时用新粮还本付息。可常平官却只贷钱而不贷粮，因而在还贷时必须还钱，而那时是收获季节，粮价比现在低出许多。司马光算了一笔账，现在贷款买陈米一斗，到时还款时要需小麦一斗八升七合五勺，若还粟则需三斗。说是只收二分息，其实几乎达到一倍。司马光愤怒了，上《奏为乞不将米折青苗钱状》②，在指出上述问

____
① 《传家集·卷四十五》。
② 《传家集·卷四十六》。

题后说，"显见所散青苗钱，大为民害"，"虽兼并之家，乘此饥馑，取民利息，亦不至如此之重"。要求对四等以下户无息贷粮，不可折成钱，若不能无息，也只能按粮食数量收二分利息。紧接着，他又上《奏乞所欠青苗钱许重叠倚阁（暂缓）状》①。此奏乃针对司农寺的一个通知，要求陕西等地所欠青苗钱不许重叠倚阁，即只能暂缓一次。司马光认为陕西夏秋重复遭灾，如不许重叠倚阁，贫苦百姓将无以为生。

不等朝廷答复，司马光便给所属州、县下达指示，凡是去年夏秋两次遭灾地区，不执行司农寺通知。

这一下，他在长安的官当到了头。四月十八日，司马光改判西京御史台。

① 《传家集·卷四十六》。

第二十八章 西京御史台

连头连尾，司马光知永兴军才五个月时间（真正主持工作三个月，另两个月等待发落）。他是自动请辞的，因为这个官实在没法再当下去了。他公开抵制司农寺关于所欠青苗钱不准重复暂缓的指示，判司农寺曾布迅速做出反应，下文给陕西常平使司，称已奉圣旨，督促各州、军一律按原规定执行。行文没有点司马光的名，但意思非常明显，他说的不算。推行青苗法的常平使司是直接受司农寺领导的独立系统，换句话说，知府、知州无权指挥常平使司。司马光行文拒不执行司农寺的指示，尽管有他的理由，但不仅抗上了，而且越权了。他的行文墨迹未干，立马就被司农寺奉圣旨否定，他这个官今后说话还有人听吗？且脸面安在？他于是写了辞呈。

远程轰击王安石

司马光的辞职报告是这样写的：

臣之不才，最出群臣之下。先见不如吕诲，公直不如范纯仁、程颢，敢言不如苏轼、孔文仲，勇决不如范镇。诲于安石始知政事之时，已言安石为奸邪，谓其必败乱天下。臣以谓安石止于不晓事与狠愎尔，不至如诲所言（见第二十一章）。今观安石引援亲党，盘踞津要，挤排异己，占固权宠，常自以己意阴赞陛下内出手诏以决外廷之事，使天下之威福在己，而谤议悉归于陛下。臣乃自知先见不如诲远矣！纯仁与颢皆与安石素厚，安石拔于庶僚之中，超处清要。纯仁与颢睹安石所为，不敢顾私恩废公义，极言其短。臣与安石南北异乡，取舍异道，臣接安石素疏，安石待臣素薄（此二句不符合事实，"嘉祐四友"满朝皆知），徒以屡尝同僚之故，私心眷眷，不忍轻绝而预言之，因循以至今日，是臣不负安石而负陛下甚多。此其不如纯仁与颢远矣！臣承乏两制（知制诰、翰林学士），逮事三朝，于国家义则君臣，恩犹骨肉，睹安石专逞其狂愚，使天下生民被荼毒之苦，宗庙社稷有累卵之危，臣畏懦惜身，不早为陛下别白言之。（苏）轼与（孔）文仲皆疏远小臣，乃敢不避陛下雷霆之威、安石虎狼之怒，上书对策，指陈其失，赎官获谴，无所顾虑。此臣不如轼与文仲远矣！人情谁不贪富贵，恋俸禄。（范）镇睹安石荧惑陛下，以佞为忠，以忠为佞，以是为非，以非为是，不胜愤懑，抗章极言，自乞致仕，甘受丑诋，杜门家居。臣顾惜禄位为妻子计，包羞忍耻，尚居方镇。此臣不如镇远矣！

臣闻居其位者必忧其事，食其禄者必任其患。苟其不然，是谓盗窃。臣虽无似，尝受教与君子，不忍以身为盗窃之行。今陛下惟安石之言是信，安石以为贤则贤，以为愚则愚，以为是则是，以为非则非，谄附安石者谓之忠良，攻难安石者谓之谗慝（挑拨离间的阴谋）。臣之才识固安石之所愚，臣之议论固安石之所非，今日所言，陛下之所谓谗慝者也！伏望陛下圣恩裁处其罪。若臣罪与范镇同，即乞依范镇例致仕，若罪重于镇，或窜或诛，所不敢逃。

（《长编·卷二百二十·熙宁四年二月辛酉》）

这是一份辞职报告吗？不像。疏中充满了对王安石的仇恨和顾影自怜，确切地说，这是一份誓死与王安石斗争到底的决心书。仔细阅读，其实他没有明确请求辞职，而是把"球"踢给了神宗，你要觉得我的罪和范镇一样，那就让我退休；要认为我的罪超过范镇，那就流放或杀头。

只说神宗看了司马光的奏章，一下就明白了。既然司马光在永兴军干不下去了，那就给他换个地方，改知许州（今许昌）。在发出任职命令时，神宗要求他赴任途中来开封入见。有人提醒神宗说，言不见用，他肯定不来。司马光果然拒绝了知许州的敕告，坚请西京御史台。如此相持七十余天，神宗彻底失望了，对辅臣说："司马光只是待做严子陵（东汉著名隐士），他哪里肯做事。"（《师友杂志》）四月十八日，准其判西京御史台。

接到告敕后，司马光发誓"绝口不复论新法"。告别长安时，他写下了《到任明年旨罢官有作》[①]：

　　恬然如一梦，分竹守长安。去日冰犹壮，归时花未阑。风光经目少，惠爱及民难。可惜终南色，临行子细看。

吕诲的临终嘱托

洛阳，是司马光儿时生活和启蒙读书的地方，砸缸救友的故事就发生在这里。自少年时随父离开后，中间只有康定元年（1040）从华州调任苏州时路过一次，吟出了"铜驼陌上桃花红，洛阳无处不春风"的诗句。眨眼三十一年过去了，他从二十二岁变成了五十三岁，当年他春风

---

① 《传家集·卷六》。

得意，如雏凤展翅，现在是心灰意冷，如倦鸟归林。

当时，宋、辽、西夏三国，除首都外，均设陪都。北宋的陪都开始有两个，一是洛阳，是太祖赵匡胤的出生地，在东京之西，故名西京；一是商丘，是太祖的"龙兴之地"（曾任宋州节度使），在开封之南，故名南京。仁宗时为了对辽虚张声势，又设大名为北京。三个陪都，西京最重要。洛阳形胜，是十三朝故都，"河洛为王里，崤函为帝宅"。赵匡胤在临死前一年回洛阳故地重游，有意迁都于此，但被赵光义一句"在德不在险"所动摇，回开封一年就在"烛影斧声"中死去了。赵匡胤视洛阳为最后的根据地，故设有留守司。从国初始，一直以被贬的重臣（如宰相赵普）为留守，以老成持重者为通判（如司马光之父司马池），还设有御史台（留台）。不过，留司虽地位显赫，但平时就是聋子的耳朵。洛阳的行政由河南府处理，留司不得干涉。

司马光所要去的地方，赫然挂着留司御史台的牌子，其实只有十几间陈旧的房子，更没有属官和衙役，一直是被贬大官的临时住所。现在司马光要来，河南府按三品官的待遇，派厢军来打扫房子，搬运行李，一阵忙乱之后，基本安顿下来。当晚，河南府设宴为之洗尘，例行公事，煞是无趣。为啥？知河南府李中师是王安石的"拥趸"，为推行免役法，对前宰相富弼的庄田也照收免役钱。因无话可谈，宴会草草结束。

因旅途劳顿，这一夜，司马光和夫人张氏都睡得很沉，次日天已大亮，方才起床。司马光用过早餐，散步遛弯，见房子周围插了一圈竹篱，有三四尺高，门口还有两个站岗的厢军士兵。宋代的厢军是地方军，像点样的兵都被挑到禁军中去了，剩下的多为老弱，几乎不训练，专门担任公差勤务，包括服侍官员。朝廷对京官占役厢军有明文规定，宰相三十名，副相二十名，以下递减。到司马光端明殿学士兼翰林侍读学士、右谏议大夫这一级，应该是十名左右。司马光问，平时这里有哨兵吗？答曰，有官则有，无官则无。又问，周围插竹篱干啥？答曰，防盗。司马光不禁笑了，我一个受贬之人，有甚可盗？

转了一圈回来，想到自己就要过隐士生活了，写出了《初到洛中书怀》①：

> 三十余年西复东，劳生薄宦等飞蓬。所存旧业惟清白，不负明君有朴忠。早避喧烦真得策，未逢危辱好收功。太平触处农桑满，赢取间阎鹤发翁。

他似乎真的要"绝口不复论新法"了，可一遇到具体事他就来了气。当时，朝廷派枢密使蔡挺之子蔡天申为西京察访，他虽然官阶很低，只是个大理寺丞，但狗仗人势，派头十足，颐指气使，河南知府李中师，转运使李南公，都低三下四地围着他转。这天，朝谒应天院神御殿，所有在洛阳的官员全部参加。宋朝规定，凡朝谒等重大活动均有专门负责排位的官员，严格按官阶等级排位，并由御史台监督。蔡天申仗着自己是钦差，竟然违规站到了最前面。司马光一看火了，大声喊道："排位官，引蔡寺丞入位！"蔡天申于是被领到河南府监竹木税官富赞善之下。就在此次朝谒之后，蔡天申再不敢飞扬跋扈。

五月十日，吕诲家仆人突然来向司马光报告："吕谏议快不行了！想见留台最后一面。"司马光"啊"了一声，赶紧坐上马车赶往吕诲住处。吕诲以"鲠直"名，宦海三起三落，皆因"直言"，最后一次是弹劾王安石（见第二十一章）。他先是被贬知邓州，后改知河南府，命令还没宣布，就因病改为以右谏议大夫提举西京崇福宫。提举宫、观，是宋真宗伪造天书，大修宫、观之后而出现的官名，开始只是兼任的荣誉职务，后来成为安置老弱和贬官之职。吕诲笃信佛，来洛后凡有高僧开堂说法，必往听之。但佛法没能使他病体康复，病情日甚一日。他上疏请求退休，临死不忘反对变法，以己身之病来暗讽王安石祸害朝廷："臣本无宿疾，医者用术乖方，妄投汤剂，率性情意，差之指下，祸延四支（肢）。一身之微，固无足恤，奈九族之托何？"弥留之际，他立下遗嘱，请司马光为他作墓志，且希望能见最后一面。司马光赶到时，他已

① 《传家集·卷九》。

闭上双眼，但司马光的痛哭声又让他最后一次睁开了眼睛，说："天下事尚可为，君实勉之！"司马光问："还有别的嘱咐吗？""无有。"吕诲说罢，断气了，享年五十八岁。

在给吕诲写的墓志铭①中，司马光借叙述墓主生平，不点名地笔伐王安石：

> 今上即位……素闻其（吕诲）强直，擢为天章阁待制，复知谏院，迁谏议大夫，权御史中丞。是时，有侍臣弃官家居者（指王安石），朝野称其材，以为古今少伦。天子引参大政，众皆喜于得人，献可（吕诲字）独以为不然，众莫不怪之。居无何，新为政者，恃其材，弃众任己，厌常为奇，多变更祖宗法，专汲汲敛民财，所爱信引拔，时或非其人，天下大失望。献可屡争不能得，乃抗章悉条其过失，且曰："误天下苍生必此人。如久居庙堂，必无安静之理。"又曰："天下本无事，但庸人扰之"……

河南府牧监刘航是司马光的"同年"，也是因反变法被贬到洛阳来的，是位书法家，擅长魏碑，主动要求书碑。可一看碑文如此尖锐，缩了。众人劝司马光修改，他说，墓志句句是实，岂可易一字！于是一时没人敢书。此时，刘航之子刘安世拜见司马光，说，后生魏碑不在家父之下，如不嫌弃，愿书之。司马光好不感动，在征得吕诲家人意见后，交给他书写。刘航担心不已，要求司马光不将墓志外传，并请吕家不让他人拓片。谁知蔡天申花五十两银子买通了刻字匠，将墓志拓下，送到东京，交给王安石以邀功。他没有想到的是，王安石看到拓片后一点没生气，还将其装裱后挂在书房的墙上。

吕诲之子吕由庚将其奏章编为一集，请司马光作序。司马光序②曰：

---

① 《传家集·卷七十六》。
② 《传家集·卷六十九》。

> 呜呼！献可以直道自立，始终无缺，而官止于谏议大夫（四品），年止五十八。彼不得以其道得者，或位极将相，寿及胡耇。从愚者视之，则可谓愤邑。从贤者视之，以此况彼，所得所失，孰为多少邪？后之人得是书者，宜宝蓄之，当官事君，而能效其一二，斯为伟人矣！

这个评价，显然感情超越客观了。司马光身隐于西京，而心还在东京，隐，何其难也！

"为问市朝客，红尘深几何？"

送别吕诲后，司马光决定回老家看看。回乡祭祖仿佛是他一个医治心理创伤的灵丹妙方，治平二年（1065）三月，他与韩琦怄气时请假回乡过，这一次连假也不用请了。等他回到洛阳时，发现留台住处有了变化。仆役在房子旁边的空地上开出了一片菜园，更让司马光高兴不已的是搭起了一个藤萝架，种上了一些野花。司马光参与进来，又种上荼蘼、牵牛、丝瓜、葫芦。渐渐地，这些植物成活了，长大了，爬上了藤萝架，开出了鲜艳的花朵。司马光将之命名为花庵。花庵成为他的怡神之所和吟咏对象，其《花庵二首》①云：

> 谁谓花庵小？才容三两人。君看宾席上，经月有凝尘。
> 谁谓花庵漏？徒为见者嗤。此中胜广厦，人自不能知。

看来他经常是一个人独坐花庵，因为宾席上"经月有凝尘"。虽口说"此中胜广厦"，其实仍然难脱红尘。其《花庵独坐》②云：

---

① 《传家集·卷九》。
② 同上。

荒园才一亩，意足以为多。虽不居丘壑，常如隐薜萝。忘机①林鸟下，极目塞鸿过。为问市朝客，红尘深几何？

在写给邵雍的诗中，他感叹说："犹恨簪绅未离俗，荷衣蕙带始相宜。"②初到洛阳时，他好像还只有邵雍这一个朋友。邵雍字尧夫，著名的易学家，长司马光八岁，隐于洛水之滨。司马光的意思是要像邵雍那样"荷衣蕙带"才是真隐。

其实，邵雍也算不上纯粹的隐士。他科举落第后无意仕途，嘉祐年间从伊川迁居洛阳，时任西京留守的王拱辰曾举荐他为将作监主簿，吕诲也曾举荐他为颍州团练推官，均被谢绝。他不接受朝廷的官职，却不拒绝官员的馈赠。他的住所就是王拱辰"送"给他的一座园林。王拱辰为官自奉奢侈，营私敛财，干吗对他如此大方？他想死后葬在北邙，而邵雍给他在龙门山南相中一块风水宝地，据说是尧之故宅（现伊川城关镇尧地村）。王拱辰大喜，重金相酬被谢绝，见邵雍住处卑小，便想着送他一座宅邸。原五代节度使安审琦的府邸建筑已毁，但位置极佳，园林尚存，而另一节度使郭崇韬的府邸建材犹在，于是用郭府的建材在安府的地基上建起三十多间房子，"租"给邵雍却不收租金，且有官物特供。这座园林中最有名的景观是丛春亭，站在此亭上，可见洛水自西汹涌而至，叠石而成的天津桥直立蓄其怒而泄洪，下有大石与水相激，喷薄而霜雪，声闻数十里。邵雍搬进来，命名为"安乐窝"，自诩"安乐主人"。另外，洛阳的达官贵人家里差不多都有一处专供他休息的房子，也叫"安乐窝"。春秋时节，他坐着一辆由黄牛拉着的小车，来往于王侯之家。将至某家，无论老少妇女良贱都到门口迎接，待若上宾。他能用《易》搞预测却从不给人算命，主要用《易》

---

① 机：捕鸟的网。
② 《传家集·卷四·花庵诗寄邵尧夫》。

研究历史。他把中国历代王朝分为皇、帝、王、霸四类：推行无为而治谓之皇，推行恩信政治谓之帝，推行公平政治谓之王，推行智力政治谓之霸。如此分类本已无据，他又以此导出一个结论："三皇之世如春，五帝之世如夏，三王之时如秋，五伯之世如冬。"①。那么，宋之前的五代如啥呢？如冬，是霸道政治，正当末运，乃"日未出之星"②。不用说，宋就如春，是喷薄而出的朝阳，正当盛世了。又说："五代如传舍，天下徒扰攘。不有真主出，何由奠中央。"③ "五胡十姓，天纪几焚。非唐不济，非宋不存。千世万世，中原有人。"④ 显然，他的学说特别是社会历史观是为赵宋皇帝服务的。

司马光不赞成邵雍的社会历史观，认为"王霸无异道"，皆"本仁祖义，任贤使能，赏善罚恶，禁暴诛乱"，差别在于"名位有尊卑，德泽有深浅，功业有钜细，政令有广狭耳，非若白黑、甘苦之相反也"⑤。但是，"礼乐可以安固万世，所用者大，刑名可以输劫一时，所用者小。其自然之道则同。"⑥

邵雍虽非官员，也是变法的"受害者"，王拱辰给他的"安乐窝"是公房，新法要清理公产，房子要清退，特供也被取消了，以致他喝酒成了问题。其《无酒诗》云："自从新法行，常苦樽无酒。每有宾朋至，尽日闲相守。必欲丐于人，交亲自无有。必欲典衣买，焉能得长久？"司马光与邵雍此前未曾谋面，他到洛阳不久，邵雍曾登门拜访。初次见面，司马光问他，先生看我是何等人？邵雍说："君实乃脚踏实地之人。"两人相谈甚欢，司马光从夏县回来，便去回访他。

"程秀才求见！"哪里冒出个程秀才来？邵雍一看是司马光，煞是纳闷。互相之间掉书袋子，是文人雅兴。司马光见一下难住了这位易学

---

① 《皇极经世书·卷一二·观物篇之五九》。
② 《皇极经世书·卷一二·观物篇之六〇》。
③ 《皇极经世后》诗。
④ 《经世吟》诗。
⑤ 《资治通鉴·卷二七·汉宣帝甘露元年》。
⑥ 《扬子法言·卷三·问道篇》。

先生，忙说，《史记》载，司马出自程伯休父。哦！邵雍恍然大悟，司马氏是程姓分出来的。司马光刻一私印曰"程伯休父后"。说起要腾退房子，邵雍告诉他，有司正在"拍卖"，一旦出售，就得搬走，但现在还无买主。说起司马光送给他的诗，邵雍说："荷衣蕙带，乃不得已也。在我看来，以进为进，安石也；以退为进，君实也。"邵雍一眼就看穿了司马光，司马光回应说："邦有道则仕，邦无道则隐。"说罢，两人大笑……

第二十九章　独乐园之乐

熙宁四年（1071）底，司马光去了一趟他初仕的华州。当年在华州当幕职官，那是他人生中最愉快的一段时光（见第三章），如今物是人非，昔日的欢乐再也找不回来了。离开时，他写下了《重过华下》[①]一诗：

> 昔辞莲幕去，三十四炎凉。旧物三峰雪，新悲一镊霜。云低秦野阔，木落渭川长。欲问当时事，无人独叹伤。

也许因看到邵雍要被强制搬家，他也不便在西京留台的"衙门"里久住了。按宋朝规矩，除了知州、知县能住在州衙、县衙的后院外，其他官员包括宰相都是要自己买房或租房住的。大约在熙宁五年（1072），他在洛阳一条陋巷里买了一个小院，作为临时住处。因房子过于低矮，房顶隔热性能太差，他请人在房间内掘出一个地室，称之为"凉洞"，读书写作于其间。此时，他似乎还在观望，等待朝廷发生变化，但他等来的消息，是变法的步伐加快了，尤其是水利法的推行，"四方争言农

---

① 《传家集·卷九》。

田水利"，新修的水利设施让南方三十六点一万余顷农田得灌溉之利，北方在河上修闸，引水淤田，仅滹沱河两岸就增田一万顷，而开封府界京畿一带的淤田，每年可增收粮食数百万石。熙宁元年（1068），他与王安石在御前论理财。他说"天地所生财货百物，止有此数"，而王安石说"因天下之力，以生天下之财"，"不加赋而财用足"，现在似乎该王安石得意了。在变法派一路高歌的形势下，他看来得定居洛阳了，于是决定建造私邸。按照洛阳的风气，园林式府邸或别墅才符合他的身份。

独乐园的来历

"天下名园重洛阳"。唐代曾经是洛阳园林的鼎盛期，而五代的战火将其大多化为灰烬，宋兴百年后，洛阳园林迎来了一个超越唐代的新高峰。许多达官贵人在洛阳建园，作为居住和休养之所。在司马光到西京留台时，洛阳有大小园林一千余座。有个叫周叙的南方人，专门跑到洛阳来看园林，看了一年多，"甲第名园，百未游其十数"。最著名的有富郑公园，主人为宰相富弼；苗帅园，主人为太祖朝宰相王溥；赵韩王园，主人为宋初宰相赵普；文潞公园，主人为枢密使文彦博；吕文穆园，主人为真宗朝宰相吕蒙正；环溪园、湖园，主人为宣徽使王拱辰……

著名女词人李清照之父李格非著《洛阳名园记》，记了十九座名园，包括邵雍园（即"安乐窝"，至今作为地名犹存）和司马光的独乐园。他对独乐园的评价是"卑小不可与他园班"。多大呢？二十亩。独乐园中有七景，"曰读书堂者，数十椽屋。浇花亭者，益小。弄水、种竹斋尤小。曰'见山台'者，高不过寻丈。曰'钓鱼庵'，曰'采药圃'者，又特接竹杪，落蔷蔓草为之尔。温公（司马光）自为之序，诸亭台诗，颇行于世，所以为人欣羡者，不在园耳。"

独乐园是司马光亲自选址、设计建造的。究竟在什么地方？过去一直按他《独乐园记》所说的"尊贤坊北"寻找，但解放后经数十年考证，没有找到尊贤坊。直至上世纪八十年代，一块嵌于司马村小学墙壁上的石碑才揭开了谜底。独乐园位于洛阳东南偃师县诸葛乡（原属洛阳县）司马村西，明代为纪念司马光而建的文庙如今尚存。笔者动笔前曾去此地寻访，看了相关文物。司马村无一家姓司马，原名常安村、古建村，宋末以来为纪念司马光，先后更名为司马庄、温公里、司马街，直至今之司马村。司马光的《独乐园记》①解释了园名的来历：

孟子曰："独乐乐，不如与人乐乐；与少乐乐，不如与众乐乐。"此王公大人之乐，非贫贱所及也。孔子曰："饭蔬食饮水，曲肱而枕之，乐亦在其中矣。颜子一箪食，一瓢饮，不改其乐。"此圣贤之乐，非愚者所及也。若夫鹪鹩（一种小鸟）巢林，不过一枝；鼹鼠饮河，不过满腹②。各尽其分而安之，此乃迂叟（司马光自称）之所乐也。

熙宁四年（1071），迂叟始家洛。六年（1073）买田二十亩。于尊贤坊北关，以为园。其为中堂，聚书五千卷，命之曰读书堂……

迂叟平日多处堂中读书。上师圣人，下友群贤，窥仁义之原，探礼乐之绪，自未始有形之前，暨四达无穷之外，事物之理，举集目前，所病者，学之未至，夫又何求于人，何待于外哉？志倦体疲，则投竿取鱼，执衽采药，决渠灌花，操斧剖竹，濯热盥手，临高纵目，逍遥相羊，惟意所适，明月时至，清风自来，行无所牵，止无所框，耳目肺肠，悉为己有，踽踽焉，洋洋焉，不知天壤之间，复有何乐可以代此也。因合而命之曰独乐园。

或咎迂叟曰：吾闻君子所乐，必与人共之。今吾子独取于己，不以及人，其可乎？迂叟谢曰：叟愚，何得比君子，自乐恐不足，安能及人。况叟之所乐者，薄陋鄙野，皆世之所弃

---

① ［清］龚崧林：《洛阳县志·卷十四》。
② 引自《庄子·逍遥游》。

也，虽推以与人，人且不取，岂得强之乎？必也有人肯同此乐，则再拜而献之矣，安敢专之哉。

在《独乐园记》中，他虽以鹪鹩巢林、鼹鼠饮河为喻，但让人读出的不是超然，而是牢骚，是抗议。朝廷中变法派的节节胜利，让他笼罩在被"世之所弃"的失望情绪之中，但作为保守派的旗手，他相信"必也有人肯同此乐"，聚集在他的旗下。不过这需要时间，需要等待。从这个意义上说，独乐园就是"等待园"。园中七"景"，均为其亲自命名，并各题一首以"吾爱"开头的诗，七个"吾爱"，七个偶像①。

读书堂

吾爱董仲舒，穷经守幽独。所居虽有园，三年不游目。邪说远去耳，圣言饱充腹。发策登汉庭，百家始消伏。

一说董仲舒，我们马上就会想起以春秋断案，想起"罢黜百家，独尊儒术"，司马光把他作为偶像，志在像他那样，让百家"消伏"。在他看来，最该"消伏"的自然是王安石的新学。

钓鱼庵

吾爱严子陵，羊裘钓石濑。万乘虽故人，访求失所在。三公岂非贵？不足易其介。奈何夸毗子②，斗禄穷百态。

严子陵是东汉的著名隐士，光武帝刘秀发迹前即与其相知，但刘秀三召始出来，又很快归隐富春江，今杭州的富阳市、桐庐县尚存其遗迹。司马光修钓鱼庵，意在以严子陵自况，以表示绝不与当权的王安石合作。

---

① 《传家集·卷三·独乐园七咏》。
② 夸毗子：折腰献媚之人。

采药圃

吾爱韩伯休，采药卖都市。有心安可欺，所以价不二。如何彼女子，已复知姓字？惊逃入穷山，深畏名为累。

韩伯休是汉代高士，隐姓埋名，采药山中，卖药长安，三十余年一直一口价，在被一女子认出后，便藏匿深山，不知所终。司马光修采药圃，当然不只是要效韩伯休采药，而是强调"深畏名为累"。

见山台

吾爱陶渊明，拂衣遂长往。手辞梁王命，牺牛惮金鞍。爱君心岂忘，居山神可养。轻举向千龄，高风犹尚想。

"采菊东篱下，悠然见南山"，司马光采陶渊明诗意而建见山台，但他成不了陶渊明，进不了真正的"桃花源"，因为"爱君心岂忘"，一有机会，他就会结束隐居，冲上政坛。

弄水轩

吾爱杜牧之，气调本高逸。结亭侵水际，挥弄消永日。洗砚可抄诗，泛觞宜促膝。莫取濯冠缨，红尘污清质。

仿杜牧结亭水上而筑屋溪上，"莫取濯冠缨，红尘污清质"，而他头上还戴着乌纱帽，这种痛苦是情感矛盾中的痛苦。

种竹斋

吾爱王子猷，借宅亦种竹。一日不可无，潇洒常在目。雪霜徒自白，柯叶不改绿。殊胜石季伦，珊瑚满金谷。

竹，在文士眼里是气节和高雅的象征。王子猷是大书法家王羲之子，即使临时租房暂住，也要栽竹，人问其故，他指着竹子说："不可一日无此君。"司马光以竹自励，认为竹比石季伦的"珊瑚满金谷"不知强多少。石季伦即西晋大富豪石崇，金谷园是他在洛阳的豪宅。时以珊瑚为宝，他家的珊瑚胜过皇室。

浇花亭

> 吾爱白乐天，退身家履道。酿酒酒初熟，浇花花正好。作诗邀宾朋，栏边长醉倒。至今传画图，风流称九老。

白乐天即白居易，晚年退居洛阳，纵情诗酒，司马光欲为白居易第二，但复制不了白居易的潇洒了。

紫衣金带与深衣缙带

对洛阳名园，当时流传着两句话："王家钻天，司马入地。"因王拱辰的园林的主楼高三层，最上一层朝元阁可俯瞰洛城，故曰"钻天"；司马光在读书堂掘地室，故曰"入地"。有一天邵雍去拜访富弼，富弼问市井有何新闻，邵雍曰："近有一巢居者，一穴居者。"富弼会意，哈哈大笑。

司马光《酬终南阎谏议（询）见寄》[①]诗中有"微禄供多病"之句，有人便臆断独乐园"卑小"是因为经济拮据，谬矣。他虽在西京，但仍是在职官员，三品官的俸禄其实一分不少。上章说到邵雍的"安乐窝"要被"拍卖"，不久，司马光牵头集资，给买了下来。这座有三十多间房屋的园林，位于黄金地段，价格不菲，加上一并买下了对面的房屋和园子，"安乐窝"扩成一座大庄园。为保障其生活，同时买下了洛水之南延秋庄的庄田供其收租。在办"产权证"的时候，司马光等出资人一

---

① 《传家集·卷九》。

致要登记在邵雍名下，可邵雍说，名利不可兼得，我本不求名，但既已为世所知，岂敢再求利？最后房契上填的是司马光，园契上填的是富弼，田契上填的是王拱辰，但"产权证"全部交给邵雍保管。邵雍对此感激不已，写下了《天津（桥）敝居蒙诸公共为成买作诗以谢》[1]：

> 重谢诸公为买园，洛阳城里占林泉。七千来步平流水，二十余家争出钱。嘉祐卜居终是借[2]，熙宁受券[3]遂能专。凤凰楼下新闲客，道德坊中旧散仙。洛浦清风朝满袖，嵩岑皓月夜盈轩。接篱倒戴芰荷畔，谈麈轻摇杨柳边。陌彻铜驼花烂漫，堤连金谷草芊绵。青春未老尚可出，红日已高犹自眠。洞号长生宜有主，窝名安乐岂无权？敢于世上明开眼，会向人间别看天。尽送光阴归酒盏，都移造化入诗篇。也知此片好田地，消得尧夫[4]笔如椽。

从此诗看，"安乐窝"比独乐园大得老了。凤凰楼等景观都是原道德坊院子里所没有的，是新增的。诗中描写他在"安乐窝"的生活，宛若神仙。他"不愿朝廷命官职，不愿朝廷赐粟帛"（《不愿吟》），却有大官送园林，却有庄田收租金，而且不用受官职的羁绊，"谈麈轻摇杨柳边"。这等美好生活是司马光、富弼、王拱辰等人给的，他自然要与他们同坐一条板凳。反过来说，因为他反对变法，他们才愿意为他慷慨解囊。

司马光对邵雍如此慷慨，而自己的独乐园却"卑小"不堪，这是为什么？司马光之隐非邵雍之隐也。对邵雍慷慨是救人之急，成人之美，而独乐园"卑小"是在讲政治。邵雍不当官，因为当官对他来说是一种损失，隐是他的自觉行为。而司马光的隐是被"迫"的，是反变法失败

---

① 《伊川击壤集·卷十三》。
② 虽无偿但属租赁。
③ 券：房契、地契。
④ 尧夫：邵雍字。

后选择的抗议行为。独乐园只有修得"卑小",让人看着可怜兮兮的，才能反衬出他内心的愤懑，才有抗议的象征意义。对此，他的得意门生刘安世可谓一语中的："老先生于国子监之侧得营地，创独乐园，自伤不得与众同也。以当时君子自比伊、周、孔、孟，公乃行种竹、浇花等事，自比唐、晋间人，以救其弊也。"[1]

他曾在陋巷的临时住处挖"凉洞"，现在他又在独乐园一下挖了四个"凉洞"，并专门赋诗一首：

> 贫居苦湫隘，无术逃炎曦。穿地作幽室，颇与朱夏宜。宽者容一席，狭者分三支。芳草植中唐，嘉卉周四垂。讵堪接宾宴，适足供儿嬉……
>
> （《传家集·卷四·酬永乐刘秘校（庚）四洞诗》）

他不仅掘地而居，而且深衣而行。深衣是按《礼记》式样做成的古装，宽身大袖，穿上后，发上插冠簪，头上缠幅巾，腰间扎上宽宽的布质缯带，便整个成了一个戏台上的古人。一日，司马光换上深衣，信步来到"安乐窝"拜访邵雍。临别时留下《独步至洛滨二首》[2]：

> 拜表归来抵寺居，解鞍纵马罢传呼。紫衣金带尽脱去，便是林间一野夫。

> 草软波清沙径微，手携筇竹著深衣。白鸥不信忘机久，见我犹穿岸柳飞。

三品官的待遇还在，一面是紫衣金带、纵马传呼的司马光；一面是深衣缯带、拄杖独步的司马光。两个司马光形成强烈的反差，外表的强

---

① 转引自李昌宪《司马光评传》第203—204页。
② 《传家集·卷十》。

烈反差反映了内心的极度矛盾。他曾问邵雍：先生穿深衣否？邵雍回答：某今世人，穿今世衣。这明显是在批评司马光迂腐，但司马光依然故我。正如其诗中所说："白鸥不信忘机久，见我犹穿岸柳飞。"白鸥虽然没有忘记岸柳间有捕鸟的网（"机"），但仍然穿林而飞。司马光不就是诗中的白鸥吗？他这只白鸥，明知林中有"机"，仍然会穿林而飞。王安石，我不怕你！

《投壶新格》定胜负

在独乐园里，司马光写了很多反映园中生活的诗。《独乐园二首》[①]说：

独乐园中客，朝朝常闭门。端居无一事，今日又黄昏。

客到暂冠带，客归还上关。朱门客如市，岂得似林间。

再如《次韵和宋复古春日五绝句》[②]的其中两首说：

车如流水马如龙，花市相逢咽不通。独闭柴荆老春色，任他陌上暮尘红。

东城丝网蹴红毬，北里琼楼唱石州。堪笑迂儒竹斋里，眼昏逼纸看蝇头。

独乐，独乐，他本想写出乐来，而吟出来的却是苦。元宵节，洛阳城里灯火辉煌，各种灯笼争奇斗艳，夫人张氏想上街观灯。司马光说，

① 《传家集·卷十一》。
② 同上。

家里就有灯，何须上街看。张氏说，不光看灯，还有看人。司马光说，难道我是鬼吗？可见他的情绪坏到了何种程度。

唯有老朋友的到来才能给他带来欢乐。范镇来了，他乐了。

他俩是"同年"。司马光说："吾与景仁（范镇字），兄弟也，但姓不同耳。"范镇也说司马光"于予莫逆之交也"。两人相约："生则互为传，死则作铭。"范镇退休后，司马光作《范景仁传》，盛赞其勇决（后来司马光去世，范镇如约作《司马文正公墓志铭》）。他曾经答应司马光，致仕后到洛阳休息，后因田产在许昌而未来。听说司马光做"地室"避暑，他在许昌修了一座可迎八面来风的高阁，邀司马光来住。对此，司马光不高兴了，在《和景仁卜居许下》①中写道：

> 壮齿相知约岁寒，索居今日鬓俱斑。拂衣已解虞卿②印，筑室何须谢傅山③。许下田园虽有素，洛中花卉足供闲。他年决意归何处，便见交情厚薄间。

诗后注："景仁顷见许居洛，今而背之，故诗中颇致其怨。"也许为了谢食言之罪，在司马光的独乐园建成后，范镇从许昌来访。他给司马光带来了三件礼物：一根邛杖，一块貂皮褥子，一床麻布衾（被子）。貂褥、布衾，奢简迥异，司马光似乎更爱布衾。时范纯仁（范仲淹子）有一篇著名的《布衾铭》，劝人以俭为德，以奢为戒。司马光一笔不苟地将此铭写在范镇送的布衾头上。叙过别情，范镇突然拿出自著《乐谱》八篇来，说，某此来，还欲了断我俩关于大乐的公案。

大乐即雅乐，朝廷大典用的音乐。按照孔子的观点，国家大事，莫重于礼乐。他听了周公所制的韶乐之后，美得"三月不知肉味"。可因春秋时已"礼崩乐坏"，到后来连乐谱也找不到了。宋初所用的雅乐是周世宗柴荣留下的"王朴乐"。太祖赵匡胤嫌其声高，让和岘校正后，

① 《传家集·卷十》。
② 虞卿：赵国宰相。
③ 谢傅山：东晋宰相谢安。

以"和岘乐"为雅乐。仁宗即位，太常寺上奏说乐器使用太久，音失其准，于是请音乐家李照重铸编钟，再校音律，而"李照乐"一出来就遭到质疑，又重回"王朴乐"。仁宗本人就是音乐家，令朝臣讨论。司马光时知太常礼院，讨论礼乐乃本职所系，而本无干系的范镇也参加进来。百家争鸣，一锤定音，争论尚未结束，仁宗自己谱出了《黄钟五音五曲凡五十七声》，颁太常寺练习，不过他还算谦虚，未做定论，让继续讨论。老实说，在找不到原乐谱的情况下，这种讨论注定是没有结果的。自命不凡的进士们虽未必懂音乐，但谁也不会服谁。司马光和范镇从一开始就掐开了架，争论的来往书信达数万字，最后仍各持己见，无奈，约定以下围棋决胜负。范镇棋艺高出一筹，胜，但司马光不服。范镇这次带着《乐谱》来，是想要司马光输得口服心服。于是，当年的争论又延续到独乐园中，还是谁也不服谁。范镇提议再次下棋分胜负，司马光不干，提出以投壶决胜负。

投壶是一种古礼，本是军中游戏，就是把箭投进酒壶中，按箭投中的部位和难度，各有专业术语和分值（筹），累计得分多者为胜。比如，"初箭"指第一支箭就投中，"贯耳"指箭穿壶环，"骁箭"指箭被弹回但被接在手上再投命中，"龙首"指箭投中后箭竿靠外箭头正对自己，还有"倚竿"、"龙尾"、"狼壶"、"带剑"之类。司马光在独乐园中未免寂寞，玩起了投壶游戏。玩着玩着，觉得原有的规则大有问题。问题在哪？鼓励侥幸，而轻视守常。因为正常投中只计一分，而特殊情况最高竟计一百二十分。所以，他编了一部《投壶新格》（格即规则），"以精密者为右（即为上），偶中者为下，使夫用机侥幸者无所措手足。"其针对性显而易见，王安石破格提拔年轻人，保守派目之为"用机侥幸者"。《新格》规定，壶之口径为三寸，耳径一寸，高一尺，壶中装小豆；箭长二尺四寸，每人十二支；投掷距离两箭半（六尺）。原来"贯耳"与投进壶口一样计一分，改为计十分，理由是壶耳比壶口小，投中更难；原来"横壶"（箭横躺在壶口上）计四十分，改为计一分，如被后面的箭碰落，计零分，理由是"横壶"属侥幸；原来"倒中"（即箭尾入壶）计一百二十分，改为计零分，且罚掉前面的全部得分，理由是："颠倒反复，属大恶"，罚光其全部得分，"所以明逆顺之道"。这就是司马光，游戏规则也要讲礼治。

比赛按《新格》进行。一个五十四岁、一个六十六岁的老人一本正经地投壶，让人产生时光倒流之感。比赛毫无悬念，因规则是司马光定的，赛场设在他家里。司马光获胜后，高兴得像孩子一样跳了起来，高声连呼："大乐还魂矣！"但范镇不服，两人争论至死。其倔强性格因此表现得活龙活现，又让人顿生几分悲情：儒家教育硬是将古代知识分子的眼睛"移"到了后脑勺上。考定雅乐也好，投壶也好，无不为了复古。

李格非在《洛阳名园记》写道："公卿高士进于朝，放乎一己之私自为，忘天下之治忽，欲退享此乐，得乎？唐之末路是已。洛阳名公卿园林，为天下第一，靖康后，祝融回禄尽取之去也。"深刻。

第三十章 书局在洛阳

该静下心来编《资治通鉴》了。

自离开京师知永兴军，再到判西京留台，大半年时间过去了，司马光还没有真正坐下来编那本大书。他忙着反变法，忙着搬家，忙着选地建园。而他在忙这些的时候，《资治通鉴》书局险些夭折了。

修书不胜于当伶官吗？

熙宁三年（1070）刘攽离开书局后，刘恕也因要奉养双亲回到江西南康，书局中就剩下范祖禹一位同修官了。他是来接替刘攽的。他六月来，司马光九月离京，留在京城的书局临时由他主持。范祖禹级别低，小小九品，初来乍到，情况还不熟悉，奉派为书局服务的宦官立马变了脸，胥吏们过去跟着司马光享受御厨供应的酒食，现在处处受气，人心思散。

范祖禹毕竟年轻，一时乱了方寸，在苦撑一年多后，他写信向司马光请示：干脆！解散书局，该干啥的干啥去。

范祖禹的信，对司马光无异于晴天霹雳。

自被赋闲之后，编修《资治通鉴》是司马光生命的全部，是他政治理想的唯一寄托，是他发表政见的唯一平台，解散书局，无异于要他的命。回想书局在开封开张以来，他尽管政务繁忙，又处于变法与反变法的漩涡之中，但因为汉代以前史料不多，所以编修较为顺利，治平四年（1067）进呈《汉纪》前三十卷，熙宁三年（1070）九月他离开开封知永兴军前，《汉纪》后三十卷和《魏纪》十卷已经编成。加上书局成立前他编成的《通志》（即《资治通鉴》之《周纪》五卷、《秦纪》三卷），五年之内，合计完成五十八卷（据王曾瑜《关于编写〈资治通鉴〉的几个问题》）。然而，他离开开封前后，书局的命运真是一波三折。他得心应手的两个助手，刘攽被贬走了，彻底离开了书局；刘恕虽然还是书局的人，但回南康军奉养双亲去了。范祖禹替代刘攽为同编修，专治唐史，但他毕竟年轻，缺少经验，司马光虽不在开封，但没少给他指点、批评。眼看他渐渐上路了，他却想逃离了。

"示谕求罢局事，殊未晓所谓。"司马光回信用这句话开头，可以看出他有点生气了。我们已无法看到范祖禹给司马光的这封信，不敢臆断其"求罢局事"的具体原因，但有一点是可以想见的，即司马光离京后，书局支离破碎，局不成局，三个编修、同编修，一个在洛阳，一个在南康，一个在开封；三人商讨问题和编务沟通全靠书信往来，诸多不便；书局留在开封，编修（书局首长）却在洛阳。书局不跟首长走，的确有诸多不便。所以，司马光建议把书局迁到洛阳，希望范祖禹能跟随他到洛阳修书：

"光若得梦得（范祖禹字之一）来此中修书，其为幸固多矣。"

"若依所谓废局，（司马）光自修，梦得还铨（铨选，即脱离书局当官），胥吏各归诸司，将若之何？光平生欲修此书而不能者，只为私家无书籍、笔吏，所以须烦县官（宋人非正式场合对皇帝的称呼）耳，今若付光自修，必终生不能就也。"

"吾曹既未免禄仕（官员俸禄），古之人不遇者，或仕于伶

官（演员），执皇（笙）秉翟（野鸡尾羽制作的道具），修书不
犹愈乎？"

（金晦明轩刊《赠节入注附音司马温公资治通鉴》，

转引自李金山《重说司马光》第 319 页）

　　修史书固然辛苦，无权，但与古之不遇之人当伶官相比，不是强
多了吗？这里自然有对演员的歧视，但把修史书与当演员相比，也反映
了当时史学地位的低下。因为科举只考诗赋和儒家经典，所以社会重经
轻史，认为史书"于科举非所急"。因此，修史书是个坐冷板凳的差事，
不仅要有学识，更需要有牺牲精神。

　　范祖禹被司马光说服了。随后，司马光向神宗打了把书局迁到洛
阳的报告，诏准，令将崇福寺作为书局办公地点。熙宁五年（1072）正
月，范祖禹押着十几辆马车，带着书局到达洛阳。一老一少两位史学家
相见，欣喜之情难以言表。但范祖禹似乎并没有留下，而是回到开封继
续修书。次年，即熙宁六年（1073），他当点检试卷官，进士李士雍"对
义犯仁宗藩邸名"，而他没有发现，因此被降"远小处差遣"①。于是他
离开开封，到了洛阳的书局，陪了司马光十三年，直到《通鉴》最后
修成。

创编年史撰写程序之圭臬

　　书局到洛阳后，按照司马光的分工：刘恕负责晋至隋的长编后再负
责五代史长编，范祖禹负责唐史长编。长编是一种史学专用名词和史书
体裁，大概就如我们今天能看到的南宋李焘所编之《续资治通鉴长编》。
司马光编《资治通鉴》时，设计了科学的编写程序。李焘说："臣窃闻
司马光之作《资治通鉴》也，先使其寮采摭异闻，以年月日为丛目；从

---

① 《长编·卷二百四十三·熙宁六年三月丁卯》。

目既成，乃修长编。唐三百年，范祖禹实掌之，光谓祖禹：'长编宁失于繁，无失于略。'今《唐纪》取祖禹之六百卷，删为八十卷是也。"①可见，编写分三道工序：第一道编丛目，第二道编长编，第三道定稿。我们千万不可小瞧了司马光设计的这个编写程序，甚至可以说这是一个使史学真正成为科学的程序。司马光的《资治通鉴》的史学地位所以能与司马迁的《史记》比肩，被并称"两司马"，固然在于其作品的史学价值，同时也因为他们开创或完善了治史的科学方法，司马迁开纪传体史书之先河，而司马光设计的撰写《资治通鉴》的科学程序和体例，成为治编年史之圭臬。

对司马光的科学治史方法，当代著名宋史专家王曾瑜先生在《关于编写〈资治通鉴〉的几个问题》②一文中，根据司马光《答范梦得》③一信，将编写过程介绍得相当清楚：

（一）丛目：丛目是以年月日为顺序的史料索引。范祖禹负责《唐纪》的丛目，司马光教他"将实录事目标出，其实录中事应移在前后者，必已注于逐事下讫（假如实录贞观二十三年，李靖薨，其下始有靖传。传中自锁告变事，须注在隋义宁元年唐公起兵时。破萧铣事，须注在武德四年灭铣时……他皆仿此）"。当时，他们能看到唐朝的编年史实录，故用实录作为丛目的底稿。"事目"是提纲索引，流传至今的司马光《通鉴稿》当是事目一类。

把实录处理好后，在"将《新、旧唐书》纪、志、传及《（唐）统纪》《（唐年）补录》并诸家传记、小说，以至诸人文集稍干时事者，皆须依年月注所出篇卷于逐事之下"。总之，要将所有史料都依年月日作索引，在"事目"之下标明"篇卷"出处。司马光强调，如"实录所无者，亦须依年月日添附。无

---

① 《文献通考·卷一百九十三》。
② 《点滴集》第526—538页，河北大学出版社。
③ 《传家集·卷六十三》。

日者，附于其月之下，称是月；无月者，附于其年之下，称是岁；无年者，附于其事之首尾；有无事可附者，则约其时之早晚，附于一年之下；但稍与其事相涉者，即注之过多不害"。他要求索引应尽可能详尽完备，没有疏漏。

经过丛目这道工序，使所有史料都按年月日顺序得到了整理，下一步就可写长编了。

（二）长编：长编是最详尽的编年史。现存南宋李焘的《续资治通鉴长编》就是仿照《通鉴》长编而写的。长编的写作原则是"宁失于繁，无失于略"。

司马光向范祖禹交代编写方法说："其修长编时，请据事目下所该《新、旧（唐书）》纪、志、传及杂史、小说、文集尽捡出一阅"，即按索引翻阅全部有关史料，然后编写。"其中事同文异者，则请择一明白详备者录之。彼此互有详略，则请左右采获，错综铨次，自用文辞修正之"。"若彼此年月事迹有相违戾不同者，则请选择一证据分明，情理近于得实者，修入正文，馀者注于其下，仍为叙述所以取此舍彼之意"。附注的格式是："先注所舍者，云'某书云云，某书云云，今案某书证验云云。或无证验，则以事理推之云云。今从某书为定'。若无以考其虚实是非者，则云：'今两存之。'"

长编的正文"并作大字写"，要写得详细，遇到不同记载须作附注，说明取舍的理由。长编的附注就是现存《通鉴考异》的底稿，《通鉴考异》也全部是按附注的格式写的。

此外，还有两条规则："凡年号皆以后来者为定。假如武德元年，则从正月便为唐高祖武德元年，更不称隋义宁二年"；第二，"凡有人初入长编者，并告于其下注云：'某处人。'或父祖已见于前者，则注云：'某人之子或某人之孙。'"《通鉴》定稿也是依这两条规则编写的，所不同者，后一条已不作附注，而纳入正文。

丛目和长编两部分工作由司马光的助手刘恕、刘攽和范祖禹承担，而他本人则承担定稿。

（三）定稿：在编丛目和写长编时，充分发挥三个助手的专长，然而他们的专长只能发挥到写完长编为止。最后定稿，由司马光一人包揽，不容助手置喙。助手们对史实的考订也是只供参考，定稿的审是非、定取舍由他一人独断。刘恕的儿子刘羲仲曾说："道原（刘恕号）在书局，只类事迹，勒成长编，其是非予夺之际，一出君实（司马光号）笔削。"

司马光在长编的基础上删繁去冗，修辞润色，《唐纪》长编六百卷最后删成八十一卷，唐以前各纪的长编篇幅当短些，不会删得那么多。《通鉴》记载一千三百六十二年历史，共达五六百万字，在如此长的历史时期内，各种史籍的文风和语言有相当大的差别；但因他一人精心写作，统一修辞，读起来就毫无杂糅之感。这是《通鉴》的一大优点，也是一人定稿的好处。如此语言优美、考核精审的长编史学巨著，在世界古代是罕有匹俦的。

三道工序，每一道都是对编撰者学识和定力的大考。对司马光规定的这一编撰程序，年轻的范祖禹刚进书局时明显不甚理解。在《答范梦得》这封信中，司马光在详细给他介绍编撰方法的同时，责备他不可违背程序急于求成："梦得今来所作丛目，方式将实录事目标出……自《旧唐书》以下，俱未曾附注，如何遽可作长编也。"连《旧唐书》等史料的索引都没有编出来，就急于写长编，那怎么可以呢？范祖禹老老实实按照司马光所教的方法编《唐纪》丛目，从熙宁三年（1070）编到熙宁九年（1076），花了六年时间才编完。

《唐纪》丛目所以历经六年才编成，一个重要原因是唐以后的史料越来越丰富，按照司马光的要求，对稗官野史、各家谱录、正集别集、墓志碑碣、行状别传也不敢稍加忽视。柳芳所著之《唐历》一书，记载了隋恭帝义宁元年（617）至唐代宗大历十四年（779）的历史，在《通鉴·唐纪》中，将其撷取殆尽。据南宋著名学者洪迈考证，《通鉴》叙述隋末王世充、李密事用《河洛记》，魏征谏诤用《谏录》，李绛奏议用《李司空论事》，叙安史之乱中张巡等坚守睢阳用《张中丞传》，李愬平淮西用《凉公平蔡录》，李泌事用《邺侯家传》，李德裕处理太原、泽路、回纥事用《两朝献替记》，大中时吐蕃尚婢婢之事用林恩《后史补》，韩偓凤翔谋划用《金銮密记》，平徐州庞勋用《朝门纪乱》，讨浙江裘甫用《平剡录》，记扬州毕师铎、吕用之事用《广陵妖乱志》。这些杂史、琐记叙事完备清楚，《通鉴》岂能弃而不用？"《崇文总目》，北宋仁宗时成书，是当时最权威的目录书，收书之全，无任何目录书可比。但是《通鉴》所征引的书，有相当一部分是《崇文总目》所未登录的。"①

《通鉴》引用了多少书？时有正史十九部，累计一千六百余卷，加注释三千余万字，除此之外，还有国家档案中的皇帝《实录》和臣僚奏议，另有杂史三百余种，约三千余万字。《通鉴》就是从这总计六七千万字中去伪存真、去粗取精陶冶出来的。据通鉴学学者统计，与现存其他史书相较，《通鉴》秦汉部分未见新资料，魏晋南北朝部分所用资料有十分之一不见于其他史书，唐、五代部分的史料仅见于《通鉴》的竟高达约二分之一，而被他引用的这些书籍今天多已亡佚。在这个意义上说，《通鉴》为我们抢救了弥足珍贵的史料。《四库提要》评论说："其书网罗宏富，体大思精，为前古所未有。"②在宋史研究会第四届年会（1987）上，陈光崇提供的论文《通鉴引用书目的再考核》指出，经过反复核对，《通鉴》引用的书目应为三百五十九种。

如果说编丛目主要是考编撰者史学知识之博大的话，那么写长编则主要是考编撰者史学知识之精深，即去伪存真的辨别能力。怕范祖禹在编长编时走弯路，司马光特意将刘恕所修之《五代纪》长编中的两卷复写本（"广本"）寄给他做样本。在《答范梦得》一信中说："今寄道原所修广本两卷寄去（此即据长编录出者，其长编已寄还道原），恐要见式样故也。"式样统一比较好办，考证异同，辨别真伪，那是要见

① 李昌宪：《司马光评传》第 399 页。
② 《四库全书总目·卷四十七·史部·编年类》。

真功夫的。司马光告诉范祖禹：诗赋若止为文章，诏诰若止为除官，及妖异止于怪诞，诙谐止于取笑之类，便可直删。而留下来的则是"关国家兴衰，系生民休戚，善可为法，恶可为戒"者（司马光《进〈通鉴〉表》），必须详加考异。《通鉴》中的一段几十数百字的叙述，其考订文字往往高达一两千字。比如，《通鉴》记安史之乱时颜杲卿倡义河北，不过四百余字，而考订文字达二千五百七十三字，引用了《河洛春秋》、殷亮《颜杲卿传》、《玄宗实录》、《肃宗实录》、《唐历》、《旧唐书》、《颜氏行状》等七种史料来对照验证。此外，对王世充巩北之败、安禄山丧师之赦等重大事件，每件事司马光所作的考订文字都有千字以上。据通鉴学者统计，司马光依据《实录》、杂史指出《旧唐书》不确之处约三百七十八处，《新唐书》的不确之处一百九十七处，用《长历》（宋仁宗时天文学家刘羲首编，为我国第一部历史纪年表）纠正正史的年、月、日错误八十多处。这些被司马光汇集于《通鉴考异》一书。考异法虽始于春秋时孔子的学生子贡，代有人为，但多见于正文之注中，如裴松之注《三国志》即是。司马光的《通鉴考异》是我国第一部考史专著，而收进这部专著中的，只是编撰过程中考证的一部分。考异的工作贯穿编撰的全过程，从编丛目开始，经编成长编，到最后定稿。

编《通鉴》的工作量有多大？后来"苏门四学士"之一的黄庭坚曾在洛阳独乐园见过该书的草稿，足足堆满了两间屋子，每个字都一笔不苟，工工整整，感叹道："先生天下士也，所谓左准绳，右规矩，声为律，身为度者也。现此书可想见其风采。"

每坐到书案之前，司马光先要洗手，以免手弄脏了参考书籍和长编手稿，翻书特别耐心，从不手沾唾液或水。

丛目、长编都是写在绢上的，绢不像纸，论张，而论尺，论丈。唐代部分由范祖禹作成长编，每四丈截为一卷，共有近二千八百丈，近七百卷。司马光每三日删一卷，然后再润色定稿。我们现在看到的《通鉴·唐纪》仅八十一卷（卷一八五至二六五），从近七百卷到八十一卷，要付出多少艰辛？也许只有当过主编的人才能体会到。

插在史书中的旗帜

任何古代史都是当代史。《通鉴》是写给皇帝看的，第一读者是宋神宗，选材、叙事，特别是冠以"臣光曰"的史论，就像是在面对面地给神宗讲课。

作为总撰，司马光在史实考证、史料删削、文字润色上下了很大功夫，但最让他费斟酌的还是"臣光曰"。"臣光曰"在全书中所占的文字比重很小，但就像社论是报纸的旗帜一样，"臣光曰"是插在《通鉴》中的旗帜。

全书一百一十九则"臣光曰"，几乎全都在讲一个字——"礼"，诚如其开篇所说："天子之职莫大于礼"。因此，即使是历史上的重大事件，如与礼治和现实联系不紧，他不发议论，反之，即使并非重大事件，也必然来一则"臣光曰"。"臣光曰"少则数十字，多则千余字，每一则都藏着针砭现实的机锋。

汉高祖刘邦称帝后，朝堂毫无礼仪，功臣宿将嬉笑打闹，宛若闹市，刘邦甚为厌烦，叔孙通主动请求到鲁国故地征召儒生，制定朝仪之礼。刘邦认为这很难，叔孙通说："五帝异乐，三王不同礼。礼者，因时世、人情为之节文者也。臣愿颇采古礼，与秦仪杂就之。"他到鲁地征召了三十多个儒生，却有两人不奉召，认为叔孙通先后侍奉十余主，都是靠阿谀得富贵。礼乐须积德百年方可兴起，现在天下初定，死者未葬，伤者未起，何谈礼乐？叔孙通批评他俩是"不知时变"的"鄙儒"。他制定了一套礼仪用于朝堂，臣僚们谁也不敢越礼了，刘邦说："吾乃今日知为皇帝之贵也。"对此，"臣光曰"：

> 礼之为物大矣！用之于身，则动静有法而百行备焉；用之于家，则内外有别而九族睦焉；用之于乡，则长幼有伦而俗化美焉；用之于国，则君臣有叙而政治成焉；用之于天下，则诸

侯顺服而纪纲正焉，岂直几席之上，户庭之间得之而不乱哉！夫以高祖之明达……然所以不能肩于三代之王者，病于不学而已。当是之时，得大儒而佐之，与之以礼为天下，其功烈岂若是而止哉！惜夫，叔孙生之器小也！徒窃礼之糠秕，以依世谐俗，取宠而已，遂使先王之礼沦没而不振，以迄于今，岂不痛甚矣哉！……夫大儒者，恶肯毁其规矩、准绳以趋一时之功哉！

（《通鉴·卷十一·汉高帝七年十月》）

不说此论的正误，只说他为什么就此而大发议论？在他看来，王安石变法就是"窃礼之糠秕"，打着行周公之法的旗号践踏礼治，神宗欣赏王安石就像当年汉高祖欣赏叔孙通一样，是"病于不学"。那么，不肯牺牲原则"以趋一时之功"的大儒是谁？你想去吧！

上述"臣光曰"还算比较隐晦，而有些简直就像时事评论，是写在书中的谏章。汉灵帝熹平四年（175），任用官吏实行"三互法"，即乡党、姻亲应回避，甲乙两地不可对换，而要错开，以防官员狼狈为奸，致使幽、冀二州的刺史长期空缺，选不出来。对此，"臣光曰"：

叔向有言："国将亡，必多制。"明王之政，谨择忠良而任之，凡中外之臣，有功则赏，有罪则诛，无所阿私，法制不烦而天下大治。所以然者何哉？执其本故也。及其衰也，百官之任不能择人，而禁令益多，防闲益密，有功者以阂文不赏，为奸者以巧言免诛，上下劳扰而天下大乱。所以然者何哉？逐其末故也。孝灵之时，刺史、二千石贪如豺虎，暴殄烝民，而朝廷方守三互之禁。以今观之，岂不适足为笑而深可为戒哉！

（《通鉴·卷五十七·汉灵帝熹平四年三月》）

把这段史论与他在《论财利疏》所说的"守令非其人而徒立苛法，适所以扰民耳"对照起来读，便可发现，虽然一是疏书，一是史书，但矛头都是对准王安石变法的。

《通鉴》编到《梁纪十五》梁武帝大同十一年（545）十二月，散骑常侍贺琛上疏言四事，一是牧守"惟事征敛，民不堪命"；二是"今天下所以贪残，良由风俗奢靡使之然"；三是皇帝身边的"斗筲之人""诡竞求进"，"惟务吹毛求疵"；四是要省事、息费。这篇泛泛而谈的奏疏，却引起梁武帝萧衍大怒，亲授敕书，质问贺琛"何不分别显言"？要他一一列出事实、姓名。在自诩简朴勤政之后，要他开列省事、息费的具体项目。否则就是欺罔朝廷。这样，贺琛只好谢罪，不敢再言。司马光把这件事记录得非常详细，在肯定了萧衍"孝慈恭俭，博学能文"、"勤于政务"之后，来了一段"臣光曰"：

> 梁高祖（武帝）之不终也，宜哉！夫人君听纳之失，在于丛脞（繁琐）；人臣献替之病，在于烦碎。是以明主守要道以御万机之本，忠臣陈大礼以格君心之非，故身不劳而收功远，言至约而为益大也。观夫贺琛之谏未至于切直，而高祖已赫然震怒，护其所短，矜其所长；诘贪暴之主名，问劳费之条目，困以难对之状，责以必穷之辞。自以蔬食之俭（萧衍信佛，吃素）为盛德，日昃之勤（忙到太阳偏西才吃午饭）为至治，君道已备，无复可加，群臣箴规，举不足听。如此，则自馀切直之言过于（贺）琛者，谁敢进哉！由是奸佞居前而不见，大谋颠错而不知，名辱身危，覆邦绝祀（萧衍在侯景之乱中被软禁困死），为千古闵笑，岂不哀哉！

> （《通鉴·卷一百五十九》）

在前面第二十六章，我们讲到李常攻击新法，言之无据，神宗要他拿出实据，引起关于风闻言事的激烈争论。司马光在神宗面前欲为之说情，因神宗揭了李常的老底而没能开口。他当时想说而未能说的话，现在通过"臣光曰"痛快淋漓地说了。他是在批梁武帝，更是在批宋神宗。

书局内静悄无声，但风雷在笔下涌动。司马光的视力越来越差，看书时鼻子几乎要碰着书页了，写字时白胡子也随着笔锋在绢上扫动。独乐园的时光是他政治上最失意的阶段，却是他作为学者辉煌的顶峰。人生的辩证法就是如此。

洛阳给书局提供了一个清净的环境，而编撰者内心的清净比外部环境的清净更为重要。首都东京发生的事，隔一两天就能传到洛阳。而洛阳又是失意官僚喘息休养的首选之地，官宦之多，仅次于东京。与这些人相聚，要保持清净，难。

第三十一章 保守派大营

熙宁四年（1071），吕公著也被投闲至洛阳。他与司马光都是"安乐窝"的常客。熙宁六年（1073）底的一天，他在"安乐窝"闷坐了半天，没说一句话。见司马光来了，才长叹一声，说："民不堪命矣！"邵雍接过话来："王介甫者远人，公与君实引荐至此，尚何言？"是你和司马光引荐王安石为执政的，现在还有什么好说的。"嘉祐四友"中，推荐王安石的是吕公著和韩维，没司马光。所以司马光生气地说："公著之罪也！"吕公著又是一声叹息。怒气冲冲的司马光接着讲了他亲历的一段往事。此事记在其《涑水记闻·卷十五》中，特注明为"身见"：

> 熙宁初，余罢中丞，复归翰林（见第十九章），有成都进士李戒投书见访，云："戒少学圣人之道，自谓不在颜回、孟轲之后。"其词孟浪，高自称誉，大率如此。又献《役法大要》，以谓："民苦重役，不苦重税。但闻有因役破产者，不闻因税破产也。请增天下田税钱谷各十分之一，募人充役。仍命役重轻为三等，上等月给钱千五百、谷二斛，中下等以是为差。计

雇役犹有羡余，可助经费。明公傥为言之于朝，幸而施行，公私不日皆富贵矣。"余试举一事难之曰："衙前为何等？"戒曰："上等。"余曰："今夫衙前掌官物，败失者或破万金之产，彼肯顾千五百钱、两斛之谷，来应募邪？"戒不能对。余因谢遣之，曰："仆已去言职，君宜诣当官者献之。"

居无何，复来投书，曰："三皇不圣，五帝不圣，自生民以来，唯孔子为圣人耳。孔子没，孟轲以降盖不足言，今日复有明公，可继孔子者也。"余骇惧，遂还其书，曰："足下何得为此语？"固请留书，余曰："若留君书，是当而有之也，死必不敢。"又欲授余左右，余叱左右使勿接，乃退。余以其狂妄，常语于同列，以资戏笑。

时韩子华（韩绛）知成都，戒亦尝以此策献之，子华大以为然。及入为三司使，欲奏行之，余与同列共笑且难之，子华意沮，乃止。及介甫（王安石）为相，（韩绛）同制置三司条例司，为介甫言之，介甫亦以为善，雇役之议自此起。时李戒已得心疾，罢举归成都矣。

李戒的形象确实狂妄，但施行免役法绝非只因听了李戒的建议。而在保守派眼里，变法派所依靠的都是李戒式的人物。但如今王安石羽翼逐渐丰满，保守派似乎有点无可奈何了。

"不见得！"邵雍说，听说太皇太后、太后都出来说话了。

"喜极以泣"

说来也怪，变法开始以来，老天爷很给神宗和王安石面子，连续五年未遇大灾，没有出现司马光所预测的"父子不相见，兄弟妻子离散"的情况，可到熙宁六年（1073）秋天，河北发生蝗灾，紧接着是全国性的大面积旱灾，神宗"避正殿，减常膳"，派大臣到处祭神求雨，可直到熙宁七年（1074）三月，旱象依旧。于是，保守派利用天灾，精心策划了一场对王安石的反击战。这次反击以市易法为突破口，分宫内外两个紧密配合的战场。

市易法是熙宁五年（1072）颁行的，始作俑者是同勾管秦凤路经略司机宜文字王韶。他在陇州古渭城设市易务，管理商货，借官钱为本，每年获利一二十万贯。受此启发，草泽魏继宗上书，建议在京城也设立市易务。京城有类似今行业协会的行会，掌握在富商大姓手中，行首即行业霸主。行会不用交营业税，但必须"支应"，即服行役，就是按官府的要求供应物资。官司上下勒索，实供数往往在例额的十倍以上。稍不如意，即借故严惩，屡屡造成商户破产。以羊肉为例，仁宗时仅皇宫每月就需三万余只（当时富人不吃猪肉），一是靠屠户服行役无偿提供，二是采购，按采买宦官所定的价格，由行首分摊到各家屠户，其实是一种强买强卖。市易法把定价权收归市易务，类似于今之物价局，剥夺了富商操纵价格的特权；同时，仿青苗法给缺钱商户贷款或赊除货物，年取息二分，遏制了大贾放高利贷，但没有解决商户服行役的问题。熙宁六年（1073）四月，开封肉行徐中行等商户联名请愿，要求废止"支应"供肉，仿照乡村免役钱法，交纳免行役钱。神宗令主持市易务的吕嘉问与开封府有关部门详定后，于八月公布《免行条贯》。商户宁愿明明白白地交免行钱，而不愿不明不白地供货，可宦官、宗室、外戚一下炸了锅。他们过去只须一句话，就要啥有啥，现在必须到市场按价购买，这不是变法，而是变天！

仁宗曹皇后（太皇太后）、英宗高皇后（皇太后）和神宗向皇后，异口同声"言新法害民"，"两宫乃至泣下，忧京师乱起"。市易法值得她们哭鼻子吗？有必要了解一下她们的身世。仁宗曹皇后是太祖、太宗时的枢密使曹彬的孙女，曹彬死后被封周武惠王；英宗高皇后是真宗时的殿前都指挥使高琼的曾孙女，其母是仁宗曹皇后之姊；神宗向皇后是真宗朝宰相向敏中的曾孙女。三位皇后的娘家都是靠祖宗功劳坐享厚禄的寄生虫，一成外戚，寄生虫变成了"寄生龙"。神宗问王安石："为什么后族都反对新法？"王安石一针见血地指出：如皇后的父亲向经自来影占行人，推行免行新法后，行人不给他无偿供货了，他请市易司通融，被拒绝。再如，太皇太后的弟弟曹佾赊买木材不给钱，而太皇太后派去给他修宅邸的宦官却诬告市易司将木材强买了，此事已被开封府查实。如向经、曹佾之类，怎能不反对新法？

后族在宫内叫唤，保守派大佬在宫外呼应。熙宁六年（1073）华山山崩，文彦博上疏说是因为市易司差官自卖果实所致。他们把大旱的原因也归咎为"变法触动了天怒"。

在内外夹击下，神宗支持变法的立场开始动摇，变法派中的投机分子也见风使舵，突然倒戈。三司使曾布和上书要求在京城设市易务的魏继宗也反开了市易法。三月二十八日，神宗下了一道罪己的诏书：

> 朕涉道日浅，晦于致治，政失厥中，以干阴阳之和。乃自冬迄今，旱暵为虐，四海之内，被灾者广，间诏有司，损常膳，避正殿，冀以塞责消变，历月滋久，未蒙休应。嗷嗷下民，大命近止，中夜以兴，震悸靡宁，永唯其咎，未知攸出。意者朕之听纳不得于理欤？狱讼非其情欤？赋敛失其节欤？忠谋谠言郁于上闻，而阿谀壅蔽以成其私者众欤？何嘉气之久不效也？应中外文武臣僚，并许实封言朝政阙失，朕将亲览，考求其当，以辅政理……
>
> （《长编·卷二百五十一·熙宁七年三月乙丑》）

此诏出自翰林学士承旨韩维之手，其中的四个"欤？"目标直指王安石。《宋史·韩维传》说，诏出，"人情大悦"，"是日乃雨"。而李焘著《长编》考证：《实录》不载"是日雨，恐本传或有润饰"。且说此诏传到洛阳，司马光看后喜极而泣。邵雍、张次山等人告诉他，有个叫郑侠的，是王安石之子王雱的学生，响应神宗诏书，上《流民图》言民间疾苦，你也该说话了。是的。来洛时，他曾发誓"绝口不复言政事"，现在诏求直言，他要痛痛快快地发声了。

四月十八日，他写下了洋洋四千言的《应诏言朝政阙失状》①。开篇第一句话就是"臣伏读诏书，喜极以泣"。在历数了王安石的罪状后说：

> 方今朝政阙失，其大者有六而已：一曰广散青苗钱，使民负债日重，而县官无所得；二曰免上户之役，敛下户之钱，以养浮浪之人；三曰置市易司，与细民争利，而实散官物；四曰中国未治而侵扰四夷，得少失多；五曰团结保甲，教习凶器以疲扰农民；六曰轻信狂狡之人，妄兴水利，劳民费财……凡此六者之为害，人无贵贱愚智，莫不知之，乃至陛下左右前后之臣，日誉新法之善者，其心亦知其不可，但欲希合圣心，附会执政，盗富贵耳……但愿陛下勿询阿谀之党，勿询权臣之意，断志罢之……
>
> ……今年以来，臣衰疾浸增，恐万一溘先朝露（突然死了），赍（带着）怀忠不尽之情，长抱恨于黄泉，是以冒死一为陛下言之。倘陛下犹弃忽而不信，此则天也，臣不敢复言矣。

司马光在洛阳写这篇奏疏的时候，皇宫中，神宗带着皇弟岐王赵颢一起去向太皇太后请安。太皇太后说："吾闻民间甚苦青苗助役钱，盖罢之。"神宗说："此以利民，非苦之也。"太皇太后说："王安石诚有才学，然怨之者众，上欲保全，不若暂出之于外，岁余复召可也。"神宗说："群臣中，唯安石能横身为国家当事耳。"赵颢见顶开了牛，插话说："太皇太后之言，至言也，陛下不可不思。"神宗火了，说："是我败坏天下耶？汝自为之。"赵颢吓得哭起来，会见不欢而散。但神宗发火显示的不是坚强，而是彷徨。隔天当太皇太后和太后一起向他哭诉"王安石变乱天下"时，他也跟着流涕不止。两难啊！不变法就不可能富国强兵；而离开了包括后族在内的大地主、大官僚的支持，龙椅就会摇晃。封建王朝的阶级本质决定了神宗的改革不可能彻底。从太皇太后宫出

---

① 《长编·卷二百五十二·熙宁七年四月甲申》。

来，他就要求王安石清理新法，能罢则罢。神宗立场倒退，王安石只好求去，四月十九日以观文殿大学士、吏部尚书知江宁府（今南京）。

太好了！王安石的离去让保守派欢呼雀跃，举杯相庆。司马光的奏疏虽然对王安石之贬没起直接作用，但保守派要借此大做文章。关于上《流民图》的郑侠，司马光据邵雍等人的传闻记录道："侠以选人（等候差遣的低级文官）监安上门（东京外城西南门），上言：'新制，使选人监京城门，民所赍（携带）物，无细大皆征（税）之，使贫民愁怨。人主居深宫，或不知之，乃画图并进之。'朝廷以为狂，笑而不问。会王介甫请罢相，上未之许，侠上言：'天旱由安石所致，若罢安石，天必雨。'既而介甫出知江宁府，是日雨。"①当代宋史权威邓广铭先生考证说："郑侠的这道奏章，现乃保存在他的《西塘集》中，其中并无'天旱安石所致'云云一段话，可知这段记事并不可靠。""司马光在这些误记之处所应承受的责难，只是不经核实而采取了有闻必录的态度加以传布罢了。宋朝《国史》和元修《宋史》中的《王安石传》都相沿采用了《记闻》的这段记载，这自然是司马光所不曾预料到的了。"（《略论有关涑水记闻的几个问题》）郑侠被奉为反变法的英雄，愈往后以讹传讹的成分愈大。清编《续资治通鉴》卷七十载郑侠上《流民图》疏曰："……陛下观臣之图，行臣之言，十日不雨，即乞斩臣宣德门外，以正欺君之罪。"神宗听了他的，指示清理新法，修订或废止的"凡十有八事"，"是日，果雨"。如此误记误传，无非是为了说明，反变法符合天意。

当时，天虽然没下雨，但司马光奏疏中的要求部分得到了实现，比如，免行钱被部分取消而"依旧支应"，尤其让大地主高兴的是在灾区"劝诱积蓄之家赊贷钱谷"，而利息由官府催收。然而，接下来的事却让他们大失所望，王安石走了，而新法大多未被废除。接替王安石的宰相韩绛被称为"传法沙门"，参知政事吕惠卿被称为"护法善神"，并且开始了对保守派阴谋的追查，查出画《流民图》的郑侠乃是受副相冯京和王安国指使，郑侠被流放英州编管，冯京被罢副相，王安国被免官归

---

① 《涑水记闻·卷十六》。

田。"喜极以泣"的司马光空欢喜了一场，他判西京御史台的职务也被免去，改任提举嵩山崇福宫，从此，终神宗之世，他再没有上疏言政事，把主要精力花在《通鉴》上。

然而，熙宁、元丰间，保守派的大本营在洛阳。司马光在编书，埋头在故纸堆里，但他仍然是保守派的旗手，各类保守派人士聚集在他的周围。

道学圈子

朱熹将司马光与周敦颐、邵雍、张载、程颢、程颐一起，并称为北宋"道学六先生"。熙宁中晚期，上述"六先生"，周敦颐在南方，于熙宁六年（1073）逝世，其余五人，四人住在洛阳，张载在关中讲学（关学），但时来洛阳，于是洛阳一时成为道学中心。在这个道学圈子中，邵雍、张载、程颐，三个处士，司马光和程颢是官，司马光官大名气大，自然成为召集人。胡适说"司马光为理学的开山祖师"，漆侠说"司马光在经学上足以成家"①。但朱熹后来将"道学六先生"改为"北宋五子"时，把司马光排除在外了。漆侠先生说："朱熹以其狭隘的道统观否定了司马光同伊洛之间的关系，但司马光有关《中庸》的重要阐释，诸如'治方寸之地'，以及正心、诚意等方法，毫无疑问对程氏兄弟创建的理学给予了有力的影响。"② 不过，对道学的性命之学，程颐讥讽司马光"未尝学"，只是"资禀过人耳"③。程颐有次携高足畅大隐拜访司马光，畅大隐高谈性善恶，司马光劈头训斥曰："颜状（长相）未离于婴孩，高谈以至于性命。"程颐只好尴尬一笑。如非王安石变法，他与二程也许"和"不到一起，理学也恐怕难成气候。借用现代一句经济学术语，理学是"借壳上市"。这个"壳"，就是反王安石变法。

---

① 漆侠：《宋学的发展和演变》第 326 页。
② 同上第 334 页。
③ 吕本中《师友杂志》。

熙宁十年（1077）某夏日，司马光邀请朋友一起登崇德阁，别人都到了，邵雍却没来。他病了。司马光、张载、二程，连续两月，延医寻药，昼夜守候，可他的病情却日渐沉重。他笑着对司马光说："某欲观化一巡，如何？"司马光安慰说："先生未应至此。"邵雍说："死生常事耳。"生在苏杭，死葬北邙。众人商量，准备在北邙给他找一块墓地，他听到后对儿子邵伯温交代，要将他运回伊川与父母葬在一起。七月初四日，邵雍写下了告别诗："生于太平世，长于太平世，死于太平世。客问年几何？六十有七岁。俯仰天地间，浩然独无愧。"当夜五更，卒。

失去了一个良师益友，司马光的悲痛难以言状。《通鉴》这部大书，其中也有邵雍的心血。司马光感到拿不准的史论，都会向邵雍请教。对曹操统一北方，司马光认为"是夺之于盗手，非取之于汉室也"[1]。曹操的地盘的确是一块一块从黄巾起义军和地方割据势力手中夺来的，但邵雍持相反观点。在《通鉴》定稿时，这句话被删除了，也许是他被邵雍说服了。邵雍走了，司马光含泪写下了《邵尧夫先生哀辞二首》[2]，其二云：

慕德闻风久，论交倾盖新。何须半面旧，不待一言亲。讲道切磋直，忘怀笑语真。重言蒙踧实[3]，佩服敢书绅[4]！

邵雍走后，张载回到关中，不久也病逝，经常与司马光切磋的只剩下二程了。从感情上说，他与二程的关系不如和邵雍亲密，但从政治上说，二程与他的配合则超过了邵雍。程颢在朝中曾与司马光并肩战斗，而且二程的哲学可直接为反变法服务。二程认为，"天下只有一个理"，"万物皆是一个天理"。什么是天理呢？"无人欲即皆天理"。因此，"存天理，灭人欲"是修养的日常功课和终极目的。"天地之生物也，有

---

① 《邵氏闻见后录·卷九》。
② 《传家集·卷一五》。
③ 邵说司马光是脚踏实地之人。
④ 写在绅带上，即永远铭记。

长有短，有大有小，君子得其大矣，安可使小者亦大乎？天理如此，岂可逆哉！""居今之时，不安今之法令，非义也。"① 司马光在《迂书》中说："天使汝穷而汝强通之，天使汝愚而汝强智之，若是者必得天刑。"（《士则》）。这与二程何其相似乃尔！在《通鉴》编到《唐纪》时，程颐给司马光提出了两个问题。

第一个："敢与太宗、肃宗正篡名乎？"司马光回答："然。"他的确如实记录了他们篡取皇位的经过，并且在李世民杀了建成、元吉，被立为太子后，来了一段"臣光曰"：

> 立嫡以长，礼之正也。然（唐）高祖所以有天下，皆太宗之功。隐太子（李建成）以庸劣居其右（上），地嫌势逼，必不相容。向使高祖有文王之明，隐太子有泰伯之贤，太宗有子臧之节，则乱何自而生矣！既不能然，太宗始欲俟其先发，然后应之，如此，则事非获己，犹为愈也。既而为群下所迫，遂至喋血禁门，推刃同气，贻讥千古，惜哉！夫创业垂统之君，子孙之所仪刑也，彼中、明、肃、代之传继，得非有所指拟以为口实乎！
>
> （《通鉴·卷一九一·唐高祖武德九年六月癸亥》）

这段史论体现了司马光与二程的共同观点，那就是纲常道德决定论。一开头摆出一个矛盾：唐高祖李渊按立嫡以长的礼制，将庸劣的长子李建成立为太子，而天下却是靠太宗李世民打下来的，如此"必不能容"，怎么办呢？有德就好办。如果李渊像周文王那样英明，李建成像泰伯（周太王古公亶父的长子，主动逃到吴地，让周文王之父季历继承王位）那样贤惠，李世民像子臧（曹国人要立他为君以取代无能的君主，他逃走了）那样有节操，矛盾就迎刃而解了。如果不能这样，太宗应该等李建成动手后再自卫，虽是不得已，恐怕已为过。结果太宗受群下鼓

---

① 均见《二程遗书》。

动，发动玄武门之变，"贻讥千古"。后来的中宗、明宗、肃宗、代宗都仿效他武装夺位，他难辞开先例之咎。

司马光想得太美了，想把历史上上述带有传说性质的道德楷模都"克隆"出来，"集中"起来，从而使你死我活的利益之争烟消云散。历史是不能假设的，他的"向使"（如果）也只能是"向使"，一个美丽的梦幻。

程颐提出的第二个问题："魏征事皇太子（建成），太子死，遂忘戴天之仇而反事之，此王法所当诛，后世特以其后来立朝风节而掩其罪。有善有恶，安得相掩？"对此，司马光不敢苟同。两人激烈争论起来。我们先看一段关于曹操的得力谋士荀彧自杀的"臣光曰"①：

> 孔子之言仁也重矣……而独称管仲之仁，岂非以其辅佐齐桓，大济生民乎！齐桓之行如狗彘，管仲不羞而相之，其志盖以非桓公则生民不可得而济也。汉末大乱，群生涂炭，自非高世之才不能济也。然则荀彧舍魏武将谁事哉……

管仲是孔子高度肯定了的，司马光是管仲而非荀彧。他认为魏征的行为与管仲无异。程颐反驳说，魏征不可与管仲比。因为小白是长子，本当继位，公子纠与他争位是"以少犯长"，"义已不顺"。而李世民争位也是"以少犯长"。因此管仲改事齐桓是护礼，而魏征改事太宗是悖礼。司马光自号"迂叟"，对程颐这个比自己还要迂的人，只能和而不同了。

民间"真宰相"

熙宁十年（1077），司马光的"同年"吴充当了宰相。

---

① 《通鉴·卷六十六·汉献帝建安十七年十月》。

　　吴充为相，缘于王安石于熙宁九年（1076）十月再次被罢相。从熙宁八年（1075）二月复相到再次罢判江宁府，这一年八个月的时间是王安石人生的"滑铁卢"。保守派的挤压，变法派的内讧，加上爱子王雱的早逝，已经把他身上的棱角基本磨平。"江有蛟龙山虎豹，清光虽在不堪行"（王安石诗《咏月》），促使他最后下决心离去的是神宗变法立场的退缩，以及在领土主权上对辽国的妥协。辽国乘宋廷内斗之机扬威边境，要求划定河东边界，意在鲸吞宋地，沈括找到了当年划界的原始文件，勘定了地界，驳得辽使哑口无言，但神宗却在保守派的压力下骨头软了。王安石说："示弱太甚，招兵之道。"而原宰相韩琦上疏说，皆因变法惊动了辽国，废除新法，边境遂安。结果神宗屈从辽国，被割去河东地"东西七百里"。王安石发一声"才薄何能强致君"的长叹，然后"一马黄尘南陌路，眼中惟见北山云"（《人间》），回到金陵。他干脆将判江宁府的职务也辞了，只挂一个集贤观使的虚职，闲居半山园。对此，司马光是何心态？他在《涑水记闻》中有这样一段记载：

　　　　程师孟尝请于王介甫曰："公文章命世，师孟多幸，与公同时，愿得公为墓志，庶传不朽，惟公稍许。"介甫（以为程是为亡父求墓志）问："先正何官？"师孟曰："非也，师孟恐不得常侍左右，欲豫（预）求如椽（大笔），候死而刻之耳。"介甫虽笑不许而心怜之。及（儿子）王雱死，有习学检正（官名）张安国披发藉草，哭于枢前曰："公不幸未有子，今郡君妊娠，安国愿死托生为公嗣。"京师为之语曰："程师孟生求速死，张安国死愿托生。"①

　　两个马屁精的形象活龙活现，但此时说这些，揶揄中含有几分得意。不错，王安石再次罢相，洛阳的保守派出力大了。熙宁九年十月，彗星现。曹太后和高太后再次出来说，这是上天示警。无论王安石怎么

---

① 《宋人轶事汇编·卷十》第484页。

说天变不足信，无足惧，神宗却下诏说，天变不敢不惧，要群臣直言得失。在西京的富弼、吕公著立即上疏说，"法既未协，事须必改"，废除新法"如救焚溺，势不可缓"。就这样，彗星帮助保守派打倒了王安石。

吴充是司马光的"同年"，又与王安石是儿女亲家。他反对变法但态度温和，神宗用他为相，有平衡各方的意图。三十七年前的康定元年（1040），他在宿州接待过赴苏州上任的司马光（见第四章），两人一直保持联系，唱和之诗，留下来的有十余首。当政不久，吴充便请神宗召回司马光、吕公著、韩维等大臣，举荐孙觉、李常、程颢等十余人，都是保守派的中坚。而神宗对这份大名单，不可能照单全收，他不想"翻烧饼"，只是想搞点平衡来稳定政局。第一个被起用的是吕公著，令其知河阳（今河南孟州市南）。

敕书传到洛阳，知河南府贾昌衡在福先寺上东院设宴欢送吕公著。宴会上喜气洋洋，大家祝贺他终于结束了近六年的赋闲，而司马光却唱开了反调：此时出山，难有作为。吕公著说，圣命难违，相比闲卧，多少能对圣上有所裨益。司马光说，宁可闲卧，也不可与小人同流，损了名节。吕公著不高兴了，说，一味闲卧，于世何补？两人各执己见，你来我往，争得宴会煞是无趣。程颢站起来，即席赋诗一首："二龙闲卧洛波清，几岁优游在洛城。愿得二公齐出处，一时同起为苍生。"程颢是赞成吕公著的，而且希望司马光也被起用。此诗一出，争论停息，大家都反变法，何必呢？

吕公著到河阳上任后，司马光和范镇一起前去拜访，住在州衙后院。在欢迎宴会上，吕公著口占一联："玉堂金马，三朝侍从之臣；清洛洪河，千古图书之奥。"在司马光和范镇离开后，吕公著把后院命名为"礼贤院"。他们谈了什么？史无记载，但从司马光随后写给吴充的长信——《与吴丞相充书》①来看，这次聚会似乎让司马光看到了废除新法的希望。

给吴充的信写于四月，司马光首先表示自己无意出山，接着笔锋一

---

① 《传家集·卷六十一》。

转，批判新法："自行新法已来，中外恟恟。人无愚智咸知其非，州县之吏困于烦苛，……闾阎之民迫于诛敛，人无贫富咸失作业，愁怨流移，转死沟壑，聚为盗贼。日夜引领，冀朝廷之觉悟，弊法之变更，凡几年于兹矣。"官员"以夜继昼，弃置实务，崇饰空文，以刻意为能，以欺诬为才"。百姓"人无贫富，咸失作业，……聚为盗贼"。"今府库之实，耗费殆竭，仓廪之储，仅支数月，民间货产，朝不谋夕，而用度日广，掊敛日急，河北、京东、淮南蜂起之盗，攻剽城邑，杀掠官吏，官军已不能制矣。"他希望吴充为相要学周公，"为周家成太平之业，立八百之祚"；而不可学西晋的王衍（夷甫），"不思经国，专欲自全"，"及晋室阽危，身亦不免"（经八王之乱，西晋灭，王衍降后赵石勒，石勒要杀他又不想背杀名，令士兵夜半推倒石墙将其压死）。"今若法弊而不更"，不仅不能安居庙堂，恐怕弃官归隐也无"高枕之地"。"救急保安之道，苟不罢青苗、免役、保甲、市易之法，息征伐之谋"，"所求必不果矣"。"欲去此五者"，必"先别厉害，以寤人主之心"，而要"寤人主之心"，必须"先开言路"。而要"开言路"，"在于辅佐之臣，朝夕启沃，唯以亲忠直、纳谏争、广聪明、去壅蔽为先务"。如此则"谠言日进，下情上通，至治可指期而致，况弊法何难去哉！"最后，他强调时不我待，勉励吴充要坚持原则，"苟志无所屈，道无所失，其合则利泽施于四海，其不合则令名高于千古"。

　　看了这封信，我们就会明白，司马光为什么会被保守派称为"民间真宰相"了。他讲得头头是道，对吴充寄予厚望，不过又是一个幻想。王珪与吴充同为宰相，他们可以站在一条战壕里反对王安石，而斗走王安石后，就开始争权夺利了。王珪不仅对吴充处处掣肘，而且坐视变法派对吴充的攻击。其次子吴安持涉及相州的一桩案子，变法派的参知政事蔡确将其逮捕审讯；知谏院张璪说吴充曾给征安南的统帅郭逵写信，要他不执行朝廷的命令，于是被立案侦查。吴充气病交加，生了瘤子，苦撑三年后，罢相归第，于元丰三年（1080）病故，享年六十岁。

　　司马光频繁地与保守派官员诗书来往，议论时政，终于被变法派抓到了辫子。

罚铜二十斤

苏轼豪放、诙谐，与司马光的一本正经形成鲜明对比。司马家一仆人向来称司马光为"君实秀才"，有天突然改口称"君实相公"，问其原因，答曰："苏学士所教也。"所以司马光对人说，我家仆人被苏轼教坏了。他是性情中人，加上名气太大，司马光总担心他会惹祸。

果然，元丰二年（1079）七月，苏轼在湖州惹上了大祸。其所作诗词，墨迹未干就被人传抄，书商抢着印行，还有人刻石立碑，知湖州时间不长，就出版了三本诗集。御史中丞李定，御史舒亶、何正臣抓住诗集中的只言片语，无限上纲，弹劾他讥讽朝政，诋毁圣上。"赢得儿童语音好，一年强半在城中"，被指为反青苗法；"读书万卷不读律，致君尧舜知不术"，被指为讽刺对官吏进行法律考试；"东海若知明主意，应教斥卤变良田"，被指为反水利法，等等。苏轼因此被逮捕入狱，这就是著名的乌台诗案。元丰三年（1080），因太后为之说情，苏轼被免予流放，贬为黄州（今湖北黄冈）团练副使，一个无俸禄被编管的闲官。十年前的熙宁二年（1069），保守派指斥李定不奔母丧，毁了他的前程，而且树立孝子典型朱寿昌来羞辱他，苏轼作文赋诗，活跃异常（见第二十六章），现在李定终于报了一箭之仇。与李定等人欲将苏轼置之死地相反，湖州的绅商们请来和尚、道士，为他做了三个月的免灾道场。

乌台诗案与司马光毫无干系，但作为保守派的旗手，苏轼受到委屈，他自然要慰勉一番。元丰三年春，在苏轼被贬黄州之前，他托范镇给苏轼捎去《独乐园记》和《超然台诗寄子瞻学士》①，诗曰：

使君仁智心，济以忠义胆。婴儿手自抚，猛虎须可揽。出牧为龚黄，廷议乃陵黯。万钟何所加，箪石何所减。用此始优

---

① 《传家集·卷五》。

游，当官免阿谀。向时守高密，民安吏手敛。乘闲为小台，节物得周览。容膝常有余，纵目皆不掩。山川远布张，花卉近缀点。筵宾觳核旅，燕居兵卫俨。比之在陋巷，为乐亦何歉。可笑夸者愚，中天犹惨惨。

他赞扬了苏轼有抓老虎胡子的大无畏精神，兼具循吏和诤臣的高贵品质，以及有无往而不乐的豁达，而鄙薄当朝变法派人物愚蠢。苏轼受到司马光褒扬和鼓励，立即回赠一首《司马君实独乐园》①：

青山在屋上，流水在屋下。中有五亩园，花竹秀而野。花香袭杖屦，竹色侵盏斚。樽酒乐余春，棋局消长夏。洛阳古多士，风俗犹尔雅。先生卧不出，冠盖倾洛社。虽云与众乐，中有独乐者。全才德不形，所贵知我寡。先生独何事？四海望陶冶。儿童诵君实，走卒知司马。持此欲安归？造物不我舍。声名逐吾辈，此病天所赭。抚掌笑先生，年来效喑哑。

苏轼情之所发，一下竟忘了自己的处境，在颂扬司马光的同时，批评他不该当哑巴。两首诗反变法的主旨毫不隐饰。御史舒亶提出，与苏轼诗词唱和，诋毁朝政的人也要追究。于是乎，一下牵出了司马光、范镇、孙觉、李常、刘攽等二十二人，"皆特责"，每人罚铜二十斤。对此，苏轼感到芒刺在背，写信向司马光道歉："轼以愚暗获罪，咎由自招，无足言者，但波及左右，为恨殊深。虽高风伟度，非细故所能尘垢，然轼思之，不翅芒背耳。"有意思的是，四年后的元丰七年（1084）苏轼从黄州贬所移汝州，路过金陵，与王安石同游紫金山，诗文往来，相聚甚欢，并准备买田金陵（实买田江北仪征），作定居计，虽未果，但两人的恩怨已解。在对待王安石的态度上，苏轼与司马光的区别是明显的。

---

① ［清］顾栋高：《司马光年谱·卷六》。

　　大概在被罚铜后，司马光真的"绝口不复谈政事"了。不过，在徜徉山水、编书讲学时，他手中仍然高擎着反变法的大纛。他在《涑水记闻》中涉及王安石的记录共八十二条（其中《日记》三十二条），全部都是负面的，消息来源无一不是反变法人士。在司马光的襄助和推介下，程颐讲学的规模越来越大，以"三纲五常"的理论来与新法抗衡，本是宋学中一个小流派的道学（亦称理学、伊川学、程学）开始渐成气候。

第三十二章

语涩作《遗表》

有人说，熙丰时期宋朝的政治首都在开封，而文化学术首都在洛阳。此论或许有失偏颇，但保守派的理论大营在洛阳是确定无疑的。元丰三年（1080），枢密使文彦博改太尉、判河南府兼西京留守，保守派的三个宰相级大佬，除韩琦已逝世外，富弼和文彦博都到了洛阳。他俩不满足于个人之间的零星来往，于是想结社。宋代从范仲淹被朋党中伤后，士大夫对朋党避之唯恐不及，怎敢结社？上有政策，下有对策，聚餐会就是"保护伞"。

耆英会

唐代著名诗人白居易晚年隐居洛阳，九位年高望重者结社交游，有《九老图》传世。元丰五年（1082）一月，文彦博附庸《九老图》风雅，发起成立洛阳耆英会。与会者年龄均在七十以上，而不满六十四岁的司马光也被列入。司马光自称晚辈，不敢造次，但文彦博的一番话让他不再推辞。

文彦博说，当年白居易的九老会中，也有一个年龄不到七十的狄兼谟。接着讲了一个故事：他任北京（大名）留守时，派人到辽国公干，回来说，辽帝大宴群臣，有杂剧助兴。其中有一小品：一衣冠之士，见到财物就抢去往怀里揣，有人从后面用棍子打他，他大呼曰：司马端明耶？挥棍者是司马光，抢财者喻指王安石。宋朝的变法反变法，在辽国俳优那里演绎成强盗与捕盗。文彦博说，你的清名在夷狄如此，耆英会怎么能少了你呢？司马光于是半推半就入了会。既然是一个组织，就得有规矩，众人推举司马光起草会规。于是有了《洛阳耆英会序》。《序》说，耆英会的入会资格是"士大夫老而贤者"，然后按"洛中旧俗，燕私相聚，尚齿不尚官"原则，列出了十二名会员的官职、姓名和年龄：

开府仪同三司·守司徒·武宁军节度使致仕·韩国公富弼，字彦国，年七十九。

河东节度使·开府仪同三司·守太尉·判河南府兼西京留守司事·潞国公文彦博，字宽夫，年七十七……（为节省篇幅，略去中间九人）

端明殿学士·兼翰林侍读学士·太中大夫·提举崇福官司马光，字君实，年六十四。

除了《序》还有《会约》[1]：

"序齿不序官。"

"为具务简素（即餐具务必简单朴素）；朝夕食各不过五味（每顿五个菜）；菜果脯醢之类（酱菜、冷盘）共不过二十器；酒巡无算（敬酒多少遍不限制），深浅自酌，饮之必尽，主人不劝，客亦不辞，逐巡无下酒时作菜羹不禁（下酒菜没了，可添菜羹）。"

---

[1] 《司马光茔祠碑志》。

"招客共用一简，客注可否于字下，不别作简。"（一张通知单，客人在名下注明可否，不单独发请柬）

"会日，早赴不待速。"（按时到，不要让人催）

"右有违约者，每事罚一巨觥。"

宋史泰斗邓广铭先生认为这个《会约》体现了宴会文明，值得借鉴。但执行规定是可以花样翻新的。耆英会中富弼最年长，第一次聚餐在他的富郑公园举行。此园是洛阳数一数二的名园，豪华气派自不待言，加上文彦博利用职权，把河南府的官妓带来助兴，《会约》所规定的简朴于是荡然无存。

第一次聚会后，远在大名的北京留守王拱辰写信来要求入会，说自己是洛阳人，七十一岁了，不可落下。于是，耆英会增加了一个在外会员，变成了十三人。富弼开头后，然后按年龄顺序轮流做东。据目睹者邵伯温（邵雍子）在《邵氏闻见录》中记载："诸老须眉皓白，衣冠甚伟，每宴集，都人随观之。"他们还在资胜院建一大厦，曰"耆英堂"，请当时最著名的画家郑奂给每名会员逐一画像，且每人赋诗一首，一并挂在其中。

《会约》很低调，而活动很张扬。还没有轮到司马光做东，他夫人张氏逝世了。

预作《遗表》

那是在耆英会成立当月的三十日。耆英会宴会上的欢歌笑语，在独乐园却变成了哀歌泪雨。与司马光一起生活了四十四年的夫人说走就走了，享年六十岁。张氏是典型的贤妻良母，诰命清河郡君。司马光含泪写下悼文《叙清河郡君》①：

———————

① 《传家集·卷七十八》。

君性和柔敦实，自始嫁至于瞑目，未尝见其有怨懥之色、矫妄之言。人虽以非意侵加，默而受之。终不与之辨曲直，己亦不复贮于怀也。上承舅姑，旁接娣姒，下抚甥侄，莫不悦而安之。御婢妾宽而知其劳苦，无妒忌心。尝夜濯足，婢误以汤沃之，烂其一足，君批其颊数下而止。病足月余方愈。故其没也，自族姻至于厮养，无亲疏大小，哭之极哀，久而不衰，咸出于恻怛，非外饰也。内外无一人私议其短者，兹岂声音笑貌之所能致邪？平居谨于财，不妄用，自奉甚约。及余用之，以赒亲戚之急，亦未尝吝也。始余为学官，笥中衣无几，一夕盗入室尽卷以去，时天向寒，衾无纩絮，客至无衫以见之，余不能不叹嗟。君笑曰："但愿身安，财须复有。"余贤其言，为之释然。

一个月后的二月二十九日，司马光葬夫人于夏县鸣条岗祖茔，然后回到洛阳。他很难从悲痛中走出来，直到初夏才出游一次。本为散心而去，归来却愁上加愁，在房梁上写下《初夏独游南园二首》①：

取醉非无酒，忘忧亦有花。暂来疑是客，归去不成家。

桃李都无日，梧桐半死身。那堪衰病意，更作独游人。

在他最悲痛的时候，有来吊孝者给他带来好消息。神宗给宰相看拟任官员名单：在御史中丞名牌下贴着司马光姓名，翰林学士下贴着苏轼姓名。神宗指示说："此诸人虽前此立朝议论不同，然各行其所学，皆是忠于朝廷也。安可尽废？"②然而，正式任命的敕书却没有等来，据

① 《传家集·卷十一》。
② 《曲洧旧闻》。

说宰相王珪欲马上任命，而被另一宰相蔡确拖黄了。不久，又传来了神宗因军事惨败而临朝大哭的消息。去年，即元丰四年（1081），西夏皇室内乱，梁太后囚禁了国主秉常，神宗认为有机可乘，发动了对西夏的五路进攻，企图一举收复真宗朝失陷的灵州，结果西夏决黄河水淹宋军，宋军惨败；今年，神宗听从给事中徐禧的建议，在银、夏、宥三州交界处筑永乐城（今米脂县西），以困西夏。永乐城十四天仓促筑成，且城中无水源，而徐禧是个马谡式的人物，结果被夏军破城擒杀。两次战役，宋损失军民约六十万人。

是谁，又是什么原因造成了这两次惨败？在洛阳的保守派大营里，众口一词归咎于王安石。王安石早在熙宁九年（1076）十月就已罢相，距今五六年了，怎能扯到他头上？他们的逻辑是，灵州、永乐之役是因熙河之役引起，而经略熙河是王安石支持的。熙河即河、湟地区，今之甘肃临洮、兰州市至青海乐都、西宁及其以南沿洮河地区。这一带居住以吐蕃为主的少数民族，原是宋朝的羁縻州郡，被西夏征服后成其战略后方。熙宁初，王韶在实地调查后提出了先复河、湟，再图西夏的战略。王安石支持王韶，认为欲图西夏，必先复河、湟，断其右臂。熙宁五年（1072）十月，河、湟地区收复，宋设熙河路管辖。从此对西夏形成了东西夹击之势，宋朝对西夏的战略态势从被动变为主动。灵州、永乐城之败，原因很多，但根子还是在宋朝重文抑武的祖宗成法。王安石变法，神宗将此划为禁区，故原封未动。灵州之役，五路进军，其中两路的统帅是宦官；永乐之役的统帅是文官徐禧。司马光是坚定的反战派，但他在《涑水记闻·卷十四》中的有关记载，为研究这两次战役提供了宝贵的资料。下面是他笔下的徐禧：

> ……丁亥，虏骑至城下，（徐）禧命鄜延总管曲珍领城中兵阵于崖下水际，禧、（李）舜举（宦官）、（李）稷（转运使）植黄旗（神宗所赐）坐于城上临视之。虏自未明引骑过阵前，至食时未绝。神将高永能曰："吾众寡不敌，宜及其未成阵冲击之，庶几可破。"不从。虏与官军夹水而阵，前后无际，将士

皆有惧色……俄而，虏鸣笳于阵，虏骑争渡水犯官军。先是，选军中勇士良马，谓之"选锋"，使居阵前。战未几，选锋先败，退走，蹂践后阵。虏骑乘之，官军大溃，偏裨死者数人，士卒死及弃甲南走者几半，曲珍与残兵万余人入城，崖峻径狭，骑兵弃马缘崖而上，丧马八千余匹，虏遂围之。时楼堞皆未备，水寨为虏所据，城中乏水，至绞马粪、食死人脑。被困累日，曲珍度城必不能守，白禧："请帅众突围南走，犹愈于坐而待死。"禧怒曰："君已败军，又欲弃城邪？"戊戌，夜大雨，城遂陷，珍帅众数百人逾城走免，禧、舜举、稷皆没，命官死者三百余人，士卒得免者十无一二……

徐禧在鄜延，乘势使气，常言："用此精兵，破彼羸虏，左萦右拂，直前刺之，一步可取三级。"诸将有献策者，禧辄大笑曰："妄语可斩。"虏阵未成，高永能请击之，禧曰："王者之师，岂可以狙诈取胜邪？"由是遂败。

司马光的上述记录与后编的正史基本一致，且不去说，只说他当时的心情是极其愤怒，接着是极其忧虑。怎么能和西夏开战呢？怎么能用徐禧这种小人呢？在他眼里，徐禧是靠拍王安石的马屁上来的。熙宁八年（1075）王安石再度入相，保守派抓住秀州团练使、宗室赵世居企图谋反案，想加害于他。因术士李世宁与王安石相识，十七八年前曾送给赵母一首诗，查案的知谏院范百禄（范镇侄子）要置李死罪，以牵出王安石，而共同查案的御史徐禧反对给李世宁定罪。神宗再派人复查，发现李世宁的赠诗不过是抄录了仁宗赐给大臣的挽词。范百禄以此得罪，徐禧获赞。唉！司马光按自己的思路想下去，越想越感到国家已到生死存亡之际。家有丧妻之痛，国遭兵败之辱，极度的忧虑让他一阵晕眩，晕眩过后，醒来发现语涩（结巴）了，似乎是中风。赶紧请医施治，药石无效，病情依旧，他预感到自己也许要随妻子去了，一向以帝师自诩的他有话要对神宗说，于是决定预作《遗表》。他提起笔来，曾经说过多遍但还想说的话涌向笔端。

他劝谏神宗不该专任王安石，"虽周成王之信周公、齐桓之任管仲、燕昭王之倚乐毅、蜀先主之托诸葛亮"恐未及也，可惜所托非人。安石所行新法，"其尤害民伤国者"：青苗、免役、保甲、市易，另有奸佞之臣，心怀侥幸，欺君罔上，"轻动干戈，妄扰蛮夷"。最后要求神宗：

> ……悔既往之失，收将来之福，登进忠直，黜远佞邪，审黄发之可任，寤谗言之难信，罢苗役，废保甲，以宽农民；除市易，绝称贷，以惠工商；斥退聚敛之臣，褒显循良知吏；禁约边将，不使贪功而误国；制抑近习，不使握兵而兆乱；除苛察之法，以隆易简之政；变刻薄之俗，以复敦朴之化，使众庶安农桑、士卒保首领，宗社永安，传祚无穷，则臣殁胜于存，死荣于生，瞑目九泉，无所复恨矣！

一言以蔽之，不废新法他死不瞑目。他让儿子司马康在他死后，托范镇和范祖禹将《遗表》上呈皇上。司马康顿时哭成了泪人，司马光斥之曰：死生，命也，奈何哭！

"不游不饮欲如何？"

在开封，神宗当朝痛哭了，而在洛阳，耆英会的聚餐仍照常举行。元丰六年（1083）春，耆英会的老大富弼去世，享年八十岁，其《遗表》说："天地至仁，宁与羌夷（西夏）校曲直胜负邪？"借对夏战争失利要神宗废除新法。不久，耆英会另一位成员张焘去世。不到半年就死了两个，加上文彦博带妓乐聚会，引来"市民"围观，司马光乘机退出了耆英会。正好范纯仁被贬西京留台，两人发起另组真率会。真率会七名会员，其中五人是从耆英会过来的，耆英会便名存实亡了。

真率会的聚餐没了耆英会的豪奢，朴素中充满了天真。司马光在

《二十六日作真率会……口号成诗用安之前韵》^①中写道：

> 七人五百有馀岁，同醉花前今古稀。走马斗鸡非我事，纻
> 衣丝发且相晖。经春无事连翩醉，彼此往来能几家。切莫辞斟
> 十分酒，尽从他笑满头花。

如此欢畅，怎不令人羡慕？文彦博也要求参加，被司马光婉拒。有
次，他打听到真率会聚会的日子，带着一桌丰盛的酒菜前来助兴，碍于
情面，司马光勉强同意了。文彦博高兴至极，作《真率会诗》，司马光
作《和潞公真率会诗》^②：

> 洛下衣冠爱惜春，相从小饮任天真。随家所有自可乐，为
> 具更微谁笑贫？不待珍羞方下箸，只将佳景便娱宾。庾公此兴
> 知非浅，藜藿终难继主人。

诗中委婉地批评了文彦博在耆英会上的奢侈，告诉他入真率会就得
吃粗茶淡饭。真率会把耆英会会约中的"酒巡无算"，改为"酒不过五
行"，去掉了冷盘二十味的规定，对蔬菜不加限制。会餐的标准降低了，
但相聚的话题没有改变。请看司马光的《别用韵》^③：

> 坐中七叟推年纪，比较前人少几多。花似锦红头雪白，不
> 游不饮欲如何？

"不游不饮欲如何？"在对政事无可奈何之际，便寄情山水以示反
抗。与他一起悠游的，是清一色的反变法人士。古人给我们留下了一个
不大文明的习惯，就是走到哪里都要留下"到此一游"的痕迹。现在，

---

① 《传家集·卷十一》。
② 同上。
③ 同上。

洛阳周围有的地方发现了司马光曾经"到此一游"的证据。其中一处在偃师万安山下的白龙潭，有石刻曰："司马光君实、王尚恭安之、闵交如仲孚，同至此处。元丰元年八月癸丑。"除了万安山，司马光去得最多的地方当数寿安山（在今宜阳县）。他在叠石溪畔买屋曰"叠石溪庄"，做休息之所，所作《叠石溪二首》①记录了与范镇同游的情景：

道傍行采药，石底卧题名。野老相迎拜，溪童乍见惊。

山鸟劝人饮，山蝉笑我狂。归时兴未尽，不得看斜阳。

诗后注曰："溪边有石横出，下甚狭，景仁（范镇字）卧其下，题名而去。"这就是"石底卧题名"的来历。一个七十多岁的老头子，钻到石头底下去题名，够逗！我们再看他们的一次远游。

元丰年间的一个秋高气爽的日子，司马光自称"齐物子"，范镇自称"乐全子"，两人骑马并辔走出独乐园。他们游览的第一站是登封。抵达后，先在峻极院稍事休息。此前，司马光携司马旦和程颐来过这里。房柱上有"旦、光、颐来"的字迹，后墙留有司马光的题诗，开头两句为："一团茅草乱蓬蓬，蓦地烧天蓦地空。"见了司马光的墨迹，范镇评论道，欧阳公醉翁之意不在酒，司马公登山之意不在山也。说罢，两人相视大笑，笑得院中道士莫名其妙。两人拿出自带的茶叶，向道人讨开水沏茶。司马光的茶叶是用纸包着的，而范镇的茶叶装在精致的漆盒子里。司马光惊诧地说，景仁竟用茶具？说得范镇不好意思，将盒子送给了道士。吃罢茶，两人登嵩山，游崇福宫。

时嵩山崇福宫一度有五位提举，在吕公著改知河阳、张焘病死后，还有司马光、楚建中、张问，三人均为耆英会成员，但他们谁也不用管崇福宫的事。崇福宫位于少室山南麓万岁峰下，其前身是汉武帝元封元年（前110）修建的万岁观。当年汉武帝登万岁山，听到山谷中的风声恰似在喊"万岁"，于是改山名为万岁山，并下令在此修建万岁观。据

① 《传家集·卷十》。

说，此乃"山呼万岁"之始。一说到汉武帝，司马光对范镇说，在我看来，汉武帝与秦始皇无异，可何以他有亡秦之失而无亡秦之祸？对这个问题，他不止一次地与人讨论过。范镇说，当读武帝《罢轮台诏》（或称"轮台罪己诏"）。汉武帝在诏书中检讨了自己听信方士，盲目派贰师将军李广利远征匈奴而造成丧师辱国的过失，宣布否决桑弘羊的建议，取消轮台（今属新疆）屯垦的决定。此诏标志着汉武帝的执政方针从锐意进取改变为与民休息。对此，两人深有同感。在《通鉴》定稿时，"臣光曰"对汉武帝如此评价：

> 孝武穷奢极欲，繁刑重敛，内侈宫室，外事四夷，信惑神怪，巡游无度，使百姓疲敝，起为盗贼，其所以异于秦始皇者无几矣，然秦以之亡，汉以之兴者，孝武能尊先王之道，知所统守，受忠直之言，恶人欺蔽，好贤不倦，诛赏严明，晚而改过，顾托得人，此其所以有亡秦之失而免亡秦之祸乎！

（《通鉴·卷二十二·汉武帝后元二年》）

这段"臣光曰"与《汉书》的班固之"赞"，区别甚大，且不细说，只说班固最后强调的是"如武帝之雄才大略，不改文、景之恭俭以济斯民，虽诗、书所称何以加焉！"而司马光对武帝的文治武功一字不提，强调的是"晚而悔过，顾托得人"。他迫切希望神宗能像汉武帝那样，悔变法之过，把国家托付给像霍光那样的老成之人。而当代霍光在哪？在保守派中。

万岁观到五代时毁于战乱，宋真宗下令在万岁观原址建起了崇福宫。修宫使、参知政事丁谓，日役工三四万人，新建宫殿共二千六百一十区，道士数百上千，并划拨大片良田作为宫产，规模远超万岁观。宫中道人津津乐道，颇以真宗敕建为荣。当时，对真宗伪造天书的骗局尚讳莫如深，司马光和范镇只能姑且听之。

接着他们又去了少室书院（后名嵩山书院）、紫极观、会善寺，马不能走时，便挂杖而行，在一处狭窄险峻的乱石路，司马光在石壁上写下了:"登山有道:徐行则不困,措足于平稳之地则不跌,慎之哉!"①范镇笑他迂,他一本正经地说:"视地然后敢行,顿足然后敢立",吾平生未敢违也。

然后,他们经轩辕道,游广度寺,至龙门,进入第二站。先后游览了奉先寺、华严阁、千佛岩(龙门石窟)、高公真堂、广化寺、汾阳(郭子仪)祠、白公(居易)影堂、黄龛院等人文名胜,中间还参观了两人的别墅。文彦博在龙门有三座别墅:"药寮"、"潞公庵"、"临伊庵",富弼在龙门也有别墅,他们曾邀司马光去做客,但都因故未赴。对他们的奢华,他颇有微词,但为了反对变法,他们是亲密战友。

既然自号"齐物子"和"乐全子",他们自然要一路访佛问道。司马光不信道家的长生不老之说,但崇尚其自然无为之道。对佛家,司马光是取我所需、为我所用。他认真读过佛教经典《心经》,认为"佛书之要,尽于一'空'字而已"。"空"是什么?"空取其无利欲之心"。时士大夫多信佛,以写禅偈为风雅,司马光也写了六首禅偈:

忿怒如烈火,利欲如铦锋,终朝长戚戚,是名阿鼻狱。

颜回甘陋巷,孟轲安自然,富贵如浮云,是名极乐国。

孝悌通神明,忠信行蛮貊,积善来百祥,是名作因果。

仁人之安宅,义人之正路,行之诚且久,是名不坏身。

道德修一身,功德被万物,为贤为大圣,是名菩萨佛。

言为百世师,行为天下法,久久不可掩,是名光明藏。

（《渑水燕谈录·卷三》）

① 《邵氏闻见录·卷十一》。

这些禅偈"嫁接"儒释，佛学概念被服务于儒家的孝悌忠信。范镇听了，不禁失笑。司马光大发感慨：如今朝野风俗大坏，新法言利，官府言利，浮屠也言利。浮屠诳诱世俗，从人死开始，七七日、百日、期年、再期、除丧，都要饭僧，设道场，做水陆大会，写经造像，修建塔庙，说如此死者可升天堂，否则就下地狱。人死神形分离，其形与黄土木石无异，哪来天堂地狱？唐代庐州刺史李丹给妹妹写信说，"天堂无则已，有则君子登；地狱无则已，有则小人入"。范镇说，世风已如此，恐神仙也难变也！司马光长叹一声，吟起他写的《醉》①诗：

　　厚于太古暖于春，耳目无营见道真。果使屈原知醉趣，当
年不做独醒人。

司马光赞美屈原，可谓一反常态，让范镇十分惊讶。他饮酒有度，何曾醉过？汲汲于反变法，又何曾能"耳目无营"？

----

① 《传家集·卷九》。

第三十三章 直笔著《通鉴》

　　文彦博喜携妓出游，屡邀司马光为伴。一次长游归来，独乐园的鲜花已经凋零，司马光未免有惋惜之叹。园丁的一番话却让他振聋发聩：今年春去，明年春来，只可惜数十日来，相公未曾写一行字，看一页书。

　　司马光等级观念极强，但对仆役和气。他有一祖传琉璃台，被役兵不慎打碎，河南府逮捕役兵，交司马光发落，他在状上批曰："玉爵弗挥（弗通袚，指去灾祈福的祭祀），典礼虽闻于往记；彩云易散，过差宜恕于斯人"，一笔勾销了。上述园丁的批评成了他拒绝文彦博的盾牌，从此不再接受邀请。

　　其实，司马光在优游山水时也未曾辍笔，所著《游山记》诗文十二卷，士大夫争先传之。但对《通鉴》来说，诚如园丁所言。他内疚了，脸红了，眼看身体越来越差，再不抓紧，《通鉴》真要成不竟之作了。这时，又从开封传来消息，有人在朝中散布，说《通鉴》迟迟不能编成，是司马光故意拖延，以贪图御赐之笔墨绢帛，果饵金钱。其实，书局搬到洛阳后，就未曾请领过皇帝特赐的"御前钱"，更不要说御膳御酒了。恶意中伤从反面逼着他加速编撰。他要为这部大书拼老命了。在他之前，他的助手刘恕已经为《通鉴》献身了。

殉职《通鉴》的刘恕

刘恕的身世已在第十七章中交代，不再絮叨。司马光的工作是在助手所编的长编基础上进行的，一看到长编，刘恕的影子便挥之不去。他是《通鉴》的策划者之一，是司马光挑选的第一助手。奉英宗之旨开书局时，初衷很明确很单纯，就是编一部言治乱之道的编年体通史。可书局运转两年后，王安石变法开始了，于是《通鉴》有了论战的色彩。编修司马光、同编修刘恕、刘攽，全都反新法。司马光和王安石多是打笔墨官司，而刘恕则"面刺其过"，"直指其事，得失无所隐瞒"①。

刘恕在南康边监酒税边修书。熙宁九年（1076），他千里迢迢来到洛阳。一见面，两人都惊呆了。从熙宁三年（1070）京师一别，不过六年多时间，两个人都变得让对方认不出来了。见五十八岁的司马光须发全白，老眼昏花，牙齿掉光，说话漏风了，刘恕也不禁流下泪来。而刘恕才四十五岁，却已羸弱不堪，面色蜡黄，骨瘦如柴，仿佛一阵风就可以把他吹起来。司马光牵着他的手，连问三遍："汝道原（刘恕字）邪？"忍不住泪流满面，说："如何羸弱至此？是否因所任卷帙繁剧，不胜劳苦？"的确，司马光让刘恕负责三国、两晋、南北朝至隋近四百年的长编，后来又把五代的长编交给他，都属战乱时期，头绪万端，错综复杂，编起来绝非易事。但他还有司马光体会不到的苦处，那就是贫穷。靠一个九品官的俸禄，要养活包括老迈双亲在内的一大家子人，又不愿低眉求人，只能喝粥啃咸菜。这些，他是不会启齿的。

刘恕是书局的顶梁柱，等于是常务副总编，司马光离不开他。在他后来（元祐元年七月六日）所上的《乞官刘恕一子劄子》②中说："臣往岁初受敕编修《资治通鉴》，首先奏举（刘）恕同修。恕博闻强记，尤

① 《宋史·刘恕传》。
② 《传家集·卷五十三》。

精史学，举世少及。臣修上件书，其讨论编次，多出于恕。至于十国五代之际，群雄竞逐，九土分裂，传记讹谬，简编缺落，岁月交互，事迹差舛，非恕精博，他人莫能整治。"[1]的确，在司马光的三个助手中，刘恕几乎是不可替代的，有许多问题，司马光也得向他请教。在前面第三十章中，我们说到司马光的《通鉴考异》一书是我国第一部考史专著，而这本书中的许多考异成果，特别是南北朝和五代十国时期的史实考异，不少是由刘恕完成的，司马光都如实注在条文之中，诸如"刘恕广本（长编复写稿）云"、"刘恕以为"、"刘恕按"、"刘恕曰"、"刘恕云"等。比如，《通鉴考异》卷四《晋纪》"汉改元建元"条说："《十六国春秋》：建元元年在晋建兴二年。同编修刘恕言：'今晋州临汾县嘉泉村有汉太宰刘雄碑云：嘉平五年，岁在乙亥，二月六日立。然则改建元在乙亥二月后也。'"[2] 我们今天对照《辞海》所附之《中国历史纪年表》，发现刘恕说得一点不错。汉（前赵）改元建元元年在乙亥年（315）三月，是晋建兴三年而非建兴二年。这年前赵用了两个年号，二月（含）前为嘉平五年，三月为建元元年。刘恕如此博大精深，司马光自然要格外倚重。

见刘恕已形容枯槁，司马光想在洛阳给他创造一个休息调养的环境。他让书局的范祖禹、司马康都停下工作，大家一起陪刘恕去登山览胜，游玩散心。四人骑马来到山下，下马上山，在山间草丛中发现一石碑，虽刻有墓主姓名，但司马光也搞不清何许人也。刘恕一看，说，此人乃五代后梁一武将，正史不载，见于某某笔记，并说出了他的籍贯、身世、战功。大家将信将疑，司马光回来后查资料，发现刘恕说得一点不差，由是对他更加佩服。

刘恕可谓考异能手，但司马光倚重刘恕，不止在考异，在《通鉴》的构架、纪年等重大问题上也要与他探讨商议。此类探讨从书局成立开始，直到刘恕逝世，一直在进行。刘恕之子刘羲仲在其编辑的《通鉴问

---

① 《传家集·卷五十三》。

② 转引自王曾瑜《关于编写〈资治通鉴〉的几个问题》，《点滴集》第532页，河北大学出版社。

疑》一书中说:"君实访问道原（刘恕字）疑事,（长编）每卷不下数条。议论甚多,不能尽载,载其质正旧史差谬者。"该书记录了他们相互切磋的八个问题。其中一条为:

> 君实曰:"……今欲将吴、蜀、十六国及五代偏据者,皆依《三十国春秋》书为某主,但去其僭伪字,犹《汉书》称赵王歇、韩王信也……"
>
> 道原曰:"晋元（司马睿）东渡,南北分疆,魏、周据中国,宋、齐受符玺,互相夷虏,自谓正统,则宋、齐与魏、周势当两存之。然汉昭烈窜巴蜀似晋元,吴大帝兴于江表似后魏。若为中国有主,蜀不得绍汉为伪,则东晋非中国也;吴介立无所承为伪,则后魏无所承也。南北朝书某主而不名,魏何以得名吴、蜀之主乎?"①

根据这一记录,司马光开始还是有正统观念的,想仿照《汉书》,对三国时期的吴国孙权、蜀国刘备不称其为帝,而拟称之为"吴王权"、"蜀王备",对"十六国及五代偏据者"也将如是处理。但刘恕不赞成这样,指出了这样做将难以自圆其说,是荒谬的。刘恕与司马光关于这个问题的讨论也许不止一次,最后结果是司马光完全采纳了刘恕的意见。

驳正闰之说,弃春秋笔法

按阴阳五行推出的正闰说,即历代政权的正统与非正统问题,在司马光著《资治通鉴》前可以说是占主流地位的。洛阳的道学先生邵雍、二程都力主正闰说。他们的依据是,孔子修《春秋》,用的是鲁国纪年,

---

① 转引自王曾瑜《关于编写〈资治通鉴〉的几个问题》,《点滴集》第532页,河北大学出版社。

从鲁隐公元年（前 722）始。这年是周平王四十九年，为什么不用周王纪年，而用鲁国纪年，一是《春秋》原本是鲁国史，二是因为鲁乃周公之后，与周天子的血缘最近，且孔子在每年的正月前加一"王"字，即"王正月"，以表明此是周王纪年的正月。一个"王"字，维护了周天子的大一统地位。

孔子修史用春秋笔法，把非礼的即非奉王命的重大政治军事行动删去，叫作"不书"，如鲁隐公元年夏四月，"费伯帅师城郎"，明载于《左传》，因是费伯的擅自行动，孔子便一笔抹去了。再如，诸侯国都是周天子之臣，按爵位分别为公、侯、伯、子、男，楚国是子爵，但随着实力增强，成为春秋五霸之一，而在《春秋》中，孔子不称楚王而仍称其为"楚子"。用春秋笔法编出来的《春秋》，复礼的主题突出，但按礼取舍史实，势必将历史搞得支离破碎，违背史实，被王安石斥之为"断烂朝报"。司马光修《通鉴》所以从周威烈王二十三年三家分晋开始，就是因为对《春秋》不敢动一字。正闰说用在国家统一时期，还勉勉强强讲得通，而用在分裂时期就无法自圆其说。

编《通鉴》，刘恕负责的部分正好从三国时期开始，首先就碰到谁正谁闰的问题，魏蜀吴三国各有纪年，用哪国的？在当时已有的史书中，陈寿的《三国志》以魏受汉授为由，尊魏为正统；而习凿齿的《汉晋春秋》以刘备为中山靖王后为由，尊蜀为正统。上引司马光与刘恕的讨论当发生在动笔之前。司马光显然受《春秋》的影响较深，所以刘恕提醒说："若春秋无二主，则吴、楚同诸侯也。史书非若《春秋》以一字为褒贬，而魏、晋、南北（朝）、五代之际，以势力相敌，遂分裂天下，其名分位号异乎周之于吴楚，安得强拔一国谓之正统，余皆为僭伪乎？"这段话说得很清楚，非春秋时期不可用春秋笔法。

司马光完全赞成了刘恕的观点。两人达成共识：不理会正闰之说，实事求是地记录历史，让后人去评判。这一观点明白无误地写在了《通鉴》卷六十九魏文帝黄初二年（221）三月的"臣光曰"中：

天生烝民，其势不能自治，必相与戴君以治之。苟能禁暴除害以保其生，赏善罚恶使不至于乱，斯可谓之君矣。是以三代之前，海内诸侯，何啻万国？有民人、社稷者，通谓之君。合万国而君之，立法度，班号令，而天下莫敢违者，乃谓之王。王德既衰，强大之国能帅诸侯以尊天子者，则谓之霸。故自古天下无道，诸侯力争，或旷世无王者，故亦多矣。秦焚书坑儒，汉兴，学者始推五德生、胜，以秦为闰位，在木火之间，霸而不王，于是正闰之论兴矣。及汉室颠覆，三国鼎峙，晋氏失驭，五胡云扰，（南朝）宋、（北朝）魏以降，南北分治，各有国史，互相排黜，南谓北为索虏，北谓南为岛夷。朱氏代唐（朱温建立后梁），四方幅裂，朱邪入汴，（被）比之穷（篡夏之有穷氏）、新（篡汉之王莽新朝），运历年纪，皆弃而不数，此皆私己之偏辞，非大公之通论也。臣愚诚不足以识前代之正闰，窃以为苟不能使九州合为一统，皆有天子之名而无其实者也。虽华夷仁暴，大小强弱，或时不同，要皆与古之列国无异，岂得独尊奖一国谓之正统，而其余皆为僭伪哉！若以自上相授受者为正邪，则陈氏（南朝陈国）何所受？拓跋氏（北魏）何所受？若以居中夏者为正邪，则刘（前赵主匈奴刘氏）、石（后赵主羯族石氏）、慕容（前燕主鲜卑族慕容氏）、苻（前秦主氐族苻氏）、姚（后秦主羌族姚氏）、赫连（夏主匈奴赫连氏）所得之土，皆五帝、三王之旧都也。若以有道德者为正邪，则蕞尔之国，必有令主，三代之季，岂无僻王！是以正闰之论，自古及今，未有能通其义，确然使人不可移夺者也。臣今所述，止欲叙国家之兴衰，著生民之休戚，使观者自择其善恶得失，以为劝戒，非若春秋立褒贬之法，拨乱世反诸正也。正闰之际，非所敢知，但据其功业之实而言之。周、秦、汉、晋、隋、唐，皆尝混壹九州，传祚于后，子孙虽微弱播迁，犹承祖宗之业，有绍复之望，四方与之争衡者，皆其故臣也，故全用天子之制以临之。其馀地丑德齐，莫能相壹，名号不异，本非君臣者，皆以列国之制处之，彼此钧敌，无所抑扬，庶几不诬事实，近于至公。

这段史论把正闰说批得体无完肤，公开宣布摈弃春秋笔法，申明《通鉴》对各国不论"华夷仁暴，大小强弱"都一视同仁，不分正统与僭伪。可谓破天荒，划时代！司马光在政治上极端保守，而在史学上经与刘恕切磋后，显得颇有革新精神，虽然《通鉴》与《春秋》一样以维护礼制为宗旨，但至少在正闰问题和史料取舍上是造了孔子的反。

具体落实在编书上，还有一个问题必须解决。在公元纪年未发明和未被我国采用前，各国各朝各有各的年号。纪传体史书可各国用各国的纪年，而编年体史书如果没有一个相对统一的纪年，就没法将各国的事集中到同一时间段内。这个问题怎么解决？上述"臣光曰"的最后一段说：

> 然天下离析之际，不可无岁、时、月、日以识事之先后。据汉传于魏而晋受之，晋传于（南朝）宋以至于陈而隋取之，唐传于（后）梁以至于（后）周而大宋承之，故不得不取魏、宋、齐、梁、陈、后梁、后唐、后晋、后汉、后周年号，以纪诸国之事，非尊此而卑彼，有正闰之辨也。昭烈（刘备）之汉，虽云中山靖王之后，而族属疏远，不能纪其世数名位，亦犹（南朝）宋高祖（刘裕）称（西汉）楚元王后，南唐烈祖（李昪）称（唐）吴王（李）恪后，是非难辨，故不敢以（东汉）光武（刘秀继承西汉）及（东）晋元帝（司马睿继承西晋）为比，使得绍汉氏之遗统也。

不采用蜀之纪年还有一个技术问题，就是蜀亡于公元二六三年（后汉主炎兴元年），而晋代魏在二六五年（晋武帝泰始元年），如用蜀之纪年，这中间的二六四年就挂了空挡，而用曹魏纪年就不存在这个问题。顺便交代一下，司马光在《通鉴》中采用曹魏纪年，饱受南宋以后的道学先生们的攻击，认为《春秋》是万世史宗，司马光背叛了史宗。朱熹为了复刘氏蜀汉之正统，将《资治通鉴》改编为《资治通鉴纲目》，三国时期采用蜀汉纪年。上述中间缺一年的问题咋办呢？不得不在中间加了一个孤零零的"魏元帝咸熙元年（264）"，不伦不类。

刘恕在洛阳近一年，完成了三国、两晋、南北朝的长编。熙宁十年（1077）初冬，因思念年老双亲，要回南康。临别，司马光赠以衣、袜和一条自用的狍皮褥子。刘恕反复推却不果，勉强带着上路。走到淮阳，他听到母亲去世的消息，悲痛过度，晕厥过去，醒来已是半身不遂，右半身不能动弹。他让人把司马光的赠物包好，托驿站寄还，回到南康，一边守孝，一边带病编五代的长编，自己口述，由儿子刘羲仲记录。编未竟（剩下一小部分由范祖禹完成），"病愈笃，乃束书归之局中"，元丰元年（1078）九月病逝，年仅四十七岁。司马光在《刘道原十国纪年序》[1]中叹道："以道原之耿介，其不容于人，龃龉以没固宜，天何为复病而夭之邪！此益使人痛惋悄恍而不能忘者也！"

评点帝王，描绘礼治理想

刘恕走了，司马光失去了一个最得力的助手。虽有范祖禹在身边，但凭两人之力在短时期内难以完成任务，一时也不好找人填补空缺。刘恕生前曾建议奏请将司马康为同编修，司马光没同意，因为司马康才气平平，不堪此任。现在范祖禹又提此议，司马光考虑再三，只奏请他为检阅文字（校对）。司马康熙宁三年（1070）以明经科登第，此前官为大理评事、监西京粮料院（留司后勤科长）。从元丰元年（1078）十月始，书局由司马光父子和范祖禹三人组成。

一坐到书案前，司马光顿然有一种帝师的神圣感和使命感。对历代帝王，他的视角不是像普通人那样仰视，而是史学家的俯视，行文就像老师对学生讲课一样。以史为鉴，就是打磨一面对照的镜子。应该让

---

[1]《传家集·卷六十八》。

他们从中看到什么？是首先要解决且必须贯穿始终的问题。他力排正闰说，不仅因为此说难以自圆，而且因为不利于劝谏君王。"君权神授"可用来欺骗黎民，而帝王若当了真，就会有恃无恐，荒政忽治。他要将罩在君王头上的神秘光环去掉，明明白白地告诉他们："国之治乱，尽在人君"。唐玄宗开元二年（714），太子宾客薛谦光献武则天所制《豫州鼎铭》，最后两句为："上玄降鉴，方建隆基"，妄说此乃玄宗李隆基的受命之符。宰相姚崇也上表祝贺，并请载入史册，布告中外。《通鉴》卷二百一十一在记录此事后，"臣光曰"旗帜鲜明地予以批判：

> ……采偶然之文以为符命，小臣之谄也；而宰相因而实之，是侮其君也。上诬于天，下侮其君，以明皇之明，姚崇之贤，犹不免于是，岂不惜哉！

对一些君主崇信佛道，迷信阴阳，玩弄符瑞、图谶、占卜之类的行为，《通鉴》毫无例外地持批判态度。有学者认为，唯一例外是卷一百三十写南朝宋国前废帝刘子业之死，似乎印证了因果报应。四六五年（此年宋有三个年号：废帝永光元年、八月改为景和元年、年底明帝改为泰始元年），刘子业在竹林堂让宫人裸戏，一女不从，被杀，当夜他梦见在竹林堂有女子骂他"悖虐不道"，活不到明年夏熟。次日，他把一个相貌与梦中人相似的宫女杀了，夜间又梦见被杀者说："我已诉上帝也。"天亮后，他请来巫师，巫师说竹林堂有鬼，于是，当晚他与群巫及诸妃前往竹林射鬼，未料被主衣（官名）寿寂之等人杀死，立湘东王刘彧，是为明帝。司马光看似在写因果报应，其实是在写多行不义必自毙。刘子业杀人如麻，杀得宫廷内外人人自危，寿寂之等即将被杀的人乃不得已秘密结伙反抗。

在《通鉴》中，司马光即使是对明君也坚持两分法，不吝批评其失误和缺点。唐太宗是历代公认的明君，司马光在肯定其功德的前提下，从玄武门之变就开始对他批评，不算隐于叙述中和引用他人之言论，所写"臣光曰"五条，只有一条是纯褒扬，其余三条是批评，一条是半批评半表扬。其中一条是批评唐太宗悔婚的。贞观十七年（643），太宗借故解除了与北方少数民族酋长薛延陀的婚约，群臣纷纷劝阻，他说："卿曹皆知古而不知今。昔汉初匈奴强，中国弱，故饰子女，捐金絮以饵之，得事之宜。今中国强，戎狄弱，以我徒兵一千，可击胡骑数万，薛延陀所以匍匐稽颡，唯我所欲，不敢骄慢者，以新为君长，杂姓非其种族，欲假中国之势以威服之耳……今以女妻之，彼自恃大国之婿，杂姓谁敢不服！戎狄人面兽心，一旦微不得意，必反噬为害。今吾绝其昏，杀其礼，杂姓知我弃之，不日将瓜剖之矣，卿曹第志之！"对此，"臣光曰"：

> 孔子称去食，去兵，不可去信。唐太宗审知薛延陀不可妻，则初勿许其昏可也；既许之矣，乃复恃强弃信而绝之，虽灭薛延陀，犹可羞也。王者发言出令，可不慎哉！
>
> （《通鉴·卷一百九十七》）

还有一条是批评太宗搞钓鱼执法和表扬他知错能改的：唐太宗即位当年，对官员受贿深恶痛绝，于是"密使左右试赂之，有司门令史受绢一匹，上欲杀之"，民部尚书裴矩反对说，受贿当死，但您搞钓鱼执法，设圈套陷人于不法，恐怕不是"道之以德，齐之以礼"的正道。太宗听了，欣然采纳，召五品以上官讲话，说，裴矩能当面力争，不拍马屁，如每件事都这样，还担心国家治理不好吗？"臣光曰"：

> 古人有言：君明臣直。裴矩佞于隋而忠于唐，非其性之有变也。君恶闻其过，则忠化为佞；君乐闻直言，则佞化为忠。是知君者表也，臣者景也，表动则景随也。
>
> （《通鉴·卷一百九十二》）

对农民起义，司马光虽与历代史家一样称之为"盗"、"寇"，但其描述往往相对客观。比如对唐末黄巢起义，他就没有像旧、新唐书那样一味妖魔化，在许多地方甚至用了赞赏的笔调。如写广明元年（880）九月起义军渡过淮水后，"所过不虏掠，惟取丁壮以益兵"；写起义军攻下洛阳后，"巢入城，劳问而已，闾里晏然"；写起义军入长安，"巢乘金装肩舆，其徒皆被发，约以红缯，衣锦绣，执兵以从，甲骑如流，辎重塞道，千里络绎不绝。民夹道聚观，尚让历谕之曰：'黄王起兵，本为百姓，非如李氏不爱汝曹，汝曹但安居无恐。'"如此描写，意在给统治者以警告："庚寅，黄巢杀唐宗室在长安者无遗类"；"尤憎官吏，得着皆杀之。"

司马光像一位苦口婆心的老师，孜孜不倦地在向他的帝王读者说教。在历史的天空中，他可以自由地毫无顾忌地指点江山，评点帝王，描绘他的礼治理想。

第三十四章 论道倡『中和』

元丰七年（1084）冬，《资治通鉴》这部大书终于杀青了。

神宗皇帝的嘉奖令

司马光端坐在书案前写《进书表》。自治平三年（1066）奉英宗之旨开书局，至今十九年了；书局迁到洛阳，也整整十五年了。《通鉴》的绝大部分，是在洛阳编撰的，特别是最后三年，完成了唐、五代共八十一卷，加上目录，平均每年超过四十卷，他真是拼老命了。诚如他在《进书表》中所说，"臣之精力，尽于此书"：

> 臣既无他事，得以研精积虑，穷竭所有，日力不足，继之以夜。遍阅旧史，旁采小说，简牍盈积，浩如烟海，抉摘幽隐，校计毫厘。上起战国，下终五代，凡一千三百六十二年，修成二百九十四卷；又略举事目，年经国纬，以备检寻，为目录三十卷；又参考群书，评其同异，俾归一涂，为考异三十卷；

合三百五十四卷……

重念臣违离阙廷，十有五年，虽身处在外，区区之心，朝夕寤寐，何尝不在陛下之左右！顾以驽蹇，无施而可，是以专事铅椠，用酬大恩，庶竭涓尘，少裨海岳。臣今骸骨癯瘁，目视昏近，齿牙无几，神识衰耗。目前所为，旋踵遗忘，臣之精力，尽于此书。伏望陛下宽其妄作之诛，察其愿忠之意，以清闲之宴，时赐有览，鉴前世之兴衰，考当今之得失，嘉善矜恶，取是舍非，足以懋稽古之盛德，跻无前之至治，俾四海群生，咸蒙其福，则臣虽委骨九泉，志愿永毕矣。

写毕，他顿时有一种如释重负的轻松。他令范祖禹和司马康将《通鉴》正本送往京城，呈给皇上。其副本留在洛阳，士大夫无不欲先睹为快，可司马光沮丧地说："自吾为《资治通鉴》，人多欲求观读，未终一纸，已久伸思睡，能阅之终篇者，惟王胜之耳。"① 这么大的一部书，神宗能认真地看吗？能像他所希望的那样"鉴前世之兴衰，考当今之得失"吗？

不几天从京城传来消息：宰相王珪、蔡确面见神宗，问《通鉴》如何？神宗说："贤于荀悦《汉纪》远矣。"他让宦官在每一页都盖上"睿思堂"（皇帝读书堂）之印，然后送到中书省，指示"当略降出，不可久留"，意即应迅速付梓。当时舍人王震正好在中书省，想看一下，被王珪制止，说："君无近禁脔。"禁脔本指晋元帝最喜欢的野兽脖子上的一块肉，引申义指皇帝之最爱。紧接着，快马传来了神宗的奖谕诏书：

敕司马光：修《资治通鉴》成事

史学之废久矣，纪次无法，论议不明，岂足以示惩劝，明远久哉！卿博学多闻，贯穿今古，上自晚周，下迄五代，发挥缀辑，成一家之书，褒贬去取，有所据依。省阅以还，良深

① 《宋史·王益柔传》。

嘉叹！今赐卿银绢、对衣、腰带、鞍辔马，具如别录，至可领也。故兹奖谕，想宜知悉。

冬寒，卿比平安好。遣书，指不多及。

（十一月）十五日

接过嘉奖诏书，司马光禁不住老泪纵横，十九年修书的艰辛，值了！然而，修书的功劳都算到了他一个人的头上，这让他惴惴不安。在《进书表》的最后，他没有忘记列上"检校文字承事郎臣司马康、同修奉议郎臣范祖禹、同修秘书丞臣刘恕、同修尚书屯田员外郎充集贤校理臣刘攽"四人之名，而嘉奖诏书却未曾提他们一句。刘攽离开了书局十五年了，刘恕死去已七年了，而在他最困难的时候，范祖禹跟随了他十五年，因为编书而不参加文官三年一次的例行考评，失去五次晋级的机会，却无怨无悔，不能让他再吃亏了。他拿起笔来，写出了《荐范祖禹状》[1]。状中称赞范祖禹"于士大夫间，罕遇其比，况如臣者，远所不及"。十二月三日，朝廷的敕告下来：以端明殿学士兼翰林侍读学士司马光为资政殿学士（从三品升正三品）；以奉议郎、前知龙水县范祖禹为秘书省正字（元丰改制后为从八品）。一个知县，在书局工作十五年，才升为从八品，够亏的了，但毕竟还是升了一级。最亏的是刘恕，把命都搭进去了，而人死没法升级，只能等机会照顾他的儿子了（元祐元年经司马光上表，官其子羲仲为郊社斋郎）。

史学大师的哲学尴尬

一想到死去的刘恕，司马光又来了气：若不是王安石变法，刘恕会英年早逝吗？书局会搬出京城吗？即使在他埋头编书的时候，王安石的幽灵也时常在他身边飘忽。现在《通鉴》大功告成，这个幽灵更是如

---

[1] 《传家集·卷四十五》。

鬼魔附体，非降伏就不得安宁了。在他看来，王安石的异端邪说离经叛道，却还没有被驳倒，反而成为显学。于是，他把主要精力转移到哲学上，要在认识论、方法论上与王安石一决高低。

《中和论》是他哲学思想的核心。"中者，天下之大本也；和者，天下之达道也。""大本"即根本，"达德"即道德顶峰。如此重要，那"中"到底是啥？"中者，心也，物之始也。"① "适宜为中，交泰为和"，"中"即"无过无不及"②。"《中庸》曰：'喜怒哀乐之未发谓之中，发而皆中节谓之和。'君子之心于喜怒哀乐之未发，未始不存乎中，故谓之中庸。庸，常也，以中为常也；及其既发必制之以中，则无不中节，中节则和也，是中和一物也。"③ 显然，他说的"中"，不是折中的中、中间的中，而是"中节"的中、中规中矩的中。那么，什么是"节"，又靠什么来检验呢？"礼是中和之法，仁是中和之行。"④ 转了一大圈，还是回到了礼上。孔子讲"非礼勿视，非礼勿听，非礼勿言，非礼勿动"，《中和论》是以"中"治心，更要求非礼勿思。

仅是一个"中"字的概念界定就让人莫衷一是，所以，即使是他最亲密的朋友对《中和论》也不以为然。韩维、范镇与他连篇累牍地写信争论。在洛阳的二程更是毫不客气，挖苦他"治心以中"，是"以中为念，则又为中所乱。中又何形？如何念得它？只是于名言之中，拣得一个好字。与其为中所乱，却不如与一串数珠。及与它数珠，它又不受。殊不知中之无益于治心，不如数珠之愈也"⑤。

司马光是谁？绝不会因为有批评和挖苦而改变观点。他在《与范景仁论中和书》中说："中和之道，崇深闳远，无所不周，无所不容，人从之者，如鸟兽依林；去之者，如鱼虾出水，得失在此。"但是，光讲伟大意义是不能服人的，还必须从理论上论证。他祭起了扬雄。

---

① 《太玄注·玄侧一》。
② 《四言铭系述》。
③ 《中和论》。
④ 同上。
⑤ 《二程集·河南程氏遗书·卷三》。

在他眼里，孔子的继承人是扬子而非孟子，儒学是孔扬之学，而非孔孟之学。他三十二岁时作《乞印行〈荀子〉、〈扬子法言〉状》，到洛阳后著《法言集注》《集注太玄经》，都是崇扬之作。现在，他要模仿扬雄的《太玄》，写一部《潜虚》，试图从认识论和方法论上回答"中""无所不周，无所不容"的问题。然而，程颐却当头给他泼了一瓢冷水：扬雄背汉而仕王莽，气节全无，其言岂可信耶？这让司马光非常恼火，王安石尊孟贬扬，你们也跟他一样吗？的确，在道统上，二程和王安石都将孟子视为孔子的继承人。对此，司马光特别写了《疑孟》，从《孟子》中挑出十二条来质疑，其实是批判。而对扬子，岂可因人废言？他一头扎进《太玄》之中，终于从中找到了万物从起源到灭亡的路线图，认为万物皆生于"虚"，最后又归于"虚"，以此构成天道与人道：

> 万物皆祖于虚，虚生气，气以成体，体以受性，性以辨名，名以立行，行以俟命。故虚者物之府也，气者生之户也，体者质之具也，性者神之赋也，名者事之分也，行者人之务也，命者时之遇也。（天道）
>
> 人之生本于虚，（虚）然后形，形然后性，性然后动，动然后情，情然后事，事然后德，德然后家，家然后国，国然后政，政然后功，功然后业，业终则反于虚矣。（人道）

拨开"虚"、"气"等概念的神秘面纱，即可发现其要害在于"性者神之赋"以下，因神赋之"性"是不平等的，所以名分就不平等，因名分不平等，所从事的工作就不平等，你必须安分守己，干你的名分所规定的事。

为了形象地阐述其理论，他模仿《太玄》的象数学，参以易经，"推天道以明人事"。按照虚－气－体－性－名－行－命的路线图，分别勾勒出气图、体图、性图、名图、行图、命图。且看其中的体图：他把人分为十"象"，从第一等到第十等分别为王、公、岳、牧、率、侯、卿、大夫、士、庶人，排成一个金字塔式的人的等级图，略为：

```
              王
          公┄┄公
         岳┄┄┄┄岳
        牧┄┄┄┄┄┄牧
       率┄┄┄┄┄┄┄┄率
      侯┄┄┄┄┄┄┄┄┄┄侯
     卿┄┄┄┄┄┄┄┄┄┄┄┄卿
    大夫┄┄┄┄┄┄┄┄┄┄┄┄大夫
   士┄┄┄┄┄┄┄┄┄┄┄┄┄┄┄士
  庶人┄┄┄┄┄┄┄┄┄┄┄┄┄┄庶人
```

如此将人分成十象后，"生数"（一至五）与"成数"（六至十）的自然之和等于五十五，正好符合"天地之数"（据《河图》，天地阴阳奇偶数之和）。于是乎，礼，即人的等级制便有了天命的根据。他兴奋地写道：

一以治万，少以制众，其为纲纪乎！纲纪立而治具成矣。心使身，身使臂，臂使指，指操万物；或者不为之使，则治道病矣。

礼既是天命，你就得认命，"各正性命"，各安其分，否则就会遭"天灾"、"人殃"：

违天之命者，天得而刑之；顺天之命者，天得而赏之。或曰：何谓违天之命？曰：天使汝穷，而汝强通之；天使汝愚，而汝强智之。若是者，必得天刑。

（《传家集·卷七十四·士则》）

人之刑赏，刑赏其身；天之刑赏，刑赏其神。故天之所赏者，其神间静而佚乐，以考终其命；天之所刑者，其神劳苦而愁困，以夭折其生……智愚勇怯，贵贱贫富，天之分也；君明臣忠，父慈子孝，人之分也。僭天之分，必有天灾；失人之分，必有人殃。

（《传家集・卷七十四・士则》）

这样一来，天不仅成了礼治的根据，而且成了监督礼治、实施赏罚的神灵。宋史泰斗漆侠先生说：

> 司马光对天的认识路线就是沿着董仲舒的路线发展的，而且比董仲舒还董仲舒！司马光和董仲舒所论述的"天"，都是有人格、有意志的，亦都能够给人们以生杀予夺，祸福刑赏，具有至高无上的权威。但司马光和董仲舒所论述的"天"，却又有所不同。董仲舒的"天"，还有告诉人君，使其不敢过分胡作非为，让民众活下去的一面，多少还有点积极意义。而司马光的"天"，不仅没有这一点，而且只有吓唬老百姓的一面了。称司马光的天命论比董仲舒还董仲舒，道理即在于此。[1]

有人说，不对！司马光不是食古不化的老顽固，而是赞成改革的。诚然，他曾经赞成扬子"前人所为，是则因之，否则变之，无常道"[2]的观点，也曾说过"圣人守道不守法"的话，认为"法久必弊，为民厌倦"，应"通其变，使民不倦"[3]。但是，他主张改革的话讲在嘉祐年间，"方庆历、嘉祐，世之名士常患法之不变也"（陈亮语），"盖那时也是合变时节"（朱熹语）。而当改革真的开始后，他完全站在了对立面，且愈到晚年反改革的立场愈坚定，理论旗帜更鲜明：

---

① 《宋学的发展和演变》第335页。
② 《问道篇》。
③ 《易说・卷六》。

古之天地有以异于今乎？古之万物有以异于今乎？古之性
情有以异于今乎？天地不易也，日月无变也，万物自若也，性
情如故也，道何为而独变哉？

子之于道也，将厌常而好新，譬夫之楚者，不之南而之
北；之齐者，不之东而之西。信可谓殊于众人矣，得无所适，
失其所求，愈勤而愈远邪！

（《传家集·卷七十四·辩庸》）

从赞成"无常道"到"道何为而独变哉？"，从"守道不守法"到
认为事之于道，厌常好新是南辕北辙，他回到了"天不变道亦不变"上。

为小人物和猫立传

司马光的《通鉴》是帝王将相史，可他在晚年却热衷于为小人物甚
至给猫立传。奇怪吗？一点不。他是要树立小人物"各正性命"的"典
型"，以服务于正纲纪、齐风俗、行礼治的理想。

夏县有个助教名刘太，其父去世，司马光和兄长一起送其一千钱
（一串），写信说，"今物虽薄，欲人之可继也"。当时红白喜事大讲排
场，有的人对父母的丧事办得很奢华，却违背守孝的戒律，大吃大喝。
刘太守孝三年，不饮酒，不吃荤，严守戒律。刘太希望把司马光写给他
的信刻石，以广流传，"使民间皆去弊俗而入于礼"，司马光没同意，而
为刘太等五个夏县贤人合作一传，希望刘太刻石以传后世，"庶几使为
善者不以隐蔽而自懈焉"。

另四人，一为刘太之弟刘永一，在洪水淹了夏县城时，他拿一根竹
竿站在门口，凡有他人之物漂来即挑出去；有和尚存钱数万于其家，不
久和尚自经身亡，他马上到县衙说明，把钱还给了寺院；有人借了他的
钱不还，他烧毁借条以愧其心。一为周文粲，兄为酒鬼，靠其养活，醉
后便对他拳脚相加，邻居愤愤不平，欲告官，他却矢口否认，还要求邻

里不可挑拨他们的兄弟关系。一为苏庆文，对继母像生母一样孝顺。对妻子说，你若敢对继母不孝，我就休了你。继母无子，年轻守寡，他养老送终，为人所赞。一为台亨，是位著名画工，曾被征调去开封修景灵宫，竣工时被评为技艺第一，朝廷拟授他官职，留京师供职，他以父老需奉养为由坚辞，回乡。

这就是司马光在家乡抓的五个"典型"。此外他还写了《张行婆传》[①]。张氏是山东人，父亲是虎翼军校，幼年被继母卖到尚书左丞范家，改名菊花。继母谎称失踪，父亲痛失女儿，哭瞎了一只眼，丢了差事。菊花渐大，范家嫁女，把她作为陪嫁丫环，随小姐到了三班借职金士则家。一个偶然的机会，父女在范家相见，方知女儿是为继母所卖，火冒千丈，欲殴打继母。张氏拦着父亲，说："儿非母不得入贵人家，母乃有德于儿，又何怨焉？今赖天之力，得复见父，若儿归而母逐，儿何安焉？"于是不再追究继母之罪。不久父死，张氏奉养继母如己母，继母腿病，她背负以行，直至送终。此后她嫁给了乡亲王佑，生一子二女，王佑早逝，她将子女抚养成人，娶了媳妇嫁了人，正要过好日子时，她却对儿子说，我一向信佛，现在你们都已成家立业，我要把乡里的废庙重建，出家去了。乡人听说后纷纷出资，新庙建成。她不忘旧主之恩，先到金士则家看望范氏，再步行数千里来夏县看望金士则之妹。金妹乃司马光之嫂，将其安置在院门旁的一间小屋子里。她每天只吃一顿素食，帮主人喂猴、犬，给仆人家的孩子梳头洗澡，缝补衣衫。猴、犬在她离去后，竟数日悲鸣不食。司马光曾与之对话，谈到她不远数千里来夏县的原因，她说："吾故时主家，不可忘也。"司马光在此传最后叹曰："呜呼！世之服儒衣冠读诗书以君子自名者，其忠孝廉让能如张氏者几希，岂得以其微贱而忽之耶！闻其风者，能无怍乎？"

这段话点出了他为张行婆作传的目的，希望读书人像她那样忠孝廉让，即使被继母卖掉了还要心存感激还要为之尽孝。这在今天看来是荒谬的，但在司马光眼里，这就叫"各正性命"，是凌驾于法律之上的。

---

① 《传家集·卷七十二》。

然而，社会风俗并没有因为他树道德"典型"而改变，他甚至觉得，人不如他家的猫了，于是写了《猫虪传》①。虪，意为黑虎，是他在独乐园养的一群猫中的一只母猫之名。每次喂食，虪总是等别的猫吃完后再吃，如有其他猫返回，它再让开。有母猫产崽太多，奶头不够，虪就主动把没有奶吃的猫崽衔来自己窝里喂奶，结果好心遭到恶报，别的母猫以为它要霸占自己的子女，将虪的幼崽吃了，而主人又误以为是虪自己吃了。按《白泽图》的说法，畜食幼崽，不祥。所以便把虪抓起来，送到一座庙里。谁知虪在庙里不吃不喝，眼看就要饿死，和尚只好又将它送回。虪对同类处处忍让，而在抵抗异类侵犯时十分勇敢。有只狗来叼猫崽，它与狗搏斗，保住了幼崽却身负重伤。虪从此日渐衰弱，直到死去。司马光念其忠恕，葬之于独乐园。此篇的附传传主也是一只猫，名叫山宾，是他早年通判郓州时所养。山宾护家勇敢，只因弄脏了司马光的书，便将其装入布袋送人。谁知它恋旧主，跑了回来，如此反复多次，最后跑回时，浑身都是绳索捆过的伤痕，司马光甚是怜悯，欲要留下，可已答应送人，不可失信，只好又装入布袋送走。此后，他再没有见到山宾，不知它是死是活了。啥意思？赞美它忠于主子？还是说要"各正性命"？

除了给小人物和猫立传，司马光还现身说法。他有次牙痛，通宵不眠，呻吟之声，达于四邻。一过路道士闻之，对他说："病来自天，天且取子之齿以食食骨之虫，而子拒之，以违天也。夫天者，子之所受命也。若之何拒之？其必与之。"司马光听了他的话，一觉醒来，不治而痛止②。而另一次他手被蚕蜇，疼痛难忍，祝师要他藐视蚕毒，果然不疼了。问其原因，祝师说："蚕不汝毒也，汝自召之。余不汝攘也，汝自攘之。夫召与攘皆非我术所能及也，子自为之也。"对此，司马光感叹道："嘻！利害忧乐之毒人也，岂止蚕尾而已哉？人自召之，人自攘之，亦若是而已矣！"③这两段记载在科学上匪夷所思，他似乎也无意

① 《传家集·卷七十二》。
② 《迂书·嬲齿》。
③ 《迂书·蚕祝》

宣扬道人法力，到底想说什么？联系他在《潜虚》中相关论述，原来如此：前者讲的是要"各安性命"，逆来顺受，自然平安；后者讲的是若有利欲之心，不安性命，就会自招蛊毒。

司马光每回夏县家乡，夏县令便请他于县学讲学。讲台上摆着一个签筒，里面装着一支支签，签上分别写着学生姓名。宣讲之后，他随手抽出一支签，让被抽中者讲学习心得，颇有启发式教育的味道。据宋人马永卿笔记《懒真子》记载：有次讲学后回家，到鸣条岗祖坟祭扫，未料有五六个农民在墓旁的余庆寺等他。他们提着用瓦罐装着的菜汤和小米饭，请他吃饭。司马光吃得很香，自称"如享太牢（皇帝祭祀用的最高规格宴席）"。吃罢，农民说，先生在县讲学，我等无缘听讲，能否也给我们讲一讲。司马光欣然应允，拿出笔墨纸砚，写下《孝经·庶人章》：

用天之道，分地之利，谨身节用，以养父母，此庶人之孝也。

《孝经》按照礼制等级，分别论述天子、诸侯、卿大夫、士和庶人之孝，等级不同，要求迥异。如对卿大夫的要求是"非先王之法服不敢服，非先王之法言不敢言，非先王之德行不敢行"，附诗曰："夙夜匪懈，以事一人。"对最底层的农民，只能讲庶人之孝，司马光这堂课上得很有针对性。讲罢，一农民突然提问："《孝经》从《天子章》开始，每章下都有毛诗二句，为什么唯独《庶人章》没有？"这一下，司马光卡了壳。他是《孝经》权威，古本《孝经》的考订者。过去，王安石在皇帝的经筵上质疑《孝经》，现在一个乡巴佬，最底层的庶人竟然也来质疑。这让他大感意外，少许沉默后，他老老实实地回答说："吾平生虑不及此。"农民大笑而去，提问者逢人便炫耀："我难倒了司马端明。"

这是他第一次也是最后一次给农民讲学，满腔热情换来的却是烦恼。与其自寻烦恼，不若独善其身。司马光看着孙子在庭前跑来跑去，口占一绝：

我昔垂髫今白发，中间万事水东流。此心争得还如是，戏
走阶前不识愁。

（《传家集·卷十二·观孙儿戏感怀》）

他多想回到"戏走阶前不识愁"的童年啊！童年他是回不去了，但
他"独善其身"的日子即将结束，"兼济天下"的时候就要回来了。元
丰八年（1085）三月初七，年仅三十八岁的神宗驾崩了！转变来得如此
之快，以至他的《潜虚》还没有来得及最后完成。

第三十五章

一朝权在手

元丰八年（1085）三月初七日，神宗驾崩。

在金陵，王安石作诗哭悼："老臣他日泪，湖海想遗衣"，赞美神宗"一变前无古，三登岁有秋"。

在洛阳，司马光在独乐园设了灵堂，行国祭之香。朝廷没有通知外地官员进京奔丧，去不去？在洛阳的三品以上官员先后启程了，而司马光还在观望。程颢着急了，催促说，太子（赵煦，哲宗）登极了，太皇太后（高氏，史称宣仁，以下称高太后）垂帘听政，不能再犹豫了。而司马光仍然不急不忙。作为保守派的旗手，他树大招风；作为历史学家，他见了太多的皇权交替中的血腥。他渴望被重新起用，把王安石的新法彻底翻个底朝天。他也明白，高太后一直反对新法，但一个老太太和一个虚十岁的孩子能稳住朝政吗？时任执政大臣八人：首相（尚书左仆射兼门下侍郎）王珪太圆滑，人称"三旨宰相"：向皇帝请示曰"请旨"，听到指示后曰"领旨"，布置工作曰"奉旨"，所以居执政十五年不倒；其余皆为新法派人物，次相（右仆射）蔡确、知枢密院事章惇、尚书左丞韩缜被保守派称作"三奸"。他们能不兴风作浪吗？直到神宗逝世后十天，程颢又来劝他说，告病的孙固、韩维昨天都已赴京，你该动身了。正劝着，有人送来了儿子司马康从东京捎来的信，信上说，高太后曾问首相王珪：司马光来否？王珪答：未见。又问：众臣皆来，司马光为何不来？看罢此信，他对程颢说："准备出发！"

"子改父道"与"母改子政"

三月十七日，司马光和程颢骑马赴京。马至城门，守卫禁军以手加额，说"此司马相公也"。消息传开，引来沿途民众聚观，以至马不得行，有人高声对他喊道："公无归洛，留相天子，活百姓。"王安石曾说，"始终言新法不可行者，司马光也"。因此，对他的到来，保守派宛如盼来了太阳。"及谒时相于私第，市人登树骑屋窥之，隶卒或止之，曰：'吾非望而（尔）君，愿一识司马公耳。'至于呵斥不退，而屋瓦为之碎，树枝为之折。"这段记录不见于正史，出自王明清的笔记《挥麈后录》，清人顾栋高编《司马光年谱》时归入遗事卷内，因其生动，后人屡有引用。但此记录语焉不详，时相有两个，首相王珪，次相蔡确，究竟是其中哪一家？宋朝等级森严，老百姓爬到相府的屋子上，敢吗？王明清是南宋人，距司马光进京已隔百年。不论此事真假，但保守派盼望司马光出山的情绪弥漫于京城应是真的。这种情绪太强烈了，让司马光感到害怕。小皇帝和高太后无暇一一接见外来吊丧的臣僚，令不必面辞，司马光便不告而辞了。他刚一走，高太后责问宰相：为什么匆匆放行？高太后于是派宦官梁惟简追到洛阳，二十二日，在独乐园向他宣读谕旨："毋惜奏章，赞予不逮。"

司马光这才心里有了底，看来彻底否定王安石新法的时候真的到来了！在次日所上的《谢宣谕表》[①]中，他赞扬高太后"听政之初，首开言路"，是"宗庙社稷之灵，四海群生之福"。三十日，他上《乞开言路

---

① 《传家集·卷十七》。

劄子》①，其中说：

> 臣愚以为，今日所宜先者，莫若明下诏书，广开言路，不以有官无官之人，应有知朝廷阙失及民间疾苦者，并许进实封状（用信袋封好的状子），尽情极言。仍颁下诸路州军，于所在要闹处，出榜晓示，在京则于鼓院、检院投下，委主判官画时进入，在外则于州军投下，委长吏即日附递奏闻。皆不得取责副本，强有抑退。其百姓无产业人，虑有奸诈，则责保知在，奏取指挥，放令逐便。然后陛下于听政之暇，略赐省览。其义理精当者，即施行其言，而显擢其人。其次取其所长，舍其所短。其狂愚鄙陋，无可采取者，报闻罢去，亦不加罪。如此则嘉言日进，群情无隐，陛下虽身居九重，四海之事如指诸掌。举措施为，惟陛下所欲。

这个劄子讲得冠冕堂皇，却露出一处破绽：对无产业之人，"虑有奸诈"，得有人作保，经过批准，才准发言。神宗曾说，王安石"更张法制，与士大夫诚多不便，然于百姓何所不便？"现在限制穷人发言，啥意思？

看了司马光的劄子，高太后撇开政府，于四月十一日直接下诏曰："先皇帝（神宗）临御十有九年，建立政事，以泽天下，而有司奉行失当，几于繁扰，或苟且文具，不能布宣实惠。其申谕中外，协心奉令，以称先帝惠安元元之意。"这份诏书意在将神宗与新法撇开，让臣僚大胆向新法宣战。司马光带头响应，上《乞去新法之病民伤国者疏》。疏中对王安石变法的攻击，无非是老调重弹，并无新意，要害是提出了一个比王安石的"祖宗不足法"更具爆炸性的观点。哲宗刚登极，就废除父皇的新法，遂有"子改父道"之讥，司马光驳斥说，这不是"子改父道"，而是"母改子政"：

---

① 《传家集·卷四十六》。

议者必曰:"孔子称:'孟庄子之孝,其他可能也,其不改父之臣与父之政,是难能也。'又曰:'三年无改于父之道,可谓孝矣。'彼谓无害于民、无损于国者,不必以己意遽改耳。必若病民伤国,岂可坐视而不改哉?……况今军国之事,太皇太后陛下权同行处分,是乃母改子之政,非子改父之道也,何惮而不为哉?

"母改子政",好极了!现实意义太强了!高太后如获至宝,保守派欢呼雀跃。

司马光为废除新法扫除了礼法障碍,但"母改子政"的观点一旦成立,太后专政甚至擅行废立直至当女皇都有了理论根据。且不说汉之吕后、唐之武则天,仅说北宋,先后有仁宗登极时的刘太后听政,英宗登极时的曹太后听政,最后她们都是在宰臣的迫使下撤帘归政的。现在有了"母改子政"的理论,高太后撤帘将遥遥无期(事实上她一直垂帘到死)。高太后庆幸找到了心腹之臣,急于与司马光相见。此前的四月十六日,她令司马光知陈州(今河南省淮阳县)。他未去上任,在洛阳不停地上奏,先后有《乞罢保甲状》《乞罢免役钱状》《乞罢将官状》等,加起来洋洋万言。高太后派人宣谕,要他赴任经京时,上朝觐见,派出催促的使者道路相望,一拨接一拨。

五月二十三日,司马光到京。随着这位保守派旗手的回朝,对王安石变法的反攻倒算开始了。

从广开言路到舆论一律

高太后召见司马光究竟谈了些什么,史书无载,大概是给他看了中书省拟定的关于广开言路的诏书。这份诏书五月五日就颁布了,因只颁之于朝堂,司马光在洛阳没有看到。诏曰:

盖闻为治之要，纳谏为先，朕思闻谠言，虚己以听。凡内外之臣，有能以正论启沃者，岂特受之而已，固且不爱高爵厚禄，以奖其忠。设其言不得于理，不切于事，虽拂心逆耳，亦将欣然容之，无所拒也。若乃阴有所怀，犯其非分，或扇摇机事之重，或迎合已行之令，上则观望朝廷之意以傲倖希进，下则炫惑流俗之情以干取虚誉，审出于此而不惩艾，必能乱俗害治。然则黜罚之行，是亦不得已也。顾以即政之初，恐群臣未能遍晓，凡列位之士，宜悉此心，务自竭尽，朝政阙失，当悉献所闻，以辅不逮。宜令御史台出榜朝堂。

（《长编·卷三五六·元丰八年五月乙未》）

一看此诏，司马光马上怒形于色，说：这分明是划禁区，不让人说话！他问高太后，臣之《乞开言路状》，陛下看了吗？太后说，看过了。他上此状，是由于两名官员因建言而受了处罚。太府少卿宋彭年上书建议在京师并置三衙管军臣僚。水部员外郎王谔上言依保马法所定原数，核定每年合买（官府向养马户买马）数额，同时建议在太学设《春秋》博士，开课施教。次相蔡确以"非其本职而言"为由，各罚铜三十斤。司马光在状中说："臣忽闻之，怅然失图，愤邑无已。""臣恐中外闻之，忠臣解体，直士挫气。"他请求广开言路的目的，是要广言新法之害，如果规定不得"非其本职而言"，不要说达不到对新法群起而攻之的效果，而且实际上剥夺了保守派的发言权，因为推行新法是变法派的本职，而非保守派的本职。对号入座，司马光已受命知陈州，他乞罢新法的奏疏也属于越职言事了，"若亦不得言，则无所复用于圣世矣。上辜太皇太后陛下下问之意，下负微臣平生愿忠之心，内自痛悼，死不瞑目！"现在，司马光当面向高太后谈了自己看法，下来后又上《乞改求谏诏书劄子》①，指出：

① 《传家集·卷四十七》。

其所言或于群臣有所褒贬，则可以谓之阴有所怀。本职之外微有所涉，则可以谓之犯非其分。陈国家安危大计，则可以谓之扇摇机事之重。或与朝旨暗合，则可以谓之迎合已行之令。言新法之不便当改，则可以谓之观望朝廷之意，言民间之愁苦可闵，则可以谓之炫惑流俗之情。然则天下之事，无复可言者矣。是诏书始于求谏，而终于拒谏也。

高太后完全同意司马光的意见，但没有当即修改诏书。神宗的丧事未完，而负责此事的山陵使、首相王珪突然病故，按例得由新首相接替，一时又不便大动执政班子，于是提升尚书右仆射（次相）蔡确为左仆射（首相），充山陵使，提升门下侍郎（副相）韩绛为尚书右仆射，令司马光为门下侍郎。他当晚接到告敕，次日上《辞门下侍郎劄子》，同时上《请更张新法劄子》。见高太后没反应，隔天又上《辞门下侍郎第二劄子》，向高太后摊牌："未审圣意以臣前后所言，果为何如？若稍有可采，乞特出神断，力赐施行，则臣可以策励疲驽，少佐万一。若皆无可采，则是臣狂愚无识，不知为政，岂可以污高位，尸重任，使朝廷获旷官之讥，微臣受窃位之责？"①听我的我就上任，否则我就不干。他渴望废除新法的心情太迫切了，真有点"不知为政"了，新法施行了十五六年，就凭你的几个奏疏，说废就能废了？舆论准备，组织准备，是需要时间的。提升你当副相，不就是准备工作之一吗？这一点，刚刚被任命为宗正寺丞的程颢比他清楚，反问他：太皇太后正要更张新法，是你请辞的时候吗？其实他也知道，高太后正苦于无人可用，不可能准其辞职。果然，高太后当夜就派宦官梁惟简给他送来手诏："赐卿手诏，深体予怀，更不多免。嗣君年德未高，吾将同处万务，所赖方正之士，赞佐邦国，想宜知悉，再宣谕……除卿门下侍郎，切要与卿商量军国政事。早来所奏，备悉卿意，再降诏开言路，俟卿供职施行。"司马光不

① 《传家集·卷四十七》。

再请辞，高太后履行诺言，于六月二十五日重颁求谏诏书，内容几乎是司马光《乞开言路劄子》的复写。

　　这件事再次典型地体现了司马光的性格：听我的就干，不听我的就"拜"。作为学者这不算啥毛病，但作为执政大臣，这却是致命的弱点。从当副相开始，他政治上的高峰期到来了，而作为政治家的悲剧也开演了。他的好友、道学先生程颢一直盼望被起用，可刚任宗正寺丞不久就病故了。他临终前说："新法之行，乃吾党激成之……吾党与安石等分其罪也。"① 可惜，这话司马光一点没听进去。与王安石斗，过去是你活我死，现在要你死我活，彻底翻天。

　　六月，高太后先后召韩维、吕公著进京入对，令韩维留经筵兼侍读，吕公著为尚书左丞。当年的"嘉祐四友"，除王安石外，又聚到了京城。吕公著向高太后推荐了六名人才：孙觉、范纯仁、李常、刘挚、苏辙、王岩叟。司马光一下推荐二十名，其中刘挚、范纯仁、范祖禹等六人，他自称为熟人，是"内举不避亲"；另吕大防、李常、苏轼、苏辙、王岩叟、朱光庭等十四人，他自称不熟，因"众所推伏"故"不敢隐蔽"。他俩都再三强调，台谏须用此等正人。他们都是因反变法而被贬出朝廷的，现在该请他们"复辟"了。

　　最先被起用的是孙觉，被任命为谏议大夫，接着刘挚、王岩叟分别被任命为侍御史和监察御史。但接下来的任命遇到了麻烦。有一天，高太后拿出一份台谏官拟任名单，内有范纯仁、范祖禹、苏辙、朱光庭、唐淑问五人，召三省和枢密院共议。高太后问："此五人如何？"司马光答："协众议。"而知枢密院事章惇说："按照惯例，谏官须经两制（翰林学士、知制诰）以上推举，然后由执政大臣进拟，现在名单从宫中出来，臣不知陛下从何知之，莫非是身边人推荐的？此门不可随便开启。"高太后说："他们都是大臣推荐的，非我左右人所荐。"章惇说："大臣当明举，何以密荐？"于是吕公著讲范祖禹是自己的女婿，韩缜、司马光讲与范纯仁是亲戚。章惇说："台谏是纠察执政的。按规定，执政大臣

------

① 《长编·卷三百五十七·元丰八年六月丁丑》。

接受任命后，他的亲戚以及他所举荐的台谏官都要改任其他官职。现在皇帝幼冲，太皇太后同听万机，应当遵循故事，不可违背祖宗法度。"章惇固然是成心找茬，但司马光等人也确实违反了任免规定。

司马光的回答再次显示了他的行事风格，说："纯仁、祖禹做谏官，诚协众望，不可因我而妨碍贤人提升，我愿辞职。"他大概忘了，熙宁三年（1070）王安石让谢景温当侍御史，因为他与王安石之弟王安国是姻亲，保守派可没少弹劾。现在，御前会议一下冷了场。章惇阴阳怪气地说："我相信你们不会有私心，但万一哪天奸臣执政，援引为例，引亲戚和所举荐者当谏官，闭塞聪明，恐非国家之福。纯仁、祖禹应任他官，仍令两制以上推举。"高太后不好办，最后其他三人得以任命，范纯仁和范祖禹改任他职。

这是司马光任执政后第一次碰钉子。虽然没有完全如他所愿，但他已经完全控制了台谏。刘挚、王岩叟、朱光庭、苏辙等人都是他的"炮手"，从元丰八年（1085）十月到元祐元年（1086）底的宋史，几乎成了他们的奏疏集。这些奏疏可谓舆论一律，一律要废新法。

"四害不除，吾死不瞑目"

高太后重新颁布求谏诏书，但诏书颁布了一个多月，却未见高太后批出一件。老太婆太忙了，看不过来。司马光想起神宗登基之初，也曾让臣民上封章，委托他与张方平先详定，然后择要用黄纸签出，报告皇上。择什么？报什么？太重要了。于是，他请求按神宗故事，委详定官先看。好！这事就交给你了。八月底，司马光挑选了农民诉苦状一百五十件，择要用黄纸呈上，相当于"舆情摘要"。随之上了一份"按语"式的奏疏，说："聚敛之臣，于租税之外，巧取百端，以邀功赏。青苗则强散重敛，给陈纳新，免役则刻剥穷民，收养浮食，保甲则劳于非业之作，保马则困于无益之费，可不念哉！"十分明显，他是要借舆情来废新法。

司马光造足了舆论，可朝廷在废除新法上仍然犹犹豫豫。自元丰八年（1085）六月司马光任副相至当年底，名义上废除了保甲法、保马法、方田法，其实真正废了的只有方田法。据北宋《治平录》（即《会计录》），全国"不出税赋的田亩有十分之七"，方田法仿井田制丈量土地，以防瞒产逃税，遭到官僚地主的一致反对，所以方田法说废就废了，而保马法废出了麻烦，保甲法说废未废。

保马法的马是指军马，乃一项无奈之举。宋在神宗前是监牧养马，全国有监牧十四处，但从熙宁二年至五年（1069—1072），每年出马一千六百四十四，可供骑兵者不到三百匹。王安石于是实行保马法，改监牧养马为"养马于民"。富民愿意养马者听便（户马）；三等户以上十户为一保，养一马（保马）；三等以下户十户为一社（社马），官供马驹并补贴部分养马费用，到时按价收购。马死，保马由保主赔偿，社马由养马人和社各赔一半。司马光废保马法，复监牧养马，可全国仅剩沙苑（陕西大荔县西南）一监，其他养马场已变成耕地，保马一下收回，往哪儿放？马驹在长途转移中死了一半。

保甲法简单点说，就是乡村之主户，每十户编为一保，五保（五十户）编为一大保，十大保（五百户）编为一都保，保长由有财力有威望者担任。主、客户二丁出一为保丁，官给兵器，并配教官，每五日集中训练一次。保甲法是与将兵法配套的，将兵法精干军队，保甲法寓兵于民，平时维护地方治安，战时配合官军作战。据熙宁九年（1076）的统计，全国有保甲民兵六百九十三万，加上边疆区的义勇民兵，共七百一十八万。保甲、保马两法确实有毛病，应当改。司马光则认为有百害而无一利：耽误农事，骚扰百姓，盘剥农民，"犒设赏赉，靡费金帛，以巨万计"。他最担心的是"保甲中往往有自为盗者，亦有乘保马行劫者"，若遇大灾之年，"武艺成就之人，所在蜂起以应之，其为国家之患，可胜言哉！"保甲法"夺其衣食，使无以为生，是驱民为盗也；使比屋习战，劝以官赏，是教民为盗也；又撤去捕盗之人，是纵民为盗也"。[①]盗、

---

① 《传家集·卷四六·乞罢保甲状》。

寇，是封建统治者对农民起义的称呼。应该说，他的批评有合理因素，但更多的是对农民习武的恐惧。保甲、保马归枢密院主管，而知枢密院事是章惇，他自然不愿彻底否定，只令开封府界和三路保甲由五日一训改为每月训练三日。司马光没有达到目的，又上《乞罢保甲劄子》，要求彻底废除。对此，保守派中的许多人也不赞成。吕公著说："保甲之法，止令就冬月农隙教习，仍只委本路监司提按，既不至妨农害民，则众庶稍得安业，无转为盗贼之患。"① 韩维、范纯仁也持此论。于是，章惇抢先一步，颁布了保甲于农隙教练一月的诏令。这让司马光大为不满（保甲法元祐五年（1090）才真正废除，司马光已逝世四年），他更加迫切地感到，要彻底废除新法，必须将执政中的新党人物清除出去，换上自己人。

说起自己人，与他关系最密切的是范镇。他给范镇写信说："闲居十五年，本欲更求一散官，守候七十，再如礼致事（仕）。""况数年以来，昏忘特甚，……故事多所遗忘，新法固皆面墙，朝中士大夫百人中，所识不过三四，如一黄叶在烈风中，几何其不危坠也？"② 他发出了"黄叶烈风"之叹，请范镇出山，范镇却谢绝了他的召唤，说："六十三岁求去，盖以引年；七十九岁复来，岂云中礼？"宋朝官员七十岁退休，七十九岁复出，怎么能说符合规定？在神宗下葬时，蔡京见到范镇，说："上将起公矣。"他说："某以论新法得罪先帝，一旦先帝弃天下，其可因以为利乎？"③ 范镇不来帮他，在洛阳与他为伍的文彦博也指望不上。在朝廷给他加官晋爵时，他以辞两镇节度使为交换条件，给三个儿子升了官，且要求增加食邑。人各有志啊！

司马光的确已是一片"黄叶"，六十七岁，瘦骨嶙峋，齿牙全无，记忆衰退，说话结巴，大约还有糖尿病，因其诱发的脚病已使他举步维艰。他应该颐养天年了，应该心平气和了。然而，愈是感到时日无多，他对新法的仇恨烈火却愈烧愈旺，他要毕其功于一役，痛痛快快地"翻

---

① 《长编·卷三百五十七·元丰八年六月戊子》。
② 《传家集·卷六十·与范尧夫经略龙图第二书》。
③ 《邵氏闻见录》。

烧饼"。可惜"黄叶"有意,而"烈风"无情。新年到,改年号,曰"元祐"。"元"代表推行新法的神宗之元丰年,"祐"代表奉行旧法的仁宗之嘉祐年,一看就是两党角力的折中。司马光只要嘉祐而不要元丰,指挥台谏向新党人物蔡确、章惇、韩缜发起了猛烈进攻。在这个节骨眼上,他病情加重了。元祐元年(1086)正月十四日,高太后下诏:司马光、吕公著于朝会时与朝臣异班,两拜即可(应四拜),不必"舞蹈"。司马光上《谢起居减拜表》[①]说,从去年开始他就经常生病,入冬后饮食减少,今春顿感精力衰退,拜起极为艰难,几乎不能朝见。见减拜诏书,"欲辞则实所不支,欲受则自知非分,趑趄心悸,战兢汗流"。但他没说辞职,而表示"期于竭忠,不敢爱死"。可他朝见时一拜也做不到了,二十一日正式请病假。想到青苗、免役、将官三法还未动,对西夏战和之议未定,叹曰:"四害未除,吾死不瞑目矣!"

---

① 《传家集·卷十七》。

第三十六章　舍命废新法

　　害怕自己一病不起，司马光给吕公著写了一张便条："晦叔（公著字）自结发志学，仕而行之，端方忠厚，天下仰服，垂老乃得秉国政，平生所蕴，不施于今日，将何俟乎？"接着笔锋一转："比日以来，物议颇讥晦叔谨默太过，此际复不廷争，事有蹉跌，即入彼朋矣。"最后说："光自病以来，悉以身付医，家事付（司马）康，惟国事未有所付，今日属于晦叔矣。"①

　　这封信颇似临终嘱托，批评吕公著"谨默太过"，告诫他再不奋起，就会与新党同流合污。吕公著出身于宰相世家，伯祖吕蒙正、父亲吕夷简都是名相。对废除新法的态度，司马光是要赶快"翻烧饼"，而吕公著认为，"更张之际，当须有术，不在仓促"，青苗但罢"抑勒之患"，免役"当少取宽剩之数"……

　　司马光急，越急越病，越病越急，给吕公著写信后，又给执政同僚致《三省咨目》，交代了六件事，第一件就是废免役法，否则，"恐成万世膏肓之患"。

_____

① 《长编·卷三百六十四·元祐元年正月丁巳》。

匆匆废免役，蔡京抢"头彩"

免役是相对差役而言。简言之，差役是让农民无偿服役，免役是按田亩或财产出钱，雇人服役。关于两法的区别和司马光的态度，前已述。他此次出山前，在洛阳就上《乞罢免役钱状》①，说免役法"纵富强应役之人，征贫弱不役之户，利于富者，不利于贫者"。上此疏已八个多月了，翻了年头，可免役法仍没废除，他火急火燎，所以将此列在《三省咨目》的首条。次日，他又上《乞罢免役钱依旧差役劄子》②，指出免役法有五大害：

一、"旧日差役之时，上户虽差充役次，有所陪备，然年满之后，却得休息数年，营治家产，以备后役。今则年年出钱，无有休息，或有所出钱数多于往日充役陪备之钱者。"

二、"旧日差役之时，下户元（原）不充役，今来一例出钱免役，驱迫贫民，剥肤椎髓……"

三、"旧日差役之时，所差皆土著良民，各有宗族田产，使之作公人，管勾诸事，各自爱惜，少敢大假作过，使之主守官物，少敢侵盗。……今召募四方浮浪之人充役，无宗族田产之累，作公人则恣为奸伪，曲法受赃，主守官物则侵欺盗用。一旦事发则挈家亡去……"

四、"自古农民所有，不过谷帛与力，凡所以供公赋役，无出三者，皆取诸其身而无穷尽。今朝廷立法曰：我不用汝力，输我钱，我自雇人。殊不知农民出钱，难于出力……丰年犹可粜谷送纳官钱，若遇凶年……惟有拆屋、伐桑以卖薪，杀牛以卖肉……是官立法以殄尽民之生计……"

五、"提举常平仓司（负责青苗、免役推行之机关）惟务多敛役钱，

①《传家集·卷四十七》。
②《传家集·卷四十九》。

广积宽剩（为防荒年，平时多收百分之二十的免役钱）……"

讨论问题的前提是客观事实，可这份劄子只有论点而没有数据。司马光说免役法"殄尽民之生计"，但没有说一亩地到底收多少钱。据《文献通考》，元丰五年（1082）全国田四百六十一万余顷，其中民田四百五十五万余顷，元丰七年（1084）收免役钱一千八百七十二万余贯（一贯等于一千文），平均下来，每顷少于四点一贯，每亩少于四十一文，因其中包括百分之二十的宽剩钱，所以基数约为三十三文。这是把田亩当实数来计算的，而北宋的田亩不是根据丈量得出的数据，而是通过实收赋税除以基数估算的。掌管财政的三司官员发现，与汉和隋、唐相比，宋耕地面积竟不及其三分之一甚至四分之一，固然有国土北不到幽蓟、西不到宁夏的问题，但田亩怎么也不至于少如此之多。从仁宗朝开始就尝试用方田法丈量土地，但一直到王安石变法，均因遭地主强烈抵制而难以进行。朝廷上下都知道不交赋税的田亩"十居其七"，但上下都以此为仁政。据《宋史·食货志》，京、襄、唐、邓四地荒田尤多，从英宗治平到神宗熙宁年间（1064—1077）相继开垦，五年免税期后，一百亩按四亩收税，后来想改为按二十亩收税，朝中言官和当地地主联合反对，作罢。能够隐瞒土地的是地主特别是官僚地主，小户是难以隐瞒的。北宋除晚期徽宗时期外，田税不重，每亩斗余，加上免役钱，就会逼得农民"拆屋、伐桑以卖薪，杀牛以卖肉"，有证据吗？司马光没说。

他接着写道："陛下近诏臣民，各上封事，言民间疾苦，所降出者约数千章，无有不言免役钱之害者，足知其为天下之公患无疑也。"因此，他提出："为今之计，莫若直降敕命，应天下免役钱一切并罢，其诸色役人，并依熙宁元年（1068）以前旧法人数，委本县令、佐亲自揭五等丁产簿定差，仍令刑部检会熙宁元年见行差役条贯，雕印颁下。"一下废免役，复差役，工作如何衔接？他建议：

第一，各州、县所差之人，如自己愿意服役就马上服役，如不愿意，让他出钱雇人代替，工资由他们私下商定。但他雇用的人必须是有品德的，如被雇者逃亡，让他再雇，如带走了官物，由雇者赔偿。

第二，现在拿工资充役的人，等差役的人一到，全部放回。

第三，最重的是衙前役，过去有因之破产者。现在设了厨酒库、茶坊司，押送官物派官员和军士，没有再听说有破产的了。如认为衙前户仍不足以独自承担赔偿责任，应依旧于官户（租种官田者）、僧道、寺观、单丁、女户有物业每月掠钱十五贯、庄田年收百石以上者，并令随贫富、等级收助役钱。

第四，废免役、复差役的敕令下达后，各地若认为实行无碍，则马上实行；若感到需要修改，县限五日内将意见报州；州综合各县可采纳之意见，限一月内报转运司（约相当于省政府）；转运司限一季度内报朝廷。报来后，由执政官详议，再一路一州一县分别下敕执行。务必做到因地制宜，便于执行。

高太后对司马光言听计从，二月三日把他的劄子批给三省，令草敕下达。首相蔡确感到此事重大，应与枢密院商议。五日，知枢密院事章惇被叫来会商。他说，此事不归枢密院管，过去一直不过问，提出先用三五天看看臣民所上封事和司马光的劄子，然后再议。韩缜说："司马光文字岂敢住滞，来日便须进呈。"于是乎，废免役、复差役的重大法律就这么匆匆决定了。三省和枢密院共同进呈后，高太后批示"依奏"，六日按司马光的劄子下达了《罢役钱敕》。从高太后批出劄子到法令公布，仅三天时间。高效？荒唐？

免役法实行了十五年之久，各地已经习惯，突然改为差役，而且限定县五日内要么复旧要么报告，神仙也做不到，但有人做到了。此人便是后来徽宗的宰相、大奸臣蔡京，时任知开封府。五日后，他兴冲冲地跑来向司马光报告，开封府所属开封、祥符两县，已按差役旧法，差千余人服役。司马光听报，眉开眼笑了，赞赏说："使人人如待制（蔡京官衔天章阁待制），何患法之不行乎！"[1]

他太急于废除新法了，急得对有悖情理的事也失去了判断力。

---

① 《长编·卷三百六十七·元祐元年二月丁亥》。

章惇反扑被驱，苏轼无奈请辞

司马光希望各地官员都像蔡京这样坚决执行《罢役钱敕》，但没人学习这个榜样。这部"复写"司马光劄子的法律，因过于笼统，许多地方脱离实际，底下感到不好执行，连他在台谏的"拥趸"们也认为不妥。朝廷不得不下敕要求各地详较利弊。这让病中的司马光惊诧不已，如因此而动摇决心，他的努力将化为乌有！二月十七日，他上《乞不改更罢役钱敕劄子》①说：

> 臣闻令出惟行弗惟反，彼免役钱，虽于下户困苦，上户优便，行之已近二十年，人情习熟，一旦变更，不能不怀异同。又复行差役之初，州县不能不小有烦扰。又提举官专以多敛役钱为功，惟恐役钱之罢。若见朝廷于今日所下敕微有变动，必更相告曰："朝廷之敕果尚未定，宜且观望。"必竟言役钱不可罢，朝廷万一听之，则良法复坏矣。伏望朝廷执之坚如金石，虽小小利害未备，俟诸路转运司奏到，徐为改更，亦未晚。当此之际，则愿朝廷勿以人言，轻坏利民良法。

司马光只代理过几天苇城县令，通判郓城、河东共三年，缺少州县工作经历是他的天然缺陷。因不谙下情，讲得越多，露的破绽就越多，自相矛盾之处就越多。果然，已被台谏官指为"大奸"的章惇抓住他的辫子，来了一次绝地反击，上疏说《罢役钱敕》②是草率通过的，一口气反驳司马光八个问题，主要有：

——司马光前劄讲上户以差役为便，以出免役钱为害，后劄又讲免

---

① 《长编·卷三百六十六·元祐元年二月丙子》。
② 《长编·卷三百六十七·元祐元年二月丁亥》。

役钱"于下户困苦而上户优便"。不过半月时间，不知为啥讲的正好相反。"臣观司马光忠直至诚，岂至如此反复？必是讲求未得审实，率尔而言。以此推之，措置变法之方，必恐未能尽善。"

——司马光说免役召募皆浮浪之人，全凭猜测。事实是，所募役人都有"家业保识"，衙前役人即"长随"，与差役不同之处就是不让他们"买扑场务"（买扑是宋朝的一种包税制度，即对酒、醋、陂塘、墟市、渡口等的税收，竞价包税，由出价高者承包），而给以较高工资，并无浮浪之人。朝廷欲知事实，请派专人调查，看免役法实行后究竟有多少役人像司马光所说的侵盗官物，隐姓逃匿？如此则一目了然。

——司马光说臣民所上封事无不言免役之害，其实其中有不少说免役法好的，而他却未予批出。

——司马光提出收官户、僧道、寺观、单丁、女户月掠钱十五贯以上，或庄田年收谷百石以上者征免役钱补助衙前户，而这些人按免役法是免交役钱的，如果照办，岂不更为深害！

——司马光说免役"驱迫贫民，剥肤椎髓"，"拆屋、伐桑以卖薪，杀牛以卖肉"，其言太过，实行免役法十五余年，"未闻民间因纳免役钱有如此事"。"大抵光所论事，亦多过当。"

保守派万没想到，已被弹劾到焦头烂额的章惇居然不知死活，敢跳出来与司马光抗礼。但是，章惇曾三典州郡，有丰富的州县工作经验，谁也不敢直面役法与之论战，只能撇开役法本身群起而攻。王觌的一段话最有意思："（司马）光之论事，虽或有所短，不害为君子；（章）惇之论事，虽时有所长，宁免为小人。"

"不害为君子"的司马光没接"小人"章惇的招，而用辞职报告来表现其君子作风。他上《随乞宫观表辞位劄子》①说：告假月余以来，"疾大势虽退，饮食亦稍进，然气体疲乏，足肿生疮，步履甚难，策杖而行，不出堂室，况于拜起，固所未易"。"岂有执政之臣，身据高位，坐受厚俸，既不趋朝，又不供职，宴安偃仰，养病于家，何待人言，独不内

____
① 《传家集·卷五十一》。

愧？"因此，辞门下侍郎，乞一宫观。诏答"不允"，再辞，再"不允"。

高太后"不允"司马光的辞呈，而在首相蔡确的辞呈上批复：首相不免但只管门下省，中书省工作由尚书左丞吕公著接替。鉴于对役法的意见不一，吕公著建议专差大臣，设役法详定所详定。二月二十日下诏，令韩维、吕大防、范纯仁等详定。斗章惇，他们与司马光团结如一，而一旦负起详定之责，与司马光的分歧就不可避免了。

范纯仁与司马光是姻亲，熟悉州县工作，首先劝司马光：免役法虽有不便，但不可尽废，去掉其过分之处即可。如果硬要废，可先在一州试行，稳妥了再推广于一路，如此不至于扰民。司马光充耳不闻，范纯仁叹息说：又是一个王介甫也！当面没说通，下来又给他写信说："此法但缓行而熟议则不扰，急行而疏略则扰。今公宁欲扰民，而且将疏略之法使谬吏遂行，则其扰民，又在公意料之外更有扰矣。"①还说，我完全可以保持沉默，甚至可以像某些人那样一味赞美讨你喜欢，如果这样，我还不如当年依附王安石早点升官，何必等老了再来取媚于你？千万别认为废新法出于仁，疏略也不会扰民，历史上可不乏以仁失国的例子。

司马光最好的朋友范镇的侄子范百禄时为中书舍人，熙宁初王安石推行免役法时，是开封府咸平县令。他以亲身经历告诉司马光："（免）役法之行，罢开封府衙前数百人，而民甚悦。其后有司求羡余（收宽剩钱），务刻剥，为法之害。今第减出钱之数以宽民可也。"②

司马光已完全听不进不同意见，于二月二十八日上疏说，"陛下幸用臣言，悉罢免役钱，依旧差役，诏下之日，中外欢呼，往来之人闻道路农民迭相庆贺，云'今后这回快活也'……今陛下令韩维等再行详定……臣愚窃恐闻此指挥，谓朝廷前日之敕更改未定……必有本因新法得进之臣，乘此间隙，争言免役钱不可罢，因聚敛获功之吏，称旧法未改，督责免役钱愈急。是民出汤火，濯清泉，复入汤火也"。因此，他要求朝廷下令给各州、县，坚决按二月六日的敕令执行。

---

① 《长编·卷三百六十七·元祐元年二月丁亥》。
② 同上。

三天后，即闰二月初二日，是司马光双喜临门的日子。这一天，首相蔡确终于被轰下了台，由司马光接任；同时，朝廷按他的请求，下诏重申役法更张按二月六日的敕令执行。初八日，朝廷又下诏废除了青苗法。

司马光要除"四害"，不到二十天就除了两"害"；要驱"三奸"，继蔡确之后，章惇也被驱出朝廷。此前，司马光连上两章，请高太后作威作福，明示好恶，"不可使用人、赏罚之柄，尽归执政，人主一不得而专也"①。章惇不计后果，在高太后面前说，轻率变更役法，后果难测，"他日安能奉陪吃剑！"高太后怒其无礼，当即专断，贬其出朝。

四月六日，王安石在金陵逝世。对司马光大废新法，他一直处之淡然，但听说免役法也被废了时，愕然失声曰："亦罢及此乎？"沉默良久，说："此法终不可罢也。"②现在他走了，司马光给吕公著写便签说：

介甫文章节义过人处甚多，而性不晓事而喜遂非，致忠直疏远，谗佞辐辏，败坏百度，以至于此。今方矫其失，革其弊，不幸介甫谢世，反复之徒必诋毁百端。光意以谓朝廷宜优加厚礼，以振起浮薄之风，苟有所得，转以上闻，不识晦叔以为如何？更不烦答以笔札，恐前力主张，则全仗晦叔也。

（《长编·卷二百七十四·元祐元年四月癸巳》）

他给了吕公著一个"优加厚礼"的原则，委托其全权处理。"诏再辍视朝，赠太傅，推遗表恩七人，命所在应付葬事。"（同上）司马光给了王安石应有的哀荣，显示了一个政治家的气度，但他关注的重点是"反复之徒必诋毁百端"。他可以对死去的王安石宽宏大量，却不可饶了活着的新法派人物，即他在上述便签中所说的"谗佞"。在吕惠卿和章惇被驱出朝廷后，五月初，韩缜也终被扳倒，"三奸"全部除净，于是以吕公著为次相，韩维为副相。章惇被贬时，已任范纯仁为同知枢密

① 《传家集·卷四八·乞裁断政事劄子》。
② 《续资治通鉴·卷十一》。

院事，李清臣、吕大防分别为尚书左、右丞。至此，八名执政中，保守派占了六名，掌控了政府和枢密院。

然而，役法问题不可能因权力斗争的胜利而自然解决，要真正施行，还得详定。苏辙、王陶等上疏涉及到许多具体问题。比如：熙宁前，一县差役一千余人，行免役后三减其一；官员养马，差役时一官养五匹以上，饲料、人工全由役人承担，行免役后，一官只一匹马，役人拿工资，饲料费由公家承担；新官上任要修整房子和置办"行头"，所差役人和所征木头等材料多出一倍以上，多者被留作私用，而免役法规定官宅雇工整修，不可差役征物；官员迎送，最远有数千里，过去差人很多又不给盘缠，多逃亡，免役法规定只派两人，公给盘缠。因此，应并取免役、差役之便民处参用。

苏辙的言论尤其让司马光讨厌。他上疏说：复差役后，"贪官暴吏私窃以此相贺。何者？……今耕稼之民，性如麋鹿，一入州县，已自慑怖。而况家有田业，求无不应，自非廉吏，谁不动心？妄意朝廷既行差役，凡百侵扰，当复如旧。访闻见今诸路此弊已行，臣恐稍经岁月，旧俗滋长，役人困苦，必有反思免役之便者"①。司马光说复差役，"道路农民迭相庆贺"，苏辙这番话等于打了司马光一耳光。

再说苏轼，本是役法详定所成员，开始请假不上班，司马光就很不满意，谁知上班后更让他恼火。对司马光尽废免役的做法，他讽刺说："相公此论，故为鳖厮踢（鳖相互踢）。"司马光不解，问："鳖安能厮踢？"苏轼说："是之谓鳖厮踢。"司马光终于明白，他是说尽废免役像"鳖厮踢"一样不可能。苏轼提出免役、差役择善参用，官赠空地以雇衙前的新思路。司马光勃然作色，不让再讲。苏轼说："昔韩魏公（琦）刺陕西义勇，公为谏官，争之甚力，魏公不乐，公亦不顾。轼昔闻公道其详，岂今日作相，不许轼尽言耶？"司马光"不悦而罢"②。回到学士院，苏轼边脱官帽，边连声说："司马牛！司马牛！"此事遭到追随

---

① 《长编·卷三百七十八·元祐元年五月壬午》。
② 《长编·卷三百八十二·元祐元年七月丁巳》。

司马光的台谏官交相攻击。苏轼连章请辞详定司，准。

对此，朱熹评论说："温公（司马光）忠直，而于事不甚通晓，比如争顾（雇）役法，七八年来争去争来只争这一事。他只盯着一个理，要是让老百姓掏腰包，就是不合理，就得废除。其实他不知道，百姓对顾役法还是很认同的。"①

新法废尽，油干灯灭

在苏轼辞职时，病卧一百三十余天的司马光病情好转。五月十二日，他在儿子司马康的搀扶下朝见了高太后和小皇上，但足疮未愈，不能跪拜。高太后恩准其三日一到政事堂议事。议啥？役法是一个跳不过去的坎。匆忙复差役不仅使其原有弊端死灰复燃，而且产生了新的问题。比如，所差之人初次见官，就有被索钱一二十贯的。因官员用惯了原雇之人，新来的差役不熟悉工作，便百般凌辱，逼迫他"自愿"雇原差代替。按司马光说的两人私下议价，原差于是漫天要价。苏辙上疏要求朝廷下令监督查处，没有回应。司马光一直以为废免役的敕令大意已善，小的疏略可边执行边纠正，现在不得不出来补漏洞了。六月二十八日，他上《乞申明役法劄子》，共七条，其中四条纠偏，三条是修正自己原先的意见：定差人数不一定非按旧法，由州县根据情况自定报批；官户、僧道、单丁、女户出免役钱的问题，不是说月入十五贯、岁收百石就非收不可，达不到三等户标准的不收；被差役人雇人代役，工资不得超过原官雇数目。除此外，并依二月六日敕令施行。他想以此来结束役法的争论，高太后也按他的意见再次下了诏，但夹生饭还是夹生饭（司马光死后六年，役法才定下来，免役、差役参用）。

司马光要除的"四害"还剩两"害"，一是将兵法，二是与西夏的领土争端。

---

① 《朱子语类·卷一三○·本朝四》。

从根上说，将兵法是范仲淹的发明。宋代重文抑武，军队实行更戍法，频繁零散调动，兵不知将，将不知兵，屡战屡败。仁宗时范仲淹镇守延安，将一点六万军队打破建制分为六将，训战合一，每战必胜。王安石变法，范仲淹的老部下蔡襄据此创将兵法。将成为宋军的基本作战单位，每将三千至一万人，由一主一副两员将领统领，从而精干了部队，提高了战斗力。尽管这与王安石关系不大，因是新法，司马光也将其废了。

关于宋夏战争由来，前已述，只说神宗改消极防守为主动进攻后，虽有灵州、永乐之惨败（第三十二章），但占领了熙（今甘肃临洮）河（今甘肃临夏）兰（今兰州）的广大地区，控制了横山北侧的重要堡寨，赢得了战略优势。元丰八年（1085）神宗逝世不久，西夏掌权的梁太后也死了，主动向宋进献梁太后所遗马匹和白骆驼，请求归还米脂、兰州等寨，被拒绝。这成了司马光的一大心病。

元祐元年（1086）二月初三日，病中的司马光上《论西夏劄子》[①]，提出得地无用论：

> 臣窃闻此数寨者，皆孤僻单外，难于应援，田非肥良，不可以耕垦，地非以险要，不足以守御，中国得之，徒分屯兵马，坐费刍粮，有久戍远输之累，无拓土辟境之实，此众人所共知也。

看了这段话，今天的读者也许会义愤填膺，但在宋代的苟安文化氛围中，士大夫多是战略盲人。司马光继续按自己的逻辑说，这些地方对我无用，对西夏却为要害，所以必欲出兵夺回。怎么办？返其侵疆。他举真宗"割灵、夏等数州"给西夏，"由是边境安宁者四十年"（其实只二十五年）的先例说，"此乃前世及祖宗之成法，非无所依据也"。从第三章我们知道，真宗对契丹（辽）有澶渊盟誓之耻，对西夏有弃地赔款

---

① 《传家集·卷五十》。

之辱，镇戎军（今宁夏固原）、定州（今宁夏平罗姚伏镇）、怀远镇（今银川）、保静（今永宁）、永州（今银川市东）、灵州（宁武）都是在他手上丢失的，其中银川让人家做了首都。丢了那么多土地，每年赔银、帛、茶近三十万，仅换来二十五年的苟安。司马光估计会有"此乃中国之耻"的议论，辩白说："此乃帝王之大度，仁人之用心，如天地之覆焘，父母之慈爱，盛德之事，何耻之有？"须知，耻就是耻，披上仁德外衣也是耻。他之所以非要如此，是因为他担心："国家方制万里，今此寻丈之地（数十万平方公里），惜而不与，万一西人积怨愤之气，逞凶悖之心，悉举犬羊之众，投间伺隙，长驱深入，覆军杀将，兵连祸结……当是之时，虽有米脂等千寨，能有益乎？不唯待其攻围自取，固可深耻，借使虏有一言不逊而还之，伤威毁重，固已多矣，故不若今日与之之为美也。"与其在他出兵后再给，不如不等他出兵就给为美。美耶？耻耶？在上疏的同时，他在《与三省密院论西事简》中督促执政大臣加紧办理。

十二天过去了，见朝廷仍没照办，司马光急了，又上疏说，向西夏归还侵疆，"伏望圣意独断行之，勿复有疑"，"若俟执政议论佥同，恐失机会"。他威胁说："若有执政立异议，乞令其人自入文字，若依从其议，他日因此致引惹边事，当专执其咎。"[1]

这事太大了，有关领土主权。高太后没敢按他说的"独断"，执政大臣也没有被他"当专执其咎"的威胁所吓倒，除知军国重事（宰相）文彦博外，其他人或多或少都持异议。副相吕大防说，"西夏自继迁以来事事谲诈"，如驭失其方，"则骄而益肆"，提醒朝廷不可忘记历史教训。

宋、夏就像一对猫鼠。宋是穿着仁德的华丽外衣、贪图苟安又好虚荣的猫，而夏是把对手摸透了的鼠。乘你苟安，他就侵疆犯边，攻城略地，你被迫反击，他就躲进沙漠，藏于沟壑，待你筋疲力尽，群起而攻，往往胜多败少。但鼠终究力不如猫，一次大战后便无力再战，于是表面称臣以满足猫的虚荣心，猫本怯战，便花钱买平安。鼠得厚赂，元气恢复，又故伎重演，如此反复，屡试不爽，使之从一个仅有四州八县

---

① 《长编·卷三百六十五·元祐元年二月辛未》。

的节度使割据政权，变成了拥有今宁夏、青海和陕、甘、内蒙古部分地区，雄踞西北的国家。

司马光是大历史学家，不可能淡忘这段现代史！他害怕不弃新得之地，会"兵连祸结"。敌人的反扑就那么可怕吗？吕大防举兰州等寨为例，敌多次反扑，最多一次号称八十万人马，全都被我击退。说明啥？他已经没有力量夺回失地，且梁太后死后其国内问题成堆。因此，他提出按现状严守疆界，以利日后和谈。

然而，司马光的性格特征就是"一"，坚持一己之见，"一"到底。他又连续上了四五道劄子，说："灵、夏之役，本由我起，新开数寨，皆是彼田。"他打了一个比方："譬如甲夺乙田，未请而与之，胜于请而后与，若更请而不与，则彼必兴斗讼矣。"①

听到这话，同知枢密院事安焘忍不住拍案而起，斥责说："自灵武以东，皆中国故地，先帝（神宗）兴问罪之师而复之，何乃借谕如是！"②安焘被保守派攻击为王安石余党，是老执政班子中留下来两个人之一。司马光的比喻确实太离谱了，一贯金口难开的右相吕公著也站出来说："先朝所取，皆中国旧境，而兰州乃西蕃地，非先属夏人。今天子嗣守先帝境土，岂宜轻以予人？况夏戎无厌，与之适足以启其侵侮之心。且中国严守备以待之，彼亦安能遂为吾患？"③

自主持朝廷大政以来，司马光从未有像今天这样陷入孤立。放弃新取土地，是国家民族之争，无论对新法的态度如何，在这个问题上是不敢含糊的。读者也许怎么也想不到，司马光连篇累牍、振振有词地讲要弃地，竟然连地图也没有看过，连兰州究竟在哪也不知道！这时才想起要听听熟悉边防情况的官员的意见。穆衍与孙路曾奉命去熙州经度财用，对兰州方面的情况很熟悉。孙路被叫来，他打开地图指给司马光看，说："自通远（今甘肃环县）至熙州（今临洮），才通一径，熙之北已接夏境；今自北关（临洮北）濒大河（黄河），城兰州，然后可以捍蔽。若捐以予

① 《传家集·卷五十三·乞不拒西人请地劄子》。
② 《长编·卷三百八十二·元祐元年七月癸亥》。
③ 同上。

敌，一道危矣。"① 穆衍也向朝廷汇报说："兰州弃则熙州危，熙、河弃则关中摇动。唐自失河湟，吐蕃、回鹘一有不顺，则警及国门，逮今二百余年，非先帝英武，其孰能克复？今一旦委之，无厌之欲，恐不足以止寇，徒滋后患尔。"② 在这种情况下，司马光上台以来第一次被迫让步，不再坚持弃熙、河、兰三州，但仍坚持归还鄜延、环庆两路新取之地。

因执政大臣实在无法统一意见，最后按范纯仁以土地换俘虏的提议给西夏一份诏书，大意为：对你们归地的请求，不但"前例甚明，理难顿改"，且朝臣一致认为不可答应。但朕念永乐之役，军民陷没很多，内心恻然，如能将他们交还，恭顺朝廷，朕岂恋尺寸之地。待被俘人员交还，将令边臣与你们谈判归地问题。

至此，司马光要除的"四害"原则上除完了，至少是都有了诏令。他颇有一种完成了使命的舒畅之感，然而苏轼一份言青苗法的奏章却给他敲了一声警钟。青苗法早在二月就废了，可现在州县仍在贷青苗钱。这与范纯仁等人有关。他们认为，青苗法之害在抑配（强制摊派），严禁抑配，就能除害利民。对此，司马光曾一度表示赞成，故朝廷两次下诏禁抑配。苏轼说，过去王安石也曾下令禁抑配，现在禁抑配等于是保留青苗法。司马光于是觉得上当了！写下《乞罢散青苗钱白劄子》③，要求各州县不得再贷青苗钱。八月八日，他抱病参见高太后，隔帘宣读后，高声说："不知哪个奸邪劝陛下复行此事？"范纯仁在场，闻之色变，后退一步。

连范纯仁都被他斥为"奸邪"，说明他已完全失去了讨论问题的耐心和度量，高太后的言听计从，台谏官的精神贿赂，使他的自信变成了唯我独尊的武断。此时的司马光出现油干灯灭前的回光返照，精神头特好，上疏说可以正常上朝，只要有儿子司马康搀扶，四拜（高太后特准其二拜）也不成问题。可四天后，即八月十二日，在西府议事的他突然昏厥，被抬回家去。这一去，他再也没回来……

---

① 《续资治通鉴·卷七十九》。
② 《长编·卷三百八十二》，第二十一条注引张舜民《穆衍墓志》。
③ 《传家集·卷五十六》。

第三十七章 最后十八天

司马光昏厥在西府，被抬回家十八天后，元祐元年（1086）九月初一日，卒。

一颗史学巨星陨落了，一面保守派的大纛倒下了。

他是病死的，更是累死的。他当政后，"欲以身徇社稷，躬亲庶务，不舍昼夜，宾客见其体羸，举诸葛亮食少事烦以为戒，光曰：'死生，命也。'"①

最大的遗憾：看不到《通鉴》印行了

人之将死，该盘点遗产，考虑后事了。

司马光最大的遗产是《资治通鉴》。正如他在给神宗的《进书表》中所说，"臣之精力，尽于此书"。眼看人生路将断，黄泉路在前，他自然想起这部大书来。卧榻之上，他问儿子司马康：《通鉴》校订完了吗？

---

① 《宋史·司马光传》。

司马康含泪回答：儿与黄庭坚昼夜加班，恐怕还得一个多月才能完成。这让司马光非常失望，催促说：你们得抓紧，总得让我看到校订本吧！他多想再看一遍这部大书啊！哪怕是抚摸一下也好。还须一个多月，他也许等不到了。可这该责备谁呢？时间其实是被自己耽误了啊！

自奉召进京位列执政以来，他一门心思用在废新法、复旧法上，忙着写奏章，忙着除"四害"，忙着驱"三奸"，好长时间无暇顾及这部大书。直到入朝五个月后的元丰八年（1085）九月十七日，才突然想起自己的大作还未最后校订、镂版。去年十一月神宗因《通鉴》修成，颁布了给他的嘉奖诏令，给了他丰厚的物质奖励，指示中书应尽快付梓，至今十个月过去了，书稿还锁在中书省的柜子里。执政大臣多是变法派，不排除有故意拖拉的可能，但你司马光也没有请示由谁来负责校订，这么重要的著作，不校订怎敢付印？接着是神宗大行，哲宗登基，太后垂帘，政权交替时期，哪里顾得上一部书稿？要求尽快付梓是神宗的指示，按你司马光"母改子政"的施政纲领，这一条是否也该改？而你入朝以来，没有一次过问《通鉴》的事。怨谁？怨你自己。这天，他匆匆起草了一道劄子，请旨准范祖禹、司马康校订《通鉴》。奏疏呈上之后，他突然想起范祖禹已被差遣编神宗实录，根本没有时间顾及《通鉴》，于是又上《乞黄庭坚同校〈资治通鉴〉劄子》，希望"早得了当"，不至影响镂版。两个校订官，司马康因要照顾病重的父亲司马光，其实全靠黄庭坚一个人。

黄庭坚校订了一年，现在，《通鉴》即将校完，司马光却看不到校订本了，遗憾，天大的遗憾！唯一让他感到安慰的是，黄泉路上，他可以给献身于《通鉴》的刘恕一个交代了。刘恕是《通鉴》的"同编修"，逝世已经十年了（见第三十三章）。在神宗嘉奖《通鉴》编成时，因他已过世，便啥也没分。司马光一直觉得欠了他的，如果再不还债，恐怕就没有机会了。七月六日，他上《乞官刘恕一子劄子》①，得到朝廷批准，官其子刘羲仲为郊社斋郎（文官最低一级）。

---

① 《传家集·卷五十三》。

在他死后一个半月，十月十四日，朝廷颁旨将《通鉴》送杭州镂版（当时活字印刷书已发明二三十年，但也许重要文献还靠雕版印刷）。作为学者，他是带着这个最大遗憾走的。但作为政治家，他就要以胜利者的姿态去见老冤家王安石了，最关心的是他清算新法是否彻底，是否还有遗漏。

他想起与王安石的第一次正面冲突是在阿云案上（第二十章）。王安石说什么首承、自首从轻，当政后写进法律，使许多杀人犯免于死罪。于是他废了王安石所定新法。对大辟（死刑）犯，他改变了一律上报朝廷复核的规定，如州县认为没有疑问就不再上报。他未曾料到，这个口子一开，元祐元年（1086）大辟就高达五千七百八十七人，比原来翻了两三番，而执行新法期间，每年大辟多者二千余，少者一千余（数字来源《长编》）。这个后果，他是看不到了，但史官记下来了。他躺在病床上，扳着指头盘点他的战果：青苗、水利、市易、免役、保甲、保马，这些新法，已下了废除的诏令（许多实际未废彻底甚至依旧），与西夏也讲和了，还有什么遗漏呢？王安石的科举新法就是一项，但他的改革意见却得不到大家的认可，烦！看来他是等不到废除的这一天了。

他想起了高太后。他是假借高太后的权力强行匆忙废除新法的，他快不行了，高太后也老了，是否会人亡政息？邢恕劝他的话又响在他耳边："今日之改革，虽是太皇太后的主意，却是子改父之法令，皇上成年后会如何作想，相公不为日后虑邪？"邢恕是个脚踩两只船的奸臣，已被他逐出朝廷。当时他回答得义无反顾："他日之事，吾岂不知？顾为赵氏虑，当如此耳！"邢恕说："赵氏安矣，司马氏岂不危乎？"他说："光之心本为赵氏，如其言不行，赵氏自未可知，司马氏何足道哉！"[1] "或谓光曰：'熙（宁）、（元）丰旧臣，多憸巧小人，他日有以父子义（离）间（皇）上，则祸作矣。'光正色曰：'天若祚宋，必无此事！'"[2] 他自信废新法是按天意行事，而天意是不可违的。但你今天可

---

[1] 《曲洧旧闻·卷六》。
[2] 《续资治通鉴·卷七十九》。

打天意的旗号废新法，明天人家也可打天意的旗号复新法。关键不在天，在人！"必无此事"的预言靠得住吗？他心里也没底。而一个八品芝麻官给他的来信，让他不禁毛骨悚然。

此人名叫毕仲游，新上任的卫尉丞。卫尉丞是卫尉寺（掌管内库、军器库和仪鸾司事务）的副手。

最大的恐惧：小皇帝已经言利了

毕仲游的这个职位是因保守派推荐才得到的。他给司马光写信，带有感恩戴德的意味。他在信中说：

> 昔王安石以兴作之说动先帝，而患财不足也。故凡政之可得民财者无不举。盖散青苗，置市易，敛役钱，去盐法者，事也；而欲兴作，患不足者，情也。盖未能杜其兴作之情，而徒欲禁其散敛变置之法，是以百说而百不行。今遂废青苗，罢市易，蠲役钱，去盐法，凡号为利而伤民者，一扫而更之，则向来用事于新法者必不喜矣。不喜之人，必不但曰不可废罢蠲去，必操不足之情，言不足之事，以动（皇）上意，虽致石而使听之，犹将动也，如是则废罢蠲去者皆可复行矣。为今之策，当大举天下之计，深明出入之数，以诸路所积之钱粟，一归地官，使经费可支二十年之用，数年之间，又将十倍于今日，使天子晓然知天下之馀于财也，则不足之论不得陈于前，然后新法永可罢而无敢议复者矣。
>
> （《续资治通鉴·卷七十九》）

这是毕仲游信中的第一层意思，简单点说，就是王安石的敛财之法所以能成，缘于皇上有"患不足"之情，现在废了王安石的新法而"患不足"之情未去，将来变法派一煽动，新法说恢复就恢复了。怎么办呢？建议将天下财富尽集于京师，可供二十年国用，数年后又增十倍，皇上见财有余，就不会产生"患不足"之情，就不可能恢复王安石的敛财之法了。

毕仲游"将天下财富尽集于京师"的建议荒诞不经，不值一驳，但他的分析很有道理，可以说击中了司马光的"软肋"。他一股劲地废除所谓敛财之法，青苗钱不贷了，免役钱不收了，市易贷款停了，食盐专卖取消了，却没有拿出解决国用不足的办法来。皇上的"患不足"之情，固然有欲壑深浅的问题，但宋朝自仁宗以来一直财政短缺，寅吃卯粮，不足之事实在前，"患不足"之情在后。从神宗来说，即位时国库之空虚，甚至让他无法体面地安葬父皇，墓室无钱封顶，不得不求助于转运使薛向，所以他明确提出财政最为急务。对神宗的"患不足"之情，司马光呈道德说教，王安石呈治国之术，所以他用王安石而远司马光。司马光始终坚信他的道德决定论，现在虽是高太后掌权，但迟早要还政于哲宗小皇帝，只要对小皇帝辅之以道，导之以德，就不会变成神宗第二。可惜，他听到的汇报却与他美好的愿望相反：十一岁的哲宗已经有了"患不足"之"情"！

司马光病倒后，谏官王岩叟和朱光庭被小皇帝召见，对话良久，《长编·卷三百八十五·元祐元年八月己亥》二十八条记载为：

> （哲宗）又曰："青苗已罢。"
>
> 岩叟曰："此非陛下圣德高明，何以能行？天下幸甚。"
>
> 上曰："又恐国用不足奈何？目下未觉，五七年后恐不足。"
>
> 岩叟对以："此非陛下所忧，青苗是困民之法，今既罢之，数年之后，民将自足。民既足，国家何忧不足？"
>
> 又曰："太皇太后一身则得，恐数年之后，教他官家（指自己）阙用不便。"
>
> 岩叟曰："陛下但自今日养民，比至归政，已成太平丰富之世矣，却不须如此过忧。"
>
> 又曰："今不可比祖宗时，缘添起宗室、百官不少，国家

所入却只这个是。"

　　岩叟曰:"自古国家有历世数百年者,何尝逐旋增赋敛,自然亦足。"

　　太可怕了!这番对话传到司马光耳里时,他半天没有说话。小皇帝十一岁就言利,亲政后还能不想起王安石?

　　但是,所谓不当家不知柴米贵。谁当政谁都会言利。司马光当了首相还能不言利,一是因为时间短,二是变法派留下了雄厚的财力。他选李常为户部尚书(元丰改制后撤销了三司,户部掌财政),人说他不懂财政,司马光却说,我就是要找一个不懂的人来管,让天下知道,如今朝廷不言利,以刹聚敛之风。宋人李心传说:"国朝混一之初,天下岁入缗钱千六百余万,太宗皇帝以为极盛,两倍唐室矣。""熙宁间"(行新法时期)"合苗役易税等钱,所入乃至六千余万"①。李常上任后查账,发现新党留下的财政余额五千余万贯,谷、帛二千八百余万石、匹,这是自太宗后期以来从未有过的。这些约三分之一入了国库,三分之二存在下面。废新法废得全国乱哄哄的,夏秋二税收不上来。他要求把存在下面的钱全部收上来,并下诏加紧催收二税,严惩慢吏。他是攻击王安石敛财的急先锋(见第二十六章),现在也言利了。难怪小皇帝要问:将来我咋办?

　　这可不行!必须要让小皇帝消除"患不足"之"情"。咋办?保守派只能靠儒家的教条。哲宗的专职老师是司马光推荐的道学先生程颐。在课堂上,程颐总是正襟危坐,授之以礼,让小皇帝惧怕。讲到《论语》中有关"君君、臣臣、父父、子子"时,小皇帝斗胆问:"太皇太后是君还是臣?"程颐迟疑半天后回答:"天下只有一位君,即陛下,太皇太后也是臣。"不料小皇帝"呜呜"哭起来,边哭边说:"太皇太后也是臣,为什么教训我?"听了程颐的汇报,司马光一下凉到脊梁骨。高太后百年后,世事难料啊!他要求程颐对小皇帝严加管教。有天讲完

────────

① 《建炎以来朝野杂记·甲集·卷一四》。

课，到小轩喝茶，小皇帝起身折了一条柳枝玩儿，程颐板起面孔就是一通教训，小皇帝气鼓鼓地掷柳枝于地。司马光闻报，对程颐颇为不爽，说："遂使人主不欲亲近儒生，正为此辈。"① 可如果撤掉程颐，换谁呢？哲宗的侍读、侍讲有好几位，每人因此每月多领三十千的津贴，但都是挂名的重臣，再找一个专职老师，难！

最大的隐忧：谁来扛保守派的大旗

毕仲游来信中的第二层意思为：

> 昔安石之居位也，中外莫非其人，故其法能行。今欲救前日之弊，而左右侍从，职司使者，十有七八皆安石之徒，虽起二三旧臣，用六七君子，然累百之中存其数十，乌在其势之可为也！势未可为而欲为之，则青苗虽废将复散，况未废乎？市易虽罢且复置，况未罢乎？役钱、盐法，亦莫不然。以此救前日之弊，如人久病而少间，其父子兄弟喜见颜色而未敢贺者，以其病之犹在也。

因官员队伍大多是王安石的人，司马光虽然靠高太后的支持强行废了新法，但没废彻底，就像一个病人被强行灌了一剂猛药，看似有了起色，其实病根还在。由于干部队伍后继无人，将来说翻船就翻船。这又是司马光的一条软肋，简直令他伤透了脑筋。他离开朝廷十五年，"朝中士大夫百人中，所识不过三四"，又把是否反变法作为划分君子、小人的标准，加上又有对南方人的偏见，他的君子圈子小得可怜，且基本都是白胡子，年轻人极少。他在洛阳真率会的会友楚建中七十七岁了，早已退休，他推荐做户部侍郎，被苏轼封还词头。他在郓州做通判时认

---

① 《邵氏闻见录》。

识的州学生李大临有气节有学问，却考不上进士，被他推荐为太学录，可任命书下达时，其人早已作古。此事成为笑谈。

为培养保守派接班人，司马光两次上疏要求废了王安石以策论取士的科举法，提出了他的科考方案：合进士和明经为一科，考试先《论语》《孝经》，次《尚书》，次《诗》，次《周礼》，次《礼仪》，次《礼记》，次《春秋》，次《周易》，共九经。至于《孟子》，那是王安石推崇的，必须摈弃。可即使是保守派，也不认可他这个方案，范纯仁、苏轼、程颐等人都坚决反对将《孟子》排除在外。不能按他的方案开科取士，那就请大家公开举士。他提出按"行义纯正"、"节操方正"等"十科"举士，侍从以上每年于"十科"中举三人，如发现被荐者不称职，推荐者连坐。可推荐一开始，朝堂就闹翻了天，你说我徇私，我说你舞弊，弄得高太后也烦了。就在他昏厥于西府之前，高太后召执政御前训话，说："台谏官言，近日除授多有不当。"他辩白说："朝廷既下诏让臣僚举任，所举就当试用，待其不称职再罢免，追究举主责任。"吕公著说："虽让人推荐，但中书不可不考查就任命。"他以"过去从来如此"来辩护。韩维说："司马光讲得不对，朝廷设执政，就是要审查选择官员，哪有推荐谁就用谁的？待其不称职再罢免，甚无义理。"李清臣说："到那时，损失就大了。"吕公著又说："任人不当与过分强调资格有关。"韩维直截了当地批评司马光"当用年高资深之人"的观点，说："司马光持资格太严，倘不称职，光有资格有什么用？"他反驳说："不讲资格怎么行？"韩维说："资格只能用于叙选，岂能用于选拔人才？"[①]自反对他的割地之议后，这是执政大臣又一次一致批评司马光，而且是当着高太后和小皇帝的面。

"十科"举士，司马光举荐了张舜民、孙准、刘安世。此三人又如何呢？对刘安世，他知根知底。司马光虽与其父刘航是"同年"，但他是通过文彦博认识刘安世的。在第二十八章，我们已经看到了他的勇气，他在父亲刘航退缩后主动站出来为司马光给吕诲起草的墓志铭书

---

① 《长编·卷三百八十四·元祐元年八月辛卯》。

石，表现了对王安石的无惧。他考中进士后不去当官，却在洛阳追随正落魄的司马光。问"尽心行己之要"，司马光送他一个字："诚"。又问从何开始，司马光说"从不妄语始"。就是从不说假话开始。后来他任洺州司法参军，同僚司户参军贪污，转运使吴守礼来调查，刘安世说没有此事，司户因而幸免过关。事后，刘安世反躬自问："司户实贪而吾以不诚对，吾其违司马公教乎！"一直是块心病，后来读扬子《法言》"君子避碍则通诸理"（在不方便的时候不说实话，合乎情理，不算不诚实），释然了①。司马光对他寄予厚望，推荐他是有把握的。而另外二人，张舜民和孙准，他都不认识，是听别人介绍的。孙准入选是沾了先人的光，其祖父孙奭被仁宗称为大儒，父亲孙瑜"齐家严"。上述三人已被召进京，只等学士院考试后就入馆阁任职。可恰在这时，有人揭发孙准为争夺一女侍，与妻兄赵元裕开打，一直闹到官府，被判罚铜六斤。司马光是二十六日听到这个消息的，这天是他生命倒计时的第"五"天。已被病魔折磨得骨瘦如柴的他，硬是要儿子司马康把他抱起来，坐到书桌前，用颤抖的手写下了《所举孙准有罪自劾劄子》②。劄子说："臣昧于知人，所举有罪，理当连坐，请赐责降。"

劄子上去，御批："（孙）准因私家小事罚金，安有连坐。"但他不想因此而原谅自己，接着又上自劾第二劄子（同上）说，臣以"行义无缺"推荐孙准，结果其行义有缺，"臣备位宰相，身自立法，首先犯之，此而不行，何以齐众？"但朝廷下诏"不允"，只是取消了孙准召试馆阁的资格。他还想上第三劄子，但实在没有力气再写了……

孙准被罚铜事小，可对他的打击是巨大的。不仅说明他推荐错了，而且说明靠官员"举士"来培养接班人的办法行不通。直至临终，他仍然还想着宁可受处分，也要为朝臣留下一个严于律己的道德典范，这点要求，高太后没有成全他，这让他遗憾，但他最大的隐忧是在他走后，谁来扛这面保守派的大旗？在第一次请病假的时候，他已将国事付吕公

---

① 《宋史·刘安世传》。
② 《传家集·卷五十六》。

著，但吕公著比他年龄还大，吕公著走后，又有谁能担此大任？就这样，他带着一连串的问号进入弥留状态，口中喃喃，如同梦呓，据说讲的都是国家大事。

九月初一日，他恋恋不舍地走了，享年六十八岁。床头留下了八张奏疏草稿，还有一本没写完的《役书》。他强行废了免役法，但对究竟该实行何等役法，临死还没谱。

司马光执政，总共十七个月（副相九个月，首相八个月），且病居其半，转瞬之间，他几近废了全部新法，可惜大都煮成了"夹生饭"。他曾说"'四害'不除，死不瞑目"，他走时瞑目了吗？

第三十八章 盖棺论未定

得知司马光逝世，高太后"哭之恸"，小皇帝也跟着流泪。但他死得不是时候，正逢朝廷举行明堂大礼，即皇帝三年一亲郊的祭天仪式，皇考要与天一起接受大享。明堂大礼是封建王朝最大的吉礼，岂可哭哭啼啼而坏了吉相，所以只能暂时把司马光冷在一边。

宋朝第三位"文正"

明堂大礼一结束，高太后和小皇帝亲往司马光府邸哀悼，辍朝，赠其太师，封温国公，赐一品服，谥曰"文正"。朝廷赠银三千两，绢四千匹，龙脑、水银以敛，录其亲族十人为官，派户部侍郎赵瞻和宦官冯宗道护灵柩回夏县安葬。

宋代士大夫享受的哀荣，司马光也许仅次于开国元勋赵普，他死后被封韩王，司马光的温国公比他低了一级，但他的谥号"文正"却是至高无上的。案谥法，"文正"是人臣的第一美谥。此前，北宋获此殊荣者仅名相王曾、参知政事范仲淹两人，司马光是第三个，也是最后一个。

他可以以胜利者的姿态去见王安石了。王安石比他早走四个多月，当时司马光担心"反复之徒必诋毁百端"，建议"特宜优加厚礼"，虽赠其太傅，但没给谥号（哲宗亲政后，才谥曰"文"），没给助葬银、绢，更无龙脑、水银以敛，只是"命所在应付葬事"，就是让江宁府看着办。如果真有阴曹地府，如果他们真的相见，王安石起码是少了一个称谓。古代对人的称谓，一般不直呼姓名，或姓加字，或姓加号，或姓加官职，或姓加原籍地，对死去的人，一般是姓加爵位，姓加谥号。司马光可称"司马温公"、"司马文正"，而王安石因没给谥号，只能称"王荆公"（可称"王文公"是哲宗亲政以后的事）。少了一个称谓，他会否感到惭愧？其实，剧场的喜怒哀乐，演戏的，看戏的，动的都是自己的情，而非死人的情。王安石晚年向佛，早把浮云看淡。司马光认为人死神形分离，其形与黄土木石无异。在论天堂、地狱时，他曾引用唐代庐州刺史李丹的名言："天堂无则已，有则君子登；地狱无则已，有则小人入。"在保守派看来，司马光该上天堂，王安石该下地狱。如论如何，他们是不可能相见于九泉了。

地上无神鬼，尽是人在闹。做死人的文章是给活人看的。司马光的丧事办得越隆重，就越能表明朝廷对废新法复旧法政治路线的肯定。《长编》卷三百八十七曰：司马光逝世后，"京师之民皆罢市往吊，画其像，刻印鬻之，家置一本，饮食必祝焉。四方皆遣人求之京吊，时画工有（因此）致富者。及葬，四方来会者盖数万人，哭之如哭其私亲"。《宋史·司马光传》更说京师百姓"鬻衣以致奠"。溢美之词，姑妄听之，但肯定是会有人如丧考妣的，他们的既得利益曾经被王安石的新法所损害，司马光帮他们夺了回来，真乃重生之父母也！司马光的画像是戴帽像，聪明的商家按其式样做成"温公帽"，与"东坡巾"（苏轼的头巾）一样成为畅销品。

在夏县鸣条岗，司马光墓从元祐元年（1086）十月开修，征调陕、解、蒲、华四州民夫，耗工一万八千九百三十三个，于十二月墓室修成。二年正月归葬后，朝廷又拨银二千两为之建神道碑，哲宗亲篆碑额曰"忠清粹德之碑"，令苏轼撰、书碑文。征调百工，历时七个月，修成神道，碑高约二丈，碑亭高五丈余。

保守派把司马光描绘成了万民拥戴的圣人，但在治丧时也摆脱不了王安石的阴影。按司马光与范镇"生前作传，死后作铭"的约定，范镇为之作墓志。铭中有如此一段："在昔熙宁，阳九数终，谓天不足畏，谓众不足从，谓祖宗不足法，乃哀顽鞠凶。"请苏轼书石，苏轼看后说："二丈之文，轼不当辞。但恐一写之后，三家俱受祸耳。""卒不为之书。"① 王安石逝世时，苏轼没有拒绝起草赠其太傅的敕书，现在却拒绝为司马光的墓志铭书石，怕的是"哀顽鞠凶"这四个字。把追随王安石变法的人统统说成"顽"、"凶"，一篙子打翻一船人，合适吗？现在新法已经被废了，变法派被逐了，还如此不依不饶，借死人来发泄仇恨，逞一己之快，就不怕物极必反吗？苏轼不想将矛盾进一步激化，在他撰写的《司马温公行状》和《司马温公神道碑》中，没有一句话刺激王安石，只是从正面将其神化。神道碑文把边境打胜仗和黄河北流入海，统统归结为：人主"尚贤"而"用司马公以致天下士"，"是以自天佑之"。"公，仁人也。天相之也。"然后，他煽情地写道：

> 公以文章名于世，而以忠义自结人主，朝廷知之可也，四方之人，何自知之？士大夫知之可也，农商、走卒何自知之？中国知之可也，九夷、八蛮何自知之？方其退居于洛，渺然如颜子之在陋巷，累然如屈原之在陂泽，其与民相忘久矣，而名震天下，如雷霆，如河汉，如家至而日见之。闻其名者，虽愚无知如妇人、孺子，勇悍难化如军伍、夷狄，以至于奸邪小人，虽恶其害己、仇而疾之者，莫不敛衽变色，咨嗟太息，或至于流涕也……此岂人力也哉？天相之也！匹夫而能动天，亦必有道矣。非至诚一德，其孰能使之？
>
> (《苏东坡全集·前集·卷三九》)

---

① 王明清:《挥麈后录·卷六》。

苏轼不愧是文章圣手，撇开墓主与王安石斗争的政治实践不写，而大肆渲染其巨大影响，欲避日后之祸。然而，是福不是祸，是祸躲不过。这块神道碑不仅与苏轼等人的命运联系在一起，而且成为司马光身后九百多年荣辱的见证。

洛、蜀、朔三党恶斗

在司马光尸骨未寒时，其麾下斗士之间的不和就显现了。当时，苏轼从明堂赶到司马光家，恸哭不止，程颐制止说，孔子曰，是日哭而不歌。明堂大礼是吉礼，不该哭。苏轼反驳说，夫子说哭而不歌，未说歌而不哭！两人竟为此争吵起来。程颐按古礼为司马光安排丧事，要以锦囊裹尸，苏轼讽刺说：还差一样东西，得塞一信物给阎罗大王。这些乍看是小事，但是两人不同的性格和学术观点的反映。老实说，他们根本就不是一路人，只因为反变法，才一起站到了司马光的大纛下。现在，司马光不在了，你是谁呀？

苏轼讨厌程颐食古不化，不近人情，程颐则嫌苏轼恃才傲物，近乎轻狂，终至于势不两立，形成了以程颐为首的洛党（河南人）、以苏轼为首的蜀党（四川人）。司马光的神道碑刚立起来不久，程颐门人、洛党的谏官贾易、朱光庭就弹劾苏轼主持考试所出之题是讽刺仁宗和神宗。蜀党的御史吕陶反攻贾、朱是滥用台谏官职权，假公器以报私仇。贾易接着弹劾吕陶与苏轼兄弟结党，并且把文彦博、吕公著也扯了进去。高太后大怒，将贾易贬知怀州。崇政殿说书程颐是哲宗小皇帝的专职老师，迂腐地要哲宗与之执师生礼，御史胡宗愈、谏官孔文仲乘机弹劾他"汙下险巧，素无乡行，经筵陈说，僭横忘分"，程颐于是被罢，出掌西京国子监。

在蜀党、洛党斗得不可开交时，一个势力最大的以刘挚、梁焘、王岩叟、刘安世为首的朔党（河北人）崛起了。这是一个更加极端的党派，梁焘开列蔡确奸党四十七人，王安石奸党三十人，一律撤职流放，必欲置之死地而后快。谁要态度温和一点，就把谁当作敌人来攻击。原首相蔡确被保守派列为头号奸臣，被贬到安州（湖北安陆）编管，游车盖亭时赋诗十首。他年轻时曾向吴处厚学赋，任首相后，吴处厚找他要官未果，因此结仇，现在见到其车盖亭诗，便弹劾其诗是讥讽高太后。蔡确奉旨自辩，已解释明白。朔党成员却说，讥讽的事实清楚，无须解释。尤以司马光的高足刘安世态度最为激进。首相范纯仁对高太后说："不可以语言文字之间，暧昧不明之过，宵诛大臣。"刘安世竟弹劾范纯仁也是蔡确一党。最后，蔡确被流放兴州（广东新兴），死于贬所；"宰相范纯仁至于御史十人，皆缘是去"①。此前，宋朝被流放岭南的宰相只有卢多逊、寇准、丁谓三人，且都生还，仁宗以来六七十年再无此事。王安石当政时，对反对派最多也不过是投闲置散，未曾流放大臣于岭南。范纯仁担心，此例一旦重开，后果将不堪设想。

司马光主导的元祐更化，"更"即废除新法，"化"即回到变法之前的仁宗时期。我们还记得，司马光曾经于嘉祐六年（1061）上了一道长达五千字的《进五规状》（见第十二章），状中把仁宗时期的大宋王朝喻为一艘文而不实的船。说：这艘船的船体是用胶粘的，桨是用泥巴做的，帆用的是败布，纤绳用的是朽索，上面画着美丽的图画，蒙着锦缎，由木偶驾驶。坐这艘船，如果是在陆地上，还真是美轮美奂，而一旦入江河，遇风浪，难道不危险吗？熙宁二年（1069）底，他又把宋廷比成一幢老房子，"譬之于宅，居之既久，屋瓦漏则整之，圩墁（墙壁）缺则补之，梁柱倾则正之"，只要不倒，就没有必要另造新屋（见第二十三章）。元祐更化，他统率的是一群"爆破手"，而没有"建筑师"。他们呼啦啦地将变法派尚未竣工的新屋炸成了一片废墟，可回到旧宅时，发现旧宅已千疮百孔，不堪避风雨。司马光留下"夹生饭"走了，保守派中的清醒者如吕公著、范纯仁、苏辙等人建议从新屋的瓦砾中寻找有用的材料，来修补旧宅，而更多的人却热衷于争夺对旧宅的管理权。三党互相攻讦，唯我君子，他皆小人，斗得没完没了，乱作一团。而离开了

① 《宋史·刘安世传》。

司马光的高太后似乎也没了主意，走马灯似的更换执政大臣。接替司马光的吕公著不久也死了，八十多岁的文彦博被迫致仕了，原班子中的张璪、李清臣、安焘被赶走了，朔党的刘挚、梁焘、王岩叟和蜀党的苏辙先后位列执政，但又都被人赶下台来。元祐期间（1086—1093），先后当宰相的七人，右相换了五茬。除了党同伐异，几无政绩，谁执政就抓紧以权谋私，"颇与亲戚官"，因此遭弹劾的就有文彦博等七名"耆德魁旧"①。李清臣后来如此总结元祐更化："罢常平之官（废青苗法）而农不加富，可差（役）可募（役）之说杂而役法病，或东或北之论异（黄河疏东流与疏北流之争）而河患滋，赐土以柔远也（将新收土地给西夏）而羌夷之患未弭，驰利以便民也（废市易法和盐、茶专卖）而商贾之路不通。"② 这个总结是有根据的。

元祐之前，朝廷的财政收入《长编》都有记载，载于年末，而令人奇怪的是，元祐年间的财政却杳如黄鹤。《文献通考》、《宋史·食货志》也无载。为啥隐而不录？《食货志·会计》记录了左司谏翟思奏疏中的一段话："元祐以理财为讳……财利既多散失，且借贷百出，而熙、丰余积（钱五千余万，谷、帛二千八百余万），用之几尽。方今内外财用，月计岁会，所入不足给所出。"收入锐减，而开支锐增，以京师官禄兵廪开支为例，元丰年间（1078—1085）为四百三十二万贯③，元祐三年（1088）为六百万贯④。这说明，元祐更化，保守派是用变法派积累的钱财来实行更化的，更化完成了，国库也搞空了，入不敷出了。再看《长编》记载的户口，以刚废新法的元祐元年（1086）与元祐六年（1091，七、八两年无载）相比，主户由一千一百九十余万户增加到一千二百四十二余万户，增五十余万户，丁却由二千七百七十四万余减少到一千八百七十五万余，减八百九十九万余人；客户由六百零五万余户增加到近六百二十二万户，增十七万余户，丁由一千二百三十三万余

① 《宋史·刘安世传》。
② 《纲鉴易知录·卷七十三·哲宗绍圣元年三月》。
③ 李心传：《建炎以来朝野杂记·甲集·卷一七》。
④ 苏辙：《栾城集·卷四一·转对状》。

增加到一千二百七十四万余，增四十一万余人。总户数增加约六十七万户，总人口减少八百余万。这些数据不可能完全准确，但大致反映了一个趋势：有田产的主户增加了而人却大大减少了，佃农增加了，且总人口减少了。元祐元年（1086）有春旱夏涝之灾，而元祐六年（1091）除浙西水灾外全国无大灾，主户增加和人口锐减的原因，只能有一种解释：为逃避差役，或分家以变成单丁，或依附大地主、或逃亡成为"黑户"。

内政如此，再说外交。司马光临终前朝廷下诏西夏，先还俘虏再议归地。元祐五年（1090）二月，夏送回宋俘一百四十九名，宋朝将米脂、葭芦、浮图、安疆等四寨归夏，恢复给夏二十五万"岁赐"。"夏得地，益骄"①，要求宋将新得地全部"归还"，先后入侵熙河、兰岷、鄜延路和河东之麟、府二州，每次出动兵力十万至五十万。次年又出兵五十万进攻环州（甘肃环县）。虽都被击退，但边境无一日安宁。

苏辙曾说，"臣恐稍经岁月，旧俗滋长，役人困苦，必有反思免役之便者。"现在，许多人不只是思免役之便，更思变法派人物回朝。首先是哲宗皇帝，他一天天长大，看透了保守派的正人君子们，大多不过是内斗之巨人，治国之侏儒。元祐八年（1093）九月，高太后薨，哲宗亲政，马上起用变法派的章惇、曾布等人。次年，改年号为"绍圣"，意即绍述神宗之圣政也。曾几何时，司马光协助高太后"母改子政"，现在哲宗要子继父政了，被废除的新法全部恢复，被贬走的变法派人物全部召回。重新掌权的变法派以其人之道，还治其人之身，范纯仁、苏轼的担心变成了现实。他们拟将文彦博、范纯仁、刘挚等三十余人流放岭南，虽因哲宗未允而罢，但全部被贬，死去八年的司马光也未能幸免。

对此，明人何乔新在《读宋史》②中说："君子曰：元祐诸君之祸，盖生于激也。水之激也，覆舟；矢之激也，伤指。天下之事，过于激者，

---

① 《宋史纪事本末·西夏用兵》。
② 《汴京遗迹志·卷十八》。

其祸必至不可救……惜夫！诸贤不审于此也。熙宁之法固多病民，然其间亦有一二可行者，不问是非，一切纷更之，则过矣。熙宁用事之臣，固多狡佞，大者均逸外藩，小者斥居州县，亦可已矣。而任言责者，涤瑕索癥，攻击不少恕；典制命者，挞微发隐，唯恐其罪之不昭，不亦甚乎！孔子曰：'人而不仁，疾之已甚乱也。'诸贤之于群小，疾之亦已甚矣……贤人君子之受祸，固不暇计，国势陵夷至于不可复振，不亦悲乎！"

"杏花碑"的无言诉说

绍圣元年（1094）七月，哲宗下诏剥夺司马光的谥、告、赠典和所赠碑额。在夏县，其神道碑被砸为四截，哲宗所题的"忠清粹德之碑"和苏轼写的碑文被磨去，碑亭、祠堂等建筑被夷为废墟。本来还要开棺暴尸，哲宗未准。后来又贬司马光为清远（今广东同名县）军节度副使，死了还被"流放"岭南。司马光的文章被列为禁书，《资治通鉴》险些被毁版，幸亏有神宗的御制序做保护伞，才得以幸免，但这一版本无一本传世。

元符三年（1100），哲宗赵煦崩，无子，立异母弟徽宗赵佶，神宗向太后垂帘听政。我们还记得，在王安石变法时，时为皇后的她与仁宗曹太后、英宗高太后几次三番向神宗哭诉新法之不便。现在她垂帘了，又来了一次"母改子政"，召回元祐之臣，恢复了司马光的一切遗赐和荣誉，史称"小元祐"。可"小元祐"如白驹过隙，不到两年，向太后一死就烟消云散了。司马光的神道碑还没有来得及重新立起来，当年那个在五天之内复差役而大受司马光赞扬的蔡京当了首相。他把司马光、吕公著等一百二十人定为"元祐奸党"，由徽宗御书刻石，称"党人碑"，立于皇城端礼门。又于各州学、县学立"党人碑"，由蔡京书写。

至此，革新与保守之争早已演变成无原则的党争。国家利益没有了，只剩下赤裸裸的党派利益、个人利益。北宋得了"艾滋病"。靖康元年（1126）二月，金兵围困开封，宰相李纲为团结各派抗金，宣布解除党禁，恢复司马光的谥号。然而，诏书已经传不出京城了。城破了，国亡了，徽、钦二宗被俘了。此时距司马光逝世四十年。

国家灭亡了，司马光家族的命运如何呢？早在元祐五年（1090）其子司马康已死于腹疾。在为司马光守孝期间（三年，实二十七个月），他严格按古礼要求住草庐，睡地铺，吃粗食，孝行感人，却因此腹疾缠身，死时年仅四十一岁。临终前，他将幼子司马植托付给邵雍之子邵伯温，邵将其抚养成人，可惜不幸早死无子，以同宗司马桢续香火。其从孙司马朴为礼部侍郎，被金国俘虏北去（后在金娶妾生子），金国欲"悉取其孥"，司马氏事先匿于四川的后裔在赵鼎和范祖禹之子范冲的帮助下逃到浙江衢州，寄居于范家。

到了南宋，高宗赵构为了掩饰父兄（徽宗、钦宗）亡国之耻，而归咎于王安石。高宗令范冲整理司马光准备编《资治通鉴后纪》的笔记，但继承司马光家业的司马桢是个无赖子，将司马光的书籍生产荡覆殆尽，范冲百方搜索原稿，编成《记闻》十卷（中华书局版《涑水记闻》的源头之一）。上呈高宗后未及官印，而被建州书商私刻。奸相秦桧害怕史家记下他的劣迹，严禁私人修史，殃及司马光的《记闻》，令建州毁版。司马光的曾孙司马伋吓坏了，竟公开声明《记闻》非司马光著作。直到理宗时，南宋已风雨飘摇，司马光才被抬出来配享哲宗，度宗咸淳元年（1265）又被请进孔庙配享孔子。他"陪伴"孔子十四年后，南宋亡。

南宋时，司马光的家乡山西夏县成为金国领土，其墓园成了野狐乐园。流水无情，落花有意。一棵杏树不知什么时候长在了掩埋神道碑的覆土上，年年开出了繁盛的花朵。金皇统八年（宋绍兴十八年，1148），夏县县令王廷直令人寻找被毁的司马光神道碑，最后在这棵杏树下挖出残碑四段。幸亏有人保存有神道碑文拓片，乃依此另刻一碑，称之为"杏花碑"。守坟僧圆真在坟院法堂后另辟一室为司马温公神道堂，立碑于内，并挂其画像。直至明嘉靖元年（1522），山西巡抚朱实昌才将司马光墓园基本复建如初，此时离神道碑被毁已四百二十八年。此后屡毁屡修，直至新中国成立。

解放初，司马光墓园已毁于战火，"杏花碑"上弹痕累累，文物散落殆尽。上世纪六十年代在墓园建油坊，"杏花碑"被推倒做了地板；七十年代挖防空洞，挖进司马光墓中，幸被文物部门阻止。八十年代后，政府拨专款重修司马光墓园，规模超前，成为夏县著名人文景点。

在本书动笔之前，我去了司马光的墓园，在他陵寝前默哀，在杏花碑亭前沉思。他以及与他同时代的精英们一个个浮现在我眼前。在宋代，他和王安石的名字是保守和变法的符号象征，是区分政治营垒的楚河汉界。当权派需要王安石时，就请他进孔庙配享孔子，进皇庙配享神宗；需要司马光时，王安石被赶走，司马光被请进来。宋朝灭亡后，人们才能心平气和地研究他们。

司马光无子，以兄子司马康继嗣，生司马植，植又无子……香火如此承接至今，血缘中"嫡"的成分已淡化殆尽，唯有他的《资治通鉴》万古长青。

第三十九章

巨著耀千秋

司马光逝世已九百多年了。九百多年来，《资治通鉴》印行了七十余版。他的生命通过《资治通鉴》延续至今，并将永远延续下去。

《通鉴》的第一个版本，我们只能见到记载而见不到书了。司马光辞世后一个半月，朝廷敕令国子监将《通鉴》于杭州镂版印刷。这一官版没能流传下来，今天能见到的最早版本，是南宋高宗绍兴二年（1132）浙东茶盐公使库重刻印行的，因刻印于余姚县，亦称余姚本，是足本，现珍藏于北京图书馆。南宋一代，《通鉴》约有十余版本，但除"余姚本"是足本外，其余或非足本，或因避讳而有改动。由宋入元，元朝在大都（今北京）设兴文署，出版汉文经典，《通鉴》被列入其中。这个版本被称为元刻本。学者胡三省大概根据这个版本为《通鉴》作注，并将司马光的《通鉴考异》散注于正文之下，这就有了元刊胡注本。《通鉴》在明代有十余个版本，但因辗转雕版，讹误较多。至清嘉庆二十一年（1816），鄱阳胡克家得到元刊胡注本，据之翻印，此即胡克家覆刻元刊胡注本，是现存最好的胡注本。新中国成立后，中华书局对《通鉴》标点重印。点校的工作底本采用了胡克家覆刻元刊胡注本，吸收宋、元、明各种版本的优长和历代学者对《通鉴》的校勘成果。对《通鉴》进行标点，分段。将年份独立出来自成一行，顶格排印，并且注明干支纪年和公元纪年；年内之事每事一段，低两格排印，用"1、2、3、4、5……"标出，对"臣光曰"和所引前人的评论也独立成行，方便了读者阅读。这就是一九五六年中华书局版的《资治通鉴》，是迄今为止最好的版本。

南宋学者王应麟说："自有书契以来，未有如《通鉴》者。"就是说，从来没有一本书像《通鉴》这样有生命力。

千年兴衰史，镜鉴万万年

南宋的朱熹顽固坚持正统观，对司马光在《通鉴》中三国时期采用曹魏纪年颇为不满，但他对《通鉴》还是佩服之至的，说："温公之言，如桑麻谷粟。"（《朱子语类》卷一三〇）意思是像吃饭穿衣一样，不可离开。怎么就不可离开呢？最早为《通鉴》作注的胡三省说得明白：

> 为人君而不知《通鉴》，则欲治而不知自治之源，恶乱而不知防乱之术。为人臣而不知《通鉴》，则上无以事君，下无以治民。为人子而不知《通鉴》，则谋身必至于辱先，作事不足以垂后。乃如用兵行师，创法立制，而不知迹古人之所以得，鉴古人之所以失，则求胜而败，图利而害，此必然者也。
>
> （《新注资治通鉴》序）

正如宋神宗御赐之书名，《资治通鉴》，以史为鉴，目的是资治。《通鉴》上起周威烈王二十三年（前403）三家分晋，下至后周显德六年（959），写了十六个朝代一千三百六十二年的历史。千年兴衰史，镜鉴万万年。因为《通鉴》是分阶段上呈的，所以宋神宗至少是看了这部书的绝大部分，甚至可能看过全部。宋神宗与司马光，一个要变法，一个反变法，政治观是对立的，并且在神宗为《通鉴》作序时，两人在刚刚是否收复绥州（今绥德）的问题上发生了正面冲突，可神宗在御制序中把司马光与司马迁并列，并热衷于在经筵上听司马光进读，这不能简单地归结于政治家的胸怀，而是他确实感到《通鉴》可以"资治"。诚如他在序言中所说的，《通鉴》"尽古今之统，博而得其要，简而周于事，是亦典刑之总会，册牍之渊林"，可以让他"观圣人之迹"，"见前车之失"。因此，此后的历代帝王和臣子无不将《通鉴》作为案头必读之书。且不去说，只说中国共产党的领袖、新中国的缔造者毛泽东。

毛泽东一生手不释卷，而《通鉴》几伴其一生，通读了十七遍之多。华夏文化研究所《文白对照〈资治通鉴〉全译》编委会在该书《前言》中说：

> 毛泽东之读《通鉴》，释其起于三家分晋，寓意在"非三晋之坏礼，乃天子自坏也"，可谓开宗明义，鉴以在上者不正，在下者肆意，事所必至，理有固然；论其迄于五代，用心在避曲笔言事，粉饰当朝，所谓"千秋功罪，谁人曾与评说？"倡以立论疑古，读书不可尽信，不可囿于人言；评其战争史笔，泼洒打天下、守天下之迹，乃政治之继续，要在取舍治乱得失，上助君王之鉴；议其褒贬明主昏君，赞前者之治国之道、用人之术，警后者之庸聩乏能，误国误民。凡此种种，论述犹多，究见其读《通鉴》，旨在以史为镜，借鉴前人得失，用古为今。

毛泽东的批语写在一九五六年古籍出版社出版的《资治通鉴》上。略举两例：

卷六十七《汉纪》五十九第2131页，原文讲的是刘备出征在公安，法正全权留守首都，他睚眦必报，"擅杀毁伤己者数人"，有人要诸葛亮向刘备反映，遏制法正权力，诸葛亮说，"主公"现内外交困，"法孝直（法正字）为之辅翼，令翻然翱翔，不可复制。无何禁止孝直，使不得少行其意邪！"毛泽东写批语曰："观人观大节，略小故。"

卷七十一《魏纪》三第 2241 页，讲的马谡失街亭的事，毛泽东批曰："初战（诸葛）亮宜自临阵。"卷七十二《魏纪》四第 2268 页，讲太和五年（370）六月，诸葛亮"因粮尽退军，司马懿遣张郃追之。郃进至木门，与亮战，蜀人乘高布伏，弓弩乱发，飞矢中郃右膝而卒"。毛泽东批曰："自街亭败后，每出，（诸葛）亮必在军。"

南宋袁枢的《通鉴纪事本末》，是根据《通鉴》改编的，把《通鉴》中所载历史事件归纳为二百三十九个题目，将分散在各个时间段的史料集中起来，按时间顺序连缀成篇。毛泽东读此书（清光绪戊戌年 湖南思贤书局校刊本），也有不少批语。在卷二百二十七《后梁灭唐》第 48—50 页，就有好几段批语，如："康延孝之谋，李存勖之断，郭崇韬之助，此三人者，可谓识时务之俊杰。""已成摧枯之势，（李绍宏等）犹献退兵之谋，世局往往有如此者。此时审机独断，往往成功。""生子当如李亚子（后唐庄宗李存勖小名）"等。

新中国成立初期，毛泽东批准杀了两个老红军出身的贪污犯——刘青山和张子善。此案被称之为新中国反腐第一案。他在一次谈话中说："我们杀了几个有功之臣也是万般无奈。我建议重读一下《资治通鉴》，治国就是治吏。礼义廉耻，国之四维，四维不张，国将不国。如果一个个寡廉鲜耻、贪污无度、胡作非为而国家还没有办法惩治他们，那么天下一定大乱，老百姓一定要当李自成，国民党是这样，共产党也是这样。"[1]

千年伟人毛泽东对《通鉴》的痴迷说明，无论是封建帝王还是人民领袖，都离不开历史的镜鉴，而《通鉴》是一面使用起来非常便捷的"镜子"。正如毛泽东在与吴晗谈话时所说的："《资治通鉴》这部书写得好，尽管立场观点是封建统治阶级的，但叙事有法，历代兴衰治乱本末毕具。我们可以批判地读这部书，借以熟悉历史事件，从中汲取经验教训。"[2]

---

① 《党建经纬》，1998 年第 1 期。
② 刘志清:《司马光修史独乐园》，远方出版社，2004。

《通鉴》写的是中国史，但从问世起就受到邻国的重视。宋哲宗元符二年（1099），高丽使者来华，就提出购买《通鉴》，可能因为保密原因，被宋廷婉言谢绝。但大约在两宋之际，《通鉴》还是传到了亚洲诸国，尤其是在日本引发了"通鉴热"。上至天皇、幕府，下至诸藩及其弟子，无不读《通鉴》，幕府末期还成立了专门的"通鉴会"。明治天皇即位后，《通鉴》成为他的必读书，每月定时讲习，他无疑从中汲取了政治智慧。

《通鉴》的主题是一个礼字，写的是历史，讲的是政治，然而，《通鉴》对后世的巨大影响绝不止在政治上，在学术上，它可谓编年史之巅，让后人高山仰止。

编年体之巅，后继者连绵

明代学者胡应麟说："自司马之为《通鉴》也，汉、唐而上昭昭焉；自《通鉴》之止司马也，宋、元而下泯泯焉。"（《史书占毕》）什么意思呢？汉、唐及之前的历史，因有司马光的《通鉴》而记得清清楚楚，而以下的历史，因没了司马光而懵懵懂懂，总之，他认为《通鉴》是空前绝后的。的确，《通鉴》是编年体史书的巅峰之作，空前毫无疑问，绝后则要从两方面来看：从《通鉴》引发了编年体史书的写作热，后继者连绵的情况来说，它没有绝后，只可惜后续者只有望尘之憾；而从学术成就上说，因后世没有一部编年体史书可与之比美，可谓绝后也。

我国第一部编年体史书是左丘明的《左传》。在司马迁创纪传体史书写作之前，史书基本都是《左传》式的编年体。《史记》的问世，使《左传》式的编年体相形见绌，日渐式微，几至绝迹。《左传》式的史书以年月为次，好处是时间脉络清楚，不足之处是记事过于简略，可读性较差。司马迁的纪传体，在书首设"本纪"，用编年体简要记载一朝的大事，用"书"（班固修《汉书》时改为"志"）来介绍一朝的典章制度和政治、经济、军事工作，而把"列传"作为主体，生动地记叙传主的生平事迹。纪传体史书保留了《左传》的优长，又完整地栩栩如生地描述了历史人物，可读性很强，所以很快取代了《左传》式的编年体，成为正史的标准写法。在司马光编纂《通鉴》前，已有"十七史"（加上《新唐书》和《新五代史》应为十九部）之说，均为纪传体。

煌煌十九部正史，可宋神宗却在《敕司马光:修〈资治通鉴〉成事》的嘉奖令中说："史学之废久矣"，怎么回事呢？第一，科举考试只考经义而不考史学，以至历史无人问津；第二，十九史卷帙浩繁，一千六百余卷，正文及其注洋洋三千余万字，一般人根本没有可能读完，更别说日理万机的帝王和身负重任的大臣了（恰恰他们是最需要了解历史的）。《通鉴》问世前，历史学家如凤毛麟角，但大多也只读过《史记》和前后《汉书》等名著，对汉以后的历史也是懵懵懂懂。就是在"史学之废久矣"的背景下，司马光主动挑起了振兴史学的重担。

要振兴史学，是否能吸引读者是个关键。正史之所以逐渐失去读者，一个重要原因是文字太长了，而文字太长，是因为同一件事往往在"纪"、"志"和相关多人的"列传"中重复记载，且时有互相抵牾之处；另一个原因是"列传"中的人物固然生动，但时间概念比较模糊，让人不容易理清历史事件发生、演变的时间顺序，难以认识事件的全貌。早在东汉，荀悦就认识到了纪传体史书这一缺点，便将班固的《汉书》改编为编年体的《汉纪》，八十万字的《汉书》被浓缩为八万字，其内容虽然几乎全部来自《汉书》，没有增加新史料，但因为叙事简洁、脉络清楚而受到欢迎。如宋神宗，他也许没有读过《汉书》，但肯定是看过《汉纪》的。但《汉纪》并未给编年体带来生机，直至唐代，高峻编了一部名曰《高氏小史》的编年体简明通史，将《史记》到《隋书》等十五史浓缩为八十卷，少年司马光就是读这部书爱上了历史，也是直接受这部书的启发而萌生了振兴史学的豪情壮志。

《通鉴》受《汉纪》和《高氏小史》的启发而修，但如果不超越他们，一样会湮没无闻。宋神宗在对执政大臣谈《通鉴》时，超荀悦《汉纪》远矣！司马光超越的地方，就是他创新的地方，就是《通鉴》的生命力之所在，就是奠定其顶尖史学家地位的基石。

在第三十章《书局在洛阳》，我们已经介绍了司马光创造的先编"丛目"、再写"长编"、最后定稿的三步法，这一方法已成为编年体史书的编撰圭臬。创造一种编撰方法无异于发明一种新工艺，很了不起，而学术上的创新则更让人茅塞顿开，受益无穷。

首先，《通鉴》告诉我们，在纪传体正史的基础上再撰编年体通史，不是简单地浓缩和重新编排，而是一种再创作，不仅可以大大缩小篇幅，而且可以增加容量。《通鉴》将十九史浓缩为三百余万字，却增加了许多新的史料。《通鉴》中，唐、五代部分有约二分之一的史料是正史和现存史书中所未见的，而被他引用的这些书籍今天多已亡失。清代《四库全书总目提要》赞曰，《通鉴》"网罗繁富，体大精深，为前古之所未有"。史学界历来有"不熟读正史，未易决《通鉴》之优劣"的说法，同时有"读正史不可不兼读《通鉴》"的说法。

其次，《通鉴》告诉我们，"尽信书不如无书"，即使是经典名著中所载的故事，也要考证异同，辨别真伪。司马光在编《通鉴》的过程中，发展完善了考据学，其派生书《通鉴考异》是我国第一部考据学专著，对后世产生了深远的影响，史学家无不采用了考异之法。

其三，《通鉴》突破了孔夫子的"春秋笔法"，不"为尊者隐"，暴露昏君之丑行毫不留情，对明君之失误也秉笔直书，对农民起义虽依旧称之为"寇"、"贼"，但大抵能够客观描述；对分裂时期的政权，不论大小强弱，不分正统、僭伪，一视同仁。这在史书写作上是一个划时代的进步。

其四，《通鉴》不写无法考证的神仙鬼怪和不合情理的奇节异行，对正史上的有关记述一概毫不客气地删去。历代封建统治者为证明自己的统治合法性，无不编造君权神授的离奇故事，司马光虽然是个天命论者，却拒不采用此类离奇故事，目的是让皇帝明白，"国之治乱，尽在人君"，到时候天是靠不住的。这无疑又是史书写作上的一大进步。对于那些夸大其词、有悖情理的传说，司马光一概不予采信。如张良为太子请出"商山四皓"，阻止了刘邦废太子的图谋，这个故事《史记》《汉书》均有记载，但司马光认为在汉初的政治力量中，"商山四皓"起不到如此大的作用，故《通鉴》不载。再如《史记》称鲁仲连义不帝秦，"秦将闻之为却军五十里"，司马光认为，这不可能，不过是游侠之士的夸夸其谈，未予采信。

最后，《通鉴》给后世做出了一个用洗练的文字生动叙述重大历史事件的样板。《通鉴》是史书，但同样可以当文学来读。这得益于在写作上对传统编年体史书的突破。在时间本位和事件本位发生矛盾的情况下，《通鉴》根据需要不拘泥于"以事系日"的固定程式，而改用以事件为主线组织材料，置于事件发生的时间段内，从而保持了事件叙述的完整性。《通鉴》对重大事件的许多记叙，即使纯粹从文学角度看也堪称经典，最著名的当是曾被选入中学语文课本的《赤壁之战》（《通鉴》第六十五卷　汉献帝建安十三年十月）。赤壁之战是决定魏蜀吴三足鼎立的重大战役，但原有史书的记载均不完整，其史料散见于范晔的《后汉书》、陈寿的《三国志》、习凿齿的《汉晋春秋》、虞溥《江表传》、韦昭的《吴书》和乐资的《山阳公载记》等书中，而涉及的人物有曹操、刘备、孙权、周瑜、诸葛亮、鲁肃、张昭、黄盖等，一般人不可能把上述史书都读到，而且即使都读到，也很难将赤壁之战理出头绪，形成完整印象。司马光仅用二千余字就把赤壁之战的前因后果和过程交代得清清楚楚，精彩纷呈，所涉及的人物一个个被描写得栩栩如生，特别是孙权、诸葛亮、鲁肃、周瑜这四个人物的形象，塑造得非常丰满。《赤壁之战》能成为文学名篇，理所当然。在长于叙事这一点上说，司马光与司马迁可谓不相上下。

最早就将司马迁和司马光并列的是宋神宗，但"两司马"的提法与近代学者梁启超有关。他认为《通鉴》"繁简得当，很有分寸，文章技术，不在司马迁之下"，可并称为我国史学界的前后"两司马"。①

《史记》和《通鉴》，"这两部名著不但是中国古代史学之绝笔，也

①《中国历史研究法（补编）》。

无疑是世界古代史学之绝笔"①。从两部书的影响来说，并称"两司马"也是恰如其分的。《史记》乃正史写作之规范，而《通鉴》带动了编年体的复兴，引发了"通鉴体"写作的高潮。

引领新体系，催生通鉴学

清代学者王鸣盛说："编年一体，唐以前无足观。至宋有《通鉴》，始赫然与正史并列。"的确！编年体史书能与纪传体的正史分庭抗礼，并驾齐驱，发端于司马光的《通鉴》。

《通鉴》问世后，在南宋引发了通鉴体史书的写作热，且往后续《通鉴》的大多在书名中冠以一个"续"字。第一个续写者为李焘，作《续资治通鉴长编》九百八十卷，写北宋一代史事，可惜未能完整流传下来，我们今天看到的此书之中华书局版是辑本，因无法补上残缺，才五百二十卷。接着，有李心传的《建炎以来系年要录》二百卷，与《长编》相接，写高宗一朝三十六年事。有徐梦莘《三朝北盟会编》二百五十卷，记录了起徽宗政和七年（1117）七月四日至高宗绍兴三十二年（1162）四月二十一日的两宋交替时期的历史，重点在写靖康之乱。又有刘时举著《续宋中兴编年资治通鉴》，写高宗建炎元年（1127）至宁宗嘉定十七年（1224）的史事。往前续《通鉴》的，除了刘恕所撰之《通鉴外纪》十卷外，又有南宋金履祥所著《通鉴前编》十八卷，两书均记周共和元年（前841）至周威烈王二十二年（前404），与《通鉴》相接。

南宋以后，《通鉴》的续作者薪火相传。明朝有薛应旂和王宗沐分别所著一百五十七卷本和五十七卷本《宋元资治通鉴》，记宋、元两朝史事。记载明朝历史的有谈迁的《国榷》一百零八卷。进入清朝，记载宋、辽、金、元历史的，有徐乾学的《资治通鉴后编》，毕沅的《续资

① 王曾瑜：《关于编写〈资治通鉴〉的几个问题》。

治通鉴》二百二十卷。记载明史的有陈鹤的《明纪》六十卷，夏燮的《明通鉴》九十卷。

司马光是通鉴体的祖师爷。纵观史学发展史，以《通鉴》为发端，《通鉴》及其后续之作，构成了一个独立的编年体史书体系，足以和二十四史相抗衡。

以上讲的是《通鉴》的续书，还有很多由《通鉴》改编的史书，在史学中也占有重要地位。改编从两个方向进行，第一是纲目体，第二是纪事本末体。

纲目体的始作俑者是南宋著名理学家朱熹，将《通鉴》改编为《通鉴纲目》五十九卷。《通鉴纲目》叙事首列标题，用大字书写，标题下详述史实，可视为《通鉴》的简编本，好处是提纲挈领，眉目清晰，但朱熹将《通鉴》中的礼治思想进一步强化，而扬弃了《通鉴》不分正闰的先进历史观，对多国并存时期强行划分正统非正统。《通鉴纲目》因朱熹的名气而影响极大，后作纲目体史书者历代不绝，乃至出现了《纲鉴合编》。

纪事本末体是为弥补编年体史书的一个缺点而产生的史学新体裁。编年体史书因为受时间轴约束，一件经过数月数年的大事往往散落在若干卷中，且与同时发生的其他事掺杂，读者检索起来殊为不易。南宋的袁枢是个《通鉴》迷，深为上述问题头痛，于是将《通鉴》中所述之大事归纳为二百三十九个题目，把分散在各卷中的记载按时间顺序集纳到题目之下，稍加剪裁连缀，便成了一个个有头有尾的完整故事。此书定名为《通鉴纪事本末》，篇幅只有《通鉴》的二分之一，但囊括了《通鉴》中的所有大事，方便读者检索，所以不乏续作者。李焘的《长编》也被改编为《皇宋通鉴长编纪事本末》。此后，宋、辽、金、元、明各代之史以及《左传》均有人改编为纪事本末体，形成了纪事本末系列。

《通鉴》催生了中国史书的新体系，其影响扩大至亚洲邻国。据李昌宪《司马光评传》：受《通鉴》的启发，日本编撰了编年体史书《大年镜》《今镜》《水镜》《增镜》，另外日本史书中的四大名著《吾妻镜》（《东镜》）《神皇正统记》《本朝通鉴》《大日本史》也不同程度借鉴了

《通鉴》的做法。朝鲜十二世纪金宽毅编纂的《编年通录》，李朝时期成书的《东国通鉴》，一五一〇年越南武琼编写的《大越通鉴通考》，亦当是受《通鉴》影响的产物。

《通鉴》有纵向系列，即由其引发的续书;《通鉴》还有横向系列，即与其配套的派生书。司马光在编撰《通鉴》时，就把它作为一个系统工程来做，有九本与之配套的书:

《通鉴考异》三十卷，集纳了在编撰《通鉴》中的部分考异成果，是我国第一部考据学专著。原独立成书，元人胡三省将其散注于《通鉴》有关条目下，成为《通鉴》的附注。考异法为后世尊为治史之不二法门,《通鉴》类的后续之作无不采用考异法，在清朝产生了考据学著名学派——乾嘉学派，钱大昕、王鸣盛、赵翼等名家辈出，其代表作有《二十二史考异》《十七史商榷》《二十二史劄记》等。

《通鉴目录》三十卷，乃《通鉴》所写的千年历史的大事年表，非常便于检索。《四库提要》指出:"用目录之体，则（司马）光之创例。《通鉴》为纪、志、传之总会，此书又为《通鉴》之总会矣。"(《四库全书总目》卷四十七，史部·编年类)因为司马光首创目录体，我们今天读书才有如此方便。

《通鉴举要历》八十卷，考虑到《通鉴》卷帙浩繁，副本只有王胜之一人读完，司马光为读者着想，将《通鉴》缩编成举要历。

《通鉴节文》六十卷，性质与《通鉴举要历》同，但是否司马光所作，已难以考证。

《历年图》七卷，所述历史时段与《通鉴》同，也是编年体，但更为简练，以"臣光曰"为开头（即前朝或前国亡国之时），与《通鉴》的"臣光曰"多就事就人而论不同，而就一朝一国的兴亡立论。

《国朝百官公卿表》十卷，记载北宋开国以来至英宗治平四年（960—1067）百余年的大事。以上两书单行本已佚，但被保留在《稽古录》一书中，被重新分卷，前者被合并为五卷，后者被合并为四卷。

《稽古录》二十卷，由《稽古录》和上述两书合成。卷一至卷十一，记载伏羲氏至周威烈王二十二年（前404）的历史，即《通鉴》之前的历史，编撰体例与《历年图》同，是一本给少年儿童普及历史知识的通俗读物。卷十二至卷十六为《历年图》，卷十七至卷二十为《国朝百官公卿表》。

《涑水记闻》，是司马光为写《资治通鉴后纪》（北宋当代史）而准备的资料汇编，因每条大多注明了消息来源，故曰记闻。这些资料尚未经考异，不准确处在所难免。后被《长编》作者李焘和《宋史》的编撰者脱脱未加分辨地大量引用。历来版本卷数及内容多寡不一，现中华书局版《涑水记闻》是在《四库全书》本的基础上参考其他史料编辑点校而成，共十六卷，附录四件。

《通鉴释例》一卷，是司马光编撰《通鉴》时所定的凡例，由其曾孙司马伋根据遗稿整理而成。

以上九部书构成了《通鉴》的横向系列，其中《通鉴目录》《通鉴举要历》《通鉴节文》《历年图》可视为《通鉴》各种不同的摘要本或缩编本，为的是方便不同层次的读者。在这个意义上说，司马光为后世树立了一部书分别出全本、节选本、普及本、少儿本的榜样。《稽古录》把《通鉴》前的历史用通俗的形式写出，就是古代的少儿本。另外，《国朝百官公卿表》和《涑水记闻》，一为当代大事记，一为当代史料汇编，体现了他重视当代史的史学精神。

《通鉴》从问世起即吸引了研究它的学者，以至逐渐形成了专门的通鉴学。我们知道，因一部书而形成一门学的情况极其罕见。与文学上因研究《红楼梦》而形成红学一样，史学上因研究《通鉴》而形成通鉴学，本身就说明了其研究对象博大精深，空前绝后。专门研究《通鉴》的作品，在宋末元初就已硕果累累，不乏鸿篇巨制。与文天祥同榜的进士胡三省，入元后终身不仕，潜心研究《通鉴》，写出了《资治通鉴音注》，其注释对《通鉴》所载之典章制度、音韵、训诂都详加考订，特别是对地理、官制的考证尤其精当，其篇幅大抵与《通鉴》相等。后世誉之为"通鉴之功臣，史学之渊薮"。我们今天读《通鉴》可以看到附于书中的胡三省之注，对读懂原文极有帮助。录取文天祥为状元和胡三省为进士的复试官王应麟，南宋度宗时为礼部尚书，入元后不仕，专门做学问，写出了《通鉴地理通释》十四卷，以《通鉴》地理为研究对象，因其兼考《史记》等史书的地理沿革，又可视为一本古代军事地理专著。《四库全书总目》赞其"征引浩博，考核明确，而叙列朝分据战攻，尤一一得其要领，于史学最为有功"。明朝万历年间的一对秀才师生严衍、谈允厚，埋头研究《通鉴》三十年，拿十七史逐句逐字与《通鉴》对照比勘，写出了《资治通鉴补》一书，纠正了《通鉴》和《资治通鉴音注》中的错误。所以，史学界有要深入研究《通鉴》，不可不读《通鉴补》之说。但两人在书中对《通鉴》原文和胡注随意作删节，且补注过多过滥，篇幅竟超出《通鉴》四倍，因此颇遭诟病，一直只有抄本而不便印行。到清道光四年（1824），有个叫张敦仁的，从《通鉴补》中择出其改正、移置、存疑、备考、补注等部分，编为上中下三册，第一次出版。此后，咸丰、光绪年间又有出版。

民国时期是《通鉴》研究的又一个黄金时期，突破了微观研究的窠臼，出现了带宏观总结的开拓之作。一九三四年出版的崔万秋的《通鉴研究》，从司马光的生平、著作到编撰《通鉴》的动机、过程以及成书后的影响，进行了比较全面的总结。一九四七年出版的张须的《通鉴学》，是迄今为止第一部全面研究和介绍《通鉴》的著作，几乎囊括了前人研究的主要成果，超越《通鉴研究》远矣。成书于一九四五年的陈垣的《通鉴胡注表微》是一部别出心裁的著作，对音注《通鉴》的胡三省做了深入研究。因为胡三省是南宋遗民，入元后不仕，音注《通鉴》，在字里行间巧妙地隐藏着自己的爱国主义思想。而陈垣是在抗战时期日本占领的北平研究胡注的，于是在胡注中找到了"知音"。他首次把名不见经传的胡三省（《宋史》《元史》均无载）这个爱国主义史学家的生平事迹挖掘出来，对胡注细考探微，所引用书籍达二百五十六种，用胡注七百五十余条，通过巧妙地引经据典，叙述史实，表达了自己的爱国主义情怀。这些代表性著作，标志着通鉴学已经形成。

新中国成立之后，随着中华书局标点本《通鉴》的出版以及以之为母本的各类节选本、注释本、活页本、学生本、讲读本、全译本、文白对照本的出版，《通鉴》的普及程度前所未有，通鉴学的繁荣也前所未有。为《通鉴》作新注的，先后有瞿蜕园的《通鉴选》，王仲荦《资治通鉴选》，陈光崇、顾奎相的《资治通鉴选读》，张鸿儒、沈志华主编的《文白对照全译资治通鉴》，还有多种全译本，译著频出，难以枚举。研究《通鉴》的论文和专著相继出版，颇具影响的有冯惠民的《司马光和〈资治通鉴〉》、柴德赓的《〈资治通鉴〉介绍》、陈光崇的《通鉴新论》（论文集）、王曾瑜的《关于编写〈资治通鉴〉的几个问题》、李昌宪的《司马光评传》、宋衍申的《司马光大传》，等等。吴玉贵的《〈资治通鉴〉疑年录》则是一部专攻《通鉴》纪事时间之失的学术著作。此外还出现了许多以通鉴学为研究对象的学术文章。一九八四年，《通鉴》问世九百周年；一九八六年，司马光逝世九百周年，海峡两岸都举行了纪念活动，出版了论文集《〈资治通鉴〉丛论》《司马光与〈资治通鉴〉》，台湾出版了《纪念司马光与王安石逝世九百年学术研讨会论文集》。在韩国、日本也有研究通鉴学的学者。

漆侠先生在《宋学的发展和演变》的《总论》中说："如果从成就和影响来看，温公的史学掩盖了他的经学。'元祐更化'之际，温公废除全部新法，要比他在史学和经学上的影响大得多。"的确，如果我们姑且撇开"元祐更化"中的司马光，而专注于他的《通鉴》，就会发现《通鉴》像一坛美酒，越陈越醇，越陈越香，年代愈久，其价值愈高。

附录

司马光年谱

宋真宗天禧三年（1019） 一岁

司马光之父司马池知光州光山县，十月十八日，司马光出生于县衙官舍。

天禧五年（1021） 三岁

司马池拜秘书著作佐郎，监寿州安丰县酒税。

乾兴元年（1022） 四岁

司马池以秘书丞知遂州小溪县。

天圣二年（1024） 六岁

父兄教司马光读书。

天圣三年（1025） 七岁

司马池为河南府（洛阳）司录参军，不久通判西京留守司，司马光在府学读书，砸缸救友的故事发生于此。年底，司马池升群牧判官，赴京（开封）。

天圣四年至天圣七年（1026—1029） 八岁至十一岁
司马池任群牧判官。司马光在国子监读书。

天圣八年（1030） 十二岁
司马池因得罪宦官皇甫继明，出知耀州。

天圣九年（1031） 十三岁
司马池改任利州路转运使，司马光随父赴川，游览南岩，司马池壁上题诗，末云"君实捧砚"。

明道元年（1032） 十四岁
随父在利州。

明道二年（1033） 十五岁
司马池为兵部员外郎知凤翔府，司马光随侍，以父荫补为郊社斋郎（数年后升将作监主簿）。此时，司马光已"书无所不通，文辞醇深，有西汉风"。是年，曾赴华州访学者孙之翰。

景祐元年（1034） 十六岁
司马池加直史馆，仍知凤翔府。

景祐三年（1036） 十八岁
司马池调京任侍御史知杂事，司马光随父入京。

景祐四年（1037） 十九岁
司马池与张存同为三司副使，司马光与张存女订婚，是年作《铁界方铭》《勇箴》。

宝元元年（1038） 二十岁

司马光参加科考，中进士甲科第六名（状元为吕溙），以奉礼郎出任华州判官，赴任前与张氏完婚。同年进士有石扬休、范镇、吴充、孟翔、聂之美、庞之道、邵必、刘航等，以上列名者后均与司马光有亲密交往。十月，司马池升天章阁待制，知河中府，道改知同州，司马光将新婚妻子放在同州父母处，只身在华州，随时请假去同州探望父母、妻子。同年石扬休为同州推官，司马光与之交游甚密。

宝元二年（1039） 二十一岁

八月，司马池改知杭州。司马光作《颜太初杂文序》。

康定元年（1040） 二十二岁

以将作监主簿签书平江军（苏州）节度判官公事，应司马光就近照顾年迈父母之请也。上任后，代父作《论两浙不宜添置弓箭手状》，初露锋芒。是年，母亲聂氏病故于杭州，司马光护柩回乡丁母忧。九月九日，司马池因得罪同僚被降知虢州，道改知晋州。

庆历元年（1041） 二十三岁

丁母忧。司马池病故于晋州任上，同时丁父忧。

庆历二年（1042） 二十四岁

八月，葬父母于家乡夏县鸣条岗祖茔。丁忧，作《十哲论》《四豪论》等。

庆历三年（1043） 二十五岁

丁忧。作《贾生论》。

庆历四年（1044） 二十六岁

丁忧期满，赴延安访恩师庞籍，初冬，任签书武成军（滑州）判官。

庆历五年（1045） 二十七岁

恩师庞籍升任枢密副使。司马光以签书武成军判官权知滑州苇城县事，作《蓉龙庙祈雨文》求雨应验。另作有《机权论》《才德论》《廉蔺论》《不以卑临尊论》等。六月，升为大理评事，是冬离滑赴京。

庆历六年（1046） 二十八岁

大理评事，迁本寺丞，兼国子监直讲（共三年）。大理评事审案工作使之不胜其苦，而国子监直讲让他如鱼得水，与在苏州结识的朋友李子仪相聚甚欢。庞籍推荐他入馆阁，未果。

庆历七年（1047） 二十九岁

职务同上，作《上庞枢密论贝州事宜书》等。

庆历八年（1048） 三十岁

十一月十二日经参知政事庞籍推荐召试学士院，顺利通过，授馆阁校勘（候二年升校理），进入社会地位高、发展前途大的馆阁"清要之臣"行列。作《谢校勘启》《又谢庞参政启》。

皇祐元年（1049） 三十一岁

馆阁校勘。八月，与同年范镇同为贡院点检试卷官，取筠州进士刘恕为第一，从此与刘恕相识（后与刘恕一起策划编撰《资治通鉴》，刘恕为第一副总编）。是月，还参与策试贤良方正及武举。作《古文孝经指解》《进古文孝经指解表》《名苑并序》（《名苑》类似字典），初步奠定学术地位。

皇祐二年（1050） 三十二岁

馆阁校勘、同知太常礼院。作《论麦允言给卤簿状》《论张尧佐除宣徽使状》，表现了不畏权贵（麦为得宠宦官、张为贵妃叔父）的高贵品质和维护礼治的坚定立场；作《乞印行〈荀子〉〈扬子法言〉状》，促成二书印行。是年回夏县老家探亲，侄司马康出生。

皇祐三年（1051） 三十三岁

同知礼院，迁殿中丞，七月除史馆检讨，修《日历》，十月改集贤校理。有《论刘平招魂葬状》等。

皇祐四年（1052） 三十四岁

职务同上。作《论夏竦谥状》《第二状》（夏为仁宗老师，权臣），再次表现出礼治卫道士本色。参与大乐之辩，有《与景仁论乐书》《再与景仁书》，此后与范镇辩乐的来往文字达数万字，一直争论了三十余年，至死也互不服气，但友谊弥深。

皇祐五年（1053） 三十五岁

闰七月，庞籍罢相知郓州，司马光追随恩师通判郓州，兼典州学。

至和元年（1054） 三十六岁

殿中丞、集贤校理、通判郓州，逐步熟悉了州级工作。上《古文孝经》。

至和二年（1055） 三十七岁

六月，庞籍知并州（太原），司马光改任并州通判。

嘉祐元年（1056） 三十八岁

殿中丞、集贤校理、通判并州。正月一日，仁宗病重，因无子，司马光上《请建储副或进用宗室第一状》《第二状》《第三状》，虽未获准，但给执政大臣留下深刻印象。

嘉祐二年（1057） 三十九岁

奉庞籍之命赴黄河对岸麟州考察在屈野河以西筑堡问题，报称可行。五月，庞籍不待朝廷批复，令麟州出兵筑堡，宋兵遭敌埋伏，惨败。在御史来查处前，司马光已被任命为太常博士、祠部员外郎、直秘阁、判吏部南曹，庞籍将与之相关的文件藏匿，催其赶快上路。司马光硬是等御史到来，主动向御史说明情况，承担责任，但御史未予追究。最后，庞籍罢节度使改知青州，麟州官员非撤即降。司马光带着终身愧疚赴京履新。回朝后上《论屈野河西修堡状》《第二状》，请求处分，未准。是年，作《功名论》《知人论》等。

嘉祐三年（1058） 四十岁

直秘阁、开封府推官，赐五品服。带着对屈野河之败的沉重愧疚感，上《乞虢州第一状》，请求外放，未准。参与对交趾所贡奇兽的辨认，上《交趾献奇兽赋》《进交趾献奇兽赋表》，提出原物退回的主张，被仁宗采纳，因之声名鹊起。是年还作《朋党论》《知非》等。

嘉祐四年（1059） 四十一岁

度支员外郎、直秘阁、判度支勾院。继续上《乞虢州第二状》《第三状》，未准。其"同年"好友石扬休病故，作《石昌言哀辞》。

嘉祐五年（1060） 四十二岁

原官加同修起居注。连上五状辞修起居注。是年春夏之交开封发生瘟疫、地震，死者数十万计。与之"晨往夕来"的江休复、梅尧臣、韩宗彦相继去世，司马光作诗怀念。王安石从提点江南刑狱赴京任度支判官，与司马光、吕公著、韩维同在包拯手下共事，被誉为"嘉祐四友"。

嘉祐六年（1061） 四十三岁

迁起居舍人、同修起居注、同判尚书礼部、同知谏院、判检院、权判国子监。七月奉旨详定均税，却只提出了原则要求，未拿出具体意见。八月与范镇一起参与试贤良方正能直言极谏科，录取苏轼、苏辙兄弟，其中苏辙已被淘汰，司马光上疏说服仁宗而录取。是年仁宗再次病重，储君问题迫在眉睫，司马光先后上《乞建储上殿劄子》《第二劄子》，两次上殿，终于用历史典故打动仁宗，决定将宗室子宗实作为皇储。时士大夫多以"更张庶事宜革宿弊"，此年司马光所上奏疏数十，涉及到朝政的方方面面，阐发了他的施政理想，其中最著名的有《陈三德上殿劄子》《进五规状》等，另外弹劾大臣的有《论张方平状》《第二状》等。

嘉祐七年（1062） 四十四岁

天章阁待制、起居舍人、知谏院兼侍讲，赐三品服。因建储有功，而获升迁，本被任命为知制诰，他九上辞呈，乃改为天章阁待制。上奏章数十，其中《论上元游幸劄子》《论上元令妇人相扑状》是直接批评仁宗的。

嘉祐八年（1063） 四十五岁

职务同上。正月与翰林学士范镇同知贡举。三月仁宗驾崩。四月英宗即位。因英宗乃宗室子入继大统，皇太后（仁宗曹皇后）与之互相猜疑，宦官从中推波助澜，一度使英宗发疯。司马光先后有《上皇太后疏》《上两宫疏》《上皇帝疏》，为调解两宫矛盾做出重要贡献。是年，其恩师庞籍病故，司马光作《祭庞颍公文》《太子太保庞公墓志铭》。为鼓励谏官直言敢谏，司马光作《谏院题名记》，刻石立碑于谏院。

治平元年（1064） 四十六岁

原官加吏部郎中。在倡议大臣捐献仁宗遗赐和刺义勇的问题上，与宰相韩琦发生冲突，为反对刺义勇到政事堂当面质问韩琦。回想知谏院五年，上疏一百七十余道，除了在建储和调解两宫矛盾与执政一致外，其余大多说了白说，于是连写六道辞呈，未获准。

治平二年（1065） 四十七岁

三月请假回乡扫墓。十月，免知谏院，改右谏议大夫，龙图阁直学士兼侍读，判流内铨。是年卷入"濮议"（即英宗是否可称生父为亲）大论战，代表"两制"官员上《与翰林学士王珪议濮安懿王典礼状》，提出"尊无二上"论。欧阳修提出相反的"降而不绝"论。于是"两制"、"两府"分别以司马光与欧阳修为旗手，展开论战，最后司马光输了论战却赢得了威信。

治平三年（1066） 四十八岁

职务同上。"两制"官员在"濮议"中落败而被贬，司马光连章请留未果，请求同贬，不准。四月进《通志》八卷（后为《资治通鉴》前八卷），英宗令续编《历代君臣事迹》（即后来之《资治通鉴》，奉旨成立以司马光为总编修，刘恕、刘攽为同编修的书局。书局人员享受官中待遇。自此，《资治通鉴》由私修（头八卷）变成官修。

治平四年（1067） 四十九岁

右谏议大夫、翰林学士、知制诰兼侍读学士。正月八日，英宗崩，神宗继位。正月，权知贡举，在锁院中的司马光不知朝中正暗中进行"倒阁"行动，出贡院后不明不白地卷入其中，职务在翰林学士和御史中丞之间倒腾。是年四月进《前汉纪》

三十卷。十月奉命赴迩英殿进读《资治通鉴》，神宗钦赐书名并亲自为《资治通鉴》作序，将颖邸（神宗登极前为颖王）书籍三千四百零二卷提供给书局做参考。

熙宁元年（1068） 五十岁

原官加权知审官院，提举司天监。神宗有志改革，但司马光进读也好，上疏也好，讲的都是礼治、德治，排除治术，这让神宗失望。翰林学士王安石到任，第一次面见神宗便提出"择术为先"。就此立起保守与变法两面大旗。两人的直接冲突首先在阿云案的判决上开始，接着又在是否批准宰执辞郊赐的问题上交锋。司马光上《乞听宰臣等辞郊赐劄子》，王安石的意见针锋相对，最后争到神宗面前，司马光有《迩英奏对》记载此事。

熙宁二年（1069） 五十一岁

职务同上。王安石被任为参知政事，设立制置三司条例司，推行变法。保守派展开对王安石攻击，第一个弹劾者为御史中丞吕诲，六月被贬出朝。司马光作《上体要疏》，指出设立条例司，推行变法，有悖政体，有违治国之要，举起了反变法的理论大旗。

熙宁三年（1070） 五十二岁

与王安石的矛盾白热化。原宰相韩琦从河北上疏指出青苗法的三大问题，神宗开始犹豫，王安石请辞，神宗不准，令司马光写敕书，司马光满腔怒气，所写敕书言辞尖刻。神宗为搞平衡，二月任司马光为枢密副使，司马光九辞而不受命，神宗亲自请他受命，他以废除一切新法为接受前提，无奈作罢。司马光的辞枢密副使之举，使其在保守派中威望达到巅峰。在辞枢密副使之同时，先后作《与王介甫书》《与王介甫第二书》，批评王安石变法是"用心太过"、"自信太厚"，王回以《答司马谏议书》，司马光给他第三书，王未回信，从此二人绝交。同时，司马光利用经筵讲课，借古讽今，反对变法。九月二十六日，司马光以端明殿学士、兼翰林侍读学士、集贤殿修撰知永兴军（西安），十一月四日到职。行前作《奏弹王安石表》《乞免永兴军路苗役钱割子》《乞不令陕西义勇戍边及刺正兵割子》《乞留诸州屯兵割子》等。《资治通鉴》书局留在京师，但人员发生变化。刘攽因反对变法而被贬出京城，刘恕因要照顾年迈双亲回江西南康军监酒税，继续编书，新调知县范祖禹接替刘攽。司马光进《后汉纪》三十卷、《魏纪》十卷。是年，其子司马康（以侄子过继）以明经科中第。

熙宁四年（1071）　五十三岁

知永兴军，四月十八日改判西京（洛阳）御史台。在西安作《谏西征疏》《乞罢修腹内城壁楼橹及器械状》《乞不添屯军马》《奏乞所欠青苗钱许重叠倚搁状》等，均与朝廷相抵牾，不得不要求辞职，在辞职报告中对王安石痛加斥责。他只做了五个月的知军（其中两个月等待新命令，实际工作三个月）。是年王安石为相。司马光到达洛阳后，五月十日，吕诲病危，临终嘱咐司马光反变法事尚可为。司马光作《右谏议大夫吕府君（诲）墓志铭》《祭吕献可文》，攻击王安石，吓得"同年"、书法家刘航不敢书石，刘航子刘安世挺身而出，为之书石。刘安世因此成司马光高足。其岳父张存去世，司马光作《礼部尚书张公（存）墓志铭》《祭张尚书文》《张尚书葬祭文》。

熙宁五年（1072）　五十四岁

判西京留台。正月，《资治通鉴》书局迁至洛阳，范祖禹随局来洛。司马光从此专心编书。是年，为吕诲奏疏集作序，研究古投壶游戏，以礼治观点修改游戏规则，著《投壶新格》。与易学大师邵雍交往。

熙宁六年（1073） 五十五岁

判西京留台。在洛阳修独乐园成，作《独乐园记》及《独乐园七咏》。与富弼、王拱辰等集资为邵雍买下了"安乐窝"，其规模远超独乐园。范镇来访，两人继续争论大乐，因上次在京城是以下围棋定胜负，范镇胜，此次司马光要以投壶定胜负，并按《投壶新格》裁判，司马光胜。

熙宁七年（1074） 五十六岁

判西京留台。在后族和保守派的共同攻击下，神宗变法立场动摇，三月神宗下诏求直言，司马光"喜极而泣"，作四千言《应诏言朝政阙失状》，历数王安石罪状，要求废除新法。王安石罢知江宁府，以韩绛、吕惠卿为相。但变法派很快展开反击，司马光的愿望落空。从此再不上疏言事，专心编撰《资治通鉴》。

熙宁八年（1075） 五十七岁

二月王安石复相，闰四月，司马光免判西京留台，改提举西京嵩山崇福宫。洛阳成为保守派大本营，道学先生、失意官僚等集合在司马光的大纛下。

熙宁九年（1076） 五十八岁

提举嵩山崇福宫。刘恕从江西来洛与司马光商修书事。是年修成《晋纪》四十卷、《宋纪》十六卷、《梁纪》三十二卷、《陈纪》十卷、《隋纪》八卷，计一百零六卷。十月，王安石再次罢知江宁府，从此告别政治舞台。

熙宁十年（1077） 五十九岁

职务同上。"同年"吴充为宰相，司马光作《与吴丞相（充）书》，希望他说服神宗，废除新法。他在保守派中的呼声日高，被誉为"民间宰相"。

元丰元年（1078） 六十岁

职务同上。九月，《资治通鉴》同编修刘恕病逝于南康。十月，补司马康为书局检阅文字。作《刘道原〈十国纪年〉序》等。

元丰二年（1079） 六十一岁

职务同上。作《四言铭系述》《书孙之翰〈唐史记〉后》《书孙之翰墓志后》《理性命》等。是年底，知湖州苏轼因乌台诗案入狱。

元丰三年（1080） 六十二岁

职务同上。在苏轼被贬黄州前，托范镇给苏轼捎去《独乐园记》和《超然台诗寄子瞻学士》，苏轼回赠一首《司马君实独乐园》，司马光因之受牵连，被罚铜二十斤。作《先公遗文记》，为文彦博作先庙碑文。

元丰四年（1081） 六十三岁

职务同上。作《事亲》《事神》《宽猛》《百官表总序》《百官公卿年表》（与赵彦若合作）《法言集注》《书仪》等。

元丰五年（1082） 六十四岁

职务同上。正月，富弼、文彦博组洛阳耆英会，请司马光加入，作《洛阳耆英会序》。三十日，夫人张氏卒于洛阳，二月二十九日葬于夏县鸣条岗祖茔。九月，永乐城陷，宋军惨败，神宗当朝痛哭。司马光突得风疾，语涩，恐时日无多，预作《遗表》。是年，还著有《集注太玄经》《书心经后赠绍鉴》《伯夷隘柳下惠不恭》等。

元丰六年（1083） 六十五岁

职务同上。退出耆英会，与范纯仁率组真率会。作《致知在格物论》《河南志序》《序赙礼》《无益》《学要》《治心》《文害》《道大》《道同》《绝四》《求用》等，还有怀念夫人的《叙清河郡君》。

元丰七年（1084） 六十六岁

本年修成《唐纪》八十一卷，《后梁纪》六卷，《后唐纪》八卷，《后晋纪》六卷，《后汉纪》四卷，《后周纪》五卷，《目录》三十卷，《考异》三十卷，计一百七十卷，至此《资治通鉴》全书修成。十一月，司马光作《进〈资治通鉴〉表》，将正本送开封呈神宗，副本留洛阳。在《资治通鉴》修成前后，司马光将注意力转移到哲学上，其代表作为《中和论》（十月三日），与范镇等友人的诸多书信也围绕此论。此外，还著有《葬论》《负恩》《羡厌》《老释》《凿龙门辩》等，有《韩魏公祠堂记》《猫虪传》。进《资治通鉴》后，升资政殿学士。

元丰八年（1085） 六十七岁

三月初七日，神宗崩，十岁的哲宗即位，太皇太后（英宗高太后）垂帘。司马光从洛阳赴京吊丧，引起市民围观，要求"勿去，留相天子"，未等哲宗和高太后召见即返洛，高太后派宦官追到洛阳，宣谕"毋惜奏章，赞予不逮"。司马光上《谢宣谕表》《乞开言路劄子》，接着上《乞去新法之病民伤国者疏》，针对变法派指责废新法是"子改父道"议论，提出了"母改子政"的观点，从而为废除新法提供了理论依据。四月十六日，被任命以资政殿学士、太中大夫知陈州，诏其上任途中过阙入见。连上《乞罢保甲状》《乞罢免役钱状》《乞罢将官状》《乞开言路状》等。五月二十三日到京入见，二十六日以资政殿学士、通议大夫，录门下侍郎（副相），上《乞改求谏诏书劄子》《请更张新法劄子》《乞申明求谏诏书劄子》《举荐刘挚等劄子》《乞罢保甲劄子》等。七月罢诸镇、寨市易、抵当，罢开封府界及三路保甲团练；八月罢市县市易、抵当；十月罢方田。司马光完全控制了台谏，形成了反变法的"舆论一律"。到此年底，还废除了保甲法、保马法，但废除青苗法、免役法、将兵法遇到很大阻力，给西夏"归还"所谓新取之地也遭到反对，司马光发誓："'四害'（以上四事）不除，死不瞑目。"领导保守派展开除"四害"，驱"三奸"（左相蔡确、枢密使章惇、副相韩绛）的斗争。是年，与废除王安石新法有关的奏疏还有《乞不贷强盗白劄子》《乞不贷故斗杀劄子》等。学术上有《进孝经指解劄子》《性犹湍水》《生之谓性》等。

元祐元年（1086） 六十八岁

尚书左仆射兼门下侍郎。为废新法，不舍昼夜，正月二十日病倒，告病假（未能上班一百三十天），在病床上指挥废免役法，作《乞罢免役钱依旧差役劄子》《三省咨目》《密院咨目》《与三省密院论西事劄子》《论西夏劄子》《乞未禁私市先赦西人劄子》《第二劄子》《乞不改更罢役钱敕劄子》《乞申敕州县依前敕差役劄子》。原首相蔡确被驱逐，闰二月初二日，病中升任尚书左仆射（首相）。在废免役法当中，遭到章惇的顽强阻击，章惇被贬出朝。要除的"四害"中阻力最大的是所谓归西夏地的问题，保守派内部除文彦博外几乎全部反对。司马光在前面已反复上疏的基础上，又上《乞不拒绝西人请地劄子》等，主张将熙、河、兰三州及鄜延、环庆路宋新占之地全部放弃，因遭强烈反对，遂听熟悉边防者汇报，立场改变为不交熙、河、兰三州，其他"归还"。此事久议不决，最后范纯仁按提出的以俘虏换土地的方案给西夏下了诏书。是年四月六日，王安石病逝于金陵，司马光指示吕公著，朝廷应给予礼遇。八月六日，下诏废青苗法，复常平旧法。十二日，又病倒在西府会议室，被抬回家，从此再未上班，于九月初一日逝世。赠太师、温国公，谥文正

（有宋第三人），派大臣和宦官护灵柩归葬夏县祖茔。此年，哲宗赐手书"精忠粹德"碑额。关于《资治通鉴》，是年有《乞黄庭坚同校〈资治通鉴〉劄子》《乞令校定〈资治通鉴〉所写〈稽古录〉劄子》，但未等黄庭坚等人校完即去世了。十月，国子监奉旨镂刻《资治通鉴》于杭州。是年所写劄子数十道。

后记

　　大院花园里，迎春花开了，山桃花开了，贴梗海棠的花苞泛红了，不安分地一天天胀大，含苞待放了。

　　去年这个时候，我登上南下的飞机，去寻访我的传主——司马光的遗迹。这是动笔前的最后一项准备工作。一年过去了，我该交稿了。

　　我在键盘上为本传敲下了最后一个字符，从层层叠叠的故纸堆的包围圈里钻出来，伸了一个懒腰，长舒了一口气。司马光先生！不论您对这部传记是否满意，但我的写作态度是严谨的。虽然是文学传记，但是按学术著作的规范来选材的，力求事事皆有根据。对您，我没有刻意溢美，也没有有意贬损，尽量客观而已。还有一点，我要告诉您，在九百多年后的今天，知道您的人仅局限于象牙塔之中，而在象牙塔之外，知道司马光砸缸的故事就不错了。不过您不必伤感，中国作协启动的中国百位历史文化名人工程，就是要唤醒历史的记忆，弘扬民族文化瑰宝。您以《资治通鉴》入选，我这才有幸为您作传。

　　您生前的主要活动地，一开封，二洛阳。先说开封，您在《长垣道中作》一诗中曾经这样讴歌它："极目王畿四坦然，方舆如地盖如天。始知恃险不如德，去杀胜残已百年。"可叹开封因无险可恃又地势低下，先是被金兵轻易破城，放火烧了三天三夜，后来又被黄河泛滥的泥沙掩埋于地下九米以下。在今日之开封，您生活游历的地方只剩下一个古吹台了。大相国寺还在，但已非当年的相国寺。近年所建之宋都御街和清明上河园，可见仿制的当年之建筑、器物、服饰，但也许只能算是貌似了。我只能求助于孟元老的《东京梦华录》，来"复原"您的活动场景。再说洛阳，宋代众多的园林在您远行四十年后也被金兵放火化为灰烬，好在现已考证出您的独乐园故址，热心人士正在筹备重建。邵雍"安乐窝"的遗址只剩下一个地名，成了公交站的站名。在洛阳采访，我得到了司马光独乐园筹建委员会的热情接待。有些著作将独乐园的地理方位搞错了，他们特别提醒我，不可贸然引述，以免以讹传讹。此外，我到夏县拜谒了您的陵寝，司马光祠的工作人员为我介绍了情况，提供了资料。采访期间，二炮工程基地为我提供了便利，政治部干事郭义闯为我联络采访对象，全程保障。对他们的慷慨帮助，在此深表谢忱。

在去夏县的路上，我接到一个陌生的电话，是山西作家李金山打来的。他是您的同乡，铁杆"粉丝"，听说我要为您作传，主动提出将他的著作《重说司马光》寄给我做参考，这让我喜出望外。第一次寄丢了，他又寄第二次。我俩素昧平生，他文人相亲的情怀，令我崇敬，策我奋笔。在本书完稿之际，我要再次向他致敬。

我早就在研究宋代军事史，对宋史不算陌生，但搜集和消化有关司马光的专题资料还是花了一年多时间。本书所引用的史料均已在文中注明，故不再列参考书目了。

2014 年 3 月 13 日于北京阜外西口